BEST THRILLER

SPARIZIONE

Romanzo di
TESS GERRITSEN

Traduzione di
ADRIA TISSONI

LONGANESI

TESS GERRITSEN

SPARIZIONE

SUPER POCKET

Titolo originale:
Vanish
Traduzione di Adria Tissoni

Published in the United States by Ballantine Books,
an imprint of The Random House Publishing Group,
a division of Random House, Inc., New York

Edizione su licenza di Longanesi & C.

ISBN 978-88-462-1040-1

SPARIZIONE

Ancora una volta, a Jacob.

1

Mi chiamo Mila e questo è il mio viaggio.

Ci sono tanti posti da cui iniziare a raccontarlo: la cittadina in cui sono cresciuta, Kryvicy, sulle sponde del fiume Servac, nel distretto di Miadziel. Potrei cominciare dal giorno in cui mia madre morì, quando avevo otto anni, o da quando ne avevo dodici e mio padre finì sotto le ruote del camion del vicino, ma credo sia meglio partire da qui, dal deserto messicano, così lontano da casa mia in Bielorussia. Qui ho perso la mia innocenza. Qui si sono infranti i miei sogni.

È un giorno di novembre senza nuvole, e grandi uccelli neri volano alti nel cielo più blu che abbia mai visto. Sono seduta in un furgone bianco guidato da due uomini che non sanno il mio vero nome e che non sembrano interessati a saperlo. Tutto quello che fanno è ridere e chiamarmi Sonja la rossa, nome che mi hanno affibbiato non appena mi hanno visto scendere dall'aereo a Città del Messico. Anja dice che è per via dei capelli. Sonja la rossa è anche il personaggio di un film che io non ho mai visto, ma Anja sì. Bisbigliando, mi spiega che parla di una bella guerriera che fa a pezzi i nemici con la spada. Secondo me, con questo nome mi vogliono prendere in giro perché non sono bella. Non sono una guerriera, ho solo diciassette anni e ho paura perché non so che cosa mi aspetta.

Ci teniamo per mano, io e Anja, mentre il furgone trasporta noi e altre cinque ragazze attraverso un arido tratto di deserto con una vegetazione stentata. Il « pacchetto Messico », ci aveva promesso la donna di Minsk, ma noi sapevamo che cosa significasse in realtà: la fuga. Una possibilità. Vi imbarcate su un aereo per Città del Messico, ci aveva spiegato, lì verranno a prendervi in aeroporto per aiutarvi ad attraversare la frontiera e a cominciare una nuova vita. « Che possibilità avete qui? » ci aveva chiesto. « Una ragazza non trova un buon lavoro, né una casa, né un uomo rispettabile. Non avete genitori che vi aiutino. E tu, Mila, tu parli inglese così bene », mi aveva detto. « In America ti integrerai *subito*, in un lampo », aveva aggiunto schioccando le dita. « Buttatevi! Approfittate dell'occasione. I datori di lavoro vi pagheranno tutte le spese, perciò cosa volete? »

Questo no di certo, penso, mentre un deserto infinito scorre davanti a noi al di là dei finestrini. Anja si stringe di più a me mentre le altre ragazze nel furgone restano in silenzio. Iniziamo tutte a chiederci la stessa cosa. *Che cos'ho fatto?*

Siamo in viaggio da questa mattina. I due uomini davanti non ci dicono niente, ma quello seduto sul sedile del passeggero si volta continuamente a guardarci. Cerca sempre Anja con lo sguardo e a me non piace come la fissa. Lei non se ne accorge perché sonnecchia appoggiata alla mia spalla. Il topolino, la chiamavamo sempre a scuola, da quanto è timida. Bastava lo sguardo di un ragazzo per farla arrossire. Abbiamo la stessa età, ma quando guardo il suo volto addormentato vedo una bambina e penso: non avrei dovuto permetterle di venire con me. Le avrei dovuto dire di restare a Kryvicy.

Finalmente il furgone lascia l'autostrada e imbocca sobbalzando una strada sterrata. Le altre ragazze si svegliano e guardano dai finestrini le colline brune, disseminate di massi simili a vecchie ossa. Nella cittadina dove sono nata la prima neve è già caduta, ma qui, in questa terra dove non c'è inverno, esistono solo polvere, cielo blu e arbusti riarsi dal sole. Ci fermiamo e i due uomini si voltano a guardarci.

« È ora di scendere e di camminare. È l'unico modo per attraversare il confine », ci dice in russo il guidatore.

Aprono il portellone scorrevole e noi scendiamo una alla volta, sette ragazze che sbattono le palpebre e si stirano dopo un lungo viaggio. Nonostante la luce intensa del sole, qui fa freddo, molto più di quanto credessi. Anja infila la mano nella mia. Sta tremando.

«Da questa parte», ordina il guidatore, e ci conduce lontano dalla strada sterrata, su un sentiero che risale le colline. Ci arrampichiamo superando massi e cespugli spinosi che ci graffiano le gambe. Anja indossa un paio di scarpe con la punta aperta e deve fermarsi spesso per togliersi i sassolini appuntiti dai piedi. Abbiamo molta sete, ma gli uomini ci permettono di fermarci una sola volta per bere. Poi riprendiamo a camminare e a inerpicarci su per il sentiero ghiaioso come goffe capre. Raggiungiamo la cresta e iniziamo a scendere in direzione di un boschetto. Solo quando arriviamo a valle vediamo il letto di un fiume in secca. Sparpagliati sulla sponda ci sono i rifiuti di chi ha attraversato il confine prima di noi: bottiglie d'acqua di plastica, un pannolino sporco e una vecchia ciabatta di gomma crepata dal sole. Un brandello di cerata blu sventola appeso a un ramo. Di qui sono passate molte persone piene di sogni: noi siamo altre sette e ne seguiamo le orme fino in America. All'improvviso le mie paure svaniscono perché qui, in mezzo ai rifiuti, ci sono le prove che siamo vicine.

Gli uomini ci fanno cenno di muoverci e cominciamo a risalire la sponda opposta.

Anja mi tira per la mano. «Mila, non ce la faccio più», sussurra.

«Devi farcela.»

«Ma ho un piede che mi sanguina.»

Le guardo le dita ferite, il sangue che sgorga dalla pelle delicata, e grido agli uomini: «La mia amica si è tagliata un piede!»

«Non me ne frega niente. Continuate a camminare.»

«Non possiamo. Bisogna curarla.»

«O continuate a camminare o vi lasciamo indietro.»

«Almeno datele il tempo di cambiarsi le scarpe!»

L'uomo si gira. In quell'istante si trasforma e l'espressione che ha sul volto induce Anja a fare qualche passo indietro. Le altre ragazze restano immobili con gli occhi sgranati, come pecore spaventate, e si stringono le une alle altre mentre lui mi si avvicina minaccioso.

Lo schiaffo è così rapido che non lo vedo arrivare. Improvvisamente mi ritrovo in ginocchio e per qualche secondo tutto è buio. Le grida di Anja sembrano lontane. Poi mi accorgo del dolore, della mascella che mi pulsa e sento il sapore del sangue. Lo vedo gocciolare sui sassi del fiume, dove crea vivide macchie.

«Alzati. Forza, alzati! Abbiamo perso abbastanza tempo.»

Barcollando, mi rimetto in piedi. Anja mi fissa affranta. «Sta' buona, Mila!» mi sussurra. «Dobbiamo fare quello che dicono! Il piede non mi fa più male, davvero. Riesco a camminare.»

«Afferrato il messaggio?» mi dice l'uomo, e si volta a guardare le altre. «Vedete cosa succede se mi fate incazzare? Se rispondete? Ora muovetevi!»

Le ragazze si affrettano ad attraversare il letto del fiume. Anja mi prende per mano e mi trascina. Sono troppo stordita per opporre resistenza, perciò la seguo incespicando, deglutendo sangue, senza quasi vedere il sentiero davanti a me.

Resta solo un breve tratto da percorrere. Risaliamo la sponda opposta, attraversiamo zigzagando un boschetto e sbuchiamo all'improvviso su una strada sterrata.

Lì ad attenderci ci sono due furgoni.

«Mettetevi in fila», dice il guidatore. «Forza, sbrigatevi. Vogliono darvi un'occhiata.»

Pur disorientate dall'ordine, ci mettiamo in fila: sette ragazze stanche con i piedi doloranti e gli abiti impolverati.

Quattro uomini scendono dai furgoni e salutano il guidatore in inglese. Sono americani. Uno grosso si avvicina lentamente alla fila e ci squadra. Indossa un cappellino da baseball e sembra un allevatore con la pelle bruciata dal sole intento a controllare le sue vacche. Si ferma davanti a me e mi guarda accigliato. « A questa cos'è capitato? »

« Oh, ha pensato bene di rispondermi », spiega il guidatore. « È solo un livido. »

« Comunque, è troppo magra. Chi la vorrebbe? »

Sa che capisco l'inglese? Gliene importa qualcosa? Sarò anche magra, penso, ma tu hai la faccia da porco.

Lui però sta già osservando le altre. « Va bene », dice e ride sguaiatamente. « Vediamo che cos'hanno da offrire. »

Il guidatore ci osserva. « Toglietevi i vestiti », ci ordina in russo.

Lo fissiamo sconvolte. Fino a quel momento mi ero aggrappata alla flebile speranza che la donna di Minsk ci avesse detto il vero, che ci avesse trovato un lavoro in America: Anja avrebbe fatto da baby-sitter a tre bambine, e io avrei venduto abiti in un negozio da sposa. Anche dopo che il guidatore ci aveva preso i passaporti, anche dopo aver percorso a fatica quel sentiero, pensavo che potesse ancora finire bene. Che potesse ancora essere vero.

Nessuna di noi si muove. Non crediamo ancora a quello che ci ha chiesto.

« Mi avete sentito? » afferma il guidatore. « Volete forse una faccia come la sua? » domanda indicando il mio viso gonfio che mi pulsa ancora per la botta. « *Sbrigatevi.* »

Una ragazza scuote la testa e scoppia a piangere, facendolo andare su tutte le furie. Lo schiaffo le gira la testa dall'altra parte e lei barcolla. Lui la trattiene per un braccio, le afferra la camicetta e gliela strappa. Gridando, lei cerca di respingerlo. Il secondo schiaffo la stende a terra. Come se non bastasse, le si avvicina e le sferra un calcio rabbioso alle costole.

« Ora », esclama voltandosi a guardarci, « chi vuol essere la prossima? »

Una ragazza si mette subito ad armeggiare con i bottoni della camicetta. Adesso siamo accondiscendenti, ci sfiliamo le camicette, apriamo le cerniere delle gonne o dei pantaloni.

« Tutto », ordina il guidatore. « Toglietevi tutto. Perché siete così lente, brutte troie? Imparerete presto a essere svelte. » Si avvicina a una ragazza che tiene le braccia incrociate sul seno. Non si è tolta la biancheria. Le afferra l'elastico delle mutandine e lei sussulta mentre gliele strappa.

I quattro americani ci circondano come lupi e i loro sguardi scrutano ogni centimetro del nostro corpo. Anja trema tanto che la sento battere i denti.

« A questa faccio fare un giro di prova. » Una delle ragazze emette un singhiozzo quando viene trascinata via dalla fila. L'uomo non si cura nemmeno di nascondersi: la sbatte contro un furgone, si apre i pantaloni ed entra a forza dentro di lei. La ragazza grida.

Gli altri si avvicinano e fanno la loro scelta. All'improvviso strattonano Anja. Cerco di trattenerla, ma il guidatore ci separa con violenza.

« Nessuno ti vuole », dice. Mi getta nel furgone e mi chiude dentro.

Dal finestrino vedo tutto, sento tutto: le risate degli uomini, le ragazze che cercano di divincolarsi, le loro urla. Non posso guardare, ma nemmeno girarmi dall'altra parte.

« Mila! » grida Anja. « Mila, aiutami! »

Picchio sul portellone nel disperato tentativo di raggiungerla. L'uomo l'ha buttata per terra e le ha divaricato le cosce. Lei è stesa al suolo con gli occhi serrati. Anch'io sto gridando e tempesto di pugni il finestrino, ma non riesco a liberarmi.

Quando finisce, l'uomo è sporco del suo sangue. Si richiude i pantaloni e dichiara a voce alta: « Bello. Molto bello ».

Fisso Anja. All'inizio penso che sia morta, perché non si muove. L'uomo non la degna nemmeno di un'occhiata, si limita a frugare in uno zaino in cerca di una bottiglia d'acqua. Beve un lungo sorso. Non vede Anja rinvenire.

Improvvisamente lei si alza in piedi e comincia a correre.

Mentre fugge verso il deserto, premo le mani sul finestrino. *Scappa, Anja! Va', va'!*

« Ehi! » grida uno degli uomini. « Quella sta scappando. »

Anja corre. È scalza, nuda, e le pietre acuminate le tagliano sicuramente i piedi, ma davanti a sé ha il deserto sconfinato e non esita un secondo.

Non girarti. Continua a correre! Continua...

Lo sparo mi gela il sangue nelle vene.

Anja cade in avanti e stramazza a terra, ma non è ancora vinta. Si rialza a fatica, fa qualche passo incerto come un'ubriaca e cade in ginocchio. Adesso striscia, ogni centimetro è una conquista, un trionfo. Si protende come per afferrare una mano salvatrice che nessuno di noi vede.

Risuona un secondo sparo.

Questa volta, quando cade non si rialza più.

L'uomo che guidava il furgone si rimette la pistola nella cintura e guarda le ragazze. Piangono tutte tenendosi strette mentre fissano il deserto, là dove si trova il corpo di Anja.

« Che peccato », commenta l'uomo che l'ha violentata.

« Troppo faticoso inseguirla », afferma il guidatore. « E poi te ne restano ancora sei. »

Hanno provato la merce e adesso iniziano a contrattare. Quando hanno finito, ci dividono come bestie: tre ragazze per furgone. Non sento quanto pagano; so solo di essere un affare, quella data in omaggio a conclusione di un accordo.

Mentre ci allontaniamo, mi volto a guardare il corpo di Anja. Non si sono curati di seppellirla: giace esposta al sole e al vento, e nel cielo già volteggiano uccelli famelici. Tra qualche settimana di lei non rimarrà più niente. Sparirà, proprio come me, in una terra in cui nessuno sa il mio nome. In America.

Imbocchiamo un'autostrada. Vedo un cartello: US 94.

2

La dottoressa Maura Isles non aveva preso una boccata d'aria fresca in tutto il giorno. Dalle sette del mattino respirava gli effluvi della morte: ormai le erano tanto familiari che non si ritraeva nemmeno quando il bisturi incideva la fredda cute o quando dagli organi si levavano fetori nauseabondi. Gli agenti di polizia che ogni tanto si fermavano in sala per assistere all'autopsia non erano altrettanto stoici. Spesso a Maura arrivava il profumo del Vicks che si spalmavano sulle narici per coprire il lezzo. Talvolta nemmeno quello era sufficiente e li vedeva barcollare all'improvviso, girarsi e vomitare nel lavandino. I poliziotti non erano abituati come lei all'odore pungente della formalina, al puzzo di zolfo delle membrane in decomposizione.

Quel giorno nel bouquet di odori c'era anche una nota dolce, incongrua: il profumo di olio di cocco emanato dalla pelle della signora Gloria Leder, che in quel momento si trovava stesa sul tavolo settorio. Cinquant'anni, divorziata, aveva i fianchi larghi, un grosso seno e le unghie dipinte di un rosa brillante. Era abbronzata, e si vedeva nettamente il segno del costume che indossava quando era stata trovata morta accanto alla piscina del suo appartamento: un bikini, non di certo la scelta più azzeccata per un corpo reso flaccido dall'età. Quando è stata l'ultima volta che ho avuto l'occasione di mettermi in costume? pensò Maura con un assurdo senso di invidia per quella donna, che aveva trascorso gli ultimi istanti della sua vita a godersi quella giornata estiva. Era quasi agosto e Maura non era ancora andata in spiaggia, non si era seduta ai bordi di una piscina né aveva preso il sole nel giardino di casa.

« Coca e rum », disse il giovane poliziotto ai piedi del tavolo. « Credo ci fosse quello nel bicchiere. Era vicino alla sedia da giardino. »

Era la prima volta che Maura vedeva l'agente Buchanan all'obitorio. La innervosiva il fatto che non smettesse di armeggiare con la mascherina di carta e di spostare il peso da un piede all'altro. Quel ragazzo sembrava troppo giovane per essere un poliziotto. Da un po' di tempo tutti le sembravano troppo giovani.

« Ha conservato il contenuto del bicchiere? » gli domandò.

« Uh... no, signora. L'ho annusato bene: stava sicuramente bevendo coca e rum. »

« Alle nove del mattino? » Maura guardò Yoshima, il suo assistente, dall'altra parte del tavolo. Come sempre era rimasto in silenzio, ma lo vide sollevare un sopracciglio: era il commento più eloquente che si potesse pretendere da lui.

« Non ne ha bevuto molto », osservò l'agente Buchanan. « Il bicchiere era ancora quasi pieno. »

« D'accordo », disse Maura. « Diamo un'occhiata alla schiena. »

Insieme, lei e Yoshima girarono il corpo sul fianco.

« Qui, sull'anca, c'è un tatuaggio », osservò Maura. « Una farfallina azzurra. »

« Accidenti! » esclamò Buchanan. « Una donna della sua età? »

Maura sollevò lo sguardo. « Pensa che a cinquant'anni uno sia già vecchio, vero? »

« Voglio dire... be', ha l'età di mia madre. »

Attento, ragazzo mio. Io ho solo dieci anni di meno.

Maura prese il bisturi e iniziò a tagliare. Era la quinta autopsia del giorno e procedette spedita. Con il dottor Costas in vacanza e l'incidente della sera prima, in cui erano stati coinvolti numerosi veicoli, quel mattino aveva trovato la cella frigorifera piena zeppa di sacchi salma. Anche se aveva smaltito gli arretrati, erano arrivati altri due corpi, che avrebbero però dovuto attendere il giorno seguente. Gli impiegati dell'obitorio se n'erano già andati e Yoshima continuava a guardare l'orologio, visibilmente ansioso di tornare a casa.

Maura incise la cute e resecò gli organi toracici e addominali. Li estrasse gocciolanti e li posò sul ripiano per sezionarli. A poco a poco Gloria Leder rivelò i suoi segreti: un fegato grasso, segnale di troppi coca e rum, e un utero pieno di fibromi.

Infine, quando aprirono il cranio, la ragione della sua morte. Maura la individuò non appena ebbe asportato il cervello con le mani infilate nei guanti. « Emorragia subaracnoidea », disse e lanciò un'occhiata a Buchanan, che sembrava molto più pallido di quando era entrato nella sala. « Questa donna aveva probabilmente un aneurisma a bacca, un punto debole in un'arteria della base cerebrale. L'ipertensione potrebbe averlo aggravato. »

Buchanan deglutì. Aveva lo sguardo fisso sul lembo resecato di cute che un tempo era stato il cuoio capelluto di Gloria Leder e che ora giaceva ripiegato sul suo volto. Quella era la fase che di solito li lasciava inorriditi, il punto in cui molti sussultavano o si giravano dall'altra parte: la fase in cui la faccia cade come una logora maschera di gomma.

« Quindi... mi sta dicendo che si tratta di morte naturale? » domandò con un filo di voce.

« Esatto. Qui non c'è altro da vedere per lei. »

Mentre si allontanava dal tavolo, il giovane cominciò subito a togliersi il camice. « Ho bisogno di un po' d'aria fresca... »

Anch'io, pensò Maura. È una sera d'estate, devo annaffiare il giardino e sono rimasta chiusa qui dentro tutto il giorno.

Un'ora dopo, tuttavia, era ancora nell'edificio, seduta alla scrivania a rivedere referti di laboratorio e a dettare verbali. Si era tolta il camice, ma l'odore dell'obitorio sembrava restarle appiccicato addosso: era un odore che né acqua né sapone avrebbero potuto cancellare perché a persistere era il ricordo. Maura prese il dittafono e iniziò a dettare il verbale di Gloria Leder.

« Donna bianca di cinquant'anni, trovata accasciata su una sedia da giardino ai bordi della sua piscina. È in buono stato nutrizionale e non ha traumi visibili. Dall'esame esterno si evidenzia una vecchia cicatrice chirurgica sull'addome, probabilmente dovuta a un'appendicectomia. Ha una piccola farfalla tatuata sull'... »

Maura tacque mentre rivedeva l'immagine nella sua mente: era sull'anca destra o sinistra? Dio, sono così stanca, pensò. Non me lo ricordo. Che dettaglio banale. Non influenzava minimamente le sue conclusioni, ma non sopportava l'imprecisione.

Si alzò e percorse il corridoio deserto diretta alle scale, dove i suoi passi riecheggiarono sui gradini di cemento. Spinse la porta che dava accesso alla sala, accese le luci e vide che, come sempre, Yoshima l'aveva lasciata in condizioni perfette, con i tavoli puliti e lucidi e i pavimenti lavati. Maura l'attraversò, si avvicinò alla cella frigorifera e aprì la pesante porta. Alcuni gelidi tentacoli di vapore si protesero sinuosi all'esterno. Maura inspirò come se stesse riflettendo, come se stesse per tuffarsi in una pozza d'acqua sporca, poi entrò.

Otto lettini erano occupati: gran parte dei corpi attendeva l'arrivo delle pompe funebri. Spostandosi lungo la fila, Maura controllò i cartellini finché non trovò quello di Gloria Leder. Aprì la cerniera del sacco, infilò le mani sotto le natiche del cadavere e lo girò di lato, quanto bastava per poter scorgere il tatuaggio.

Era sull'anca sinistra.

Risistemò il sacco e stava per chiudere la porta quando si bloccò. Si girò e fissò la cella.

Ho sentito qualcosa?

La ventola si attivò immettendo aria gelida. Sì, era quello, pensò. La ventola. O il compressore della cella. O l'acqua che circola nei tubi. Era ora di andare a casa. Era tanto stanca che cominciava a immaginarsi le cose.

Di nuovo si girò, pronta ad andarsene.

E di nuovo si bloccò. Si voltò e fissò la fila dei sacchi salma. Ora il cuore le martellava così forte che sentiva solo il suo battito.

Là dentro si è mosso qualcosa, ne sono sicura.

Aprì la cerniera del primo sacco e fissò un uomo con il torace suturato. Già autopsiato, pensò. È certamente morto.

Da quale corpo veniva quel rumore?

Aprì il sacco successivo e si trovò davanti a un volto contuso, a un cranio fracassato. *Questo è morto.*

Con le mani tremanti aprì il terzo sacco. La plastica si schiuse e Maura vide il volto di una giovane dai capelli neri e dalle labbra cianotiche. Abbassò del tutto la cerniera e dal sacco emerse una camicetta bagnata: il tessuto era incollato alla carne bianca e la pelle riluceva, cosparsa di fredde goccioline d'acqua. Maura aprì la camicetta e vide due seni tondi e una vita sottile. Il tronco era integro, non ancora inciso dal bisturi del patologo. Le dita delle mani e dei piedi erano color porpora e le braccia ricoperte di chiazze.

Maura premette le dita sul collo della donna e toccò una pelle gelida. Si chinò sulla bocca in attesa di sentire un flebile alito di vita, un lieve sbuffo contro la guancia.

In quell'istante il cadavere aprì gli occhi.

Maura restò a bocca aperta, balzò all'indietro urtando il lettino alle sue spalle e per poco non cadde quando questo si spostò sulle ruote. Recuperò affannosamente l'equilibrio e vide che gli occhi della donna erano ancora aperti, ma assenti. Le sue labbra venate di blu stavano formando parole mute.

Portala fuori dalla cella! Scaldala!

Maura spinse il lettino verso la porta, ma quello non si mosse. In preda al panico, si era dimenticata di sbloccare le ruote. Con il piede premette la leva e spinse di nuovo. Stavolta si mosse e uscì sferragliando dalla cella per entrare nell'area di carico, dove faceva un po' meno freddo.

Gli occhi della donna si erano a poco a poco richiusi. Maura si chinò e non sentì neanche un soffio d'aria uscirle dalla bocca. *Oh, Gesù. Non posso perderti ora.*

Non sapeva niente di quella sconosciuta, né il nome né la storia clinica: poteva essere un ricettacolo di virus, ciò nonostante premette le labbra sulle sue, e quando sentì il sapore della carne fredda per poco non le venne un conato. Le insufflò tre profonde boccate d'aria e le tastò il collo in cerca del polso carotideo.

Me lo sto immaginando? Quello che sento è il mio stesso polso, che mi pulsa nelle dita?

Afferrò il telefono a muro e compose il 911.

« Emergenza. »

« Sono la dottoressa Isles dell'ufficio del coroner. Ho bisogno di un'ambulanza. C'è una donna in arresto respiratorio... »

« Mi scusi, ha detto l'ufficio del coroner? »

« Sì! Sono nel retro dell'edificio, all'interno della zona di carico. Siamo in Albany Street, proprio di fronte al centro medico! »

« Le mando subito un'ambulanza. »

Maura riagganciò. Di nuovo represse il disgusto e premette le sue labbra su quelle della donna. Le insufflò altre tre boccate, poi tastò la carotide.

Il polso. Lo si sentiva distintamente!

All'improvviso udì un ansito, un colpo di tosse. Ora quel corpo respirava: dalla gola proveniva un rantolo dovuto al muco.

Resta qui. Respira, ragazza, respira!

Una sirena in crescendo annunciò l'arrivo dell'ambulanza. Maura spalancò le porte sul retro e rimase immobile con gli occhi socchiusi per le luci lampeggianti mentre il veicolo entrava in retromarcia nella zona di carico. Due paramedici balzarono fuori con le loro attrezzature.

« È qui dentro! » gridò Maura.

« È ancora in arresto respiratorio? »

« No, adesso respira e c'è il battito. »

I due si precipitarono all'interno dell'edificio, si bloccarono di colpo e restarono a guardare la donna sul lettino. « Gesù », mormorò uno di loro. « Quello è un sacco salma? »

« L'ho trovata nella cella frigorifera », spiegò Maura. « Ormai sarà in ipotermia. »

« Oh, accidenti. Il peggior incubo di un patologo diventato realtà! »

Presero immediatamente una maschera per l'ossigeno e una flebo, poi applicarono gli elettrodi per l'elettrocardiogramma: sul monitor apparve un ritmo sinusale lento che procedeva irregolare, come la penna di un vignettista pigro. La donna aveva battito e respirava, eppure sembrava ancora morta.

« Qual è la sua storia clinica? Com'è arrivata qui? » chiese il tecnico mentre le applicava un laccio emostatico al braccio inerte.

« Non so niente di lei », rispose Maura. « Sono scesa a controllare un altro corpo nella cella frigorifera e l'ho sentita muoversi. »

« Vi succede... spesso? »

« A me è la prima volta che capita. » E sperava sinceramente che fosse anche l'ultima.

« Quanto tempo è rimasta nella cella? »

Maura guardò il portablocco appeso al muro, dove venivano registrati gli arrivi quotidiani, e vide che una sconosciuta era stata portata all'obitorio verso mezzogiorno. *Otto ore fa. Otto ore chiusa in un sacco salma. E se fosse finita sul mio tavolo? Se le avessi inciso il petto?* Frugò nel raccoglitore dei documenti in arrivo e trovò una busta contenente le carte della giovane. « L'hanno portata quelli del Weymouth Fire and Rescue », disse. « Un caso palese di annegamento... »

« Accidenti! » Il tecnico dell'unità medica di emergenza le aveva appena inserito un ago per endovena e la paziente si era rianimata all'improvviso: ora il tronco era scosso da convulsioni. L'accesso venoso stava magicamente diventando di colore blu mentre dalla vena perforata il sangue stravasava nella cute.

« Merda, ho perso la vena. Aiutami a tenerla giù! »

« Per la miseria, tra un po' questa si alza e se ne va con le sue gambe. »

« Con che forza sta reagendo! Non riesco a trovare la vena. »

« Allora carichiamola semplicemente sulla barella e spostiamola. »

« Dove la portate? » domandò Maura.

« Dall'altra parte della strada. Al pronto soccorso. Se ha qualche documento, ne vorranno una copia. »

Maura annuì. « Ci vediamo lì. »

Una lunga fila di pazienti attendeva il proprio turno allo sportello del pronto soccorso e l'infermiera del triage seduta dietro il banco ignorò i tentativi di Maura di incrociare il suo sguardo. Per passare avanti in quella serata movimentata ci sarebbero voluti un arto amputato o un'emorragia arteriosa; Maura tuttavia ignorò gli sguardi ostili degli altri pazienti, andò dritta allo sportello e batté sul vetro.

« Deve attendere il suo turno », disse l'infermiera del triage.

« Sono la dottoressa Isles. Ho i documenti di trasferimento di una paziente. Il medico ne ha bisogno. »

« Quale paziente? »

« La donna che hanno appena portato qui dall'edificio di fronte. »

« Vuol dire la signora dell'obitorio? »

Maura tacque rendendosi conto all'improvviso che gli altri pazienti in fila sentivano ogni parola. «Sì», fu tutto ciò che disse.

«Allora passi pure. Vogliono parlarle. Hanno dei problemi con lei.»

La serratura emise un ronzio e Maura passò in area terapia. Capì subito quello che l'infermiera del triage intendeva per «problemi»: la sconosciuta non era stata portata in una stanza, ma si trovava ancora stesa in corridoio, avvolta in una coperta termica. I due tecnici dell'unità medica di emergenza e un'infermiera stavano lottando per tenerla ferma.

«Stringi quella cinghia!»

«Merda... la mano è di nuovo libera...»

«Lascia perdere la maschera per l'ossigeno. Non ne ha bisogno.»

«Attento all'accesso venoso! Lo stiamo perdendo!»

Maura si precipitò verso la barella e afferrò il polso della paziente prima che questa riuscisse a strapparsi il catetere endovenoso. I lunghi capelli neri le sferzarono il volto quando cercò di divincolarsi. Venti minuti prima era un cadavere dalle labbra blu in un sacco salma e ora riuscivano a stento a tenerla ferma mentre la vita riprendeva impetuosamente possesso del suo corpo.

«Tenete quel braccio!»

Un verso si levò dal profondo della gola della paziente. Era il gemito di un animale ferito. Poi la testa della giovane si piegò all'indietro e il verso si trasformò in un urlo alieno. Non ha niente di umano, pensò Maura, mentre le si accapponava la pelle. *Mio Dio, che cosa abbiamo risvegliato dal regno dei morti?*

«Ascoltami. *Ascolta!*» le ordinò. Le afferrò la testa tra le mani e fissò un volto deformato dal panico. «Non ti accadrà niente, te lo prometto. Vogliamo aiutarti.»

Al suono della voce di Maura la donna s'immobilizzò.

Due occhi azzurri la fissarono con le pupille tanto dilatate da sembrare due enormi pozze nere.

Una delle infermiere iniziò a infilarle la cinghia attorno alla mano di nascosto.

No, pensò Maura. Non farlo.

Quando la cinghia le sfiorò il polso, la paziente trasalì come se si fosse ustionata. Il braccio scattò e Maura arretrò barcollando, con la guancia che le bruciava per il colpo.

«Aiuto!» gridò l'infermiera. «Chiamate il dottor Cutler!»

Maura si allontanò con il viso che le pulsava mentre un medico e un'altra infermiera spuntavano da una delle stanze. Il trambusto aveva attirato l'attenzione dei pazienti in sala d'attesa. Maura li vide scrutare curiosi dal divisorio di vetro, tutti assorti a guardare una scena molto più interessante di un episodio di *ER*.

«Sappiamo se soffre di allergie?» domandò il medico.

«Non conosciamo la storia clinica», rispose l'infermiera.

«Che cos'è successo? Perché ha perso il controllo?»

«Non ne abbiamo idea.»

«Va bene. Va bene, proviamo con 5 milligrammi di Haldol per endovena.»

«Non trovo la vena!»

«Allora somministrateglielo per via intramuscolare. Sbrigatevi! E diamole del Valium prima che si ferisca.»

La donna lanciò un altro grido quando l'ago le perforò la pelle.

«Sappiamo qualcosa di lei? Chi è?» Il medico si accorse all'improvviso di Maura in piedi a pochi passi di distanza. «È una parente?»

«Ho chiamato io l'ambulanza. Sono la dottoressa Isles.»

«È il suo medico?»

Prima che potesse rispondere, uno dei paramedici dell'ambulanza disse: «È il medico legale. Questa è la paziente che si è risvegliata in obitorio».

Il dottore la fissò. «Sta scherzando?»

« L'ho trovata che si muoveva nella cella frigorifera », spiegò Maura.

Il medico scoppiò in una risata incredula. « Chi l'ha dichiarata morta? »

« L'hanno portata gli uomini del Weymouth Fire and Rescue. »

Lui guardò la paziente. « Be', adesso è sicuramente viva. »

« Dottor Cutler, ora la camera 2 è libera! » gridò un'infermiera. « Possiamo sistemarla lì. »

Maura li seguì mentre spingevano il lettino in corridoio ed entravano nella stanza. La resistenza della donna cominciava a cedere: stava soccombendo agli effetti dell'Haldol e del Valium. Le infermiere le prelevarono il sangue e ricollegarono i cavi dell'elettrocardiogramma. Il ritmo cardiaco prese a battere sul monitor.

« Va bene, dottoressa Isles », disse il medico del pronto soccorso mentre controllava gli occhi della giovane con una penna luminosa. « Mi racconti qualcosa di più. »

Maura aprì la busta contenente le fotocopie dei documenti allegati al corpo. « Le riferirò quello che è scritto sui moduli di trasferimento », rispose. « Alle otto del mattino gli uomini del Weymouth Fire and Rescue hanno risposto a una telefonata proveniente dal Sunrise Yacht Club: alcune persone su una barca avevano notato un corpo galleggiare nelle acque di Hingham Bay. Quando è stata tirata fuori dall'acqua, polso e respirazione erano assenti. Niente documenti di identità. Hanno chiamato un detective della polizia statale che ha ritenuto si trattasse con molta probabilità di un decesso accidentale. A mezzogiorno è stata trasferita da noi. »

« E nessuno nell'ufficio del coroner si è accorto che era viva? »

« È arrivata in un momento in cui eravamo sommersi dal lavoro. C'era stato quell'incidente sulla I 95 ed eravamo ancora indietro dalla sera precedente. »

« Adesso sono quasi le nove di sera. Nessuno l'ha controllata? »

« Con i morti non ci sono emergenze. »

« Perciò li lasciate semplicemente nella cella frigorifera? »

« Finché non riusciamo a occuparci di loro. »

« E se stasera non l'avesse sentita muoversi? » Il medico si voltò a guardarla. « Intende dire che sarebbe potuta restare lì fino a domani mattina? »

Maura sentì che stava arrossendo. « Sì », ammise.

« Dottor Cutler, nell'unità di terapia intensiva c'è un letto disponibile », annunciò un'infermiera. « Vuole trasferirla lì? »

Lui annuì. « Non abbiamo idea di quali sostanze possa aver assunto, perciò voglio sia collegata a un monitor. » Guardò la paziente, che ora aveva gli occhi chiusi, ma continuava a muovere le labbra come se recitasse una silenziosa preghiera. « Questa povera donna è già morta una volta. Facciamo in modo che la cosa non si ripeta. »

Maura sentì suonare il telefono di casa mentre armeggiava con le chiavi e cercava di aprire la porta. Quando arrivò in soggiorno, aveva smesso di squillare. Chiunque fosse non aveva lasciato messaggi. Guardò i numeri più recenti registrati, ma non riconobbe il nome dell'ultima chiamata: ZOE FOSSEY. Aveva forse sbagliato numero?

Mi rifiuto di preoccuparmi, pensò, e si diresse in cucina.

In quell'istante prese a suonare il cellulare. Maura lo estrasse dalla borsa e sul display vide che era il suo collega, il dottor Abe Bristol.

« Pronto, Abe? »

« Maura, mi spieghi quello che è successo al pronto soccorso stasera? »

« Lo hai saputo? »

« Ho già ricevuto tre telefonate: dal *Globe*, dall'*Herald* e da una stazione televisiva locale. »

«Che cosa dicono i giornalisti?»

«Chiedono tutti notizie del cadavere che si è risvegliato. Dicono che sia appena stata ricoverata al centro medico. Io non avevo idea di che cosa stessero parlando.»

«Oh, Gesù. Come ha fatto la stampa a scoprirlo così presto?»

«Allora è vero?»

«Ti avrei chiamato...» S'interruppe. Stava suonando il telefono in soggiorno. «Mi cercano sul fisso. Posso richiamarti, Abe?»

«Se giuri di spiegarmi tutto.»

Maura corse in soggiorno e alzò il ricevitore. «Dottoressa Isles.»

«Sono Zoe Fossey, Channel Six News. Volevamo domandarle...»

«Sono quasi le dieci di sera», tagliò corto Maura. «Questo è il mio telefono di casa. Se mi vuole parlare, dovrà chiamarmi in ufficio durante l'orario di lavoro.»

«Abbiamo saputo che stasera una donna si è risvegliata in obitorio.»

«Non ho commenti.»

«Le nostre fonti ci hanno riferito che sia un detective della polizia statale sia una squadra dei vigili del fuoco di Weymouth l'hanno dichiarata morta. Qualcuno del suo ufficio è giunto alla stessa conclusione?»

«L'ufficio del coroner non è coinvolto nella questione.»

«Ma la donna era sotto la vostra custodia, giusto?»

«Nessuno del nostro ufficio ha rilasciato certificati di morte.»

«Intende dire che è colpa del dipartimento dei vigili del fuoco di Weymouth e della polizia statale? Come si può commettere un errore del genere? Non è piuttosto ovvio stabilire se qualcuno è ancora vivo?»

Maura riagganciò.

Il telefono riprese a squillare quasi subito e sul display apparve un numero diverso.

Lei sollevò il ricevitore. « Dottoressa Isles. »

« Sono Dave Rosen, Associated Press. Mi spiace disturbarla, ma stiamo cercando di confermare una voce secondo cui una giovane donna sarebbe stata portata nell'ufficio del coroner e si sarebbe risvegliata in un sacco salma. È vero? »

« Come avete fatto a saperlo? È la seconda telefonata che ricevo. »

« Temo che ne riceverà molte altre. »

« E che cosa vi hanno detto? »

« Che è stata portata all'obitorio questo pomeriggio dagli uomini del Weymouth Fire and Rescue, che lei è la persona che l'ha trovata viva e ha chiamato l'ambulanza. Ho già parlato con l'ospedale: la ritengono in condizioni gravi, ma stabili. È tutto esatto? »

« Sì, ma... »

« Era davvero in un sacco salma quando l'ha trovata? È stata chiusa là dentro? »

« Sta usando toni troppo sensazionalistici. »

« Qualcuno del suo ufficio controlla di norma i corpi quando arrivano? Solo per essere certi che siano davvero morti? »

« Domani mattina rilascerò una dichiarazione. Buonanotte. » Maura riagganciò e, prima che il telefono suonasse di nuovo, lo staccò. Era l'unico modo per riuscire a dormire quella notte. Come diavolo aveva fatto la notizia a diffondersi così in fretta? si chiese, fissando l'apparecchio ormai muto.

Poi pensò a tutti i testimoni del pronto soccorso. Gli impiegati, le infermiere, gli inservienti, i pazienti in sala d'attesa che guardavano dal divisorio di vetro: chiunque tra loro avrebbe potuto prendere il telefono. Sarebbe bastata una chiamata e la notizia sarebbe trapelata. Niente si spargeva più rapidamente dei pettegolezzi a sfondo macabro. Domani, pensò Maura, mi aspetta una dura prova e sarà meglio prepararsi.

Chiamò Abe dal cellulare. «Abbiamo un problema», annunciò.

«Lo immaginavo.»

«Non parlare con la stampa. Preparerò una dichiarazione. Ho staccato il telefono per questa notte. Se hai bisogno di contattarmi, usa il cellulare.»

«Sei pronta ad affrontare tutto questo?»

«Chi altri lo farà sennò? L'ho trovata io.»

«Diventerà una notizia di rilevanza nazionale, Maura, lo sai.»

«La Associated Press mi ha già chiamato.»

«Oh, Cristo. Hai parlato con l'Ufficio di sicurezza pubblica? Condurranno loro le indagini.»

«Credo che saranno i prossimi della lista.»

«Hai bisogno di aiuto per preparare la dichiarazione?»

«Mi serve un po' di tempo per studiarla. Domani mattina farò tardi. Tienili a bada finché non arriverò in ufficio.»

«Probabilmente ci sarà una causa.»

«Abbiamo agito in modo irreprensibile, Abe. Non abbiamo fatto niente di sbagliato.»

«Non importa. Preparati lo stesso.»

3

« Giura solennemente che la testimonianza che sta per fornire alla corte riguardo al caso qui discusso è la verità, tutta la verità e nient'altro che la verità? »

« Lo giuro », rispose Jane Rizzoli.

« Grazie. Si può sedere. »

Jane si sentì tutti gli occhi dell'aula addosso mentre si accomodava pesantemente al banco dei testimoni. La fissavano sin da quando vi era entrata camminando come un'anitra, con le caviglie gonfie e il ventre grosso sotto l'ampio vestito premaman. Si mosse sulla sedia cercando di mettersi comoda e di trasmettere una parvenza di autorità, ma l'aula era calda e sentiva già il sudore imperlarle la fronte. Una poliziotta sudata, agitata e incinta: l'immagine stessa dell'autorità.

Gary Spurlock, assistente del procuratore distrettuale della contea di Suffolk, si alzò per esaminare le prove. Jane sapeva che era un uomo calmo e metodico, e non si sentiva in ansia per la prima serie di domande. Tenne lo sguardo fisso su di lui evitando di dare una sola occhiata all'imputato, Billy Wayne Rollo, che sedeva scomposto accanto alla sua avvocatessa e la osservava. Sapeva che Rollo cercava di intimorirla con il suo sguardo malvagio. *Fa' innervosire la poliziotta, falle perdere il controllo.* Rollo era uno dei tanti cretini che aveva conosciuto, e quello sguardo non le era nuovo: soltanto l'ultima spiaggia di un perdente.

« Vuol dire, per favore, alla corte come si chiama, pronunciando lettera per lettera il cognome? » disse Spurlock.

« Detective Jane Rizzoli. R-I-Z-Z-O-L-I. »

« La sua professione? »

«Detective della squadra Omicidi, dipartimento di polizia di Boston.»

«Potrebbe illustrarci la sua formazione e il suo curriculum?»

Rizzoli si agitò di nuovo: la schiena cominciava a farle male sulla sedia dura. «Ho conseguito il diploma in legge al Massachusetts Bay Community College. Terminato l'addestramento all'Accademia di polizia di Boston, sono stata agente di pattuglia sia a Back Bay sia a Dorchester.» Jane sussultò quando il bambino le diede un bel calcio. *Sta' buono. La mamma sta testimoniando.* Spurlock attendeva il resto della risposta e lei continuò. «Ho lavorato per due anni alla Buoncostume e narcotici. Poi, due anni e mezzo fa, sono passata alla squadra Omicidi, alla quale sono attualmente assegnata.»

«Grazie, detective. Ora vorrei che ci parlasse dei fatti accaduti lo scorso 3 febbraio. Nello svolgimento del suo lavoro si è recata in un'abitazione di Roxbury, giusto?»

«Sì, signore.»

«L'indirizzo era 4280 Malcom X Boulevard, giusto?»

«Sì. Un condominio.»

«Ci racconti nel dettaglio.»

«Verso le quattordici e trenta noi, io e il mio collega, il detective Barry Frost, ci siamo recati a quell'indirizzo per interrogare l'inquilino dell'appartamento 2B.»

«In relazione a che cosa?»

«In relazione a un'indagine di omicidio. Il soggetto del 2B era un conoscente della vittima.»

«Quindi lui, o lei, non era sospettato in quel caso specifico?»

«No, signore. Non lo consideravamo un sospettato.»

«E poi che cos'è successo?»

«Avevamo appena bussato alla porta del 2B quando abbiamo sentito una donna gridare. Le urla provenivano dall'appartamento dall'altra parte del corridoio, il 2E.»

«Potrebbe descrivere le urla?»

«Credo di poterle definire di grande sofferenza, di paura. Abbiamo anche sentito diversi tonfi, come se qualcuno stesse rovesciando mobili o venisse sbattuto per terra.»

«Obiezione!» L'avvocato della difesa, una bionda alta, si alzò in piedi. «Sono solo congetture. La detective non era nell'appartamento ad assistere alla scena.»

«Accolta», disse il giudice. «Detective Rizzoli, eviti, per favore, di fare ipotesi su fatti che non ha potuto osservare.»

Anche se non si tratta di maledette ipotesi? Perché era proprio quello che stava accadendo. Billy Wayne Rollo stava sbattendo la testa della sua ragazza sul pavimento.

Jane soffocò l'irritazione e si corresse. «Abbiamo sentito forti colpi provenire dall'appartamento.»

«A quel punto che cosa avete fatto?»

«Il detective Frost e io abbiamo bussato subito alla porta del 2E.»

«Vi siete identificati come agenti di polizia?»

«Sì, signore.»

«E che cos'è successo...»

«È una schifosa balla!» esclamò l'imputato. «Non hanno mai detto di essere poliziotti!»

Tutti guardarono Billy Wayne Rollo, ma lui fissava solo Jane.

«Silenzio, signor Rollo», intimò il giudice.

«Ma sta mentendo.»

«Avvocato, richiami all'ordine il suo cliente, altrimenti verrà espulso dall'aula.»

«Sst, Billy», mormorò l'avvocato della difesa. «Questo non ci aiuta.»

«Bene», affermò il giudice. «Signor Spurlock, può continuare.»

L'assistente del procuratore distrettuale annuì e si voltò di nuovo verso Jane. «Che cos'è successo dopo che avete bussato alla porta del 2E?»

«Non c'è stata risposta, ma sentivamo ancora le urla e i colpi. Abbiamo ritenuto entrambi che qualcuno fosse in pericolo e che dovessimo entrare nell'appartamento con o senza consenso.»

«E siete entrati?»

«Sì, signore.»

«Hanno abbattuto la mia porta!» esclamò Rollo.

«Silenzio, signor Rollo!» replicò secco il giudice, e l'imputato si accasciò sulla sedia fulminando Jane con lo sguardo.

Fissami quanto vuoi, imbecille. Credi di spaventarmi?

«Detective Rizzoli», proseguì Spurlock, «che cosa avete visto all'interno dell'appartamento?»

Jane rivolse di nuovo l'attenzione all'assistente del procuratore. «Un uomo e una donna. La donna era stesa di schiena: aveva il volto gravemente contuso e un labbro sanguinante. L'uomo le stava addosso e le stringeva il collo con entrambe le mani.»

«Quell'uomo adesso è seduto in quest'aula?»

«Sì, signore.»

«Ce lo mostri, per favore.»

Lei indicò Billy Wayne Rollo.

«Poi che cos'è successo?»

«Io e il detective Frost abbiamo allontanato il signor Rollo dalla donna, che era ancora cosciente. Il signor Rollo ha opposto resistenza e nello scontro il detective Frost ha ricevuto un forte colpo all'addome. A quel punto il signor Rollo è fuggito dall'appartamento. Io l'ho inseguito sulle scale e lì sono riuscita a bloccarlo.»

«Da sola?»

«Sì, signore.» Rizzoli tacque e poco dopo aggiunse senza alcuna intenzione ironica: «Quando è caduto sulle scale. Sembrava piuttosto ubriaco».

«Mi ha *spinto*, cazzo!» gridò Rollo.

Il giudice batté il martelletto sul tavolo. «Ne ho abbastanza! Agente, per cortesia, allontani l'imputato.»

« Vostro onore », intervenne la difesa alzandosi. « Lo terrò a bada. »

« Finora non ha fatto un gran lavoro, signora Quinlan. »

« D'ora in poi resterà in silenzio », replicò lei guardando il cliente. « *Vero?* »

Rollo grugnì riluttante.

« Non ho altre domande, vostro onore », affermò Spurlock, e si sedette.

Victoria Quinlan si alzò per il controinterrogatorio. Jane non aveva mai avuto a che fare con lei e non sapeva che cosa aspettarsi. Mentre si avvicinava al banco dei testimoni, Rizzoli pensò: sei giovane, bionda, splendida. Come ti è venuto in mente di difendere questo verme? La donna si muoveva come un'indossatrice in passerella, con le lunghe gambe messe in risalto dalla gonna corta e dai tacchi a spillo. A Jane bastò guardare le scarpe per sentire male ai piedi: una donna come Quinlan era probabilmente abituata a essere sempre al centro dell'attenzione e in quel momento, mentre si avvicinava tranquilla al banco dei testimoni, consapevole che tutti gli uomini della giuria le stavano fissando il culetto sodo, sfruttava alla grande la situazione.

« Buongiorno, detective », disse con tono gentile. Troppo gentile. Da un momento all'altro avrebbe sfoderato gli artigli.

« Buongiorno, avvocato », rispose Jane con tono del tutto neutro.

« Ha dichiarato di essere attualmente assegnata alla squadra Omicidi. »

« Sì, signora. »

« E su quali nuovi casi sta attivamente indagando al momento? »

« Per ora non ho nuovi casi, ma continuo a seguire... »

« Ma è una detective della polizia di Boston. E in questo momento non ci sono casi di omicidio che richiedano le sue indagini? »

« Sono in maternità. »

« Oh, è in *maternità*. Quindi attualmente non fa parte della squadra. »

« Svolgo compiti amministrativi. »

« Chiariamo meglio questo punto: lei non è una detective *attiva* », disse Quinlan con un sorriso. « Al momento. »

Jane si sentì arrossire. « Come ho detto, sono in maternità. Anche i poliziotti fanno figli », aggiunse con una nota di sarcasmo, pentendosene subito dopo. *Non fare il suo gioco, devi essere di ghiaccio,* cosa più facile a dirsi che a farsi in quel forno di aula. Che cosa diavolo era successo al condizionatore? Perché nessun altro sembrava soffrire il caldo?

« E quando deve nascere il suo bambino, detective? »

Jane tacque chiedendosi dove volesse arrivare. « Il termine è scaduto la settimana scorsa », rispose infine. « È in ritardo. »

« Perciò il 3 febbraio, quando ha fatto la conoscenza del mio cliente, il signor Rollo, era... vediamo... al terzo mese di gravidanza? »

« Obiezione », affermò Spurlock. « Questo è irrilevante. »

« Avvocato », affermò il giudice rivolgendosi a Quinlan. « Qual è lo scopo della sua domanda? »

« Riguarda la testimonianza precedente, vostro onore. Il fatto che la detective Rizzoli sia riuscita in qualche modo a bloccare e arrestare il mio cliente, chiaramente prestante, sulle scale senza aiuto. »

« Lo stato di gravidanza che cos'ha esattamente a che vedere con questo? »

« Una donna al terzo mese di gravidanza avrebbe difficoltà a... »

« È un'agente di polizia, signora Quinlan. Arrestare le persone è il suo lavoro. »

Bravo, giudice! Diglielo.

Victoria Quinlan arrossì per lo scacco subito. « D'accordo, vostro onore. Ritiro la domanda », rispose. Si voltò di nuovo verso Jane e la studiò per un istante mentre valutava la mossa successiva. « Ha detto che lei e il suo collega, il detective Frost, eravate entrambi sulla scena. E che avete preso insieme la decisione di entrare nell'appartamento 2B. »

« Non era l'appartamento 2B, signora, era il 2E. »

« Oh, sì, naturalmente. Mi sono confusa. »

Sì, certo. Come se non volessi tendermi qualche trappola.

« Ha detto che avete bussato alla porta e dichiarato di essere agenti di polizia », proseguì l'avvocato.

« Sì, signora. »

« E tale interazione non aveva niente a che fare con la ragione originaria della vostra presenza in quell'edificio. »

« No, signora. È stato solo un caso che ci trovassimo lì, ma quando appuriamo che un cittadino è in pericolo dobbiamo intervenire. »

« Per questo avete bussato all'appartamento 2B. »

« 2E. »

« E quando nessuno ha risposto, avete buttato giù la porta. »

« Ritenevamo che la vita di una donna fosse in pericolo. Questo in base alle grida che avevamo sentito. »

« Come sapevate che erano grida di sofferenza? Non potevano essere versi appassionati, diciamo, di amore? »

A quella domanda a Jane venne da ridere, ma si trattenne. « Non è quello che abbiamo sentito. »

« Lo sa con certezza? È in grado di stabilire la differenza? »

« Una donna con un labbro sanguinante è una prova piuttosto certa. »

« Il punto è che *in quel momento* non lo sapevate. Non avete dato la possibilità al mio cliente di aprire la porta. Avete preso una decisione affrettata e fatto irruzione. »

« Abbiamo interrotto un pestaggio. »

« È al corrente che la presunta vittima si è rifiutata di denunciare il signor Rollo? Che stanno ancora insieme come una coppia innamorata? »

La mascella di Jane si contrasse. « Questa è una sua decisione.» *Per quanto stupida sia.* «Ciò che ho visto quel giorno, nell'appartamento 2E, era chiaramente un atto di violenza. C'era sangue.»

«E il *mio* sangue non conta?» esclamò Rollo. «Lei mi ha spinto giù per le scale, signora! Ho ancora una cicatrice qui, sul mento!»

«Silenzio, signor Rollo», ordinò il giudice.

«Vede? Vede dove ho picchiato contro l'ultimo gradino? Mi hanno messo dei punti!»

«Signor Rollo!»

«Ha spinto il mio cliente giù per le scale, detective?» domandò Quinlan.

«Obiezione», intervenne Spurlock.

«No», rispose Jane. «Era abbastanza ubriaco da riuscire a cadere per le scale da solo.»

«Sta mentendo!» ribatté l'imputato.

Il martelletto si abbassò. «*Silenzio, signor Rollo!*»

Ma ormai Billy Wayne Rollo ribolliva di rabbia. «Lei e il collega, quei due mi hanno trascinato nella tromba delle scale perché nessuno vedesse quello che avevano intenzione di fare. Crede che da sola sarebbe riuscita ad arrestarmi? Quella *ragazzina* incinta? Che stronzate va dicendo?»

«Sergente Givens, allontani l'imputato.»

«È un caso di abuso della polizia!» urlò Rollo mentre l'agente lo faceva alzare. «Ehi, voi, membri della giuria, siete stupidi? Non vedete che è tutta una messinscena del cazzo? Quei due poliziotti mi hanno buttato giù per le scale a calci!»

Il martelletto batté di nuovo. «Sospendiamo l'udienza. Per cortesia, accompagnate fuori i giurati.»

«Oh, sì! Sospendiamo l'*udienza*!» disse Rollo mentre rideva e spintonava l'agente. «Proprio quando stavano sentendo la verità!»

«Lo porti fuori, sergente Givens.»

Questi lo afferrò per un braccio. Infuriato, Rollo si girò e colpì l'agente con una testata al ventre. Caddero entrambi sul pavimento e cominciarono ad azzuffarsi. Victoria Quinlan restò a bocca aperta a guardare mentre imputato e poliziotto si picchiavano a pochi centimetri dalle sue Manolo Blahnik dai tacchi vertiginosi.

Oh, Gesù. Qualcuno deve pur mettere fine a questo casino.

Jane si alzò e, spingendo da parte la stupefatta Quinlan, afferrò le manette dell'agente che nella confusione erano cadute a terra.

« Ci servono rinforzi! » gridò il giudice picchiando con il martelletto. « Un altro agente! »

Il sergente Givens era steso di schiena, bloccato sotto Rollo che aveva sollevato il pugno destro per colpirlo. Jane gli afferrò il polso e lo ammanettò.

« Che cazzo...? » esclamò l'uomo.

Jane gli puntò un piede in mezzo alla schiena, gli piegò il braccio e lo spinse giù sopra l'agente. Quindi il secondo anello delle manette si chiuse sul polso sinistro di Rollo.

« Togliti, brutta troia! » gridò lui. « Mi stai spezzando la schiena! »

Il sergente Givens, intrappolato sotto il mucchio, sembrava prossimo a soffocare.

Jane tolse il piede dalla schiena di Rollo e all'improvviso un fiotto caldo le colò tra le gambe, bagnando Rollo e Givens. Arretrò incespicando e guardò sgomenta il vestito premaman inzuppato, il liquido che dalle sue cosce gocciolava sul pavimento dell'aula.

Rollo si girò sul fianco e la fissò, poi d'un tratto scoppiò a ridere. Rotolò sulla schiena, incapace di smettere. « Ehi, guardate! » gridò. « La puttana si è appena pisciata addosso! »

4

Maura era ferma a un semaforo a Brookline Village quando Abe Bristol la chiamò al cellulare. « Hai visto la televisione stamattina? » chiese.

« Non mi dire che l'hanno già trasmesso al telegiornale. »

« Channel Six. La giornalista è una certa Zoe Fossey. Le hai parlato? »

« Solo brevemente, ieri sera. Che cos'ha detto? »

« In sintesi? 'Una donna è stata trovata viva in un sacco salma. Il coroner accusa il dipartimento dei vigili del fuoco di Weymouth e la polizia di stato di averla erroneamente dichiarata morta.' »

« Oh, Gesù. Non ho mai detto una cosa del genere. »

« Lo so. Ma ora abbiamo un comandante dei vigili del fuoco incazzato, e neanche la polizia di stato è troppo contenta. Louise si sta già sorbendo le telefonate. »

Il semaforo diventò verde. Mentre superava l'incrocio, Maura ebbe l'improvviso desiderio di fare inversione e di tornare a casa, per evitare la dura prova che l'attendeva.

« Sei in ufficio? » gli domandò.

« Dalle sette. Pensavo che fossi già qui ormai. »

« Sono in macchina. Ho avuto bisogno di un paio d'ore in più per preparare la dichiarazione. »

« Be', ti avverto: aspettati un assalto nel posteggio. »

« Sono là fuori? »

« Giornalisti, furgoni della TV. Sono parcheggiati in Albany Street. Corrono su e giù dall'ospedale al nostro edificio. »

« Che comodità: oggi la stampa fa la spesa in un posto solo. »

« Hai avuto altre notizie della paziente? »

« Ho chiamato il dottor Cutler questa mattina. Ha detto che il tossicologico è risultato positivo ai barbiturici e all'alcol. Doveva essere piuttosto fatta. »

« Questo probabilmente spiega perché fosse finita in acqua. Se era imbottita di barbiturici, non c'è da stupirsi che abbiano avuto difficoltà a rilevare i segni vitali. »

« Perché la notizia sta scatenando una vera e propria frenesia mediatica? »

« Perché è roba di primo piano, da *National Enquirer*. Un morto che si alza dalla tomba, e per di più si tratta di una giovane donna, giusto? »

« Avrà una ventina d'anni. »

« È bella? »

« Cosa cambia? »

« Dai », disse Abe ridendo. « Sai che cambia tutto. »

Maura sospirò. « Sì », ammise. « È molto bella. »

« Sì, be', capisci: una donna giovane e sexy che per poco non viene squartata viva. »

« Nessuno l'ha toccata. »

« Ti sto solo avvertendo: così la vedrà l'opinione pubblica. »

« Non potrei darmi malata, oggi? E prendere il primo volo per le Bermuda? »

« E lasciarmi in questo casino? Non provarci nemmeno. »

Quando venti minuti dopo svoltò in Albany Street, Maura adocchiò due furgoni della TV vicino all'ingresso principale della sede del coroner. Come previsto da Abe, i giornalisti erano pronti all'attacco. Maura uscì dalla frescura dell'aria condizionata della Lexus e si ritrovò in un mattino già denso di umidità. Cinque o sei giornalisti si affrettarono a raggiungerla.

« Dottoressa Isles! » gridò uno di loro. « Sono del *Boston Tribune*. Vorrei scambiare due parole con lei a proposito della giovane sconosciuta. »

In risposta Maura frugò nella valigetta ed estrasse varie copie di quanto aveva prodotto quel mattino. Contenevano un riassunto fedele dei fatti della sera precedente e del suo operato. Le distribuì. «Ecco la mia dichiarazione», affermò. «Non ho altro da aggiungere.»

Ma questo non servì ad arrestare la valanga di domande.

«Come si può commettere un errore del genere?»

«Si conosce già il nome della ragazza?»

«Ci hanno riferito che è stata dichiarata morta dai vigili del fuoco di Weymouth. Ci può fare qualche nome?»

«Dovete parlare con il loro portavoce. Non posso rispondere a nome loro.»

«Dottoressa Isles, deve ammettere che si tratta di un caso lampante di incompetenza da parte di *qualcuno*», osservò una donna.

Maura ne riconobbe la voce. Si girò e vide una bionda che si era fatta strada nel mucchio. «Lei è quella giornalista di Channel Six.»

«Zoe Fossey.» La donna abbozzò un sorriso, lieta d'essere stata riconosciuta, ma lo sguardo che Maura le rivolse la gelò.

«Ha frainteso le mie parole», disse Maura. «Non ho mai detto di ritenere responsabili i vigili del fuoco né la polizia statale.»

«Qualcuno deve aver sbagliato. Se non loro, chi? Lei, dottoressa Isles?»

«Assolutamente no.»

«Una donna è stata messa in un sacco salma ancora viva e chiusa nella cella frigorifera dell'obitorio per otto ore, e non ci sarebbe nessun colpevole?» Fossey tacque per un istante. «Non crede che qualcuno dovrebbe essere licenziato per questo? Magari quel detective della polizia statale?»

«Fa molto presto ad accusare la gente.»

«Quell'errore avrebbe potuto uccidere una donna.»

«Ma non è andata così.»

«Non si tratta di un errore piuttosto sostanziale?» osservò

ridendo Fossey. « Voglio dire, quanto è difficile stabilire che qualcuno non è morto? »

« Più di quanto lei pensi », ribatté Maura.

« Quindi li difende. »

« Vi ho dato la mia dichiarazione. Non posso fare commenti sull'operato altrui. »

« Dottoressa Isles? » Era di nuovo il giornalista del *Boston Tribune*. « Ha detto che stabilire la morte di una persona non è necessariamente facile. So che in altri obitori del Paese sono stati commessi sbagli simili. Potrebbe spiegarci perché a volte è difficile? » Aveva parlato con tono pacato e rispettoso: la sua non era una provocazione, ma una domanda seria che meritava una risposta.

Maura lo studiò per un istante. Vide due occhi intelligenti, capelli corti e una barba curata che lo facevano assomigliare a un giovane professore. Quel ragazzo moro e affascinante avrebbe di certo fatto strage di cuori tra le studentesse. « Come si chiama? » chiese.

« Peter Lukas. Curo una rubrica settimanale per il *Tribune*. »

« Parlerò con lei, signor Lukas, e con lei soltanto. Venga dentro. »

« Aspetti », protestò Fossey. « Alcuni di noi sono qui da ben più tempo. »

Maura la incenerì con lo sguardo. « In questo caso, signora Fossey, il detto 'chi primo arriva bene alloggia' non vale. Alloggia bene chi è educato. » Poi si voltò ed entrò nell'edificio, seguita dal giornalista del *Tribune*.

La sua segretaria, Louise, era al telefono. « Continua a suonare. Che cosa dico? » sussurrò a Maura con tono disperato dopo aver coperto il ricevitore con la mano.

Lei posò una copia della dichiarazione sulla scrivania. « Mandi questa per fax. »

« Devo fare qualcos'altro? »

« Filtri tutte le telefonate della stampa. Ho acconsentito a parlare con il signor Lukas, qui presente, ma non vedrò nessun altro. Basta interviste.»

L'espressione di Louise quando osservò il giornalista fu sin troppo palese: *ne hai scelto uno carino.*

«Non ci vorrà molto», affermò Maura. Condusse Lukas nel proprio ufficio e chiuse la porta. Quindi gli indicò una sedia.

«Grazie per avermi concesso questo colloquio», disse il giornalista.

«Lei è stato l'unico là fuori a non irritarmi.»

«Ciò non significa che non sia irritante.»

Quelle parole la fecero sorridere. «È una pura e semplice strategia di autodifesa», spiegò Maura. «Forse se parlo con lei, la prenderanno come punto di riferimento. Lasceranno in pace me e tormenteranno lei.»

«Temo non funzioni in questo modo: continueranno a darle la caccia.»

«Ci sono tante storie più importanti di cui potreste scrivere, signor Lukas. Storie di maggior peso. Perché proprio questa?»

«Perché ci colpisce nel profondo, tocca le nostre peggiori paure. Quanti di noi hanno il terrore di essere dichiarati morti per sbaglio? Di finire accidentalmente sepolti vivi? Il che, per inciso, *è* accaduto qualche volta in passato.»

Lei annuì. «Esistono alcuni casi documentati, ma risalgono a un tempo precedente all'imbalsamazione.»

«E il fatto di risvegliarsi in un obitorio? Non è semplicemente un fatto storico: ho scoperto che negli ultimi anni si sono verificati diversi casi del genere.»

«È capitato», rispose esitante Maura.

«Più spesso di quanto l'opinione pubblica non sappia.» Il giornalista prese un notes e lo aprì. «Nel 1984 ci fu un caso a New York: un uomo è steso sul tavolo settorio. Il patologo ha in mano il bisturi e sta per incidere quando il cadavere si risveglia e afferra il medico per la gola. Questi crolla a terra morto per un infarto.» Lukas alzò lo sguardo. «Conosce l'episodio?»

«Ha scelto l'esempio più clamoroso.»

«Ma è vero, giusto?»

Maura sospirò. «Sì, ne ho sentito parlare anch'io.»

Il giornalista girò pagina. «Springfield, Ohio, 1989. Una donna in una casa di riposo viene dichiarata morta e trasferita nella sede delle pompe funebri. È stesa sul tavolo e il tecnico sta per imbalsamarla. A quel punto il cadavere comincia a parlare.»

«Sembra avere una discreta familiarità con l'argomento.»

«Perché è affascinante», rispose Lukas sfogliando le pagine del notes. «Ieri sera ho cercato tutti i casi. Una bambina nel South Dakota, che si è svegliata nella bara aperta. Un uomo a Des Moines, a cui avevano inciso il torace: solo allora, all'improvviso, il patologo si è reso conto che *respirava ancora.*» Lukas la guardò. «Non si tratta di leggende metropolitane, sono casi documentati e ce ne sono molti.»

«Senta, non sto dicendo che non sia successo, perché chiaramente è così. Ci sono stati cadaveri che si sono risvegliati in obitorio; sono state aperte vecchie tombe e hanno trovato graffi di unghie sulla parte interna del coperchio della bara. La gente è tanto terrorizzata all'idea che alcuni fabbricanti dotano le bare di trasmittenti d'emergenza per poter chiedere aiuto in caso qualcuno venga sepolto vivo.»

«Davvero rassicurante.»

«Perciò, sì, può accadere. Sono sicura che avrà sentito parlare della teoria su Gesù, del fatto che la resurrezione di Cristo non sarebbe stata una vera resurrezione, ma soltanto un caso di sepoltura prematura.»

«Perché è così difficile stabilire se qualcuno è morto? Non dovrebbe essere ovvio?»

«A volte no. Le persone assiderate perché sono rimaste a lungo in acqua fredda possono sembrare morte. La nostra sconosciuta è stata trovata in acque gelide. Inoltre, ci sono farmaci che mascherano i segni vitali e non consentono di rilevare facilmente gli atti respiratori o il polso. »

« Romeo e Giulietta. La pozione che Giulietta bevve per sembrare morta. »

« Sì. Non so di che pozione si trattasse, ma la cosa non è impossibile. »

« Quali farmaci hanno questa capacità? »

« I barbiturici, per esempio. Sono in grado di deprimere la respirazione e rendono difficile stabilire se il soggetto respiri. »

« Sono i farmaci rilevati dall'esame tossicologico della sconosciuta, giusto? Il fenobarbitale? »

Maura si accigliò. « Come lo ha saputo? »

« Ho le mie fonti. È vero, no? »

« No comment. »

« Aveva precedenti psichiatrici? Perché iniettarsi una dose eccessiva di fenobarbitale? »

« Non conosciamo il nome della donna, tanto meno la sua storia psichiatrica. »

Lui la studiò per un attimo con uno sguardo così penetrante da risultare sgradevole. L'intervista era stata uno sbaglio, pensò Maura. Pochi istanti prima Peter Lukas le era sembrato serio e cortese, il tipo di giornalista capace di trattare la vicenda con tatto, ma la piega che aveva preso il colloquio la stava mettendo a disagio. Lukas aveva affrontato l'incontro ben preparato, al corrente di tutti i dettagli su cui Maura meno aveva voglia di soffermarsi e che avrebbero invece attirato l'attenzione dell'opinione pubblica.

« So che la donna è stata ripescata a Hingham Bay ieri mattina », disse. « Gli uomini del Weymouth Fire and Rescue sono stati i primi a rispondere. »

« Esatto. »

« Perché non hanno convocato il coroner sulla scena? »

« Non abbiamo personale sufficiente per recarci in ogni

posto in cui è avvenuto un decesso. Inoltre, il caso era a Weymouth e non c'erano segni evidenti di violenza. »

« E questo l'ha stabilito la polizia statale? »

« Il loro detective ha ritenuto fosse morta con molta probabilità per cause accidentali. »

« O forse aveva tentato il suicidio, visti i risultati dell'esame tossicologico? »

Per Maura non aveva senso negare ciò che Lukas già sapeva. « Potrebbe aver assunto una dose eccessiva di farmaci, sì. »

« Un'overdose di barbiturici e un corpo assiderato dall'acqua fredda. Due ragioni che possono complicare l'accertamento del decesso. Non avrebbero dovuto ipotizzarle? »

« È... sì, andrebbero considerate. »

« Ma né il detective della polizia statale né il dipartimento dei vigili del fuoco di Weymouth lo hanno fatto. Il che costituisce un errore. »

« Può succedere. È tutto quello che posso dire. »

« Lei ha mai commesso un errore del genere, dottoressa Isles? Ha mai dichiarato morto qualcuno che era ancora vivo? »

Maura tacque ripensando agli anni di internato. A una notte in cui era di turno, durante la rotazione a medicina interna, e il telefono aveva suonato svegliandola da un sonno profondo. La paziente del letto 336A era appena morta, le aveva comunicato un'infermiera. Il medico internista poteva andare ad accertare la morte? Diretta alla stanza della paziente, Maura non aveva provato ansia né esitazione. All'università non spiegavano in particolare come accertare un decesso: si dava per scontato che vedendo la morte la si riconoscesse. Quella notte Maura aveva percorso il corridoio dell'ospedale pensando che se la sarebbe cavata alla svelta e sarebbe ben presto tornata a dormire. Non era un decesso inatteso: la paziente aveva un cancro in fase terminale e sulla cartella era scritto a chiare lettere: NESSUN CODICE. Non rianimare.

Quando era entrata nella stanza 336, era rimasta sbigottita nel trovare il letto circondato dai familiari in lacrime, radunatisi per dire addio alla donna. Mancava quell'atmosfera di serena comunione con la defunta che si era aspettata e, quando, scusandosi per l'intrusione, si era avvicinata al letto, si era fastidiosamente sentita tutti gli occhi addosso. La paziente era supina e aveva un'espressione serena sul volto. Maura aveva preso lo stetoscopio, aveva infilato il diaframma sotto la camiciola e l'aveva appoggiato sull'esile petto. Mentre si chinava sul corpo, aveva sentito i familiari stringersi attorno a lei, con un senso di oppressione per i loro sguardi, perciò non aveva auscultato quanto avrebbe dovuto. Le infermiere avevano già stabilito che la donna era morta: chiamare il medico per l'accertamento ufficiale era una semplice formalità. Un'annotazione sulla cartella e la firma di un dottore bastavano per il trasferimento del corpo all'obitorio. China sul torace della paziente, ad auscultare il silenzio, Maura non vedeva l'ora di scappare da quella stanza. Si era raddrizzata con un'espressione di opportuno cordoglio sul viso e si era concentrata sull'uomo che aveva immaginato fosse il marito, pronta a mormorargli: *mi spiace, è morta.*

In quel momento un flebile respiro l'aveva fermata.

Sgomenta, aveva guardato in basso e visto il petto della donna sollevarsi. L'aveva osservata fare un altro respiro e poi restare immobile. Era un respiro agonico, non un miracolo: erano solo gli ultimi impulsi elettrici del cervello, le ultime contrazioni del diaframma. Tutti i presenti erano rimasti senza fiato.

«Oh, mio Dio!» aveva esclamato il marito. «Non se n'è ancora andata.»

«Accadrà... molto presto.» Maura era riuscita a dire solo quello. Era uscita dalla stanza turbata all'idea dell'errore che era stata sul punto di commettere. Non avrebbe mai più considerato con sufficienza le dichiarazioni di morte.

Maura guardò il giornalista. «Tutti sbagliano», rispose.

«Anche una cosa basilare come accertare un decesso non è facile come crede.»

«Quindi difende i vigili del fuoco? E la polizia statale?»

«Dico che capita di sbagliare, nient'altro.» *E Dio solo sa se non ho fatto errori io stessa.* «So che può accadere. La donna è stata trovata in acque fredde e aveva barbiturici in corpo, due fattori che simulano la morte; date le circostanze, un errore non è tanto inverosimile. Il personale coinvolto ha cercato solo di fare il proprio lavoro, e spero che lei sarà corretto quando scriverà il suo articolo.» Poi si alzò, segno che l'intervista era finita.

«Io cerco sempre di essere corretto», affermò lui.

«Non tutti i giornalisti possono vantarsi di esserlo.»

Anche Lukas si alzò e rimase a fissarla dall'altra parte del tavolo. «Quando leggerà la mia rubrica, mi faccia sapere se lo sono stato.»

Maura lo accompagnò alla porta e rimase a guardarlo mentre passava accanto alla scrivania di Louise e usciva dall'ufficio.

Louise alzò gli occhi dalla tastiera. «Com'è andata?»

«Non lo so. Forse non avrei dovuto parlargli.»

«Lo scopriremo presto», osservò lei tornando a guardare lo schermo del computer. «Quando l'articolo uscirà sul *Tribune*, venerdì.»

5

Jane non sapeva se fosse una buona o una cattiva notizia.

Quando la dottoressa Stephanie Tam si chinò ad auscultare con lo stetoscopio Doppler, i lucidi capelli neri le ricaddero sul volto, e Jane non poté coglierne l'espressione. Supina, rimase a osservare mentre la sonda Doppler si spostava sul pancione. La dottoressa Tam aveva mani eleganti, da chirurgo, e muoveva lo strumento con la stessa delicatezza con cui un'arpista pizzica le corde. D'un tratto la mano si fermò e lei chinò ulteriormente la testa, concentrata. Jane guardò il marito, Gabriel, seduto al suo fianco, e percepì la stessa ansia nel suo sguardo.

Il bambino sta bene?

Alla fine la dottoressa Tam si raddrizzò e guardò Jane sorridendole serena. «Ascolti», disse e alzò il volume del Doppler.

Dall'altoparlante si diffuse un rombo ritmico, costante e intenso.

«Sono toni cardiaci fetali forti», spiegò il medico.

«Allora il bambino sta bene?»

«Finora sì.»

«Finora? Che cosa significa?»

«Be', non potrà restare là dentro ancora per molto.» Tam riavvolse lo stetoscopio e lo infilò nella custodia. «Dopo la rottura del sacco amniotico, di solito il travaglio inizia spontaneamente.»

«Ma non sta succedendo niente. Non sento contrazioni.»

«Certo. Il suo bambino si rifiuta di collaborare. Porta in grembo un bimbo molto cocciuto, Jane.»

Gabriel sospirò. «Proprio come la mamma. Cerca fino all'ultimo di immobilizzare i criminali. Potrebbe ricordare a mia moglie che adesso è *ufficialmente* in maternità?»

«Di sicuro d'ora in poi non andrà più a lavorare», disse Tam. «La porto giù per un'ecografia, così potremo dare una sbirciatina al bambino. Poi bisognerà indurre il travaglio.»

«Non si verifica spontaneamente?» osservò Jane.

«Le si sono rotte le acque. C'è un canale aperto per le infezioni. Sono passate due ore e ancora non ci sono contrazioni. Bisogna far nascere il piccolo.» Tam si diresse rapida alla porta. «Le mettiamo una flebo. Vado a controllare nel reparto di diagnostica per immagini per vedere se riusciamo a inserirla tra un paziente e l'altro per un'ecografia. Dobbiamo far venire alla luce il bimbo, in modo che lei possa diventare finalmente mamma.»

«Sta accadendo tutto troppo in fretta.»

Tam rise. «Ha avuto nove mesi per pensarci. Non dovrebbe essere poi *così* sorpresa », osservò, e uscì dalla stanza.

Jane fissò il soffitto. «Non sono sicura di essere pronta.»

Gabriel le strinse la mano. «Io lo sono da tanto tempo, mi sembra da sempre.» Le sollevò la camiciola e le premette l'orecchio sul ventre scoperto. «Ciao, piccolo!» esclamò. «Papà sta diventando impaziente, perciò smetti di fare il furbo!»

«Ahi! Stamattina non ti sei fatto bene la barba.»

«Rifarei tutto, solo per te.» Gabriel si raddrizzò e incrociò il suo sguardo. «Parlo sul serio, Jane», disse. «La desideravo da tempo, la mia famigliola.»

«Ma se non fosse quello che ti aspetti?»

«Secondo te che cosa mi aspetto?»

«Lo sai bene: il figlio perfetto, la moglie perfetta.»

«Perché mai dovrei volere la moglie perfetta quando posso avere te?» replicò e si scansò ridendo mentre lei cercava di colpirlo.

Io invece sono riuscita a trovare il marito perfetto, pensò Jane guardandolo negli occhi ridenti. Non so ancora come abbia fatto a essere così fortunata. Non so come una ragazza cresciuta con il soprannome di Faccia di rana sia riuscita a sposare un uomo capace di far girare la testa a qualsiasi donna quando entra in una stanza.

Gabriel le si avvicinò e le disse con dolcezza: « Tu ancora non mi credi, vero? Te lo potrei ripetere un migliaio di volte e non mi crederesti mai. Tu sei esattamente quello che voglio, Jane. Tu e il bambino ». Le diede un bacio sul naso e aggiunse: « Ora, che cosa ti devo portare, mammina? »

« Oh, dai, non chiamarmi così. Non è affatto sexy. »

« Secondo me invece è *molto* sexy, anzi... »

Jane gli diede una pacca sulla mano ridendo. « Va'. Va' a mangiare un boccone e portami un hamburger con patatine fritte. »

« È contro l'ordine del medico. Niente cibo. »

« Basta non dirglielo. »

« Jane... »

« D'accordo, d'accordo. Va' a casa e prendi la borsa che ho preparato per l'ospedale. »

Lui le fece il saluto militare. « Ai suoi ordini. Proprio per questo ho preso un mese di permesso. »

« E puoi richiamare i miei? Ancora non rispondono al telefono. Oh, e portami il computer. »

Gabriel sospirò e scosse la testa.

« Che c'è? » chiese lei.

« Stai per avere un figlio e vuoi che ti porti il computer? »

« Ho un sacco di lavoro da sbrigare. »

« Sei un caso disperato, Jane. »

Lei gli mandò un bacio. « Lo sapevi quando mi hai sposata. »

« Sa », affermò Jane guardando la sedia a rotelle, « potrei andare a piedi al reparto di diagnostica per immagini se solo mi dicesse dov'è. »

La volontaria scosse il capo e frenò la sedia. « Sono le regole dell'ospedale, signora, senza eccezioni. I pazienti devono essere trasportati sulla sedia a rotelle. Non vogliamo che scivoliate e cadiate, giusto? »

Jane guardò la sedia a rotelle e poi la volontaria dai capelli argentei che l'avrebbe spinta. Povera vecchia, pensò, dovrei essere io a spingere *lei.* Con riluttanza scese dal letto e si sistemò sulla sedia mentre la volontaria trasferiva il flacone dell'endovena. Quel mattino aveva immobilizzato Billy Wayne Rollo e ora la portavano in giro come la regina di Saba: che situazione imbarazzante. Mentre percorreva il corridoio, udì la donna ansimare e sentì che il suo alito puzzava di sigarette. E se fosse crollata a terra? Se avesse avuto bisogno di una CPR? *In tal caso avrei il permesso di alzarmi o sarebbe anche questo contro le regole?* Si rannicchiò sulla sedia per evitare gli sguardi di quanti incontravano in corridoio. Non guardatemi, pensò, mi sento già abbastanza colpevole per il fatto di costringere questa povera nonnina a faticare tanto.

La volontaria entrò di schiena nell'ascensore e l'affiancò a un altro paziente, un uomo dai capelli grigi che borbottava tra sé. Jane notò che era immobilizzato sulla sedia dal sistema di contenzione Posey e si disse: accidenti, prendono davvero sul serio le regole. Se cerchi di alzarti, ti legano per bene.

Il vecchio la fissò torvo. « Che diavolo ha da guardare, signora? »

« Niente », rispose lei.

« Allora la smetta. »

« Va bene. »

L'inserviente nero dietro l'anziano emise una risatina. « Il signor Bodine tratta così tutti quanti, signora. Non si preoccupi. »

Jane scrollò le spalle. « Sul lavoro subisco di peggio. » *Oh, e dimenticavo il rischio proiettili.* Fissò dritto davanti a sé e osservò il susseguirsi dei numeri dei piani, attenta a evitare qualsiasi contatto visivo con il signor Bodine.

« Troppe persone a questo mondo non pensano agli affari

propri», disse il vecchio. «Sono solo un mucchio di impiccioni. Non smettono di fissarti.»

«Signor Bodine», intervenne l'inserviente, «ora nessuno la sta fissando.»

«*Lei* lo faceva.»

Non c'è da stupirsi che ti leghino, vecchio rimbambito, pensò Jane.

L'ascensore si aprì al pianterreno e la volontaria la spinse fuori. Mentre percorrevano il corridoio in direzione del reparto di diagnostica per immagini, si sentì addosso gli sguardi della gente: persone fisicamente abili che camminavano con le proprie gambe e squadravano l'invalida col pancione e il braccialettino di plastica dell'ospedale. È questo quello che prova chi è costretto su una sedia a rotelle? È sempre oggetto di sguardi di compatimento?

Dietro di sé udì una voce familiare chiedere con tono irascibile: «Che diavolo ha da guardare, signore?»

Oh, ti prego, pensò, fa' che il signor Bodine non sia diretto al mio stesso reparto. Invece continuò a sentirlo bofonchiare alle sue spalle mentre avanzavano in corridoio e, svoltato l'angolo, raggiungevano la zona della reception.

La volontaria lasciò Jane in sala d'attesa, proprio di fianco al vecchio. Non guardarlo, pensò lei. Non lanciare nemmeno un'occhiata nella sua direzione.

«Che c'è, ha tanta puzza sotto il naso che non mi rivolge la parola?» chiese.

Ignoralo.

«Huh. Allora fa finta che non ci sia.»

Jane alzò lo sguardo, sollevata, quando una porta si aprì e una tecnica con la divisa blu entrò in sala d'attesa. «Jane Rizzoli?»

«Sono io.»

«La dottoressa Tam sarà qui a minuti. L'accompagno dentro.»

«E io?» gemette il vecchio.

«Non siamo ancora pronti per lei, signor Bodine», rispose la donna mentre spingeva la sedia di Jane oltre la porta. «Abbia un po' di pazienza.»

«Ma, dannazione, devo pisciare!»

«Sì, lo so, lo so.»

«Lei non sa un bel niente.»

«Ne so abbastanza da non sprecare il fiato», borbottò la donna spingendo la sedia di Jane in corridoio.

«Vi bagnerò la moquette!» gridò.

«Uno dei vostri pazienti preferiti?» chiese Jane.

«Oh, sì», rispose la tecnica con un sospiro. «Il preferito in assoluto.»

«Ma ha davvero bisogno di urinare?»

«Ne ha sempre bisogno. Ha una prostata grande come il mio pugno e impedisce ai chirurghi di toccarlo.»

La donna la condusse in una stanza e frenò la sedia. «L'aiuto a salire sul lettino.»

«Ci riesco da sola.»

«Tesoro, con un pancione del genere può anche farsi dare una mano.» La tecnica l'afferrò per un braccio e l'aiutò ad alzarsi. Rimase nei paraggi mentre Jane saliva sul poggiapiedi e si sistemava sul lettino. «Adesso si rilassi, d'accordo?» disse ricollegandole il flacone dell'endovena. «Quando arriverà la dottoressa Tam, inizieremo l'ecografia», aggiunse e se ne andò, lasciando Jane sola nella stanza. Non c'era niente da guardare tranne le apparecchiature: niente finestre, niente poster alle pareti, niente riviste, nemmeno un insopportabile numero di *Golf Digest*.

Jane si stese sul lettino e fissò il soffitto spoglio. Si mise le mani sul pancione e attese il calcio di un piedino o il colpo di un minuscolo gomito, ma non sentì nulla. Forza, piccolo, pensò. Parlami, dimmi che stai bene.

Un flusso di aria fredda si diffondeva dal foro dell'aria condizionata e Jane, che indossava soltanto la sottile camiciola, rabbrividì. Fece per guardare l'orologio, ma si ritrovò a fissare il braccialetto di plastica al polso. Nome del paziente: RIZZOLI, JANE. Be', questa paziente non lo è poi tanto, pensò. Sbrigatevi, gente!

All'improvviso sentì un formicolio sul ventre e percepì l'utero contrarsi. I muscoli si tesero lievemente per qualche istante e poi si rilassarono. Finalmente una contrazione.

Jane guardò l'ora: le 11.50.

6

A mezzogiorno la temperatura aveva raggiunto i trentadue gradi e stava cuocendo per bene i marciapiedi mentre una caligine estiva solforosa incombeva sulla città. All'esterno della sede di medicina legale nessun giornalista indugiava più nel parcheggio. Maura riuscì ad attraversare Albany Street senza essere avvicinata da anima viva e a entrare nel centro medico. Salì in ascensore con cinque o sei tirocinanti freschi di laurea, al primo mese di turni, e rammentò la lezione appresa quando studiava: *mai ammalarsi in luglio*. Sono tutti così giovani, pensò, guardando i volti lisci, i capelli non ancora brizzolati. In quei giorni sembrava osservare con più attenzione i poliziotti, i medici, notare quanto fossero giovani. Che cosa vedono questi tirocinanti quando mi guardano? si chiese. Una donna vicina alla mezza età senza camice, senza la targhetta con la qualifica sul risvolto. Forse presumono sia parente di un paziente, una persona degna a malapena di uno sguardo. Un tempo era stata come loro, giovane e arrogante con il suo camice bianco addosso. Prima di imparare la lezione della sconfitta.

L'ascensore si aprì e lei seguì i tirocinanti nell'unità medica. Superarono agevolmente il banco delle infermiere, intoccabili nei loro camici. Maura invece, con i suoi abiti civili, fu subito bloccata dall'impiegata del reparto. «Mi scusi, cerca qualcuno?» le chiese con aria brusca e accigliata.

«Sono qui per vedere una paziente», rispose Maura. «È stata ricoverata ieri sera, dal pronto soccorso. Ho saputo che stamattina è stata trasferita all'unità di terapia intensiva.»

«Come si chiama?»

Maura esitò. « Credo che non sia ancora stata identificata. Il dottor Cutler mi ha detto che è nella stanza 431. »

L'impiegata la studiò insospettita. « Mi spiace. È tutto il giorno che riceviamo telefonate dai giornalisti. Non possiamo rispondere ad altre domande sulla paziente. »

« Non sono una giornalista. Sono la dottoressa Isles dell'ufficio del coroner. Ho informato il dottor Cutler che avrei fatto visita alla paziente. »

« Posso vedere un documento? »

Maura frugò nella borsa e posò il documento d'identità sul banco. Questo mi succede perché non indosso il camice, si disse, scorgendo i tirocinanti che passavano in corridoio come uno stormo di oche impettite.

« Può chiamare il dottor Cutler », suggerì. « Lui mi conosce. »

« Be', *credo* sia tutto a posto », disse l'impiegata restituendole il documento. « Si è creato tanto clamore su questa paziente che hanno dovuto mandare un addetto alla sicurezza. » Mentre Maura imboccava il corridoio, la donna gridò: « Probabilmente anche lui le chiederà un documento! »

Pronta a sostenere un'altra raffica di domande, Maura tenne il documento in mano e si diresse verso la stanza 431, ma non trovò alcuna guardia davanti alla porta chiusa. Proprio mentre stava per bussare udì un tonfo provenire dall'interno e il rumore di qualcosa di metallico che cadeva.

Si precipitò subito nella stanza e si trovò davanti a una scena sconcertante: un medico accanto al letto stava cercando di raggiungere il flacone dell'endovena. Di fronte a lui, l'addetto alla sicurezza era chino sulla paziente nel tentativo di legarle i polsi. Il comodino era stato rovesciato e il pavimento era scivoloso per l'acqua versata.

« Serve aiuto? » esclamò Maura.

Il medico lanciò un'occhiata dietro di sé e lei ne scorse fugacemente l'azzurro degli occhi e il biondo dei capelli a spazzola. « No, tutto a posto. La teniamo », rispose.

«Aspetti, lego quella cinghia», disse Maura, e si avvicinò al letto dalla parte della guardia. Proprio mentre si allungava per prendere la cinghia slacciata vide la mano della donna liberarsi di scatto e sentì la guardia gridare di paura.

L'esplosione la fece trasalire. Sentì un'ondata di calore al volto e all'improvviso la guardia barcollò di lato crollandole addosso. Maura incespicò e atterrò di schiena sotto di lui. L'acqua fredda versata sul pavimento le inzuppò la camicetta, mentre il calore liquido del sangue la inondava dall'alto. Cercò di spingere di lato il corpo che ora la schiacciava, ma l'uomo era pesante, tanto da bloccarle il respiro.

Un attimo dopo questi prese a tremare, scosso dai fremiti agonici. Una nuova ondata di calore le si riversò sul volto, in bocca, e il sapore le fece venire da vomitare. *Ci sto annegando dentro.* Con un grido si mise a spingere, e il corpo, scivoloso per il sangue, si scostò.

Maura balzò in piedi e si concentrò sulla donna che si era liberata da tutte le cinghie. Solo allora vide ciò che stringeva con entrambe le mani.

Una pistola. Ha la pistola della guardia.

Il medico si era volatilizzato. Maura era sola con la sconosciuta. Si fissarono. Ogni dettaglio del volto di lei spiccava con terribile chiarezza: i capelli neri arruffati, lo sguardo folle, l'inesorabile tensione dei tendini del braccio mentre tirava lentamente il grilletto.

Dio santo, ha intenzione di sparare.

«Ti prego», sussurrò Maura. «Voglio solo aiutarti.»

Un rumore di passi concitati attirò l'attenzione della donna, che si voltò di lato. La porta si spalancò e un'infermiera fissò a bocca aperta la carneficina nella stanza.

D'un tratto la sconosciuta saltò giù dal letto. Accadde tutto così velocemente che Maura non ebbe il tempo di reagire. Si irrigidì quando la donna l'afferrò per un braccio e sentì la canna della pistola premerle sul collo. Con il cuore che le martellava contro le costole, Maura si lasciò spingere contro la porta e percepì il freddo acciaio a contatto con la sua carne. L'infermiera arretrò, troppo spaventata per dire una parola. Maura fu spinta fuori dalla stanza, in corridoio. Dov'era la sicurezza? Qualcuno stava chiedendo aiuto? Continuarono ad avanzare verso il banco delle infermiere. Avvertiva il corpo sudato della donna premuto contro il suo, e il respiro terrorizzato di lei le risuonava nell'orecchio.

«Attenti! Allontanatevi, ha una pistola!» sentì gridare e scorse il gruppo di tirocinanti che aveva visto pochi istanti prima: non avevano più un'aria tanto arrogante con i loro camici bianchi, stavano indietreggiando con gli occhi sgranati. Così tanti testimoni, così tante persone inutili.

Qualcuno mi aiuti, maledizione!

Ormai la sconosciuta e il suo ostaggio erano giunti in vista del banco delle infermiere, che le seguirono terrorizzate con lo sguardo, mute come statuine di cera. Il telefono squillò, ma nessuna rispose.

L'ascensore era proprio davanti a loro.

La donna premette il pulsante di discesa. La porta si aprì, e la sconosciuta spinse Maura nella cabina, entrò dietro di lei e premette 1.

Quattro piani. *Sarò ancora viva quando la porta si riaprirà?*

La donna arretrò fino alla parete opposta, e Maura la fissò decisa. *Falle vedere chi sei, obbligala a guardarti negli occhi quando preme il grilletto.* L'ascensore era gelido e la sconosciuta era nuda sotto la leggera camiciola ospedaliera, ma aveva il volto luccicante di sudore e le mani le tremavano sull'impugnatura.

«Perché lo fai?» chiese Maura. «Non ti ho mai fatto del male! Ieri sera ho cercato di aiutarti. Sono io quella che ti ha salvata.»

Lei non disse nulla. Non pronunciò alcuna parola, alcun suono. Tutto quello che Maura sentiva era il suo respiro, aspro e accelerato per la paura.

Il campanello dell'ascensore suonò e lo sguardo di lei corse alla porta. Maura cercò freneticamente di ricostruire la disposizione dell'atrio: ricordò un banco informazioni accanto alla porta d'ingresso, presidiato da una volontaria dai capelli argentei, il negozio di regali e la zona telefoni.

La porta si aprì. La donna l'afferrò per un braccio e la spinse fuori dall'ascensore. Di nuovo Maura sentì la pistola alla giugulare. Quando mise piede nell'atrio, aveva la gola riarsa come sabbia. Guardò a sinistra, poi a destra, ma non vide nessuno, non c'erano testimoni. Notò infine una guardia solitaria rannicchiata dietro il banco informazioni. Le bastò dare un'occhiata ai suoi capelli bianchi per perdere ogni speranza. Quell'uomo non l'avrebbe salvata: era solo un vecchio spaventato in uniforme, una persona che avrebbe potuto tranquillamente colpire per sbaglio l'ostaggio.

Fuori ululava una sirena come uno spettro in avvicinamento.

Maura si sentì strattonare la testa all'indietro: la donna l'aveva afferrata per i capelli e tirata tanto vicino a sé che ne percepiva l'alito caldo sul collo e l'odore intenso della paura. Si avvicinarono all'uscita e Maura scorse per un attimo lo sguardo terrorizzato dell'anziana guardia, tutta tremante dietro il banco. Vide i palloncini color argento ondeggiare nella vetrina del negozio di regali e un ricevitore del telefono penzolare attaccato al filo. Poi fu spinta fuori dalla porta e piombò nella calura pomeridiana.

Un'auto della polizia di Boston accostò al marciapiede con gran stridore di gomme. Due agenti si precipitarono fuori con le armi in pugno, ma si bloccarono subito dopo: Maura si trovava nella loro linea di tiro.

Un'altra sirena si stava avvicinando urlando.

Di fronte al rapido scemare delle alternative, il respiro della donna si trasformò in un ansito disperato. Non c'era modo di avanzare. Tirò indietro Maura trascinandola di nuovo nell'edificio per ripararsi nell'atrio.

«Ti prego», sussurrò Maura mentre veniva strattonata verso il corridoio. «Non c'è possibilità di uscire! Posala. Posa la pistola e andremo loro incontro insieme, d'accordo? Ci avvicineremo e non ti faranno del male...»

Vide i due poliziotti avanzare un passo alla volta, alla stessa andatura della loro preda. Maura era ancora nella traiettoria di tiro e loro non potevano far niente se non guardare impotenti la donna che arretrava in corridoio trascinando con sé l'ostaggio. Maura sentì ansimare e con la coda dell'occhio notò alcune persone impietrite dallo shock.

«Indietro!» gridò uno degli agenti. «Toglietevi tutti di mezzo!»

È finita, pensò Maura. Sono in trappola con una pazza che non si vuole arrendere. Udì il respiro della donna accelerare fino a trasformarsi in un piagnucolio frenetico, avvertì la paura correrle lungo il braccio come corrente elettrica nei cavi dell'alta tensione. Si sentì trascinare inesorabilmente verso una conclusione sanguinosa. Vide quasi la scena negli occhi dei poliziotti che si muovevano lenti, centimetro dopo centimetro: l'esplosione del colpo, la poltiglia cerebrale che dalla testa dell'ostaggio schizzava dappertutto, l'inevitabile pioggia di proiettili che avrebbe posto fine a tutto. Fino a quel momento la polizia era in stallo, e la sconosciuta, in preda al panico, era altrettanto impotente, altrettanto incapace di modificare il corso degli eventi.

Sono l'unica che può cambiare le cose. È il momento di agire.

Maura inspirò ed espirò. Quando l'aria le uscì sibilando dai polmoni, rilassò i muscoli. Le gambe le cedettero e lei crollò sul pavimento.

La donna emise un grido di sorpresa e cercò di sorreggerla, ma un corpo flaccido è pesante e l'ostaggio le scivolò a terra: il suo scudo umano si era infranto. All'improvviso Maura fu libera e rotolò di lato. Si coprì la testa con le braccia e si appallottolò, in attesa dello sparo, ma tutto quello che sentì fu una serie di passi che correvano e di urla.

«Merda, non ho una traiettoria netta!»

«Toglietevi tutti *di mezzo*, cazzo!»

Una mano l'afferrò e la scosse. «Signora? Sta bene? Sta *bene*?»

Tremando sollevò infine lo sguardo e fissò il poliziotto. Udì le radio gracchiare e le sirene gemere come donne in lutto.

«Venga, deve allontanarsi di qui.» L'agente la prese per il braccio e la fece alzare. Maura tremava tanto violentemente che non riusciva quasi a stare in piedi, perciò l'uomo la cinse alla vita con un braccio e la condusse all'uscita. «Tutti voi!» gridò ai presenti. «Uscite dall'edificio, *ora.*»

Maura guardò dietro di sé. La sconosciuta era scomparsa.

«Riesce a camminare?» domandò il poliziotto.

Incapace di dire una parola, si limitò ad annuire.

«Allora vada! Dobbiamo evacuare l'edificio. Non è il caso che resti qui.»

Non quando si prevede uno spargimento di sangue.

Maura fece qualche passo. Si voltò un'ultima volta e vide che il poliziotto aveva già imboccato il corridoio. Un cartello indicava l'ala in cui la sconosciuta avrebbe opposto l'ultima resistenza.

Diagnostica per immagini.

Jane Rizzoli si svegliò di soprassalto e fissò il soffitto sbattendo le palpebre, momentaneamente confusa. Non pensava si sarebbe addormentata, ma il lettino era molto confortevole e lei era stanca; durante le ultime notti non aveva dormito bene. Guardò l'orologio a muro e si rese conto di essere rimasta sola per più di mezz'ora. Quanto ancora avrebbe dovuto attendere? Fece passare altri cinque minuti, sempre più infastidita.

Bene, ne ho abbastanza. Voglio sapere perché ci vuole tanto. E non aspetterò la sedia a rotelle.

Scese dal lettino e posò bruscamente i piedi sul freddo pavimento. Fece due passi e si accorse di avere ancora il braccio collegato alla flebo. Spostò allora la sacca su un'asta portaflebo munita di ruote e la spinse verso la porta. Guardò in corridoio e non vide nessuno: né un'infermiera né un inserviente né un tecnico.

Be', *davvero* rassicurante. Si erano completamente dimenticati di lei.

Si avviò nel corridoio senza finestre spingendo l'asta portaflebo. Scorrendo, le ruote vibravano sul pavimento di linoleum. Superò una porta aperta, poi un'altra: vide lettini vuoti e stanze deserte. Dov'erano finiti tutti quanti? Nel breve tempo in cui aveva dormito si erano volatilizzati.

Era passata davvero solo mezz'ora?

Si fermò nel corridoio vuoto e un pensiero improvviso, degno di *Ai confini della realtà*, le attraversò la mente: mentre dormiva, l'intera umanità era svanita dalla faccia della terra. Guardò a destra e a sinistra cercando di ricordare la strada per la sala d'attesa. Quando la tecnica l'aveva accompagnata nella stanza, non aveva prestato attenzione. Aprì una porta e vide un ufficio. Ne aprì un'altra e trovò un archivio.

Dentro, nessuno.

Affrettò il passo percorrendo il dedalo di corridoi con l'asta portaflebo che le sferragliava accanto. Che razza di ospedale era quello, dove lasciavano una povera donna incinta tutta sola? Avrebbe presentato reclamo, altro che se lo avrebbe fatto. Avrebbe già potuto avere le doglie! Avrebbe potuto rischiare di morire! Invece era incazzata alla grande, e quello *non* era di certo lo stato d'animo più adatto a una donna incinta. Soprattutto a *quella* donna incinta.

Alla fine individuò il cartello USCITA e, pronta a fare il suo discorso, spalancò la porta. Quando diede una prima occhiata alla sala d'attesa, non colse subito la situazione. Il signor Bodine era ancora legato alla sedia a rotelle e parcheggiato nell'angolo. La tecnica di ecografia e la receptionist erano sedute vicine, rannicchiate, su un divano. Sull'altro c'erano la dottoressa Tam e al suo fianco l'inserviente di colore. Che cos'era: l'ora del tè? Lei veniva dimenticata nella stanza sul retro e la dottoressa poltriva sul divano?

Poi notò la cartella clinica sul pavimento e vide la tazza rovesciata, il caffè sparso sulla moquette. Allora si rese conto che la dottoressa Tam non stava poltrendo: aveva la schiena rigida, i muscoli del volto tesi per la paura. Il suo sguardo non era focalizzato su Jane, ma su qualcos'altro.

A quel punto Jane capì. *C'è qualcuno in piedi alle mie spalle.*

7

Maura era seduta nel caravan del comando operativo mobile, circondata da telefoni, televisori e computer portatili. L'aria condizionata non funzionava e all'interno del camper dovevano esserci più di trentadue gradi. L'agente Emerton, che stava monitorando le conversazioni radio, si sventolò e bevve una sorsata da una bottiglia d'acqua, ma il capitano Hayder, il comandante della divisione Operazioni speciali della polizia di Boston, era imperturbabile mentre studiava gli schemi CAD sullo schermo del computer. Al suo fianco il responsabile della struttura dell'ospedale gli stava spiegando la pianta dell'edificio.

«L'area in cui si è nascosta è il reparto di diagnostica per immagini», disse l'uomo. «Era la sede di radiologia, prima che venisse spostata nella nuova ala. Temo che sarà un bel problema per lei, capitano.»

«Perché lo dice?» chiese Hayder.

«I muri perimetrali sono rivestiti di piombo e in quell'ala non ci sono finestre né porte esterne. Non riuscirete a fare irruzione né a gettare dentro lacrimogeni.»

«E l'unico modo per entrare nel reparto è attraverso questa porta che dà su un corridoio interno?»

«Esatto.» Il responsabile guardò Hayder. «Immagino che la ragazza l'avrà chiusa a chiave.»

Il capitano annuì. «Il che significa che è intrappolata là dentro. Abbiamo richiamato gli uomini in fondo al corridoio in modo che non si trovino proprio nella linea di tiro se decidesse di scappare.»

«È in un vicolo cieco. L'unico modo per uscire è superare

i suoi uomini. Per il momento l'avete in pugno. Però incontrerete parecchie difficoltà a *entrare.* »

« Perciò ci troviamo in un'impasse. »

Il responsabile cliccò con il mouse e ingrandì una sezione della pianta. « Ora, qui c'è una possibilità: dipende tuttavia dal punto dell'ala in cui ha scelto di nascondersi. Le lamine di piombo rivestono tutte queste aree diagnostiche, ma qui, in sala d'attesa, le pareti non sono schermate. »

« Di quali materiali stiamo parlando? »

« Intonaco. Muri a secco. Potreste perforare facilmente il soffitto dal piano di sopra. » L'uomo guardò Hayder. « Ma, se si rintana nell'area rivestita di piombo, diventa intoccabile. »

« Mi scusi », intervenne Maura.

Hayder si voltò verso di lei con un lampo di irritazione negli occhi azzurri. « Sì? » rispose secco.

« Ora posso andare, capitano Hayder? La mia presenza è inutile. »

« Per il momento no. »

« Quanto devo restare ancora? »

« Finché il nostro negoziatore non le avrà parlato. Ha chiesto di trattenere tutti i testimoni. »

« Sarò lieta di parlargli, ma non c'è ragione che resti seduta qui. Il mio ufficio è esattamente dall'altra parte della strada. Sapete dove trovarmi. »

« Non è abbastanza vicino, dottoressa Isles. Dobbiamo tenerla chiusa qui. » Hayder aveva già rivolto la sua attenzione allo schema CAD, incurante della protesta. « Sta accadendo tutto molto rapidamente e non possiamo perdere tempo a rintracciare i testimoni che si allontanano. »

« Non ho intenzione di allontanarmi e non sono l'unica testimone. C'erano le infermiere che si occupavano di lei. »

« Stiamo trattenendo anche loro. Parleremo con tutte voi. »

« E c'era quel medico nella sua stanza. Era lì quando è successo. »

« Capitano Hayder? » disse Emerton voltandosi e abbandonando la radio. « I primi quattro piani sono stati evacuati. Non possono spostare i pazienti in condizioni critiche ai piani superiori, ma abbiamo fatto uscire tutti i casi non gravi dall'edificio. »

« Presidi? »

« Quello interno è stato stabilito. Hanno bloccato il corridoio. Stiamo ancora aspettando altri agenti per rafforzare il presidio esterno. »

Il televisore sopra la testa di Hayder era sintonizzato sulla stazione locale di Boston senza audio. Trasmetteva notizie in diretta e le immagini erano incredibilmente familiari. Quella è Albany Street, pensò Maura, ed ecco il caravan del comando dove in questo momento mi tengono prigioniera. Mentre la città di Boston stava seguendo il dramma sugli schermi televisivi, lei era in trappola nell'occhio del ciclone.

Un'improvvisa oscillazione del caravan la indusse a girarsi verso la porta. Vide entrare un uomo. Un altro poliziotto, pensò, notando l'arma nella fondina che portava al fianco, ma era più basso e molto meno imponente di Hayder. Il sudore gli aveva appiccicato le rade ciocche di capelli castani al cuoio capelluto rosso vivo.

« Cristo, qua dentro fa ancora più caldo! » esclamò l'uomo. « Il condizionatore non funziona? »

« È acceso », rispose Emerton. « Ma non serve a un cazzo. Non abbiamo avuto il tempo di farlo mettere a punto. Con gli apparecchi elettronici è sempre un disastro. »

« Per non parlare delle persone », aggiunse l'uomo posando lo sguardo su Maura. Tendendole la mano, disse: « Lei è la dottoressa Isles, giusto? Sono il tenente Leroy Stillman. Mi hanno chiamato per cercare di calmare le acque. Per vedere di risolvere la faccenda senza spargimento di sangue ».

« Lei è il negoziatore. »

Lui scrollò modestamente le spalle. « Così mi chiamano. »

Si strinsero la mano. Forse fu il suo aspetto umile – il volto da cane bastonato, la calvizie incipiente – a metterla a suo agio. A differenza di Hayder, che sembrava agire in preda agli effetti del testosterone, quell'uomo la osservava con un sorriso pacato e paziente, come se avesse tutto il tempo del mondo per parlarle. Guardò Hayder. « Qua dentro non si resiste. Non c'è bisogno che la dottoressa resti qui. »

« Ci hai chiesto di trattenere i testimoni. »

« Sì, ma non di arrostirli vivi. » Aprendo la porta aggiunse: « Qualsiasi altro posto sarà più comodo ».

Scesero e Maura inspirò a fondo, grata d'essere uscita da quel forno. Lì almeno c'era un po' di vento. Mentre era rimasta chiusa nel caravan, Albany Street era stata invasa dai mezzi della polizia. Il viale d'accesso alla sede del coroner, dall'altra parte della strada, era bloccato e Maura non sapeva se sarebbe riuscita a recuperare la macchina. In lontananza, oltre lo sbarramento della polizia vide le parabole satellitari, simili a fiori dai lunghi steli, sui tetti dei furgoni delle TV e si chiese se le troupe sedute all'interno stessero a disagio e al caldo come era capitato a lei nel caravan di comando.

« Grazie per avermi aspettato », disse Stillman.

« Non che avessi scelta. »

« So che è una seccatura, ma dobbiamo trattenere i testimoni finché non li interroghiamo. Al momento la situazione è sotto controllo e mi servono informazioni. Non conosciamo il movente di quella donna, non sappiamo quante persone siano chiuse là dentro con lei. Devo sapere chi abbiamo davanti per poter scegliere il giusto approccio quando inizierà a parlare. »

« Non lo ha ancora fatto? »

« No. Abbiamo isolato le tre linee telefoniche dell'ala ospedaliera in cui si è barricata in modo da controllare tutte le comunicazioni in uscita. Abbiamo cercato di chiamarla cinque o sei volte, ma continua a riagganciare. Alla fine però dovrà comunicare: lo fanno quasi sempre. »

« Sembra ritenerla uguale a tutti gli altri sequestratori. »

« Le persone che fanno cose del genere tendono a comportarsi in modo simile. »

« E quanti sequestratori sono donne? »

« È un caso insolito, devo ammetterlo. »

« Ha mai trattato con una sequestratrice? »

Lui esitò. « La verità è », disse, « che per me è la prima volta. Lo è per tutti. Ci troviamo di fronte a una rara eccezione. Le donne non prendono ostaggi. »

« Questa sì. »

Stillman assentì. « Finché non ne saprò di più, devo trattare la crisi come tutte le altre. Prima di negoziare con lei, devo sapere il più possibile sul suo conto: chi è e perché lo fa. »

Maura scosse la testa. « Non so se da questo punto di vista posso aiutarla. »

« Lei è l'ultima persona entrata in contatto con quella donna. Mi descriva tutto ciò che ricorda, ogni parola che ha detto, ogni minimo gesto. »

« Sono rimasta sola con lei per così poco, solo qualche minuto. »

« Avete parlato? »

« Ho tentato. »

« Che cosa le ha detto? »

Maura sentì i palmi sudarle di nuovo al ricordo della discesa in ascensore, di come impugnasse l'arma con mano tremante. « Ho tentato di calmarla, di farla ragionare. Le ho spiegato che volevo solo aiutarla. »

« Come ha reagito? »

« Non ha detto niente, è rimasta completamente muta e quella è stata la cosa più terribile. » Guardando Stillman precisò: « Il suo assoluto silenzio ».

Lui si accigliò. « Ha avuto qualche reazione alle sue parole? È sicura che l'abbia udita? »

« Non è sorda. Reagisce ai rumori. So che ha sentito le sirene della polizia. »

« Ma non ha detto una sola parola? » L'agente scosse la testa. « È strano. Ci troviamo davanti a una specie di barriera linguistica? Questo complicherebbe la trattativa. »

« Non mi sembra, in ogni caso, un tipo disposto a trattare. »

« Parta dall'inizio, dottoressa Isles: mi dica tutto quello che ha fatto la donna e tutto quello che ha fatto lei. »

« Ho già riferito tutto al capitano Hayder. Chiedendomi le stesse cose all'infinito non otterrete risposte più precise. »

« So di costringerla a ripetersi, ma qualcosa che ricorda potrebbe essere il dettaglio fondamentale, l'elemento specifico che posso sfruttare. »

« Mi ha puntato la pistola alla testa: avevo difficoltà a concentrarmi su qualsiasi altra cosa che non fosse sopravvivere. »

« Era insieme a lei. Ha conosciuto il suo stato d'animo recente. Ha idea della ragione per cui ha commesso un atto del genere? Se esiste la probabilità che faccia del male agli ostaggi che trattiene? »

« Ha già ucciso un uomo: questo non vi dovrebbe dire qualcosa? »

« Ma da quel momento non abbiamo più sentito spari, perciò abbiamo superato i primi trenta minuti critici che sono il lasso di tempo più pericoloso, quello in cui chi spara è ancora spaventato e ci sono più probabilità che uccida un prigioniero. Ormai è passata quasi un'ora e non ha fatto altre mosse. Per quanto ne sappiamo, non ha ferito nessun altro. »

« Allora che fa là dentro? »

« Non ne abbiamo idea. Stiamo ancora cercando di recuperare informazioni sul suo passato. La squadra Omicidi sta tentando di capire come sia finita all'obitorio e abbiamo rilevato quelle che riteniamo siano le sue impronte digitali dalla stanza d'ospedale. Fintantoché nessuno si fa male, il tempo è nostro alleato. Più la faccenda va per le lunghe, più cose sapremo sul suo conto e più aumentano le probabilità che tutto finisca senza spargimento di sangue e senza gesti eroici. » Lanciando un'occhiata all'ospedale disse: « Vede quei poliziotti laggiù? Probabilmente mordono il freno per fare irruzione nell'edificio. Se si arriverà a questo, avrò fallito. La mia regola generale in presenza di ostaggi è: andarci piano. È chiusa in un'ala senza finestre, senza uscite, quindi non può fuggire. Non si può muovere. Perciò lasceremo che resti lì e rifletta sulla situazione. Alla fine si renderà conto che non ha altra scelta che arrendersi».

«Purché sia abbastanza razionale da capirlo.»

Lui la osservò per un istante soppesando garbatamente quelle parole. «La ritiene razionale?»

«Secondo me è terrorizzata», rispose Maura. «Quando eravamo sole in ascensore, ho visto il suo sguardo: c'era il panico nei suoi occhi.»

«Per questo ha premuto il grilletto?»

«Si deve essere sentita minacciata. Eravamo in tre attorno al letto, cercavamo di legarla.»

«In tre? L'infermiera con cui ho parlato ha detto che, quando è entrata nella stanza, ha visto solo lei e la guardia.»

«C'era anche un medico. Giovane, biondo.»

«L'infermiera non l'ha visto.»

«Oh, sarà scappato. Dopo lo sparo sarà corso fuori dalla stanza come una lepre.» Maura tacque, ancora in preda all'amarezza per essere stata abbandonata in quella situazione. «Io ero l'unica a essere rimasta bloccata nella stanza.»

«Perché crede che la paziente abbia sparato solo alla guardia se eravate in tre attorno al letto?»

«L'uomo si stava chinando su di lei. Era il più vicino.»

«Non sarà stato per l'uniforme?»

Maura si accigliò. «Cosa intende?»

«Ci rifletta. L'uniforme è un simbolo di autorità. Potrebbe averlo ritenuto un poliziotto. Mi chiedo se abbia precedenti penali.»

«Molti hanno paura della polizia, non c'è bisogno d'essere criminali.»

«Perché non ha sparato al medico?»

« Gliel'ho detto, è scappato. Ha lasciato la stanza. »

« Non ha sparato nemmeno a lei. »

« Perché aveva bisogno di un ostaggio. Ero l'essere umano più vicino. »

« Pensa che se ne avesse avuto la possibilità l'avrebbe uccisa? »

Maura incrociò il suo sguardo. « Penso che quella donna farebbe di tutto per sopravvivere. »

La portiera del caravan si spalancò all'improvviso. « È meglio che entri e venga a sentire, Leroy! » esclamò il capitano Hayder facendo capolino.

« Di che si tratta? »

« L'hanno appena trasmesso per radio. »

Maura seguì Stillman nel caravan, che nel breve tempo in cui erano stati fuori era diventato ancora più soffocante.

« Ci faccia riascoltare la trasmissione », disse Hayder a Emerton.

Dall'altoparlante provenne la voce eccitata di un uomo. « ... state ascoltando KBUR e io sono Rob Roy, il vostro anfitrione in questa stranissima giornata. Abbiamo una situazione *biiizzarra*, amici. In questo momento c'è in linea una signora che sostiene di essere colei che tiene in pugno la SWAT locale al centro medico. Ora, all'inizio non le ho creduto, ma il nostro produttore le ha parlato. Pensiamo sia tutto vero... »

« Che diavolo è? » chiese Stillman. « Dev'essere uno scherzo. Abbiamo isolato le linee telefoniche. »

« Ascolta », affermò Hayder.

« ... buongiorno, signora », disse il DJ. « Parli pure, ci dica il suo nome. »

« Il mio nome non ha importanza », rispose una voce femminile gutturale.

« D'accordo. Be', perché diavolo lo ha fatto? »

« Il dado è tratto: è tutto quello che ho da dire. »

« Che cosa significa? »

« Lei lo dica, lo riferisca. Il dado è tratto. »

« Va bene, va bene. Qualsiasi cosa significhi, l'intera città di Boston lo ha appena sentito. Amici, se siete in ascolto, il dado è tratto. Qui Rob Roy di KBUR. Siamo al telefono con la signora che sta causando tanto scompiglio al... »

« Di' alla polizia di stare lontana », ingiunse la donna. « Ho sei persone in questa stanza e proiettili a sufficienza per tutte. »

« Uau, signora, si calmi! Non c'è ragione di far male a nessuno. »

Il volto di Stillman era diventato paonazzo di rabbia. L'agente si voltò verso Hayder. « Com'è successo? Pensavo che avessimo isolato le linee telefoniche. »

« È così. Ha usato un cellulare per chiamare all'esterno. »

« Il cellulare di chi? »

« L'utenza è intestata a Stephanie Tam. »

« Sappiamo chi sia? »

« ... ooops! Amici, sono nei guai! » esclamò Rob Roy. « Il regista mi ha appena informato che la polizia di Boston mi ha ordinato di smettere, di interrompere la conversazione. Sospenderanno la trasmissione, amici, e io devo chiudere. Signora, è ancora lì? Pronto? » Silenzio. « Sembra che l'abbiamo perduta. Be', spero si calmi. Signora, se mi sta ancora ascoltando, la prego di non fare del male a nessuno. Possiamo aiutarla, d'accordo? E a tutti gli ascoltatori là fuori, lo avete sentito su KBUR: 'Il dado è tratto...' »

Emerton fermò la registrazione. « Questo è quanto », disse. « È quello che abbiamo su nastro. Abbiamo interrotto la conversazione in quel punto, non appena abbiamo capito con chi stesse parlando il DJ. Ma quella parte del dialogo è andata in onda. »

Stillman era sbigottito e fissava gli apparecchi audio ormai muti.

« Che diavolo combina, Leroy? » chiese Hayder. « È solo un modo di attirare l'attenzione? Sta cercando di accattivarsi la simpatia del pubblico? »

« Non lo so. È strano. »

« Perché non parla con noi? Perché chiamare una stazione radio? Siamo noi quelli che cercano di contattarla e lei continua a riagganciare! »

« Parla con un forte accento. » Stillman guardò Hayder. « Non è sicuramente americana. »

« E cos'ha detto? 'Il dado è tratto'. Che cosa diavolo significa? »

« È una frase di Giulio Cesare », spiegò Maura.

Tutti la fissarono. « Cosa? »

« È quello che ha detto Cesare sulla sponda del Rubicone. Attraversare il fiume significava dichiarare guerra a Roma. Sapeva che, se avesse fatto quella mossa, non sarebbe potuto tornare indietro. »

« Che cos'ha a che vedere Giulio Cesare con tutto questo? » domandò Hayder.

« Vi ho solo detto da dove deriva l'espressione. Quando Cesare ordina alle truppe di attraversare il fiume, sa che sta superando il punto di non ritorno. È un azzardo, ma lui ama gli azzardi e adora giocare a dadi. Quando fa la sua scelta esclama: 'Il dado è tratto!' » Maura tacque. « E fa il suo ingresso trionfale nella storia. »

« Così questo significa attraversare il Rubicone », affermò Stillman.

Maura annuì. « La nostra sequestratrice ha fatto una scelta. Ci ha appena informati che non tornerà indietro. »

« Abbiamo le informazioni su quel cellulare. Stephanie Tam è una dottoressa del centro medico. Dipartimento di ostetricia e ginecologia. Non risponde al cercapersone e l'ultima volta che qualcuno l'ha vista era diretta al reparto di diagnostica per immagini per visitare una paziente. In ospedale stanno esaminando il prospetto dei turni per cercare di identificare il personale mancante. »

« Dunque abbiamo il nome di almeno un ostaggio », commentò Stillman.

« Che facciamo con il cellulare? Abbiamo cercato di chiamarla a quel numero, ma riaggancia. Lo teniamo operativo? »

« Se interrompiamo il servizio, potrebbe infuriarsi. Per il momento manteniamo la linea: ci limiteremo a controllare le telefonate. » Stillman tacque e prese un fazzoletto per asciugarsi il sudore sulla fronte. « Almeno adesso comunica... solo non con noi. »

Qui dentro si soffoca, pensò Maura guardando il volto arrossato dell'uomo. E la giornata diventerà molto più calda. Si sentì vacillare e si rese conto di non poter restare nel caravan un istante di più. « Ho bisogno di una boccata d'aria fresca », disse. « Posso andare? »

Stillman le lanciò un'occhiata distratta. « Sì. Sì, vada pure. Aspetti... sappiamo dove contattarla? »

« Il capitano Hayder ha il mio telefono di casa e il cellulare. Sono rintracciabile ventiquattr'ore su ventiquattro. »

Maura uscì e, socchiudendo gli occhi nel sole di mezzogiorno, si soffermò a osservare con sguardo appannato il caos di Albany Street. Era la stessa strada che percorreva tutti i giorni per andare al lavoro, lo stesso panorama che vedeva ogni mattina quando si avvicinava al viale d'accesso della sede del coroner, ma ora esisteva solo un groviglio di veicoli e di agenti della divisione Operazioni speciali in uniforme nera. Tutti attendevano la mossa successiva della donna che aveva acceso la miccia di quella crisi, una donna la cui identità restava ancora misteriosa.

Maura si avviò verso il suo edificio destreggiandosi tra le auto posteggiate e passò sotto il nastro della polizia. Soltanto quando si raddrizzò notò una figura familiare che le si stava avvicinando. Nell'anno in cui aveva avuto modo di conoscerlo, non aveva mai visto Gabriel Dean agitato e di rado lo aveva notato mostrare forti emozioni, ma l'uomo che ora osservava aveva un'espressione di puro panico sul volto.

« Hai saputo qualche nome? » domandò.

Lei scosse il capo perplessa. « Qualche nome? »

« Degli ostaggi. Chi si trova nell'edificio? »

« Li ho sentiti fare un nome solo, di un medico. »

« *Chi è?* »

Maura tacque, sorpresa dalla brusca domanda. « Una certa dottoressa Tam. Hanno usato il suo cellulare per chiamare una stazione radio. »

Gabriel si girò e fissò l'ospedale. « Oh, Gesù. »

« Che succede? »

« Non riesco a trovare Jane. Non è stata evacuata con gli altri pazienti del piano. »

« Quando è entrata in ospedale? »

« Stamattina, quando le si sono rotte le acque. » Gabriel guardò Maura. « La dottoressa Tam è il medico che l'ha ricoverata. »

Maura lo fissò ricordando all'improvviso quanto aveva appena sentito nel caravan di comando: la dottoressa Tam era diretta al reparto di diagnostica per immagini per visitare una paziente.

Jane. La dottoressa stava scendendo per visitare Jane.

8

Sono venuta in ospedale per dare alla luce un bambino, invece sto per prendermi una pallottola in testa.

Jane era seduta sul divano, incastrata tra la dottoressa Tam a destra e l'inserviente di colore a sinistra. Lo sentiva tremare al suo fianco, con la pelle fredda e appiccicaticcia nella stanza dotata di aria condizionata. La dottoressa Tam sedeva perfettamente immobile: il suo volto era una maschera di pietra. Sull'altro divano era rannicchiata la receptionist e accanto a lei la tecnica piangeva sommessa. Nessuno osava dire una parola, l'unico rumore proveniva dal televisore acceso. Jane guardò le targhette dei nomi sulle divise. MAC, DOMENICA, GLENNA, DR. TAM. Poi abbassò lo sguardo sul proprio braccialetto. RIZZOLI, JANE. Tutti etichettati con ordine per l'obitorio. *Non ci saranno problemi di identificazione.* Pensò ai bostoniani che il mattino seguente avrebbero aperto la loro copia del *Tribune* e visto quegli stessi nomi stampati nitidi nero su bianco in prima pagina. UCCISI NELL'ASSEDIO ALL'OSPEDALE. Li vide leggere in fretta il nome « Rizzoli, Jane », per passare subito dopo alla pagina sportiva.

Così finisce? Per una ragione tanto stupida come trovarsi nel posto sbagliato al momento sbagliato? Ehi, aspetta, avrebbe voluto gridare, *sono incinta! Nei film nessuno spara a una donna incinta presa in ostaggio!*

Ma quello non era un film e Jane non era in grado di prevedere che cosa avrebbe fatto la pazza con la pistola. Così l'aveva soprannominata. La Pazza. In quale altro modo potevi definire una donna che camminava su e giù agitando una pistola? Si fermava solo ogni tanto a guardare il televisore sintonizzato su Channel Six, che trasmetteva in diretta un servizio sugli ostaggi del centro medico. Guarda, mamma, sono in televisione, si disse Jane. Sono una dei fortunati ostaggi intrappolati in quell'edificio. È un po' come il reality *Survivor*, ma con proiettili.

E sangue vero.

Notò che la Pazza indossava un braccialetto come il suo. Era fuggita dall'unità psichiatrica? *Provate un po' a chiedere* a lei *di sedersi su una sedia a rotelle*. La donna era scalza e dall'apertura della camiciola sulla schiena si intravedeva un sedere ben proporzionato. Aveva gambe lunghe, cosce muscolose e una chioma folta di capelli neri corvini. Con un abito sexy di pelle addosso sarebbe stata il ritratto di Xena, la principessa guerriera.

« Devo pisciare », annunciò il signor Bodine.

La Pazza non lo degnò nemmeno di uno sguardo.

« Ehi! Qualcuno mi ascolta? Ho detto: devo *pisciare*! »

Maledizione, falla e basta, vecchio rompipalle, pensò Rizzoli. Piscia nella tua sedia a rotelle, non innervosire una persona che ha una pistola in mano.

Sullo schermo apparve una giornalista bionda: Zoe Fossey, in diretta da Albany Street. « Non sappiamo ancora quanti ostaggi siano bloccati all'interno dell'ala ospedaliera. La polizia ha circondato l'edificio. Finora c'è una sola vittima nota, un addetto alla sicurezza ucciso da un proiettile mentre cercava di immobilizzare la paziente... »

La Pazza si fermò con lo sguardo incollato allo schermo. Aveva un piede sulla cartellina di cartone caduta per terra. Solo allora Jane si accorse del nome che recava, scritto a pennarello nero.

Rizzoli, Jane.

Il servizio terminò e la Pazza riprese a camminare su e giù calpestando la cartellina. Era la cartella clinica ambulatoriale di Jane, che la dottoressa Tam portava probabilmente con sé quando era arrivata al reparto di diagnostica per immagini. Adesso era ai piedi della Pazza. Tutto quello che avrebbe dovuto fare era chinarsi, aprirla e leggere il primo foglio contenente i dati della paziente: nome, data di nascita, stato civile, numero di previdenza sociale.

Professione. *Detective, squadra Omicidi. Dipartimento di polizia di Boston.*

Questa donna è circondata dalla SWAT della polizia di Boston, pensò Jane. Quando scoprirà che anch'io sono della polizia...

Preferì non terminare il pensiero; sapeva dove l'avrebbe condotta. Si guardò di nuovo il polso studiando il braccialetto identificativo dell'ospedale con il nome: RIZZOLI, JANE. Se solo fosse riuscita a toglierselo, avrebbe potuto ficcarlo tra i cuscini e la Pazza non l'avrebbe collegata alla cartella clinica. Quella era la cosa da fare: liberarsi del pericoloso braccialetto identificativo. A quel punto sarebbe stata una delle tante donne incinte dell'ospedale, non una poliziotta, non una minaccia.

Infilò un dito sotto il bracciale e tirò, ma questo non cedette. Tirò con più forza, ma non riuscì a romperlo. Di che diavolo era fatto? Di titanio? Certo, doveva essere robusto: nessuno voleva che anziani svaniti come il signor Bodine si strappassero il braccialetto e vagassero senza nome per i corridoi. Jane tirò con più forza ancora; aveva i denti stretti e i muscoli tesi. Devo staccarlo a morsi, pensò, quando la Pazza non guarda. Potrei...

S'immobilizzò di colpo: la donna era in piedi proprio di fronte a lei, di nuovo con un piede sulla sua cartella clinica. A poco a poco Jane sollevò lo sguardo sul suo volto. Fino a quel momento aveva evitato di guardare in faccia la sua carceriera, nel timore di attirare l'attenzione su di sé. Ora con orrore vide che la sconosciuta fissava lei, lei soltanto, e si sentì come la gazzella scelta nel branco per essere uccisa. Quella donna aveva persino un'*aria* felina: era aggraziata, con gli arti lunghi e i capelli neri lucidi come il pelo di una pantera. I suoi occhi azzurri erano intensi come fari e ora Jane ne era illuminata in pieno.

« Questo è quello che fanno », disse osservando il bracciale di Jane. « Ti mettono un'etichetta, come nei campi di concentramento. » Le mostrò il suo bracciale con su scritto DOE, JANE. Che nome originale ti hanno dato, pensò Rizzoli, e per poco non scoppiò a ridere. Sono tenuta in ostaggio da Jane Doe. Jane contro Jane, la vera contro la falsa. L'ospedale non sapeva chi fosse quando l'aveva ricoverata? A giudicare dalle poche parole che aveva pronunciato, era chiaro che non era americana: dell'Europa dell'Est, forse russa.

La donna si strappò il bracciale e lo gettò per terra. Poi afferrò il polso di Jane e strappò bruscamente anche il suo, che si ruppe.

« Ecco. Basta etichette », disse. Poi guardò il bracciale di Jane. « Rizzoli. È italiano. »

« Sì. » Jane tenne lo sguardo fisso sul suo volto, timorosa persino di guardare in basso, di attirare l'attenzione sulla cartellina che si trovava sotto il suo piede nudo. La donna scambiò il suo sguardo per un cenno di intesa. Fino a quel momento la Pazza non aveva quasi rivolto la parola a nessuno, ora invece cominciava a parlare. Questo è un bene, si disse Jane. Un tentativo di conversazione. Cerca di instaurare un legame con lei, di stabilire un rapporto. Diventa sua amica. Non ucciderebbe un'amica, vero?

La donna le stava fissando il pancione.

« Aspetto il primo figlio », spiegò Jane.

La donna alzò lo sguardo sull'orologio a muro. Stava attendendo qualcosa, contando i minuti che passavano.

Jane decise di fare un tentativo più deciso per stabilire un dialogo. « Come... come ti chiami? » azzardò.

« Perché? »

« Volevo solo saperlo. » *Così potrò smettere di chiamarti la Pazza.*

«Non ha importanza. Io sono già morta.» La donna la guardò. «E anche tu.»

Jane fissò quegli occhi febbrili e per uno spaventoso istante pensò: e se fosse vero? Se fossimo già morti e questo fosse semplicemente l'inferno?

«Ti prego», mormorò la receptionist. «Ti prego, lasciaci liberi. Non hai bisogno di noi. Facci andar via.»

La donna riprese a camminare su e giù calpestando la cartella clinica con i piedi nudi. «Pensate che vi lasceranno vivere? Dopo che siete stati con me? Tutti quelli che stanno con me muoiono.»

«Di che cosa sta parlando?» chiese la dottoressa Tam.

È paranoide, pensò Jane. Soffre di delirio di persecuzione.

La donna si fermò di colpo e fissò la cartellina accanto ai piedi.

Non aprirla. Ti prego, non aprirla.

La donna la raccolse e guardò il nome sulla copertina.

Distraila, ora!

«Scusami», disse. «Devo... devo proprio andare in bagno. Sai, col fatto che sono incinta.» Indicò la toilette della sala d'attesa. «Posso, per piacere?»

La donna gettò la cartella sul tavolino e questa atterrò fuori dalla portata di Jane, anche se di poco. «Non chiudere a chiave la porta.»

«No, te lo prometto.»

«Va'.»

La dottoressa Tam le toccò la mano. «Le serve aiuto? Vuole che venga con lei?»

«No. Sto bene», rispose Jane e si alzò sulle gambe malferme. Avrebbe voluto disperatamente prendere la cartella mentre passava accanto al tavolino, ma la Pazza non la perse d'occhio per un istante. Jane entrò in bagno, accese la luce e chiuse la porta. Provò un improvviso sollievo a essere sola, a non dover fissare una pistola.

Potrei chiudere a chiave la porta lo stesso... Potrei restare qui dentro ad aspettare finché non sarà finita.

Poi pensò alla dottoressa Tam, all'inserviente, a Glenna e Domenica avvinghiate l'una all'altra sul divano. *Se faccio incazzare la Pazza, saranno loro a rimetterci. Sarei una vigliacca se mi nascondessi dietro una porta chiusa.*

Usò il gabinetto e si lavò le mani. Tenendo la mano a coppa, bevve un po' d'acqua perché non sapeva quando avrebbe potuto rifarlo. Mentre si asciugava il mento, osservò il piccolo bagno in cerca di qualcosa da poter usare come arma, ma vide solo salviette di carta, un dispenser per il sapone e il bidone dei rifiuti in acciaio inossidabile.

La porta si spalancò di colpo. Jane si voltò e vide la sua carceriera che la fissava. *Non si fida di me. È ovvio che non si fidi.*

« Ho finito », disse. « Ora esco. » Lasciò il bagno, attraversò di nuovo la stanza diretta al divano e notò che la cartella clinica era ancora sul tavolino.

« Adesso ci sediamo e aspettiamo », annunciò la donna sistemandosi su una sedia con la pistola in grembo.

« Aspettiamo cosa? » domandò Jane.

La sconosciuta la fissò e rispose calma: « La fine ».

Jane fu percorsa da un brivido, ma sentì nello stesso tempo anche qualcos'altro: una tensione al ventre, come una mano che si chiudeva a pugno. Trattenne il fiato quando la contrazione divenne dolorosa e la fronte le si imperlò di sudore. Cinque secondi, dieci. Lentamente si attenuò e Jane si appoggiò al divano respirando profondamente.

« Cosa c'è che non va? » le chiese nervosa la dottoressa Tam.

« Credo di avere le doglie », rispose Jane deglutendo.

« C'è una poliziotta là dentro? » disse il capitano Hayder.

« Non deve lasciar trapelare la notizia », replicò Gabriel.

« Nessuno deve sapere che lavoro fa. Se la sequestratrice scopre che ha in pugno una poliziotta... » Gabriel fece un profondo respiro e aggiunse pacato: « La notizia non deve arrivare ai media. Questo è quanto ».

Leroy Stillman annuì. « Non accadrà. Dopo quello che è successo alla guardia... » Tacque e poco dopo affermò: « Dobbiamo tenerlo segreto ».

« Avere una poliziotta là dentro potrebbe tornarci utile », commentò Hayder.

« Come? » esclamò Maura, stupefatta che il capitano avesse fatto un'osservazione del genere in presenza di Gabriel.

« La detective Rizzoli ha la testa sulle spalle e sa maneggiare un'arma. Potrebbe fare la differenza nella gestione del caso. »

« È anche al nono mese di gravidanza e prossima al parto. Che cosa si aspetta che faccia? »

« Dico solo che ha un istinto da sbirro, il che è un bene. »

« In questo momento », replicò Gabriel, « l'unico istinto che desidero abbia mia moglie è quello dell'autoconservazione. Voglio che resti viva e al sicuro, perciò non conti sul fatto che compia gesti eroici. La tiri soltanto fuori di lì. »

« Non faremo niente che la metta in pericolo, agente Dean, glielo prometto », intervenne Stillman.

« Chi è la sequestratrice? »

« Stiamo ancora cercando di identificarla. »

« Che cosa vuole? »

« Forse l'agente Dean e la dottoressa Isles dovrebbero uscire dal caravan e permetterci di tornare al lavoro », tagliò corto Hayder.

« No, è tutto a posto », disse Stillman. « L'agente Dean deve essere informato, è ovvio. » Guardando Gabriel aggiunse: « Vogliamo andarci piano. Le daremo la possibilità di calmarsi e di iniziare a parlare. Fintantoché nessuno verrà ferito, avremo tempo ».

Gabriel annuì. « Così va gestita questa faccenda. Niente

proiettili, niente assalti. L'importante è che restino tutti in vita.»

«Capitano, abbiamo l'elenco. I nomi del personale e dei pazienti mancanti!» gridò Emerton.

Stillman afferrò il foglio non appena uscì dalla stampante e scrutò i nomi.

«Lei c'è?» domandò Gabriel.

Dopo un attimo di silenzio il poliziotto assentì. «Purtroppo sì», rispose porgendo la lista a Hayder. «Sei nomi. Questo ha detto la sequestratrice alla radio: di avere sei persone.» Evitò di specificare ciò che aveva aggiunto: *e proiettili a sufficienza per tutte.*

«Chi ha visto l'elenco?» chiese Gabriel.

«L'amministratore dell'ospedale», rispose Hayder. «Più chiunque altro lo abbia aiutato a compilarlo.»

«Prima che venga diffuso, cancellate mia moglie.»

«Sono solo nomi. Nessuno sa...»

«Qualsiasi giornalista scoprirebbe in men che non si dica che Jane è della polizia.»

«Ha ragione. Tutti i giornalisti che si occupano di crimini a Boston conoscono il suo nome.»

«Cancellala dalla lista, Mark», affermò Stillman, «prima che altri la vedano.»

«E la nostra squadra d'assalto? Se entrano, devono sapere chi c'è dentro, quante persone devono salvare.»

«Se fate bene il vostro lavoro», osservò Gabriel, «non ci sarà bisogno di *nessuna* squadra d'assalto. Convincete quella donna a uscire di lì.»

«Be', finora non siamo stati molto convincenti, no?» Hayder guardò Stillman. «La ragazza si rifiuta persino di dire 'pronto'.»

«Sono passate solo tre ore», osservò Stillman. «Dobbiamo darle tempo.»

«E se ne passano sei? Dodici?» Hayder guardò Gabriel. «Sua moglie potrebbe partorire da un momento all'altro.»

«Crede che non l'abbia considerato?» replicò questi. «Là dentro non c'è solo mia moglie, c'è anche mio figlio. La dottoressa Tam potrebbe essere con loro, ma se qualcosa va storto durante il parto non c'è attrezzatura, non c'è sala operatoria. Perciò, sì, voglio che questa faccenda finisca prima possibile, ma non se c'è il rischio che la trasformiate in un bagno di sangue.»

«È stata *lei* a provocare tutto questo e sarà lei a decidere che cosa accadrà dopo.»

«Non forzatele la mano. Avete un negoziatore, capitano Hayder. *Usatelo* e tenete la vostra squadra SWAT lontana da mia moglie.» Gabriel si girò e uscì dal caravan.

Fuori Maura lo raggiunse sul marciapiede. Dovette chiamarlo due volte prima che si fermasse e si voltasse.

«Se combinano qualche casino», disse, «se fanno irruzione là dentro troppo presto...»

«Hai sentito quello che ha detto Stillman. Vuole andarci piano, la pensa proprio come te.»

Gabriel fissò un gruppetto di tre agenti con le uniformi della SWAT, accalcati vicino all'ingresso dell'atrio. «Guardali. Sono tutti su di giri, vogliono entrare in azione. So com'è perché ci sono passato anch'io. L'ho provato di persona. Ti stanchi di aspettare, di negoziare all'infinito. Loro vogliono solo procedere, perché è per quello che sono addestrati. Non vedono l'ora di premere il grilletto.»

«Stillman ritiene di poterla convincere ad arrendersi.»

Gabriel la guardò. «Tu sei stata insieme a quella donna. Lo ascolterà?»

«Non lo so. La verità è che non sappiamo quasi niente di lei.»

«Ho sentito che è stata tirata fuori dall'acqua e portata in obitorio da una squadra dei vigili del fuoco.»

Maura assentì. «Un chiaro caso di annegamento. L'hanno trovata a Hingham Bay.»

«Chi l'ha trovata?»

« Alcune persone di uno yacht club di Weymouth. La polizia di Boston ha già incaricato una squadra della Omicidi di occuparsene. »

« Ma non sanno di Jane. »

« Non ancora. » Cambierà tutto, pensò Maura. Una di loro è stata presa in ostaggio. Quando c'è in gioco la vita di un altro poliziotto, cambia sempre tutto.

« Quale yacht club? » domandò Gabriel.

9

Mila

Ci sono le sbarre alle finestre. Stamattina la brina sembra incisa sul vetro come una ragnatela di cristallo. Fuori ci sono alberi, così tanti che non so che cosa ci sia dietro. Tutto quello che conosco è questa stanza, e questa casa, che è diventata il nostro unico universo dalla sera in cui il furgone ci ha portate qui. Il sole luccica sulla brina fuori dalla finestra. È bello, nel bosco, e immagino di camminare tra gli alberi: le foglie che crepitano, il ghiaccio che scintilla sui rami. Un paradiso freddo, puro.

Questa casa invece è l'inferno.

Lo vedo riflesso sui volti delle altre ragazze che ora dormono, stese sulle brande sporche. Sento il tormento nei loro gemiti inquieti, i loro piagnucolii. Siamo sei a dividere la stanza. Olena è qui da più tempo di tutte e sulla guancia ha uno sfregio, un ricordo lasciatole da un cliente che amava le maniere forti. Nonostante ciò, a volte reagisce. È l'unica di noi che lo fa, l'unica che non riescono a controllare del tutto malgrado le pastiglie e le iniezioni di tranquillanti. Malgrado le botte.

Sento una macchina imboccare il viale d'accesso e attendo terrorizzata il suono del campanello. È come una scossa quando tocchi un filo scoperto. A quel suono le ragazze si svegliano con un sussulto e si mettono a sedere tirandosi le coperte al petto. Sappiamo che cosa accade dopo. Sentiamo la chiave nella toppa e la porta della camera si apre.

La Madre sta in piedi sulla soglia come una grassa cuoca

che sceglie l'agnello da macellare. Al solito, è indifferente, il suo volto butterato non mostra alcuna emozione mentre esamina il gregge. Lo sguardo si sposta sulle ragazze accoccolate sulle brande e quindi si dirige alla finestra, dove mi trovo io.

« Tu », dice in russo. « Vogliono una nuova. »

Guardo le altre ragazze. Tutto quello che vedo nei loro occhi è il sollievo di non essere state scelte stavolta come agnelli sacrificali.

« Cosa aspetti? » chiede la Madre.

Sento le mani diventare gelide e la nausea attanagliarmi lo stomaco. « Io... io non mi sento bene. E là sotto ho ancora male... »

« È la tua prima settimana e hai già male? » La Madre sbuffa. « Abituati. »

Le altre ragazze fissano tutte il pavimento o le loro mani evitando il mio sguardo. Solo Olena mi guarda e nei suoi occhi scorgo pietà.

Seguo mite la Madre fuori dalla stanza. So già che resistere significa essere punita e ho ancora i lividi dell'ultima volta che ho protestato. La Madre indica la stanza in fondo al corridoio.

« C'è un vestito sul letto. Mettilo. »

Entro nella stanza e lei chiude la porta alle mie spalle. La finestra dà sul viale d'accesso dov'è parcheggiata un'auto blu. Anche qui le finestre hanno le sbarre. Guardo il grande letto di ottone e quello che vedo non è un mobile, ma il mio strumento di tortura. Prendo l'abito. È bianco, come il camiciotto di una bambola, con una balza sull'orlo. Capisco subito che cosa significhi, e la nausea si trasforma in paura. Quando ti chiedono di fare la bambina, mi aveva avvertito Olena, significa che vogliono che tu abbia paura, che gridi. Si divertono se sanguini.

Non voglio mettere il vestito, ma ho paura a non farlo. Quando sento un rumore di passi che si avvicinano alla camera, ho già addosso l'abito e mi preparo per quello che accadrà dopo. La porta si apre ed entrano due uomini. Mi squadrano per qualche istante e io spero che siano delusi, che pensino che sia troppo magra o troppo insignificante, che si girino e se ne vadano. Invece chiudono la porta e vengono verso di me come lupi famelici.

Devi imparare a distaccarti. Questo mi ha insegnato Olena, a distaccarmi dal dolore. Cerco di farlo mentre gli uomini mi strappano il vestito da bambola, mentre le loro mani rozze si chiudono attorno ai miei polsi e mi costringono a sottomettermi. Hanno pagato per il mio dolore e non sono contenti finché non grido, finché non ho il volto bagnato di lacrime e di sudore. *Oh, Anja, come sei fortunata a essere morta!*

Quando è finita, torno zoppicante nella stanza. Olena si siede accanto a me sulla branda e mi accarezza i capelli. «Adesso devi mangiare», dice.

Scuoto la testa. «Voglio solo morire.»

«Se muori, vincono loro. Non possiamo lasciarli vincere.»

«Hanno già vinto.» Mi giro sul fianco e avvicino le ginocchia al petto, raggomitolandomi fino a diventare una palla perfetta che nulla può penetrare. «Hanno già vinto...»

«Mila, guardami. Pensi che io abbia rinunciato? Pensi che sia già morta?»

Mi asciugo le lacrime dal viso. «Non sono forte come te.»

«Non è forza, Mila. È odio. È questo che ci tiene in vita.» Olena si china e i suoi capelli lunghi sono una cascata di seta nera. Quello che vedo nei suoi occhi mi spaventa. Lì brucia un fuoco. Non è del tutto sana di mente. Così Olena riesce a sopravvivere alle droghe e alle crudeltà.

La porta si apre di nuovo e ci facciamo tutte piccole piccole mentre la Madre si guarda attorno. Indica una ragazza. «Tu, Katya. Questo è tuo.»

Katya si limita a guardarla senza muoversi.

La Madre fa due passi e le dà uno schiaffo sull'orecchio.

« Muoviti », ordina, e Katya esce incespicando dalla stanza. La Madre chiude a chiave la porta.

« Ricorda, Mila », bisbiglia Olena. « Ricorda quello che ti tiene in vita. »

Guardo nei suoi occhi e lo vedo. *L'odio.*

10

«Non possiamo lasciar trapelare l'informazione», affermò Gabriel. «Potrebbe significare la sua morte.»

Il detective della Omicidi Barry Frost lo fissò stupefatto. Erano nel parcheggio del Sunrise Yacht Club. Non si muoveva una foglia e al largo, a Hingham Bay, le barche seguivano la corrente con le vele flosce. Sotto l'intenso sole pomeridiano, il sudore gli aveva incollato i capelli a ciuffi sulla fronte pallida. In una stanza piena di gente Barry Frost era la persona che quasi sicuramente nessuno notava, quella che si rintanava tranquilla in un angolo per restarvi, ignorata e sorridente. Il temperamento mite lo aveva aiutato nel burrascoso rapporto con Jane, che negli ultimi due anni e mezzo si era arricchito molto di fiducia reciproca. I due uomini che più tenevano a lei, il marito e il collega, si guardarono preoccupati.

«Nessuno ci ha detto che è lì dentro», mormorò Frost. «Non ne avevamo idea.»

«Non possiamo permettere che lo scoprano i media.»

Frost sospirò, sconvolto. «Sarebbe una rovina.»

«Dimmi chi è la nostra sconosciuta. Dimmi quello che sai.»

«Credimi, faremo tutto il possibile. Ti devi fidare.»

«Non posso starmene seduto in disparte. Devo sapere tutto.»

«Non sei obiettivo. È tua moglie.»

«Esatto. È *mia* moglie.» Nella sua voce si era insinuata una nota di panico. Gabriel restò in silenzio per recuperare il controllo e quindi aggiunse pacatamente: «Tu che faresti se là dentro ci fosse Alice?»

Frost lo osservò per un istante e infine annuì. «Vieni dentro. Stiamo sentendo il presidente del club. È stato lui a tirarla fuori dall'acqua. »

Dal sole cocente passarono alla fresca penombra del circolo. Dentro, il locale aveva lo stesso odore di tutti i bar sul mare in cui Gabriel aveva messo piede: aria salmastra mista ad agrumi e alcol. Era un edificio fatiscente, abbarbicato su un molo di legno che dava su Hingham Bay. Due condizionatori portatili vibravano alle finestre, attutendo il tintinnio dei bicchieri e il basso ronzio della conversazione. Quando si diressero verso la sala, il pavimento scricchiolò.

Gabriel riconobbe i due detective della polizia di Boston in piedi al bar, intenti a parlare con un uomo calvo. Sia Darren Crowe sia Thomas Moore erano colleghi di Jane alla Omicidi. Entrambi salutarono sorpresi Gabriel.

« Ehi! » esclamò Crowe. « Non sapevo arrivasse l'FBI. »

« L'FBI? » chiese l'uomo calvo. « Uau, la faccenda si fa piuttosto seria. » Tese la mano a Gabriel e disse: « Skip Boynton. Sono il presidente del Sunrise Yacht Club ».

« Agente Gabriel Dean », rispose lui stringendogli la mano e cercando il più possibile di assumere un'aria autorevole. Sentiva tuttavia la perplessità nello sguardo di Thomas Moore: questi aveva capito che c'era qualcosa che non andava.

« Sì, stavo raccontando ai detective come l'abbiamo trovata. È stato un bello shock, lasciatemelo dire, vedere un corpo in acqua. » Dopo un istante di silenzio aggiunse: « Vuol bere qualcosa, agente Dean? Offre il club ».

« No, grazie. »

« Oh, giusto. È in servizio, eh? » Skip rise comprensivo. « Voi ragazzi seguite con attenzione le regole, vero? Nessuno beve. Be', al diavolo, lo farò io. » Scivolò dietro il banco, mise alcuni cubetti di ghiaccio in un bicchiere e vi versò sopra un po' di vodka. Gabriel sentì il ghiaccio tintinnare in altri bicchieri e si guardò attorno osservando la decina di soci seduti nella sala, quasi tutti di sesso maschile. Qualcuno andava in barca a vela? si chiese. O venivano lì solo per bere?

Skip uscì da dietro il banco con la vodka in mano. «Non è una cosa che capita tutti i giorni», affermò. «Ne sono ancora piuttosto scosso.»

«Ci stava raccontando come ha notato il corpo», disse Moore.

«Oh, sì. Verso le otto. Ero arrivato presto per cambiare lo spinnaker. Tra due settimane c'è una regata e ne userò uno nuovo. Ha un logo: un drago verde, davvero notevole. Comunque, vado al bacino con lo spinnaker nuovo e vedo una specie di manichino che galleggia in acqua. Sembrava come impigliato in uno scoglio. Salgo sulla barca a remi per dare un'occhiata da vicino e, accidenti, vedo che è una donna. E anche maledettamente carina. Allora chiamo qualcuno e la tiriamo fuori in tre. Poi telefoniamo al 911.» L'uomo bevve una sorsata di vodka e sospirò. «Non ci è mai venuto in mente che potesse essere ancora viva. Voglio dire, diamine: a noi quella ragazza era parsa proprio morta.»

«Anche ai vigili del fuoco», osservò Crowe.

Skip rise. «E loro dovrebbero essere i professionisti. Se non sono in grado di dirlo loro, chi può farlo allora?»

«Ci mostri il punto in cui l'ha trovata», intervenne Gabriel.

Uscirono tutti dalla porta della sala e si ritrovarono sul molo. L'acqua riverberava il bagliore del sole e Gabriel dovette socchiudere gli occhi al forte riflesso per individuare gli scogli indicati da Skip.

«Vedete quella secca laggiù? L'abbiamo contrassegnata con delle boe perché è un pericolo per la navigazione. Lì con l'alta marea l'acqua è profonda solo poche decine di centimetri, ma non la vedi comunque. È molto facile incagliarsi.»

«A che ora c'è stata l'alta marea ieri?» domandò Gabriel.

«Non lo so. Alle dieci, credo.»

«La secca era dunque esposta?»

«Sì. Se non avessi notato la ragazza in quel momento, alcune ore dopo sarebbe forse stata spinta al largo dalla corrente.»

Gli uomini rimasero in silenzio per un attimo a osservare Hingham Bay con gli occhi socchiusi. Un motoscafo passò rombando. La sua scia fece dondolare le barche ormeggiate e tintinnare le drizze sugli alberi.

«Aveva mai visto prima quella donna?» chiese Moore.

«No.»

«Ne è sicuro?»

«Una ragazza del genere? Accidenti se me la ricorderei.»

«E nessuno del club l'ha riconosciuta?»

Skip rise. «Nessuno disposto ad ammetterlo.»

Gabriel lo guardò. «Perché?»

«Be', lo sa.»

«Perché non me lo spiega?»

«I soci del club...» disse Skip con una risatina nervosa. «Voglio dire, vede tutte quelle barche ormeggiate laggiù? Secondo lei chi le usa? Non le mogli. Sono gli uomini che le desiderano, non le donne, e sono gli uomini che bazzicano da queste parti. Una barca è la tua casa lontano da casa.» L'uomo tacque. «Da ogni punto di vista.»

«Crede fosse l'amante di qualcuno?» domandò Crowe.

«Accidenti, non lo so. Però ci ho pensato. Sa, porti una donna qui la sera tardi, fai il cretino in barca, ti ubriachi un po', sei su di giri. Cadere fuori bordo è facile.»

«O essere spinti.»

«Aspetti un momento.» Skip aveva assunto un'aria allarmata. «Non salti a *questo genere* di conclusioni. I soci del club sono brave persone. Persone oneste.»

Che si scopano altre donne sulle loro barche, pensò Gabriel.

«Mi pento anche solo di aver menzionato questa ipotesi», affermò Skip. «Non è che la gente non si ubriachi o non cada fuori bordo. Potrebbe essersi trattato di qualsiasi barca, non solo di una delle nostre.» Indicò verso Hingham Bay, dove un cabinato solcava l'acqua dai riflessi accecanti. « Vede che traffico c'è laggiù? Quella notte potrebbe essere caduta da qualche motoscafo ed essere stata trasportata dalla marea. »

« In ogni caso, ci serve una lista di tutti i vostri soci », intervenne Moore.

« È proprio necessario? »

« Sì, signor Boynton », rispose Moore con tono pacato, ma inequivocabilmente autorevole. « Lo è. »

Skip tracannò il resto della vodka. Il cranio gli era diventato paonazzo per il caldo. L'uomo si asciugò il sudore. « Questo farà un *immenso* piacere ai soci. Facciamo il nostro dovere civico e ripeschiamo una donna dall'acqua e adesso siamo tutti sospettati? »

Gabriel fece scorrere lo sguardo lungo la linea di costa fino allo scivolo per le barche, dove un camion stava facendo retromarcia per mettere in acqua un motoscafo. Altri veicoli con al traino una barca erano in fila nel parcheggio, in attesa del proprio turno. « Che sistemi di sicurezza ha per la notte, signor Boynton? » domandò.

« Sistemi di sicurezza? » L'uomo si strinse nelle spalle. « A mezzanotte chiudiamo a chiave le porte del club. »

« E il molo? Le barche? Non c'è una guardia? »

« Non abbiamo mai avuto furti. Le barche sono tutte chiuse a chiave. Inoltre, da queste parti viviamo tranquilli. Se ti avvicini alla città, trovi gente che si aggira sul lungomare tutta la notte. Questo è un club piccolo, speciale. Un posto per chi vuole scappare da tutto. »

Un posto dove la notte puoi arrivare fino allo scivolo per le barche, pensò Gabriel. Ti puoi avvicinare fino all'acqua e nessuno ti vedrebbe aprire il baule. Nessuno ti vedrebbe tirare fuori un corpo e gettarlo a Hingham Bay. Se la marea è giusta, quel corpo sarà portato lontano, oltre le isole al largo, direttamente a Massachusetts Bay.

Non però se la marea è entrante.

In quel momento squillò il cellulare. Gabriel si allontanò e fece qualche passo sul molo prima di rispondere alla chiamata.

Era Maura. « Vuoi esserci? » disse. « Stiamo per fare l'autopsia. »

« Quale autopsia? »

« Quella della guardia ospedaliera. »

« La causa di morte è chiara, giusto? »

« È sorto un altro problema. »

« Quale? »

« Non sappiamo chi sia quest'uomo. »

« Qualcuno dell'ospedale non può identificarlo? Era un loro dipendente. »

« È questo il punto », rispose Maura. « Non lo era. »

Non avevano ancora svestito il corpo.

Gabriel non era estraneo agli orrori della sala settoria, e alla luce della sua esperienza la vista di quella vittima non fu particolarmente sconvolgente. Notò solo un foro d'ingresso nella guancia sinistra; per il resto i tratti del volto erano integri. Era un uomo sulla trentina con i capelli scuri tagliati corti e la mascella prominente. Gli occhi castani, esposti all'aria a causa delle palpebre semiaperte, erano già vitrei. Un cartellino con il nome PERRIN era attaccato alla tasca della giacca della divisa. Ciò che turbò di più Gabriel mentre fissava il tavolo non fu il sangue coagulato né gli occhi appannati, ma la consapevolezza che la stessa arma che aveva posto fine alla vita di quell'uomo ora minacciava la vita di Jane.

« L'abbiamo aspettata », disse il dottor Abe Bristol. « Maura riteneva dovesse assistere fin dall'inizio. »

Gabriel la guardò: indossava camice e mascherina, ma si trovava ai piedi del tavolo, non al suo solito posto, a destra del cadavere. Tutte le altre volte in cui era entrato in quella sala Maura era stata al posto di comando, con il bisturi in mano. Non era abituato a vederla cedere il controllo nel luogo che di solito era il suo regno. « Non fai tu l'autopsia? » chiese.

« Non posso. Sono stata testimone della sua morte. »

« Non avete ancora idea di chi sia? »

Lei scosse la testa. « Non c'è alcun dipendente ospedaliero di nome Perrin, e il responsabile della sicurezza è venuto a esaminare il corpo e non lo ha riconosciuto. »

« Impronte? »

« Le abbiamo mandate all'AFIS. Finora non è tornato indietro niente né sulle sue, né su quelle della donna che ha sparato. »

« Quindi abbiamo due sconosciuti? » osservò Gabriel fissando il cadavere. « Chi diavolo sono queste persone? »

« Spogliamolo », disse Abe a Yoshima.

Tolsero calze e scarpe al cadavere, slacciarono la cintura e gli sfilarono i pantaloni posando ogni capo su un telo pulito. Con le mani protette dai guanti Abe frugò nelle tasche dei calzoni e scoprì che erano vuote: niente pettine, niente portafoglio, niente chiavi. « Nemmeno qualche spicciolo », osservò.

« Ci si aspetterebbe che ci fossero almeno un paio di monetine », commentò Yoshima.

« Le tasche sono pulite. » Abe sollevò lo sguardo. « Una divisa nuova di zecca? »

Passarono alla camicia. Il tessuto era ormai rigido per il sangue coagulato e dovettero staccarlo dal torace, sul quale si notavano i pettorali muscolosi, un fitto tappeto di peluria scura e due cicatrici. Spessa come una corda ritorta, una correva obliqua verso l'alto passando sotto il capezzolo destro, l'altra andava diagonalmente dall'addome all'ilio sinistro.

« Non sono cicatrici chirurgiche », disse Maura osservandole accigliata dalla sua posizione ai piedi del tavolo.

« Direi che quest'uomo è stato coinvolto in una rissa piuttosto violenta», affermò Abe. «Sembrano vecchie ferite di coltello.»

«Vuole che tagliamo le maniche?» domandò Yoshima.

«No, possiamo sfilarle. Ora voltiamolo.»

Fecero rotolare il corpo sul fianco sinistro per toglierne una. «Uau, dovrebbe vedere questo!» esclamò all'improvviso Yoshima guardando la schiena del cadavere.

Il tatuaggio si estendeva su tutta la scapola sinistra. Maura si chinò per dare un'occhiata e poi sembrò indietreggiare come se il disegno fosse vivo, come se il pungiglione velenoso fosse pronto a colpire. Il carapace era di un blu brillante. Le chele simmetriche si allungavano in direzione del collo e, circondato dalla coda ricurva, si vedeva il numero 13.

«Uno scorpione», disse piano Maura.

«Una piastrina di riconoscimento davvero incredibile», commentò Yoshima.

Maura lo guardò perplessa. «Che cosa?»

«Così li chiamavamo sotto le armi. Quando lavoravo all'obitorio, ho visto autentici capolavori: cobra, tarantole. Un tizio aveva il nome della sua ragazza tatuato su...» Il tecnico tacque. «Al *mio* non lascerei mai che si avvicinasse un ago.»

Sfilarono l'altra manica e girarono il cadavere nudo sulla schiena. Era un uomo ancora giovane, ma il suo corpo aveva già accumulato una nutrita serie di traumi: le cicatrici, il tatuaggio. E poi il danno finale: la ferita di proiettile nella guancia sinistra.

Abe la esaminò con la lente d'ingrandimento. «Qui vedo una zona ustionata.» Guardando Maura chiese: «Erano a stretto contatto?»

«Si stava chinando sul letto per cercare di legare la ragazza quando lei ha sparato.»

«Possiamo vedere le radiografie craniche?»

Yoshima estrasse alcune lastre da una busta e le appese allo schermo luminoso. Erano due prospettive diverse: una anteroposteriore e una laterale. Abe si destreggiò con il grosso ventre per girare attorno al tavolo ed esaminare più da vicino le ombre spettrali create dal cranio e dalle ossa facciali. Per qualche istante non disse nulla, poi guardò Maura. « Quanti colpi hai detto che ha sparato? » chiese.

« Uno. »

« Guarda un po' qui. »

Maura si avvicinò allo schermo. « Non capisco », sussurrò. « Ero lì quando è successo. »

« Qui ci sono sicuramente due proiettili. »

« *So* che la pistola ha sparato una volta sola. »

Abe tornò al tavolo e fissò la testa del cadavere, il foro del proiettile con il suo alone ovale nero di carne bruciata. « C'è soltanto un foro d'ingresso. Se la pistola avesse sparato due colpi in rapida successione, si spiegherebbe un'unica ferita. »

« Non è quello che ho sentito, Abe. »

« In mezzo a tutta quella confusione potresti non aver fatto caso ai due spari. »

Maura aveva ancora lo sguardo fisso sulle radiografie. Gabriel non l'aveva mai vista tanto esitante. In quel momento si stava chiaramente sforzando di conciliare ciò che ricordava con le prove innegabili illuminate dalla lightbox.

« Descrivici quello che è successo nella stanza, Maura », disse Gabriel.

« Eravamo in tre e cercavamo di legarla », rispose lei. « Non l'ho vista prendere la pistola della guardia, ero concentrata sulla cinghia del polso, tentavo di allacciarla. L'avevo appena afferrata quando è partito il colpo. »

« C'erano altri testimoni? »

« C'era un medico. »

« Lui che cosa ricorda? Uno sparo o due? »

Lei si voltò incrociando lo sguardo di Gabriel. « La polizia non gli ha mai parlato. »

« Perché? »

« Perché nessuno sa chi sia. » Per la prima volta Gabriel avvertì una nota di preoccupazione nella sua voce. «A quanto sembra, sono l'unica che si ricorda di lui.»

«Chiamo la Balistica», disse Yoshima girandosi verso il telefono. «Loro sapranno quante cartucce c'erano sulla scena.»

«Iniziamo!» esclamò Abe prendendo un bisturi dal vassoio portastrumenti. Di quella vittima avevano così poche informazioni. Non sapevano il suo vero nome né come fosse arrivata all'ora e al luogo della sua morte, ma una volta terminata l'autopsia l'avrebbero conosciuta più intimamente di chiunque altro.

Al primo taglio Abe fece conoscenza.

La lama recise cute e muscolo sfiorando le coste mentre praticava l'incisione a Y. I tagli decorrevano obliqui dalle spalle per unirsi all'altezza del processo xifoideo; di lì partiva poi un'unica incisione che attraversava l'addome facendo solo una lieve deviazione attorno all'ombelico. Diversamente dal modo rapido ed elegante con cui Maura effettuava dissezioni, Abe Bristol lavorava con brutale efficienza: le sue grosse mani si muovevano come quelle di un macellaio e le dita erano troppo grasse per essere aggraziate. Bristol staccò la carne dall'osso e si allungò per prendere un paio di robuste cesoie. A ogni pressione tagliò una costa. Un uomo impiegava anni per ottenere quel fisico, come di certo aveva fatto la vittima, faticando con pesi e bilancieri, ma tutti i corpi, muscolosi o no, soccombono di fronte a un bisturi e a un paio di cesoie.

Abe tagliò l'ultima costa e sollevò il triangolo contenente lo sterno. Privati della protezione ossea, cuore e polmoni erano ora esposti alla sua lama ed egli si avvicinò per resecarli. Infilò il braccio in profondità nella cavità toracica.

«Dottor Bristol?» disse Yoshima riagganciando il telefono. «Ho appena parlato con la Balistica. Hanno detto che la Scientifica ha consegnato loro un solo proiettile.»

Abe si raddrizzò con i guanti sporchi di sangue. «Non hanno trovato il secondo?»

«È tutto ciò che il laboratorio ha ricevuto. Un proiettile solo.»

«È quello che ho sentito, Abe», intervenne Maura. «Uno sparo.»

Gabriel si avvicinò allo schermo luminoso e fissò le radiografie sempre più sgomento. Uno sparo, due proiettili, pensò. Potrebbe cambiare tutto. Si voltò e guardò Abe. «Devo dare un'occhiata ai proiettili.»

«Pensa di trovare qualcosa di particolare?»

«Forse ho capito perché ce ne sono due.»

Abe annuì. «Mi lasci prima finire qui.» La lama tagliò rapida vasi e legamenti. Bristol prelevò cuore e polmoni, che sarebbero stati pesati ed esaminati in seguito, e passò all'addome. Sembrava tutto normale. Erano gli organi sani di un corpo che per molti decenni ancora avrebbe reso un buon servizio al suo proprietario.

Alla fine si dedicò alla testa.

Gabriel lo osservò attento mentre incideva il cuoio capelluto e lo ripiegava in avanti, scollando la faccia ed esponendo il cranio.

Yoshima azionò la sega.

Anche allora, tra il gemito della sega e lo stridore dell'osso, Gabriel rimase concentrato sulla procedura e si avvicinò persino per dare una prima occhiata alla cavità. Yoshima staccò la calotta cranica e dall'apertura gocciolò un po' di sangue. Abe vi infilò la mano con il bisturi per resecare il cervello. Quando lo estrasse dalla cavità, Gabriel era proprio dietro di lui, con una bacinella in mano, e prese il primo proiettile che fuoriuscì.

Lo esaminò con una lente d'ingrandimento e disse: «Devo vedere l'altro».

«Che ne pensa, agente Dean?»

«Mi trovi anche l'altro proiettile.» La brusca richiesta colse tutti di sorpresa. Gabriel vide Abe e Maura scambiarsi un'occhiata. Ormai era diventato impaziente, doveva sapere.

Abe sezionò il cervello sul ripiano. Controllò le radiografie, individuò la sede del secondo proiettile e al primo taglio lo trovò, incastrato in una tasca di tessuto emorragico.

« Che cosa sta cercando? » domandò Abe mentre Gabriel metteva i due proiettili sotto la lente.

« Stesso calibro. Entrambi da ottanta grammi... »

« Dovrebbero essere identici. Sono stati sparati dalla stessa arma. »

« Ma non lo sono. »

« Cosa? »

« Guardate come il secondo proiettile sta in piedi sulla base. È un dettaglio lieve, ma lo si nota. »

Abe si chinò e guardò accigliato attraverso la lente. « È un po' deformato. »

« Esatto. È inclinato. »

« Potrebbe essere stato l'impatto. »

« No, è stato fabbricato in questo modo, inclinato a novanta gradi per poter seguire una traiettoria lievemente diversa dal primo. Due proiettili concepiti per una dispersione controllata. »

« C'era una sola cartuccia. »

« E un solo foro d'ingresso. »

Maura studiò accigliata le radiografie appese allo schermo, i due proiettili che rilucevano intensamente rispetto all'immagine più sbiadita del cranio. « Un proiettile duplex », concluse.

« Per questo hai sentito un solo sparo », affermò Gabriel. « Perché *c'è stato* un solo sparo. »

Maura rimase in silenzio per un attimo con lo sguardo fisso sulle radiografie. Per quanto fossero impressionanti, non mostravano la scia di devastazione che i due proiettili avevano lasciato nei tessuti molli: vasi lacerati, la sostanza grigia ridotta in poltiglia, una vita di ricordi polverizzata.

«I duplex sono concepiti per arrecare il massimo danno», disse Maura.

«È la loro caratteristica principale.»

«Perché un addetto alla sicurezza si procurerebbe proiettili simili?»

«Abbiamo già stabilito che quest'uomo non era un dipendente ospedaliero. È entrato con un'uniforme falsa, una targhetta falsa, armato di proiettili concepiti non solo per ferire, ma per uccidere. Mi viene in mente una sola spiegazione.»

«Quella donna doveva morire», disse piano Maura.

Per qualche istante nessuno parlò.

Fu la voce della segretaria di Maura a rompere all'improvviso il silenzio. «Dottoressa Isles?» chiese attraverso l'interfono.

«Sì, Louise?»

«Mi spiace disturbarla, ma penso sia il caso che lei e l'agente Dean lo sappiate...»

«Che c'è?»

«Dall'altra parte della strada sta succedendo qualcosa.»

11

Si precipitarono fuori in una calura tanto opprimente che Gabriel ebbe la sensazione d'essersi immerso in un bagno caldo. Albany Street era nel caos. L'agente di guardia allo sbarramento gridava: « State indietro! State indietro! », mentre la massa di giornalisti premeva per avanzare, simile a un'ameba risoluta che minacciava di insinuarsi oltre la barriera. Gli uomini della Operazioni speciali, tutti sudati, stavano affannosamente cercando di serrare il presidio. Uno di loro lanciò un'occhiata dietro di sé, in direzione della folla, e sul suo volto Gabriel colse un'espressione disorientata.

Neanche quel poliziotto sa che cosa stia accadendo.

Si voltò verso una donna che stava a pochi passi di distanza. « Che cos'è successo? »

Lei scosse la testa. « Non lo so. La polizia è come impazzita ed è corsa verso l'edificio. »

« C'è stata una sparatoria? Ha udito degli spari? »

« Non ho udito niente. Stavo andando al centro quando ho sentito tutti quanti urlare. »

« Qua fuori è un manicomio », osservò Abe. « Nessuno sa niente. »

Gabriel corse verso il caravan di comando e controllo, ma un crocchio di giornalisti gli bloccava la strada. Frustrato, prese un cameraman per un braccio e lo costrinse a voltarsi. « Che cos'è successo? »

« Ehi, amico. Lasciami andare. »

« Dimmi che cos'è successo! »

« C'è stata un'infiltrazione. Ha superato il loro maledetto presidio. »

« La donna con la pistola è *fuggita*? »

« No. Qualcuno è *entrato.* »

Gabriel lo fissò. « Chi? »

« Nessuno lo sa. »

Metà del personale dell'ufficio del coroner era radunata nella sala riunioni a guardare la TV. L'apparecchio era sintonizzato sul notiziario locale e sullo schermo c'era una giornalista bionda di nome Zoe Fossey, appostata proprio davanti allo sbarramento della polizia. Sullo sfondo gli agenti si aggiravano tra i veicoli parcheggiati e varie grida si levavano nella confusione. Gabriel guardò Albany Street dalla finestra e vide la stessa scena che stavano seguendo in televisione.

« ... un incredibile sviluppo, si tratta chiaramente di un fatto che nessuno si aspettava. L'uomo è passato attraverso il presidio alle mie spalle, è entrato con noncuranza nell'area tenuta sotto controllo come se conoscesse bene il posto. Proprio per questa ragione la polizia potrebbe essere stata colta di sorpresa. Inoltre, era armato e indossava un'uniforme nera molto simile a quelle che vedete alle mie spalle. Sarebbe stato facile scambiarlo per un agente della Operazioni speciali... »

Abe Bristol sbuffò come per dire *roba da non credere!* « Quel tizio è entrato dalla strada senza problemi e lo hanno lasciato passare! »

« ... siamo stati informati che c'è anche un presidio interno, ma è nell'atrio, che da qui non possiamo vedere. Non abbiamo ancora saputo se l'uomo abbia superato anche il secondo presidio, ma se si considera la facilità con cui ha varcato quello esterno si può presumere che abbia preso in contropiede anche i poliziotti all'interno. Sono sicura che fossero tutti concentrati sulla sequestratrice e con molta probabilità non si aspettavano che un uomo armato *entrasse* nel palazzo. »

« Avrebbero dovuto saperlo », commentò Gabriel fissando incredulo lo schermo. « Dovevano aspettarselo. »

«... sono ormai passati venti minuti e l'uomo non è ricomparso. All'inizio qualcuno ha ipotizzato che fosse un sedicente Rambo intenzionato a tentare un'operazione di salvataggio da solo. Inutile a dirsi che le conseguenze potrebbero essere disastrose. Ma finora non abbiamo sentito sparatorie e non ci risulta che il suo ingresso nel palazzo abbia scatenato atti di violenza.»

L'anchorman la interruppe: «Zoe, rimandiamo il servizio in modo che gli spettatori che si sono appena sintonizzati possano seguire questo sorprendente sviluppo. È avvenuto circa venti minuti fa e le nostre telecamere lo hanno ripreso in diretta mentre accadeva...»

L'immagine di Zoe Fossey fu sostituita da un filmato. Iniziava con un campo lungo di Albany Street ed era quasi la stessa scena che vedevano dalla finestra della sala riunioni. In un primo momento Gabriel non capì nemmeno che cosa guardare, poi sullo schermo apparve una freccia, un utile ausilio grafico fornito dalla stazione televisiva che indicava una figura scura che si muoveva lungo il bordo inferiore. L'uomo superò deciso le auto della polizia e il caravan del centro di comando. Nessuno degli agenti appostati nei paraggi cercò di fermarlo anche se uno guardò esitante nella sua direzione.

«Abbiamo ingrandito l'immagine per poter vedere meglio l'uomo», spiegò l'anchorman. La telecamera zoomò e l'immagine si fermò: adesso l'intero schermo era occupato dalla schiena dell'intruso. Sembrava avere un fucile e anche una specie di zaino. «I suoi abiti scuri si confondono con quelli degli altri agenti presenti in zona, il che spiega perché in quel momento il nostro cameraman non si sia reso conto di ciò che stava vedendo. A prima vista, pare indossare un'uniforme da Operazioni speciali, ma se si osserva con più attenzione si vede che sulla schiena non ha scritte che indichino l'appartenenza alla squadra.»

Il filmato avanzò di qualche fotogramma e di nuovo si bloccò, stavolta sul volto dell'uomo nel momento in cui si girava per guardarsi alle spalle. Era lievemente stempiato, aveva i capelli scuri e un volto magro, quasi scarno. Sembrava ben poco credibile come Rambo. Quell'immagine da lontano era l'unica che la telecamera avesse colto del suo viso. Nell'inquadratura successiva si vedeva di nuovo la schiena. Il filmato continuò seguendo l'avanzare dell'uomo verso l'edificio finché questi non scomparve oltre le porte dell'atrio.

Sullo schermo riapparve Zoe Fossey con il microfono in mano. «Abbiamo cercato di ottenere qualche dichiarazione ufficiale su quanto sta accadendo, ma nessuno parla, Dave.»

«Credi che la polizia sia vagamente imbarazzata?»

«A dir poco. E, ad aumentare l'imbarazzo, c'è stato l'arrivo dell'FBI.»

«Un messaggio piuttosto esplicito che la faccenda poteva essere gestita meglio?»

«Be', in questo momento qui c'è un gran caos.»

«Hai avuto conferma del numero di persone tenute in ostaggio?»

«La sequestratrice ha sostenuto, durante la telefonata alla stazione radio, di aver preso sei persone. Da alcune fonti ho in seguito saputo che il numero dovrebbe essere esatto. Tre dipendenti ospedalieri, un medico e due pazienti. Stiamo cercando di sapere i nomi...»

Gabriel si irrigidì sulla sedia e fissò con rabbia la TV, la donna che, nella smania di rivelare l'identità di Jane, avrebbe potuto inconsapevolmente condannarla a morte.

«... come potete vedere, alle mie spalle tutti urlano. In questo caldo gli animi si accendono. Poco fa il cameraman di un'altra stazione ha cercato di avvicinarsi un po' troppo al presidio ed è stato buttato a terra. Una persona non autorizzata lo ha già superato e la polizia non ha intenzione di permettere che la cosa si ripeta, ma è come chiudere le porte della stalla dopo che i buoi sono scappati o, nel nostro caso, *entrati.*»

«Hai idea di chi sia il nostro Rambo?»

« Come ho detto, nessuno parla, ma abbiamo saputo che la polizia sta controllando un'auto parcheggiata illegalmente a circa due isolati da qui. »

« Pensano sia di Rambo? »

« A quanto pare sì. Un testimone lo ha visto scendere dalla macchina. Credo che persino Rambo abbia bisogno di un mezzo di trasporto. »

« Ma perché lo farebbe? »

« Bisogna considerare due possibilità: la prima è che il nostro uomo voglia fare l'eroe. Forse conosce uno degli ostaggi e sta cercando di effettuare da solo un'operazione di salvataggio. »

« E la seconda possibilità? »

« La seconda è inquietante. Potrebbe essere un rinforzo, potrebbe essere arrivato per dare man forte alla sequestratrice. »

Gabriel si appoggiò allo schienale, sconvolto da quanto all'improvviso gli era parso ovvio. « Ecco che cosa significa 'il dado è tratto' », disse piano.

Abe si girò a guardarlo. « Aveva un senso? »

Gabriel schizzò in piedi. « Devo vedere il capitano Hayder. »

« È un codice di attivazione », spiegò Gabriel. « La sconosciuta ha chiamato la stazione radio perché quelle parole venissero trasmesse, per far sì che giungessero al vasto pubblico. »

« Un codice di attivazione per che cosa? » domandò Hayder.

« Una chiamata alle armi. Una richiesta di rinforzi. »

Hayder sbuffò. « Perché non ha detto semplicemente: *datemi una mano, ragazzi*? Perché usare un codice? »

« Non eravate preparati, vero? Nessuno di voi. » Gabriel guardò Stillman che in quel forno di caravan aveva il volto lucido di sudore. « L'intruso ha superato il presidio portando con sé uno zaino con dentro Dio solo sa quali armi. Non eravate pronti perché non vi sareste mai aspettati che un uomo armato *entrasse* nell'edificio.»

«Sappiamo che è sempre possibile», rispose il poliziotto. «Per questo istituiamo i presidi.»

«Allora come ha fatto quell'uomo a passare?»

«Ci è riuscito perché sapeva esattamente come fare: i vestiti, l'attrezzatura. È stato tutto studiato, agente Dean. Quell'uomo si è preparato.»

«E la polizia di Boston no. Per questo hanno usato un codice, per prendervi in contropiede.»

In preda alla frustrazione, Hayder rimase a guardare dalla porta aperta del caravan. Nonostante avessero portato due ventilatori mobili e la strada fosse ormai avvolta dall'ombra del tardo pomeriggio, nel veicolo faceva ancora un caldo insopportabile. Fuori, in Albany Street, i poliziotti erano sudati e rossi in volto, mentre i giornalisti si stavano via via rintanando nei loro furgoni nuovi dotati di aria condizionata. Tutti aspettavano che succedesse qualcosa. La calma prima della nuova tempesta.

«Inizia ad avere un senso», osservò Stillman. Il negoziatore aveva ascoltato le osservazioni di Gabriel con un'aria sempre più accigliata. «Consideriamo la sequenza di eventi. La sconosciuta si rifiuta di negoziare con me. Non vuole nemmeno parlarmi. Questo perché non è ancora pronta: prima, deve avere le spalle coperte. Deve consolidare la sua posizione. Chiama la stazione radio che trasmette il codice di attivazione. Cinque ore dopo arriva l'uomo con lo zaino. Compare sulla scena perché è stato chiamato.»

«E prende tranquillamente parte a una missione suicida?» chiese Hayder. «Si trovano amici tanto *leali*?»

«Un marine darebbe la vita per la sua compagnia», osservò Gabriel.

«*Fratelli al fronte?* Sì, come no.»

«Deduco che non abbia mai fatto il militare.»

Hayder divenne ancor più paonazzo nella calura. «Intende dire che si tratta di una specie di operazione militare? Allora qual è il prossimo passo? Se tutto questo è così logico, ci dica che cosa hanno in programma di fare dopo.»

«Negoziare», rispose Gabriel. «Ora i sequestratori hanno consolidato la loro posizione. Penso che avrete presto loro notizie.»

«Previsione ragionevole, agente Dean. Probabilmente ha ragione», esclamò una voce nuova.

Si voltarono tutti a guardare l'uomo tarchiato che era appena entrato nel caravan. Come sempre, l'agente John Barsanti indossava una cravatta di seta e una camicia button-down, e come sempre i vestiti non gli stavano bene. Rispose allo sguardo sorpreso di Gabriel con un sobrio cenno di saluto. «Mi spiace per Jane», disse. «Mi hanno riferito che sei coinvolto in questo casino.»

«Nessuno mi ha detto che lo sei anche tu, John.»

«Seguiamo solo gli sviluppi. Siamo pronti a dare una mano in caso serva.»

«Perché mandare qualcuno fin da Washington? Perché non usare l'ufficio operativo di Boston?»

«Perché probabilmente si tratterà di negoziare, ed è parso logico mandare qualcuno con una certa esperienza.»

I due si guardarono per qualche istante in silenzio. L'esperienza, pensò Gabriel, non poteva essere l'unica ragione della comparsa di John Barsanti. L'FBI di solito non inviava un uomo dell'ufficio del vicedirettore a supervisionare una negoziazione locale per liberare degli ostaggi.

«Chi gestirà allora la trattativa?» domandò Gabriel. «L'FBI o la polizia di Boston?»

«Capitano Hayder!» esclamò Emerton. «C'è una chiamata dall'ospedale! Su una delle loro linee!»

«Sono pronti a negoziare», osservò Gabriel. Proprio come aveva previsto.

Stillman e Barsanti si guardarono. «La prenda lei, tenente», disse Barsanti. Stillman annuì e si avvicinò al telefono.

« Ho inserito il viva voce », disse Emerton.

Stillman fece un profondo respiro e poi premette il tasto di connessione. « Pronto », disse con tono calmo. « Sono Leroy Stillman. »

Rispose un uomo con tono altrettanto calmo. Aveva una voce acuta, con una vaga intonazione del Sud. « Sei un poliziotto? »

« Sì. Sono il tenente Stillman della polizia di Boston. Con chi parlo? »

« Sai già il mio nome. »

« Temo di no. »

« Perché non lo chiedi a quello dell'FBI? C'è un agente dell'FBI là dentro, nel caravan con voi? »

Stillman guardò Barsanti come per dirgli: *come diavolo fa a saperlo?* « Mi spiace », disse Stillman, « non so davvero il tuo nome e mi piacerebbe sapere con chi sto parlando. »

« Joe. »

« Bene, Joe. » Stillman sospirò. Fino a quel punto tutto bene: almeno avevano un nome.

« Quante persone ci sono nel caravan con te, Leroy? »

« Parliamo di te, Joe... »

« L'FBI c'è, comunque. Giusto? »

Stillman non disse nulla.

Joe rise. « Sapevo che sarebbero arrivati. FBI, CIA, Defense Intelligence, Pentagono. Sì, sanno tutti chi sono. »

Gabriel notò l'espressione sul volto del poliziotto. *Abbiamo a che fare con un uomo che soffre chiaramente di manie di persecuzione.*

« Joe », affermò Stillman, « non c'è ragione di trascinare ancora questa faccenda. Perché non cerchiamo di concluderla in modo tranquillo? »

« Vogliamo una telecamera qui dentro. Una diretta con i media. Dobbiamo fare una dichiarazione e abbiamo un nastro da mostrarvi. »

« Piano, piano. Prima conosciamoci. »

« Non voglio conoscerti. Manda qui una telecamera. »

« Questo è un problema. Devo essere autorizzato dagli alti livelli. »

« Sono là dentro, vero? Perché non ti giri e non glielo chiedi, Leroy? Chiedi a quell'*alto livello* di dare l'okay. »

Stillman tacque. Joe conosceva esattamente la situazione. « Non possiamo autorizzare una diretta », rispose infine.

« Nonostante quello che ho da offrirvi in cambio? »

« Cioè? »

« Due ostaggi. Li manderemo fuori come segno di buona fede. Voi manderete dentro un cameraman e un giornalista e noi andremo in diretta televisiva. Quando il nostro messaggio sarà trasmesso, vi daremo altri due ostaggi. Vi stiamo offrendo quattro persone, Leroy. Quattro vite per dieci minuti di trasmissione televisiva. Vi prometto uno spettacolo che vi lascerà senza parole. »

« Che senso ha tutto questo, Joe? »

« Nessuno ci ascolta, nessuno ci crede. Siamo stanchi di scappare e rivogliamo la nostra vita. È l'unico modo che ci resta, l'unico modo per far sapere alla gente di questo Paese che diciamo la verità. »

Hayder si passò un dito davanti alla gola per indicargli di interrompere la telefonata.

« Resta in linea, Joe », disse Stillman coprendo il ricevitore con la mano e guardando Hayder.

« Pensi capirebbe se è una diretta televisiva? » domandò il capitano. « Se riuscissimo a fargli credere che è in onda... »

« Quell'uomo non è uno stupido », tagliò corto Gabriel. « Non pensi nemmeno di fare giochetti con lui. Lo irriterebbe, lo farebbe arrabbiare. »

« Agente Dean, non sarebbe il caso che uscisse? »

« Vogliono l'attenzione dei media, nient'altro! Lasci che parlino, che facciano il loro proclama se questo può porre fine a tutto! »

« Volete trattare o no, Leroy? Perché possiamo anche scegliere la linea dura. Al posto degli ostaggi vivi possiamo mandarvi fuori ostaggi morti. Avete dieci secondi per decidere! » esclamò la voce di Joe all'altoparlante.

« Ti sto ascoltando, Joe. Il problema è che una diretta non è una cosa che posso organizzare facilmente. Mi serve la collaborazione di una stazione televisiva. E se registrassimo la dichiarazione? Ti consegneremo una videocamera. Direte quello che volete, vi prenderete tutto il tempo che vi serve... »

« E poi voi farete sparire il nastro, giusto? Non vedrebbe mai la luce del sole. »

« Questa è la mia offerta, Joe. »

« Sappiamo tutti e due che potete fare di meglio. Come gli altri che sono lì con voi nel caravan. »

« Una diretta televisiva è fuori discussione. »

« Allora non abbiamo altro da dirvi, arrivederci. »

« Aspetta... »

« Sì? »

« Parli sul serio? A proposito degli ostaggi? »

« Se manterrete la parola. Vogliamo un cameraman e un giornalista a testimonianza di quello che accade qui. Un giornalista *vero*, non un poliziotto con un finto lasciapassare della stampa. »

« Obbedisca », disse Gabriel. « Potrebbe essere la soluzione. »

Stillman coprì il ricevitore. « La diretta televisiva non è un'opzione, agente Dean. Non lo è mai. »

« Maledizione, se è questo che serve, glielo *dia*! »

« Leroy? » Era di nuovo Joe. « Sei ancora lì? »

Stillman inspirò e disse: « Joe, devi capire. Ci vorrà tempo. Dobbiamo trovare un giornalista disposto a farlo, qualcuno disposto a rischiare la vita... »

« Parleremo con un giornalista soltanto. »

« Aspetta. Non hai indicato nessuno. »

« Lui conosce il quadro. Ha fatto bene i compiti. »

« Non possiamo garantire che questo giornalista... »

« Peter Lukas, *Boston Tribune.* Chiamatelo. »

« Joe... »

Si udì uno scatto e poi il segnale di linea. Stillman guardò Hayder. « Non manderemo dentro nessun civile: in questo modo metteremo altri ostaggi nelle loro mani. »

« Ha detto che prima libereranno due persone », osservò Gabriel.

« Lei gli crede? »

« Una di loro potrebbe essere mia moglie. »

« Chi ci dice che questo giornalista accetterà? »

« In cambio di quello che potrebbe essere lo scoop della sua vita? Un giornalista probabilmente accetterebbe. »

« C'è un'altra questione che nessuno ha considerato. Chi diavolo è Peter Lukas? Un giornalista del *Boston Tribune*? Perché chiedere di lui in particolare? »

« Chiamiamolo », disse Stillman. « Forse lo sa. »

12

Sei ancora viva. Devi esserlo. Se non lo fossi lo saprei, lo sentirei.

O no?

Gabriel si accasciò sul divano dell'ufficio di Maura e si prese la testa tra le mani cercando di pensare che cos'altro avrebbe potuto fare, ma la paura gli ottenebrava la mente. Quando era nei marine non aveva mai perso l'autocontrollo durante i conflitti a fuoco; ora non riusciva nemmeno a concentrarsi, a cancellare l'immagine che lo tormentava da quando aveva assistito all'autopsia: quella di un altro corpo steso sul tavolo.

Ti ho mai detto quanto ti amo?

Non sentì la porta aprirsi. Solo quando Maura si sedette sulla poltroncina di fronte a lui e posò due tazze di caffè sul tavolo Gabriel alzò la testa. Era sempre calma, sempre padrona di sé, pensò guardandola, così diversa da sua moglie, impetuosa e mutevole d'umore. Due donne diverse che avevano stretto un'amicizia che lui non riusciva del tutto a capire.

Maura indicò il caffè. « Lo prendi nero, giusto? »

« Sì, grazie. » Gabriel ne bevve un sorso e posò di nuovo la tazza perché in realtà non aveva voglia di caffè.

« Hai pranzato? » gli domandò Maura.

Gabriel si sfregò il volto. « Non ho fame. »

« Hai l'aria esausta. Ti porto una coperta, se ti va di riposare un po' qui. »

« Non riesco assolutamente a dormire. Non finché lei non sarà fuori di lì. »

« Hai contattato i suoi genitori? »

« Sì, maledizione! » esclamò lui. « È stato un incubo. La parte più difficile è stata convincerli a mantenere il segreto.

Non possono venire qui, non possono chiamare gli amici. Mi chiedo se non avrei fatto meglio a non informarli.»

«I Rizzoli avrebbero voluto saperlo.»

«Ma non sono bravi a mantenere segreti e, se questo venisse divulgato, potrebbe significare la morte della loro figlia.»

Rimasero seduti in silenzio per qualche istante. L'unico rumore era il sibilo dell'aria fresca emessa dal foro del condizionatore. Alla parete dietro la scrivania erano appese alcune stampe floreali in cornici eleganti. L'ufficio rispecchiava la donna che lo occupava: ordinata, precisa, cerebrale.

«Jane è una sopravvissuta, lo sappiamo entrambi. Farà qualsiasi cosa sia necessaria per restare in vita», disse pacatamente.

«Vorrei solo che si tenesse lontana dalle sparatorie.»

«Non è stupida.»

«Il problema è che è una poliziotta.»

«Non è un bene?»

«Quanti poliziotti finiscono uccisi per fare gli eroi?»

«È incinta. Non correrà rischi.»

«No?» Gabriel la guardò. «Sai com'è finita in ospedale stamattina? Stava testimoniando in tribunale quando l'imputato ha perso il controllo e mia moglie, quel *genio* di mia moglie, si è gettata nella mischia per immobilizzarlo. È stato allora che le si sono rotte le acque.»

Maura lo guardò comprensibilmente sconvolta. «Davvero ha fatto una cosa del genere?»

«È tipico suo.»

«Hai proprio ragione», affermò Maura scuotendo il capo. «Questa è la Jane che conosciamo e amiamo.»

«Per una volta, per questa volta soltanto vorrei che fosse vigliacca, che si dimenticasse di essere una poliziotta.» Gabriel scoppiò a ridere. «Come se sia mai stata a sentirmi.»

Maura non poté fare a meno di sorridere. «È mai capitato?»

Lui la guardò. «Sai come ci siamo conosciuti, vero?»

« Alla riserva di Stony Brook, giusto? »

« Sulla scena di un omicidio. Dopo una trentina di secondi stavamo già litigando. Dopo cinque minuti lei mi ha ordinato di uscire dal suo territorio. »

« Un inizio poco promettente. »

« Pochi giorni dopo mi ha puntato contro una pistola. » Vedendo lo sguardo stravolto di Maura, aggiunse: « Oh, era una reazione giustificata ».

« Mi stupisco che tu non sia scappato. »

« Jane è una donna che fa scappare la gente. »

« E forse tu sei l'unico uomo che non spaventa a morte. »

« Proprio questo mi è piaciuto di lei », disse Gabriel. « Quando la guardi, vedi una donna onesta e coraggiosa. Sono cresciuto in una famiglia in cui nessuno diceva ciò che pensava veramente. Mia madre odiava mio padre e viceversa, ma tutto andava bene e così è stato finché non sono morti. Pensavo che gran parte delle persone vivesse così, raccontando bugie. Jane invece no. Non ha paura di dire esattamente quello che pensa, nonostante i guai in cui si può cacciare. » Tacque per qualche istante e poi aggiunse pacato: « E questo mi preoccupa ».

« Che dica qualcosa che non deve. »

« Se la spintoni, lei contraccambia. Spero che per una volta se ne stia calma, che faccia la donna incinta timorosa e se ne stia in un angolo. Potrebbe essere l'unica sua possibilità di salvezza. »

In quell'istante squillò il suo cellulare. Gabriel lo prese subito. Vide il numero sul display e il polso gli accelerò all'improvviso. « Gabriel Dean », rispose.

« Dove sei? » chiese il detective Thomas Moore.

« Seduto nell'ufficio della dottoressa Isles. »

« Ti raggiungo lì. »

« Aspetta, Moore. Che succede? »

« Sappiamo chi è Joe. Il suo nome completo è Joseph

Roke, trentanove anni. Ultimo indirizzo conosciuto Purcellville, Virginia. »

« Come lo avete identificato? »

« Ha abbandonato la macchina a circa due isolati dall'ospedale. Abbiamo una testimone che ha visto un uomo armato scendere dall'auto: la donna ha confermato che è quello del filmato. Il volante è coperto di impronte digitali. »

« Aspetta. Le impronte di Joseph Roke sono schedate? »

« Archivi militari. Senti, arrivo subito. »

« Che cos'altro sai? » domandò Gabriel. Percepì l'ansia nella voce di Moore e capì che c'era qualcosa che il detective non gli aveva ancora detto. « Dimmelo. »

« C'è un mandato d'arresto sul suo conto. »

« Con quali accuse? »

« Si tratta di... omicidio. Una sparatoria. »

« Chi era la vittima? »

« Sarò lì tra venti minuti. Ne parliamo quando arrivo. »

« Chi era la vittima? » ripeté Gabriel.

Moore sospirò. « Un poliziotto. Due mesi fa Joseph Roke ha ucciso un poliziotto. »

« Tutto è partito da un normale controllo », spiegò Moore. « Il fatto è stato ripreso automaticamente dalla videocamera dell'auto dell'agente. La polizia di New Haven non ha allegato l'intero nastro, ma qui c'è la prima delle immagini che mi hanno mandato per e-mail. » Moore cliccò con il mouse e sul portatile comparve una fotografia che mostrava un agente di polizia di New Haven di schiena, mentre si avvicinava a un veicolo parcheggiato davanti alla sua macchina. Si vedeva la targa posteriore del mezzo fermato.

« È una targa della Virginia », osservò Moore. « Risulta più nitida se si migliora la qualità dell'immagine. È la stessa auto che abbiamo trovato parcheggiata in sosta vietata in Harrison Street questo pomeriggio, a pochi isolati dal centro medico.» Guardando Gabriel aggiunse: «Il proprietario è Joseph Roke».

«Hai detto che è della Virginia.»

«Sì.»

«Che faceva in Connecticut due mesi fa?»

«Non lo sappiamo, né sappiamo cosa stia facendo ora qui a Boston. Tutto quello che ho sul suo conto è un profilo biografico piuttosto sommario preparato dalla polizia di New Haven.» Indicando il computer disse: «E questa. La sparatoria ripresa dalla videocamera. Ma non è l'unica cosa che si vede in queste foto».

Gabriel si concentrò sull'auto di Roke, su ciò che appariva dietro il lunotto. «C'è un passeggero», affermò. «Roke ha qualcuno seduto accanto.»

Moore annuì. «Se miglioriamo la qualità dell'immagine, si vede chiaramente che il passeggero ha i capelli lunghi e scuri.»

«È lei», esclamò Maura fissando lo schermo. «La sconosciuta.»

«Il che significa che due mesi fa erano insieme a New Haven.»

«Mostraci le altre», disse Gabriel.

«Guarda l'ultima immagine...»

«Voglio vederle tutte.»

Moore tacque con la mano sul mouse e guardò Gabriel. «Non serve, davvero», rispose calmo.

«Forse sì. Mostrami l'intera sequenza.»

Dopo un attimo di esitazione Moore cliccò sul mouse e passò alla fotografia seguente. Ora il poliziotto si trovava in piedi davanti al finestrino di Roke e guardava l'uomo che nel giro di pochi secondi avrebbe posto fine alla sua vita. Teneva la mano sulla pistola: lo faceva solo per precauzione? O aveva già il presentimento di avere di fronte il proprio omicida?

Di nuovo Moore esitò prima di passare all'immagine successiva. Le aveva già viste e sapeva quali orrori li aspettassero. Cliccò sul mouse.

L'immagine raffigurava un istante nel tempo, colto in tutta la crudezza dei suoi particolari. L'agente era ancora in piedi e aveva sfilato l'arma dalla fondina. La testa dell'uomo era piegata all'indietro per l'impatto del proiettile e il suo volto era stato ripreso mentre si disintegrava, con la carne ridotta a una poltiglia sanguinolenta che schizzava dappertutto.

Il quarto e ultimo fotogramma concludeva la sequenza. Il corpo del poliziotto giaceva ora sulla strada accanto all'auto dell'omicida. Aveva una funzione di semplice appendice, eppure proprio quell'immagine attirò l'attenzione di Gabriel. Fissò il lunotto posteriore dell'auto, la sagoma che non compariva nelle tre fotografie precedenti.

Anche Maura la vide. « C'è qualcuno sul sedile posteriore di Roke », osservò.

« È quello che volevo mostrarvi », spiegò Moore. « Una terza persona si trovava in macchina con Roke: forse nascosta o addormentata sul sedile di dietro. Non sappiamo se si tratti di un uomo o di una donna. Tutto quello che vediamo è una testa con i capelli corti che si è sollevata dopo lo sparo. » Guardò Gabriel. « C'è un terzo socio che non abbiamo ancora visto né sentito. Qualcuno che era con loro a New Haven. Il codice di attivazione potrebbe essere indirizzato a più di una persona. »

Gabriel teneva lo sguardo incollato sullo schermo, sulla sagoma misteriosa. « Hai detto che ha trascorsi militari. »

« È per questo che abbiamo identificato le sue impronte. Ha servito nell'esercito dal 1990 al 1992. »

« In quale unità? » Quando Moore non rispose subito, Gabriel lo guardò. « Qual era la sua specializzazione? »

« Bonifica ordigni esplosivi. »

« Bombe? » chiese Maura, e fissò allarmata Moore. « Se sa come disinnescarle, probabilmente sa anche come costruirle. »

« Hai detto che ha servito solo due anni », osservò Gabriel, e restò colpito dalla sua stessa voce perché gli era sembrata stranamente calma. La voce fredda di uno sconosciuto.

« Ha avuto... problemi all'estero, quando era in Kuwait », spiegò Moore. « È stato congedato con disonore. »

« Perché? »

« Si rifiutava di obbedire agli ordini. Ha aggredito un ufficiale. Attaccava spesso briga con gli altri uomini della sua unità. Temevano fosse emotivamente instabile, affetto da paranoia. »

Le parole di Moore furono come una scarica di pugni che tolsero il fiato a Gabriel. « Gesù », mormorò. « Questo cambia tutto. »

« Che vuoi dire? » domandò Maura.

Lui la guardò. « Non possiamo perdere altro tempo. Dobbiamo tirarla fuori *adesso.* »

« E le trattative? E il fatto di andarci piano? »

« Non vanno più bene. Non solo quest'uomo è instabile, ma ha già ucciso un poliziotto. »

« Non sa che Jane è della polizia », intervenne Moore. « E noi faremo in modo che non lo scopra. Senti, seguiremo gli stessi criteri di prima. Di solito più la crisi si prolunga, più favorevole è l'esito. Le trattative funzionano. »

Gabriel indicò il laptop. « Come diavolo fate a negoziare con qualcuno che compie un atto *del genere*? »

« Si può fare. Deve essere fatto. »

« Non c'è *tua* moglie là dentro! » Gabriel vide lo sguardo sgomento di Maura e si girò dall'altra parte per cercare di recuperare il controllo.

Fu Moore a parlare per primo con tono pacato, gentile. « Quello che stai provando, quello che stai passando, l'ho vissuto anch'io, sai. So esattamente che cosa stai vivendo. Due anni fa mia moglie, Catherine, era stata rapita da un uomo di cui forse ti ricordi: Warren Hoyt. »

Il chirurgo. Gabriel se ne ricordava, certo. L'uomo che a

notte fonda si introduceva nelle case di donne sole, che si risvegliavano con un mostro in camera da letto. Proprio le conseguenze dei suoi crimini avevano portato Gabriel a Boston un anno prima. Il chirurgo, si rese conto d'un tratto, era il filo che li legava tutti: Moore e Gabriel, Jane e Maura. Tutti, in un modo o nell'altro, erano stati toccati dallo stesso male.

« Sapevo che Hoyt l'aveva in pugno », proseguì Moore. « Non c'era niente che potessi fare, nessun modo di salvarla. Se avessi potuto dare la mia vita per lei, lo avrei fatto senza esitazioni, invece ero costretto a restare lì, a contare le ore che passavano. Il peggio era che *sapevo* che cosa le avrebbe fatto. Avevo assistito all'autopsia delle altre vittime, avevo visto tutti i tagli che praticava con il bisturi. Perciò, sì, so esattamente quello che provi e, credimi, farò qualsiasi cosa serva per tirare fuori Jane viva da lì. Non solo perché è mia collega o perché tu sei suo marito, ma perché le devo la mia felicità. È stata Jane a ritrovare Catherine, a salvarle la vita. »

Gabriel infine lo guardò. « Come negoziamo con quelle persone? »

« Dobbiamo scoprire quello che vogliono esattamente. Sanno di essere in trappola. Non hanno altra scelta che parlare con noi, perciò noi continueremo a farlo. Hai già affrontato altre situazioni in cui c'erano degli ostaggi, quindi conosci il manuale d'istruzione. Le regole non sono cambiate solo perché ora ti trovi dall'altra parte. Devi cancellare tua moglie, i sentimenti dall'equazione. »

« Tu ci riusciresti? »

Il silenzio di Moore fu una risposta più che eloquente. Era ovvio che non ci sarebbe riuscito.

E nemmeno io.

13

Mila

Stasera andiamo a una festa.

La Madre ci dice che ci saranno persone importanti, perciò dobbiamo essere molto belle. Per l'occasione ci dà vestiti nuovi. Indosso un abito di velluto nero con una gonna tanto stretta che non riesco quasi a camminare e per salire sul furgone devo sollevarne l'orlo fin quasi ai fianchi. Le altre ragazze si sistemano accanto a me tra fruscii di seta e satin. Sento una mescolanza di profumi diversi. Abbiamo passato ore con le creme per il trucco, i rossetti e il mascara e adesso ce ne stiamo sedute come bambole in maschera, pronte a recitare il kabuki. Niente di quello che vedi è reale, né le ciglia, né le labbra rosse, né le guance arrossate. Il furgone è freddo e tremiamo le une contro le altre, in attesa che Olena ci raggiunga.

Il guidatore americano grida dal finestrino che dobbiamo partire ora, altrimenti faremo tardi. Finalmente la Madre esce dalla casa trascinando con sé Olena. Lei si libera furiosa dalla sua mano e percorre il resto della strada spontaneamente. Indossa un abito lungo di seta verde con un colletto alto alla cinese e uno spacco laterale che le arriva fino alla coscia. I capelli neri le ondeggiano dritti e lucidi sulle spalle. Non ho mai visto nessuna così bella e la fisso mentre si avvicina al furgone. Le droghe come al solito l'hanno calmata, l'hanno resa docile, ma anche instabile al punto che vacilla sui tacchi alti.

«Entra, su, entra», ordina il guidatore.

La Madre deve aiutarla a salire sul furgone. Olena si sistema sul sedile davanti a me e si accascia subito contro il finestrino. La Madre chiude il portellone e sale accanto al guidatore.

« Finalmente! » esclama l'uomo e ci allontaniamo dalla casa.

So perché andiamo a questa festa, so che cosa si aspettano da noi, eppure mi sembra una gita perché è la prima volta da settimane che abbiamo il permesso di uscire. Quando imbocchiamo una strada lastricata, premo ansiosa il volto sul finestrino. Vedo il cartello: DEERFIELD ROAD.

Il viaggio è lungo.

Guardo i cartelli stradali, leggo i nomi delle cittadine che attraversiamo. RESTON, ARLINGTON e WOODBRIDGE. Guardo le persone nelle altre macchine e mi chiedo se qualcuno veda la supplica silenziosa dipinta sul mio volto. Se a qualcuno importi. Una donna nella corsia accanto mi osserva e per un istante i nostri sguardi s'incrociano, poi rivolge di nuovo l'attenzione alla strada. Che cos'ha visto veramente? Solo una rossa con un abito nero che esce per andare a divertirsi. La gente vede quello che si aspetta di vedere, non pensa mai che le cose terribili possano apparire belle.

Comincio a scorgere l'acqua, un'ampia striscia in lontananza. Quando alla fine il furgone si ferma, siamo parcheggiati su una banchina a cui è ormeggiato un grande yacht. Le altre ragazze allungano il collo per vederlo, curiose di sapere come sia l'interno di quell'enorme imbarcazione. E anche un po' spaventate.

La Madre apre il portellone. « Sono uomini importanti. Dovete sorridere ed essere allegre. Intesi? »

« Sì, Madre », sussurriamo.

« Uscite. »

Mentre ci affrettiamo a scendere, sento Olena biascicare: « Va' a farti fottere, Madre », ma nessun altro la sente.

Barcollando sui tacchi alti, tutte tremanti nei nostri vestiti, percorriamo la passerella in fila indiana e saliamo a bordo. Sul ponte ci attende un uomo. Dal modo in cui la Madre si precipita a salutarlo capisco che è una persona importante. Ci dà una rapida occhiata e annuisce in segno di approvazione. « Portale dentro e falle bere. Voglio che siano dell'umore giusto quando arriveranno gli ospiti. »

« Sì, signor Desmond. »

Lo sguardo dell'uomo si posa su Olena che ondeggia accanto al parapetto. « Quella ci darà di nuovo dei problemi? »

« Ha preso le pillole. Starà buona. »

« Be', sarà meglio per lei. Non voglio si comporti male stasera. »

« Andate dentro », dice la Madre indicandoci la direzione.

Varchiamo la soglia della cabina e resto subito abbagliata: un lampadario di cristallo luccica sopra le nostre teste. Vedo una pannellatura di legno scuro e divani di pelle scamosciata color crema. Il barista stappa una bottiglia e un cameriere in giacca bianca ci porta flûte pieni di champagne.

« Bevete », dice la Madre. « Trovatevi un posto a sedere e siate allegre. »

Prendiamo un flûte a testa e ci sparpagliamo nella cabina. Olena si siede sul divano accanto a me, sorseggia lo champagne e accavalla le lunghe gambe in modo che la parte superiore della coscia si veda dallo spacco.

« Ti osservo », le dice la Madre in russo per ammonirla.

Olena si stringe nelle spalle. « Come chiunque altro. »

« Sono arrivati », annuncia il barista.

La Madre le lancia un'ultima occhiata di minaccia e quindi scompare dietro una porta.

« Vedi com'è costretta a nascondersi? » afferma Olena. « A nessuno piace guardar*la*. »

« Sttt », sussurro. « Non metterci nei guai. »

« In caso tu non lo abbia notato, mia cara piccola Mila, siamo già nei guai. »

Sento risate, saluti calorosi tra colleghi. Americani. La porta della cabina si apre. Tutte le ragazze scattano attente e sorridono ai quattro uomini che entrano. Uno è l'ospite, il signor Desmond, quello che ci attendeva sul ponte. I tre invitati sono tutti uomini, tutti ben vestiti in giacca e cravatta. Due sono giovani, in forma, e camminano con la grazia sicura degli atleti. Il terzo invece è più vecchio, della stessa età di mio nonno, e molto più pesante. Porta un paio di occhiali dalla montatura metallica, ha i capelli brizzolati e una calvizie incipiente. Gli invitati si guardano attorno nella cabina e ci esaminano con chiaro interesse.

«Vedo che ce ne sono alcune nuove», commenta il vecchio.

«Dovresti tornare alla casa, Carl. Vedere quello che hanno.» Il signor Desmond indica il bar. «Qualcosa da bere, signori?»

«Uno scotch non sarebbe male», risponde il vecchio.

«E tu, Phil? Richard?»

«Per me lo stesso.»

«Lo champagne va benissimo.»

I motori della barca stanno rombando. Guardo fuori dal finestrino e vedo che ci stiamo muovendo in direzione del fiume. All'inizio gli uomini non ci raggiungono: restano al bar a sorseggiare i drink e a parlare tra loro. Io e Olena capiamo l'inglese, ma le altre ragazze lo sanno molto poco, e ben presto i loro sorrisi di circostanza si trasformano in un'aria annoiata. Gli uomini parlano di affari. Li sento discutere di contratti, di offerte, di condizioni delle strade e di vittime. Di chi partecipa a un determinato appalto e di quanto offre. Questa è la vera ragione della festa: prima il lavoro, poi il piacere. Finiscono di bere e il barista fa un altro giro. Ancora un paio di battute prima di fottere le puttane. Vedo scintillare le fedi sulla mano dei tre invitati e me li immagino mentre fanno l'amore con le loro mogli in grandi letti dalle lenzuola pulite.

Donne che non hanno idea di che cosa facciano i mariti a ragazze come me in altri letti.

Gli uomini guardano nella nostra direzione e le mani iniziano a sudarmi in previsione di quello che ci riserverà la serata. Il vecchio continua a lanciare occhiate in direzione di Olena.

Lei gli sorride, ma sottovoce mi dice in russo: « Che porco. Mi chiedo se grugnisca quando viene ».

« Ti può sentire », mormoro.

« Non capisce una parola. »

« Non lo sai. »

« Guarda, sorride. Pensa che ti stia dicendo che lo trovo affascinante. »

L'uomo posa il bicchiere vuoto sul banco del bar e si avvicina. Penso che voglia stare con Olena, perciò mi alzo per fargli posto sul divano, ma lui mi prende il polso, bloccandomi.

« Ciao », dice. « Parli inglese? »

Annuisco. Ho la gola troppo secca per rispondere, riesco solo a fissarlo sgomenta. Olena si alza, mi lancia uno sguardo di compassione e se ne va.

« Quanti anni hai? » domanda.

« Di-diciassette. »

« Sembri molto più giovane. » Ha un tono deluso.

« Ehi, Carl! » esclama il signor Desmond. « Perché non la porti a fare un giretto? »

Gli altri due invitati hanno già scelto le loro compagne. Uno sta portando via Katya in corridoio.

« Qualsiasi cabina va bene », aggiunge l'ospite.

Carl mi fissa, poi stringe la presa attorno al mio polso e mi conduce in corridoio. Mi trascina in una bella cabina pannellata di legno lucido. Io indietreggio col cuore che mi martella nel petto mentre chiude a chiave la porta. Quando si volta verso di me, vedo dai pantaloni che è già pronto.

« Sai cosa fare. »

Invece non lo so, non ho idea di che cosa voglia, perciò resto sconvolta dal colpo improvviso. Lo schiaffo mi fa cadere in ginocchio e mi raggomitolo ai suoi piedi, sconcertata.

« Non mi hai sentito? Stupida troia. »

Annuisco, chino la testa e fisso il pavimento. Poi capisco qual è il gioco, che cosa vuole. « Sono stata molto cattiva », bisbiglio.

« Devi essere punita. »

Oh, Dio, fa' che finisca presto.

« Dillo! » grida brusco.

« Devo essere punita. »

« Spogliati. »

Tremando, terrorizzata all'idea di ricevere un altro schiaffo, obbedisco. Apro la cerniera dell'abito, mi tolgo le calze e la biancheria. Tengo lo sguardo basso: una brava bambina deve essere rispettosa. Resto completamente muta quando mi stendo sul letto, quando mi apro per lui. Nessuna resistenza, solo sottomissione.

Mentre si sveste mi fissa, assaporando la vista di quella carne compiacente. Reprimo il disgusto quando mi sale sopra e sento il suo alito puzzolente di scotch. Chiudo gli occhi e mi concentro sul rombo dei motori, sullo sciabordare dell'acqua contro lo scafo. Mi distacco dal mio corpo e non sento niente mentre mi penetra, mentre grugnisce e viene.

Quando ha finito, non aspetta nemmeno che mi vesta. Si alza semplicemente, si rimette gli abiti ed esce dalla cabina. Mi metto lentamente a sedere. I motori della barca adesso emettono solo un ronzio. Guardo fuori dal finestrino e vedo che stiamo tornando a terra. La festa è finita.

Quando infine striscio fuori dalla cabina, la barca è di nuovo ormeggiata e gli invitati se ne sono andati. Il signor Desmond è al bar a sorseggiare l'ultimo champagne e la Madre sta radunando le ragazze.

« Che ti ha detto? » mi chiede.

Alzo le spalle. Sento lo sguardo del signor Desmond che mi studia e ho paura di dire la cosa sbagliata.

« Perché ha scelto te? Lo ha detto? »

« Ha voluto solo sapere quanti anni ho. »

« E basta? »

« Gli interessava solo questo. »

La Madre si gira verso il signor Desmond che ci sta osservando con attenzione. « Vede? Gliel'ho detto », afferma. « Cerca sempre la più giovane nella stanza. Non gli importa che aspetto abbiano, ma le vuole giovani. »

Il signor Desmond riflette per qualche istante e annuisce. « Immagino che dovremo accontentarlo. »

Olena si sveglia e mi trova in piedi alla finestra, intenta a fissare oltre le sbarre. Ho sollevato la parte mobile e l'aria fredda entra nella stanza, ma non m'importa. Voglio solo respirare aria fresca, voglio ripulirmi i polmoni dal veleno della serata. Voglio ripulirmi l'anima.

« Fa troppo freddo », dice Olena. « Chiudi la finestra. »

« Sto soffocando. »

« Be', qui dentro si gela. » Si avvicina alla finestra e la chiude. « Non riesco a dormire. »

« Nemmeno io », sussurro.

Mi studia alla luce della luna che brilla attraverso la finestra sporca. Dietro di noi una delle ragazze geme nel sonno. Ascoltiamo il rumore del loro respiro nel buio e all'improvviso nella stanza non c'è più aria per me. Faccio fatica a respirare. Tiro la finestra cercando di sollevarla, ma Olena la tiene chiusa.

« Smettila, Mila. »

« Sto morendo! »

« Sei isterica. »

« Aprila, ti prego. Aprila! » Adesso singhiozzo e graffio la finestra con le unghie.

« Vuoi svegliare la Madre? Cacciarci nei guai? »

Ho le mani tutte dolenti, piegate ad artiglio, e non riesco nemmeno ad afferrare il telaio. Olena mi stringe per i polsi.

« Ascolta », dice. « Vuoi un po' d'aria? Ti aiuterò, ma devi stare zitta. Le altre non devono saperlo.» Sono troppo spaventata per ascoltare quello che dice. Mi prende il viso tra le mani e mi costringe a guardarla. «Tu non hai visto niente», mormora. Poi estrae qualcosa dalla tasca, qualcosa che luccica debolmente nell'oscurità.

Una chiave.

«Come hai fatto...?»

«Sttt.» Prende la coperta dalla sua branda e mi trascina verso la porta superando le altre ragazze. Lì si ferma a guardarle per essere certa che dormano tutte, poi infila la chiave nella toppa. La porta si apre e mi conduce oltre, in corridoio.

Sono sbalordita. All'improvviso mi dimentico del senso di soffocamento perché siamo fuori dalla nostra prigione, siamo libere. Mi giro verso le scale per scappare, ma lei mi trattiene bruscamente.

«Non da quella parte», dice. «Non possiamo uscire. La porta d'ingresso è bloccata. Solo la Madre può aprirla.»

«Allora dove?»

«Ora ti mostro.»

Mi trascina per il corridoio. Non vedo quasi niente. Ripongo tutta la mia fiducia in lei e lascio che mi conduca oltre una porta. La luce della luna splende dalle finestre e Olena scivola come un pallido fantasma nella stanza da letto, prende una sedia e la posa nel centro senza far rumore.

«Che fai?»

Lei non risponde. Sale sulla sedia e si allunga verso il soffitto. Una botola si apre scricchiolando sopra la sua testa e nel contempo si abbassa una scala a pioli.

«Dove porta?» domando.

«Volevi un po' d'aria fresca, giusto? Andiamo», dice, e comincia a salire la scala.

La seguo su per i pioli, mi infilo a fatica nella botola e arrivo in solaio. Da un'unica finestra entra la luce della luna e vedo le ombre di alcune scatole e di vecchi mobili. Lassù l'aria è stantia, per niente fresca. Lei apre una finestra e la scavalca. Improvvisamente me ne rendo conto: quella finestra non ha le sbarre. Quando metto la testa fuori capisco perché. Siamo molto in alto. Lì non c'è via di fuga. Saltare sarebbe un suicidio.

«Allora?» dice Olena. «Non vieni?»

Giro la testa, vedo che è seduta sul tetto e si sta accendendo una sigaretta. Guardo di nuovo giù il terreno, tanto lontano, e sento tremarmi le mani all'idea di camminare sul cornicione.

«Non fare il coniglio spaventato», osserva. «Non è niente. Il peggio che ti può capitare è cadere e romperti il collo.»

La sigaretta brilla e sento l'odore del fumo mentre lo espira con noncuranza. È tranquillissima. In quel momento vorrei essere proprio come lei, senza paura.

Esco dalla finestra, avanzo lenta sul cornicione e con un profondo sospiro di sollievo mi siedo sul tetto al suo fianco. Olena prende la coperta e la getta sulle nostre spalle, così possiamo stare sedute vicine sotto un caldo mantello di lana.

«È il mio segreto», dice. «Sei l'unica a cui mi sento di rivelarlo.»

«Perché proprio io?»

«Katya mi venderebbe per una scatola di cioccolatini, e Nadia è troppo stupida per tenere la bocca chiusa. Tu invece sei diversa.» Mi guarda con aria pensierosa, quasi dolce. «Sarai anche un coniglio spaventato, ma non sei stupida e non sei una traditrice.»

Il suo apprezzamento mi fa arrossire e il piacere che provo è meglio di qualsiasi droga, meglio dell'amore. D'un tratto un pensiero folle mi folgora: farei qualsiasi cosa per te, Olena. Mi avvicino a lei cercando il suo calore. Dal corpo degli uomini ho avuto solo punizioni, mentre quello di Olena mi conforta con le sue morbide curve e i capelli che mi sfiorano il volto come seta. Osservo il bagliore della sigaretta e il modo elegante con cui scuote la cenere.

«Vuoi fare un tiro?» mi chiede offrendomela.

«Non fumo.»

«Ah! Brava, non ti fa bene», dice, e fa un altro tiro. «Non fa bene neanche a me, ma non ho intenzione di sprecarle.»

«Dove le hai trovate?»

«Sulla barca. Ho preso un intero pacchetto e nessuno se n'è accorto.»

«Le hai rubate?»

Lei ride. «Rubo un sacco di cose. Come credi che mi sia procurata la chiave? La Madre pensa di averla persa, quella stupida vacca.» Olena fa un altro tiro e il suo volto s'illumina per un attimo d'arancione. «È quello che facevo a Mosca. Sono brava. Se parli inglese, ti lasciano entrare in qualsiasi albergo e lì puoi mettere in pratica i tuoi trucchetti. Fregare qualche portafoglio.» Espira una buona boccata di fumo. «Per questo non posso tornare a casa. Lì mi conoscono.»

«Non ti piacerebbe tornarci?»

Lei scrolla le spalle e scuote la cenere. «Là non c'è niente per me, per questo me ne sono andata.»

Fisso il cielo. Le stelle sono piccole chiazze arrabbiate di luce. «Anche qui non c'è niente. Non immaginavo sarebbe stato così.»

«Hai in mente di scappare, vero, Mila?»

«Tu no?»

«E per quale motivo torneresti a casa? Credi che la tua famiglia ti rivorrebbe, una volta saputo quello che facevi qui?»

«Ho solo mia nonna.»

«Che cosa faresti a Kryvicy se tutti i tuoi sogni si avverassero? Diventeresti ricca, sposeresti un bell'uomo?»

«Io non ho sogni», mormoro.

«Meglio.» Olena scoppia in un'amara risata. «Così non resterai delusa.»

«Ma qualsiasi cosa, qualsiasi posto è migliore di questo.»

«Tu credi?» Mi guarda. «Conoscevo una ragazza che è scappata. Eravamo a una festa come quella di stasera, a casa del signor Desmond. Ha scavalcato una finestra e se n'è andata. Quello è stato solo il primo dei suoi problemi.»

«Perché?»

«Cosa mangi là fuori? Dove vivi? Se sei senza documenti, non hai modo di sopravvivere se non scopando e a quel punto puoi anche farlo qui. Alla fine si è rivolta alla polizia, e sai com'è andata? L'hanno espulsa, rimpatriata in Bielorussia.» Olena emette uno sbuffo di fumo e mi guarda. «Non ti fidare mai della polizia. Non è nostra amica.»

«Però è scappata, è tornata a casa.»

«Sai che succede se scappi e riesci a tornare a casa? Ti scovano laggiù. Scovano anche la tua famiglia, e quando accade è meglio che tu sia già morta.» Olena spegne la sigaretta. «Qui sarà anche l'inferno, ma almeno non ti scorticano viva come è capitato a lei.»

Tremo, e non per il freddo. Penso di nuovo ad Anja. Penso sempre alla povera Anja che ha cercato di scappare e mi chiedo se il suo corpo si trovi ancora nel deserto, se la sua carne sia marcita.

«Allora non c'è scelta», sussurro. «Non c'è nessuna scelta.»

«Certo che c'è. Fare il loro gioco. Ti scopi un po' di uomini al giorno, dai loro quello che vogliono. Nel giro di alcuni mesi, di un anno, la Madre riceve una nuova partita di ragazze e tu sei solo merce usata. A quel punto ti lasciano andare e tu sei libera. Ma, se tenti di scappare prima, ti usano per dare un esempio.» Olena mi guarda. Sussulto quando all'improvviso allunga il braccio e mi tocca il volto. La sua mano indugia sulla mia guancia, le sue dita mi lasciano una scia di calore sulla pelle. «Sopravvivi, Mila», dice. «Questo non durerà per sempre.»

14

Anche per gli standard elevati di Beacon Hill, la casa era notevole, la più grande di una strada di ville signorili che avevano ospitato generazioni di esponenti dell'élite bostoniana. Era la prima volta che Gabriel si recava in quell'abitazione e in altre circostanze si sarebbe forse fermato sul vialetto acciottolato per ammirare, nella tenue luce del crepuscolo, gli architravi incisi, le decorazioni in ferro battuto e lo stravagante battaglio di ottone sulla porta d'ingresso. Quel giorno tuttavia non aveva in testa l'architettura e non si soffermò sul marciapiede; si affrettò invece a salire i gradini e a suonare il campanello.

Venne ad aprire una giovane con un paio di occhiali di tartaruga che lo squadrò con freddezza. L'ultima guardiana del cancello, pensò Gabriel. Non aveva mai incontrato prima quell'assistente, ma rispondeva al tipico modello Conway: intelligente, efficiente, probabilmente laureata a Harvard. Le teste d'uovo di Conway, le chiamavano in Campidoglio: la squadra di giovani uomini e donne noti per il talento e l'assoluta lealtà al senatore.

« Sono Gabriel Dean », disse. « Il senatore Conway mi sta aspettando. »

« L'attendono nel suo ufficio, agente Dean. »

Mi attendono?

« Mi segua. » La donna si voltò e lo condusse a passo svelto in corridoio. I suoi tacchi bassi, funzionali ben poco alla moda ticchettarono sulla quercia scura mentre passavano accanto a una fila di ritratti appesi alla parete: un severo patriarca in posa alla scrivania, un uomo con la parrucca incipriata e la toga nera da giudice, un terzo, in piedi davanti a una tenda di velluto verde. In quel corridoio faceva bella mostra l'illustre stirpe di Conway, che il senatore evitava tuttavia di esibire a casa sua a Georgetown dove il sangue blu costituiva uno svantaggio dal punto di vista politico.

L'assistente bussò con discrezione alla porta e fece capolino nella stanza. « È arrivato l'agente Dean. »

« Grazie, Jillian. »

Gabriel entrò e la porta si chiuse silenziosa alle sue spalle. Il senatore si alzò subito dalla massiccia scrivania di ciliegio per salutarlo. Pur sessantenne e con i capelli argentei, Conway si muoveva ancora con il vigore e l'agilità di un marine. Quando si strinsero la mano, fu un energico saluto tra due uomini che avevano conosciuto la battaglia e per questo si rispettavano.

« Come va? » chiese con tono sommesso il senatore.

Era la domanda più garbata che potesse porgli e a Gabriel vennero inaspettatamente le lacrime agli occhi. Si schiarì la gola. « La verità è », ammise, « che cerco in tutti i modi di non perdere il controllo. »

« Ho saputo che sua moglie è entrata in ospedale stamattina. »

« In realtà il bambino sarebbe dovuto nascere la scorsa settimana. Le acque le si sono rotte stamattina e... » Gabriel tacque, arrossendo. Le conversazioni tra vecchi soldati divagavano di rado sui particolari intimi dell'anatomia delle mogli.

« Quindi dobbiamo tirarla fuori di lì prima possibile. »

« Sì, signore. » *Non solo prima possibile, ma anche viva.* « Spero che lei possa dirmi che cosa sta accadendo veramente, perché la polizia di Boston non ne ha idea. »

« Negli anni lei mi ha fatto parecchi favori, agente Dean. Farò tutto il necessario, glielo prometto. » Conway si girò e indicò il salottino raccolto davanti all'imponente caminetto di mattoni. « Forse il signor Silver ci potrà dare una mano. »

Solo in quel momento Gabriel notò l'uomo seduto in una poltrona di pelle, tanto silenzioso da passare inosservato.

Questi si alzò e Gabriel vide che era insolitamente alto, stempiato, con i capelli scuri e due occhi miti incorniciati da un paio di occhiali da professore.

« Non credo che vi conosciate », disse Conway. « Questo è David Silver, vicedirettore della National Intelligence. È appena arrivato da Washington. »

Che sorpresa, pensò Gabriel mentre gli dava la mano. Il direttore della National Intelligence era una figura governativa elevata che aveva autorità su tutte le agenzie di intelligence del Paese, dal Federal Bureau of Investigation alla Defense Intelligence, alla Central Intelligence Agency. E David Silver era il secondo in comando alla National Intelligence.

« Non appena abbiamo saputo della situazione », affermò Silver, « il direttore Wynne mi ha chiesto di venire qui. La Casa Bianca non ritiene si tratti di una consueta crisi con sequestro di ostaggi. »

« Al di là del significato che può avere oggi 'consueto' », aggiunse Conway.

« Abbiamo già una linea diretta con il commissariato di polizia », spiegò Silver. « Seguiamo attentamente le indagini della polizia di Boston, ma il senatore Conway mi ha riferito che lei ha ulteriori informazioni che potrebbero modificare la nostra strategia. »

Conway indicò il divano. « Sediamoci. Abbiamo molto di cui parlare. »

« Ha detto che non la ritenete una delle solite crisi con sequestro di ostaggi », disse Gabriel mentre si sedeva. « Nemmeno io, e non solo perché è coinvolta mia moglie. »

« Per quale motivo la considera diversa? »

« A parte il fatto che il primo sequestratore è una donna? Che è stata raggiunta da un compagno armato? Che ha trasmesso via radio quello che sembra un codice di attivazione? »

« Sono gli stessi elementi che hanno allarmato il direttore Wynne », affermò Silver. « Inoltre, c'è un altro particolare che ci preoccupa. Devo ammetterlo, io stesso non ne ho colto la rilevanza quando ho ascoltato per la prima volta la registrazione.»

«Quale registrazione?»

«Quella della telefonata fatta dalla donna alla stazione radio. Abbiamo chiesto a un linguista della Difesa di analizzare il suo modo di esprimersi. La grammatica è perfetta, fin troppo. Niente contrazioni, niente slang. La donna evidentemente non è americana, è nata all'estero.»

«Il negoziatore della polizia di Boston è giunto alla stessa conclusione.»

«Ora, questo è l'aspetto che ci preoccupa. Se si ascolta con attenzione ciò che dice, in particolare l'espressione che ha usato, 'il dado è tratto', si nota l'accento. Con chiarezza. Russo forse, o ucraino o di qualche altra lingua europea orientale. È impossibile individuare l'origine esatta della donna, ma ha un accento slavo.»

«Ed è questo che ha suscitato la preoccupazione della Casa Bianca», aggiunse Conway.

Gabriel si accigliò. «Pensano a un gruppo di terroristi?»

«Nella fattispecie, ceceni», rispose Silver. «Non sappiamo chi sia questa donna né come sia entrata nel Paese. Sappiamo che i ceceni usano spesso compatriote nei loro attacchi. Nell'assedio del teatro di Mosca varie donne avevano addosso esplosivi. Poi c'è il caso dei due jet caduti nella Russia meridionale alcuni anni fa, dopo essere decollati da Mosca. Pensiamo siano stati fatti precipitare da passeggere munite di bombe. Il punto è che i loro terroristi usano normalmente le donne negli attacchi ed è questo che teme maggiormente il direttore della National Intelligence: di avere a che fare con persone che non abbiano alcun effettivo interesse a negoziare. Potrebbero essere più che pronte a morire e a farlo in modo spettacolare.»

«La Cecenia è ai ferri corti con Mosca, non con noi.»

«La guerra al terrore è globale. Proprio per questo è stata istituita la National Intelligence, per garantire che non si ripeta più alcun 11 settembre. Il nostro compito è coordinare tutte le agenzie di intelligence in modo che lavorino insieme e non con obiettivi contrastanti, come spesso è accaduto. Non più rivalità, non più spia contro spia. Siamo tutti sulla stessa barca e concordiamo sul fatto che il porto di Boston sia un bersaglio allettante per i terroristi. Potrebbero mirare ai depositi di carburante o a una petroliera. Un motoscafo carico di esplosivi potrebbe causare una catastrofe.» Tacque per un istante, poi aggiunse: «La sequestratrice è stata ritrovata in acqua, giusto?»

«Ha un'aria dubbiosa, agente Dean. Che cosa c'è?» domandò Conway.

«Stiamo parlando di una donna che è finita in questa situazione per caso. Sapete che era stata portata in obitorio perché ritenuta morta per annegamento? E ricoverata in ospedale dopo che si era risvegliata?»

«Sì», rispose Silver. «È una vicenda bizzarra.»

«Era una donna sola...»

«Adesso non lo è più. Ora ha un compagno.»

«Non ha molto l'aria di essere un'operazione terroristica pianificata.»

«Non intendiamo dire che la cattura degli ostaggi fosse pianificata. I tempi hanno forzato loro la mano. Forse tutto è partito da un incidente. Forse la donna è caduta fuori bordo mentre veniva fatta entrare illegalmente nel Paese, si è svegliata in ospedale, ha capito che sarebbe stata interrogata dalle autorità e si è fatta prendere dal panico. Potrebbe essere un tentacolo della piovra, parte di un'operazione molto più vasta che è stata prematuramente svelata.»

«Joseph Roke non è russo, è americano.»

«Sì, sappiamo qualcosa del signor Roke dal suo curriculum», affermò Silver.

«Non corrisponde molto al tipico simpatizzante della causa cecena.»

«Sa che nell'esercito il signor Roke era specializzato in esplosivi?»

«Come molti altri soldati che non finiscono per fare i terroristi.»

«Inoltre, ha alle spalle una storia di comportamenti antisociali, di problemi disciplinari. Ne è al corrente?»

«So che è stato congedato con disonore.»

«Per aver aggredito un ufficiale, agente Dean, per aver disobbedito ripetutamente agli ordini. C'era persino il dubbio che soffrisse di un grave disturbo emozionale. Uno psichiatra dell'esercito ha preso in esame la diagnosi di schizofrenia paranoide.»

«È stato curato di conseguenza?»

«Roke ha rifiutato qualsiasi terapia. Dopo aver lasciato l'esercito, ha vissuto sostanzialmente isolato. Parliamo di un uomo molto simile a Unabomber, che si è ritirato dalla società e ha covato strani rancori. Nel suo caso riguardano i complotti governativi e le manie di persecuzione. È un uomo segnato da una profonda amarezza che ritiene d'essere stato bistrattato dal governo. Ha scritto talmente tante lettere all'FBI per esporre le sue teorie che su di lui hanno un file speciale.» Silver si allungò per prendere una cartella sul tavolino e porgerla a Gabriel. «Un esempio dei suoi scritti. Una lettera mandata nel giugno 2004.»

Gabriel aprì la cartella e lesse la lettera.

... vi ho elencato tutta una serie di casi di attacchi cardiaci documentati, indotti in modo occulto da PRC-25 mescolato a tabacco bruciato. In combinazione danno origine, come il nostro dipartimento della Difesa ben sa, a un gas nervino letale. Moltissimi veterani sono stati uccisi in questo modo, così l'Amministrazione veterani può risparmiare milioni di dollari di costi sanitari. All'FBI non c'è nessuno a cui importi?

«È solo una delle decine di lettere deliranti che ha scritto al Bureau, ai membri del Congresso del suo Stato, ai quotidiani e alle stazioni televisive. Il *Washington Post* ha ricevuto tante delle sue stronzate paranoidi che cestina qualsiasi cosa sia firmata da lui. Come può vedere da questo esempio, è un uomo intelligente, dotato di buona dialettica ed è assolutamente convinto che il governo sia il Male assoluto.»

«Perché non è stato sottoposto a trattamento psichiatrico?»

«Non crede di essere pazzo, anche se chiunque si accorgerebbe che è fuori di testa.»

«I terroristi non recluterebbero uno psicotico.»

«Potrebbero farlo se fosse utile.»

«Non puoi controllarlo, non puoi prevedere che cosa farà.»

«Ma *puoi* incitarlo alla violenza, puoi rinforzarne la convinzione che il governo sia contro di lui e sfruttarne le capacità. Roke sarà anche paranoide, ma conosce gli esplosivi. È un lupo solitario pieno di rancore con un addestramento militare alle spalle: la recluta perfetta per i terroristi, agente Dean. Finché non dimostreremo il contrario, dobbiamo presumere che questa faccenda abbia implicazioni per la sicurezza nazionale e riteniamo che la polizia di Boston non sia in grado di gestirla da sola.»

«Per questo John Barsanti è qui.»

«Chi?» Silver aveva un'aria perplessa.

«L'agente Barsanti dell'ufficio del vicedirettore dell'FBI. Il Bureau di solito non manda qualcuno direttamente da Washington quando c'è un ufficio operativo locale a cui rivolgersi.»

«Non sapevo fosse intervenuto l'FBI», commentò Silver, ammissione che lasciò Gabriel sbigottito. La National Intelligence aveva autorità sull'FBI; Silver avrebbe dovuto certamente sapere del coinvolgimento di Barsanti.

«L'FBI non si occuperà del salvataggio», proseguì Silver. «Abbiamo autorizzato l'intervento di un'unità speciale antiterrorismo della Sezione supporto strategico.»

Gabriel lo fissò. «Avete chiamato una squadra del Pentagono? Un'operazione militare sul suolo statunitense?»

«So che può sembrare illegale, agente Dean, ma c'è una direttiva recente chiamata JCS Conplan 0300-97 che autorizza il Pentagono a impiegare unità militari antiterrorismo all'interno dei nostri confini quando la situazione lo richiede. È tanto nuova che gran parte delle persone non sa nemmeno che esiste», intervenne il senatore Conway.

«Ritiene sia una *buona* idea?»

«Francamente?» Il senatore sospirò. «Mi spaventa a morte, ma la direttiva rientra nella legge e i militari *possono* intervenire.»

«Per valide ragioni», aggiunse Silver. «Non so se l'ha notato, ma il nostro Paese è sotto attacco. Abbiamo l'occasione di estirpare una cellula prima che colpisca, prima che più persone vengano messe in pericolo. Nel quadro generale, questa crisi potrebbe rivelarsi un colpo di fortuna.»

«Un colpo di fortuna?»

Silver si accorse troppo tardi dell'insensibilità delle sue parole e alzò le mani in segno di scusa. «Mi spiace, ho detto una cosa terribile. Sono così concentrato sul mio compito che a volte ho, come dire, una visione a tunnel.»

«Questo potrebbe limitare anche l'idea che si è fatto della situazione.»

«Che cosa intende?»

«Considera l'assedio del centro medico e pensa automaticamente al terrorismo.»

«Devo farlo. Ci *hanno* costretto a adottare questo atteggiamento, non se lo scordi.»

«A scapito di tutte le altre possibilità?»

«No di certo. È anche assolutamente possibile che abbiamo a che fare con una coppia di pazzi, due persone che cercano di salvarsi dopo aver sparato a quel poliziotto a New Haven. Abbiamo considerato pure questa ipotesi.»

«Però vi concentrate solo sul terrorismo.»

«Il signor Wynne la vede così. Il direttore della National Intelligence prende sul serio il suo lavoro.»

Conway stava osservando Gabriel, studiandone le reazioni. «Vedo che l'ipotesi terroristica la lascia perplesso.»

«Credo sia troppo semplice», rispose Dean.

«Quale sarebbe la sua spiegazione? Che cosa vorrebbero queste persone?» domandò Silver. Si era appoggiato allo schienale della poltrona, con le lunghe gambe accavallate e le mani rilassate sui braccioli. Nella sua figura allampanata non c'era il minimo segno di tensione. Non è realmente interessato alla mia opinione, pensò Gabriel, si è già fatto la sua idea.

«Non ho ancora una risposta», disse. «Quello che ho sono vari dettagli sconcertanti che non so spiegare, per questo ho chiamato il senatore Conway.»

«Quali dettagli?»

«Ho appena assistito all'autopsia della guardia ospedaliera, l'uomo ucciso dalla sconosciuta. È emerso che non era affatto un dipendente dell'ospedale e non sappiamo chi sia.»

«Avete controllato le impronte digitali?»

«Non è schedato nell'AFIS.»

«Quindi non ha precedenti penali.»

«No. Le sue impronte non compaiono in *nessun* database consultato.»

«Non a tutti vengono prese le impronte.»

«Quell'uomo è entrato nell'ospedale con addosso un'arma caricata con proiettili duplex.»

«Questo non lo sapevo!» esclamò Conway.

«Che cos'è un proiettile duplex?» domandò Silver. «Sono solo un avvocato, perciò me lo dovrà spiegare. Sull'argomento 'armi' temo d'essere ignorante.»

«È una munizione in cui più di un proiettile è caricato in un unico bossolo», rispose Conway. «È concepita per essere ancor più letale.»

«Ho appena parlato con il laboratorio balistico della polizia di Boston», disse Gabriel. «Nella stanza dell'ospedale hanno ritrovato una cartuccia. È una M-198.»

«Una cartuccia d'ordinanza dell'esercito statunitense, di cui difficilmente una guardia sarebbe dotata.»

«Una *finta* guardia ospedaliera.» Gabriel infilò la mano nel taschino della giacca ed estrasse un foglio piegato. Lo aprì sul tavolino e disse: «Questo è l'altro particolare che mi lascia perplesso».

«Che cos'è?» domandò Silver.

«Lo schizzo che ho fatto durante l'autopsia. È il tatuaggio che il morto aveva sulla schiena.»

Silver girò il foglio dalla sua parte. «Uno scorpione?»

«Sì.»

«Mi vuol spiegare perché sarebbe importante? Scommetto che parecchi uomini vanno in giro con uno scorpione tatuato addosso.»

Conway si protese per prendere lo schizzo. «Ha detto che lo aveva sulla schiena? E che non abbiamo *alcun* documento di identità del morto?»

«Dalle impronte non è emerso niente.»

«Sono sorpreso che non sia schedato.»

«Perché?» chiese Silver.

Gabriel lo guardò. «Perché ci sono buone probabilità che quest'uomo fosse un militare.»

«Riesce a stabilirlo solo in base al tatuaggio?»

«Non è un tatuaggio qualsiasi.»

«Che cos'ha di speciale?»

«Non è sul braccio, è sulla schiena. Nei marine li chiamiamo 'piastrine da torso' perché sono utili per identificare i corpi. In un'esplosione ci sono forti rischi di perdere gli arti, perciò molti soldati scelgono di farsi tatuare il petto o la schiena.»

«Una motivazione raccapricciante», commentò Silver con una smorfia.

«Ma funzionale.»

«E lo scorpione? Ha rilevanza?»

«È stato il numero tredici ad attirare la mia attenzione», spiegò Gabriel. «Lo vede qui, circondato dal pungiglione? Secondo me si riferisce al Tredicesimo combattenti.»

«È un'unità militare?»

«Il corpo di spedizione dei marine, in grado di effettuare operazioni speciali.»

«Mi sta dicendo che il morto è un ex marine?»

«Non si è mai un *ex* marine», precisò Conway.

«Oh, certo», si corresse Silver. «È un marine *morto.*»

«Questo ci conduce al particolare che più mi preoccupa», proseguì Gabriel. «Il fatto che le sue impronte non si trovino in nessun database. Quest'uomo non ha un curriculum militare.»

«Potrebbe sbagliarsi sul significato del tatuaggio e sulla munizione duplex.»

«Oppure avere ragione, e le sue impronte potrebbero essere state specificamente rimosse dal sistema perché potesse risultare invisibile alle forze dell'ordine.»

Ci fu un lungo silenzio.

Quando comprese l'allusione di Gabriel, Silver sgranò all'improvviso gli occhi. «Mi sta dicendo che una delle *nostre* agenzie di intelligence avrebbe rimosso le impronte?»

«Per nascondere missioni operative segrete all'interno dei nostri confini.»

«Chi accusa? La CIA? L'intelligence militare? Se era uno dei nostri, non ne sono stato di certo informato.»

«Chiunque fosse quest'uomo e per chiunque lavorasse, è ormai ovvio che lui e il suo socio sono andati in quella stanza d'ospedale solo per una ragione.» Gabriel guardò Conway. «Lei è nel comitato del Senato per l'intelligence. Lei conosce le fonti giuste.»

«Ma in questo caso sono totalmente fuori dal giro», replicò Conway scuotendo la testa. «Se una delle nostre agenzie avesse ordinato l'uccisione di quella donna, sarebbe un grave scandalo. Un assassinio sul suolo statunitense?»

«Ma l'omicidio non è riuscito», osservò Gabriel. «Prima che lo portassero a termine, la dottoressa Isles è entrata nella camera. Non solo il bersaglio è sopravvissuto, ma ha anche preso degli ostaggi creando un grosso evento mediatico. Un'operazione segreta andata male che finirà in prima pagina. I fatti salteranno fuori comunque, perciò, se sa qualcosa, me lo può anche dire. Chi è questa donna e perché il nostro Paese la vuole morta?»

«Sono pure congetture», replicò Silver. «Lei sta seguendo una pista molto labile, agente Dean. Da un tatuaggio e da un proiettile ha dedotto che ci sia in ballo un assassinio commissionato dal governo.»

«Quelle persone hanno in mano mia moglie», rispose pacato Gabriel. «Sono disposto a seguire qualsiasi pista, per quanto labile. Devo sapere come porre fine alla crisi senza che qualcuno venga ucciso. È tutto quello che voglio: che nessuno venga ucciso.»

«È quello che vogliamo tutti», rispose Silver con un cenno.

15

Quando Maura imboccò la tranquilla strada di Brookline in cui viveva, era già calato il buio. Superò case e giardini familiari, vide il solito ragazzino dai capelli rossi lanciare il pallone da basket nel canestro sopra il garage e mancarlo come sempre. Tutto sembrava come il giorno prima, una delle tante calde serate estive in una zona residenziale di periferia. Ma stasera è diverso, pensò. Questa non la passerò in compagnia di un bicchiere di vino fresco o dell'ultimo numero di *Vanity Fair*. Come si sarebbe potuta godere i suoi soliti piaceri quando Jane stava vivendo un'esperienza simile?

Sempre che fosse ancora viva.

Maura parcheggiò in garage ed entrò in casa benedicendo l'impianto centralizzato di condizionamento. Non si sarebbe fermata molto: era tornata solo per cenare in fretta, farsi una doccia e cambiarsi. Si sentiva colpevole persino per quella breve tregua. Porterò dei sandwich per Gabriel, si disse. Dubitava che si fosse ricordato di mangiare.

Era appena uscita dalla doccia quando udì suonare il campanello. Infilò l'accappatoio e corse ad aprire.

Sul portico anteriore c'era Peter Lukas. Si erano parlati solo quel mattino, ma, a giudicare dalla camicia spiegazzata e dalle borse sotto gli occhi, le ore trascorse avevano lasciato il segno sul giornalista. « Mi spiace presentarmi così », disse. « Ho cercato di chiamarla qualche minuto fa. »

« Non ho sentito il telefono. Ero sotto la doccia. »

Lui abbassò per un istante gli occhi sull'accappatoio, poi guardò alle spalle di Maura concentrandosi su un punto lontano, quasi imbarazzato nel guardare direttamente una donna svestita. « Possiamo parlare? Mi serve il suo consiglio. »

«Consiglio?»

«Riguarda quello che la polizia mi ha chiesto di fare.»

«Ha parlato con il capitano Hayder?»

«E con quell'agente dell'FBI. Barsanti.»

«Allora sa già cosa vogliono i sequestratori.»

Lukas annuì. «Per questo sono qui. Devo sapere che cosa pensa di tutto questo folle piano.»

«Sta considerando sul serio l'idea di accettare?»

«Devo sapere che cosa farebbe lei, dottoressa Isles. Mi fido del suo giudizio.» Alla fine il suo sguardo incrociò quello di Maura, che si sentì arrossire e si ritrovò a chiudersi meglio l'accappatoio.

«Entri», disse infine. «Lasci che mi vesta e ne parleremo.»

Mentre il giornalista entrava in soggiorno, Maura pescò nella cabina armadio un paio di pantaloni e una camicetta puliti. Si fermò davanti allo specchio e trasalì alla vista del trucco sbavato e dei capelli arruffati. *È solo un giornalista,* pensò, *non abbiamo un appuntamento. Non importa che diavolo di aspetto tu abbia.*

Quando tornò in soggiorno, lo trovò in piedi davanti alla finestra intento a guardare fuori la strada buia. «È diventato un caso nazionale, sa», disse girandosi a guardarla. «In questo momento a Los Angeles lo seguono.»

«Per questo pensa di accettare? Per avere una possibilità di diventare famoso? Per poter vedere il suo nome nei titoli?»

«Oh, sì, già lo vedo: 'Reporter si becca una pallottola in testa'. Un titolo che mi fa davvero impazzire.»

«Perciò si rende conto che non è una mossa particolarmente saggia.»

«Non ho ancora deciso.»

«Se vuole il mio consiglio...»

«Voglio più del suo consiglio. Voglio informazioni.»

«Che cosa potrei dirle?»

« Potrebbe iniziare col dirmi che cosa fa qui l'FBI. »

« Ha detto di aver parlato con l'agente Barsanti. Non glielo ha chiesto? »

« Ho saputo che è coinvolto anche un certo agente Dean. Barsanti non è stato disposto a dirmi una sola parola su di lui. Perché il Bureau ha mandato due persone, di cui una da Washington per una crisi che normalmente verrebbe gestita dalla polizia di Boston? »

La domanda l'allarmò. Se sapeva già di Gabriel, non avrebbe impiegato molto a scoprire che Jane era un ostaggio.

« Non lo so », mentì senza quasi riuscire a guardarlo negli occhi. La stava fissando tanto intensamente che alla fine dovette voltarsi e sedersi sul divano.

« Se c'è qualcosa che devo conoscere », proseguì lui, « spero me lo dirà. Vorrei sapere in anticipo in che cosa mi sto cacciando. »

« Ormai ne saprà probabilmente quanto me. »

Lukas si sedette sulla poltrona davanti a lei e la guardò in modo tanto diretto che Maura se ne sentì trafitta, come una farfalla dagli spilli del collezionista. « Che cosa vuole quella gente? »

« Che cosa le ha detto Barsanti? »

« Mi ha spiegato della loro offerta: hanno promesso di liberare due ostaggi. Quando entrerò con un cameraman televisivo e parlerò con quell'uomo, altri due ostaggi verranno liberati. Questo è il patto. Quello che accadrà dopo, nessuno lo sa. »

Quest'uomo potrebbe salvare la vita di Jane, pensò Maura. Se andrà là dentro, Jane potrebbe essere una dei due ostaggi che verranno liberati. Io lo farei, ma non posso chiedergli di rischiare la vita, nemmeno per Jane.

« Non capita tutti i giorni la possibilità di fare l'eroe », commentò Lukas. « È, per così dire, un'opportunità. Molti giornalisti l'acchiapperebbero. »

Lei scoppiò a ridere. « Molto allettante. Un contratto per

un libro, la fiction della settimana. Rischierebbe la vita per un po' di fama e di fortuna? »

« Ehi, ho una vecchia e arrugginita Toyota parcheggiata qua fuori e ancora ventinove anni di mutuo, perciò un po' di fama e di fortuna non guasterebbero. »

« Se vive abbastanza da godersele. »

« Per questo sono venuto a parlarle. Lei è stata a contatto con la sequestratrice, sa con che genere di persone abbiamo a che fare. Sono razionali? Terranno fede all'accordo? Mi lasceranno andare, una volta terminata l'intervista? »

« Non posso prevederlo. »

« Non è molto illuminante come risposta. »

« Mi rifiuto di assumermi la responsabilità di qualsiasi cosa le possa accadere. Non sono in grado di prevedere quello che faranno, non so nemmeno quello che vogliono. »

Lui sospirò. « Temevo lo dicesse. »

« Adesso ho io una domanda per lei. Presumo conosca la risposta. »

« Cioè? »

« Fra tutti i giornalisti di cui avrebbero potuto chiedere perché hanno scelto lei? »

« Non ne ho idea. »

« Deve aver avuto qualche contatto con loro, prima. » Maura fu colpita dalla sua esitazione e lo guardò fissa. « Li conosce. »

« Be', i giornalisti vengono contattati da un sacco di squilibrati. Ogni settimana ricevo qualche lettera o telefonata riguardante complotti governativi segreti: quando non sono le compagnie petrolifere malvagie, sono gli elicotteri neri o le cospirazioni dell'ONU. In genere le ignoro, per questo non ci ho fatto molto caso: per me era solo l'ennesima telefonata di un pazzo. »

« Quando è arrivata? »

« Alcuni giorni fa. Me lo ha ricordato un collega, perché è stato lui a rispondere al telefono. Sinceramente, al momento ero troppo occupato per prestarci attenzione. Era tardi, dovevo finire un lavoro, e l'ultima cosa che volevo era parlare con uno squilibrato. »

« La telefonata è stata fatta da un uomo? »

« Sì. È arrivata alla redazione del *Tribune.* L'uomo ha chiesto se avessi dato un'occhiata al pacco che mi aveva mandato. Non sapevo di che parlasse. Ha detto che mi aveva spedito qualcosa alcune settimane prima, ma io non l'ho mai ricevuto. Ha detto che una donna avrebbe lasciato un altro pacco al banco della reception quella sera e che non appena fosse arrivato sarei dovuto scendere immediatamente nell'atrio a prenderlo perché era materiale scottante. »

« Ha mai ricevuto il secondo pacco? »

« No. La guardia al banco dell'ingresso ha detto che quella sera non si è presentata nessuna donna. Sono andato a casa e mi sono scordato di tutto fino a questo momento. » Tacque per un istante e aggiunse: « Mi chiedo se sia stato Joe a chiamarmi ».

« Perché hanno scelto lei? »

« Non ne ho idea. »

« Quelle persone sembrano conoscerla. »

« Forse leggono la mia rubrica, forse sono miei fan. » Di fronte al silenzio di Maura, Lukas scoppiò in una risata autoironica. « Credibile come motivo, eh? »

« È mai apparso in televisione? » chiese Maura pensando: ha il volto giusto e un fascino tenebroso adatto alla TV.

« Mai. »

« E scrive solo per il *Boston Tribune*? »

« *Solo?* È un modo carino per dirlo, dottoressa Isles. »

« Non intendevo in quel senso. »

« Faccio il giornalista da quando avevo ventidue anni. Ho iniziato come free-lance per il *Boston Phoenix* e il *Boston Magazine.* Per un po' è stato divertente, ma fare il free-lance non aiuta a pagare i conti, perciò sono stato contento quando ho trovato un posto al *Tribune.* Ho cominciato con la cronaca cittadina, ho passato alcuni anni a Washington come loro corrispondente, poi sono tornato a Boston dove mi hanno offerto di tenere una rubrica settimanale. Perciò, sì, faccio questo lavoro da un po'. Non ho accumulato una fortuna, ma ovviamente ho alcuni fan, visto che Joseph Roke sembra sapere chi sono.» Dopo qualche istante di silenzio disse: «Almeno, *spero* sia un fan e non un lettore incazzato».

«Anche se fosse un fan, lei si sta mettendo in una situazione pericolosa.»

«Lo so.»

«Conosce le richieste?»

«Un cameraman e io. Faremo una diretta per qualche stazione televisiva locale. Presumo che i sequestratori abbiano modo di controllare che andiamo davvero in onda e pure che non protestino per i consueti cinque secondi di ritardo in caso...» Lukas si fermò.

Qualcosa vada terribilmente storto.

Il giornalista fece un respiro profondo. «Che cosa farebbe al posto mio, dottoressa Isles?»

«Non sono una giornalista.»

«Perciò rifiuterebbe.»

«Una persona normale non si caccia volentieri in una situazione in cui ci sono degli ostaggi.»

«Intende dire che i giornalisti non sono persone normali?»

«Ci rifletta bene.»

«Le dirò il mio parere: se accettassi, quattro ostaggi potrebbero uscire vivi di lì. Per una volta, qualcosa che *farei* io sarebbe degno di un pezzo.»

«Ed è disposto a rischiare la sua vita?»

«Sono disposto a correre il rischio», rispose, poi aggiunse con pacata onestà: «Ma ho anche una paura folle». La sua franchezza fu disarmante: pochi uomini erano tanto coraggiosi da ammettere di avere paura. «Il capitano Hayder vuole una risposta per le nove.»

«Cosa farà?»

«Il cameraman ha già acconsentito, il che mi fa sentire un

vigliacco se non accetto, soprattutto se quattro persone possono essere salvate. Continuo a pensare a tutti quei corrispondenti che in questo momento si trovano a Baghdad, a quello che affrontano tutti i giorni. Al confronto, questa dovrebbe essere una passeggiata. Entro, parlo con quegli squilibrati, lascio che raccontino la loro storia e me ne vado. Forse è tutto quello che vogliono: la possibilità di esprimersi, di farsi ascoltare. Accettando, potrei porre fine alla crisi.»

«Vuol fare il salvatore, insomma.»

«No! No, sto solo...» Lukas scoppiò a ridere. «Cercando un modo di giustificare il folle rischio che correrei.»

«Lo ha detto lei, non io.»

«La verità è che non sono un eroe. Per me non ha senso rischiare la vita, a meno che non si sia costretti, ma in questo caso sono perplesso quanto lei. Vorrei sapere perché hanno scelto me.» Lanciò un'occhiata all'orologio e disse: «Sono quasi le nove. Meglio telefonare a Barsanti». Si alzò e si girò verso la porta, poi all'improvviso si fermò e guardò dietro di sé.

Il telefono di Maura stava squillando.

Lei rispose e all'altro capo sentì la voce di Abe Bristol. «Stai guardando la TV?» le chiese.

«Perché?»

«Accendila. Channel Six. Non è una buona notizia.»

Sotto lo sguardo indagatore di Lukas, Maura si avvicinò al televisore con il cuore a mille. Che cos'era successo? Che cosa era andato storto? Premette il tasto del telecomando e il volto di Zoe Fossey riempì lo schermo.

«... il portavoce ufficiale si è rifiutato di commentare, ma abbiamo avuto conferma che uno degli ostaggi è un'agente di polizia di Boston. Neanche un mese fa la stampa nazionale ha parlato della detective Jane Rizzoli a proposito dell'indagine sulla casalinga rapita a Natick. Non conosciamo ancora le condizioni degli ostaggi né la ragione della presenza della detective Rizzoli tra loro...»

«Mio Dio», mormorò Lukas in piedi accanto a lei. Maura non si era accorta che le si era avvicinato tanto. «C'è una *poliziotta* intrappolata là dentro?»

Maura lo guardò. «Adesso rischia d'essere una poliziotta morta.»

16

Ci siamo. Sto per morire.

Jane rimase immobile sul divano in attesa dello sparo, mentre Joe si girava a guardarla dando le spalle alla TV. Fu però la donna ad avanzare verso di lei con passi lenti e terribilmente misurati. Olena, l'aveva chiamata Joe. Almeno so il nome dei miei assassini, pensò Jane, e sentì l'inserviente scostarsi, come se temesse d'essere sporcato dal suo sangue. Lo sguardo di Jane rimase fisso sul volto di Olena: non osava guardare la pistola. Non voleva vedere la canna sollevarsi verso la sua testa, la mano stringere l'impugnatura. Meglio che non veda arrivare il proiettile, si disse, meglio che guardi questa donna negli occhi, che la costringa a vedere l'essere umano che sta per annientare. Non vi colse alcun sentimento: erano occhi di bambola. Vetro blu. Olena indossava alcuni abiti che aveva sottratto da un armadietto: i pantaloni di una divisa e un camice da medico. Un'assassina mascherata da guaritrice.

« È vero? » le chiese piano.

Jane sentì una tensione all'utero e si morse il labbro all'aumentare del dolore della nuova contrazione. Povero il mio bambino, pensò, non vedrai mai la luce. Sentì la dottoressa Tam allungare la mano e afferrare la sua per offrirle un silenzioso conforto.

« La TV dice il vero? Sei della polizia? »

Jane deglutì. « Sì », sussurrò.

« Hanno detto che sei una detective », intervenne Joe. « È così? »

In preda alla contrazione, Jane si piegò in avanti e la vista le si offuscò. « Sì », gemette. « Sì, maledizione! Sono nella... nella Omicidi... »

Olena guardò il braccialetto ospedaliero che poco prima le aveva strappato dal polso. Era ancora per terra accanto al divano. Lo raccolse e lo diede a Joe.

« Rizzoli, Jane », lesse questi.

Il momento più doloroso della contrazione era ormai passato. Jane espirò bruscamente e si accasciò sul divano con la camiciola fradicia di sudore, troppo esausta per reagire e persino per salvarsi la vita. Come avrebbe potuto farlo? *Non riesco nemmeno ad alzarmi da questo comodo divano senza un aiuto.* Sconfitta, guardò Joe prendere la cartella clinica e iniziare a sfogliarla.

« Rizzoli, Jane », lesse ad alta voce. « Coniugata, residente a Claremont Street. Occupazione: detective, squadra Omicidi, dipartimento di polizia di Boston. » La guardò con i suoi occhi scuri: erano tanto penetranti che Jane avrebbe voluto indietreggiare. A differenza di Olena, quell'uomo era assolutamente calmo e padrone di sé. Era l'aspetto che la spaventava di più, il fatto che pareva sapere con esattezza ciò che faceva. « Una detective della Omicidi. E *guarda caso* si trova qui? »

« Dev'essere il mio giorno fortunato », borbottò lei.

« Cosa? »

« Niente. »

« Rispondimi. Perché sei qui? »

Jane sollevò di scatto il mento. « Non so se te ne sei accorta, ma sto per avere un bambino. »

« Sono la sua ginecologa. L'ho ricoverata stamattina », spiegò la dottoressa Tam.

« È la tempistica che non mi convince », replicò Joe. « Non c'è niente che mi torni. »

Jane trasalì quando Joe le afferrò la camiciola e gliela sollevò. Rimase a fissare per un attimo il pancione e i grossi seni, ora visibili a tutti nella stanza. Senza una parola lasciò quindi ricadere la camiciola.

« Sei soddisfatto, coglione? » sbottò lei con le guance rosse per l'umiliazione. « Che cosa ti aspettavi, una finta pancia? » Nello stesso momento in cui pronunciò quelle parole capì di aver detto una sciocchezza. Prima regola di sopravvivenza per un ostaggio: *non fare mai incazzare chi ha una pistola.* Quando però le aveva sollevato la camiciola, l'aveva aggredita, l'aveva messa a nudo, e adesso Jane tremava di rabbia. « Credi che volessi restare qui bloccata in compagnia di due spostati come voi? »

Jane sentì la mano della dottoressa Tam stringerle il polso come a supplicarla silenziosamente di tacere. Lei tuttavia si liberò e rivolse la sua furia sui carcerieri.

« Sì, sono della polizia e sapete cosa? Voi due siete fottuti alla grande. Se mi uccidete, sapete che succede, vero? Sapete che cosa fanno i miei colleghi agli assassini dei poliziotti? »

Joe e Olena si guardarono. Stavano prendendo una decisione? Giungendo a un accordo per lasciarla vivere o farla morire?

« Un errore », rispose lui. « Questo è tutto quello che sei, detective. Cazzo, sei nel posto sbagliato nel momento sbagliato. »

Questo lo dici tu, coglione.

Jane sussultò quando l'uomo scoppiò a ridere all'improvviso. Si diresse verso l'altro lato della stanza scuotendo la testa e, quando si voltò a guardarla, Rizzoli vide che aveva la pistola puntata verso il pavimento, non contro di lei.

« Allora, sei una brava poliziotta? » domandò.

« Cosa? »

« Alla televisione hanno detto che hai lavorato al caso di una casalinga scomparsa. »

« Una donna incinta. Era stata rapita. »

« Com'è finita? »

« Lei è viva e il delinquente è morto. »

« Allora sei brava. »

« Ho fatto il mio lavoro. »

Joe e Olena si scambiarono un'altra occhiata.

Lui si avvicinò a Jane e si fermò proprio davanti a lei. « E se ti informassi di un crimine? Se ti raccontassi che la giustizia non è stata rispettata? Che non può mai essere rispettata? »

« Perché? »

Joe prese una sedia, l'avvicinò a Jane e si sedette. Adesso erano alla stessa altezza. Gli occhi scuri di lui fissarono quelli di lei con ferma determinazione. « Perché è stato commesso dal nostro governo. »

Oops. Allerta squilibrato.

« Ne hai le prove? » domandò Jane cercando di mantenere un tono neutro.

« Abbiamo un testimone », disse, e indicò Olena. « Lei lo ha visto accadere. »

« Le dichiarazioni rese dai testimoni non bastano di per sé. » *Soprattutto quando la testimone è una pazza.*

« Sei al corrente delle azioni criminali di cui il nostro governo si è reso colpevole? Dei crimini che commette ogni giorno? Degli assassini, dei rapimenti? Del fatto che avvelena i cittadini in nome del profitto? Sono i grandi affari che mandano avanti questo Paese e noi tutti siamo sacrificabili. Prendi le bevande analcoliche, per esempio. »

« Prego? »

« Le bevande analcoliche dietetiche. Il governo statunitense le ha comprate in gran quantità per le truppe nel Golfo: io c'ero, ho visto lattine su lattine impilate nella calura. Che cosa pensi succeda alle sostanze chimiche contenute nelle bevande dietetiche quando sono esposte al calore? Diventano tossiche, si trasformano in veleno. Per questo migliaia di veterani della guerra del Golfo sono tornati a casa ammalati. Oh, sì, il nostro governo lo sa, noi invece non lo sapremo mai. L'industria delle bevande analcoliche è troppo potente e sa come corromperlo. »

« Allora... tutto questo è per le bevande analcoliche? »

« No. C'è di peggio. » Joe le si avvicinò. « Stavolta li abbiamo in pugno, detective. Abbiamo una testimone, abbiamo la prova e anche l'attenzione del Paese. Per questo li abbiamo spaventati. Per questo ci vogliono morti. Tu che faresti, detective? »

« A proposito di che? Ancora non capisco. »

« Se sapessi di un crimine commesso dai nostri governanti che è rimasto impunito. Che faresti? »

« Semplice. Farei il mio lavoro, come sempre. »

« Faresti in modo che la giustizia venga rispettata? »

« Sì. »

« Al di là degli ostacoli che incontreresti? »

« Chi cercherebbe di fermarmi? »

« Tu non conosci quelle persone, non sai di che cosa sono capaci. »

Jane si tese quando un'altra contrazione le attanagliò il ventre e sentì la dottoressa Tam prenderle di nuovo la mano. Gliela strinse forte e all'improvviso tutto divenne sfocato mentre il dolore s'impossessava di lei e la costringeva a piegarsi in avanti con un gemito. Oh, Dio, che cosa le avevano insegnato al corso Lamaze? Si era scordata tutto.

« Faccia un bel respiro », mormorò la dottoressa Tam. « Cerchi di concentrarsi. »

Ecco, ora ricordava. *Respira, concentrati su un punto.* Quei pazzi non l'avrebbero uccisa nei prossimi sessanta secondi. Doveva solo superare il dolore. *Respira e concentrati. Respira e concentrati...*

Olena si avvicinò e all'improvviso Jane vide il volto della donna a pochi centimetri dal suo. « Guardami », disse indicandosi gli occhi. « Guarda me, qui, finché non finisce. »

Non ci posso credere. Una pazza che mi aiuta ad affrontare le doglie.

Jane iniziò ad ansimare e il suo respiro accelerò a mano a mano che il dolore cresceva. Olena era proprio davanti a lei e la fissava. Gelida acqua blu, questo ricordavano a Jane i suoi occhi: acqua. Un'acqua chiara e calma, senza increspature.

« Bene », mormorò la donna. « Sei stata brava. »

Jane emise un sospiro di sollievo e si appoggiò ai cuscini. Il sudore le gocciolò sulla guancia. Altri cinque minuti di grazia per riprendersi. Pensò a tutte le donne che nei millenni avevano sofferto per partorire, a sua madre che trentaquattro anni prima aveva avuto le doglie in una calda sera d'estate per darla alla luce. *Prima non capivo quello che hai passato, adesso sì. Questo è il prezzo che le donne devono pagare per ogni bambino che nasce.*

« Di chi ti fidi, detective Rizzoli? »

Joe le aveva di nuovo rivolto la parola. Lei sollevò la testa ancora troppo stordita per capire che cosa volesse.

« Ci dev'essere qualcuno di cui ti fidi », affermò. « Qualcuno con cui lavori. Un altro poliziotto, forse il tuo collega. »

Lei scosse stancamente la testa. « Non capisco dove vuoi arrivare. »

« E se ti puntassi la pistola alla testa? »

Jane s'immobilizzò quando l'uomo alzò all'improvviso l'arma e gliela premette alla tempia. Sentì la receptionist ansimare e gli ostaggi sul divano scostarsi dalla vittima designata che sedeva tra loro.

« Ora dimmi », ordinò Joe con tono freddo. « C'è qualcuno che si buscherebbe questo proiettile al posto tuo? »

« Perché lo fai? » mormorò Jane.

« Sto solo chiedendo. Chi si prenderebbe questo proiettile per te? Nelle mani di chi metteresti la tua vita? »

Lei fissò la mano che stringeva la pistola e pensò: è un test e io non so la risposta. Non so che cosa voglia sentirsi dire.

« Dimmi, detective. C'è qualcuno in cui credi ciecamente? »

« Gabriel... » rispose deglutendo. « Mio marito. Mi fido di mio marito. »

« Non parlo della famiglia, parlo di qualcuno con un distintivo come te, di una persona pulita che fa il suo dovere. »

« Perché me lo chiedi? »

« Rispondi alla domanda! »

« Te l'ho detto, ti ho dato una risposta. »

« Hai detto tuo marito. »

« Sì! »

« È un poliziotto? »

« No, è... » Jane si fermò.

« Che cos'è? »

Lei si raddrizzò, guardò oltre la pistola e si concentrò sugli occhi dell'uomo che la impugnava. « È dell'FBI», rispose.

Joe la fissò per un istante, poi guardò la complice. « Questo cambia tutto », osservò.

17

Mila

C'è una nuova ragazza nella casa.

Stamattina un furgone si è fermato nel viale d'accesso e gli uomini l'hanno portata nella nostra stanza. È rimasta tutto il giorno stesa sulla branda di Olena a dormire per le droghe che le avevano dato per il viaggio. La guardiamo tutte, fissiamo quel volto tanto pallido che non sembra neanche di carne viva, ma di marmo traslucido. Respira con lievi sbuffi e una ciocca di capelli biondi ondeggia quando espira. Ha le mani piccole, mani di bambola, penso, guardando il pugnetto, il pollice premuto contro le labbra. Non si muove nemmeno quando la Madre apre la porta ed entra nella stanza.

« Svegliatela », ordina.

« Quanti anni ha? » chiede Olena.

« Fatela alzare. »

« È soltanto una bambina. Quanti anni ha, dodici? Tredici? »

« Abbastanza da poter lavorare. » La Madre si avvicina alla branda e scuote la ragazza. « Forza », dice brusca scostandole la coperta. « Hai dormito troppo. »

La ragazza si muove e si gira sulla schiena. Allora noto i lividi sul braccio. Apre gli occhi, vede che la osserviamo e il suo fragile corpo s'irrigidisce in segno d'allarme.

« Non farlo aspettare », dice la Madre.

Sentiamo la macchina avvicinarsi alla casa. È sceso il buio e quando guardo dalla finestra vedo i fari ammiccare tra gli alberi. Gli pneumatici crepitano sulla ghiaia quando l'auto entra nel viale d'accesso. Il primo cliente della serata, penso con orrore, ma la Madre non ci degna nemmeno di un'occhiata. Afferra la nuova ragazza per la mano e la fa alzare. Lei esce incespicando dalla stanza con lo sguardo assonnato.

« Come hanno fatto a procurarsi una ragazza così giovane? » sussurra Katya.

Sentiamo il campanello della porta. È un suono che abbiamo imparato a temere, il suono dell'arrivo dei nostri torturatori. La Madre saluta un cliente in inglese. L'uomo parla poco, lo sentiamo dire solo due parole. Poi i suoi passi pesanti risuonano sulle scale e noi arretriamo dalla porta. Supera la nostra stanza e continua in corridoio.

Di sotto la ragazza alza la voce per protesta. Sentiamo uno schiaffo e un singhiozzo. Udiamo altri passi sulle scale mentre la Madre trascina la ragazza nella stanza del cliente. La porta si richiude sbattendo e la Madre si allontana lasciandola sola con l'uomo.

« Quella brutta troia », borbotta Olena. « Brucerà all'inferno. »

Ma stasera almeno non sarò io a soffrire. Mi sento in colpa non appena il pensiero mi attraversa la mente, eppure non riesco a cancellarlo. *Meglio a lei che a me.* Vado alla finestra e guardo la notte, il buio che non vede la mia vergogna. Katya si tira una coperta sulla testa. Tutte cerchiamo di non sentire, ma anche attraverso le porte chiuse udiamo le urla della ragazza e immaginiamo che cosa le stia facendo perché lo stesso è stato fatto a noi. Solo le facce degli uomini cambiano, il dolore che ci infliggono no.

Quando tutto finisce, quando alla fine le grida cessano, sentiamo l'uomo scendere le scale e lasciare la casa. Faccio un profondo respiro. Basta, penso. Ti prego, fa' che stasera non arrivino altri clienti.

La Madre risale le scale per andare a prendere la ragazza e c'è un lungo, strano silenzio. All'improvviso supera di corsa la nostra porta e ridiscende le scale. La sentiamo parlare con qualcuno al cellulare. Sono parole sommesse, concitate. Guardo Olena e mi chiedo se capisca quello che succede, ma lei non ricambia il mio sguardo. È rannicchiata sulla sua branda con le mani in grembo chiuse a pugno. Fuori, qualcosa fluttua nell'aria oltre la finestra, sembra una falena bianca sospinta dal vento.

Sta iniziando a nevicare.

La ragazza non andava bene. Ha graffiato il cliente sulla faccia e lui si è arrabbiato. Una così compromette gli affari, perciò viene rispedita in Ucraina: questo ci ha detto la Madre ieri sera, quando la ragazza non è tornata nella stanza.

Questo, almeno, ci ha raccontato.

« Forse è vero », dico, e il mio alito crea uno sbuffo di condensa nel buio. Io e Olena siamo di nuovo sedute sul tetto. Stasera brilla come una torta glassata alla luce della luna. Ieri sera ha nevicato, poco meno di un centimetro, ma è bastato per farmi pensare a casa, dove da settimane ormai la neve ricopre il terreno. Sono contenta di rivedere le stelle, di condividere questo cielo con Olena. Abbiamo portato con noi le coperte e siamo sedute vicine, l'una contro l'altra.

« Se ci credi davvero sei stupida », risponde Olena. Accende una sigaretta, l'ultima della festa sulla barca, e l'assapora osservando il cielo mentre inala il fumo, quasi a ringraziare qualcuno lassù per il dono del tabacco.

« Perché tu non ci credi? »

Lei scoppia a ridere. « Forse ti vendono a un'altra casa o a un altro pappone, ma non ti rimandano in patria. Comunque sia, non credo a niente di quello che dice la Madre, quella vecchia troia. Ci pensi? Secoli fa scopava anche lei, prima che diventasse così grassa. »

Non riesco a immaginare la Madre giovane, magra e nemmeno attraente agli occhi di un uomo. Non riesco a immaginare un tempo in cui non fosse ripugnante.

« Sono le puttane dal sangue freddo che finiscono per gestire le case », continua Olena. « Sono peggiori dei papponi. Lei sa quello che soffriamo, lo ha provato di persona, ma adesso tutto quello che le importa è fare soldi, molti soldi. » Olena scuote la cenere e aggiunge: « Il mondo è malvagio, Mila, e non c'è modo di cambiarlo. Tutto ciò che puoi fare è restare viva ».

« E non diventare malvagia. »

« A volte non hai scelta. Devi esserlo e basta. »

« Tu non sei malvagia. »

« Come lo sai? » Mi guarda. « Come sai cosa sono o quello che ho fatto? Credimi, se fossi costretta, sarei disposta a uccidere chiunque. Anche *te*. »

Mi fissa con uno sguardo spietato sotto la luce della luna e per un momento, solo per un momento, penso che abbia ragione. *Potrebbe* uccidermi, è pronta a fare qualsiasi cosa per restare viva.

Sentiamo un rumore di pneumatici sulla ghiaia e ci raddrizziamo allarmate. Non vedo luci.

Olena si arrampica a fatica e sbircia oltre il bordo. « Là », mormora mentre un'auto spunta dal bosco. Ha i fari spenti e tutto quello che vediamo è il bagliore giallo delle luci di frenata. Si ferma sul ciglio del vialetto e ne escono due uomini. Alcuni secondi dopo sentiamo il campanello della porta. Anche così presto gli uomini hanno le loro esigenze e vogliono appagarle.

« Merda », sibila Olena. « Adesso la sveglieranno. Dobbiamo tornare nella stanza prima che scopra che siamo uscite. »

Ci caliamo sul tetto senza nemmeno preoccuparci di raccogliere le coperte e ci affanniamo a percorrere il cornicione. Olena si infila nella finestra e sparisce nel solaio buio.

Il campanello suona di nuovo e sentiamo la voce della Madre mentre apre la porta d'ingresso e saluta i nuovi clienti.

Mi affretto a scavalcare la finestra alle spalle di Olena e insieme raggiungiamo la botola. La scala a pioli è ancora abbassata, prova lampante di dove ci troviamo. Olena la ridiscende, ma si blocca all'improvviso.

La Madre sta gridando.

Olena mi guarda dal basso attraverso la botola e nell'ombra sottostante colgo un lampo di agitazione nei suoi occhi. Sentiamo un tonfo e un rumore di legno che si spacca, poi alcuni passi pesanti salgono le scale.

Le grida della Madre si trasformano in urla selvagge.

Olena si precipita su per la scala e mi spinge da parte per superare la botola. Si allunga quindi nell'apertura, afferra la scala e la tira. Questa si solleva e si ripiega mentre la botola si chiude.

« Va' indietro », sussurra. « Fuori, sul tetto! »

« Che succede? »

« *Va'* e basta, Mila! »

Corriamo alla finestra. Sono la prima a scavalcarla, ma vado talmente di fretta che il piede mi scivola sul cornicione. Ho un singulto mentre cado e in preda al panico cerco di aggrapparmi al davanzale.

Olena mi agguanta per il polso e mi tiene mentre penzolo terrorizzata.

« Afferra l'altra mia mano! » mormora.

Mi allungo per prenderla e lei mi tira su finché non mi ritrovo piegata in due sul davanzale con il cuore in gola.

« Non essere così fottutamente goffa! » sibila.

Ritrovo l'equilibrio e mi tengo con le mani sudate al davanzale mentre avanzo sul cornicione per tornare sul tetto. Olena esce fuori contorcendosi, chiude la finestra alle sue spalle e si arrampica dietro di me, svelta come un gatto.

In casa si sono accese le luci. Vediamo il bagliore riversarsi all'esterno dalle finestre sotto di noi e sentiamo alcuni passi che corrono, lo sbattere di una porta spalancata e un grido, stavolta non della Madre. Un grido solo, lacerante, che squarcia un terribile silenzio.

Olena afferra le coperte. « Sali », dice. « Veloce, su, in alto, dove non ci possono vedere! »

Mentre striscio sulle tegole catramate verso il punto più alto, Olena cancella con la coperta le impronte che abbiamo lasciato sul cornicione innevato. Fa lo stesso dove ci siamo sedute, eliminando ogni traccia della nostra presenza. Poi si arrampica e si sistema accanto a me in cima all'abbaino. Lì rimaniamo appollaiate come tremanti gargouille.

Un pensiero mi folgora. « La sedia », sussurro. « Abbiamo lasciato la sedia sotto la botola! »

« È troppo tardi. »

« Se la vedono, capiranno che siamo quassù. »

Mi afferra per la mano e mi stringe con tanta forza che credo mi voglia rompere le ossa. In solaio si è appena accesa la luce.

Ci schiacciamo contro il tetto e non osiamo muoverci. Basta uno scricchiolio, un po' di neve smossa e tutti capiranno che siamo qui. Sento il cuore battere forte contro le tegole e penso che sicuramente lo sentiranno attraverso il soffitto.

La finestra si solleva. Passa un istante. Che cosa vede quando guarda fuori? Un frammento di impronta sul cornicione? Una traccia rivelatrice che la frenetica pulizia di Olena non ha cancellato? Poi la finestra si abbassa di nuovo. Emetto un lieve sospiro di sollievo, ma le dita di Olena si conficcano di nuovo nella mia mano. Un avvertimento.

Potrebbe essere ancora lì, in ascolto.

Sentiamo un forte tonfo, seguito da un urlo che nemmeno le finestre chiuse riescono ad attutire. Un urlo atroce di dolore, tanto che comincio a sudare e a tremare. Un uomo grida in inglese: « Dove sono? Dovrebbero essere sei! Sei puttane ».

Stanno cercando le ragazze scomparse.

Adesso la Madre singhiozza, supplica. Davvero non lo sa.

Un altro tonfo.

Il suo urlo mi penetra fin nelle ossa. Mi tappo le orecchie e premo il viso sulle tegole gelide. Non posso stare a sentire, ma non ho scelta. Non si fermano: i colpi, le urla vanno avanti tanto che penso che all'alba ci troveranno qui, ancora aggrappate al tetto con le mani congelate. Chiudo gli occhi e cerco di controllare la nausea. « Non vedo, non sento »: è quello che mi ripeto all'infinito per attutire le grida del tormento della Madre. « Non vedo, non sento ».

Quando infine le urla cessano, ho le mani insensibili e i denti mi battono per il freddo. Sollevo la testa e sento le lacrime ghiacciate sul mio volto.

« Se ne stanno andando », sussurra Olena.

Sentiamo la porta d'ingresso aprirsi cigolando e alcuni passi sul portico. Dalla nostra postazione sul tetto li vediamo camminare sul viale d'accesso. Questa volta sono più che sagome indistinte: hanno lasciato le luci della casa accese e, grazie al bagliore delle finestre, notiamo che indossano abiti scuri. Uno di loro si ferma e i suoi capelli biondi corti vengono illuminati dalle lampade del portico. Si volta a guardare la casa e solleva lo sguardo verso il tetto. Per alcuni terribili istanti penso che ci veda, ma ha la luce negli occhi e noi siamo nascoste nell'ombra.

Salgono in macchina e si allontanano.

Per un bel po' non ci muoviamo. La luce della luna illumina tutto con il suo gelido chiarore. La notte è tanto silenziosa e sento il martellare del mio polso, il battito dei miei denti. Alla fine Olena si muove.

« No », mormoro. « E se fossero ancora là fuori? Se ci stessero osservando? »

« Non possiamo restare sul tetto tutta la notte. Congeleremo. »

« Aspetta ancora solo un po'. Olena, ti prego! »

Ma lei sta già scendendo lungo le tegole, muovendosi in direzione della finestra del solaio. Ho il terrore di restare indietro e non ho altra scelta che seguirla. Quando sgattaiolo di nuovo all'interno, lei si è già calata oltre la botola e sta scendendo la scala.

Vorrei urlare: aspettami, ti prego! ma ho troppa paura di far rumore. Mi affretto a scendere anch'io e la seguo in corridoio.

Lei è ferma in cima alle scale e sta guardando giù. Solo quando la raggiungo, capisco perché si è bloccata di colpo in preda all'orrore.

Katya giace morta sulle scale. Il suo sangue è colato sui gradini come una scura cascata, come se lei fosse una nuotatrice diretta alla scintillante piscina situata in fondo.

«Non guardare nella stanza», dice Olena, «sono tutte morte.» Ha un tono impersonale, non di un essere umano, ma di una macchina, freddo e indifferente. Non conosco questa Olena e mi fa paura. Scende le scale evitando il sangue, evitando il corpo. Quando la seguo, non riesco a distogliere gli occhi da Katya. Vedo il punto in cui il proiettile le ha lacerato la maglietta sulla schiena, la stessa che indossava ogni notte. Ha stampate sopra delle margherite e la scritta SII FELICE. Oh, Katya, penso: adesso non lo sarai più. Ai piedi delle scale, dove si è formata una pozza di sangue, vedo le impronte di un paio di scarpe grandi che vi sono passate in mezzo e si sono dirette alla porta d'ingresso.

Solo allora noto che questa è socchiusa.

Scappa! mi dico. Fuori dalla casa, giù per i gradini del portico, dentro il bosco. È la nostra fuga, la nostra possibilità di tornare libere.

Ma Olena non lascia subito la casa, anzi si dirige a destra verso la sala da pranzo.

«Dove vai?» bisbiglio.

Lei non mi risponde e continua verso la cucina.

«Olena!» la supplico arrancandole dietro. «Andiamo via *adesso*, prima...» Mi fermo sulla soglia e mi tappo la bocca con la mano per soffocare l'urto di vomito. Sulle pareti e sul frigorifero ci sono schizzi di sangue. Il sangue della Madre. Lei è seduta al tavolo di cucina e i resti insanguinati delle sue mani sono allungati davanti a lei. Ha gli occhi aperti e per un attimo mi sembra che ci possa vedere, anche se ovviamente non è così.

Olena la supera, attraversa la cucina e va nella camera sul retro.

Tanta è la smania di scappare che penso di andarmene ora, senza Olena, di lasciarla a qualsiasi cosa intenda fare in questa casa. Lei però si muove con tale determinazione che la seguo nella stanza della Madre, che prima era sempre stata chiusa a chiave.

È la prima volta che la vedo e resto a bocca aperta di fronte all'enorme letto con le lenzuola di seta, alla cassettiera con la striscia ornamentale di pizzo e una serie di pettini d'argento. Olena va dritta alla cassettiera, spalanca i cassetti e vi fruga dentro.

« Cosa cerchi? » chiedo.

« Abbiamo bisogno di soldi. Senza, non possiamo sopravvivere là fuori. Li deve tenere qui da qualche parte. » Prende un cappello di lana da un cassetto e me lo tira. « Tieni, ti serviranno degli abiti caldi. »

Odio persino toccare quel cappello perché apparteneva alla Madre, vedo i suoi orrendi capelli castani ancora attaccati alla lana.

Olena schizza verso il comodino, apre il cassetto e trova un cellulare insieme a un piccolo rotolo di banconote. « Questi non possono essere tutto », dice. « Deve averne altri. »

Voglio solo fuggire, ma so che ha ragione: abbiamo bisogno di soldi. Mi avvicino all'armadio che è aperto. Gli assassini vi hanno frugato dentro e hanno buttato per terra diversi appendiabiti. Loro però cercavano due ragazze spaventate, non denaro, e la mensola in alto non l'hanno toccata. Prendo una scatola da scarpe da cui fuoriescono alcune vecchie fotografie. Vedo immagini di Mosca, di volti sorridenti e di una giovane donna. Quegli occhi sono inquietantemente familiari e penso: anche la Madre un tempo è stata giovane. Ecco la prova.

Tiro giù una borsa capiente. Dentro ci sono un portagioielli pesante, una videocassetta, una decina di passaporti e soldi. Un bel rotolo di dollari legati da un elastico.

« Olena! Li ho trovati. »

Lei si avvicina e guarda nella borsa. « Prendi tutto », dice. « Controlleremo meglio dopo. » Getta dentro anche il cellulare, poi afferra una felpa dall'armadio e me la getta.

Non voglio mettere i vestiti della Madre, sento che hanno il suo profumo, come di lievito acre. Me li infilo lo stesso reprimendo il disgusto: un maglione a collo alto, una felpa e una sciarpa, a strati, sopra la camicetta. Ci vestiamo rapide e in silenzio, indossando gli abiti della donna morta seduta nella stanza accanto.

Sulla porta esitiamo e fissiamo il bosco. Gli uomini ci stanno aspettando? Se ne stanno seduti nella macchina al buio più in là, lungo la strada, sapendo che prima o poi arriveremo?

« Non da quella parte », dice Olena leggendomi nel pensiero. « Non lungo la strada. »

Sgattaioliamo fuori, raggiungiamo il retro della casa e ci inoltriamo nel bosco.

18

Gabriel partì alla carica in mezzo alla calca di giornalisti tenendo lo sguardo fisso sulla bionda dall'acconciatura perfetta al centro dei riflettori, una ventina di metri più in là. Mentre si avvicinava, vide che Zoe Fossey stava parlando alla telecamera. La giornalista lo notò e s'immobilizzò stringendo il microfono sotto le labbra mute.

«Lo spenga», ordinò Gabriel.

«Silenzio», disse il cameraman. «Siamo in diretta...»

«Spenga quel fottuto microfono!»

«Ehi! Chi diavolo pensa di...»

Gabriel spinse da parte la telecamera e strappò i fili elettrici spegnendo i riflettori.

«Allontanate quest'uomo!» gridò Zoe.

«Sa che cos'ha fatto?» domandò Gabriel. «Ne ha una *vaga* idea?»

«Il mio lavoro», replicò lei.

Gabriel avanzò e qualcosa nel suo sguardo indusse la giornalista ad arretrare. Cozzò contro un furgone di una troupe e lì rimase bloccata.

«Potrebbe avere appena firmato la condanna a morte di mia moglie.»

«Io?» La donna scosse la testa e aggiunse con una nota di sprezzo: «Non sono io a impugnare la pistola».

«Li ha appena informati che è una poliziotta.»

«Riferisco solo i fatti.»

«Al di là delle conseguenze?»

«Fanno notizia, non crede?»

«Sa che cos'è lei?» Gabriel si avvicinò e si trattenne a stento tanta era la voglia che aveva di strozzarla. «È una puttana.

No, anzi. È peggio di una puttana: non vende solo se stessa, venderebbe chiunque. »

« Bob! » urlò lei al cameraman. « Toglimelo di mezzo. »

« Si allontani, signore! » La mano del cameraman si posò sulla spalla di Gabriel, ma questi se la scrollò di dosso e continuò a fissare Zoe. « Se succederà qualcosa a Jane, giuro che... »

« Ho detto, si *allontani*! » Il cameraman lo afferrò di nuovo per la spalla.

All'improvviso tutte le paure di Gabriel e la sua disperazione confluirono in un attimo di furia cieca. Si girò e caricò dritto contro il torace a botte dell'uomo, sentì l'aria uscirgli sibilando dai polmoni e ne scorse fugacemente il volto stupito mentre arretrava barcollando e cadeva al suolo, atterrando su un groviglio di cavi elettrici. In un attimo Gabriel gli fu addosso con il pugno sollevato, tutti i muscoli pronti a colpire. Poi d'un tratto la vista gli si schiarì e mise a fuoco l'uomo tremante di paura sotto di lui. Si rese conto che tutt'intorno si era formato un crocchio di curiosi. La gente amava sempre lo spettacolo.

Ansimando, si alzò e vide Zoe a pochi metri di distanza con un'espressione eccitata sul volto.

« Lo hai ripreso? » gridò a un altro cameraman. « Cazzo, *qualcuno* lo ha ripreso? »

Disgustato, Gabriel si girò e si allontanò. Continuò a camminare finché non fu a debita distanza dalla folla, dal bagliore dei riflettori. A due isolati dall'ospedale si ritrovò solo a un angolo. Persino in quella strada buia la calura estiva non dava tregua: saliva dai marciapiedi cotti dal sole per tutto il giorno. Ebbe d'un tratto l'impressione di avere i piedi radicati nel selciato, incollati lì dal dolore e dalla paura.

Non so come fare a salvarti. Garantire l'incolumità delle persone è il mio lavoro, ma non sono in grado di proteggere quella che amo di più.

In quell'istante squillò il cellulare. Gabriel riconobbe il

numero sul display e non rispose. Erano i genitori di Jane. Lo avevano già chiamato quando era in macchina, poco dopo la trasmissione di Zoe. Aveva sopportato in silenzio il singhiozzare isterico di Angela Rizzoli e le richieste di intervento di Frank. Non posso affrontarli ora, pensò, forse tra cinque minuti o dieci, ma non adesso.

Rimase solo nella notte, sforzandosi di recuperare l'autocontrollo. Non era un uomo che perdeva facilmente la padronanza di sé, eppure pochi momenti prima aveva quasi sferrato un pugno in faccia a un uomo. Jane sarebbe rimasta sconvolta, si disse, e probabilmente anche divertita nel vedere il marito perdere finalmente le staffe. «L'uomo in grigio», lo aveva chiamato una volta in un momento di irritazione perché era sempre imperturbabile mentre lei era più sanguigna. Saresti fiera di me, Jane, pensò. Alla fine ho dimostrato di essere umano.

Ma non eri qui a vederlo. Non sai che tutto questo è successo per te.

«Gabriel?»

Lui si raddrizzò. Si voltò e vide Maura che si era avvicinata tanto silenziosamente da non farsi notare.

«Sono dovuto scappare da quella bolgia», disse. «Altrimenti, lo giuro, avrei tirato il collo a quella donna. È già abbastanza brutto che mi sia sfogato con il suo cameraman.»

«Così ho sentito», rispose lei, e dopo un attimo aggiunse: «Sono appena arrivati i genitori di Jane. Li ho visti nel parcheggio».

«Mi hanno chiamato subito dopo aver visto il telegiornale.»

«Ti stanno cercando. Faresti meglio ad andare da loro.»

«In questo momento non riesco a occuparmene.»

«Temo tu abbia anche un altro problema.»

«Quale?»

«Il detective Korsak è qui. Non è per niente contento di non essere stato informato.»

« Oh, Cristo. È l'ultima persona che voglio vedere. »

« Korsak è suo amico. La conosce da tanto tempo quanto te. Potrai non andare d'accordo con lui, ma è molto affezionato a Jane. »

« Sì, lo so. » Gabriel sospirò. « Lo so. »

« Sono tutte persone che le vogliono bene. Tu non sei l'unico, Gabriel. Barry Frost ha passato qui tutta la sera; si è fatto vedere persino il detective Crowe. Siamo tutti tremendamente preoccupati, tutti spaventati per lei. » Maura tacque e poco dopo disse: « Io so di esserlo ».

Gabriel si voltò a guardare la strada in direzione dell'ospedale. « E io dovrei confortarli? Io stesso faccio fatica a non crollare. »

« È proprio per questo: ti sei fatto carico di tutto. È tutto sulle *tue* spalle. » Maura gli toccò il braccio. « Va', raggiungi la sua famiglia, i suoi amici. In questo momento avete bisogno gli uni degli altri. »

Lui annuì, poi fece un respiro profondo e s'incamminò verso l'ospedale.

Fu Vince Korsak a individuarlo per primo. Il detective in pensione di Newton si precipitò verso di lui e si incontrarono sul marciapiede. Ritto sotto il lampione sembrava un troll dal collo taurino e dalle intenzioni ostili.

« Perché non mi hai chiamato? » domandò seccato.

« Non ne ho avuto la possibilità, Vince. Tutto è accaduto così rapidamente... »

« Hanno detto che è là dentro da stamattina. »

« Senti, hai ragione. Avrei dovuto chiamarti. »

« *Avrei dovuto, avrei dovuto*: la scusa non regge. Che diavolo succede, Dean? Pensi che non sia degno d'essere informato? Pensi che non voglia sapere che cazzo succede? »

« Calmati, Vince. » Gabriel allungò una mano, ma Korsak la respinse infuriato.

« Jane è mia *amica*, maledizione! »

«Lo so, ma stavamo cercando di arginare la notizia. Non volevamo che la stampa venisse a sapere che dentro c'era una poliziotta.»

«Pensi che *io* l'avrei detto in giro? Pensi che avrei fatto qualcosa di così stupido?»

«No, naturalmente no.»

«Allora avresti dovuto chiamarmi. Sarai anche quello che l'ha sposata, Dean, ma anch'io le voglio bene!» La voce di Korsak s'incrinò. «Anch'io le voglio bene», ripeté piano, poi all'improvviso si girò.

Lo so che le vuoi bene. So pure che sei innamorato di lei, anche se non lo ammetterai mai. Per questo non potremo mai essere amici. La volevamo entrambi, ma sono io quello che l'ha sposata.

«Che sta succedendo là dentro?» chiese Korsak con voce soffocata, sempre senza guardarlo. «Qualcuno lo sa?»

«Non sappiamo niente.»

«Quella puttana ha divulgato il segreto mezz'ora fa. La sequestratrice non ha telefonato? Non si sono sentiti spari...» Korsak si fermò. «Nessuna reazione?»

«Forse non stavano guardando la TV. Forse non hanno sentito che hanno in pugno una poliziotta. Questo è quello che spero: che non lo sappiano.»

«Quando è stato l'ultimo contatto?»

«Hanno chiamato verso le cinque per proporre un patto.»

«Che genere di patto?»

«Vogliono un'intervista televisiva in diretta. In cambio libereranno quattro ostaggi.»

«Allora facciamola! Perché ci vuole così tanto?»

«La polizia è contraria a mandare dentro dei civili: significa mettere in pericolo un giornalista e un cameraman.»

«Ehi, azionerò io quella fottuta telecamera se qualcuno mi spiega come si fa. E tu puoi essere il giornalista. Dovrebbero mandare *noi due.*»

«I sequestratori hanno chiesto un giornalista in particolare: un certo Peter Lukas.»

«Vuoi dire quello che scrive per il *Tribune*? Perché lui?»

«È quello che vorremmo sapere tutti.»

«Be', allora diamoci da fare. Tiriamola fuori di lì prima che...»

Il cellulare di Gabriel suonò e lui sussultò credendo fossero di nuovo i genitori di Jane. Non poteva più evitarli. Prese il telefono e guardò accigliato il display: era un numero che non conosceva.

«Gabriel Dean», rispose.

«Agente Dean? Dell'FBI?»

«Chi parla?»

«Sono Joe. Penso tu sappia chi sono.»

Gabriel restò immobile. Vide Korsak che l'osservava allarmato.

«Abbiamo alcune cose di cui discutere, agente Dean.»

«Come sapevi...»

«Tua moglie, qui, ci ha detto che sei un uomo degno di fiducia. Che la tua parola è una garanzia. Speriamo sia vero.»

«Fammi parlare con lei, fammi sentire la sua voce.»

«Tra un minuto, quando avrai promesso.»

«Cosa? Dimmi quello che volete!»

«Giustizia. Vogliamo che prometta di fare il tuo lavoro.»

«Non capisco.»

«Ci servi da testimone: ascolterai quello che abbiamo da dire perché ci sono buone probabilità che non sopravvivremo a questa notte.»

Dean si sentì attraversare da un brivido gelido. *Hanno intenti suicidi. Faranno fuori anche tutti gli altri?*

«Vogliamo raccontare al mondo la verità», proseguì Joe. «Loro ti ascolteranno. Entra con quel giornalista, agente Dean, parla con noi. Quando sarà finita, riferirai a tutti quello che hai sentito.»

«Voi non morirete. Non è necessario.»

«Credi che lo vogliamo? Abbiamo cercato di batterli e non ci siamo riusciti. Questa è l'unica possibilità che ci resta.»

«Perché farlo in questo modo? Perché minacciare persone innocenti?»

«Altrimenti nessuno ci ascolterebbe.»

«Uscite! Liberate gli ostaggi e arrendetevi.»

«Non ci rivedresti più vivi. Troverebbero una spiegazione logica. La trovano sempre. Sai, lo sapresti dalla stampa: sosterrebbero che ci siamo suicidati. Moriremmo in prigione prima di essere processati e tutti penserebbero: be', sono cose che succedono in carcere. Questa è la nostra ultima possibilità, agente Dean, per ottenere l'attenzione di tutti. Diglielo.»

«Cosa?»

«Quello che è accaduto veramente ad Ashburn.»

«Senti, non so di che cosa stai parlando, ma farò tutto quello che volete se lascerete andare mia moglie.»

«È proprio qui. Sta bene, anzi, ti lascerò...»

All'improvviso la comunicazione s'interruppe.

«Joe? *Joe?*»

«Cos'è successo?» domandò Korsak. «Che cos'ha detto?»

Gabriel lo ignorò, tutto preso a ristabilire la comunicazione. Recuperò il numero telefonico e premette DIAL.

«... siamo spiacenti, il numero non è attualmente raggiungibile.»

«Che diavolo succede?» gridò Korsak.

«Non riesco a mettermi in contatto.»

«Hanno riagganciato?»

«No, siamo stati interrotti. Subito dopo...» Gabriel tacque, si voltò e, guardando verso la strada, posò lo sguardo sul caravan del centro di comando. Ci stavano ascoltando, pensò. Qualcuno ha sentito tutto quello che ha detto Joe.

«Ehi!» esclamò Korsak. «Dove vai?»

Gabriel si era già incamminato verso il caravan. Non si curò di bussare, spalancò la porta ed entrò. Hayder e Stillman distolsero lo sguardo dai monitor e lo fissarono.

« Adesso non abbiamo tempo per lei, agente Dean », esordì Hayder.

« Entrerò in quell'edificio. Andrò a prendere mia moglie. »

« Oh, sì », rispose Hayder scoppiando a ridere. « E verrà sicuramente salutato con una raffica. »

« Joe mi ha chiamato sul cellulare. Mi hanno invitato a entrare. Vogliono parlarmi. »

Stillman si raddrizzò bruscamente e sul suo volto comparve un'espressione di autentico stupore. « Quando l'ha chiamata? Nessuno ce l'ha detto. »

« Pochi minuti fa. Joe sa chi sono, sa che Jane è mia moglie. Posso trattare con quelle persone. »

« È fuori questione », replicò Hayder.

« Ma era disposto a mandare il giornalista. »

« Sanno che è dell'FBI. Nella loro mente lei fa probabilmente parte di questo folle complotto governativo che tanto temono: sarebbe fortunato se sopravvivesse cinque minuti là dentro. »

« Correrò il rischio. »

« Per loro sarebbe una gratificazione », osservò Stillman. « Un ostaggio di alto profilo. »

« Lei è il negoziatore, lei è quello che ripete sempre di andarci piano. Be', quelle persone *vogliono* negoziare. »

« Perché con lei? »

« Perché sanno che non farei niente per mettere in pericolo Jane. Non userei trucchi, non introdurrei ordigni esplosivi: sarei solo io e giocherei in base alle *loro* regole. »

« È troppo tardi, Dean », osservò Stillman. « Non siamo più noi a gestire lo show. Hanno già posizionato la squadra d'assalto. »

« Quale squadra? »

« I federali l'hanno mandata da Washington. Un'unità scelta antiterrorismo. »

Proprio quello che il senatore Conway gli aveva predetto. Il tempo per negoziare era chiaramente finito.

« La polizia di Boston ha ricevuto l'ordine di mettersi da parte », aggiunse Hayder. « Il nostro compito è soltanto quello di garantire la sicurezza dei presidi mentre loro entrano. »

« Quando dovrebbe accadere? »

« Non ne abbiamo idea. Sono loro a decidere. »

« E l'accordo che avete fatto con Joe? Il cameraman, il giornalista? Lui è ancora convinto che glieli mandiate. »

« Non è così. »

« Chi lo ha annullato? »

« I federali. Non lo abbiamo ancora detto a Joe. »

« Ha già acconsentito a liberare due ostaggi. »

« E noi speriamo lo faccia. Nel qual caso saremo riusciti a salvare almeno due vite. »

« Se non rispettate l'accordo, se non mandate Peter Lukas, ci saranno quattro ostaggi che *non* salverete. »

« Spero che a quel punto la squadra d'assalto sia già entrata. »

Gabriel lo fissò. « Vuole un massacro? Perché lo otterrà! Darete a quei due paranoidi ogni ragione di pensare che il loro delirio sia fondato, che avete *intenzione* di ucciderli e, accidenti, forse hanno ragione! »

« Adesso è lei a sembrare paranoide. »

« Credo d'essere l'unico che pensa lucidamente », replicò Gabriel voltandosi e uscendo dal caravan.

« Agente Dean? » sentì il negoziatore gridare alle sue spalle.

Gabriel continuò a camminare verso lo sbarramento della polizia.

« Dean! » Stillman infine lo raggiunse. « Voglio solo che lo sappia: io non ho dato il mio consenso a nessun piano di attacco. Lei ha ragione, significa solo andare incontro a un bagno di sangue. »

«Allora perché diavolo lo permette?»

«Come se io potessi fermarlo! O Hayder! Adesso è tutto in mano a Washington. Noi dobbiamo tirarci indietro e lasciare che d'ora in poi se ne occupino loro.»

A quel punto sentirono l'improvviso mormorare della folla. La massa di giornalisti si compattò e avanzò ondeggiando.

Che succede?

Udirono un grido, videro le porte dell'atrio aprirsi, e un afroamericano alto con la divisa da inserviente uscì accompagnato da due agenti della Operazioni tattiche. Si fermò sbattendo le palpebre alla luce forte dei riflettori, poi fu condotto in fretta verso un mezzo in attesa. Alcuni secondi dopo comparve un uomo su una sedia a rotelle, spinto da un agente della polizia di Boston.

«Lo hanno fatto», bisbigliò Stillman, «hanno rilasciato due persone.»

Ma non Jane. Jane è ancora là dentro. E l'attacco potrebbe partire da un momento all'altro.

Gabriel si fece strada verso lo sbarramento della polizia.

«Dean!» esclamò Stillman prendendolo per un braccio.

Lui si voltò a guardarlo. «Tutto questo può finire senza che si spari un solo colpo. Lasciatemi entrare, fatemi parlare con loro.»

«I federali non glielo consentiranno mai.»

«La polizia di Boston controlla il presidio. Ordini ai suoi uomini di farmi passare.»

«Potrebbe rivelarsi una trappola mortale.»

«Mia moglie è là dentro», replicò Gabriel fissando Stillman dritto negli occhi. «Lei sa che devo farlo. Sa che è la migliore possibilità che abbia, la migliore possibilità che abbiano *tutti* gli ostaggi.»

Stillman espirò e annuì stanco. «Buona fortuna.»

Gabriel si infilò sotto il nastro della polizia. Un agente della Operazioni speciali fece per bloccarlo.

«Lascialo passare», ordinò Stillman. «Entrerà nell'edificio.»
«Signore?»
«L'agente Dean è il nostro nuovo negoziatore.»
Gabriel gli fece un cenno di ringraziamento con il capo, poi si voltò e si incamminò verso le porte dell'atrio.

19

Mila

Né io né Olena sappiamo dove stiamo andando.

Non abbiamo mai attraversato questi boschi e non sappiamo dove sbucheremo. Non indosso calze e il freddo mi penetra rapidamente nelle scarpe sottili. Nonostante la felpa e la maglia a collo alto della Madre, sono ghiacciata e tremo tutta. Le luci della casa sono scomparse alle nostre spalle e quando mi volto a guardare vedo solo il buio del bosco. Con i piedi insensibili arranco sulle foglie congelate e non perdo di vista Olena, che cammina davanti a me con la borsa. Il mio alito è come fumo. Il ghiaccio scricchiola sotto le nostre scarpe. Penso a un film di guerra che una volta ho visto a scuola, ai soldati tedeschi assiderati e affamati che avanzavano barcollando nella neve, condannati a morire sul fronte russo. Non ti fermare, non fare domande, continua solo a marciare, pensavano probabilmente quei soldati disperati. È quello che penso io ora, mentre incespico nel bosco.

Davanti a noi all'improvviso brilla una luce.

Olena si blocca e solleva un braccio per indicarmi di fermarmi. Rimaniamo immobili come gli alberi a guardare le luci che si muovono e sentiamo uno stridio di pneumatici sul fondo stradale bagnato. Superiamo l'ultimo sbarramento di cespugli e mettiamo infine un piede sull'asfalto.

Abbiamo raggiunto una strada.

Ho i piedi ormai tanto insensibili per il freddo che cammino goffa e sgraziata cercando di tenere il passo. Olena è come un robot, avanza decisa. Iniziamo a vedere alcune case, ma lei non si ferma. Lei è il generale e io sono solo uno stupido fante che segue una donna che non ne sa più di me.

« Non possiamo camminare per sempre », le dico.

« Non possiamo neanche restare qui. »

« Quella casa ha le luci accese. Potremmo chiedere aiuto. »

« Non adesso. »

« Quanto dovremo camminare ancora? Tutta la notte, tutta la settimana? »

« Finché sarà necessario. »

« Sai almeno dove stiamo andando? »

Si gira e sul volto ha un'espressione tanto palese di rabbia che resto paralizzata. « Sai cosa? Mi hai stufato! Non sei che una bambina, un coniglio stupido e spaventato. »

« Voglio solo sapere dove stiamo andando. »

« Tutto quello che sai fare è piagnucolare e lamentarti! Be', ne ho abbastanza. Non ti voglio più vedere. » Infila la mano nella borsa ed estrae il rotolo di dollari. Spezza l'elastico e mi getta metà dei soldi. « Ecco, prendili e togliti dai piedi. Se sei così furba, arrangiati da sola. »

« Perché fai così? » Sento gli occhi riempirsi di lacrime calde, non perché ho paura, ma perché lei è la mia unica amica e so che la sto perdendo.

« Sei un peso, Mila, mi rallenti. Non voglio dover badare a te continuamente. *Non* sono la tua fottuta madre! »

« Non ho mai voluto che lo fossi. »

« Allora perché non cresci? »

« E tu perché non la smetti di fare la stronza? »

L'auto ci coglie di sorpresa. Siamo tanto assorte a discutere che non la vediamo avvicinarsi. All'improvviso affronta la curva e i suoi fari ci catturano come animali spacciati. Con uno stridore di gomme si ferma. È una macchina vecchia e il motore batte mentre gira in folle.

Il guidatore sporge la testa dal finestrino. « Signore, vi serve aiuto », dice. Sembra più un'affermazione che una domanda, ma la nostra condizione è ovvia: una notte gelida, due donne nei guai su una strada deserta. Certo che abbiamo bisogno di aiuto.

Lo guardo a bocca aperta in silenzio. Olena prende il comando, come sempre. In un attimo si trasforma. La camminata, la voce, il modo provocante con cui ancheggia: Olena nella sua versione più seducente. Sorride e in un inglese gutturale risponde: « La nostra macchina si è rotta. Ci può dare un passaggio? »

L'uomo la studia. È solo cautela? In qualche modo si rende conto che c'è decisamente qualcosa che non quadra, e io mi preparo a sparire di nuovo nel bosco, prima che chiami la polizia.

Quando infine risponde, lo fa con voce neutra: non si capisce se la malia di Olena abbia avuto effetto. « C'è una stazione di servizio più in là sulla strada. Devo fermarmi comunque per fare benzina, chiederò che vi mandino un carro attrezzi. »

Saliamo in macchina. Olena si sistema davanti, io mi accoccolo dietro. Ho cacciato in tasca i soldi che mi ha dato e adesso mi sembrano tizzoni ardenti. Sono ancora arrabbiata, ancora ferita dalla sua crudeltà. Con quei soldi posso cavarmela senza di lei, senza nessuno, e lo farò.

L'uomo non parla mentre guida. All'inizio penso semplicemente ci ignori, che ai suoi occhi non siamo degne di interesse, poi scorgo il suo sguardo nel retrovisore e mi rendo conto che mi sta studiando, che ci sta studiando entrambe. Nel suo silenzio è vigile come un gatto.

Davanti a noi brillano le luci della stazione di servizio. Imbocchiamo la strada di accesso e ci fermiamo accanto alla pompa. L'uomo scende per fare il pieno e ci dice: « Vado a chiedere un carro attrezzi ». Dopodiché entra nell'edificio.

Io e Olena restiamo in macchina, incerte sulla prossima mossa. Dal finestrino vediamo il guidatore parlare con il cassiere. Ci indica e il cassiere prende il telefono.

« Sta chiamando la polizia », sussurro a Olena. « Dobbiamo andarcene. Dobbiamo scappare *ora.*» Allungo la mano verso la portiera e sto quasi per aprirla quando un'auto nera entra nella stazione di servizio e accosta di fianco alla nostra. Ne escono due uomini, tutti e due vestiti di scuro. Uno di loro ha i capelli biondo platino, tagliati a spazzola. Ci guardano.

Sento il sangue gelarsi nelle vene.

Siamo due animali in trappola nella macchina di uno sconosciuto, e ora i due cacciatori ci hanno circondate. Il biondo resta in piedi proprio davanti alla mia portiera e mi scruta. Non posso fare altro che ricambiare lo sguardo dal finestrino e osservare l'ultima faccia che la Madre ha visto in vita sua. L'ultima che probabilmente vedrò anch'io.

All'improvviso il biondo solleva il mento e sposta lo sguardo sull'edificio. Mi giro e vedo che il guidatore è appena uscito e si sta avvicinando all'auto. Ha pagato il pieno e si sta rimettendo il portafoglio in tasca. Rallenta e guarda accigliato i due uomini accanto all'auto.

«Vi serve qualcosa, signori?» chiede.

È il biondo a rispondere. «Possiamo farle qualche domanda?»

«Chi è lei?»

«Agente speciale Steve Ullman. Federal Bureau of Investigation.»

Il guidatore non sembra particolarmente colpito. Da un secchio della stazione di servizio prende un lavavetri, strizza l'acqua in eccesso e inizia a pulire il parabrezza sporco. «Di che cosa volete parlarmi?» domanda asciugando l'acqua dal vetro.

Il biondo gli si avvicina e gli parla in tono sommesso. Sento le parole «donne fuggitive» e «pericolose».

«Allora perché vi rivolgete a me?» domanda il guidatore.

«Questa è la sua macchina, giusto?»

«Sì.» L'uomo scoppia improvvisamente a ridere. «Oh, adesso capisco. In caso ve lo stiate chiedendo, quelle sedute in auto sono mia moglie e sua cugina. Hanno un'aria davvero pericolosa, no?»

Il biondo lancia un'occhiata al collega. Un'occhiata sorpresa. Non sanno cosa dire.

Il guidatore getta il lavavetri nel secchio sollevando uno spruzzo d'acqua. «Buona fortuna, amici!» esclama e apre la portiera. Si siede al volante e dice a voce alta a Olena: «Scusami, tesoro. Non avevano l'Advil. Dovremo provare alla prossima stazione».

Mentre ci allontaniamo, mi guardo alle spalle e vedo che i due ci stanno ancora guardando. Uno di loro annota il numero di targa.

Per un istante nessuno parla. Io sono ancora paralizzata dalla paura per riuscire a spiccicare parola. Riesco solo a fissare la nuca del guidatore, l'uomo che ci ha appena salvato la vita.

«Avete intenzione di spiegarmi di che si tratta?» dice infine.

«Ti hanno mentito», risponde Olena. «Non siamo pericolose!»

«E loro non sono dell'FBI.»

«Lo sapevi già?»

L'uomo la guarda. «Senti, non sono uno stupido. Riconosco quelli veri quando li vedo e riconosco le stronzate quando me le propinano. Allora, che ne dite di dirmi la verità?»

Olena emette un sospiro stanco e dice in un sussurro: «Vogliono ucciderci».

«Questo lo avevo capito.» L'uomo scuote la testa e ride, ma senza allegria. È la risata di un uomo che non riesce a credere alla sua sfortuna. «Accidenti, quando mi caccio nei guai, lo faccio proprio a regola d'arte», commenta. «Chi sono e perché vi vogliono uccidere?»

«Per quello che abbiamo visto stasera.»

«Che cosa avete visto?»

Olena guarda dal finestrino. «Troppo», mormora. «Abbiamo visto troppo.»

Per un attimo lui si accontenta della risposta, perché abbiamo appena svoltato. Le gomme rimbalzano sulla strada sterrata che ci porta nel profondo di un bosco. L'uomo si ferma davanti a una casa sgangherata circondata da alberi. È poco più di una rozza capanna, un posto dove vivrebbe solo un povero, ma sul tetto ha un'enorme parabola satellitare.

« Questa è casa tua? » domanda Olena.

« È dove vivo », è la sua strana risposta.

Usa diverse chiavi per aprire la porta d'ingresso. In piedi sul portico, mentre aspettiamo che azioni le varie serrature, notiamo che tutte le finestre hanno le sbarre. Esito per un istante a entrare perché penso all'altra casa da cui siamo appena scappate. Quelle sbarre però, me ne rendo conto, sono diverse: non servono a imprigionare chi è all'interno, ma a tenere lontani gli altri.

Dentro, sento odore di fumo di legna e di lana umida. L'uomo non accende le luci, ma si orienta nella stanza buia come se ne conoscesse ogni centimetro. « Quando vado via per alcuni giorni, prende odore di muffa », dice. Accende un fiammifero e vedo che è inginocchiato davanti al caminetto. Sterpi e ciocchi sono già pronti per essere bruciati e le fiamme ben presto si accendono. Il bagliore gli illumina il volto, che in quella stanza semibuia sembra ancora più scarno, più malinconico. Un tempo, penso, era forse un bel viso, ma ora gli occhi sono troppo incavati e la mascella magra è ricoperta da una barba scura di qualche giorno. A mano a mano che il fuoco divampa, mi guardo attorno in quella piccola stanza resa ancora più piccola dalle alte pile di quotidiani e riviste, dalle decine e decine di ritagli di giornale appesi alle pareti. Sono dappertutto, simili a squame ingiallite. Lo immagino chiuso in quella casupola solitaria, giorno dopo giorno, mese dopo mese, a ritagliare freneticamente articoli di cui solo lui conosce l'importanza. Guardo le finestre con le sbarre, mi ricordo delle tre serrature dell'ingresso e penso: è la casa di un uomo che ha paura.

Lui si avvicina a un armadietto e lo apre con la chiave. Dentro scorgo cinque o sei fucili in fila. Ne toglie uno e richiude a chiave l'armadietto. Alla vista dell'arma che ha in pugno, arretro di un passo.

« È tutto a posto. Non c'è niente di cui spaventarsi », dice vedendo la mia espressione allarmata. « Stasera, preferisco tenere un fucile a portata di mano. »

Sentiamo una specie di scampanellio.

Udendolo, l'uomo solleva di scatto la testa. Si avvicina alla finestra portando con sé il fucile e guarda fuori verso il bosco. « Qualcosa ha appena calpestato il sensore », dice. « Potrebbe essere soltanto un animale, ma... » Resta accanto alla finestra a lungo con la mano sul fucile. Ricordo i due uomini alla stazione di servizio che ci hanno guardato partire, che hanno annotato il numero di targa. A quest'ora sapranno chi è il proprietario della macchina, sapranno dove vive.

L'uomo si avvicina a una catasta di legna, prende un ciocco e lo getta nel fuoco. Poi si siede su una sedia a dondolo e resta a guardarci con il fucile in grembo. Nel caminetto le fiamme scoppiettano e le scintille schizzano di qua e di là.

« Io mi chiamo Joe », dice. « Raccontatemi chi siete. »

Guardo Olena. Nessuna delle due dice niente. Anche se stasera questo strano uomo ci ha salvato la vita, abbiamo ancora paura di lui.

« Sentite, avete scelto voi. Siete salite voi sulla mia auto. » La sedia scricchiola mentre dondola sul pavimento di legno. « Adesso è troppo tardi per fare le timide, signore mie », dice. « Il dado è tratto. »

Quando mi sveglio, non è ancora giorno, ma del fuoco restano solo tizzoni. L'ultima cosa che ricordo, prima che mi addormentassi, sono le voci di Olena e Joe che parlano sommessamente. Ora, alla luce del caminetto, vedo che Olena dorme accanto a me sul tappeto intrecciato. Sono ancora arrabbiata con lei e non l'ho perdonata per le cose che ha detto. Le poche ore di sonno mi hanno aiutato a capire l'inevitabile: non possiamo restare insieme per sempre.

Lo scricchiolio della sedia a dondolo attira la mia attenzione. Vedo il debole bagliore del fucile di Joe, sento il suo sguardo su di me. Probabilmente ci osserva dormire da un po'.

« Svegliala », mi dice. « Dobbiamo andarcene ora. »

« Perché? »

« Sono là fuori. Stanno tenendo d'occhio la casa. »

« Cosa? » Balzo in piedi con il cuore che mi martella nel petto e vado alla finestra. Tutto quello che vedo fuori è il buio del bosco, poi mi rendo conto che le stelle stanno sbiadendo, che la notte ben presto virerà al grigio.

« Credo siano parcheggiati più in su, lungo la strada. Non hanno ancora calpestato la serie successiva di rivelatori di movimento », spiega. « Ma dobbiamo muoverci ora, prima che sia giorno. » Si alza, si avvicina a un armadio e prende uno zaino. Qualsiasi cosa contenga, emette un rumore metallico. « Olena », dice e la tocca delicatamente con lo scarpone. Lei si muove e lo guarda. « È ora di andare », afferma. « Se vuoi vivere. »

Non ci conduce fuori dalla porta d'ingresso. Solleva alcune assi del pavimento e dall'ombra sottostante ci giunge un odore di terra umida. Abbassa la scala ed esclama: « Signore mie, andiamo! »

Gli porgo la borsa della Madre, poi mi affretto dietro di lui. Ha acceso una torcia e nel buio scorgo alcune casse impilate contro muri di pietra.

« In Vietnam gli abitanti dei villaggi scavavano gallerie come queste sotto le case », ci spiega mentre ci conduce in un basso tunnel. « Servivano in genere per conservare il cibo, ma qualche volta hanno salvato loro la vita. » Joe si ferma, apre un lucchetto e spegne la torcia, poi solleva una botola di legno sopra la sua testa.

Usciamo dalla galleria e ci ritroviamo nel bosco buio. Gli

alberi ci avvolgono mentre ci fa allontanare dalla casa. Non diciamo una parola, non osiamo. Di nuovo seguo qualcuno ciecamente; come sempre sono un fante, non il generale, ma stavolta mi fido della persona che mi guida. Joe cammina svelto, si muove con la sicurezza di chi sa esattamente dove andare. Io gli sto subito dietro e, quando l'alba inizia a rischiarare il cielo, vedo che zoppica. Trascina lievemente la gamba sinistra e in un'occasione, quando si gira a guardare, vedo una smorfia di dolore, ma continua ad avanzare verso la luce grigia del mattino.

Alla fine, in mezzo agli alberi davanti a noi, noto una fattoria diroccata. Quando ci avviciniamo, capisco che è disabitata. Le finestre sono rotte e parte del tetto ha ceduto. Joe tuttavia non entra in casa, si dirige al fienile che pare altrettanto pericolante. Fa scattare un lucchetto e apre la porta.

Dentro c'è una macchina.

« Mi sono sempre chiesto se ne avrei veramente avuto bisogno », dice mentre si siede al volante.

Io salgo dietro. Sul sedile ci sono una coperta e un cuscino e ai miei piedi tre contenitori di cibo. C'è abbastanza da mangiare per vari giorni.

Joe gira la chiave dell'accensione e il motore si avvia riluttante, sputacchiando un po'. « Odio dover lasciare questo posto », dice, « ma forse è il caso di andare via per un po'. »

« Lo fai per noi? » gli domando.

Lui si volta a guardarmi. « Lo faccio per stare lontano dai guai. A quanto pare voi due, mie care signore, me ne avete portati un bel po'. »

Esce in retromarcia dal fienile e imbocchiamo la strada sterrata sobbalzando, superando la fattoria cadente e uno specchio d'acqua stagnante. All'improvviso sentiamo una specie di botto. Joe ferma subito la macchina, abbassa il finestrino e scruta in direzione del bosco da cui siamo appena usciti.

Un fumo nero si alza tra gli alberi in minacciose colonne

che salgono turbinando verso il cielo sempre più chiaro. Sento Olena gridare. Ho le mani che mi sudano e mi tremano al pensiero della casupola che abbiamo appena lasciato in fiamme. E penso alla carne che brucia. Joe non dice niente, fissa solo il fumo in preda a un muto sconvolgimento e mi chiedo se stia maledicendo il momento in cui ci ha incontrate.

Dopo qualche istante fa un profondo respiro. « Gesù », mormora. « Chiunque siano quelle persone, fanno sul serio. » Rivolge di nuovo l'attenzione alla strada e so che ha paura, perché vedo le sue mani stringere il volante, vedo il bianco delle sue nocche. « Signore mie », dice piano, « è proprio ora di sparire. »

20

Jane chiuse gli occhi e cercò di dominare il dolore come un surfista l'onda. *Ti prego, fa' che finisca presto. Fa' che smetta, fa' che smetta.* Sentì il sudore imperlarle il viso mentre la contrazione aumentava, attanagliandola con tale forza che non riuscì nemmeno a gemere né a respirare. Al di là delle palpebre chiuse le luci parvero offuscarsi e tutti i rumori furono attenuati dal martellare del suo polso. Jane si rese solo vagamente conto del trambusto nella stanza: del bussare alla porta e delle domande concitate di Joe.

Poi all'improvviso una mano strinse la sua in modo caloroso, familiare. Non può essere, pensò mentre il dolore della contrazione diminuiva e la vista a poco a poco le si schiariva. Si concentrò sul volto che la stava osservando e restò di sasso per lo stupore.

« No », sussurrò. « No, non dovresti essere qui. »

Lui le prese il volto tra le mani e la baciò sulla fronte, sui capelli. « Andrà tutto bene, tesoro, tutto bene. »

« È la cosa più stupida che tu abbia mai fatto. »

Gabriel sorrise. « Quando mi hai sposato, sapevi che non ero molto sveglio. »

« Che cos'avevi in mente? »

« Te, te soltanto. »

« Agente Dean », disse Joe.

Gabriel si alzò lentamente. Spesso in passato Jane aveva guardato il marito e pensato a quanto fosse fortunata, mai però come in quel momento. Non aveva armi, non era in posizione di superiorità, eppure quando si voltò a guardare Joe ne trasse un senso di calma determinazione. « Sono qui. Adesso lascerai andare mia moglie? »

« Dopo che avremo parlato. Dopo che ci avrai ascoltato. »

« Vi sto ascoltando. »

« Mi devi promettere che seguirai la faccenda di cui ti parleremo, che non la lascerai finire con noi. »

« Ho promesso che vi avrei ascoltato. Era tutto quello che chiedevate, e voi avete detto che avreste lasciato andare queste persone. Forse voi desiderate morire, loro no. »

« Non vogliamo che muoia nessuno », intervenne Olena.

« Allora dimostratelo. Liberate queste persone. Poi mi siederò qui e vi ascolterò per tutto il tempo che vorrete: ore, giorni. Sono a vostra disposizione », affermò guardando risoluto i sequestratori.

Ci fu qualche istante di silenzio.

Joe si chinò all'improvviso sul divano, afferrò la dottoressa Tam per un braccio e la fece alzare.

« Va' vicino alla porta, dottoressa », le ordinò. Quindi si girò e indicò le due donne sull'altro divano. « Voi, alzatevi. Tutte e due. »

Le due non si mossero: si limitarono a fissarlo a bocca aperta, come se fossero sicure che si trattasse di un trucco, che se si fossero spostate ci sarebbero state conseguenze.

« Forza! Alzatevi! »

La receptionist singhiozzò e si mise in piedi incespicando. Solo allora l'altra donna la seguì. Avanzarono entrambe lentamente verso la porta, dove la dottoressa Tam attendeva immobile. Tutte quelle ore di prigionia le avevano spaventate a tal punto che non credevano che la tortura stesse per finire. Anche quando allungò la mano verso la porta, la dottoressa continuò a osservare Joe, convinta che le avrebbe ordinato di fermarsi.

« Voi tre potete andare », disse Joe.

Non appena le donne furono uscite dalla stanza, Olena chiuse con forza la porta alle loro spalle e girò la chiave.

« E mia moglie? » domandò Gabriel. « Lascia andare anche lei. »

« Non posso, non ancora. »

« Il nostro accordo... »

« Ho acconsentito a liberare degli ostaggi, agente Dean. Non avevo specificato quali. »

Gabriel diventò rosso di rabbia. « Pensi che ora mi fiderò di te? Pensi che ascolterò qualsiasi maledetta cosa dirai? »

Jane prese la mano del marito e ne sentì i tendini tesi per la collera. « Ascoltalo. Fagli dire quello che deve. »

Gabriel fece un respiro. « D'accordo, Joe. Che cosa volevi dirmi? »

Questi afferrò due sedie, le trascinò al centro della stanza e le mise l'una di fronte all'altra. « Sediamoci qui, tu e io. »

« Mia moglie ha le doglie. Non può restare qua dentro ancora per molto. »

« Olena le starà vicino », rispose lui indicando le sedie. « Ora ti racconterò una storia. »

Gabriel guardò Jane e nei suoi occhi lei vide amore e preoccupazione. *Di chi ti fidi?* le aveva chiesto Joe tempo prima. *Chi si buscherebbe questo proiettile al posto tuo?* Fissando il marito pensò: non ci sarà mai una persona più degna di fiducia di te.

Con riluttanza Gabriel rivolse di nuovo l'attenzione a Joe. Si sedettero l'uno di fronte all'altro. Sembrava un incontro tra persone perfettamente civili, tranne per il fatto che una aveva una pistola in grembo. Olena, ora seduta sul divano di Jane, aveva in mano un'arma altrettanto letale. Sembrava un piacevole incontro tra coppie. Quale delle due sarebbe sopravvissuta alla notte?

« Che cosa ti hanno detto di me? » chiese Joe. « Cosa dice l'FBI? »

« Un paio di cose. »

« Che sono pazzo, vero? Un paranoide. »

« Sì. »

« Tu ci credi? »

« Non ho ragione di non farlo. »

Jane osservò il volto del marito. Anche se parlava con tono calmo, ne coglieva il nervosismo nello sguardo e la tensione nei muscoli del collo. Sapevi che quest'uomo è pazzo, pensò, eppure sei venuto qui lo stesso. Tutto per me... Soffocò un gemito quando avvertì una nuova contrazione. *Sta' buona. Non distrarre Gabriel, lasciagli fare ciò che deve.* Si appoggiò di nuovo allo schienale del divano, strinse i denti e soffrì in silenzio. Tenne lo sguardo fisso sul soffitto, su una macchiolina scura del rivestimento acustico. *Concentrati su un punto. Usa la mente contro il dolore.* Il soffitto divenne sfocato, la macchiolina sembrò ballonzolare in un mare ondeggiante di bianco. Il solo fatto di guardarla le dava la nausea. Chiuse gli occhi come un marinaio con il mal di mare, stordito dal movimento delle onde.

Solo quando la contrazione cominciò a diminuire, quando finalmente il dolore allentò la morsa, Jane aprì gli occhi e concentrò di nuovo lo sguardo sul soffitto. Qualcosa era cambiato. Accanto alla macchiolina adesso c'era un piccolo buco: passava quasi inosservato tra i forellini del rivestimento acustico.

Osservò Gabriel, ma lui non la stava guardando. Aveva rivolto tutta la sua attenzione all'uomo che gli sedeva di fronte.

«Credi sia pazzo?» domandò Joe.

Gabriel lo studiò per un istante. «Non sono uno psichiatra, non posso trarre una conclusione del genere.»

«Sei venuto qui aspettandoti di incontrare uno squilibrato con una pistola in pugno, vero?» Joe si protese. «È questo che ti hanno detto, sii onesto.»

«Vuoi davvero che sia onesto?»

«Assolutamente sì.»

«Mi hanno detto che avrei avuto a che fare con due terroristi; questo mi hanno indotto a credere.»

Joe si appoggiò allo schienale, cupo in volto. «Allora è così che liquideranno la faccenda», affermò pacatamente.

«Certo, è così che *di solito* fanno. Che razza di terroristi saremmo?» domandò guardando Olena, poi scoppiò a ridere. «Oh, probabilmente ceceni.»

«Sì.»

«È John Barsanti che dirige lo show?»

Gabriel si accigliò. «Lo conosci?»

«Ci dà la caccia dalla Virginia. Sembra comparire dovunque andiamo. Sapevo che sarebbe spuntato anche qui. Probabilmente non vede l'ora di chiudere i nostri sacchi salma.»

«Non è necessario che moriate. Consegnatemi le armi e usciremo tutti insieme. Niente sparatorie, niente sangue. Vi do la mia parola.»

«Sì, e questa sarebbe una garanzia.»

«Mi avete lasciato entrare, il che significa che in un certo qual modo vi fidate di me.»

«Io non posso permettermi di fidarmi di nessuno.»

«Allora perché sono qui?»

«Perché mi rifiuto di finire nella tomba senza avere una speranza di giustizia. Abbiamo cercato di dirlo alla stampa. Abbiamo dato loro *in mano* le fottute prove, ma a nessuno importa un cazzo.» Guardò Olena. «Mostragli il braccio, mostra che cosa ti ha fatto la Ballentree.»

Olena si tirò la manica fin sopra il gomito e indicò una cicatrice irregolare.

«Vedi?» disse Joe. «Che cosa le hanno messo nel braccio?»

«La Ballentree? Stai parlando della ditta appaltatrice della Difesa?»

«La tecnologia più recente sviluppata nel campo dei microchip. Un modo che la Ballentree ha per controllare le sue proprietà. Lei era merce umana, portata qui direttamente da Mosca. Una piccola attività marginale della Ballentree.»

Jane tornò a osservare il soffitto e all'improvviso si rese conto che nel rivestimento acustico erano apparsi nuovi buchi. Guardò i due uomini, ma erano ancora assorti nella conversazione. Nessun altro guardava in alto, nessun altro vedeva che ora il soffitto era sforacchiato.

«Allora tutto questo riguarda una ditta appaltatrice della Difesa?» chiese Gabriel con voce perfettamente calma, senza rivelare alcuna traccia dello scetticismo che di certo nutriva.

«Non una ditta *qualsiasi*. Stiamo parlando della Ballentree Company, che ha legami diretti con la Casa Bianca e il Pentagono. Di dirigenti che fanno miliardi di dollari ogni volta che si va in guerra. Perché credi che la Ballentree si assicuri quasi tutti i grossi contratti? Perché *possiede* la Casa Bianca.»

«Mi spiace dirtelo, Joe, ma non è propriamente nuova come teoria di complotto. Oggi la Ballentree è diventata per tutti la bestia nera. Molti vorrebbero mandarla in rovina.»

«Ma Olena può farlo.»

Gabriel guardò la donna con espressione dubbiosa. «Come?»

«Sa che cos'hanno fatto ad Ashburn. Ha visto che genere di persone sono.»

Jane stava ancora fissando il soffitto, cercando di capire che cosa stesse succedendo. Sottilissimi fili di vapore stavano scendendo silenziosi dall'alto. *Gas. Stanno immettendo gas nella stanza.*

Guardò il marito. Sapeva che sarebbe accaduto? Sapeva che quello era il piano? Nessun altro pareva essersi accorto del silenzioso invasore. Nessun altro si era reso conto dell'assalto appena iniziato, annunciato da quei fini tentacoli di gas.

Lo respiriamo tutti.

Si tese quando sentì un'altra contrazione. Oh, Dio, non ora, pensò. Non quando sta per scatenarsi l'inferno. Afferrò il cuscino del divano in attesa che la contrazione aumentasse. Ora il dolore la teneva stretta nella sua morsa e tutto quello che poté fare fu stringere il cuscino e resistere. Quella era brutta, pensò, oh, proprio brutta.

Ma il dolore non raggiunse mai l'apice. All'improvviso il cuscino parve fondersi nella sua mano chiusa a pugno. Jane si sentì trascinare verso il basso, verso il più dolce dei sonni. Nel torpore crescente udì colpi e grida maschili. Udì la voce di Gabriel, attutita, che la chiamava da molto lontano.

Adesso il dolore era quasi svanito.

Qualcosa la colpì e un oggetto morbido le sfiorò il viso. Il tocco di una mano, un'impalpabile carezza sulla guancia. Una voce le sussurrò parole che non capì, dolci e concitate, che si persero quasi tra i colpi e l'improvviso fragore di una porta che si schiantava. Un segreto, pensò. Mi sta rivelando un segreto.

Mila. Mila sa.

Ci fu un'esplosione assordante e qualcosa di caldo le schizzò sul volto.

Gabriel, pensò. Dove sei?

21

Al rumore dei primi spari l'intera folla in strada trattenne il fiato. Maura sentì il cuore fermarsi. Gli agenti della Operazioni speciali rimasero fermi ai loro posti, mentre altri spari risuonarono all'interno. A mano a mano che i minuti passavano, Maura vide la confusione sui loro volti: tutti aspettavano di sapere che cosa stesse accadendo. Nessuno si muoveva, nessuno correva verso l'edificio.

Che cosa aspettano tutti quanti?

All'improvviso le radio della polizia gracchiarono: « L'edificio è sicuro! La squadra d'assalto è uscita, l'edificio ora è sicuro! Chiamate le unità mediche. Ci servono barelle... »

Le équipe mediche si mossero all'istante superando il nastro della polizia come scattisti al traguardo. Quando la striscia gialla fu rotta, si scatenò il caos. Giornalisti e telecamere si buttarono in massa verso l'edificio e la polizia di Boston faticò a trattenerli. Un elicottero volteggiava in cielo emettendo un battito sordo con le pale.

In quella cacofonia di rumori Maura udì Korsak gridare: « Sono un poliziotto, maledizione! Là dentro c'è una mia amica! Lasciatemi passare! » Guardò quindi verso di lei e disse: « Dottoressa, deve scoprire se sta bene! »

Maura si avvicinò allo sbarramento. L'agente guardò frettolosamente il suo documento e scosse il capo.

« Dobbiamo prima prenderci cura dei vivi, dottoressa Isles. »

« Sono un medico, posso dare una mano. »

La sua voce fu quasi coperta dal frastuono dell'elicottero che era appena atterrato nel parcheggio dall'altra parte della strada. Distratto, il poliziotto si voltò a gridare a un giornalista: « Ehi, lei! Torni subito indietro! »

Maura sgattaiolò oltre lo sbarramento e corse nell'edificio paventando ciò che vi avrebbe trovato. Proprio mentre imboccava il corridoio che conduceva al reparto di diagnostica per immagini, vide arrivare a gran velocità un lettino spinto da due operatori dell'unità medica d'emergenza e si portò una mano alla bocca per soffocare un grido. Notò il ventre grosso, i capelli scuri, e pensò: no, oddio no.

Jane Rizzoli era ricoperta di sangue.

In quell'istante tutte le sue conoscenze mediche sembrarono svanire. In preda al panico, Maura si concentrò sul sangue e sul sangue soltanto. Ce n'era così tanto. Poi, mentre il lettino la superava, notò il petto che si sollevava e si abbassava e vide una mano muoversi.

« Jane? » chiamò.

I tecnici stavano già attraversando l'atrio e Maura dovette correre per raggiungerli.

« Aspettate! In che condizioni è? »

Uno si voltò a guardarla. « Ha le doglie. La portiamo al Brigham. »

« Ma tutto quel sangue... »

« Non è suo. »

« Allora di chi? »

« Della ragazza là dentro », rispose indicando col pollice in fondo al corridoio. « *Lei* sì che non andrà più da nessuna parte. »

Maura fissò il lettino mentre usciva sferragliando dalla porta, poi si voltò e corse nel corridoio superando i tecnici dell'unità medica e gli agenti di polizia, diretta al cuore della crisi.

« Maura? » la chiamò una voce stranamente lontana e attutita.

Individuò Gabriel che cercava a fatica di mettersi a sedere

sul lettino. Aveva una maschera per l'ossigeno sul volto, e un accesso venoso lo collegava a una sacca di soluzione salina.

«Stai bene?»

Con un gemito Gabriel abbassò la testa. «Sono solo... stordito.»

«Sono le conseguenze del gas. Gli ho appena dato una dose Narcan per endovena. Per un po' dovrà stare tranquillo, è come uscire da un'anestesia», spiegò il tecnico.

Gabriel si tolse la maschera. «Jane...»

«L'ho appena vista», disse Maura. «Sta bene. La stanno portando al Brigham Hospital.»

«Non posso restar seduto qui.»

«Che cos'è successo là dentro? Abbiamo sentito sparare.»

«Non ricordo», rispose Gabriel scuotendo la testa.

«La maschera», disse il tecnico. «Adesso ha bisogno di ossigeno.»

«Non era necessario ricorrere a questo», continuò Gabriel. «Sarei riuscito a convincerli, li avrei persuasi ad arrendersi.»

«Signore, deve rimettersi la maschera.»

«No», rispose brusco Gabriel. «Devo stare con mia moglie, ecco quello che devo fare.»

«Non può ancora andarsene.»

«Gabriel, ha ragione», affermò Maura. «Guardati, non riesci quasi a stare seduto. Resta ancora steso per un po'. Ti porterò io stessa al Brigham Hospital non appena ti sarai ripreso.»

«Resterò ancora un poco», rispose lui stendendosi fiaccamente sul lettino. «Tra un po' starò meglio...»

«Torno subito.»

Maura identificò la porta che conduceva al reparto di diagnostica per immagini. Non appena la varcò, il suo sguardo si posò sul sangue. Era sempre il sangue a esigere per primo la tua attenzione: quegli sconvolgenti schizzi di rosso che ti urlavano: *qui dentro è accaduto qualcosa di terribile, di vera-*

mente terribile. Nella stanza c'erano cinque o sei uomini e sul pavimento si notavano ancora le cose lasciate dai soccorritori, ma lei continuò a fissare quelle tracce rosse di morte che imbrattavano i muri. Poi il suo sguardo si spostò sul corpo della donna, accasciato contro il divano, sui capelli neri che stillavano sangue. Mai prima di quel momento si era sentita venir meno alla vista del sangue, ma improvvisamente ebbe la sensazione di cadere di lato e dovette aggrapparsi al telaio della porta. Sono i residui del gas che hanno usato nel locale, pensò. Non è stato ancora ben arieggiato.

Udì un frusciare di plastica e, nonostante lo stordimento, si accorse che stavano stendendo un telo sul pavimento. Poi vide l'agente Barsanti e il capitano Hayder restare a guardare mentre due uomini con le mani protette da guanti di lattice facevano rotolare il corpo insanguinato di Joseph Roke sulla plastica.

« Cosa state facendo? » chiese.

Nessuno le prestò attenzione.

« Perché rimuovete i corpi? »

I due uomini chini sul cadavere si fermarono e lanciarono un'occhiata in direzione di Barsanti.

« Li mandiamo a Washington », rispose questi.

« Non sposterete niente finché qualcuno del nostro ufficio non avrà esaminato la scena. » Guardò i due agenti pronti a chiudere la cerniera lampo del sacco salma. « Chi siete? Non lavorate per noi. »

« Sono dell'FBI», spiegò Barsanti.

Maura era ormai perfettamente lucida: ogni stordimento era svanito, rimpiazzato dalla rabbia. « Perché li portate via? »

« L'autopsia verrà effettuata dai nostri patologi. »

« Non ho autorizzato la consegna dei corpi. »

« È solo una questione di carte, dottoressa Isles. »

« Che io non ho intenzione di firmare. »

Adesso li stavano osservando tutti. Molti degli uomini

presenti nella stanza erano, come Hayder, agenti della polizia di Boston.

« Dottoressa Isles », disse Barsanti con un sospiro, « perché perderci in queste stupide lotte territoriali? »

Lei guardò Hayder. « I decessi sono avvenuti nella nostra giurisdizione. Sapete bene che spetta a noi custodire i resti. »

« Sembra che non si fidi dell'FBI », commentò Barsanti.

È di te che non mi fido.

Maura avanzò verso di lui. « Non ho mai ricevuto una valida spiegazione della sua presenza qui, agente Barsanti », disse. « Qual è il suo ruolo in questa faccenda? »

« Queste due persone sono sospettate di essere responsabili di una sparatoria avvenuta a New Haven. Questo credo lo sappia già. Hanno attraversato i confini di stato. »

« Ma non spiega perché vogliate i corpi. »

« Riceverete i verbali autoptici definitivi. »

« Che cosa teme che scopra? »

« Sa, dottoressa Isles, comincia a sembrarmi paranoide come quei due », replicò e, voltandosi verso gli uomini in piedi accanto al cadavere di Roke, aggiunse: « Portiamoli via ».

« Voi non toccate proprio nulla », ordinò Maura. Prese il cellulare e chiamò Bristol. « Abbiamo una scena del crimine, Abe. »

« Sì, l'ho saputo dalla televisione. Quanti corpi? »

« Due. Entrambi i sequestratori sono stati uccisi nell'assalto. L'FBI sta per portare i corpi a Washington. »

« Aspetta un attimo. Prima i federali li uccidono e adesso vogliono fare l'autopsia? Che diamine... »

« Immaginavo che avresti detto così, grazie per il sostegno. » Maura riattaccò e guardò Barsanti. « L'ufficio del medico legale si rifiuta di consegnare i corpi. Per favore, uscite da questa stanza. Quando la Scientifica avrà terminato, il nostro personale trasferirà i resti all'obitorio. »

Barsanti sembrò sul punto di mettersi a discutere, ma

Maura gli lanciò un'occhiata gelida con cui gli lasciò intendere che non avrebbe in alcun modo ceduto.

« Capitano Hayder! » esclamò. « Devo forse chiamare l'ufficio del governatore? »

Questi sospirò. « No, la giurisdizione è vostra. » Guardando Barsanti aggiunse: « A quanto pare, il medico legale assumerà il controllo ».

Senza dire altro, Barsanti e i suoi uscirono dal locale.

Maura li seguì e rimase a guardarli mentre battevano in ritirata nel corridoio. Questa scena del crimine, pensò, verrà gestita come tutte le altre: non dall'FBI, ma dalla squadra Omicidi della polizia di Boston. Stava per fare un'altra telefonata, stavolta al detective Moore, quando notò il lettino vuoto in corridoio. Il tecnico dell'unità medica d'emergenza stava riponendo i suoi strumenti.

« Dov'è l'agente Dean? » domandò Maura. « L'uomo che era steso qui? »

« Si è rifiutato di rimanere. Si è alzato e se n'è andato. »

« Non poteva impedirglielo? »

« Signora, *niente* avrebbe potuto fermare quell'uomo. Ha detto che doveva stare accanto a sua moglie. »

« Ha visto per caso come ha fatto a raggiungerla? »

« Gli ha dato un passaggio un tizio calvo, un poliziotto, credo. »

Vince Korsak, pensò lei.

« Erano diretti al Brigham. »

Jane non ricordava come fosse arrivata in quel posto con le luci intense, le superfici lucide e i volti delle persone coperti da mascherine. Aveva solo brandelli di ricordi: urla maschili, il cigolio delle ruote del lettino, il lampeggiare delle luci blu delle auto della polizia, il soffitto bianco che scorreva sopra di lei mentre veniva portata in un corridoio e poi in quella stanza. Aveva chiesto tante volte di Gabriel, ma nessuno le aveva saputo dire dove fosse.

Oppure avevano avuto paura di dirglielo.

« Va tutto bene, mammina », disse il medico.

Jane guardò stupita quei due occhi azzurri sorridenti sopra la mascherina. *Non* va tutto bene, pensò. Mio marito dovrebbe essere qui. Ho bisogno di lui.

E piantala di chiamarmi « mammina ».

« Quando sente la prossima contrazione », disse il medico, « voglio che spinga, d'accordo? E che continui a spingere. »

« Devo avere notizie di mio marito. Qualcuno può telefonargli? » ribatté lei.

« Prima dobbiamo far nascere il bambino. »

« No, prima dovete fare quello che voglio *io*! Dovete... dovete... » Trattenne il fiato quando sentì arrivare una nuova contrazione. Il dolore aumentò come pure la rabbia. Perché quelle persone non l'ascoltavano?

« Spinga, mammina! Ci siamo quasi! »

« Dio... oh, dannazione... »

« Forza, *spinga*. »

Jane ansimò mentre il dolore l'attanagliava brutalmente, ma era la collera che la induceva a spingere, e continuò a farlo con tanta determinazione che la vista le si offuscò. Non sentì il sibilo della porta che si apriva, né vide l'uomo con la divisa blu entrare nella stanza. Con un grido crollò sul lettino e lì rimase inspirando grosse boccate d'aria. Solo allora vide che lui la guardava, notò la sagoma della sua testa nella luce intensa.

« Gabriel », sussurrò.

Lui le tese la mano e le accarezzò i capelli. « Sono qui. Sono qui. »

« Non ricordo. Non ricordo che cos'è successo... »

« Adesso non è importante. »

« Sì, lo è. Devo sapere. »

Iniziò un'altra contrazione. Jane inspirò e strinse la sua

mano, vi si aggrappò come se penzolasse nel vuoto di un abisso.

« Spinga », la esortò il medico.

Jane si piegò in avanti ansimando, tendendo ogni muscolo mentre il sudore le gocciolava negli occhi.

« Ecco! » esclamò il medico. « Quasi... »

Forza, bambino mio, smetti di essere così maledettamente testardo. Aiuta la tua mamma!

Stava quasi per urlare, aveva la sensazione che la gola le esplodesse, poi all'improvviso sentì un fiotto di sangue scenderle tra le gambe e udì un pianto sottile, simile al miagolio di un gatto.

« Eccola! » annunciò il medico.

« Ecco*la*? »

Gabriel stava ridendo, la voce roca per la commozione. « Una bambina. Abbiamo una bambina », disse baciando i capelli di Jane.

« E anche suscettibile », commentò il medico. « Guardate qui. »

Jane si girò e vide due minuscoli pugni che si agitavano, un volto rosso di rabbia e una chioma nera e folta, con i ricci bagnati appiccicati alla testa. La guardò, in preda alla meraviglia e nello stesso tempo allo sgomento, mentre l'infermiera l'asciugava e l'avvolgeva in una coperta.

« La vuol prendere in braccio, mammina? »

Jane non riuscì a spiccicare parola, aveva un nodo alla gola. Riuscì solo a fissare stupita il piccolo fagotto che le veniva posto tra le braccia. Notò allora un visino gonfio per il pianto. La bambina si agitò, quasi fosse impaziente di liberarsi dalla coperta, dalle braccia materne.

Sei davvero mia? Jane pensava che, quando avesse guardato la neonata negli occhi e avesse scorto l'anima che racchiudevano, avrebbe provato subito un senso di familiarità, invece in quel momento non ci fu familiarità, ma solo goffaggine mentre cercava di cullare quel fagottino ribelle. Tutto quello che vide, guardando sua figlia, fu una creatura arrabbiata con gli occhi gonfi e i pugni chiusi, una creatura che cacciò subito un urlo di protesta.

« È una splendida bambina », disse l'infermiera. « Le assomiglia proprio. »

22

Jane si svegliò con la luce del sole che entrava dalla finestra dell'ospedale. Guardò Gabriel, addormentato sulla branda accanto al letto. Tra i suoi capelli scorse qualche filo grigio che non aveva mai notato prima. Indossava la stessa camicia spiegazzata della sera precedente e aveva la manica sporca di sangue.

Sangue di chi?

Quasi si fosse accorto d'essere osservato, Gabriel aprì gli occhi e li socchiuse per il sole.

« Buongiorno, papà », disse Jane.

Lui le rivolse un sorriso stanco. « Credo che mammina debba tornare a dormire. »

« Non ci riesco. »

« Potrebbe essere la nostra ultima possibilità di farci un buon sonno. Quando la bambina sarà a casa, non avremo molte occasioni di riposare. »

« Devo sapere, Gabriel. Non mi hai detto che cos'è successo. »

Il sorriso gli svanì dalle labbra. Gabriel si mise a sedere e si sfregò il viso. Sembrò d'un tratto molto invecchiato e infinitamente stanco. « Sono morti. »

« Tutti e due? »

« Li hanno uccisi durante l'assalto, così mi ha riferito il capitano Hayder. »

« Quando gli hai parlato? »

« È passato ieri sera. Tu dormivi già e non ho voluto svegliarti. »

Jane si stiracchiò e guardò il soffitto. « Sto cercando di ricordare. Dio, perché non riesco a ricordare niente? »

« Nemmeno io, Jane. Hanno usato il fentanile. Così hanno detto a Maura. »

Lei lo guardò. « Allora non hai assistito? Non sai se Hayder ti abbia detto il vero? »

« So che Joe e Olena sono morti. L'ufficio del medico legale ha in custodia i corpi. »

Jane tacque per un istante cercando di rievocare gli ultimi momenti trascorsi in quella sala. Si ricordava di Gabriel e di Joe, seduti l'uno di fronte all'altro a parlare. Joe voleva dirci qualcosa, pensò, e non ha avuto la possibilità di concludere il discorso...

« Doveva finire per forza così? » domandò. « Dovevano per forza essere uccisi entrambi? »

Gabriel si alzò e si avvicinò alla finestra. « Era l'unico modo sicuro per porre fine a tutto », rispose guardando fuori.

« Eravamo tutti in stato di incoscienza. Ucciderli non era necessario. »

« Evidentemente la squadra d'assalto ha ritenuto che lo fosse. »

Jane fissò la schiena del marito. « Tutte quelle cose folli che diceva Joe. Non c'è niente di vero, giusto? »

« Non lo so. »

« Un microchip nel braccio di Olena? L'FBI che dava loro la caccia? Sono tipici deliri paranoidi. »

Gabriel non rispose.

« D'accordo », disse lei. « Dimmi cosa ne pensi. »

Lui si voltò a guardarla. « Perché John Barsanti era qui? Non ho mai ricevuto una risposta plausibile a questa domanda. »

« Hai verificato con il Bureau? »

« Tutto quello che sono riuscito a sapere dall'ufficio del vicedirettore è che Barsanti è in missione speciale per conto del dipartimento di Giustizia. Nessuno è stato disposto a dirmi altro. E ieri pomeriggio, quando ho parlato con David

Silver a casa del senatore Conway, ho scoperto che non sapeva del coinvolgimento dell'FBI. »

« Be', Joe certamente non si fidava dell'FBI. »

« E adesso è morto. »

Lei lo fissò. « Inizi a farmi paura. Mi viene da chiedermi... »

All'improvviso qualcuno bussò alla porta e Jane trasalì. Con il cuore che le batteva forte si girò e vide Angela Rizzoli fare capolino nella stanza.

« Janie, sei sveglia? Possiamo farti visita? »

« Oh. » Jane scoppiò in una risata sorpresa. « Ciao, mamma. »

« È bellissima, davvero bellissima! L'abbiamo vista dal vetro. » Angela irruppe nella stanza con la sua vecchia pentola Revere Ware, e nell'aria si diffuse quello che Jane considerava il miglior profumo del mondo: l'aroma della cucina di sua madre. Subito dietro Angela entrò Frank Rizzoli, seminascosto dal gigantesco mazzo di fiori che reggeva in mano, che lo faceva assomigliare a un esploratore in mezzo a una fitta giungla.

« Allora come sta la mia bambina? » chiese Frank.

« A meraviglia, papà. »

« La piccola sta causando il finimondo nella nursery. Ha due polmoni incredibili. »

« Mikey ti verrà a trovare dopo il lavoro », disse Angela. « Senti, ho portato gli spaghetti con il sugo d'agnello. Non c'è bisogno che mi racconti com'è il cibo dell'ospedale. A proposito, che cosa ti hanno dato a colazione? » Si avvicinò al vassoio e sollevò il coperchio. « Mio Dio, guarda queste uova, Frank! Sono di gomma! Ma lo fanno *apposta* a cucinare così male? »

« Non c'è niente di brutto nell'avere una bambina, no signore », commentò Frank. « Una femmina è una bella cosa, eh, Gabe? Però la dovrai sorvegliare. Quando avrà sedici anni, dovrai tenere a bada i ragazzi. »

«Sedici?» sbuffò Jane. «Papà, a quell'età avrà già lasciato l'ovile.»

«Che significa? Non intenderai dire che quando avevi sedici anni...»

«... allora come la chiamerete, tesoro? Non posso credere che non abbiate ancora scelto un nome.»

«Ci stiamo ancora pensando.»

«Che cosa c'è da pensare? Chiamatela come la nonna: Regina.»

«Ha anche un'altra nonna, sai», osservò Frank.

«Chi mai chiamerebbe una bambina Ignatia?»

«A mia mamma si addice.»

Jane guardò Gabriel dall'altra parte della stanza e notò che il suo sguardo era tornato alla finestra. *Sta ancora pensando a Joseph Roke, sta ancora interrogandosi sulla sua morte.*

Bussarono alla porta e un altro volto familiare fece capolino nella stanza. «Ehi, Rizzoli!» esclamò Vince Korsak. «Sei tornata pelle e ossa?» Il detective entrò tenendo tre palloncini che ondeggiavano in alto, sopra la sua testa. «Come sta, signora Rizzoli? Signor Rizzoli? Congratulazioni, siete diventati nonni!»

«Detective Korsak», disse Angela. «Ha fame? Ho portato gli spaghetti preferiti di Jane, e qui ci sono i piatti di carta.»

«Be', sono, come dire, a dieta, signora.»

«Sono spaghetti al sugo d'agnello.»

«Oooh, ma è una perfidia tentare un uomo a dieta.» Korsak l'ammonì muovendo un grasso dito e Angela scoppiò in una risata sonora, infantile.

Mio Dio, pensò Jane. Korsak che flirta con mia madre: non credo di volerlo vedere.

«Frank, puoi prendere i piatti di carta? Sono nel sacchetto.»

«Sono solo le dieci, non è nemmeno ora di pranzo.»

«Il detective Korsak ha fame.»

«Ti ha appena detto di essere a dieta. Perché non lo ascolti?»

Di nuovo bussarono alla porta. Stavolta entrò un'infermiera spingendo una culla con le ruote. L'avvicinò al letto di Jane ed esclamò: « È ora di far visita alla mamma ». Poi sollevò la neonata e la mise in braccio a Jane.

Angela si chinò sulla piccola come un rapace. « Oooh, guardala, Frank! Santo cielo, è adorabile! Guarda che faccino! »

« Come faccio a guardarla? Le state tutti addosso. »

« Ha la bocca di mia madre... »

« Be', davvero un gran vanto. »

« Janie, ora dovresti cercare di allattarla. Devi far pratica prima che ti venga la montata lattea. »

Jane guardò il pubblico presente nella stanza, disposto tutt'intorno al letto. « Mamma, non mi sento propriamente a mio agio... » Tacque guardando la bambina che all'improvviso cacciò un urlo. *Adesso che faccio?*

« Forse ha il gas nella pancia », disse Frank. « Ai neonati capita sempre. »

« Oppure ha fame », suggerì Korsak. Lui evidentemente ce l'aveva.

La bambina iniziò a piangere più forte.

« Datela a me », disse Angela.

« Chi è la mamma qui? » domandò Frank. « Jane deve far pratica. »

« Non vorrai che una bambina così piccola continui a piangere. »

« Forse se le metti un dito in bocca », propose Frank. « Lo facevamo con te, Janie. Così... »

« Aspetta! » disse Angela. « Ti sei lavato le mani, Frank? »

Lo squillo del cellulare di Gabriel fu quasi coperto dal baccano generale. Jane lanciò un'occhiata al marito mentre rispondeva e lo vide guardare accigliato l'orologio. « Non credo di farcela. Perché non procedete senza di me? » lo sentì dire.

« Gabriel, chi è? » chiese.

«Maura sta iniziando l'autopsia di Olena.»

«Dovresti andarci.»

«Non mi va di lasciarti.»

«No, devi esserci.» Ora la bambina piangeva ancora di più e si agitava come se volesse liberarsi disperatamente dalle braccia della madre. «Uno di noi deve assistere.»

«Sei sicura che non ti dispiaccia?»

«Guarda quanta compagnia ho qui. *Va'.*»

Gabriel si chinò a darle un bacio. «Ci vediamo dopo», mormorò. «Ti amo.»

«Che dire», commentò Angela scuotendo la testa in segno di disapprovazione quando Gabriel uscì dalla stanza. «Non ci posso credere.»

«Che c'è, mamma?»

«Lascia la moglie e la bambina appena nata per correre a veder squartare un morto.»

Jane guardò la figlia, sempre urlante e sempre rossa in volto tra le sue braccia, e sospirò. *Quanto vorrei poter andare con lui.*

Quando Gabriel si fu vestito, ebbe indossato le soprascarpe e fu entrato in sala settoria, Maura aveva già sollevato lo sterno e stava esaminando la cavità toracica. Mentre il bisturi tagliava vasi e legamenti liberando cuore e polmoni, lei e Yoshima non si scambiarono una parola più del dovuto. Maura lavorava con precisione, in silenzio, e i suoi occhi non tradivano alcuna emozione al di sopra della mascherina.

«Alla fine ce l'hai fatta», osservò.

«Mi sono perso qualcosa di importante?»

«Finora nessuna sorpresa», rispose Maura guardando Olena. «Stessa stanza, stesso cadavere. È strano pensare che è la seconda volta che vedo questa donna morta.»

Questa volta però, pensò Gabriel, lo resterà.

«Come sta Jane?»

« Bene. In questo momento è un po' travolta dalle visite. »

« E la bambina? » Maura posò i polmoni rosei in una bacinella, polmoni che non si sarebbero più riempiti d'aria né avrebbero ossigenato il sangue.

« Bellissima. Tre chili e sessantotto grammi, sana come un pesce. Assomiglia incredibilmente a Jane. »

Per la prima volta un sorriso illuminò lo sguardo di Maura. « Come si chiama? »

« Per il momento è ancora 'baby Rizzoli-Dean'. »

« Spero che presto troverete *di meglio.* »

« Non lo so. Inizia a piacermi come suona. » Gli sembrava irrispettoso parlare di particolari così gioiosi quando tra loro si trovava una donna morta. Pensò alla bambina che emetteva il suo primo vagito, che dava la sua prima, confusa occhiata al mondo proprio mentre il corpo di Olena cominciava a raffreddarsi.

« Andrò a vederla questo pomeriggio », disse Maura. « O è già in overdose di visite? »

« Credimi, sei una delle persone sinceramente gradite. »

« Il detective Korsak è già passato? »

Gabriel sospirò. « Con i palloncini e tutto il resto. Il buon vecchio zio Vince. »

« Non prenderlo in giro. Forse si offrirà di farle da babysitter. »

« Proprio quello di cui ha bisogno una neonata: qualcuno che le insegni la sottile arte del rutto. »

Maura scoppiò a ridere. « Korsak è un brav'uomo, sul serio. »

« Tranne per il fatto che è innamorato di mia moglie. »

Maura posò il bisturi e lo guardò. « Allora desidererà che sia felice e farà in modo che entrambi lo siate. » Prese di nuovo il bisturi e aggiunse: « Tu e Jane date speranza a tutti quanti noi ».

A tutti quanti noi. Cioè, a tutte le persone sole al mondo, pensò Gabriel. Fino a non molto tempo fa lo ero anch'io.

La guardò mentre sezionava le coronarie. Con quale calma teneva tra le mani il cuore di una morta. Con il bisturi ne aprì le cavità per l'esame. Maura lo sondò, lo misurò e lo pesò. Il suo cuore, però, lo teneva sempre al sicuro, ben protetto.

Lo sguardo di Gabriel si abbassò sul volto della donna che conoscevano solo come Olena. Poche ore fa le stavo parlando, si disse, e quegli occhi mi fissavano, mi vedevano. Adesso erano opachi con le cornee appannate, vitree. Il sangue era stato ripulito e la ferita del proiettile era un foro roseo dai margini netti nella tempia sinistra.

« Sembra un'esecuzione », osservò.

« Ci sono altre ferite nel fianco sinistro », disse Maura indicando lo schermo luminoso. « In radiografia si vedono due proiettili nella colonna vertebrale. »

« Ma questa ferita qui », insistette Gabriel guardando il viso della donna, « questa indica che hanno voluto ucciderla. »

« Evidentemente la squadra d'assalto non ha voluto correre rischi. Anche a Joseph Roke hanno sparato alla testa. »

« Hai fatto tu la sua autopsia? »

« L'ha terminata un'ora fa il dottor Bristol. »

« Perché ucciderli? Erano già svenuti. Eravamo *tutti* svenuti. »

Maura sollevò lo sguardo dalla massa gocciolante dei polmoni che attendevano di essere sezionati. « Potevano avere esplosivi addosso, farsi saltare in aria. »

« Non c'erano esplosivi. Quelle persone non erano terroristi. »

« La squadra d'assalto non poteva saperlo. Inoltre, forse temevano conseguenze per il gas, il fentanile, che hanno usato. Sai che un suo derivato è stato utilizzato per porre fine all'assedio del teatro di Mosca? »

« Sì. »

« A Mosca ha causato numerose vittime, e qui hanno usato una sostanza simile su un ostaggio che aspettava un bambino. Non potevano esporre troppo a lungo un feto ai suoi effetti. L'assalto doveva essere rapido e pulito, così si sono giustificati. »

« Quindi sostengono che ucciderli sia stato necessario. »

« Questo è quello che hanno detto al tenente Stillman. La polizia di Boston non ha avuto alcun ruolo nel pianificare e nel condurre l'attacco. »

Gabriel si voltò verso lo schermo dove erano appese le radiografie e domandò: « Queste sono di Olena? »

« Sì. »

Si avvicinò per esaminarle meglio e vide una formazione brillante a forma di virgola all'interno del cranio: una serie di frammenti disseminati nella cavità.

« Tutti fenomeni interni di rimbalzo », spiegò Maura.

« E questa opacità a forma di C? »

« È un frammento incastrato tra il cuoio capelluto e il cranio, un pezzo di piombo che si è staccato quando il proiettile ha perforato l'osso. »

« Sappiamo quale membro della squadra d'assalto ha sparato il colpo alla testa? »

« Nemmeno Hayder ha l'elenco dei nomi. Quando i nostri tecnici della Scientifica hanno analizzato la scena, la squadra era già sulla strada per Washington, ormai irraggiungibile. Andandosene, hanno portato via tutto: armi, cartucce, hanno preso persino lo zaino di Joseph Roke. Ci hanno lasciato solo i corpi. »

« Così va il mondo oggi, Maura. Il Pentagono è autorizzato a mandare commando in qualsiasi città americana. »

« Sai una cosa? » osservò lei posando il bisturi e guardandolo. « Questo mi spaventa a morte. »

In quell'istante ronzò l'interfono. Maura sollevò lo sguardo quando la sua segretaria disse all'altoparlante: « Dottoressa Isles, c'è di nuovo in linea l'agente Barsanti. Le vuole parlare ».

« Che cosa gli ha detto? »

«Nulla di nulla.»

«Bene. Gli risponda solo che lo richiamerò.» Dopo un attimo di silenzio aggiunse: «*Se* e quando ne avrò il tempo».

«Sta diventando davvero sgarbato, sa.»

«Allora non c'è bisogno che sia gentile con lui», osservò Maura e, guardando Yoshima, disse: «Terminiamo prima di essere interrotti di nuovo».

Maura infilò le mani in profondità nell'addome aperto e cominciò a resecare gli organi. Dopo qualche istante estrasse lo stomaco, il fegato, il pancreas e le infinite anse del tenue. Quando incise lo stomaco, lo trovò vuoto: nella bacinella gocciolarono solo secreti verdastri. «Fegato, milza e pancreas nella norma», rilevò. Gabriel osservò la massa maleodorante di interiora aumentare sempre più nella bacinella, turbato all'idea di avere nel ventre quegli stessi organi tutti luccicanti. Quando incidi la pelle, anche la donna più bella è come tutte le altre: un ammasso di organi chiusi in un involucro cavo di muscoli e ossa, si disse guardando il volto di Olena.

«Bene», commentò Maura con voce attutita mentre esplorava ancor più in profondità la cavità. «Vedo la traiettoria seguita dagli altri proiettili: sono finiti qui, nella colonna vertebrale, e c'è un'emorragia retroperitoneale.» L'addome era ormai svuotato di gran parte degli organi e Maura stava esaminando una specie di contenitore vuoto. «Puoi appendere le radiografie addominali e toraciche? Vorrei verificare la posizione di quegli altri due proiettili.»

Yoshima si avvicinò allo schermo luminoso, tolse le radiografie craniche e appese una nuova serie di lastre. Comparvero allora le sagome spettrali del cuore e dei polmoni, racchiuse nella loro gabbia toracica. Sacche scure di gas erano disposte tutte in fila come autoscontri nei tunnel dell'intestino. Rispetto alla tenue opacità degli organi, i proiettili spiccavano come frammenti luminosi contro il rachide spinale.

Gabriel fissò le radiografie per un istante e socchiuse all'improvviso gli occhi al ricordo di quello che Joe gli aveva detto. « Non c'è una radiografia delle braccia », disse.

« A meno che non ci siano traumi palesi, normalmente non radiografiamo gli arti », spiegò Yoshima.

« Forse dovreste. »

Maura alzò lo sguardo. « Perché? »

Gabriel tornò al tavolo ed esaminò il braccio sinistro. « Guarda questa cicatrice. Che ne pensi? »

Maura girò attorno al tavolo per portarsi sul lato sinistro del cadavere e osservò il braccio. « La vedo, poco al di sopra del gomito. È guarita bene, non sento masse. » Guardando Gabriel, chiese: « Di che si tratta? »

« È qualcosa che mi ha detto Joe. So che sembra una follia. »

« Cosa? »

« Sosteneva che le avessero impiantato un microchip nel braccio, proprio qui, sotto la pelle, per controllare i suoi spostamenti. »

Maura rimase a fissarlo per un momento, poi scoppiò a ridere. « Non è un delirio molto originale. »

« Lo so, lo so che cosa sembra. »

« È un classico. Il microchip impiantato dal governo. »

Gabriel si voltò per dare ancora un'occhiata alle radiografie. « Perché credi che Barsanti sia tanto ansioso di trasferire i corpi? Che cosa pensa tu possa scoprire? »

Maura rimase in silenzio per un po' con lo sguardo fisso sul braccio di Olena.

« Posso fare adesso una radiografia del braccio. Ci vorranno solo pochi minuti », disse Yoshima.

Maura sospirò e si sfilò i guanti sporchi. « È quasi sicuramente una perdita di tempo, ma così potremo chiudere subito la questione. »

Nell'anticamera, protetti dallo schermo di piombo, Maura e Gabriel guardarono dal vetro mentre Yoshima posizionava il braccio su un portalastre e orientava il collimatore.

Maura ha ragione, pensò Gabriel, probabilmente è una perdita di tempo. Però doveva tracciare una linea tra paura e paranoia, tra verità e delirio. Vide Maura guardare l'orologio a muro e capì che non vedeva l'ora di ricominciare l'autopsia. La parte più importante, la dissezione della testa e del collo, doveva essere ancora ultimata.

Yoshima recuperò il portalastre e scomparve in sala sviluppo.

« Bene, ha terminato. Torniamo al lavoro! » esclamò lei. Indossò un nuovo paio di guanti e si avvicinò al tavolo. Si mise davanti alla testa del cadavere e infilò le mani nel groviglio di capelli neri per palpare il cranio. Poi, con un abile taglio incise il cuoio capelluto. Gabriel non sopportava di veder mutilare quella splendida donna. Una faccia era poco più che pelle, muscolo e cartilagine, e cedeva facilmente al bisturi del patologo. Maura afferrò il lembo resecato di cuoio capelluto e lo scollò tirandolo in avanti. I lunghi capelli ricaddero come un nero sipario sul viso della morta.

Yoshima riemerse dalla sala sviluppo. « Dottoressa Isles? »

« La radiografia è pronta? »

« Sì, e c'è qualcosa. »

Maura alzò lo sguardo.

« Lo si vede sotto la cute », rispose Yoshima appendendo la radiografia allo schermo. « Questo », aggiunse indicando l'oggetto.

Maura si avvicinò alla radiografia e fissò in silenzio la sottile striscia bianca che attraversava i tessuti molli. Nessuna struttura naturale poteva essere così diritta, così uniforme.

« È artificiale », affermò Gabriel. « Tu credi... »

« Non è un microchip », osservò Maura.

« Lì *c'è* qualcosa. »

« Non è metallico, non è abbastanza denso. »

« Che cosa stiamo guardando? »

« Scopriamolo. » Maura tornò dal cadavere e prese il bisturi. Ruotò il braccio sinistro in modo da esporre la cicatrice.

L'incisione che praticò fu incredibilmente rapida e profonda: con un'unica mossa tagliò cute e tessuto sottocutaneo fino ad arrivare al muscolo. La paziente non si sarebbe mai lamentata per la sua grossolanità o per la lesione di qualche nervo: a un corpo ormai insensibile non importavano gli oltraggi subiti in quella sala, su quel tavolo.

Maura prese un paio di pinze e ne affondò le estremità nella ferita. Mentre frugava nel tessuto appena inciso, Gabriel provò ribrezzo per la brutalità dell'esplorazione, ma non poté girarsi dall'altra parte. La udì emettere un mormorio di soddisfazione e all'improvviso le pinze emersero stringendo una specie di fiammifero luccicante.

«So che cos'è», disse Maura posando l'oggetto su un vassoio portacampioni. «È un tubicino di Silastic, migrato più in profondità di quanto non avrebbe dovuto quando è stato inserito. È stato incapsulato da tessuto cicatriziale, per questo non sono riuscita a sentirlo attraverso la cute. Abbiamo avuto bisogno di fare la radiografia anche solo per sapere che si trovava qui.»

«A che serve?»

«Norplant. Questo tubicino conteneva un progestinico a rilascio prolungato per prevenire l'ovulazione.»

«Un contraccettivo.»

«Sì. Non se ne vedono più molti oggigiorno. Negli Stati Uniti lo hanno sospeso. Di solito se ne impiantavano sei alla volta, a ventaglio. Chiunque abbia rimosso gli altri cinque si è dimenticato di questo.»

In quel momento ronzò l'interfono. «Dottoressa Isles?» Era di nuovo Louise. «C'è una telefonata.»

«Può prendere un messaggio?»

«Credo che a questa debba rispondere. È Joan Anstead dell'ufficio del governatore.»

Maura alzò di scatto la testa. Guardò Gabriel e per la prima volta lui vide un lampo di inquietudine nei suoi occhi. Posò il bisturi, si tolse i guanti e si avvicinò al telefono.

«Sono la dottoressa Isles», disse. Anche se Gabriel non poteva sentire l'altra parte della conversazione, dal linguaggio corporeo di Maura era chiaro che non si trattava di una telefonata piacevole. «Sì, l'ho già iniziata. È nella nostra giurisdizione. Perché l'FBI si crede di poter...» Ci fu un lungo silenzio. Maura si girò con la faccia verso il muro, la schiena tutta rigida. «Ma non ho ultimato l'autopsia, sto per aprire il cranio. Se mi dà un'altra mezz'ora...» Tacque ancora, poi aggiunse con freddezza: «Capisco. Prepareremo i resti per il trasferimento in un'ora». Riagganciò, fece un profondo respiro e si voltò verso Yoshima. «Preparala. Vogliono anche il corpo di Joseph Roke.»

«Che succede?» domandò Yoshima.

«Devono essere inviati al laboratorio dell'FBI. Vogliono tutto: organi e campioni tessutali. Li prenderà in custodia l'agente Barsanti.»

«Non era mai successo prima», affermò Yoshima.

Maura si strappò la mascherina e fece per slacciarsi il camice. Dopo esserselo sfilato bruscamente, lo gettò nel bidone delle divise sporche. «L'ordine arriva dritto dall'ufficio del governatore.»

23

Jane si risvegliò di soprassalto con tutti i muscoli del corpo contratti. Vide il buio attorno a sé, sentì il rombo attutito di un'auto che passava in strada e persino il ritmo del respiro di Gabriel profondamente addormentato al suo fianco. Sono a casa, pensò, sono nel mio letto, nel mio appartamento e siamo tutti al sicuro. Tutti e tre. Fece un bel respiro e attese che il cuore rallentasse i suoi battiti. La camicia da notte fradicia di sudore le si raffreddò a poco a poco sulla pelle. Alla fine gli incubi se ne andranno, si disse. Sono solo echi lontani di grida.

Si voltò verso il marito per cercare il calore del suo corpo, il conforto familiare del suo odore, ma proprio nel momento in cui stava per cingergli la vita con un braccio udì la bambina piangere nell'altra stanza. Oh, no, per favore, non di nuovo, pensò. Sono passate solo tre ore da quando ti ho dato da mangiare. Concedimi altri venti minuti. Altri dieci minuti. Lasciami stare a letto ancora per un pochino. Lascia che mi scrolli di dosso questi brutti sogni.

Ma il pianto continuò più forte, più insistente a ogni nuovo vagito.

Jane si alzò e strascicando i piedi lasciò il buio della camera da letto, chiudendosi la porta alle spalle per non disturbare Gabriel. Accese la lampada della cameretta e guardò la figlia urlante, tutta rossa in volto. Hai solo tre giorni e mi hai già sfinita, pensò. La tolse dalla culla e sentì la boccuccia famelica cercare il suo seno. Mentre si sedeva sulla sedia a dondolo, le gengive rosee della piccola le si chiusero come una morsa sul capezzolo, ma il seno le offrì solo un momentaneo appagamento. Ben presto la bambina riprese a protestare e, nonostante Jane la cullasse e la ninnasse, non smise di agitarsi. Dove sbaglio? si chiese guardando la figlia scontenta. Perché sono così goffa? Di rado si era sentita tanto inadeguata, eppure di fronte a quella bimba di tre giorni provava un tale senso di impotenza che alle quattro del mattino ebbe l'improvviso, disperato desiderio di chiamare la madre per farsi elargire un po' della sua saggezza. Saggezza che sarebbe dovuta essere istintiva, ma che Jane sembrava non aver ricevuto. Smetti di piangere, piccola, ti prego, smetti di piangere, pensò. Sono così stanca. Tutto ciò che voglio è tornare a letto, ma tu me lo impedisci e io non so come fare per aiutarti a dormire.

Si alzò e camminò su e giù per la stanza cullandola. Che cosa voleva? Perché piangeva ancora? Andò in cucina e continuando a cullarla fissò il ripiano tutto ingombro con lo sguardo appannato dalla stanchezza. Pensò alla sua vita prima della maternità, prima di Gabriel, quando tornava a casa dal lavoro, stappava una bottiglia di birra e si piazzava sul divano con i piedi sollevati. Amava la bambina e amava suo marito, ma era tanto stanca e non sapeva quando sarebbe potuta tornare a letto. L'aspettava una lunga notte, un travaglio senza fine.

Non posso continuare così. Mi serve aiuto.

Aprì un armadietto e studiò i vari barattoli di cibo per neonati, campioni gratuiti che le avevano dato in ospedale. La bambina piangeva ancora più forte e Jane non sapeva che altro fare. Demoralizzata, prese un barattolo e lo versò nel biberon che mise quindi a scaldare in una pentola d'acqua calda: era il monumento alla sua sconfitta, il simbolo del suo totale fallimento come madre.

Nel medesimo istante in cui si vide offrire il biberon, la bambina strinse avidamente la tettarella di gomma e iniziò a succhiare rumorosamente, con gusto. Pianti e agitazione cessarono: ora si udivano solo i versi di una neonata felice.

Uau. La magia in un barattolo.

Sfinita, Jane si accasciò sulla sedia. Mi arrendo, pensò, mentre il biberon si svuotava rapidamente. Vince il barattolo. Il suo sguardo si posò quindi sul libro dei nomi, aperto sul tavolo di cucina. Era ancora alla pagina L, dove lo aveva lasciato quando aveva sfogliato la sezione dei nomi femminili. La bambina era arrivata a casa dall'ospedale ancora senza nome e ora, mentre prendeva il libro, Jane provò un senso di sconforto.

Chi sei, piccola? Dimmi come ti chiami.

Ma lei non le avrebbe rivelato alcun segreto: era completamente assorta a succhiare il latte artificiale.

Laura? Laurel? Laurelia? Troppo delicati, troppo dolci. La sua bambina non lo era affatto, anzi sarebbe stata un vero terremoto.

Il biberon era già mezzo vuoto.

Maialino, quello era un nome adatto.

Jane passò alla M. Con sguardo annebbiato esaminò l'elenco: valutava ogni possibilità, poi studiava quel pestifero esserino.

Mercy? Meryl? Mignon? No. Sfogliò il libro con occhi ormai tanto stanchi che non riusciva quasi a mettere a fuoco le parole. *Perché è così difficile? Tua figlia ha bisogno di un nome, perciò sceglilo!* Scorse la pagina che aveva di fronte e lì il suo sguardo si fermò.

Mila.

Jane restò immobile a fissare il nome. Quando si rese conto di averlo pronunciato ad alta voce, sentì un brivido correrle lungo la schiena.

Mila.

All'improvviso in cucina calò il gelo, come se vi fosse appena entrato uno spettro e aleggiasse alle sue spalle. Jane non poté fare a meno di voltarsi a guardare. Tutta tremante, si alzò per mettere la bambina addormentata nella culla. Quel freddo terrore tuttavia non l'abbandonò, tanto che lei indugiò nella cameretta; tenendosi stretta, prese a dondolarsi sulla sedia e cercò di capire perché tremasse. Perché il nome Mila l'aveva tanto turbata? Mentre la piccola dormiva e i minuti si susseguivano correndo verso l'alba, Jane continuò a dondolarsi.

« Jane? »

Con un sussulto alzò lo sguardo e vide Gabriel in piedi sulla soglia. « Perché non vieni a letto? » le domandò.

« Non riesco a dormire », rispose scuotendo la testa. « Non so che cos'ho. »

« Sei soltanto stanca. » Gabriel entrò nella stanza e le diede un bacio sulla testa. « Devi tornare a dormire. »

« Dio, mi sento così incapace. »

« Di che stai parlando? »

« Nessuno mi aveva detto quanto è difficile fare la mamma. Non riesco neanche ad allattarla. Persino una stupida gatta sa come nutrire i suoi piccoli, io invece sono senza speranza. Lei non fa che piangere. »

« Adesso sembra che dorma bene. »

« Perché le ho dato il latte artificiale con il biberon », osservò sbuffando. « Non riuscivo più a sopportarlo: aveva fame, piangeva. Poi ho visto quel barattolo. Accidenti, chi ha bisogno di una mamma quando c'è il Similac? »

« Oh, Jane. E ti agiti per questo? »

« Non c'è niente da ridere. »

« Non sto ridendo. »

« Ma hai quel tono di voce da *non ci credo, è una cosa troppo stupida.* »

« Secondo me sei sfinita, nient'altro. Quante volte ti sei alzata? »

« Due, no, tre. Gesù, non me lo ricordo nemmeno. »

« Avresti dovuto svegliarmi. Non sapevo che fossi in piedi. »

« Non è solo la bambina. Sono anche... » Jane tacque per un istante, poi aggiunse con tono calmo: « I sogni ».

Lui avvicinò una sedia e si sedette. « Di quali sogni parli? »

« È lo stesso che si ripete. Riguarda quella sera all'ospedale. Nel sogno so che è successo qualcosa di terribile, ma non riesco a muovermi né a parlare. Sento il sangue sul viso, sento il suo sapore e ho tanta paura che... » Jane fece un respiro. « Ho tanta paura che sia il tuo. »

« Sono passati solo tre giorni, Jane. Stai ancora elaborando quello che è successo. Hai bisogno di tempo per liberarti degli incubi », osservò Gabriel, e dopo un istante aggiunse pacatamente: « Ne abbiamo bisogno tutti e due ».

Lei guardò i suoi occhi stanchi, il suo volto non rasato. « Anche tu li hai? »

Gabriel assentì. « Sono i postumi dello shock. »

« Non me lo avevi detto. »

« Sarebbe strano non averli. »

« I tuoi che cosa riguardano? »

« Te. La bambina... » Gabriel tacque e distolse lo sguardo. « Non è una cosa di cui mi va molto di parlare. »

Rimasero in silenzio per un momento senza guardarsi. A pochi passi da loro la bambina dormiva profondamente nella culla: l'unica della famiglia a non essere tormentata dagli incubi. Questo ti fa l'amore, pensò Jane: ti rende pavido, non coraggioso. Conferisce al mondo denti aguzzi da carnivoro, pronti in ogni momento a strapparti un brandello di vita.

Gabriel si allungò e le prese le mani tra le sue. « Vieni, tesoro », le disse con dolcezza. « Torniamo a letto. »

Spensero la luce della cameretta e s'infilarono nel buio della loro stanza. Gabriel l'abbracciò sotto le lenzuola fredde. Fuori, il buio si rischiarò fino a diventare grigio e nell'aria si udirono i rumori dell'alba. Per una ragazza di città il rombo del camion della nettezza urbana e il martellare delle autoradio erano familiari come una ninnananna. Mentre Boston si alzava per affrontare la giornata, Jane finalmente si addormentò.

Si risvegliò sentendo cantare. Per un istante si chiese se non fosse l'ennesimo sogno, anche se molto più allegro, legato a vecchi ricordi d'infanzia. Aprì gli occhi e vide il sole ammiccare tra le veneziane. Erano già le due del pomeriggio e Gabriel era uscito.

Rotolò giù dal letto e andò in cucina scalza strascicando i piedi. Lì si fermò e restò stupita nel vedere la madre, Angela, seduta al tavolo da colazione con la bambina in braccio. La donna sollevò lo sguardo e osservò la figlia stordita.

« Già due biberon. Questa bambina sa che vuol dire mangiare. »

« Mamma, sei qui. »

« Ti ho svegliata? Mi spiace. »

« Quando sei arrivata? »

« Alcune ore fa. Gabriel ha detto che avevi bisogno di dormire. »

Jane scoppiò in una risata sconcertata. « Ti ha chiamata? »

« Chi altri avrebbe dovuto chiamare? Hai forse un'altra mamma da qualche parte? »

« No, è solo che... » Jane si buttò su una sedia e si sfregò gli occhi. « Non sono ancora completamente sveglia. Lui dov'è? »

« È uscito un po' di tempo fa. Ha ricevuto una telefonata da quel detective, Moore, ed è corso via. »

« Per quale motivo? »

« Non lo so, una faccenda di polizia. Qui c'è il caffè appena fatto. E dovresti lavarti i capelli. Hai l'aria di una cavernicola. Quando hai mangiato l'ultima volta? »

« A cena, credo. Gabriel ha portato a casa qualcosa dal cinese. »

« Cinese? Be', non ti dà molta energia. Fa' colazione, beviti un caffè. Qui ho tutto sotto controllo. »

Sì, mamma, tu hai sempre tutto sotto controllo.

Jane non si alzò: rimase seduta per un attimo a guardarla tenere in braccio la nipotina con gli occhi sgranati e vide la piccola allungare le manine per esplorare il volto sorridente della nonna.

« Come hai fatto, mamma? » domandò Jane.

«Le ho solo dato da mangiare, le ho cantato una filastrocca. Vuole attenzione, è semplice.»

«No, volevo dire come hai fatto a crescerci tutti e tre? Non avevo mai pensato a quanto dev'essere stata dura per te: avere tre figli in cinque anni.» Con una risata aggiunse: «Soprattutto visto che uno era Frankie».

«Ah! Il più difficile non era tuo fratello. Eri *tu.*»

«Io?»

«Piangevi sempre e ti svegliavi ogni tre ore. Nel tuo caso non valeva il detto 'dorme come un bimbo'. Frankie gattonava ancora con il pannolino addosso e io stavo su tutta la notte a cullarti. Da tuo padre non avevo alcun aiuto. Tu sei fortunata: almeno Gabriel cerca di fare la sua parte, ma tuo padre?» esclamò Angela sbuffando. «Diceva che l'odore dei pannolini gli faceva venire il vomito, perciò non se ne occupava. Come se io avessi scelta. Ogni mattina scappava al lavoro e io restavo con voi due, e Mikey in arrivo. Frankie metteva le manine dappertutto e tu piangevi come una disperata.»

«Perché piangevo tanto?»

«Alcuni bambini nascono così: si rifiutano d'essere ignorati.»

Be', questo spiega tutto, pensò Jane guardando la figlia. Ho avuto quello che merito: una figlia come me.

«E come hai fatto allora?» chiese ancora Jane. «Perché io ho molte difficoltà. Non so quello che faccio.»

«Dovresti fare quello che facevo io quando pensavo di impazzire, quando non riuscivo a resistere un'ora di più, un minuto di più bloccata in casa.»

«Cioè?»

«Prendevo il telefono e chiamavo mia madre», rispose Angela guardandola. «Chiamami, Janie. Sono qui per questo. Dio ha messo le mamme su questa terra per una ragione. Ora, non intendo dire che per crescere un bambino ci voglia un esercito», aggiunse spostando di nuovo lo sguardo sulla piccola che teneva tra le braccia, « ma avere una nonna sicuramente aiuta. »

Jane guardò Angela cullare la bambina e pensò: oh, mamma, non mi ero mai resa conto di quanto bisogno ancora ho di te. Smetteremo mai di avere bisogno della mamma?

Soffocando le lacrime, si alzò all'improvviso e si voltò verso il banco per prendersi una tazza di caffè. Rimase lì in piedi a sorseggiarlo e inarcò la schiena per stirarsi i muscoli contratti. Per la prima volta da tre giorni si sentiva riposata, quasi la Jane di un tempo. Tranne per il fatto che ora tutto è cambiato, pensò. Adesso sono mamma.

« Sei bellissima, vero, Regina? »

Jane guardò la madre. « Non abbiamo ancora scelto il nome. »

« In qualche modo dovrete chiamarla. Perché non darle il nome di tua nonna? »

« Deve suonarmi bene, capisci? Voglio un nome che le si addica, visto che dovrà tenerselo per tutta la vita. »

« Regina è un nome splendido. Dà un'idea di *regalità*, sai. »

« Come volessi metterle in testa strane idee! »

« Be', allora come la chiamerete? »

Jane notò il libro dei nomi sul ripiano. Si versò un'altra tazza di caffè e mentre lo sorseggiava sfogliò il volume con aria vagamente disperata. Se non mi deciderò presto, sarà Regina per default.

Yolanthe. Yseult. Zerlena.

Oh, accidenti. Al confronto Regina le sembrava sempre più bello. La bimba regale.

Jane posò il libro. Lo guardò accigliata per un istante, poi lo riprese e lo aprì alla M, al nome che la notte prima aveva attirato la sua attenzione.

Mila.

Di nuovo avvertì un brivido freddo. So di aver già sentito

questo nome, si disse. Perché mi dà i brividi? Devo ricordare, è importante che ricordi...

In quel momento squillò il telefono e Jane trasalì. Il libro le sfuggì di mano e cadde per terra.

« Hai intenzione di rispondere? » le domandò Angela accigliata.

Jane inspirò e sollevò il ricevitore. Era Gabriel.

« Spero di non averti svegliata. »

« No, sto bevendo il caffè con la mamma. »

« Ho fatto bene a chiamarla? »

Jane guardò Angela che stava portando la bambina nell'altra stanza per cambiarle il pannolino. « Sei un genio, non lo sapevi? »

« Credo che chiamerò più spesso Mamma Rizzoli. »

« Ho dormito otto ore di fila. È incredibile come tutto cambi: il mio cervello ha ripreso a funzionare. »

« Allora forse sei pronta per la notizia. »

« Quale? »

« Mi ha chiamato Moore un po' di tempo fa. »

« Sì, l'ho saputo. »

« Siamo qui ora, a Schroeder Plaza. Jane, hanno trovato una corrispondenza con l'IBIS. Un bossolo con le stesse impronte del percussore. Era nel database dell'ATF. »

« Di quale bossolo stiamo parlando? »

« Di quello recuperato nella stanza d'ospedale di Olena. Dopo che ha sparato alla guardia, sulla scena è stato ritrovato un solo bossolo. »

« È stato ucciso con la sua stessa arma. »

« E abbiamo appena scoperto che quell'arma è stata usata in precedenza. »

« Dove? Quando? »

« Il 3 gennaio. Una sparatoria ad Ashburn, in Virginia. »

Jane rimase in piedi con la mano stretta sul ricevitore. Lo teneva premuto all'orecchio con tanta forza che sentiva il battito del suo cuore. *Ashburn. Joe voleva raccontarci di Ashburn.*

Angela tornò in cucina con la bambina che ora aveva i capelli tutti cotonati a mo' di corona. Regina, la bimba regale. Il nome all'improvviso le sembrò più che adatto.

« Cosa sappiamo della sparatoria? » domandò Jane.

« Moore ha qui il dossier. »

Jane guardò Angela. « Mamma, devo assentarmi per un po'. Ci sono problemi? »

« Va' pure. Noi stiamo bene qui, vero, Regina? » Angela si chinò e sfregò il naso contro quello della bambina. « E tra un po' faremo un bel bagnetto. »

« Dammi venti minuti. Vi raggiungo », disse Jane a Gabriel.

« No, incontriamoci da qualche altra parte. »

« Perché? »

« Non è il caso di parlarne qui. »

« Gabriel, che diavolo succede? »

Ci fu un attimo di silenzio e sentì la voce sommessa di Moore in sottofondo. Poi Gabriel tornò in linea.

« Da JP Doyle. Ci vediamo lì. »

24

Jane non perse tempo a farsi una doccia e si mise addosso i primi abiti che trovò nell'armadio: un paio di pantaloni larghi premaman e la maglietta che i colleghi le avevano regalato alla festa per la nascita della bambina, con le lettere MOM COP ricamate all'altezza della pancia. In macchina, mentre si dirigeva verso il quartiere di Jamaica Plain, mangiò due fette di pane tostato imburrato. L'ultima conversazione con Gabriel l'aveva messa in agitazione e quando era ferma ai semafori si ritrovò a guardare nel retrovisore, a controllare le auto dietro di lei. Aveva visto quella Taurus verde quattro isolati prima? E quello era lo stesso furgone bianco che era parcheggiato dall'altra parte della strada, di fronte a casa sua?

JP Doyle era uno dei ritrovi preferiti della polizia di Boston e la sera era di solito pieno zeppo di agenti fuori servizio. Alle tre del pomeriggio tuttavia c'era solo una donna appollaiata su uno sgabello del banco, intenta a sorseggiare un bicchiere di vino bianco, mentre le immagini di ESPN si susseguivano sul televisore appeso in alto. Jane attraversò la zona bar e andò dritta nella sala da pranzo adiacente, adorna di cimeli del retaggio irlandese di Boston. I ritagli di giornale riguardanti i Kennedy, Tip O'Neal e la polizia locale erano appesi lì da tanto tempo che rischiavano ormai di sbriciolarsi, e la bandiera irlandese in bella mostra sopra un tavolo aveva acquisito una tonalità giallo nicotina. Nell'intervallo tra il pranzo e la cena, solo due tavoli erano occupati. In uno sedeva una coppia di mezza età: a giudicare dalla cartina di Boston che avevano di fronte, erano chiaramente turisti. Jane li superò e continuò verso il tavolo d'angolo, dove si trovavano Moore e Gabriel.

S'infilò sulla panca accanto al marito e guardò la cartellina del dossier posata sul ripiano. «Che cosa mi dovevate mostrare?»

Moore non rispose e sollevò lo sguardo abbozzando automaticamente un sorriso all'avvicinarsi della cameriera.

«Ehi, detective Rizzoli, è tornata in forma», osservò la donna.

«Non come vorrei.»

«Ho saputo che ha avuto una bambina.»

«Ci tiene svegli tutta la notte. Questa potrebbe essere la mia unica possibilità di mangiare in pace.»

La cameriera scoppiò a ridere e prese il notes per le ordinazioni. «Allora la nutriremo.»

«Mi bastano un caffè e il vostro crumble di mele.»

«Ottima scelta», commentò la cameriera, e guardò i due uomini. «E voi, signori?»

«Soltanto un altro caffè», rispose Moore. «La guarderemo mangiare.»

Restarono in silenzio mentre la donna riempiva le tazze. Solo quando ebbe portato il crumble di mele e si fu allontanata, Moore passò la cartellina a Jane.

Dentro c'era una striscia di foto digitali. Jane capì subito che erano le micrografie del bossolo: mostravano l'impronta lasciata dal percussore quando aveva colpito l'innesco e quelle create dal rinculo della cartuccia contro l'otturatore.

«È della sparatoria all'ospedale?» domandò.

Moore annuì. «La cartuccia proviene dall'arma che il nostro sconosciuto ha portato nella stanza di Olena. Dall'arma che lei ha usato per ucciderlo. Il laboratorio di balistica l'ha inserita nel database IBIS e ha trovato una corrispondenza con i dati dell'ATF. Si tratta di una sparatoria avvenuta ad Ashburn, in Virginia.»

Jane passò alla serie successiva di fotografie, un'altra sequenza di micrografie di una cartuccia. «Corrispondono?»

«Le impronte del percussore sono identiche. Due cartucce diverse trovate su due scene del crimine diverse, sparate dalla stessa arma.»

«E ora abbiamo l'arma.»

«A dire il vero no.»

Jane guardò Moore. «Si sarebbe dovuta trovare insieme al corpo di Olena. È stata lei l'ultima ad averla in mano.»

«Sulla scena dell'omicidio non c'era.»

«Ma abbiamo ispezionato la stanza, giusto?»

«Non è rimasta nessun'arma. La squadra federale ha confiscato tutte le prove balistiche. Hanno preso le armi, lo zaino di Joe, persino le cartucce. Quando è arrivata la polizia di Boston, era sparito tutto quanto.»

«Hanno ripulito la scena del crimine? E la polizia di Boston cos'ha intenzione di fare?»

«Non possiamo fare proprio nulla», rispose Moore. «I federali la considerano una questione di sicurezza nazionale e non vogliono fughe di notizie.»

«Non si fidano della polizia di Boston?»

«Nessuno si fida di nessuno. Non siamo i soli a essere stati tagliati fuori. Anche l'agente Barsanti voleva le prove balistiche e non è stato per niente contento di scoprire che le aveva prese la squadra delle Operazioni speciali. Questa vicenda ha messo le agenzie federali l'una contro l'altra. La polizia di Boston è come un topolino che sta a guardare due elefanti combattere.»

Jane posò di nuovo lo sguardo sulle micrografie. «Hai detto che la cartuccia identica proviene da una scena del crimine di Ashburn. Poco prima dell'assalto, Joseph Roke ha cercato di dirci qualcosa su un fatto accaduto lì.»

«Il signor Roke intendeva forse parlarvi di questo», osservò Moore frugando nella valigetta ed estraendo un'altra cartellina che posò sul tavolo. «L'ho ricevuta stamattina dal dipartimento di polizia di Leesburg. Ashburn è un piccolo centro; del caso si sono occupati quelli di Leesburg.»

«Non è una cosa piacevole da vedere, Jane», disse Gabriel.

L'avvertimento giunse inatteso. Avevano visto il peggio che una sala autoptica avesse da mostrare, e Jane non aveva mai notato in lui il minimo sussulto. Se questo caso ha sconvolto persino Gabriel, pensò, voglio davvero guardare? Non si concesse il tempo di riflettere, aprì la cartellina e affrontò la prima fotografia. Non era così terribile, concluse, aveva visto immagini ben più crude. Una donna snella dai capelli castani era stesa con la faccia all'ingiù su una scala, come se si fosse buttata dal gradino in cima. Ai piedi della scala c'era una pozza di sangue.

«Questa è la sconosciuta numero uno», spiegò Moore.

«Non è stata identificata?»

«Nessuna vittima della casa è stata identificata.»

Jane passò alla foto seguente. Stavolta si trattava di una giovane bionda stesa su una branda con la coperta tirata su fino al collo e le mani ancora avvinghiate al tessuto, come a chiedere protezione. Un rivolo di sangue era colato dalla ferita da arma da fuoco alla fronte. Era stata un'esecuzione rapida, effettuata con straordinaria efficienza, visto l'uso di un solo proiettile.

«Questa è la sconosciuta numero due», disse Moore e, vedendo lo sguardo preoccupato di lei, aggiunse: «Ce ne sono altre».

Jane colse un avvertimento nella sua voce e di nuovo sentì aumentare la tensione all'idea di passare all'immagine seguente. Mentre fissava la terza fotografia, pensò: la cosa si sta facendo più difficile, ma riesco ancora a gestirla. Ritraeva la porta di una cabina armadio, l'interno imbrattato di sangue. Due giovani seminude sedevano accasciate in un groviglio di braccia e di capelli lunghi, come sorprese in un ultimo abbraccio.

«Le sconosciute numero tre e numero quattro», spiegò Moore.

«*Nessuna* di queste donne è stata identificata?»

«Le loro impronte non sono inserite in nessun database.»

«Qui ci sono quattro belle donne e nessuno ne ha segnalato la scomparsa?»

Moore scosse la testa. «Non corrispondono a nessuna donna presente nell'elenco delle persone scomparse dell'NCIC.» Indicando con un cenno le due vittime nella cabina armadio, aggiunse: «La cartuccia individuata con l'IBIS è stata ritrovata in quella cabina. Le donne sono state uccise con la stessa arma che la guardia ha portato nella stanza di Olena».

«E le altre vittime della casa? Si tratta della stessa pistola?»

«No, con loro ne hanno usata un'altra.»

«Due pistole? Due assassini?»

«Sì.»

Fino a quel momento nessuna immagine l'aveva realmente sconvolta. Prese senza timore l'ultima foto, quella della sconosciuta numero cinque, ma ciò che vide la indusse a fare un salto indietro sulla panca. Ciononostante, non riuscì a smettere di guardarla, sconvolta dall'espressione di dolore dipinta sul volto della vittima. Quella donna era più vecchia e più pesante, sulla quarantina. Era legata a una sedia con diversi giri di corda.

«È la quinta e ultima vittima», spiegò Moore. «Le altre quattro sono state liquidate in fretta: un proiettile alla testa e via.» Guardando la cartellina aperta aggiunse: «Anche questa è stata finita con un proiettile nel cervello, ma prima...» Tacque per un istante. «Prima le hanno fatto *questo.*»

«Per quanto...» Jane deglutì. «Per quanto l'hanno tenuta in vita?»

«In base al numero di fratture delle mani e dei polsi e al fatto che in sostanza tutte le ossa sono state polverizzate, il medico legale ritiene le abbiano dato almeno quaranta o cinquanta martellate. La testa del martello non era grande: ogni colpo ha frantumato solo una piccola area, ma non c'è un solo osso, un solo dito rimasto integro.»

Jane chiuse di colpo la cartellina, incapace di guardare ancora l'immagine, ma il danno ormai era fatto, il ricordo indelebile.

« Gli aggressori dovevano essere almeno due », affermò Moore. « Uno che la immobilizzava mentre era legata alla sedia, che le teneva il polso fermo sul tavolo mentre le facevano *questo.* »

« Avrà urlato », mormorò Jane. « Perché nessuno l'ha sentita gridare? » domandò guardandolo.

« La casa si trova su una strada sterrata privata, a una certa distanza da quelle vicine. E tieni presente che era gennaio. »

« Un mese in cui si tengono le finestre chiuse. La vittima doveva aver capito che nessuno l'avrebbe sentita urlare, che non sarebbe stata salvata. Tutt'al più poteva sperare nella grazia di un proiettile. »

« Che cosa volevano da lei? » chiese Jane.

« Non lo sappiamo. »

« Avranno avuto una ragione per farle questo. Forse sapeva qualcosa. »

« Non sappiamo nemmeno chi fosse. Cinque sconosciute, e nessuna vittima corrisponde alla segnalazione di una persona scomparsa. »

« Com'è possibile che non sappiamo *niente* di loro? » domandò Jane guardando il marito.

Gabriel scosse la testa. « Sono fantasmi, Jane. Senza nome e senza identità. »

« E la casa? »

« È stata affittata tempo fa a una certa Marguerite Fisher. »

« Chi è? »

« Non esiste. È un nome falso. »

« Gesù. È come infilarsi in un labirinto. Vittime senza nome, affittuari inesistenti. »

« Ma sappiamo chi è il proprietario della casa », disse Gabriel. « Una società chiamata KTE Investments. »

« È rilevante? »

« Sì. La polizia di Leesburg ha impiegato un mese a rintracciarla: la KTE è una consociata segreta della Ballentree Company. »

Jane sentì un formicolio alla nuca. « Di nuovo Joseph Roke », sussurrò. « Ci ha parlato della Ballentree, di Ashburn. E se non fosse stato affatto pazzo? »

Tacquero tutti mentre la cameriera tornava con la caffettiera. « Non le piace il nostro crumble di mele, detective? » chiese notando che Jane aveva a malapena toccato il dessert.

« Oh, è fantastico, ma temo di non avere tanta fame come credevo. »

« Sì, nessuno sembra avere appetito », commentò la cameriera mentre riempiva la tazza di Gabriel. « Oggi pomeriggio tutti sembrano volere solo un caffè. »

Gabriel alzò lo sguardo. « Chi altri lo ha ordinato? » domandò.

« Oh, quel signore là... » La cameriera tacque e guardò accigliata il tavolo adiacente vuoto. « Immagino non gli sia piaciuto », osservò con una scrollata di spalle, e si allontanò.

« Bene », sussurrò Jane. « Ragazzi, comincio ad avere paura. »

Moore raccolse in fretta le cartelline e le infilò in una grossa busta. « È il caso di andare », disse.

Uscirono da JP Doyle e piombarono nell'intensa calura pomeridiana. Nel parcheggio si fermarono accanto all'auto di Moore a controllare la strada e i veicoli vicini. Eccoci qua, due poliziotti e un agente dell'FBI, pensò Jane, tutti e tre tesi, tutti e tre intenti a guardarsi intorno.

« Adesso che succede? » chiese Jane.

« Per quanto riguarda la polizia di Boston, siamo bloccati », rispose Moore. « Mi hanno ordinato di non agitare le acque. »

« E i file? » disse fissando la busta che Moore teneva in mano.

« Non dovrei nemmeno averli. »

« Be', io sono ancora in maternità. Nessuno *mi* ha dato ordini di alcun tipo », disse prendendo la busta.

« Jane! » esclamò Gabriel.

Lei si voltò verso la sua Subaru. « Ci vediamo a casa. »

« Jane. »

Mentre si metteva al volante, Gabriel spalancò la portiera del passeggero e si sedette al suo fianco. « Non sai in che cosa ti stai cacciando », affermò.

« Tu invece sì? »

« Hai visto che cos'hanno fatto alle mani di quella donna. Questo è il genere di persone con cui abbiamo a che fare. »

Lei guardò dal finestrino Moore salire in macchina e allontanarsi. « Pensavo che fosse finita », disse piano. « Mi dicevo: bene, siamo sopravvissuti, perciò continueremo la nostra vita, ma *non* è finita. » Poi guardò Gabriel. « Devo sapere perché è successo tutto quanto, devo trovare un senso. »

« Mi occuperò io delle indagini. Scoprirò quello che posso. »

« E io che dovrei fare? »

« Sei appena uscita dall'ospedale. »

Jane infilò la chiave e avviò il motore. Dalla griglia del condizionatore arrivò una ventata d'aria calda. « Non ho subito un grave intervento chirurgico », replicò. « Ho solo partorito. »

« È una ragione più che valida per restarne fuori. »

« Ma è *questo* che mi tormenta, Gabriel. Per *questo* non riesco a dormire! » affermò appoggiandosi allo schienale. « Per questo l'incubo non se ne va. »

« Ci vuole tempo. »

« Non posso fare a meno di pensarci. » Jane guardò di nuovo il parcheggio. « Inizio a ricordare più cose. »

« Quali cose? »

« Colpi forti, urla, spari e poi il sangue sul mio volto... »

« È il sogno di cui mi hai parlato. »

« E che *continuo* a fare. »

« Ci saranno stati di sicuro rumori e grida. E addosso avevi del sangue, quello di Olena. Non c'è nulla di sorprendente. »

« Ma c'è qualcos'altro. Non te ne ho parlato perché stavo cercando di ricordare. Poco prima di morire, Olena ha tentato di dirmi qualcosa. »

« Cosa? »

« Ha detto un nome. Mila. Ha detto: 'Mila sa'. »

« Che significa? »

« Non lo so. »

Gabriel guardò la strada e seguì l'avanzare di una macchina che li superò lenta, svoltò l'angolo e scomparve.

« Perché non vai a casa? » disse.

« E tu? »

« Arrivo tra poco », rispose chinandosi a darle un bacio. « Ti amo », disse, e scese dall'auto.

Jane lo guardò avviarsi verso la macchina parcheggiata ad alcuni posti di distanza. Lo vide fermarsi e frugare in tasca come per cercare le chiavi. Conosceva abbastanza bene suo marito per cogliere la tensione nelle spalle e notare la rapida occhiata con cui si era guardato attorno nel posteggio. Di rado lo aveva visto così scosso e la cosa la preoccupava, perché sapeva che era agitato. Gabriel accese il motore e attese che Jane partisse per prima.

Si mosse solo quando lei fu uscita dal parcheggio e la seguì per alcuni isolati. Vuol controllare se qualcuno mi pedina, pensò. Anche quando infine la lasciò, Jane si ritrovò a guardare nello specchietto. Non riusciva tuttavia a capire perché qualcuno dovesse seguirla. Che cosa sapeva veramente? Niente che Moore, o chiunque altro della Omicidi, non sapesse già. Solo il ricordo di un sussurro.

Mila. Chi è Mila?

Lanciò un'occhiata dietro di sé alla busta di Moore che aveva gettato sul sedile posteriore. Non aveva voglia di guardare di nuovo quelle foto. Ma devo vincere l'orrore, si disse, devo sapere che cos'è successo ad Ashburn.

25

Maura Isles aveva le braccia sporche di sangue fino ai gomiti. Fermo nell'anticamera, Gabriel la osservò dal divisorio di vetro affondare le mani nell'addome, sollevare anse e anse di intestino e posarle in una bacinella. Mentre rovistava nel mucchio, Gabriel non vide disgusto sul suo volto, solo la serena concentrazione dello scienziato. Alla fine Maura porse la bacinella a Yoshima e stava per riprendere in mano il bisturi quando notò Gabriel.

« Mi ci vorranno ancora venti minuti », disse. « Entra pure se vuoi. »

Gabriel si infilò soprascarpe e camice ed entrò in sala. Cercò di non guardare il corpo sul tavolo, ma era lì, tra loro. Ignorarlo sarebbe stato impossibile. Era una donna dagli arti scheletrici e dalla pelle grinzosa, che pareva drappeggiata sulle ossa sporgenti del bacino.

« Ha alle spalle una storia di anoressia. L'hanno trovata morta nel suo appartamento », spiegò Maura rispondendo alla tacita domanda di lui.

« È così giovane. »

« Ventisette anni. Il personale dell'unità medica d'emergenza ha detto che in frigorifero aveva soltanto una testa di lattuga e una diet Pepsi. Morire di fame nella terra dell'abbondanza. » Maura affondò le mani nell'addome per sezionare lo spazio retroperitoneale. Yoshima nel frattempo era passato alla testa e stava incidendo il cuoio capelluto. Come sempre, lavoravano in silenzio: conoscevano tanto bene le reciproche esigenze che non sembravano aver bisogno di parole.

« Volevi dirmi qualcosa? » chiese Gabriel.

Maura tacque. In mano teneva un solo rene, simile a un ammasso di gelatina nera. Lei e Yoshima si scambiarono un'occhiata nervosa. Subito dopo il tecnico avviò la sega Stryker, il cui rumore coprì quasi la risposta di Maura.

« Non qui », rispose calma. « Non ancora. »

Yoshima staccò la calotta cranica.

« Allora com'è essere papà? » domandò Maura con tono allegro mentre si chinava per estrarre il cervello.

« Supera ogni aspettativa. »

« Avete deciso il nome? »

« Regina. Mamma Rizzoli è riuscita a convincerci. »

« Be', è proprio un bel nome. » Maura mise il cervello in un vaso di formalina. « Un nome solenne. »

« Jane lo ha già abbreviato in Reggie. »

« Che di solenne ha ben poco. »

Maura si tolse i guanti e guardò Yoshima che annuì. « Ho bisogno di una boccata d'aria fresca », disse. « Facciamo una pausa. »

Si tolsero i camici, poi lei uscì dalla sala diretta alla zona di carico. Solo quando ebbero lasciato l'edificio e si ritrovarono nel parcheggio, parlò di nuovo.

« Scusa la cautela », affermò. « Hanno violato i nostri sistemi di sicurezza e adesso non mi sento a mio agio a parlare all'interno dell'edificio. »

« Che cos'è successo? »

« Ieri notte verso le tre una squadra del Medford Fire and Rescue ha portato un corpo prelevato sulla scena di un incidente. Di solito teniamo le porte esterne della zona di carico chiuse a chiave, e le squadre devono chiamare un operatore notturno per avere il codice d'accesso. La squadra ha trovato le porte aperte e quando è entrata ha visto che le luci in sala settoria erano accese. Lo ha riferito all'operatore ed è arrivata la sicurezza a controllare. Chiunque si sia introdotto nell'edificio andava di fretta, perché un cassetto del mio ufficio era ancora aperto. »

«Del tuo ufficio?»

Maura assentì. «E il computer del dottor Bristol era acceso. Lo spegne sempre quando alla sera se ne va.» Maura tacque per un istante. «Era aperto sul file dell'autopsia di Joseph Roke.»

«Hanno portato via qualcosa dagli uffici?»

«Non che ci risulti, ma ora siamo tutti un po' diffidenti a parlare all'interno. Qualcuno è entrato negli uffici e in sala autopsie, e non sappiamo che cosa cercasse.»

Non c'era da stupirsi che Maura si fosse rifiutata di parlarne al telefono. Ora persino l'equilibrata dottoressa Isles aveva paura.

«Non credo alle teorie di complotto», continuò. «Ma consideriamo quanto è successo: i corpi sottratti alla nostra custodia legale, le prove balistiche confiscate da Washington. Chi muove i fili di tutto?»

Gabriel fissò il parcheggio dove il caldo scintillava come acqua sull'asfalto. «È una faccenda che parte dall'alto», rispose. «Deve essere per forza così.»

«Il che significa che non possiamo toccarli.»

Lui la guardò. «Non significa però che non ci proveremo.»

Jane si risvegliò al buio con gli ultimi echi del sogno ancora nelle orecchie: di nuovo la voce di Olena che le sussurrava da oltre il confine dei due regni. *Perché continui a tormentarmi? Dimmi quello che vuoi, Olena. Dimmi chi è Mila.*

Ma il mormorio era cessato. L'unica cosa che Jane aveva udito era il respiro di Gabriel e un attimo dopo il pianto risentito della figlia. Scese dal letto e lasciò dormire il marito. Ormai era sveglia e si sentiva ancora angosciata dagli strascichi del sogno.

La bambina si era liberata del lenzuolino e stava agitando i pugnetti rosei, quasi volesse sfidare la madre in combattimento. «Regina, Regina», sospirò Jane mentre la prendeva dalla culla, e si rese improvvisamente conto di quanto ora le sembrasse naturale quel nome. Quella bambina era nata Regina: aveva impiegato un po' a capirlo, a smettere di rifiutare caparbiamente ciò che Angela sapeva da sempre. Anche se detestava ammetterlo, sua madre aveva ragione su molte cose: sui nomi dei bambini, sui prodigi del latte artificiale e sul fatto di chiedere aiuto quando ne avevi bisogno. Era qui che Jane incontrava maggiori difficoltà: riconoscere di aver bisogno di aiuto, di non sapere che cosa fare. Era in grado di risolvere un caso di omicidio, di dare la caccia ai mostri, ma dover placare quel fagottino urlante per lei equivaleva a disinnescare una bomba nucleare. Si guardò attorno nella cameretta nella vana speranza che una fata madrina si fosse nascosta in un angolo, pronta a usare la bacchetta e a far smettere di piangere Regina.

Niente fate madrine, qui ci sono solo io.

Regina resistette solo cinque minuti attaccata al seno destro, altri cinque al sinistro, poi fu il momento di passare al biberon. D'accordo, come mucca da latte tua mamma è un fallimento, pensò Jane mentre portava la piccola in cucina. Perciò tirami fuori dalla mandria e sparami. Con Regina che succhiava felice dal biberon, si sedette sulla sedia e si godette quel pur breve istante di pace. Guardò i capelli scuri della figlia: sono ricci, proprio come i miei, si disse. «Un giorno avrai la figlia che ti meriti!» aveva esclamato Angela una volta in un attimo di sconforto. Ed eccomi qui, pensò Jane, con questa bambina agitata e insaziabile.

L'orologio di cucina segnava le tre.

Jane allungò la mano verso la pila di cartelline che il detective Moore le aveva portato la sera precedente. Aveva terminato di leggere tutti i dossier del caso Ashburn; ne aprì una nuova e vide che non riguardava il massacro: era un file della polizia di Boston sull'auto di Joseph Roke, abbandonata ad alcuni isolati dall'ospedale. Notò alcuni fogli di appunti di

Moore, le fotografie dell'interno del veicolo, un verbale dell'AFIS sulle impronte digitali e diverse dichiarazioni di testimoni. Mentre era intrappolata in quell'ospedale, i suoi colleghi della Omicidi non se ne erano stati con le mani in mano. Avevano recuperato ogni brandello di informazione sui sequestratori. Non sono mai rimasta sola, pensò: i miei amici erano là fuori a combattere per me, e questa ne è la prova.

Guardò la firma del detective sulla dichiarazione di un testimone e scoppiò in una risata sorpresa. Accidenti, persino il suo vecchio nemico Darren Crowe si era dato da fare per salvarla. Ma in fondo, perché no? Senza di lei non avrebbe avuto nessun altro da insultare nell'unità.

Passò in rassegna le foto dell'interno del veicolo. Sul fondo vide alcuni involucri appallottolati di Butterfinger e lattine vuote di Red Bull. *Un bel po' di zucchero e di caffeina, proprio quello di cui uno psicotico ha bisogno per calmarsi.* Sul sedile posteriore si notavano una coperta arrotolata, un cuscino sporco e una copia del tabloid *Weekly Confidential.* In copertina c'era Melanie Griffith. Cercò di immaginare Joe steso sul sedile posteriore a sfogliare il giornale, a spulciare le ultime notizie sulle celebrità e sulle «cattive ragazze», ma non ci riuscì. Davvero gli interessavano le imprese di quei fuori di testa di Hollywood? Forse dare un'occhiata alle loro vite incasinate, stravolte dalla coca, gli faceva apparire la sua più tollerabile. Il *Weekly Confidential* era un innocuo svago nei momenti d'ansia.

Jane mise da parte il dossier della polizia di Boston e prese la cartella sul massacro di Ashburn. Di nuovo guardò le fotografie delle donne uccise e di nuovo si soffermò su quella della sconosciuta numero cinque. All'improvviso non poté più sopportare la vista del sangue, della morte. Rabbrividendo fin nelle ossa, chiuse il dossier.

Regina si era addormentata.

Riportò la bambina nella culla, poi s'infilò a letto, ma non smise di tremare nonostante il calore del corpo di Gabriel.

Aveva un disperato bisogno di dormire, ma non riusciva a placare il caos che aveva in testa. Troppe immagini le turbinavano nel cervello. Quella era la prima volta che capiva che cosa significasse «essere troppo stanchi per dormire». Aveva sentito che si poteva diventare psicotici per mancanza di sonno; forse lei aveva già oltrepassato quella soglia, spinta dagli incubi e dalle esigenze della figlia. *Devo fare in modo che questi incubi se ne vadano.*

Gabriel l'abbracciò. «Jane?»

«Ehi», mormorò lei.

«Stai tremando. Hai freddo?»

«Un po'.»

Gabriel la strinse con più forza e l'attirò a sé per scaldarla. «Regina ti ha svegliata?»

«Un po' di tempo fa. Le ho già dato da mangiare.»

«Toccava a me farlo.»

«Ero comunque sveglia.»

«Perché?»

Jane non rispose.

«Di nuovo l'incubo, vero?» domandò lui.

«È come se Olena mi tormentasse, come se non mi lasciasse in pace. Ogni maledetta notte mi impedisce di dormire.»

«Olena è morta, Jane.»

«Allora sarà il suo fantasma.»

«Tu non credi davvero agli spiriti.»

«Non ci credevo, ma ora...»

«Hai cambiato idea?»

Jane si voltò a guardarlo e nei suoi occhi vide il debole riverbero delle luci della città. Il suo bel Gabriel. Come aveva fatto a essere tanto fortunata? Che cosa aveva fatto per meritarselo? Gli toccò il viso e con le dita gli sfiorò la barba corta. Anche dopo sei mesi di matrimonio il fatto di dividere il letto con quell'uomo la lasciava sbalordita.

«Voglio solo che le cose tornino com'erano», rispose. «Prima che succedesse tutto questo.»

Lui l'avvicinò a sé e Jane sentì un odore di sapone e di pelle calda. L'odore di suo marito. «Concediti più tempo», le disse. «Forse hai bisogno di fare questi incubi. Stai già elaborando quello che è accaduto, metabolizzando il trauma.»

«O forse dovrei fare qualcosa.»

«Cosa?»

«Quello che Olena voleva facessi.»

Gabriel sospirò. «Stai di nuovo parlando di un fantasma.»

«Lei mi ha parlato veramente. Non mi sono inventata quel particolare. Non è un sogno, è un ricordo, qualcosa che è avvenuto davvero.» Jane rotolò sulla schiena e fissò le ombre sul soffitto. «'Mila sa', questo ha detto. Questo ricordo.»

«Mila sa cosa?»

«Credo si riferisse ad Ashburn», rispose lei guardandolo.

26

Quando salirono sull'aereo diretto al Washington-Reagan, Jane aveva il seno gonfio e dolente: il suo corpo aveva bisogno del sollievo che solo un neonato avrebbe potuto darle. Ma Regina non c'era: la figlia avrebbe trascorso la giornata tra le braccia esperte di Angela e in quel momento probabilmente veniva coccolata e vezzeggiata da qualcuno che sapeva davvero come fare. Mia figlia ha solo due settimane e già l'abbandono, pensò Jane guardando dal finestrino. Sono una pessima mamma. Quando però la città di Boston scivolò via sotto di loro mentre l'aereo decollava, non provò un senso di colpa, ma un'improvvisa leggerezza, come se si fosse liberata del peso della maternità, delle notti insonni e delle ore passate a camminare su e giù. Che cos'ho che non va, si chiese, se mi sento tanto sollevata quando sono lontana dalla bambina?

Sono una pessima mamma.

Gabriel posò una mano sulle sue. « Va tutto bene? »

« Sì. »

« Non ti preoccupare, tua madre ci sa fare con lei. »

Jane annuì e tenne lo sguardo rivolto al finestrino. Come faceva a dire al marito che la loro figlia aveva una mamma spregevole, elettrizzata all'idea d'essere via da casa e di nuovo in attività? Che le mancava tanto il lavoro che quando vedeva un poliziotto in televisione stava male?

Alcune file più indietro un bambino piccolo cominciò a piangere e Jane sentì il seno pulsarle, pieno di latte. Il mio corpo mi punisce, pensò, per aver lasciato a casa Regina.

La prima cosa che fece quando scese dall'aereo fu infilarsi nella toilette delle donne. Si sedette sul water a estrarsi il latte che assorbiva con la carta igienica e a domandarsi se le mucche provassero lo stesso incredibile sollievo quando venivano munte. Era un tale spreco, ma non sapeva che altro fare se non estrarlo e buttarlo nel water.

Quando uscì, trovò Gabriel ad attenderla accanto all'edicola dell'aeroporto. « Va meglio? » le chiese.

« Muuu. »

Il detective Eddie Wardlaw di Leesburg non sembrava particolarmente entusiasta di vederli. Aveva una quarantina d'anni, un'aria scontrosa e due occhi che non sorridevano neanche quando le labbra tentavano di farlo. Jane non riuscì a capire se fosse stanco o solo irritato dalla visita. Prima di stringere loro la mano, chiese di vedere i documenti d'identità e li esaminò per un tempo oltraggiosamente lungo, come se fosse sicuro che fossero falsi. Solo dopo diede loro malvolentieri la mano e li portò oltre il banco d'ingresso.

« Ho parlato con il detective Moore stamattina », disse mentre li conduceva senza fretta in corridoio.

« Lo abbiamo informato che saremmo venuti qui a parlarle », affermò Jane.

« Ha detto che siete persone a posto. » Wardlaw si frugò in tasca in cerca di un mazzo di chiavi, si fermò e li guardò. « Avevo bisogno di qualche informazione su di voi, perciò ho chiesto in giro. Giusto perché sappiate quel che sta accadendo. »

« In realtà non lo sappiamo », replicò Jane. « Stiamo cercando di districare questa faccenda da soli. »

« Ah sì? » Wardlaw emise un borbottio indistinto. « Benvenuti a bordo. » Aprì la porta e li fece entrare in una piccola sala riunioni. Sul tavolo c'era uno scatolone etichettato con il numero di un caso e contenente una serie di dossier. Il detective li indicò. « Vedete quanta roba abbiamo. Non potevo fotocopiare tutto; ho mandato a Moore solo quello che allora mi sono sentito di divulgare. Questa storia si è rivelata strana fin dall'inizio e dovevo essere assolutamente certo delle persone che avrebbero visto i dossier.»

«Senta, vuol verificare di nuovo le mie credenziali?» domandò Jane. «Può parlare con chiunque della mia unità. Conoscono tutti il mio curriculum.»

«Non si tratta di lei, detective. Non ho problemi con i poliziotti, ma con quelli del Bureau...» Guardò Gabriel. «Sono costretto a essere un po' più cauto, soprattutto in considerazione di quanto è successo finora.»

Gabriel reagì con quell'espressione fredda e impenetrabile che all'occorrenza sapeva assumere, la stessa che aveva tenuto Jane a distanza quando si erano conosciuti. «Se ha perplessità sul mio conto, detective, parliamone ora, prima di procedere.»

«Perché è qui, agente Dean? Avete già setacciato tutto quello che abbiamo.»

«Ci sono state ingerenze dell'FBI?» chiese Jane.

Wardlaw la guardò. «Ci hanno chiesto copie di tutto, di ogni pezzo di carta contenuto in quella scatola. Non si sono fidati del nostro laboratorio, perciò hanno portato i loro tecnici affinché esaminassero le prove materiali. I federali hanno visto tutto quanto.» Voltandosi verso Gabriel, disse: «Perciò, se ha domande sul caso, perché non si rivolge ai suoi amici del Bureau?»

«Mi creda, garantisco di persona per l'agente Dean», affermò Jane. «È mio marito.»

«Sì, Moore me lo ha detto.» Wardlaw scoppiò a ridere e scosse la testa. «Un federale e una poliziotta. Se volete la mia opinione, è come dire cane e gatto.» Il detective infilò la mano nello scatolone. «Bene, questo è ciò che volevate. Dossier delle indagini, relazioni sui fatti.» Estrasse le cartelle una alla volta e le posò energicamente sul tavolo. «Verbali autoptici e di laboratorio, foto delle vittime, rapporti giornalieri sul caso, comunicati stampa e ritagli di giornale...» Wardlaw tacque, come se all'improvviso si fosse ricordato qualcosa. «Ho un'altra cosa che potreste trovare utile», disse, e si voltò verso la porta. «Vado a prenderla.»

Alcuni istanti dopo tornò con una videocassetta. «La tengo chiusa a chiave nella mia scrivania», spiegò. «Con tutti i federali che hanno messo le mani in questo scatolone, ho pensato di conservare il video in un posto sicuro.» Si avvicinò a un armadietto ed estrasse un monitor TV e un videoregistratore. «Dato che siamo così vicini a Washington, ogni tanto capitano, be'... complicazioni politiche», affermò mentre svolgeva il filo. «Sapete, funzionari eletti che si comportano male. Alcuni anni fa la moglie di un senatore è morta quando la sua Mercedes si è cappottata su una delle nostre strade secondarie. Il guaio fu che l'uomo alla guida non era il marito e, peggio ancora, lavorava all'ambasciata russa. Avreste dovuto vedere con che rapidità l'FBI è piombato qui per le indagini.» Inserì il cavo della TV, si raddrizzò e li guardò. «Questo caso mi sembra un déjà vu.»

«Crede ci siano implicazioni politiche?» domandò Gabriel.

«Sa chi è il vero proprietario della casa? Abbiamo impiegato settimane a scoprirlo.»

«Una consociata della Ballentree Company.»

«E *questa* è l'implicazione politica. Stiamo parlando di un Golia di Washington, di una grande amica della Casa Bianca, della principale ditta appaltatrice della Difesa. Allora non sapevo in che cosa mi stessi cacciando. Trovare cinque donne uccise da colpi d'arma da fuoco era già un grattacapo. Aggiungete la politica, l'interferenza dell'FBI, e chiunque direbbe che sono pronto per un maledetto pensionamento anticipato.» Wardlaw inserì il nastro nel videoregistratore, afferrò il telecomando e premette PLAY.

Sul monitor apparve un'immagine di alberi spolverati di neve. Era una giornata luminosa e il sole brillava sul ghiaccio.

«Il 911 ha ricevuto la telefonata verso le dieci», spiegò il detective. « Una voce maschile, il chiamante, si è rifiutata di identificarsi. Voleva solo segnalare che era accaduto qualcosa in una casa di Deerfield Road e invitava la polizia a controllare. In quella strada non ci sono tante case, perciò l'auto di pattuglia non ha impiegato molto a capire di quale abitazione si trattasse. »

« Da dove è arrivata la chiamata? »

« Da un telefono pubblico a una cinquantina di chilometri da Ashburn. Non siamo riusciti a rilevare impronte utili sull'apparecchio. Non abbiamo mai identificato il chiamante. »

Sullo schermo erano apparsi cinque o sei mezzi parcheggiati. Sovrastando le voci maschili di fondo, l'operatore della telecamera iniziò il resoconto: « 4 gennaio, ore 11.35. L'indirizzo dell'abitazione è Deerfield Road 9, città di Ashburn, in Virginia. Presenti sulla scena il detective Ed Wardlaw e il sottoscritto, detective Byron McMahon... »

« Le riprese sono state effettuate dal mio collega », affermò Wardlaw. « Qui si vede il viale d'accesso. Come potete notare, l'abitazione è circondata da boschi. Non ci sono case vicine. »

La telecamera ruotò lentamente inquadrando due ambulanze in attesa. Gli uomini delle équipe avevano formato un crocchio e i loro aliti si condensavano nell'aria gelida. L'obiettivo continuò a ruotare piano per fermarsi infine sulla casa. Era un imponente edificio di mattoni a due piani, ma quella che un tempo era stata una dimora sontuosa ora mostrava numerosi segni di incuria. La vernice bianca si stava scrostando da persiane e davanzali, una ringhiera del portico era inclinata e le finestre erano munite di sbarre di ferro battuto, elemento architettonico più adatto a un condominio di città che a una casa di una tranquilla strada di campagna. La telecamera inquadrò poi il detective Wardlaw, in piedi sui gradini anteriori come un arcigno ospite in attesa degli invitati. L'immagine si spostò ondeggiando sul terreno mentre il detective McMahon si chinava per indossare le soprascarpe; poco dopo l'obiettivo puntò di nuovo in direzione della porta d'ingresso e seguì Wardlaw in casa.

La prima immagine che catturò era quella delle scale sporche di sangue. Jane sapeva già che cosa attendersi, aveva visto le fotografie della scena del crimine e sapeva com'era morta ogni donna. Eppure, mentre la telecamera metteva a fuoco i gradini, sentì il polso accelerarle.

La telecamera si soffermò sulla prima vittima, stesa sulle scale con la faccia all'ingiù. «A questa hanno sparato due volte», disse Wardlaw. «Secondo il medico legale il primo proiettile l'ha colpita alla schiena, probabilmente mentre cercava di scappare verso l'uscita. Ha colpito di striscio la vena cava ed è uscito dall'addome. A giudicare dalla quantità di sangue che ha perso, sarà rimasta in vita per cinque, dieci minuti prima che le sparassero la seconda volta alla testa. Per come la vedo io, l'assassino l'ha abbattuta con il primo colpo, poi ha rivolto l'attenzione alle altre donne. Quando ha ridisceso le scale, ha notato che era ancora viva e l'ha finita con il colpo di grazia.» Wardlaw guardò Jane. «Un tipo preciso, il nostro uomo.»

«Tutto quel sangue», mormorò Jane. «Ci saranno state parecchie orme.»

«Sia di sopra che di sotto. Dabbasso però sono confuse. Abbiamo trovato due serie di impronte grandi che presumiamo appartengano ai due assassini, ma ce n'erano anche altre, più piccole, che attraversavano la cucina.»

«Delle forze dell'ordine?»

«No. Quando è arrivata la prima auto, erano passate circa sei ore dal fatto. Il sangue sul pavimento della cucina era ormai secco. Le impronte più piccole che abbiamo rilevato sono state impresse quando il sangue era ancora fresco.»

«Di chi sono?»

Wardlaw la guardò. «Ancora non lo sappiamo.»

Ora la telecamera si stava spostando su per le scale e sentirono il fruscio delle soprascarpe di carta sui gradini. Nel corridoio superiore la telecamera girò a sinistra in direzione di una porta aperta. Nella stanza da letto erano stipate sei brande e sul pavimento c'erano mucchi di vestiti, piatti sporchi e una confezione gigante di patatine. La telecamera fece una panoramica della stanza per poi inquadrare la branda su cui era morta la vittima numero due.

« Sembra che questa non abbia avuto nemmeno la possibilità di scappare », commentò Wardlaw. « È rimasta a letto e si è beccata il proiettile proprio lì dov'era. »

Di nuovo la telecamera si mosse, passando dalle brande alla cabina armadio. Dalla porta aperta zoomò sui due poveri corpi che vi erano accasciati dentro. Le ragazze si erano rintanate in fondo alla cabina, come se avessero tentato disperatamente di nascondersi, ma erano risultate fin troppo visibili al killer che aveva aperto la porta e mirato alle loro teste chine.

« Un proiettile per ciascuna », osservò Wardlaw. « Gli assassini sono stati rapidi, precisi e metodici. Hanno aperto ogni porta, ispezionato ogni vano. In quella casa non c'era un posto dove nascondersi. Le vittime non avevano alcuna possibilità di salvarsi. »

Prese il telecomando e fece avanzare il nastro. Le immagini danzarono sul monitor: un tour frenetico nelle altre stanze da letto, una corsa veloce su per una scala a pioli, oltre la botola che conduceva in solaio, poi una ritirata folle in corridoio e giù per le scale. Wardlaw premette PLAY. La velocità della perlustrazione rallentò e la telecamera prese a muoversi normalmente nella sala da pranzo e in cucina.

« Qui », disse pacato il detective premendo PAUSE, « l'ultima vittima. Ha passato davvero una brutta notte. »

La donna era seduta su una sedia a cui era legata con una corda. Il proiettile era entrato poco al di sopra del sopracciglio destro e l'impatto le aveva spinto la testa all'indietro. Se n'era andata con gli occhi rivolti al cielo, e la morte le aveva fatto defluire tutto il sangue dal volto. Aveva entrambe le braccia tese davanti a sé, sul tavolo.

Il martello insanguinato giaceva ancora accanto alle sue mani massacrate.

« Volevano chiaramente qualcosa da lei », affermò Wardlaw. « E questa donna non ha potuto, o non ha voluto, darglielo. » Il detective guardò Jane con espressione angosciata all'idea dei tormenti che aveva sofferto la vittima in quei momenti: il martello che si abbatteva in continuazione, frantumando ossa e articolazioni, le grida che riecheggiavano in quella casa piena di donne morte.

Azionò PLAY e il video riprese pietosamente a scorrere lasciandosi dietro il tavolo insanguinato e la carne maciullata. Ancora scossi, guardarono in silenzio mentre la telecamera li portava in una stanza da letto e quindi nel soggiorno arredato con un divano sfondato e un tappeto verde a pelo lungo. Alla fine tornarono nell'atrio, ai piedi delle scale, nel punto esatto da cui erano partiti.

« Questo è quello che abbiamo trovato », spiegò Wardlaw. « Cinque vittime di sesso femminile, tutte non identificate. Hanno usato due armi da fuoco diverse. Presumiamo sia opera di almeno due killer che lavoravano in coppia. »

In quella casa non c'era neanche un posto in cui le loro prede si sarebbero potute nascondere, pensò Jane. Immaginò le due vittime rannicchiate nella cabina armadio, abbracciate strette, il loro respiro che si trasformava in gemito all'udire lo scricchiolio dei passi in avvicinamento.

« Entrano e uccidono cinque donne », osservò Gabriel. « Passano forse mezz'ora in cucina con l'ultima fracassandole le mani con un martello. E non avete niente sugli assassini? Niente tracce microscopiche, niente impronte digitali? »

« Oh, abbiamo trovato una miriade di impronte digitali in tutta la casa: di soggetti non identificati, in ogni stanza. Se i nostri uomini ne hanno lasciate, non corrispondono a quelle contenute nell'AFIS.» Wardlaw prese il telecomando e premette STOP.

«Aspetti!» esclamò Gabriel con lo sguardo fisso sul monitor.

«Che c'è?»

«Lo riavvolga.»

«Fin dove?»

«Per una decina di secondi.»

Wardlaw lo guardò accigliato, non capendo che cosa potesse aver notato. Gli porse il telecomando e disse: «Faccia pure».

Gabriel premette REWIND e quindi PLAY. La telecamera era tornata in soggiorno e ripassò sul vecchio divano e sul tappeto a pelo lungo, poi si spostò nell'atrio e all'improvviso girò verso la porta d'ingresso. Fuori, il sole brillava sui rami ghiacciati degli alberi. Due uomini erano in piedi in giardino e stavano parlando. Uno di loro si voltò in direzione della casa.

Gabriel premette PAUSE bloccandolo dov'era, con il volto inquadrato nella porta. «È John Barsanti!» esclamò.

«Lo conosce?» chiese Wardlaw.

«Si è presentato anche a Boston», rispose Gabriel.

«Sì, be', sembra spuntare dappertutto, vero? Lui e i suoi sono comparsi dopo neanche un'ora che ci trovavamo nella casa. Hanno cercato di intromettersi nella nostra scena e abbiamo finito per scontrarci in una bella prova di forza proprio lì, sul portico anteriore, terminata quando abbiamo ricevuto una telefonata del dipartimento di Giustizia che ci chiedeva di collaborare.»

«Come ha fatto l'FBI a sapere del caso così in fretta?» domandò Jane.

«Non abbiamo mai ricevuto una valida risposta a questa domanda.» Wardlaw si avvicinò al videoregistratore, estrasse il nastro e si voltò a guardarla. «Quindi, questo è quello che abbiamo: cinque donne morte, le cui impronte non sono schedate. Nessuno ne ha denunciato la scomparsa, sono tutte sconosciute».

«Straniere senza documenti», commentò Gabriel.

Wardlaw annuì. «A mio parere, erano dell'Europa dell'Est. Nella stanza di sotto c'erano alcuni quotidiani scritti in russo e anche una scatola da scarpe contenente fotografie di Mosca. Considerate le altre cose che abbiamo trovato nella casa, possiamo ipotizzare con una certa sicurezza il loro mestiere. Nella dispensa c'erano scorte di penicillina, di pillole del giorno dopo e una scatola piena di preservativi.» Il detective prese il dossier con i verbali delle autopsie e lo porse a Gabriel. «Guardi le analisi del DNA.»

Gabriel passò direttamente ai risultati di laboratorio. «Partner sessuali multipli» disse.

Wardlaw assentì. «Metta tutto insieme. Un gruppo di ragazze giovani e carine che vivono sotto lo stesso tetto e ricevono vari uomini. Diciamo solo che quella casa non era un convento.»

27

La strada privata attraversava boschetti di querce, pini e noci americani. La luce che filtrava a sprazzi tra il fogliame screziava il sentiero. In profondità, in mezzo agli alberi, ne arrivava ben poca e nelle ombre verdi, dove il sottobosco era fitto, gli alberelli stentavano a crescere.

« Non c'è da stupirsi che quella notte i vicini non abbiano sentito niente », affermò Jane osservando il fitto bosco. « Anzi, non vedo nemmeno vicini. »

« Deve essere davanti a noi, oltre quegli alberi. »

Dopo trenta metri la strada si allargò all'improvviso e l'auto fu avvolta dal sole del tardo pomeriggio. Di fronte a loro si stagliava una casa a due piani. Pur in cattivo stato, era strutturalmente ancora solida: aveva la facciata di mattoni rossi e un ampio portico. Niente di quell'abitazione appariva tuttavia invitante: di certo non le sbarre di ferro alle finestre né i cartelli VIETATO L'INGRESSO attaccati alle colonne. Le erbacce alte fino al ginocchio stavano già invadendo il vialetto di ghiaia: erano la prima ondata d'invasione, l'avanguardia della foresta. Wardlaw li aveva informati che un progetto di restauro era stato abbandonato all'improvviso due mesi prima, quando le attrezzature della ditta avevano causato accidentalmente un piccolo incendio che aveva danneggiato una stanza al piano superiore. Le fiamme avevano lasciato i segni dei loro artigli scuri sul telaio di una finestra, e una tavola di compensato sostituiva ancora i vetri rotti. Forse il fuoco è stato un avvertimento, pensò Jane. *Questa non è una casa accogliente.*

Lei e Gabriel uscirono dall'auto a noleggio. Avevano fatto il viaggio con il condizionatore acceso e la calura li colse di sorpresa. Jane si fermò sul viale d'accesso con la fronte già imperlata di sudore e respirò l'aria densa e cupa. Non vedeva le zanzare, ma le sentiva volteggiare tutt'intorno. Si schiaffeggiò la guancia e vide un po' di sangue fresco sulla mano. Quello era l'unico rumore che udiva: il ronzio degli insetti. Non si sentiva il traffico né il canto degli uccelli, persino gli alberi erano immobili. Jane avvertì un formicolio alla nuca: non era il caldo, ma un desiderio improvviso e istintivo di andar via da quel posto, di risalire in macchina, chiudere le portiere con la sicura e allontanarsi. Non voleva entrare là dentro.

« Be', vediamo se la chiave di Wardlaw funziona ancora », disse Gabriel avviandosi verso il portico.

Con riluttanza lei lo seguì sui gradini scricchiolanti dove, tra un'asse e l'altra, erano cresciuti fili d'erba. Il video di Wardlaw era stato realizzato d'inverno e il paesaggio circostante era spoglio; ora i rampicanti avevano avvolto le ringhiere e il polline ricopriva il portico come neve gialla.

Gabriel si fermò davanti alla porta e guardò corrucciato quel che restava di un lucchetto che un tempo chiudeva l'ingresso principale. « È qui da un po' », osservò indicando la ruggine.

Sbarre alle finestre. Un lucchetto alla porta. Non servivano per tenere alla larga gli intrusi, pensò Jane: quel lucchetto serviva per tenere *dentro* qualcuno.

Gabriel armeggiò con la chiave e diede quindi una spinta alla porta. Questa cedette con un cigolio e dalla casa uscì un odore di fumo vecchio, retaggio dell'incendio provocato dalla ditta. Puoi pulire un'abitazione, ridipingerne le pareti, sostituire tende, tappeti e mobili, ma il puzzo del fuoco resta. Gabriel entrò.

Dopo un attimo lei lo seguì. Restò sorpresa nel vedere il pavimento di legno tutto spoglio: il video mostrava uno squallido tappeto verde, che doveva essere stato portato via durante le pulizie. La ringhiera delle scale era elegantemente incisa e il soggiorno aveva un soffitto di tre metri con una modanatura decorativa, tutti particolari che Jane non aveva notato quando aveva visto la videocassetta della scena del crimine. Alcune macchie di umidità simili a nubi scure deturpavano il soffitto.

«Chiunque abbia costruito questo posto aveva soldi», commentò Gabriel.

Jane si avvicinò a una finestra e guardò gli alberi oltre le sbarre. Il pomeriggio stava lasciando il posto alla sera; avevano al massimo un'ora prima che la luce svanisse. «Quando è stata costruita, doveva essere una casa splendida», osservò. Ma questo era accaduto tanto tempo prima, quando non c'erano tappeti a pelo lungo né sbarre di ferro. Né macchie di sangue.

Attraversarono il soggiorno privo di mobili. La carta da parati floreale mostrava i segni del tempo: macchie, angoli scollati, tinta giallognola. Si spostarono in cucina, dove si fermarono. Il tavolo e le sedie erano scomparsi: tutto ciò che videro era il vecchio linoleum per terra, con i bordi sollevati e graffiati. Il sole pomeridiano entrava obliquo dalla finestra con le sbarre. Qui è morta la donna più anziana, pensò Jane. Seduta al centro di questa stanza, legata a una sedia, le fragili dita fracassate a colpi di martello. Stava guardando una cucina vuota, ma la sua mente sovrappose a quella visione l'immagine del video, un'immagine che sembrò permanere nel vorticare delle particelle di polvere illuminate dal sole.

«Andiamo di sopra», disse Gabriel.

Uscirono dalla cucina e si fermarono ai piedi delle scale. Qui su questi gradini ne è morta un'altra, si disse Jane guardando in alto, in direzione del pianerottolo del primo piano. La donna con i capelli castani. Si afferrò al corrimano stringendo la quercia intagliata e sentì il sangue pulsarle nella punta delle dita. Non voleva andare di sopra, ma di nuovo quella voce le stava parlando.

Mila sa.

Qui c'è qualcosa che devo vedere, pensò. Qualcosa verso cui la voce mi sta guidando.

Gabriel si avviò su per le scale e Jane lo seguì più lentamente tenendo lo sguardo fisso sui gradini e il palmo sudato sul corrimano. Si fermò a osservare una zona di legno più chiaro. Quando si accovacciò per toccarne la superficie levigata di recente, un brivido la squassò. *Se chiudessi le persiane e spruzzassi i gradini con il luminol, la grana del legno diventerebbe sicuramente di un verde spettrale. Chi li ha puliti ha cercato di levigarli al meglio, ma le prove restano qui, dove è stato versato il sangue della vittima.* Era morta lì, stesa su quelle scale, nello stesso punto che Jane stava toccando.

Gabriel era già al primo piano e stava controllando le stanze.

Lei lo seguì sul pianerottolo superiore. Lassù l'odore di fumo era più forte. Il corridoio aveva una carta da parati verde oliva e un pavimento di quercia scura. Le porte erano socchiuse e lasciavano filtrare rettangoli di luce in corridoio. Jane si girò verso la prima a destra e vide una stanza vuota, con le pareti segnate da pallidi riquadri là dove un tempo erano appesi quadri. Poteva essere una stanza vuota di una casa vuota qualsiasi: tutte le tracce degli occupanti erano svanite. Si avvicinò alla finestra e sollevò la parte mobile. Le sbarre di ferro erano state saldate. In caso di incendio non c'erano vie di fuga, pensò. Anche se uno fosse riuscito a uscire, sarebbe dovuto saltare sulla ghiaia da quattro metri e mezzo di altezza senza cespugli che attutissero la caduta.

« Jane », si sentì chiamare.

Seguendo la voce di Gabriel, attraversò il corridoio ed entrò in un'altra camera da letto.

Lui stava guardando in una cabina armadio aperta. « Qui », disse calmo.

Lei gli si avvicinò, si accucciò e toccò una superficie di legno levigata. Non riuscì a fare a meno di sovrapporre a quella vista un'altra immagine del video: le due donne con le esili braccia intrecciate, come due innamorati. Quanto tempo erano rimaste abbracciate là dentro? La cabina non era grande e l'odore della paura doveva aver reso acre l'atmosfera buia di quel vano.

Balzò in piedi. La stanza era troppo calda, soffocante. Jane andò in corridoio con le gambe intorpidite per la posizione accovacciata. Questa è la casa degli orrori, pensò. Se mi mettessi ad ascoltare con attenzione, sentirei gli echi delle grida.

In fondo al corridoio c'era un'ultima camera, quella in cui era scoppiato l'incendio. Esitò sulla soglia, disgustata dal puzzo di fumo ancor più forte che vi si sentiva. Entrambe le finestre erano state chiuse con del compensato che impediva alla luce pomeridiana di entrare. Jane prese la MagLite dalla borsa e la puntò nel locale buio. Le fiamme avevano bruciato pareti e soffitto divorandone alcune parti fino al legno che appariva annerito. Orientò il fascio della torcia di qua e di là e notò un vano senza porta. Mentre lo illuminava, sulla parete in fondo apparve per un istante un bagliore che poi svanì. Corrucciata, Jane puntò di nuovo la MagLite in quella direzione.

Eccolo di nuovo, il bagliore, apparire per un istante sul muro in fondo.

Si avvicinò al vano per dare un'occhiata da vicino e vide un buco abbastanza grande da potervi infilare un dito, perfettamente rotondo e liscio. Qualcuno aveva praticato un foro tra il vano e la camera da letto.

In quel momento le travi gemettero sopra la sua testa. Sussultando, Jane alzò lo sguardo mentre dal soffitto proveniva uno scricchiolare di passi. Gabriel era in solaio.

Jane tornò in corridoio. La luce del giorno andava rapidamente scemando e la casa si tingeva di varie tonalità di grigio diventando sempre più cupa. « Ehi! » gridò. « Dov'è la botola per salire lassù? »

« Guarda nella seconda stanza. »

Jane individuò la scala a pioli e si affrettò a risalirla. Quando fece capolino nel locale sovrastante, vide il fascio della MagLite di Gabriel squarciare le ombre.

«C'è niente quassù?» domandò.

«Uno scoiattolo morto.»

«Voglio dire, niente d'interessante?»

«Non molto.»

Jane salì in solaio e per poco non batté la testa su una trave bassa. Gabriel era costretto a spostarsi chino e a muovere le lunghe gambe come un granchio mentre ispezionava il perimetro e scrutava lentamente con la torcia ogni più piccolo anfratto in ombra.

«Sta' lontana da quest'angolo», disse. «Le assi sono bruciacchiate e secondo me il pavimento non è sicuro.»

Jane si avvicinò al lato opposto dove un'unica finestra lasciava entrare l'ultima luce grigia del giorno. Quella era priva di sbarre: lì non ce n'era bisogno. Jane sollevò la parte mobile e si sporse fuori. Vide un cornicione stretto e un salto folle fino a terra: una via di fuga adatta solo ai suicidi. Chiuse la finestra e si bloccò fissando gli alberi.

Nel bosco tremolò brevemente una luce, come se fosse sfrecciata una lucciola.

«Gabriel.»

«Evviva, un altro scoiattolo morto.»

«C'è qualcuno là fuori.»

«Cosa?»

«Nel bosco.»

Lui la raggiunse e guardò nell'oscurità sempre più fitta. «Dove?»

«Ho appena visto una luce.»

«Forse era un'auto di passaggio», osservò lui, e girandosi borbottò: «Maledizione, la batteria se ne sta andando». Diede alla torcia alcuni energici colpi e il fascio per un attimo s'intensificò, poi prese ad attenuarsi di nuovo.

Jane stava ancora guardando dalla finestra, osservando il bosco che pareva accerchiarli, intrappolarli in quella casa di spettri. Sentì un brivido correrle lungo la schiena e si voltò verso il marito.

« Andiamocene. »

« Avrei dovuto cambiare le batterie prima di partire... »

« Subito, per favore. »

Gabriel colse l'ansia nella sua voce. « Che c'è? »

« Non credo fosse un'auto di passaggio. »

Lui si voltò di nuovo verso la finestra e rimase perfettamente immobile, oscurando con le spalle la poca luce rimasta. Fu il suo silenzio a turbarla, un silenzio che non faceva che intensificare il martellio del suo cuore. « Va bene », disse calmo Gabriel. « Andiamo. »

Ridiscesero la scala a pioli, arretrarono in corridoio, superarono la stanza nella cui cabina armadio aleggiava ancora la presenza del sangue e s'incamminarono sulle scale dal legno levigato che sussurravano i loro orrori. Cinque donne erano morte in quella casa, e nessuno le aveva sentite gridare.

Non sentirebbero neanche noi.

Varcarono la porta d'ingresso e uscirono sul portico.

Lì si arrestarono quando una luce forte li accecò all'improvviso. Jane sollevò un braccio per proteggersi dal bagliore e sentì alcuni passi scricchiolare sulla ghiaia. Socchiudendo gli occhi riuscì a scorgere tre sagome scure che si avvicinavano.

Gabriel si portò davanti a lei con tale rapidità che restò stupita quando la sua schiena oscurò la luce.

« Fermi dove siete », ordinò una voce.

« Posso vedere con chi sto parlando? » replicò Gabriel.

« Identificatevi. »

« Prima, per favore, abbassate le torce. »

« I documenti. »

« Va bene. Va bene, ora metterò la mano in tasca », spiegò Gabriel con tono calmo, ragionevole. « Non sono armato e nemmeno mia moglie lo è. » Estrasse lentamente il portafoglio, lo porse e subito gli fu strappato di mano. « Sono Gabriel Dean, e questa è mia moglie Jane. »

« Detective Jane Rizzoli », rettificò lei. « Dipartimento di polizia di Boston. » Sbatté le palpebre quando la torcia si spostò di scatto sul suo volto. Anche se non vedeva nessuno di quegli uomini, sentiva che la stavano scrutando e, a mano a mano che la paura svaniva, percepì la collera aumentare.

« Cosa ci fa qui la polizia di Boston? » domandò l'uomo.

« Cosa ci fate *voi* qui? » replicò brusca.

Non si attendeva una risposta e non la ebbe. L'uomo restituì il portafoglio a Gabriel e con la torcia indicò una berlina scura parcheggiata dietro la loro auto a noleggio. « Salite. Dovete venire con noi. »

« Perché? » chiese Gabriel.

« Per confermare la vostra identità. »

« Dobbiamo prendere un aereo per tornare a Boston », osservò Jane.

« Cambierete volo. »

28

Jane era seduta sola nella sala colloqui e mentre fissava il suo riflesso pensò: trovarsi dalla parte sbagliata di un finto specchio è proprio un bello schifo. Era lì ormai da un'ora e di tanto in tanto si alzava per controllare la porta, nella vana speranza che si fosse miracolosamente aperta. Com'era ovvio, l'avevano separata da Gabriel: così andava fatto, così lei stessa gestiva gli interrogatori, ma tutto il resto di quella situazione era nuovo e sconosciuto. Gli uomini non si erano mai identificati, non avevano mostrato distintivi, rivelato nomi, gradi né numeri di matricola. Per quanto ne sapesse, potevano essere i Men in Black, incaricati di proteggere la Terra dalla feccia dell'universo. Avevano portato i loro prigionieri nell'edificio attraverso un garage sotterraneo, perciò non sapeva nemmeno per quale agenzia lavorassero; sapeva solo che quella stanza colloqui si trovava da qualche parte all'interno dei confini della città di Reston.

«Ehi!» Jane si avvicinò allo specchio e batté sul vetro. «Non mi avete mai letto i miei diritti. Inoltre, mi avete preso il cellulare, perciò non posso chiamare un avvocato. Ragazzi, siete nei guai.»

Non udì risposta.

Il seno stava di nuovo iniziando a farle male: la mucca aveva disperatamente bisogno d'essere munta, ma mai e poi mai si sarebbe tolta la camicetta davanti al finto specchio. Batté di nuovo con più forza: aveva ormai vinto ogni paura, poiché sapeva che erano del governo e se la prendevano comoda per cercare di intimorirla. Jane conosceva i suoi diritti; in qualità di poliziotta si era adoperata fin troppo per far sì che quelli dei criminali venissero rispettati e, accidenti, ora avrebbe preteso altrettanto per sé.

Studiò il suo riflesso nello specchio: aveva una massa di capelli castani ricci in testa e la mascella quadrata comunicava tutta la sua risolutezza. Guardatemi bene, ragazzi, pensò. Chiunque voi siate là, dietro quel vetro, state vedendo una poliziotta incazzata, sempre meno disposta a collaborare.

« Ehi! » gridò picchiando sul vetro.

All'improvviso la porta si spalancò e Jane restò stupita nel veder entrare una donna. Aveva il volto ancora giovanile, non superava la cinquantina, ma i capelli avevano già assunto un color argento lucido che contrastava nettamente con gli occhi scuri. Come i colleghi, anche lei indossava un completo classico: l'abito giusto per una donna che doveva svolgere una professione maschile.

« Detective Rizzoli! » esclamò. « Mi spiace abbia dovuto attendere tanto. Sono arrivata qui appena possibile. Sa, il traffico di Washington. » Le porse la mano e aggiunse: « È un piacere incontrarla dopo tanto tempo ».

Jane ignorò la mano tesa e tenne lo sguardo fisso sul suo volto. « Ci conosciamo? »

« Helen Glasser, dipartimento di Giustizia. E, sì, sono d'accordo, ha tutti i diritti di essere incazzata. » Le tese di nuovo la mano in un secondo tentativo di far pace.

Stavolta Jane gliela strinse e sentì una presa decisa come quella di un uomo. « Dov'è mio marito? » chiese.

« Ci raggiungerà di sopra. Volevo avere la possibilità di scusarmi con lei prima di parlare di lavoro. Quello che è accaduto stasera è soltanto un malinteso. »

« Quello che è successo è una violazione dei nostri diritti. »

Glasser indicò la porta. « Prego, andiamo di sopra, parleremo lì. »

Si avviarono in corridoio verso un ascensore; Glasser inserì una chiave magnetica e premette il pulsante per salire all'ultimo piano. Dalle stalle alle stelle in un attimo. L'ascensore si aprì ed entrarono in una sala con finestre ampie e vista sulla città di Reston, arredata in modo anonimo come tutti gli uffici governativi. Jane notò un divano grigio e alcune poltrone disposte attorno a un tappeto kilim dai colori tenui, un tavolino con una caffettiera e un vassoio con tazze e piattini. Su una parete era appesa l'unica opera d'arte della stanza: un dipinto astratto che raffigurava una sfera arancione indistinta. Appendilo in una stazione di polizia, pensò, e puoi star certo che qualche pallone gonfiato di agente lo userebbe come bersaglio.

Udendo il cigolio dell'ascensore, si voltò e vide arrivare Gabriel. « Stai bene? » le domandò lui.

« Le scosse elettriche non sono state entusiasmanti, ma, sì, sto... » S'interruppe sorpresa quando riconobbe chi era uscito dall'ascensore dietro a Gabriel: l'uomo che aveva scorto fugacemente quel pomeriggio, nel video della scena del crimine.

John Barsanti le fece un cenno col capo. « Detective Rizzoli. »

Jane guardò il marito. « *Tu* hai idea di quello che sta succedendo? »

« Sediamoci », disse Glasser. « È ora di sbrogliare un po' questa matassa. »

Jane si accomodò sospettosa sul divano accanto a Gabriel. Nessuno parlò mentre Glasser versava il caffè e passava le tazze. Dopo il trattamento ricevuto quella sera, era un gesto tardivo di cortesia, e Jane non era disposta a rinunciare alla sua più che giustificata rabbia per un sorriso e una tazza di caffè. Non ne bevve nemmeno un sorso, posò la tazza in segno di tacito rifiuto della tregua propostale.

« Possiamo fare domande, o si tratterà di un interrogatorio a senso unico? » domandò polemica.

« Vorremmo *poter* rispondere a tutte le vostre domande, ma c'è un'indagine in corso e dobbiamo tutelarla », rispose Glasser. « Non abbiamo nulla contro di voi. Abbiamo verificato il suo curriculum e quello dell'agente Dean. Vi siete entrambi distinti come ottimi tutori delle forze dell'ordine.»

«Però non vi fidate.»

Glasser le lanciò un'occhiata gelida come il colore dei suoi capelli. «Non possiamo permetterci di fidarci di nessuno, non in una situazione così delicata. Io e l'agente Barsanti abbiamo cercato di fare del nostro meglio per non dare nell'occhio, ma hanno seguito ogni nostra mossa. Sono entrati di nascosto nei nostri computer, hanno perquisito il mio ufficio, e credo che il mio telefono sia sotto controllo. Qualcuno sta interferendo nell'indagine.» Posò la tazza di caffè e disse: «Ora, devo sapere che cosa *facevate* qui e perché siete andati in quella casa».

«Probabilmente per la stessa ragione per cui voi l'avete messa sotto sorveglianza.»

«Sapete che cos'è accaduto là dentro.»

«Abbiamo visto i dossier del detective Wardlaw.»

«Siete molto lontani da casa. Perché siete interessati al caso di Ashburn?»

«Perché prima non risponde a una nostra domanda?» replicò Jane. «Come mai il dipartimento di Giustizia è tanto interessato alla morte di cinque prostitute?»

Glasser tacque e assunse un'espressione indecifrabile. Bevve con calma un sorso di caffè, come se non le avessero nemmeno fatto una domanda. Jane non poté non provare ammirazione per quella donna che non aveva ancora mostrato un solo cenno di cedimento. Glasser era chiaramente il capo.

«Sa che l'identità delle vittime non è mai stata accertata», disse infine.

«Sì.»

«Riteniamo fossero straniere senza documenti. Stiamo cercando di capire come siano entrate nel Paese, chi le abbia portate qui e quali vie seguano per superare le frontiere.»

«Ci sta dicendo che si tratta solo di una questione di sicurezza nazionale?» Jane non poté evitare una nota di scetticismo nella voce.

«È solo un aspetto della questione. Dopo l'11 settembre gli americani pensano che le frontiere siano diventate più sicure, che si sia dato un giro di vite all'immigrazione clandestina, ma non è affatto così. Il traffico illegale tra Messico e Stati Uniti è ancora intenso come quello di un'autostrada. Ci sono chilometri e chilometri di coste privi di controlli; la frontiera con il Canada è scarsamente pattugliata, e i trafficanti di esseri umani conoscono tutte le strade, tutti i trucchi. Far entrare delle ragazze è facile e, quando le porti qui, costringerle a lavorare non è un problema.» Glasser posò la tazza sul tavolino e si protese, gli occhi lucidi come ebano. «Sa quante operatrici del sesso costrette a fare quel mestiere abbiamo in questo Paese? Nel nostro cosiddetto 'Paese civile'? Almeno cinquantamila. Non parlo di prostitute. Queste sono schiave, obbligate a lavorare contro la loro volontà. Migliaia di ragazze vengono portate negli Stati Uniti dove finiscono semplicemente per scomparire, per diventare invisibili. Sono tutt'intorno a noi, nelle grandi città, nei piccoli centri, nascoste nei bordelli, chiuse negli appartamenti; pochi sanno persino che esistono.»

Jane si ricordò delle sbarre alle finestre e pensò all'isolamento di quella casa. Non c'era da stupirsi che le avesse ricordato una prigione. *Quello era esattamente, una prigione.*

«Queste ragazze hanno il terrore di collaborare con le autorità. Se vengono prese dagli sfruttatori, vanno incontro a punizioni orribili. Anche se riescono a scappare e a tornare in patria, vengono spesso rintracciate e a quel punto per loro è meglio morire.» Glasser tacque. «Ha visto il verbale autoptico della vittima numero cinque, la più anziana?»

Jane deglutì. «Sì.»

«Quello che le hanno fatto è un messaggio molto chiaro. *Se combini qualche casino, finisci così.* Non sappiamo che cos'abbia fatto per farli infuriare, quale limite abbia oltrepassato, forse si è intascata dei soldi che non le spettavano, forse gestiva un'attività collaterale. Era chiaramente la tenutaria della casa, aveva una posizione d'autorità, ma questo non l'ha salvata. Qualsiasi cosa abbia fatto di sbagliato, ha pagato, e le ragazze insieme a lei.»

«Perciò la vostra indagine non riguarda affatto il terrorismo», osservò Gabriel.

«Che cosa avrebbe a che fare il terrorismo con noi?» domandò Barsanti.

«Straniere senza documenti provenienti dall'Europa dell'Est, un possibile nesso con la Cecenia.»

«Quelle donne sono state portate nel nostro Paese solo per essere vendute, non per altre ragioni.»

Glasser guardò accigliata Gabriel. «Chi vi ha parlato di terrorismo?»

«Il senatore Conway e anche il vicedirettore della National Intelligence.»

«David Silver?»

«È venuto a Boston per il sequestro degli ostaggi. Credevano di avere di fronte questo genere di problema: una minaccia terroristica cecena.»

Glasser sbuffò. «David Silver è fissato con i terroristi, agente Dean. Li vede a ogni angolo di strada.»

«Ha detto che il timore era condiviso dagli alti vertici, per questo il direttore Wynne lo aveva mandato a Boston.»

«La National Intelligence è pagata per pensare a queste cose. Così Wynne riesce a giustificarne l'esistenza. Per loro *si tratta sempre di terrorismo.*»

«Il senatore Conway sembrava altrettanto preoccupato.»

«Lei si fida del senatore?»

«Non dovrei?»

«Ha avuto rapporti di lavoro con Conway, vero?»

«Il senatore è nel comitato di intelligence. Ci siamo incontrati più volte per il lavoro che ho svolto in Bosnia: le indagini sui crimini di guerra.»

«Ma in realtà fino a che punto lo *conosce*, agente Dean?»

«Vuol dire che non lo conosco veramente?»

«È senatore da tre mandati», rispose Glasser. «Per avere una carriera tanto lunga, devi accettare molte alleanze, molti compromessi. Stia attento a chi dà la sua fiducia. Dico solo questo. Noi abbiamo imparato la lezione molto tempo fa.»

«Quindi in questo caso non è il terrorismo che vi preoccupa», intervenne Jane.

«Quello che mi preoccupa è la sparizione di cinquantamila donne, la schiavitù esistente all'interno dei nostri confini, gli esseri umani maltrattati e sfruttati da clienti a cui importa solo farsi una bella scopata.» Glasser tacque e fece un profondo respiro. «Questo è il punto», concluse con tono pacato.

«Sa di crociata personale.»

Lei annuì. «Da quasi quattro anni.»

«Allora perché non ha salvato quelle donne ad Ashburn? Non poteva non sapere ciò che succedeva nella casa.»

Glasser non disse nulla, non era necessario. La sua aria affranta bastò a confermare quanto immaginato da Jane.

«Per questo lei è arrivato sulla scena del crimine così presto, in pratica nello stesso momento della polizia. Sapeva già quello che accadeva là dentro, per forza», commentò guardando Barsanti.

«Avevamo avuto una soffiata solo alcuni giorni prima», rispose l'agente.

«E non siete intervenuti subito? Non avete salvato quelle donne?»

«Non avevamo ancora piazzato cimici, non c'era modo di controllare che cosa succedesse veramente all'interno della casa.»

«Però sapevate che era un bordello e che erano tenute prigioniere là dentro.»

«In gioco c'era più di quello che pensa», rispose Glasser. «Molto più di quelle cinque donne. C'era un'indagine più ampia da salvaguardare e se fossimo intervenuti troppo presto avremmo dovuto rinunciare a ogni segretezza.»

«E ora cinque donne sono morte.»

«Crede che non lo *sappia*?» La reazione angosciata di Glasser lasciò tutti sbigottiti. Si alzò e si avvicinò alla finestra, dove rimase a guardare le luci della città. «Sapete qual è stata la merce peggiore che il nostro Paese ha esportato in Russia? L'unica cosa che abbiamo dato loro e che, giuro su Dio, avrei voluto non fosse mai stata inventata? Quel film, *Pretty Woman*, sapete, quello con Julia Roberts. La prostituta come Cenerentola. In Russia lo amano molto. Le ragazze lo vedono e pensano: se vado in America, incontrerò Richard Gere. Mi sposerà, diventerò ricca e vivrò felice e contenta. Perciò, anche se qualcuna ha dei sospetti, anche se non è sicura che negli Stati Uniti l'attenda un lavoro onesto, pensa che dovrà scoparsi solo qualche cliente e poi arriverà Richard Gere a salvarla. Viene messa su un aereo, diciamo, per Città del Messico, di lì arriva via mare a San Diego, oppure i trafficanti le fanno attraversare un valico molto affollato: se è bionda e parla inglese, passa senza problemi. A volte superano il confine a piedi. Quelle ragazze pensano di vivere il sogno di *Pretty Woman*, invece vengono comprate e vendute come quarti di bue.» Glasser si voltò e guardò Jane. «Sa quanto fa guadagnare una ragazza carina al suo sfruttatore?»

Lei scosse la testa.

«Trentamila dollari la settimana. La *settimana*.» Glasser spostò di nuovo lo sguardo sulla finestra. «Non ci sono ville con un Richard Gere che attende di sposarle. Finiscono chiuse in una casa o in un appartamento, controllate dai veri mostri del giro, le persone che le addestrano, che impongono la disciplina, che annientano il loro spirito: altre donne.»

«La sconosciuta numero cinque», disse Gabriel.

Glasser annuì. «Per così dire, la madre del gruppo.»

«Uccisa dalle stesse persone per cui lavorava?» domandò Jane.

« Quando nuoti insieme agli squali, finisci per essere azzannato. »

O in questo caso per farti massacrare le mani e polverizzare le ossa, pensò Jane. Ti hanno punita per una trasgressione, per un tradimento.

« Cinque donne sono morte in quella casa », proseguì Glasser. « Ma là fuori ci sono altre cinquantamila anime perse, prigioniere nel Paese della libertà, maltrattate da uomini che vogliono solo sesso e a cui non importa nulla se la ragazza piange. Uomini che non si soffermano mai a pensare all'essere umano che hanno appena usato. Forse poi vanno a casa dalla moglie e dai figli e fanno i bravi mariti, ma giorni o settimane dopo tornano al bordello a scoparsi una ragazza che ha l'età della figlia. E mai la mattina, quando si guardano allo specchio, pensano di avere davanti un mostro. » La voce di Glasser si era ridotta a un sussurro forzato. Fece un profondo respiro e si sfregò la nuca, come se volesse placare la rabbia con il massaggio.

« Chi era Olena? » chiese Jane.

« Il suo nome completo? Probabilmente non lo sapremo mai. »

Jane guardò Barsanti. « Lei l'ha seguita per tutto il tempo fino a Boston e non conosceva il suo nome? »

« Conoscevamo però qualcos'altro di lei », rispose Barsanti. « Sapevamo che era una testimone: era in quella casa, ad Ashburn. »

Ci siamo, pensò Jane, questo è il legame tra Ashburn e Boston. « Come facevate a saperlo? »

« Dalle impronte digitali. In quella casa la squadra della Scientifica ha rilevato letteralmente decine di impronte non identificate, che non corrispondevano a nessuna vittima. Alcune possono essere state lasciate dai clienti, ma una serie corrispondeva a quelle di Olena. »

« Aspetti un attimo! » esclamò Gabriel. « La polizia di Boston ha effettuato subito un confronto delle impronte di Olena nell'AFIS. Lei mi dice che le sue impronte sono state rilevate sulla scena del crimine in gennaio. Perché l'AFIS non ci ha fornito questa informazione? »

Glasser e Barsanti si scambiarono un'occhiata d'imbarazzo, che a Gabriel parve una risposta più che eloquente.

« Non avete inserito le impronte nell'AFIS », proseguì Gabriel. « È un'informazione che la polizia di Boston avrebbe potuto usare. »

« Anche altri avrebbero potuto usarla », replicò Barsanti.

« Chi diavolo sarebbero questi *altri* di cui parla? » intervenne Jane. « Io ero bloccata nell'ospedale con quella donna, io ero quella con una pistola alla testa. Vi siete mai preoccupati degli ostaggi? »

« Certo », rispose Glasser, « ma volevamo che *tutti* ne uscissero vivi, anche Olena. »

« Soprattutto lei », osservò Jane, « visto che era la vostra testimone. »

Glasser assentì. « Aveva visto ciò che era accaduto ad Ashburn. Per questo quei due uomini si sono presentati nella sua stanza d'ospedale. »

« Chi li ha mandati? »

« Non lo sappiamo. »

« Avete le impronte digitali dell'assassino. Chi era? »

« Non sappiamo nemmeno quello. Se era un ex militare, il Pentagono non ha intenzione di dircelo. »

« *Lei* fa parte del dipartimento di Giustizia e non riesce ad accedere a queste informazioni? »

Glasser si avvicinò a Jane e si sedette in una poltrona a guardarla. « Ora capisce le nostre difficoltà. Io e l'agente Barsanti dobbiamo gestire questa faccenda in modo discreto, senza fare chiasso. Ci siamo tenuti al di sotto dei radar perché anche *loro* la stavano cercando. Speravamo di trovarla per primi e ci eravamo quasi riusciti. Da Baltimora al Connecticut, a Boston, l'agente Barsanti le è sempre stato alle calcagna. »

« Come siete riusciti a rintracciarla? » domandò Gabriel.

« Per un po' è stato facile. Abbiamo seguito la traccia lasciata da Joseph Roke quando usava la carta di credito e prelevava al bancomat. »

« Ho tentato ripetutamente di contattarlo: messaggi vocali sul cellulare, ho persino lasciato un messaggio a una sua vecchia zia in Pennsylvania. Alla fine Roke mi ha richiamato e ho cercato di convincerlo a venire da noi, ma non si è fidato di me. Poi ha sparato a quel poliziotto a New Haven e ne abbiamo perso le tracce. È a quel punto che secondo me si sono divisi. »

« Come sapeva che viaggiavano insieme? »

« La notte del massacro di Ashburn », rispose Glasser, « Joseph Roke ha fatto benzina in una stazione di servizio nei pressi della città. Ha usato la carta di credito e poi ha chiesto al benzinaio se avessero un carro attrezzi perché aveva dato un passaggio a due donne per strada che avevano problemi con la macchina. »

Cadde il silenzio. Gabriel e Jane si guardarono.

« Due donne? » domandò Jane.

Glasser annuì. « La telecamera di sicurezza della stazione ha ripreso l'auto di Roke parcheggiata alla pompa. Dal parabrezza si vede una donna seduta sul sedile del passeggero: è Olena. È la sera in cui le loro vite si sono incrociate, la sera in cui Joseph Roke è rimasto coinvolto in questa faccenda. Nel momento stesso in cui le ha invitate a salire in macchina, a entrare nella sua vita, è stato condannato. Cinque ore dopo la sosta in quella stazione la sua casa è saltata in aria. A quel punto ha capito di essersi cacciato in un bel guaio. »

« E la seconda donna? Ha detto che aveva dato un passaggio a due donne per strada. »

« Non sappiamo niente di lei, solo che fino a New Haven ha viaggiato con loro. Questo accadeva due mesi fa. »

« Sta parlando del video della polizia, dell'uccisione dell'agente. »

« Nel video si vede una testa sollevarsi dal sedile posteriore di Roke, solo la nuca: non l'abbiamo mai vista in volto, quindi non sappiamo nulla di lei. Sul sedile sono rimasti solo alcuni capelli rossi. Per quanto ne sappiamo, potrebbe essere morta. »

« Ma se fosse viva », aggiunse Barsanti, « sarebbe la nostra ultima testimone. L'unica sopravvissuta che ha visto quello che è accaduto ad Ashburn. »

« Io vi posso dire il suo nome », disse piano Jane.

« Cosa? » esclamò Glasser accigliandosi.

« È il sogno », affermò Jane guardando Gabriel. « È quello che mi dice Olena. »

« Ha un incubo », spiegò Gabriel, « che riguarda il momento dell'assalto all'ospedale. »

« Cosa succede nel sogno? » domandò Glasser senza distogliere lo sguardo dal suo.

Jane deglutì. « Sento degli uomini battere alla porta, irrompere nella stanza. Lei si china verso di me per dirmi qualcosa. »

« Olena? »

« Sì. Mi dice: 'Mila sa'. È tutto. 'Mila sa.' »

Glasser la fissò. « Mila *sa*? Ha usato il presente? » Guardò Barsanti. « La nostra testimone è ancora viva. »

29

« Sono sorpreso di vederla qui, dottoressa Isles! » esclamò Peter Lukas. « Dato che non sono riuscito a parlarle al telefono. » Le strinse la mano. Fu un saluto comprensibilmente freddo e professionale: Maura non aveva risposto alle sue chiamate. Le fece strada nell'atrio del *Boston Tribune* e la condusse al banco della sicurezza, dove la guardia le porse un badge arancione per visitatori.

« Signora, dovrà restituirlo all'uscita. »

« Sarà meglio che lo faccia », aggiunse Lukas, « altrimenti le darà la caccia come un segugio. »

« Me lo ricorderò », rispose Maura fissandosi il badge alla camicetta. « Avete una sicurezza migliore di quella del Pentagono. »

« Ha idea di quante persone fa incazzare ogni giorno un quotidiano? » Lukas premette il pulsante dell'ascensore e guardò il volto serio di Maura. « Oh-oh. Credo lei rientri nel gruppo. Per questo non mi ha richiamato? »

« Molti non hanno apprezzato l'articolo che ha scritto su di me. »

« Non hanno apprezzato lei o me? »

« Me. »

« Ho citato male le sue parole? Ho travisato quello che mi ha detto? »

Lei esitò. « No », ammise.

« Allora come mai ce l'ha con me? Perché è chiaro che è così. »

Maura lo guardò. « Sono stata troppo franca con lei. Non avrei dovuto. »

« Be', a me ha fatto piacere intervistare una donna franca », rispose lui. « È una gradevole novità. »

« Sa quante telefonate ho ricevuto a proposito della teoria sulla resurrezione di Cristo? »

« Oh, quella. »

« Fin dalla lontana Florida. Di persone sconvolte per la mia empietà. »

« Ha solo espresso un'opinione. »

« Quando si ricopre un ruolo pubblico come il mio, può diventare pericoloso. »

« Fa parte del gioco, dottoressa Isles. Lei è un personaggio pubblico e, se dice qualcosa di interessante, la stampa lo riporta. Almeno lei *aveva* qualcosa di interessante da dire, a differenza della maggior parte delle persone che intervisto. »

La porta dell'ascensore si aprì e loro entrarono. Una volta soli nella cabina, Maura percepì che l'altro la stava osservando, che le stava fastidiosamente vicino.

« Allora perché mi aveva cercato? » gli domandò. « Vuole procurarmi altri guai? »

« Volevo avere notizie delle autopsie di Joe e Olena. Non ha mai redatto un verbale. »

« Non ho mai completato l'autopsia. I corpi sono stati trasferiti nei laboratori dell'FBI. »

« Ma il suo ufficio ne aveva la custodia temporanea. Non posso credere che abbia lasciato i corpi nella cella frigorifera senza nemmeno esaminarli: non sarebbe da lei. »

« E come sarei esattamente? » chiese Maura guardandolo.

« Curiosa, esigente », rispose lui sorridendo. « Tenace. »

« Come lei? »

« La tenacia con lei non funziona. E io che pensavo che saremmo potuti diventare amici. Non che mi aspettassi favoritismi. »

« Che cosa si aspettava? »

« Un invito a cena? A ballare? O almeno per un aperitivo? »

« Parla seriamente? »

Lukas rispose imbarazzato con una scrollata di spalle. « Non c'è niente di male nel provarci. »

L'ascensore si aprì e uscirono insieme.

« È morta per ferite d'arma da fuoco al fianco e alla testa », affermò Maura. « Penso volesse sapere questo. »

« Quante ferite? Quanti tiratori? »

« Vuol conoscere tutti i particolari cruenti? »

« Voglio essere preciso, il che significa andare dritto alla fonte, anche se posso risultare importuno. »

Entrarono in redazione, superando vari giornalisti intenti a battere sulle tastiere e raggiunsero una scrivania interamente sommersa da fogli e Post-it. Non c'era neanche la foto di un bambino, di una donna e nemmeno di un cane. Quello spazio serviva solo per lavorare, anche se Maura si chiese come vi riuscisse circondato da quel disordine.

Lukas prese una sedia dal tavolo di un collega e gliela avvicinò affinché si sedesse. Quando lei si accomodò, la seggiola emise un forte cigolio.

« Quindi non ha risposto alle mie telefonate », disse sedendosi anche lui, « *ma* viene a trovarmi al lavoro. Lo devo prendere come un comportamento ambivalente? »

« Il caso si è fatto complesso. »

« E ora lei vuole qualcosa da me. »

« Stiamo tutti cercando di capire che cosa sia successo quella sera e perché. »

« Se aveva qualcosa da chiedermi, bastava prendesse il telefono », osservò lui trafiggendola con lo sguardo. « *Io* avrei risposto alle sue telefonate, dottoressa Isles. »

Rimasero entrambi in silenzio. Sulle altre scrivanie i telefoni squillavano e le tastiere ticchettavano, ma Maura e Lukas rimasero semplicemente a guardarsi. Nell'aria tra loro si percepiva irritazione, ma anche qualcos'altro che Maura non volle ammettere: una forte attrazione reciproca. *O sto immaginando tutto?*

«Mi scusi», disse infine lui. «Sono un imbecille. Voglio dire, lei è qui, anche se per motivi suoi.»

«Deve capire la mia posizione», affermò Maura. «Come funzionario pubblico, ricevo continuamente chiamate da giornalisti. Alcuni, molti, direi, non si curano della privacy delle vittime, del dolore dei familiari né del fatto che si possano mettere a rischio le indagini. Ho imparato a essere prudente e a misurare le parole, perché troppe volte sono rimasta scottata da giornalisti che hanno giurato che non avrebbero mai pubblicato le mie opinioni.»

«Allora è questo che le ha impedito di chiamarmi? La discrezione professionale?»

«Sì.»

«Non ci sono altre ragioni per cui non mi ha ritelefonato?»

«E quali?»

«Non lo so. Pensavo forse di non esserle simpatico.» Il suo sguardo era tanto intenso che Maura ebbe difficoltà a reggerlo. Fino a tal punto la faceva sentire a disagio.

«Lei non mi è antipatico, signor Lukas.»

«Ahi! Adesso capisco che significa essere poco apprezzati.»

«Pensavo che i giornalisti avessero una corazza più robusta.»

«Tutti vogliamo essere apprezzati, soprattutto dalle persone che ammiriamo.» Avvicinandosi, aggiunse: «Tra parentesi, non 'signor Lukas': 'Peter'».

Ci fu un altro silenzio perché Maura non sapeva se stesse flirtando o manipolandola. Forse per quell'uomo non c'era differenza.

«Ho fatto un buco nell'acqua», commentò lui.

«Essere adulati è piacevole, ma preferirei fosse sincero.»

«Credevo d'*esserlo stato.*»

«Lei vuole informazioni da me e io da lei. Non mi andava di parlarne al telefono, ecco tutto.»

Lukas assentì. «D'accordo, allora è solo una semplice transazione.»

« Quello che mi serve sapere è... »

« Parliamo già di lavoro? Non posso nemmeno offrirle una tazza di caffè? » Si alzò e si diresse alla caffettiera della redazione.

Dandole un'occhiata, Maura vide che conteneva solo fondi color pece e si affrettò a dire: « Per me no, grazie ».

Lui si versò una tazza e si risedette. « Allora perché tanta riluttanza a parlare al telefono? »

« Sono successe... cose strane. »

« Cose strane? Vuol dire che non si fida nemmeno del suo telefono? »

« Come le ho detto, il caso è complesso. »

« L'intervento dei federali, la confisca delle prove balistiche, il braccio di ferro tra l'FBI e il Pentagono, una sequestratrice ancora non identificata », osservò lui ridendo. « Sì, direi che si è fatto *molto* complicato. »

« Lei sa tutto. »

« Non si dimentichi che sono un giornalista. »

« Con chi ha parlato? »

« Pensa davvero che risponderò a questa domanda? Diciamo solo che ho degli amici tra le forze dell'ordine. E ho alcune teorie. »

« A proposito di cosa? »

« Di Joseph Roke e Olena. E della vera ragione del sequestro di ostaggi. »

« Nessuno la conosce. »

« Ma io so che cosa pensano le forze dell'ordine, conosco le *loro* teorie. » Lukas posò la tazza e proseguì. « John Barsanti ha passato circa tre ore con me, lo sapeva? A studiarmi e sondarmi, per scoprire perché fossi l'unico giornalista con cui Joseph Roke era disposto a parlare. Gli interrogatori hanno un aspetto singolare: chi viene interrogato può ricavare molte informazioni dalle domande che gli vengono fatte. So che due mesi fa Joe e Olena erano insieme a New Haven, dove hanno ucciso un poliziotto. Forse erano amanti, forse solo due persone simili, affette da delirio, ma dopo un episodio del genere devono essersi divisi. Questo almeno se erano in gamba, e non penso che fossero stupidi. Avevano però un modo per restare in contatto, per ritrovarsi in caso di bisogno e avevano scelto Boston come luogo di incontro.»

«Perché Boston?»

Il suo sguardo era tanto diretto che Maura non poté evitarlo. «La ragione sta davanti ai suoi occhi.»

«Lei?»

«Non pecco di egocentrismo. Le sto solo raccontando quello che credo supponga Barsanti: Joe e Olena mi avevano in certo qual modo eletto loro eroe ed erano venuti a Boston per vedermi.»

«Questo ha a che fare col motivo per cui sono venuta qui», disse Maura sporgendosi verso di lui. «Perché lei? Non hanno estratto il suo nome dal cilindro. Joe sarà anche stato mentalmente instabile, ma era intelligente. Era un lettore ossessivo di quotidiani e riviste. Qualcosa che lei ha scritto doveva aver suscitato la sua attenzione.»

«Conosco la risposta: Barsanti mi ha fatto capire tutto quando mi ha chiesto di un pezzo che avevo scritto all'inizio di giugno sulla Ballentree Company.»

Restarono entrambi in silenzio quando un'altra giornalista passò loro accanto, diretta alla caffettiera. Mentre aspettavano che si versasse una tazza, rimasero a guardarsi negli occhi. Solo quando la donna non fu più a portata d'orecchio, Maura disse: «Mi mostri l'articolo».

«È su LexisNexis. Ora glielo recupero», rispose. Si girò verso il computer, trovò il motore di ricerca, digitò il titolo e premette CERCA.

Lo schermo si riempì di titoli.

«Sto cercando la data giusta», disse facendo scorrere la pagina in basso.

«È tutto quello che ha scritto?»

«Sì, probabilmente a partire dai tempi di Bigfoot.»

«Prego?»

«Quando terminai la scuola superiore di giornalismo, avevo una valanga di prestiti da restituire, perciò accettavo qualsiasi incarico, compreso quello riguardante una convention su Bigfoot in California.» Lukas la guardò. «Lo ammetto, mi prostituivo, ma avevo i conti da pagare.»

«E adesso è rispettabile?»

«Be', non arrivo a *tanto*...» Lukas tacque e cliccò su un titolo. «Bene, ecco l'articolo», affermò, e si alzò lasciandole la sedia. «Questo è quello che ho scritto a giugno sulla Ballentree.»

Maura si sedette sulla sedia che le aveva liberato e si concentrò sul testo che era apparso sullo schermo.

Guerra uguale profitto. Alla Ballentree gli affari vanno a gonfie vele.

Mentre l'economia statunitense rallenta il passo, c'è un settore che registra ancora grandi profitti. La Ballentree, la più grande ditta appaltatrice della Difesa, ha fatto buona pesca nel suo allevamento privato...

«Va da sé», commentò Lukas, «che la Ballentree non è stata molto contenta del pezzo, ma non sono l'unico a scrivere queste cose. Altri giornalisti hanno mosso le stesse critiche.»

«Però Joe ha scelto lei.»

«Forse per via della tempistica. Forse quel giorno aveva preso per caso il *Tribune* e trovato il mio articolo sulla potente e perfida Ballentree.»

«Posso vedere che cos'altro ha scritto?»

«Faccia pure.»

Maura tornò all'elenco degli articoli sulla pagina di LexisNexis. «È prolifico.»

«Scrivo da più di vent'anni e mi occupo di tutto: dalla guerra tra bande ai matrimoni gay.»

«A Bigfoot.»

«Non me lo ricordi.»

Maura fece scorrere le prime due pagine, poi passò alla terza. Lì si fermò. « Questi articoli sono stati inviati da Washington. »

« Non gliel'ho detto? Sono stato corrispondente a Washington del *Tribune*. Ma ho resistito solo due anni. »

« Perché? »

« Odiavo Washington e devo ammetterlo: sono uno yankee nato. Mi consideri pure un masochista, ma mi mancavano gli inverni di quassù, perciò a febbraio sono tornato a Boston. »

« Di che cosa si occupava a Washington? »

« Di tutto. Servizi speciali, politica, crimini », rispose Lukas. Tacque e dopo un attimo aggiunse: « Un cinico direbbe che tra gli ultimi due non c'è differenza. Io preferisco seguire un buon caso di omicidio piuttosto che star dietro tutto il giorno a qualche senatore con la messa in piega ».

Maura si voltò a guardarlo. « Ha mai avuto a che fare con il senatore Conway? »

« Certo. È uno dei nostri senatori », rispose, e dopo un istante domandò: « Perché me lo chiede? » Quando Maura non rispose, si chinò e afferrò lo schienale della sedia. « Dottoressa Isles », disse con voce improvvisamente calma, sussurrandole nei capelli. « Mi vuol dire a cosa sta pensando? »

Maura aveva lo sguardo fisso sullo schermo. « Sto solo cercando qualche collegamento. »

« Sente il formicolio? »

« Cosa? »

« Io dico così quando capisco all'improvviso di aver messo le mani su qualcosa di interessante. Si chiama anche ESP o 'senso di ragno'. Mi dica perché il senatore Conway ha attirato la sua attenzione. »

« È nel comitato di intelligence. »

« L'ho intervistato in novembre o dicembre. L'articolo è lì da qualche parte. »

Maura passò in rassegna i titoli: udienze del Congresso,

allarmi terrorismo, l'arresto di un membro del Congresso del Massachusetts per guida in stato di ebbrezza, e infine trovò il pezzo sul senatore Conway. A quel punto il suo sguardo si spostò su un altro titolo, datato 15 gennaio.

Cittadino di Reston trovato morto a bordo di uno yacht. L'uomo d'affari era scomparso il 2 gennaio.

Fu la data ad attirare la sua attenzione: 2 gennaio. Maura cliccò sul titolo e nella pagina comparve il testo dell'articolo. Solo un attimo prima Lukas le aveva parlato del « formicolio »: ora sì che lo sentiva.

« Mi racconti di Charles Desmond », disse voltandosi a guardarlo.

« Che cosa vuol sapere di lui? »

« Tutto. »

30

Dove sei, Mila? Dove sei?

Da qualche parte doveva esserci un indizio. Jane si versò una tazza di caffè, si sedette al tavolo di cucina e guardò tutto il materiale che aveva raccolto da quando era uscita dall'ospedale: i verbali autoptici, i risultati di laboratorio della Scientifica della polizia di Boston, i dossier della polizia di Leesburg sul massacro di Ashburn, i documenti di Moore su Joseph Roke e Olena. Li aveva già spulciati più volte in cerca di una traccia di Mila, la donna di cui nessuno conosceva il volto. L'unica prova materiale della sua esistenza proveniva dall'abitacolo dell'auto di Roke: alcuni capelli prelevati dal sedile posteriore, che non corrispondevano né a quelli di lui né a quelli di Olena.

Jane bevve un sorso di caffè e prese di nuovo il dossier sulla macchina abbandonata. Aveva imparato a lavorare nelle ore in cui Regina dormiva; ora che la figlia si era infine addormentata, non perse tempo e si rimise a caccia di Mila. Passò in rassegna l'elenco degli oggetti recuperati nell'auto e riesaminò ancora una volta il patetico assortimento dei beni di Roke: un borsone contenente abiti sporchi e asciugamani rubati al Motel Six, un sacchetto di pane ammuffito, una confezione di burro d'arachidi Skippy e una decina di barattoli di würstel. La dieta di un uomo che non aveva possibilità di cucinare, di un uomo in fuga.

Passò ai verbali delle prove microscopiche e si concentrò sui dati di fibre e capelli. Era un'auto incredibilmente sporca, sia i sedili anteriori sia quello posteriore presentavano una grande varietà di fibre, naturali e artificiali, nonché numerosi capelli. Proprio questi avevano attirato la sua attenzione. Jane si soffermò sul rapporto.

Umano. A02/B00/C02 (7M)/D42

Capello. Lievemente curvo, il fusto è lungo sette centimetri, il pigmento è rosso medio.

Finora è tutto quello che sappiamo di te, pensò Jane. Hai i capelli rossi corti.

Passò alle fotografie della macchina. Le aveva già viste, ma osservò ancora una volta le lattine vuote di Red Bull e gli involucri appallottolati di dolci, la coperta arrotolata e il cuscino sporco. Il suo sguardo si fermò sul giornale posato sul sedile posteriore.

Il *Weekly Confidential*.

Di nuovo fu colpita dalla sua presenza nell'auto di un uomo. Davvero Joe si interessava ai problemi di Melanie Griffith o agli amorazzi e ai tradimenti di attori e personaggi famosi? Il *Confidential* era un giornale da donna: le donne s'interessavano alle sventure delle star.

Uscì dalla cucina e diede un'occhiata nella stanza della figlia: Regina dormiva ancora, evento raro che non sarebbe durato molto. Jane chiuse piano la porta, uscì dall'appartamento e andò dalla vicina.

La signora O'Brien impiegò qualche istante ad aprire, ma fu chiaramente contenta della visita. Qualsiasi visita l'avrebbe fatta contenta.

« Scusi il disturbo », esordì Jane.

« Entri, entri! »

« Non posso restare. Ho lasciato Regina nella culla e... »

« Come sta? Ieri notte l'ho sentita di nuovo piangere. »

« Mi spiace. Non dorme molto. »

La signora O'Brien le si avvicinò e sussurrò: « Brandy ».

« Cosa? »

« Sul ciuccio. Lo usavo con i miei figli e dormivano come angioletti. »

Jane conosceva i due figli maschi della donna e « angioletti » non era esattamente la parola adatta per definirli. « Signora O'Brien », disse prima che a una cattiva madre arrivassero altri consigli, « lei è abbonata a *Weekly Confidential*, vero? »

« Ho appena ricevuto il numero di questa settimana. Come viziano gli animali domestici a Hollywood! Sapeva che alcuni alberghi hanno stanze speciali per i cani? »

« Ha ancora i numeri del mese scorso? Sto cercando quello con Melanie Griffith in copertina. »

« So quale intende. » La signora O'Brien la fece entrare. Jane la seguì in salotto e fissò sbalordita le pile storte di riviste ammucchiate su ogni superficie piana. Ci saranno stati dieci anni di *People, Entertainment Weekly* e *US*.

Andò dritta alla pila giusta, frugò tra i numeri di *Confidential* ed estrasse quello con Melanie Griffith. « Oh, sì, ricordo, questo era interessante! » esclamò. « I disastri della chirurgia plastica! Se sta pensando di farsi un lifting al viso, è meglio che legga questo articolo: le fa passare ogni voglia. »

« Le spiace prestarmelo? »

« Però me lo restituisce? »

« Sì, certo. È solo per un paio di giorni. »

« Lo rivorrei proprio. Mi piace rileggerli. »

Probabilmente li imparava anche a memoria.

Tornata nella sua cucina, Jane guardò la data del giornale: 20 luglio. Era stato messo in vendita solo una settimana prima che Olena venisse ripescata a Hingham Bay. Aprì il *Confidential* e iniziò a leggere. Dopo un po' si accorse che si stava divertendo. Dio, che spazzatura, pensò, ma è spazzatura *divertente*. Non avevo idea che *quello* fosse gay o che *quella* non facesse sesso da quattro anni. E cos'era quella mania per l'idrocolonterapia? Jane si fermò a dare un'occhiata ai disastri della chirurgia plastica, poi proseguì con vari altri articoli intitolati « Ho visto gli angeli » e « Gatto coraggioso salva una famiglia ». Joseph Roke si soffermava a leggere le stesse rubriche di gossip, gli stessi pezzi sulle mode delle celebrità? Aveva studiato i volti sfigurati dai chirurghi plastici pensando: non è roba per me, io invecchierò bene?

No, ovviamente no. Joseph Roke non era tipo da leggere cose del genere. Allora come c'era finito quel giornale nella sua macchina?

Jane arrivò agli annunci delle ultime due pagine. Lì c'erano varie colonne di pubblicità di maghi, guaritori e offerte di lavoro da svolgere a casa. Qualcuno rispondeva? Qualcuno credeva davvero di poter guadagnare « fino a duecentocinquanta dollari al giorno imbustando volantini »? A metà pagina s'imbatté negli annunci personali e si bloccò di colpo leggendone uno di due righe. Di quattro parole familiari.

« Il dado è tratto. »

Sotto erano indicati ora, data e un numero telefonico con il prefisso di zona 617. Il prefisso di Boston.

Il messaggio poteva essere una semplice coincidenza, pensò Jane. Forse si trattava di due amanti che si davano appuntamento in segreto o di una consegna di droga; con molta probabilità non aveva niente a che vedere con Olena, Joe e Mila.

Con il cuore in gola, prese il telefono della cucina e compose il numero dell'annuncio. Squillò tre volte, quattro, cinque. Non scattò nessuna segreteria e nessuno rispose. Continuò a suonare finché Jane non perse il conto degli squilli. *Forse è il telefono di una morta.*

« Pronto? » esclamò un uomo.

Jane si bloccò proprio mentre stava per riagganciare e riavvicinò subito il ricevitore all'orecchio.

« C'è qualcuno in linea? » domandò l'uomo con tono impaziente.

« Pronto? » rispose Jane. « Chi parla? »

« Be', chi è *lei*? È lei che ha chiamato. »

« Mi spiace. Io, uh, ho avuto questo numero, ma non un nominativo. »

« Be', questa linea non ha un utente », affermò l'uomo. « È un telefono pubblico. »

« Dove si trova? »

« A Faneuil Hall. Stavo passando di qui quando l'ho sentito suonare. Se cerca qualcuno in particolare, non la posso aiutare, arrivederci. » Un attimo dopo riagganciò.

Jane fissò di nuovo l'annuncio, quelle quattro parole.

Il dado è tratto.

Prese di nuovo il telefono e fece un numero.

« *Weekly Confidential* », rispose una donna. « Annunci. »

« Buongiorno », disse lei. « Vorrei mettere un annuncio. »

« Prima, avresti dovuto parlarmene », affermò Gabriel. « Non posso credere che abbia agito di testa tua. »

« Non avevo tempo di chiamarti », osservò Jane. « Il termine per la pubblicazione degli annunci scadeva oggi alle cinque. Ho dovuto decidere su due piedi. »

« Non sai chi risponderà e adesso pubblicheranno il numero del tuo cellulare. »

« La cosa peggiore che potrebbe capitare è che mi chiami qualche squilibrato, nient'altro. »

« Oppure potresti finire risucchiata in qualcosa di molto più pericoloso di quanto non immaginiamo. » Gabriel gettò il tabloid sul tavolo di cucina. « Dobbiamo passare attraverso Moore. La polizia di Boston può scremare e monitorare le chiamate. È una cosa che va studiata in anticipo. » Guardandola aggiunse: « Togli l'annuncio, Jane ».

« Non posso. Te l'ho detto, è troppo tardi. »

« Gesù. Faccio un salto in ufficio per due ore e quando torno a casa trovo mia moglie che gioca all''appuntamento pericoloso' in cucina. »

« Gabriel, sono solo due righe nella categoria annunci personali. O qualcuno mi richiama o nessuno abbocca. »

« E se succede? »

« A quel punto lascerò che se ne occupi Moore. »

«*Lascerai?*» Gabriel scoppiò a ridere. «Questo è il suo lavoro, non il tuo. Sei in maternità, ricordi?»

Quasi a sottolineare quell'affermazione, dalla cameretta provenne un forte vagito. Jane andò a recuperare la figlia e scoprì che Regina si era, come al solito, liberata a calci del lenzuolino e stava agitando i pugni, offesa perché le sue esigenze non erano ancora state soddisfatte. Oggi nessuno è contento di me, pensò Jane mentre la prendeva in braccio. Avvicinò la bambina affamata al seno e sussultò quando glielo strinse con le piccole gengive. Sto cercando di essere una buona mamma, si disse. Davvero, ma sono stanca dell'odore di latte acido e di talco. Sono stanca di essere stanca.

In genere do la caccia ai cattivi, sai.

Portò la piccola in cucina e rimase in piedi a cullarla spostando il peso ora su una gamba ora sull'altra e cercando di calmarla, malgrado lei stessa fosse sul punto di esplodere.

«Anche se potessi, non toglierei l'annuncio», disse con tono provocatorio. Guardò Gabriel avvicinarsi al telefono e chiese: «Chi stai chiamando?»

«Moore. D'ora in poi se ne occuperà lui.»

«È il mio cellulare, la mia idea.»

«Non è la tua indagine.»

«Non sto dicendo che voglio dirigere lo spettacolo. Ho dato un'ora e una data precise. Che ne dici se quella sera aspettiamo tutti insieme per vedere chi chiama? Tu, io e Moore. Io voglio solo essere presente quando suonerà il telefono.»

«Stavolta devi farti da parte, Jane.»

«Sono già più che coinvolta.»

«Hai Regina, sei diventata mamma.»

«Ma non sono morta. Mi stai ascoltando? Non-sono-*morta.*»

Le parole sembrarono aleggiare nell'aria e la sua furia riecheggiare nella stanza come un fragore di cembali. Regina smise all'improvviso di succhiare e aprì gli occhi per fissare stupita la madre. Il frigorifero vibrò e poi cessò di fare qualsiasi rumore.

«Non ho mai detto che lo fossi», rispose pacato Gabriel.

«Ma da come parli potrei esserlo tranquillamente. *Oh, hai Regina. Adesso hai un lavoro più importante. Devi restare a casa, produrre latte e lasciare che il cervello ti vada in pappa.* Sono una poliziotta e devo tornare al lavoro. Mi manca. Mi manca il suono del mio maledetto cercapersone.» Jane sospirò e si sedette al tavolo di cucina mentre le sfuggiva un singhiozzo di frustrazione. «Sono una poliziotta», mormorò.

Gabriel le si sedette di fronte. «Lo so.»

«Non credo», replicò asciugandosi il viso con la mano. «Non hai capito affatto chi sono. Sei convinto di aver sposato un'altra: la signora Mamma perfetta.»

«So perfettamente chi ho sposato.»

«La realtà è una grande stronza, vero? E anch'io.»

«Be'», rispose lui con un cenno. «A volte.»

«Non è che non ti avessi avvertito», replicò Jane alzandosi. Regina era ancora stranamente tranquilla e la fissava come se la mamma fosse diventata all'improvviso qualcosa di molto interessante. «Tu sai chi sono, e il mio principio è sempre stato quello del prendere o lasciare», disse uscendo dalla cucina.

«Jane.»

«Devo cambiarle il pannolino.»

«Maledizione, stai scappando da una discussione.»

«Io non scappo dalle discussioni», ribatté girandosi.

«Allora siediti qui con me, perché io non sto scappando da te e non ho intenzione di farlo.»

Per un istante si limitò a guardarlo e pensò: è così difficile. Essere sposati è così difficile, mi fa paura, e lui ha ragione sul fatto che ho voglia di scappare. Tutto quello che voglio in realtà è nascondermi in un posto dove nessuno mi possa ferire.

Jane scostò la sedia e si sedette.

«Le cose sono cambiate, sai», affermò Gabriel. «Non è come prima, quando non c'era Regina.»

Lei non disse niente, ancora arrabbiata perché aveva convenuto che era stronza, malgrado fosse vero.

«Adesso se succede qualcosa, non sei l'unica a farti male. Hai una figlia. Hai altre persone a cui pensare.»

«Mi sono impegnata a fare la madre, non la carcerata.»

«Vuol dire che ti dispiace averla avuta?»

Jane guardò Regina. La figlia la stava fissando con gli occhi sgranati, come se capisse ogni parola. «No, ovviamente no. È solo che...» Scosse la testa. «Sono qualcosa di più di una madre. Sono *Jane* e mi sto perdendo, Gabriel. Ogni giorno sento che scompaio un po' di più, come lo Stregatto di *Alice nel Paese delle meraviglie.* Ogni giorno ho sempre più difficoltà a ricordare chi sono. Poi tu arrivi a casa e ti arrabbi perché ho messo l'annuncio, il che, devi ammetterlo, è un'idea *brillante.* E io penso: d'accordo, mi sono proprio persa. Persino mio marito si è scordato chi sono.»

Gabriel la trafisse con lo sguardo. «Sai che cos'ho passato quando eri intrappolata in quell'ospedale? Ne hai idea? Pensi di essere tanto dura. Prendi la pistola e all'improvviso sei Wonder Woman. Ma, se ti fanno del male, non sei l'unica a soffrire, Jane. Soffro anch'io. Tu pensi *mai* a me?»

Lei non replicò.

Gabriel scoppiò a ridere, ma la sua risata suonò come il verso di un animale ferito. «Sì, sono un emerito rompipalle, visto che cerco sempre di proteggerti da te stessa. Qualcuno deve farlo perché sei tu il tuo peggior nemico: non smetti mai di metterti alla prova. Sei sempre la sorellina disprezzata di Frankie Rizzoli. Una *ragazzina* che non è all'altezza di giocare con i maschi e che mai lo sarà.»

Jane ricambiò lo sguardo, risentita all'idea che la conoscesse così bene e per la precisione delle sue frecce che avevano tanto crudelmente colpito il bersaglio.

«Jane.» Gabriel si allungò sul tavolo e prima che potesse ritrarsi le prese le mani senza alcuna intenzione di lasciarla andare. «Non c'è bisogno che ti metta alla prova con me, con Frankie né con nessun altro. So che per te adesso è dura, ma tornerai al lavoro prima che te ne accorga, perciò rinuncia per un po' all'adrenalina. *Fammi* stare tranquillo. Voglio godermi il fatto di avere una moglie e una figlia a casa, al sicuro, per un po'.»

Gabriel le teneva ancora la mano bloccata sul tavolo. Lei guardò le loro mani e pensò: quest'uomo non vacilla mai. Per quanti scossoni gli dia, è sempre qui per me, che lo meriti o no. A poco a poco le loro dita si intrecciarono in un tacito armistizio.

In quell'istante suonò il telefono.

Regina emise un vagito.

«Bene», disse Gabriel con un sospiro. «La quiete è finita.» Scuotendo la testa, si alzò per andare a rispondere. Jane stava uscendo dalla cucina con Regina quando lo udì affermare: «Hai ragione. Non parliamone per telefono».

Si allarmò all'istante e si voltò per scrutarlo in volto, per capire perché la sua voce si fosse abbassata all'improvviso. Gabriel però era rivolto verso il muro e Jane fissò allora i muscoli tesi del suo collo.

«Ti aspettiamo», disse, e riagganciò.

«Chi era?»

«Maura. Sta venendo qui.»

31

Maura non arrivò sola a casa loro. Al suo fianco in corridoio c'era un uomo affascinante con i capelli scuri e la barba ben curata. « Questo è Peter Lukas », spiegò.

Jane le lanciò un'occhiata incredula. « Hai portato un giornalista? »

« Lui ci serve, Jane. »

« Da quando ci servono i giornalisti? »

Lukas la salutò cordialmente. « Piacere di conoscervi, detective Rizzoli, agente Dean. Possiamo entrare? »

« No, non parliamo qui dentro », rispose Gabriel mentre lui e Jane, che teneva in braccio Regina, uscivano in corridoio.

« Dove andiamo? » domandò Lukas.

« Seguitemi. »

Gabriel li condusse su per due rampe di scale fin sul tetto. Lì gli inquilini del palazzo avevano creato un giardino rigoglioso, che tuttavia la calura dell'estate cittadina e il tetto catramato bollente stavano facendo avvizzire. Le piante di pomodoro si erano afflosciate nei vasi e le ipomee rampicanti dalle foglie brune per le bruciacchiature si tenevano aggrappate come dita scheletriche al graticcio. Jane sistemò Regina nel seggiolino sotto l'ombrellone e la bambina si appisolò con le guance tutte rosee. Da quel punto sopraelevato potevano ammirare gli altri giardini sui tetti, le altre piacevoli chiazze di verde in quel paesaggio di cemento.

Lukas posò una cartellina accanto alla bimba addormentata. « La dottoressa Isles pensava vi potesse interessare. »

Gabriel l'aprì. Conteneva alcuni ritagli di giornale, la foto di un uomo sorridente e il titolo: *Cittadino di Reston trovato morto a bordo di uno yacht. L'uomo d'affari era scomparso il 2 gennaio.*

«Chi era Charles Desmond?» domandò Gabriel.

«Un uomo che pochi conoscevano veramente», rispose Lukas. «Ed è stato proprio questo fatto in sé a incuriosirmi, a spingermi ad approfondire la storia, anche se il medico legale aveva opportunamente dichiarato che era morto suicida.»

«Pone in dubbio la sua dichiarazione?»

«Non c'è modo di dimostrare che non si sia trattato di suicidio. Desmond è stato trovato nel bagno del suo yacht, ormeggiato in un porto turistico sul Potomac. Aveva entrambi i polsi tagliati, e c'era un biglietto d'addio nella cabina. Quando l'hanno trovato, era morto da circa dieci giorni. L'ufficio del medico legale non ha mai rilasciato fotografie, ma come immaginerete non dev'essere stata un'autopsia molto piacevole.»

Jane fece una smorfia. «Preferisco non immaginare.»

«Il biglietto che ha lasciato non era particolarmente indicativo. *Sono depresso, la vita fa schifo, non voglio vivere un giorno di più.* È noto che fosse un forte bevitore ed era divorziato da cinque anni, perciò si può supporre che fosse depresso. Tutto induce a credere a un caso di suicidio, giusto?»

«Perché lei non ne è convinto?»

«Ho sentito quel formicolio, il sesto senso del giornalista che mi dice quando c'è qualcos'altro in ballo, qualcosa che nasconde una storia più grossa. Abbiamo un uomo ricco con uno yacht che scompare per dieci giorni prima che qualcuno pensi di andare a cercarlo. Sono riusciti a stabilire la data della scomparsa solo perché hanno ritrovato la sua macchina nel parcheggio del porto con il biglietto d'ingresso datato 2 gennaio. I vicini hanno dichiarato che andava spesso all'estero, quindi non si sono allarmati quando non lo hanno visto per una settimana.»

«Andava all'estero?» chiese Jane. «Perché?»

« Nessuno me lo ha saputo dire. »

« O non hanno voluto dirglielo? »

Lukas sorrise. « Ha un'indole sospettosa, detective. Anch'io. La cosa mi ha incuriosito ancora di più, tanto che mi sono chiesto se non ci fosse dell'altro. Sa, così è iniziato il Watergate: un normale caso di furto con scasso si è trasformato in qualcosa di molto, molto più grosso. »

« Che cosa c'è di grosso in questa storia? »

« Lui, Charles Desmond. »

Jane guardò la foto del suo volto. Aveva un sorriso gradevole, una cravatta ben annodata. Una foto da annuario societario. Il dirigente d'azienda che trasmetteva un'immagine di competenza.

« Più domande facevo su di lui e più emergevano cose interessanti. Charles Desmond non è mai andato al college: ha servito nell'esercito per vent'anni, lavorando perlopiù per l'intelligence militare. Cinque anni dopo essersi congedato dall'esercito è diventato proprietario di un lussuoso yacht e di una villa enorme a Reston. Che cos'ha fatto per accumulare tanti soldi? »

« Nel suo articolo dichiara che ha lavorato per una società chiamata Pyramid Services », rispose Jane. « Che cos'è? »

« È quello che mi sono chiesto anch'io. Ho impiegato un po' a scoprirlo, ma giorni dopo sono riuscito a sapere che la Pyramid Services è una consociata indovinate di quale azienda... »

« Non me lo dica », affermò Jane. « Della Ballentree. »

« Esatto, detective. »

Jane guardò Gabriel. « Questo nome continua a saltar fuori, non ti pare? »

« Guarda la data della sua scomparsa », intervenne Maura. « È stata proprio quella ad attirare la mia attenzione: il 2 gennaio. »

« Il giorno prima del massacro di Ashburn. »

« Una coincidenza interessante, vero? »

«Ci racconti qualcosa di più sulla Pyramid», lo esortò Gabriel.

Lukas annuì. «È la ditta della Ballentree che si occupa di trasporti e sicurezza, cioè di una parte dei servizi che questa fornisce nelle zone di guerra. Qualsiasi cosa serva all'estero alla Difesa – guardie del corpo, scorte, forze di polizia private – la Ballentree la procura. Lavorano in zone del mondo in cui non esiste un governo operativo.»

«Speculano sulla guerra», commentò Jane.

«Be', perché no? In guerra si possono fare molti soldi. Durante il conflitto in Kosovo i soldati privati della Ballentree hanno protetto le squadre addette alla ricostruzione. Al momento hanno forze di polizia private a Kabul, Baghdad e in varie città del mar Caspio. Tutte pagate dai contribuenti statunitensi. Così Charles Desmond si è comprato lo yacht.»

«Accidenti, lavoro per il corpo di polizia sbagliato», osservò Jane. «Dovrei farmi mandare a Kabul, così potrei avere anch'io uno yacht.»

«Non lavoreresti mai per quelle persone, Jane», disse Maura, «non se sai in che cosa sono coinvolte.»

«Perché lavorano in aree in cui si combatte?»

«No», rispose Lukas. «Il punto è che hanno come soci dei personaggi ributtanti. Quando lavori in una zona di guerra, collabori con la mafia del luogo. Stringere alleanze è una strategia puramente funzionale, perciò i delinquenti locali finiscono per collaborare con società come la Ballentree. Si crea un mercato nero per qualsiasi merce: droga, armi, alcol, donne. Ogni guerra è un'occasione, un nuovo mercato, e tutti vogliono avere una fetta del bottino. Per questo c'è tanta competizione per le gare d'appalto della Difesa: non solo per i contratti in sé, ma per l'opportunità di entrare nel giro del mercato nero che li accompagna. L'anno scorso la Ballentree si è assicurata più contratti di ogni altro appaltatore della Difesa.» Dopo qualche istante di silenzio aggiunse: « In parte perché Charles Desmond era maledettamente bravo nel suo lavoro ».

« Cioè? »

« Era il loro mediatore: aveva amici al Pentagono e probabilmente anche in altri posti. »

« Per quel che gli è servito », commentò Jane guardando la foto di Desmond. Un uomo il cui corpo era stato scoperto solo dopo dieci giorni, un uomo tanto misterioso agli occhi dei vicini che nessuno aveva pensato di segnalarne subito la scomparsa.

« La domanda è », proseguì Lukas, « perché doveva morire? Gli amici del Pentagono gli si sono rivoltati contro? O lo ha fatto qualcun altro? »

Per qualche istante nessuno parlò. Il tetto scintillava per la calura e dalla strada arrivavano l'odore dei fumi di scarico e il rombo del traffico. Jane si rese conto all'improvviso che Regina era sveglia e che aveva lo sguardo fisso sul suo volto. *Quanta intelligenza vedo negli occhi di mia figlia, è sconcertante.* Da dov'era seduta, Jane poteva osservare una donna che prendeva il sole su un altro tetto, con il reggiseno del bikini slacciato e la schiena luccicante d'olio, un uomo in piedi sul balcone intento a parlare al cellulare e una ragazza accanto alla finestra che faceva pratica con il violino. In alto, una scia bianca di condensa segnalava il passaggio di un jet. Quante persone ci possono vedere? si chiese. Quante telecamere e quanti satelliti sono puntati in questo momento sul nostro tetto? Boston era diventata una città piena d'occhi.

« Sono sicura che sia venuto in mente a tutti », rispose Maura. « Charles Desmond era nell'intelligence militare. L'uomo che Olena ha ucciso nella stanza d'ospedale era quasi certamente un ex militare, eppure le sue impronte sono state cancellate dai file. Hanno violato i sistemi di sicurezza del mio ufficio. Stiamo tutti pensando a spie? Forse anche alla CIA? »

« La Ballantree e la CIA sono sempre state culo e camicia », disse Lukas. « Il che non stupisce: lavorano negli stessi Paesi, assoldano lo stesso tipo di persone, sfruttano le stesse informazioni.» Guardando Gabriel, aggiunse: «E oggi spuntano anche qui, a casa nostra. Annuncia che esiste una minaccia terroristica e il governo statunitense può giustificare qualsiasi azione, qualsiasi spesa. Fondi non dichiarati vengono incanalati in programmi segreti. In questo modo persone come Desmond finiscono per comprarsi lo yacht».

«O finiscono ammazzate», precisò Jane.

Il sole si era spostato e ora la sua luce intensa filtrava obliqua sotto l'ombrellone colpendo la spalla di Jane, che sentì il sudore gocciolarle sul seno. Fa troppo caldo quassù per te, piccola, pensò guardando il viso roseo di Regina.

Fa troppo caldo per tutti quanti noi.

32

Verso le otto il detective Moore guardò l'orologio. L'ultima volta che Jane si era seduta nella sala riunioni della Omicidi era al nono mese di gravidanza, ormai stanca, irritabile e più che pronta per andare in maternità. Adesso si trovava nella stessa stanza con gli stessi colleghi, ma tutto era diverso. L'atmosfera era elettrica, la tensione aumentava di minuto in minuto. Lei e Gabriel erano seduti di fronte a Moore; i detective Frost e Crowe erano a capotavola. Nel centro si trovava l'oggetto della loro attenzione: il cellulare di Jane, collegato a un sistema di altoparlanti.

« Ci siamo quasi », osservò Moore. « Te la senti ancora? Può prendere Frost le chiamate. »

« No, devo farlo io », rispose Jane. « Se risponde un uomo, potrebbe spaventarsi. »

Crowe alzò le spalle. « Sempre che la ragazza del mistero chiami. »

« Dato che sembrate tutti ritenerla un'enorme perdita di tempo », replicò brusca Jane, « non c'è bisogno che restiate. »

« Oh, resto solo per vedere quello che succede. »

« Non vorremmo annoiarvi. »

« Tre minuti, ragazzi », li interruppe Frost cercando come al solito di fare da paciere tra Jane e Crowe.

« Potrebbe non aver nemmeno visto l'annuncio », osservò questi.

« Il numero è in edicola da cinque giorni », rispose Moore. « Ha avuto la possibilità di vederlo. Se non chiama, è perché ha scelto di non farlo. »

O perché è morta, si disse Jane, pensiero che di certo avevano avuto tutti, anche se nessuno lo aveva espresso.

Il cellulare squillò e tutti gli sguardi si posarono su di lei. Il display indicava un numero di Fort Lauderdale. Era soltanto una telefonata, ma il cuore di Jane batteva forte.

Fece un respiro profondo e guardò Moore che annuì. « Pronto? » rispose.

All'altoparlante si udì una voce maschile strascicata. « Allora, che roba è, eh? » In sottofondo si sentivano le risate e i rumori di chi si stava godendo lo scherzo.

« Chi è lei? » domandò Jane.

« Ce lo stiamo chiedendo tutti qui. Che roba è? 'Il dado è tratto'? »

« Ha telefonato per chiedermi questo? »

« Sì. Una specie di gioco? Dobbiamo indovinare? »

« Non ho tempo di parlare con lei ora. Aspetto un'altra telefonata. »

« Ehi, ehi, signora! Chiamiamo da lontano, maledizione. »

Jane riagganciò e guardò Moore. « Che imbecille. »

« Se questo è il tipico lettore di *Confidential*, sarà una serata molto divertente. »

« Probabilmente si faranno vivi altri tipi del genere », lo avvertì Moore.

Il telefono squillò di nuovo. Stavolta chiamavano da Providence.

Il battito cardiaco di Jane accelerò, stimolato da una nuova scarica di adrenalina. « Pronto? »

« Salve! » esclamò allegra una voce femminile. « Ho visto il suo annuncio sul *Confidential*. Sto preparando una ricerca sugli annunci personali e volevo sapere se lo ha messo per ragioni sentimentali o commerciali. »

« Per nessuna delle due », replicò secca Jane, e chiuse la comunicazione. « Dio, ma che cos'ha la gente? »

Alle 20.05 il telefono suonò di nuovo. « È una specie di gara? Si vince un premio quando si chiama? » chiese uno da Newark.

Ore 20.07: « Volevo solo vedere se rispondeva qualcuno ».

Ore 20.15: « Lei è una spia o che? »

Alle 20.30 le telefonate cessarono e le persone nella stanza rimasero per venti minuti a fissare un telefono muto.

« Be', secondo me per oggi è tutto », commentò Crowe alzandosi e stirandosi. « Direi che abbiamo speso *bene* la serata. »

« Non andare », disse Frost. « Aspettiamo che siano le otto nella zona centrale. »

« Cosa? »

« L'annuncio di Rizzoli non specificava la zona temporale. A Kansas City sono quasi le otto. »

« Ha ragione », convenne Moore. « Restiamo tutti qui. »

« Per tutte le zone? Dovremmo fermarci fino a mezzanotte », osservò Crowe.

« Anche oltre », precisò Frost, « se includiamo le Hawaii. »

Crowe sbuffò. « Almeno ordiniamo una pizza. »

Alla fine fecero così. Nell'intervallo tra le dieci e le undici Frost uscì e tornò con due pizze giganti al salame piccante di Domino. Aprirono le lattine delle bibite, si passarono i tovaglioli e rimasero seduti a guardare il telefono silenzioso. Jane mancava dal lavoro da più di un mese, ma quella sera era come se non se ne fosse mai andata. Era seduta allo stesso tavolo, con gli stessi colleghi stanchi e, come al solito, Darren Crowe la stava irritando a morte. A parte la presenza di Gabriel nella squadra, niente era cambiato. Mi mancava, pensò, Crowe compreso. Mi mancava questo aspetto della caccia.

Lo squillo del telefono la sorprese mentre stava per addentare una fetta di pizza. Afferrò il tovagliolo per pulirsi le dita e guardò l'orologio. Le undici esatte. Il display indicava un numero di Boston: quella chiamata era in ritardo di tre ore.

« Pronto? » rispose.

In risposta ci fu silenzio.

« Pronto? » ripeté Jane.

« Chi sei? » Era una voce di donna, quasi un bisbiglio.

Sussultando, Jane guardò Gabriel e capì che aveva notato lo stesso particolare. *La donna ha un accento strano.*

« Sono un'amica », rispose lei.

« Non ti conosco. »

« Olena mi ha parlato di te. »

« Olena è morta. »

È lei. Jane si guardò attorno e vide una serie di volti sbigottiti. Persino Crowe aveva un'aria tesa, ansiosa.

« Mila », disse Jane. « Dimmi dove ci possiamo incontrare. Ti prego, ho bisogno di parlarti. Te lo prometto, sarai assolutamente al sicuro. Scegli tu il posto che vuoi. » Udì lo scatto del ricevitore. « *Merda.* » Jane guardò Moore. « Dobbiamo localizzarla! »

« L'hanno trovata? » domandò a Frost.

Questi riagganciò il telefono della sala riunioni. « West End. Un telefono pubblico. »

« Andiamo! » esclamò Crowe, che era già in piedi e si stava dirigendo alla porta.

« Quando arriverai, lei se ne sarà andata da tempo », osservò Gabriel.

« Un'auto potrebbe essere sul posto tra cinque minuti », ribatté Moore.

Jane scosse la testa. « Niente agenti in uniforme. Se ne vede uno, penserà che è una trappola, e non avrò più possibilità di entrare in contatto con lei. »

« Allora secondo te cosa dovremmo fare? » domandò Crowe fermandosi sulla soglia.

« Diamole la possibilità di riflettere. Ha il mio numero. Sa come raggiungermi. »

« Non sa chi sei », obiettò Moore.

« E questo la spaventa. Vuole solo essere cauta. »

« Senti, magari non richiamerà più », replicò Crowe. « Questa potrebbe essere la nostra unica occasione di prenderla. Muoviamoci ora. »

« Ha ragione », disse Moore guardando Jane. « Potrebbe essere l'unica occasione. »

Frost e Crowe uscirono dalla stanza. A mano a mano che i minuti passavano, Jane fissò il telefono muto pensando: forse sarei dovuta andare con loro. Sarei dovuta andare io là fuori a cercarla. Immaginava Frost e Crowe mentre percorrevano il dedalo di strade del West End in cerca di una donna di cui non conoscevano il volto.

In quel momento suonò il cellulare di Moore e lui lo afferrò brusco. A Jane bastò guardarne l'espressione per capire che non erano buone notizie. Lui riagganciò e scosse la testa.

« Niente? » domandò Jane.

« Hanno chiamato la Scientifica per rilevare le impronte sul telefono. » Jane notò che aveva un'aria di amara delusione dipinta sul volto. « Senti, almeno adesso sappiamo che è reale, che è viva. »

« Per il momento », osservò Jane.

Anche i poliziotti dovevano comprare latte e pannolini.

Jane era nel corridoio di un supermercato con Regina nel marsupio, intenta a studiare le confezioni di latte artificiale sugli scaffali e ad analizzare il contenuto nutrizionale di ogni marca. Tutte garantivano il cento percento del fabbisogno quotidiano che un neonato aveva delle varie sostanze, dalla vitamina A allo zinco. Se una qualsiasi va bene, si disse Jane, perché mi sento in colpa? A Regina *piace* il latte artificiale e io devo rimettermi addosso il cercapersone e tornare al lavoro. Devo tirarmi giù dal divano e smettere di guardare le repliche di *Cops.*

Devo uscire da questo supermercato.

Afferrò due confezioni da sei di Similac, passò all'altro corridoio in cerca dei Pampers e si diresse alla cassa.

Fuori, il parcheggio era tanto caldo che Jane sudò solo per caricare la spesa nel bagagliaio. I sedili erano roventi. Prima di sistemare Regina sul seggiolino, Jane aspettò con le portiere aperte per arieggiare la macchina. Passarono sferragliando vari carrelli spinti da acquirenti madidi di sudore. Suonò un clacson e un uomo gridò: « Ehi, guarda dove vai, coglione! » Nessuno era contento di trovarsi in città in quel momento: tutti avrebbero preferito essere sulla spiaggia con un cono gelato, non costretti a convivere gomito a gomito con altri bostoniani irascibili.

Regina cominciò a piangere. Aveva tutti i riccioli scuri appiccicati in testa per il sudore. Un'altra bostoniana irascibile. Continuò a piangere mentre Jane si chinava sul sedile posteriore e l'allacciava, e stava ancora piangendo quando vari isolati dopo procedeva lenta nel traffico con il condizionatore al massimo. Trovò un altro semaforo rosso e pensò: Dio, fa' che questo pomeriggio finisca.

In quell'istante squillò il cellulare.

Lo avrebbe lasciato suonare, ma alla fine lo pescò dalla borsa e sul display vide un numero locale sconosciuto.

« Pronto? » rispose.

Tra i vagiti infuriati di Regina udì a malapena la domanda: « Chi sei? » La voce era dolce e le apparve subito familiare.

Jane sentì tutti i muscoli del corpo contrarsi. « Mila? Non riagganciare! Ti prego, non riagganciare. Parlami! »

« Sei della polizia. »

Il semaforo diventò verde e dietro di lei una macchina suonò. « Sì », ammise. « Sono una poliziotta. Cerco di aiutarti. »

« Come fai a sapere il mio nome? »

« Ero con Olena quando... »

« Quando la polizia l'ha uccisa? »

La macchina dietro di lei suonò di nuovo, implacabile nel pretendere che si togliesse dai piedi. *Coglione.* Jane schiacciò l'acceleratore e superò l'incrocio con il cellulare sempre all'orecchio.

« Mila », disse. « Olena mi ha parlato di te. È stata l'ultima cosa che mi ha detto: che avrei dovuto trovarti. »

« Ieri sera hai mandato dei poliziotti per catturarmi. »

« Non ho mandato... »

« Due uomini, li ho visti. »

« Sono amici miei, Mila. Stiamo tutti cercando di proteggerti. Per te è pericoloso restare là fuori da sola. »

« Tu non sai quanto. »

« Sì che lo so! » Jane tacque per un istante. « So perché stai scappando, perché hai paura. Eri in quella casa quando le tue amiche sono state uccise, vero? Lo hai visto succedere. »

« Sono l'unica sopravvissuta. »

« Potresti testimoniare in tribunale. »

« Mi ucciderebbero prima. »

« Chi? »

Calò il silenzio. Ti prego, non riagganciare di nuovo, pensò Jane. Resta in linea. Individuò un posto libero accanto al marciapiede e accostò bruscamente. Restò seduta con il telefono premuto all'orecchio in attesa che la ragazza parlasse. Sul sedile posteriore Regina continuava a piangere, infuriandosi ogni minuto di più, visto che la madre osava ignorarla.

« Mila? »

« C'è un bambino che piange. »

« È mia figlia. È in macchina con me. »

« Ma hai detto che sei della polizia. »

« Sì, è così. Mi chiamo Jane Rizzoli. Sono una detective. Puoi averne conferma, Mila. Chiama il dipartimento di polizia di Boston e chiedi di me. Ero con Olena quando è morta. Ero intrappolata in quell'edificio con lei. » Dopo qualche attimo di silenzio aggiunse: « Non sono riuscita a salvarla ».

Ci fu un altro silenzio. Il condizionatore andava ancora al massimo e Regina continuava a piangere, decisa a far venire i capelli bianchi a sua madre.

« I giardini pubblici », disse Mila.

« Cosa? »

« Stasera. Alle nove. Aspetta vicino al laghetto. »

« Ci sarai? Pronto? »

Dall'altra parte non c'era più nessuno in linea.

33

Al fianco l'arma le sembrava pesante e stranamente poco familiare. Un tempo sua amica, era rimasta chiusa e ignorata in un cassetto per tante settimane. Con riluttanza Jane l'aveva caricata e infilata nella fondina. Aveva sempre considerato la pistola con il giusto rispetto dovuto a un oggetto che poteva squarciare il petto di un uomo, ma mai come allora aveva esitato a prenderla. Questo probabilmente ti fa la maternità, si disse. Adesso guardo una pistola e l'unica cosa a cui penso è Regina, al fatto che la semplice pressione di un dito o un proiettile vagante potrebbero portarmela via.

« Non devi andarci tu », disse Gabriel.

Erano seduti nella sua Volvo, parcheggiata in Newbury Street, dove i negozi alla moda si stavano preparando per la chiusura serale. I frequentatori dei ristoranti del sabato sera indugiavano ancora nel quartiere: coppie eleganti passeggiavano tranquille, soddisfatte della cena e del vino, a differenza di Jane, tesa al punto da non essere riuscita a mangiare più di qualche boccone dell'ottimo brasato che aveva portato sua madre.

« Possono mandare un'altra poliziotta », aggiunse Gabriel. « Tu puoi restarne fuori. »

« Mila conosce la mia voce, il mio nome. Devo farlo io. »

« Sei fuori gioco da un mese. »

« Ed è ora che rientri. » Jane guardò l'orologio. « Quattro minuti », disse al microfono. « Siete tutti pronti? »

All'auricolare udì Moore rispondere: « Siamo in posizione. Frost è tra la Beacon e la Huntington. Io sono davanti al Four Seasons ».

« Io sarò dietro di te », aggiunse Gabriel.

« Bene. » Jane scese dalla macchina e si sistemò la giacca leggera che indossava per nascondere il rigonfiamento creato dalla pistola. Risalì Newbury Street dirigendosi a ovest tra i turisti del sabato sera, persone che non avevano bisogno di armi alla cintura. In Arlington Street si fermò al semaforo. Dall'altra parte della strada c'erano i giardini pubblici e a sinistra Beacon Street dov'era appostato Frost, ma non lanciò occhiate da quella parte né si azzardò a guardare dietro di sé per essere certa che Gabriel la seguisse. Sapeva che c'era.

Attraversò l'Arlington ed entrò senza fretta nei giardini.

Newbury Street pullulava di gente, ma lì c'erano pochi turisti. Una coppia era seduta su una panchina accanto al laghetto: i due si tenevano abbracciati, incuranti di chiunque gravitasse attorno al loro ardente universo. Un uomo stava chino su un bidone della spazzatura, occupato a recuperare le lattine di alluminio che gettava poi in un sacchetto con un tintinnio. Sdraiati in cerchio sul prato, riparati dalla luce dei lampioni grazie agli alberi, alcuni ragazzi strimpellavano a turno la chitarra. Jane si fermò ai bordi del laghetto e scrutò le ombre. *È qui? Mi sta già osservando?*

Nessuno le si avvicinò.

Fece lentamente un giro attorno al laghetto. Durante il giorno era pieno delle famose barche con il cigno, di famiglie che mangiavano il gelato e di musicisti che suonavano i bongo, ma quella sera l'acqua era immobile, un buco nero che non rifletteva nemmeno un luccichio della città. Jane proseguì verso l'estremità settentrionale del laghetto e si fermò ad ascoltare il traffico che scorreva su Beacon Street. Tra i cespugli intravide la sagoma di un uomo che indugiava sotto un albero. Barry Frost. Si voltò, continuò lungo lo specchio d'acqua e infine si fermò sotto un lampione.

Eccomi qui, Mila, guardami bene. Vedi che sono sola.

Dopo un istante si sedette su una panchina e si sentì come l'unica protagonista di una pièce teatrale, con il riflettore puntato direttamente sopra la testa. Percepì occhi che la guardavano, che violavano la sua privacy.

Jane sentì un rumore alle sue spalle e si girò, avvicinando d'istinto la mano alla pistola, ma si bloccò quando vide che si trattava solo del barbone con il sacchetto di lattine. Con il cuore che le martellava nel petto, si appoggiò di nuovo alla panchina. Nel parco si era levata una brezza che increspava il laghetto, cospargendone la superficie di lucenti paillette. L'uomo con le lattine trascinò il sacchetto fino a un bidone dei rifiuti dietro la panchina e cominciò a frugare nell'immondizia. Estraeva con calma i suoi tesori e ogni ritrovamento veniva annunciato da un sonoro tintinnare d'alluminio. Ma perché non se ne andava? Scoraggiata, Jane si alzò per scacciarlo.

In quell'istante suonò il cellulare.

Ficcò la mano in tasca e afferrò il telefono. «Pronto? *Pronto?*»

Silenzio. «Sono qui», disse. «Sono seduta vicino al lago, dove mi hai detto di aspettare. Mila?»

Udì solo il battito del suo cuore. La linea era muta.

Jane si voltò di scatto e scrutò il parco notando le stesse persone di prima: la coppia che si sbaciucchiava sulla panchina, i ragazzi con la chitarra e l'uomo con il sacco di lattine. Era immobile, chino sul bidone dei rifiuti, come se nella spazzatura avesse scorto qualcosa di prezioso.

Mi sta spiando.

«Ehi!» esclamò Jane.

L'uomo si raddrizzò velocemente e prese ad allontanarsi con il sacchetto di lattine che tintinnava dietro di lui.

Jane si mosse. «Ti devo parlare!»

L'uomo non si girò a guardare e aumentò il passo, sapendo d'essere inseguito. Jane scattò verso di lui e lo raggiunse proprio quando stava per arrivare al marciapiede. Lo afferrò per la giacca a vento e lo costrinse a voltarsi. I due si fissarono sotto la luce intensa del lampione. Jane notò che aveva gli occhi infossati, una barba brizzolata incolta e l'alito maleodorante per l'alcol e i denti marci.

L'uomo le scostò brusco la mano. «Che fai? Che cavolo vuoi, signora?»

«Rizzoli?» La voce di Moore tuonò nell'auricolare. «Servono rinforzi?»

«No. No, sto bene.»

«Con chi parli?» chiese il vagabondo.

Infuriata, Jane lo scacciò. «Vattene, togliti di qui.»

«Chi ti credi di essere per darmi ordini così?»

«Vattene e *basta.*»

«Sì, sì.» L'uomo sbuffò e si allontanò trascinandosi dietro le sue lattine. «In questi giorni il parco è pieno di matti...»

Jane si voltò e si rese conto d'essere circondata. Gabriel, Moore e Frost si erano portati ad alcuni metri dalla sua posizione e avevano formato un cerchio protettivo. «Oh, accidenti», sospirò. «Ho forse chiesto aiuto?»

«Non sapevamo che cosa stesse accadendo», rispose Gabriel.

«Ormai è fatta.» Jane si guardò attorno e il parco le sembrò più vuoto che mai. La coppia della panchina si stava allontanando; erano rimasti soltanto i ragazzi con la chitarra che ridevano nell'ombra. «Se Mila stava osservando, ha capito che era una trappola. Adesso non si avvicinerà più.»

«Sono le nove e quarantacinque», osservò Frost. «Che cosa credevi?»

Moore scosse la testa. «Torniamo a casa. Stasera non accadrà niente.»

«Stava andando tutto bene», disse Jane. «Non avevo bisogno della cavalleria.»

Gabriel parcheggiò nel loro posto auto dietro il condominio e spense il motore. «Non sapevamo che cosa stesse succedendo. Ti abbiamo visto inseguire quell'uomo e poi ci è parso che stesse per colpirti. »

« Stavo solo cercando di allontanarlo. »

« Noi non lo sapevamo. L'unica cosa che ho pensato è che era... » Gabriel s'interruppe e la guardò. « Ho reagito, tutto qua. »

« Probabilmente l'abbiamo persa, lo sai. »

« Va bene, l'abbiamo persa. »

« Sembra che non te ne importi nulla. »

« Sai cosa m'importa? Che non ti facciano del male. Questa è la cosa che conta davvero. » Scese dall'auto e lei lo seguì.

« Ricordi come mi guadagno da vivere? » gli domandò Jane.

« Cerco di non farlo. »

« All'improvviso il mio lavoro non ti va più bene. »

Lui chiuse la portiera e la guardò al di sopra del tettuccio. « Lo ammetto: in questo momento ho qualche difficoltà ad accettarlo. »

« Mi stai chiedendo di mollare? »

« Se sapessi di potermela cavare senza problemi... »

« Che cosa dovrei fare allora? »

« Ti do un'idea nuova: restare a casa con Regina. »

« Da quando sei diventato così antiquato? Non posso credere che dica una cosa del genere. »

Gabriel sospirò e scosse la testa. « Non riesco a crederci neanch'io. »

« Sapevi chi ero quando mi hai sposata, Gabriel. » Jane si voltò ed entrò nel palazzo. Stava già salendo al secondo piano quando dal fondo delle scale lo sentì dire: « Forse non sapevo chi ero *io* ».

Lei si voltò a guardarlo. « Che significa? »

« Tu e Regina siete tutto quello che ho. » Gabriel salì lentamente le scale finché non si ritrovarono faccia a faccia sul pianerottolo. « Prima non mi preoccupavo per nessuno, ma non avevo niente da perdere. Non sapevo che l'idea mi avrebbe spaventato tanto. Adesso ho questo grande tallone di Achille, e l'unica cosa a cui riesco a pensare è come proteggerlo. »

« Non puoi », replicò lei. « È una realtà con cui dovrai convivere. È quello che succede quando si ha una famiglia. »

« È qualcosa di troppo prezioso per rischiare di perderlo. »

La porta del loro appartamento si aprì all'improvviso e Angela fece capolino in corridoio. « Mi sembrava di aver sentito le vostre voci. »

« Ciao, mamma », disse lei girandosi.

« L'ho appena messa a dormire, perciò parlate piano. »

« Com'è stata la bambina oggi? »

« È proprio com'eri tu alla sua età. »

« Pestifera fino a questo punto, eh? » Jane entrò nell'appartamento e restò sorpresa nel vederlo tutto in ordine: i piatti erano stati lavati e messi via, i ripiani ben puliti. Un centrino di pizzo abbelliva il tavolo da pranzo. Da quando ne possedeva uno?

« Avete litigato, vero? » chiese Angela. « Mi basta guardarvi per capirlo. »

« Abbiamo avuto una brutta serata, nient'altro. » Jane si tolse la giacca e l'appese nella cabina armadio. Quando tornò da sua madre, vide che aveva lo sguardo fisso sulla pistola.

« La terrai chiusa da qualche parte, vero? »

« Lo faccio sempre. »

« Perché i bambini piccoli e le armi... »

« Va bene, va bene. » Jane si tolse la pistola e la infilò in un cassetto. « Non ha neanche un mese, sai. »

« È precoce, proprio come te. » Angela guardò Gabriel. « Ti ho mai detto che cos'ha combinato Jane a tre anni? »

« Mamma, non gli va di sentire quella storia. »

« Invece sì », affermò Gabriel.

Lei sospirò. « Riguarda un accendino, le tende del soggiorno e i vigili del fuoco di Revere. »

« Oh, quella », osservò Angela. « Di *quella* mi ero completamente scordata. »

«Signora Rizzoli, perché non me la racconta mentre l'accompagno a casa?» chiese Gabriel prendendo la felpa di Angela dalla cabina armadio.

Nell'altra stanza Regina cacciò un urlo annunciando che in realtà non era affatto pronta per dormire. Jane andò nella cameretta e la prese dalla culla. Quando tornò in soggiorno, Gabriel e la madre erano già usciti. Cullandola con un braccio, rimase in piedi in cucina davanti al lavandino per riempire una pentola di acqua calda e riscaldare il biberon. In quel momento ronzò il citofono.

«Janie?» La voce di Angela crepitò all'altoparlante. «Mi apri? Ho dimenticato gli occhiali.»

«Vieni su, mamma.» Jane premette il pulsante e quando la madre spuntò dalle scale era già sulla porta ad attenderla per porgerglieli.

«Senza non riesco a leggere», disse Angela, e si fermò per dare un ultimo bacio all'irrequieta nipotina. «È meglio che vada. Ha la macchina in moto.»

«Ciao, mamma.»

Jane tornò in cucina dove l'acqua stava ormai bollendo. Vi immerse il biberon e, mentre il latte artificiale si scaldava, cominciò a camminare su e giù con la bambina piangente in braccio.

Il citofono ronzò di nuovo.

Oh, mamma. Cos'hai dimenticato stavolta? si chiese e premette il pulsante.

Il biberon era ormai tiepido. Infilò la tettarella nella bocca di Regina, ma la bambina la respinse, come se ne fosse disgustata. Che cosa vuoi, piccola? pensò Jane scoraggiata mentre riportava la figlia in soggiorno. Se solo potessi dirmi cosa vuoi!

Aprì la porta per andare incontro a sua madre.

Ma in piedi sulla soglia non c'era Angela.

34

La ragazza sgattaiolò nell'appartamento senza dire una parola e serrò a chiave la porta. Corse alle finestre e chiuse le veneziane l'una dopo l'altra, in rapida successione, mentre Jane la osservava stupefatta.

« Che diavolo fai? »

L'intrusa si girò di scatto a guardarla e si portò un dito alle labbra. Era piccola, più una bambina che una donna, e il suo corpo esile si perdeva quasi nella grossa felpa che indossava. Le mani che spuntavano dalle maniche sbiadite avevano ossa delicate come quelle di un uccellino, e la grossa borsa rigonfia che portava le incurvava la gracile spalla. Aveva una frangia arruffata e irregolare di capelli rossi, come se l'avesse tagliata lei stessa sforbiciando alla cieca, due occhi chiari di una strana tonalità di grigio, trasparenti come vetro, un volto da animale selvatico, affamato, con gli zigomi sporgenti e uno sguardo che ispezionava tutta la stanza in cerca di trappole nascoste.

« Mila? » disse Jane.

Di nuovo la ragazza si portò velocemente il dito alla bocca. L'occhiata che le lanciò non aveva bisogno di interpretazioni.

Sta' zitta. Sta' attenta.

Persino Regina sembrò capire: la piccola s'immobilizzò di colpo con gli occhi vigili e sgranati, restando tranquilla in braccio alla mamma.

« Qui sei al sicuro », disse Jane.

« Nessun posto è sicuro. »

« Posso chiamare i miei amici? Ti farò proteggere dalla polizia. »

Mila scosse la testa.

« Conosco quegli uomini. Lavoro con loro. » Jane allungò la mano per prendere il telefono.

La ragazza balzò in avanti e gliela sbatté sul ricevitore. « *Niente polizia.* »

Jane la fissò negli occhi e vide un folle terrore. « Va bene », mormorò allontanandosi dal telefono. « Anch'io sono della polizia. Perché ti fidi di me? »

Mila abbassò lo sguardo su Regina e Jane pensò: per questo si è arrischiata a venire. Sa che sono madre e in certo qual modo questo cambia le cose.

« So perché stai scappando », affermò Jane. « So di Ashburn. »

Mila andò verso il divano e sprofondò tra i cuscini. All'improvviso sembrò ancora più piccola, pareva deperire di minuto in minuto sotto lo sguardo di Jane. Curvò le spalle e piegò la testa prendendosela tra le mani, come se fosse troppo sfinita per tenerla dritta. « Sono così stanca », sussurrò.

Jane le si avvicinò fino a trovarsi a pochi centimetri dalla sua testa china e ne guardò i capelli tagliati in modo rozzo. « Tu hai visto gli assassini: aiutaci a identificarli. »

Mila sollevò lo sguardo e la fissò con occhi vuoti, allucinati. « Non vivrò abbastanza. »

Jane si accovacciò fino a porsi alla sua stessa altezza. Anche Regina stava fissando Mila, affascinata da quella creatura nuova, bizzarra. « Perché sei qui, Mila? Che cosa vuoi da me? »

Lei infilò la mano nella borsa sporca che aveva portato con sé e frugò in mezzo a vestiti arrotolati, barrette dolci e fazzoletti appallottolati. Estrasse una videocassetta e la porse a Jane.

« Che cos'è? »

« Ho paura di tenerla ancora. La do a te. Di' loro che non ce ne sono altre. Questa è l'ultima copia. »

« Dove l'hai presa? »

« *Prendila* e basta! » Tese il braccio e gliela porse, come se fosse avvelenata, come se volesse tenerla il più possibile lontano da sé. Quando Jane infine la prese, emise un sospiro di sollievo.

Rizzoli posò Regina in un porte-enfant, si avvicinò al televisore, infilò la cassetta nel videoregistratore e premette PLAY sul telecomando.

Sullo schermo apparve un'immagine. Jane vide un letto di ottone, una sedia e tende pesanti a una finestra. Fuoricampo si udì uno scricchiolio di passi in avvicinamento e una donna ridacchiare. Si sentì il rumore sordo di una porta che si chiudeva e poco dopo nell'inquadratura comparvero un uomo e una donna. La donna aveva una chioma bionda e lucida e la camicetta scollata lasciava vedere il profondo solco tra i seni. L'uomo indossava una polo e pantaloni larghi color cachi.

«Oh, sì», sospirò questi mentre la donna si sbottonava la camicetta. Lei si sfilò ancheggiando la gonna e si tolse la biancheria intima. Spinse scherzosamente l'uomo sul letto, che si lasciò cadere mentre lei gli sbottonava i pantaloni e glieli abbassava sulle cosce. Poi si chinò e gli prese in bocca il pene eretto.

È solo un video porno, si disse Jane. Perché devo guardarlo?

«Non questo», disse Mila, e le sottrasse il telecomando per premere FAST-FORWARD.

La testa della bionda si mosse a scatti in avanti e all'indietro succhiando con frenetica efficienza, poi lo schermo divenne bianco e un istante dopo comparve in velocità un'altra coppia. Non appena vide i lunghi capelli neri della donna Jane rimase sbigottita. Era Olena.

I vestiti magicamente scomparvero e due corpi nudi rotolarono sul letto contorcendosi in FAST-FORWARD sul materasso. Ho già visto questa camera da letto, pensò Jane ricordando la cabina armadio con il buco nel muro. Ecco come hanno realizzato il video: con una telecamera installata nella cabina. Pensò inoltre che conosceva la bionda della prima ripresa: era la sconosciuta numero due del nastro del detective

Wardlaw, la donna morta sulla branda, mentre si riparava con la coperta per la paura.

Tutte le donne di questo video sono morte.

Di nuovo lo schermo divenne bianco.

«Ecco», disse piano Mila. Premette STOP e quindi PLAY.

Era lo stesso letto, la stessa stanza, ma stavolta le lenzuola erano diverse: avevano un disegno floreale e le federe erano disassortite. Un uomo più anziano con un principio di calvizie e un paio di occhiali con la montatura metallica entrò nell'inquadratura. Indossava una camicia bianca button-down e una cravatta rossa. Si tolse quest'ultima e la gettò su una sedia, poi si sbottonò la camicia mettendo in mostra un ventre pallido e gonfio. Era in piedi davanti alla telecamera, ma non sembrava al corrente della sua esistenza, tanto che si sfilò la camicia con totale mancanza di imbarazzo mostrando all'obiettivo una pancia ben poco attraente. All'improvviso si raddrizzò e rivolse l'attenzione a qualcosa che la telecamera non riusciva ancora a inquadrare. Una ragazza. Le sue urla la precedettero: erano grida acute di protesta in una lingua che sembrava russo. Non voleva entrare nella stanza, ma i singhiozzi s'interruppero bruscamente dopo un sonoro ceffone e un ordine severo di una donna. Allora la ragazza comparve vacillante nell'inquadratura, come se fosse stata spinta, e cadde scomposta sul pavimento ai piedi dell'uomo. La porta sbatté e si sentì un rumore forte e secco di passi che si allontanavano.

L'uomo guardò la ragazza, palesemente eccitato. «Alzati», disse.

La ragazza non si mosse.

«Alzati», ripeté, e la toccò con il piede.

La ragazza sollevò finalmente la testa e lentamente, come sfinita dalla sola forza di gravità, si mise in piedi con tutti i capelli biondi scarmigliati.

Jane si sentì indotta, suo malgrado, ad avvicinarsi allo schermo. Era troppo inorridita per distogliere lo sguardo, ma sentiva la rabbia crescerle nel petto. Quella ragazza non era nemmeno adolescente. Portava una camicetta rosa corta e una minigonna di denim da cui spuntavano due gambe penosamente magre. Sulla guancia recava ancora il segno rosso e infiammato dello schiaffo della donna. Dai lividi sbiaditi sulle braccia Jane capì che aveva subito altre percosse, altre crudeltà. Anche se l'uomo la sovrastava, quella fragile ragazzina lo guardò con un'aria di sfida.

« Togliti la camicetta. »

Lei si limitò a guardarlo.

« Cosa c'è, sei stupida? Non capisci l'inglese? »

La ragazza raddrizzò di scatto la schiena e sollevò il mento. *Sì, lo capisce e ti sta dicendo di andare affanculo, coglione.*

L'uomo avanzò verso di lei, afferrò la camicetta con entrambe le mani e gliela strappò mentre una pioggia di bottoni cadeva per terra. La ragazza trattenne sorpresa il respiro e gli diede uno schiaffo. L'uomo perse gli occhiali che caddero rumorosamente sul pavimento e per qualche secondo restò a guardarla stupito. Poi sul suo volto comparve un'espressione tale di collera che Jane si allontanò di scatto dalla TV capendo che cosa sarebbe successo dopo.

Lo schiaffo la colpì sulla mascella e l'impatto fu tanto violento che sembrò sollevarla in aria. La ragazza cadde bruscamente a terra. Lui l'afferrò per la vita, la trascinò verso il letto e la gettò sul materasso. Con alcuni strattoni le tolse la gonna e poi si aprì i pantaloni.

Il colpo l'aveva momentaneamente stordita, ma la ragazza non aveva smesso di lottare. All'improvviso sembrò rianimarsi e urlando lo tempestò di pugni. Lui le bloccò i polsi, salì sopra di lei e la inchiodò al materasso. Nella fretta di infilarsi tra le sue cosce perse la presa del polso destro; la ragazza gli afferrò il viso e lo graffiò. L'uomo balzò indietro, si toccò la guancia ferita e si guardò incredulo le dita, il sangue fuoriuscito dai graffi che la ragazza gli aveva procurato.

« Troia, piccola *troia* del cazzo. »

Le sferrò un pugno alla tempia e a quel rumore sordo Jane trasalì sentendo un'ondata di nausea.

« Ho pagato per averti, maledizione! »

La ragazza gli diede uno spintone, ma adesso era più debole. L'occhio sinistro iniziava a gonfiarsi e il sangue le gocciolava dal labbro, eppure continuò a difendersi. I suoi sforzi sembravano tuttavia avere l'unico effetto di eccitare l'uomo. Troppo debole per opporre resistenza, la giovane non poté fermare l'inevitabile. Quando lui la penetrò, cacciò un urlo.

« Zitta. »

Ma lei non smise di urlare.

« Zitta! » disse, e la colpì ancora e poi ancora. Alla fine le tappò la bocca con la mano per soffocare le grida mentre continuava a penetrarla con brutalità. Non parve accorgersi che alla fine aveva smesso di urlare e giaceva perfettamente immobile. Gli unici rumori adesso erano il cigolio ritmico del letto e i versi gutturali, animaleschi dell'uomo. Questi emise un ultimo grido e incurvò la schiena nello spasmo liberatorio finale, quindi con un gemito crollò sulla ragazza.

Per un istante rimase lì a respirare affannosamente, il corpo flaccido per lo sfinimento. A poco a poco sembrò però accorgersi che qualcosa non andava e abbassò lo sguardo su di lei.

La ragazza era immobile.

Lui la scrollò. « Ehi. » Le diede un paio di colpetti sulla guancia. Ora nella sua voce si percepiva una nota di preoccupazione. « Svegliati. Maledizione, *svegliati.* »

La ragazza non si mosse.

L'uomo rotolò giù dal letto e restò un attimo in piedi a fissarla. Le premette le dita sul collo per sentire il battito, e tutti i muscoli del suo corpo parvero contrarsi. Arretrò dal letto e prese a respirare veloce, in preda al panico.

« Oh, Gesù », mormorò.

Si guardò attorno come se la soluzione al dramma si trovasse da qualche parte nella stanza. Frenetico, afferrò gli indumenti e cominciò a vestirsi. Le mani gli tremavano mentre armeggiava con fibbie e bottoni. Si inginocchiò per recuperare gli occhiali che erano finiti sotto il letto e li inforcò. Diede un'ultima occhiata alla ragazza ed ebbe la conferma delle sue peggiori paure.

Scuotendo il capo, arretrò uscendo dall'obiettivo della telecamera. Una porta si aprì cigolando, si richiuse e si udì un rumore di passi frettolosi che si allontanavano. Trascorse un tempo che parve un'eternità con la telecamera sempre fissa sul letto e sulla ragazza immobile che vi era distesa.

Si sentirono quindi i passi di un'altra persona che si avvicinava, bussava alla porta e gridava qualcosa in russo. Jane riconobbe la donna che era entrata nella stanza: era la tenutaria della casa, quella che era morta legata alla sedia in cucina.

So che cosa ti capiterà, quello che ti faranno alle mani. So che morirai urlando.

La donna si avvicinò al letto e diede una scrollata alla ragazza sbraitando, ma questa non reagì. La donna arretrò e si coprì la bocca con la mano, poi si voltò di scatto e fissò la telecamera.

Sa che è lì. Sa che sta filmando.

Si mosse in quella direzione e si udì la porta della cabina aprirsi, quindi lo schermo diventò bianco.

Mila spense il videoregistratore.

Jane non riuscì a dire una parola. Si accasciò sul divano e rimase seduta stordita, in silenzio. Anche Regina era muta, come se percepisse che non era il momento di fare i capricci, che in quell'istante sua madre era troppo scossa per pensare a lei. Gabriel, si disse Jane. Ho bisogno di averti qui. Lanciò un'occhiata al telefono e si accorse che il marito aveva lasciato il cellulare sul tavolo, perciò non aveva modo di comunicare con lui.

« È un uomo importante », disse Mila.

Jane si voltò a guardarla. « Cosa? »

« Joe diceva che quell'uomo deve essere un pezzo grosso del vostro governo. » Mila indicò il televisore.

« Joe ha visto il nastro? »

Mila annuì. « Me ne ha dato una copia quando sono andata via, in modo che tutti ne avessimo una, se... » Si fermò e dopo un attimo aggiunse piano: « Se non ci fossimo più rivisti ».

« Da dove arriva? Dove l'hai preso? »

« La Madre li teneva nella sua stanza. Noi non lo sapevamo. Volevamo solo i soldi. »

Questa è la ragione del massacro, concluse Jane, ora si spiega perché sono state uccise quelle donne: sapevano ciò che era successo in quella stanza e il video ne è la prova.

« Chi è? » domandò Mila.

Jane fissò lo schermo televisivo vuoto. « Non lo so, ma conosco qualcuno che potrebbe saperlo », rispose avvicinandosi al telefono.

Mila la guardò allarmata. « Niente polizia! »

« Non ho intenzione di chiamare la polizia. Voglio chiedere a un amico di venire qui. È un giornalista. Conosce gente a Washington: ha vissuto lì e ci saprà dire chi è quell'uomo. » Sfogliò l'elenco telefonico fino a trovare il nome di Peter Lukas. Viveva a Milton, poco a sud di Boston. Mentre componeva il numero sentiva lo sguardo di Mila che la osservava: chiaramente si fidava ancora completamente di lei. Se faccio una mossa falsa, si disse Jane, la ragazza scappa. Devo stare attenta a non spaventarla.

« Pronto? » disse Peter Lukas.

« Potrebbe venire qui subito? »

« Detective Rizzoli? Che succede? »

« Non posso parlarne al telefono. »

« Sembra una cosa seria. »

« Potrebbe vincere il premio Pulitzer, Lukas. » Poi s'interruppe.

Qualcuno aveva citofonato.

Mila le lanciò un'occhiata di puro panico. Afferrò la borsa e schizzò verso le finestre.

« Aspetta, Mila, non... »

« Rizzoli? » disse Lukas. « Che sta succedendo lì? »

« Resti lì. La richiamo subito », rispose Jane e riagganciò.

Mila stava correndo da una finestra all'altra alla ricerca disperata dell'uscita antincendio.

« È tutto a posto! » esclamò Jane. « Calmati. »

« Sanno che sono qui! »

« Non sappiamo nemmeno chi sia alla porta. Vediamo di scoprirlo », disse, e premette il pulsante del citofono. « Sì? »

« Detective Rizzoli, sono John Barsanti. Posso salire? »

La reazione di Mila fu istantanea. Scattò verso le stanze da letto in cerca di una via di fuga.

« Aspetta! » gridò Jane seguendola in corridoio. « Puoi fidarti di lui! »

La ragazza tuttavia stava già sollevando la finestra della camera.

« Non te ne puoi andare. »

Udirono di nuovo il citofono. A quel suono Mila scavalcò in fretta la finestra e raggiunse la scala antincendio. Se va via, non la rivedrò più, pensò Jane. Questa ragazza è sopravvissuta tanto a lungo grazie al suo istinto. Forse dovrei ascoltarla.

L'afferrò per un polso e disse: « Vengo con te, d'accordo? Ce ne andremo insieme. Aspettami, ti prego! »

« Sbrigati », sussurrò Mila.

Jane si voltò. « La bambina. »

Mila la seguì in soggiorno e tenne nervosamente d'occhio la porta mentre Jane estraeva il video e lo gettava nella borsa dei pannolini. Poi aprì il cassetto con la pistola, prese l'arma e infilò anche quella nella borsa dei pannolini. *Non si sa mai.*

Il citofono suonò ancora.

Jane prese Regina in braccio. « Andiamo. »

Mila si precipitò giù per la scala antincendio, veloce come una scimmia. Un tempo Jane era altrettanto agile e spericolata, ma adesso era costretta a stare attenta a ogni passo perché aveva con sé Regina. Povera bambina, non ho scelta, pensò. Ti devo trascinare in questa avventura. Raggiunse infine il vicolo e le fece strada verso la Subaru. Quando aprì la portiera, dalla finestra aperta dell'appartamento sentì ancora Barsanti citofonare con insistenza.

Mentre si dirigeva a ovest lungo Tremont Street, controllò nel retrovisore, ma non vide segni di pedinamenti: non c'erano fari che le seguivano. Adesso bisogna trovare un posto sicuro dove Mila non abbia paura, pensò. Dove non veda uniformi della polizia. E soprattutto un posto dove Regina non corra rischi.

« Dove stiamo andando? » domandò Mila.

« Ci sto pensando, ci sto pensando. » Jane guardò il cellulare, ma non osò chiamare la madre. Non osò chiamare nessuno.

All'improvviso svoltò a sud su Columbus Avenue. « Conosco un posto sicuro », disse.

35

Peter Lukas guardò in silenzio mentre sul suo schermo televisivo scorrevano le immagini della brutale aggressione. Quando finalmente il nastro terminò, non si mosse. Persino dopo che Jane ebbe spento il videoregistratore, Lukas rimase seduto immobile con lo sguardo fisso sullo schermo, come se vedesse ancora il corpo pesto della ragazza, le lenzuola macchiate di sangue. Nella stanza era calato il silenzio. Regina sonnecchiava sul divano e Mila era in piedi alla finestra, intenta a controllare la strada.

« Mila non ha mai saputo il nome della ragazza », disse Jane. « Ci sono buone probabilità che il corpo sia stato seppellito da qualche parte nei boschi dietro la casa. È un luogo isolato e ci sono molti posti dove ci si può sbarazzare di un cadavere. Dio solo sa quante altre ragazze potrebbero essere sepolte lì. »

Lukas chinò il capo. « Mi viene da vomitare. »

« Anche a me. »

« Perché qualcuno dovrebbe registrare una cosa del genere? »

« Quell'uomo non si era chiaramente reso conto di *essere* ripreso. La telecamera era stata installata in un vano dove i clienti non potevano vederla. Forse era solo un'altra fonte di reddito. Fai prostituire le ragazze, registri gli incontri e poi vendi i nastri sul mercato del porno. Da qualsiasi punto di vista lo si guardi, è un modo per far soldi. In fondo, quel bordello non era che un'altra delle loro consociate. » Jane tacque e dopo qualche istante aggiunse con tono sarcastico: « Evidentemente la Ballentree crede nella diversificazione ».

« Ma questo è uno snuff film! Se lo vendesse, la Ballentree non potrebbe mai uscirne indenne. »

« No, è troppo esplosivo. La tenutaria della casa lo sapeva bene e lo ha nascosto nella borsa. Mila dice che si erano portate dietro quella borsa per mesi senza sapere che cosa contenesse il video. Alla fine Joe lo ha visto sul videoregistratore di una stanza di motel. » Jane guardò il televisore. « Adesso sappiamo perché sono state uccise quelle donne ad Ashburn e perché è stato ammazzato Charles Desmond: conoscevano quel cliente, potevano identificarlo. Dovevano morire tutti quanti. »

« Perciò tutto ruota attorno alla copertura di uno stupro e di un omicidio. »

Jane annuì. « All'improvviso Joe si rende conto di avere in mano una bomba. Che fare con questa prova? Non sapeva di chi fidarsi. E chi avrebbe prestato ascolto a un uomo che era già stato bollato come eccentrico e paranoide? Questo deve averle mandato: una copia del nastro. »

« Che io però non ho mai ricevuto. »

« In quel momento si sono divisi, per evitare d'essere catturati. Ognuno tuttavia ha portato con sé una copia della videocassetta. Olena è stata presa prima che potesse portare la sua al *Tribune*. Quella di Joe è stata probabilmente recuperata dopo l'assalto all'ospedale. » Jane indicò il televisore e aggiunse: « Questa è l'ultima rimasta ».

Lukas si voltò verso Mila che era rimasta nell'angolo in fondo alla stanza come un animale ombroso che aveva paura di avvicinarsi. « Hai visto quest'uomo con i tuoi occhi, Mila? È venuto in quella casa? »

« Sulla barca », rispose lei tremando visibilmente. « L'ho visto a una festa sulla barca. »

Lukas guardò Jane. « Crede si riferisca allo yacht di Charles Desmond? »

« È così che la Ballentree faceva gli affari », commentò Jane. « Il mondo di Desmond era un club per uomini: contratti di appalto della Difesa, personaggi del Pentagono. Dovunque ci siano pezzi grossi con molti soldi, puoi star certo che ci sia di mezzo anche il sesso. Un buon modo per concludere affari.» Estrasse la videocassetta e si girò a guardare Lukas. «Sa chi sia quest'uomo? Quello del nastro?»

Lukas deglutì. «Mi scusi, stento a credere che il video sia autentico.»

«Quell'uomo dev'essere un tipo importante. Pensi a tutto quello ha potuto fare, alle fonti che è riuscito a contattare per rintracciare la videocassetta.» Jane era in piedi davanti a lui. «Chi è?»

«Non lo riconosce?»

«Dovrei?»

«No, a meno che non abbia seguito le udienze di conferma del mese scorso. È Carleton Wynne, il nuovo direttore della National Intelligence.»

Jane emise un fischio e crollò sulla sedia di fronte a lui. «Gesù. Stiamo parlando dell'uomo responsabile di tutte le agenzie di intelligence del Paese.»

Lukas annuì. «FBI, CIA, intelligence militare: quindici agenzie in tutto, compresi alcuni rami della Sicurezza interna e il dipartimento di Giustizia. È un uomo che tira i fili dall'interno. La ragione per cui non lo ha riconosciuto è che non è una figura molto pubblica. È il cosiddetto uomo in grigio. Ha lasciato la CIA due anni fa, assegnato a un incarico di maggior prestigio al Supporto strategico del Pentagono. Quando l'ultimo direttore dell'intelligence è stato costretto a rassegnare le dimissioni, la Casa Bianca ha nominato Wynne al suo posto. Lo hanno appena confermato.»

«Per favore», intervenne Mila. «Dovrei andare in bagno.»

«È in fondo al corridoio», mormorò Lukas senza nemmeno alzare lo sguardo quando la ragazza sgattaiolò fuori dal soggiorno. Continuò invece a fissare Jane. «Non è un personaggio facile da far fuori», osservò.

« Con questo nastro riesci a far fuori anche King Kong. »

« Il direttore Wynne ha un'intera rete di contatti al Pentagono e nella CIA. È l'uomo scelto dal *presidente.* »

« Adesso è l'uomo scelto anche da me, e ho intenzione di farlo fuori. »

In quell'istante suonò il campanello. Jane alzò lo sguardo sorpresa.

« Stia tranquilla », disse Lukas alzandosi. « Probabilmente è solo il mio vicino. Ho promesso di dar da mangiare al suo gatto nel fine settimana. »

Nonostante la rassicurazione, Jane rimase seduta sul bordo della sedia ad ascoltare mentre il giornalista apriva la porta. « Ehi, entra! » esclamò con un saluto informale.

« È tutto sotto controllo? » chiese l'altro.

« Sì, stavamo solo guardando una videocassetta. »

Quello fu il momento in cui avrebbe dovuto capire che qualcosa non andava, ma il tono rilassato di Lukas l'aveva disarmata, l'aveva indotta a sentirsi sicura a casa sua, in sua compagnia. Il visitatore entrò nella stanza. Aveva i capelli biondi tagliati a spazzola e braccia molto muscolose. Anche quando Jane vide la pistola che stringeva in pugno, non capì subito quanto stava accadendo. Si alzò lentamente in piedi con il cuore in gola, si voltò verso Lukas, ma il suo sguardo distrutto, di persona tradita, suscitò in lui soltanto una scrollata di spalle, un atteggiamento da *mi dispiace, ma così vanno le cose.*

Il biondo ispezionò la stanza con un'occhiata e posò lo sguardo su Regina, profondamente addormentata tra i cuscini del divano. Puntò subito l'arma in direzione della bambina e Jane sentì una fitta di terrore, acuta come un coltello alla gola. « Non dire una parola », le ordinò. Sapeva come controllarla, come trovare il punto più vulnerabile di una madre. « Dov'è la puttana? » chiese a Lukas.

« In bagno, vado a prenderla. »

È troppo tardi per avvertire Mila, pensò Jane. Anche se urlassi, non avrebbe la possibilità di scappare.

« Quindi tu sei la poliziotta di cui ho sentito parlare », disse il biondo.

La poliziotta. La puttana. Quell'uomo conosceva i nomi delle due donne che stava per uccidere?

« Mi chiamo Jane Rizzoli », affermò.

« Posto sbagliato, momento sbagliato, detective. » Conosceva il suo nome. Certo, da professionista qual era lo sapeva, e sapeva anche di doversi tenere a debita distanza per poter reagire a qualsiasi mossa lei avesse fatto. Anche se fosse stato disarmato, non era tuttavia un uomo che avrebbe potuto affrontare facilmente. Dal comportamento, dal modo pacato ed efficiente con cui aveva assunto il controllo Jane aveva capito che senza un'arma non avrebbe avuto alcuna possibilità.

Ma con un'arma...

Guardò il pavimento. Dove diavolo aveva messo la borsa dei pannolini? Dietro il divano? Non la vedeva.

« Mila? » Lukas la stava chiamando dal corridoio. « Va tutto bene là dentro? »

All'improvviso Regina si agitò e lanciò un urlo, come se avesse percepito che qualcosa non andava, che la madre era nei guai.

« Posso prenderla in braccio? » disse Jane.

« Sta bene dov'è. »

« Se non la prendo in braccio, comincerà a piangere e sa farlo a regola d'arte. »

« Mila? » Adesso Lukas stava bussando alla porta del bagno. « Apri, per favore? Mila! »

Come previsto, Regina cominciò a urlare. Jane guardò l'uomo che infine annuì. La prese in braccio, ma il gesto non sembrò confortarla. *Sente il mio cuore battere forte, sente la mia paura.*

In corridoio si udì picchiare e poi uno schianto quando

Lukas buttò giù la porta. Pochi secondi dopo arrivò correndo in soggiorno con il volto arrossato. « È scappata. »

« Cosa? »

« La finestra del bagno è aperta. Deve essersi calata giù. »

Il biondo reagì con una scrollata di spalle. « La troveremo un altro giorno. Quello che lui vuole veramente è il video. »

« Lo abbiamo. »

« Sei sicuro che sia l'ultima copia? »

« È l'ultima. »

Jane guardò Lukas. « Sapeva già del nastro. »

« Ha idea di quanta spazzatura riceve un giornalista con la posta? » replicò questi. « Di quanti fanatici delle teorie di complotto e di quanti squilibrati paranoidi ci sono là fuori, ansiosi di convincere l'opinione pubblica? Scrivo quel pezzo sulla Ballentree e all'improvviso divento il miglior amico di tutti i Joseph Roke del Paese, di tutti i pazzoidi in circolazione. Pensano che, se mi racconteranno i loro assurdi deliri, io mi metterò a indagare, che sia il loro Woodward e Bernstein. »

« Così *dovrebbe* essere. Questo è quello che i giornalisti dovrebbero fare. »

« Conosce qualche giornalista ricco? Se esclude le rare superstar, quanti nomi le vengono in mente? In realtà, alla gente non frega un accidente della verità, o al massimo mostra un fugace interesse per qualche settimana. Pensi ai titoli da prima pagina. *Direttore della National Intelligence accusato di omicidio.* La Casa Bianca manifesterebbe opportunamente il suo orrore, Carleton Wynne si dichiarerebbe colpevole e poi tutta la faccenda finirebbe come ogni altro scandalo di Washington. Dopo pochi mesi la gente se ne dimenticherebbe e io tornerei a curare la mia rubrica, a pagare le rate di mutuo e a guidare la stessa Toyota scassata. » Lukas scosse la testa. « Non appena ho visto quel video, ho capito che valeva molto di più del Pulitzer. Sapevo chi mi avrebbe potuto pagare. »

« Il video che Joe le ha mandato: lei lo *ha* ricevuto. »

« Per poco non lo buttavo. Poi ho pensato: che diamine, vediamo cosa c'è dentro. Ho riconosciuto subito Carleton Wynne. Prima che alzassi il telefono e lo chiamassi, non sapeva nemmeno dell'esistenza del nastro. Pensava di dover solo dare la caccia a un paio di puttane, ma all'improvviso la cosa si è fatta molto, molto più seria e molto più costosa. »

« È stato veramente disposto a trattare con lei? »

« Lei non lo sarebbe, sapendo che cosa potrebbe farle quel nastro? Sapendo che ne circolano altre copie? »

« Crede davvero che Wynne la lascerà vivere? Adesso che gli ha dato Joe e Olena? Da lei non ha bisogno d'altro. »

« Mi serve una pala », li interruppe il biondo.

Lukas continuò a guardare Jane. « Non sono uno stupido », rispose. « E Wynne lo sa. »

« La pala », ripeté il biondo.

« Ce n'è una in garage », disse Lukas.

« Va' a prenderla. »

Mentre il giornalista si avviava in garage, Jane gridò: « È uno stupido se pensa di vivere abbastanza da godersi il suo denaro! » Regina era ammutolita tra le sue braccia, zittita dalla rabbia della madre. « Ha visto come conducono il gioco. Sa com'è morto Charles Desmond. La troveranno nella vasca da bagno con i polsi tagliati o le cacceranno un flacone di fenobarbitale giù per la gola e la getteranno nella baia, come hanno fatto con Olena. O forse quest'uomo le pianterà un proiettile in testa, senza tante storie. »

Lukas tornò in casa portando con sé una vanga e la porse al biondo.

« Fino a dove arriva il bosco dietro la casa? » domandò questi.

« Fa parte della riserva di Blue Hills. Si estende per almeno un chilometro e mezzo. »

« Dobbiamo portarla abbastanza lontano. »

«Senti, non voglio averci niente a che fare. Per questo sei pagato tu.»

«Allora dovrai occuparti dell'auto.»

«Aspetta.» Lukas si allungò dietro il divano e ne emerse tenendo in mano la borsa dei pannolini, che porse all'altro uomo. «Non voglio tracce in casa mia.»

Dammela, pensò Jane. Dammi quella maledetta borsa.

Il biondo invece se la mise in spalla e disse: «Andiamo a fare un giretto nel bosco, detective».

Jane si voltò per lanciare a Lukas un'occhiata di disprezzo. «Toccherà anche a te. Sei un uomo morto.»

Fuori, nel cielo stellato brillava una falce di luna. Con Regina in braccio, Jane avanzava incespicando in mezzo agli alberelli e ai cespugli del sottobosco, seguendo la strada indicatale vagamente dalla torcia dell'uomo. Lui la scortava a distanza, attento a tenersi fuori dalla sua portata. Jane, comunque, non avrebbe potuto colpirlo, non con Regina in braccio. Regina, che aveva solo poche settimane di vita.

«La bambina non può farti del male», disse Jane. «Non ha neanche un mese.»

L'uomo non disse nulla. L'unico rumore era quello dei loro passi nel bosco: lo spezzarsi dei ramoscelli, il fruscio delle foglie. Tanto rumore, ma non c'era nessuno nei paraggi ad ascoltare. *Se una donna cade nel bosco e nessuno la sente...*

«Risparmiala», continuò lei. «Lasciala in un punto in cui qualcuno possa trovarla.»

«Non è un mio problema.»

«È solo una *neonata*!» La voce di Jane si incrinò. Si fermò lì, in mezzo agli alberi, e strinse la figlia al petto mentre il pianto le saliva in gola. Regina emise un dolce vagito come per confortarla. Jane premette il viso contro la testa della piccola e inalò la dolcezza dei suoi capelli, sentì il calore delle sue guance vellutate. Come ho potuto coinvolgerti in tutto questo? si chiese. Non c'è sbaglio più grande che una madre possa fare, e ora morirai con me.

« Continua a camminare », disse l'uomo.

In passato ho reagito e sono sopravvissuta, pensò Jane. Posso farlo ancora. *Devo* farlo, *per te.*

« O vuoi che la facciamo finita qui? » domandò lui.

Jane fece un profondo respiro, inspirò l'odore degli alberi, delle foglie bagnate, e le vennero in mente i resti umani che aveva esaminato nella riserva di Stony Brook l'estate precedente: ai rampicanti che si erano insinuati nelle cavità orbitali, avvolgendo il cranio con i loro avidi tentacoli, alla mancanza delle mani e dei piedi, rosicchiati e portati via dai predatori. Le tremavano i polsi e pensò a quanto piccole e fragili fossero le ossa di una mano umana, con quanta facilità potessero essere sparpagliate in una foresta.

Riprese a camminare addentrandosi ulteriormente nel bosco. Sta' calma, pensò. Se ti fai prendere dal panico, non avrai possibilità di sorprenderlo, di salvare Regina. I suoi sensi si acuirono. Sentiva il sangue scorrerle nelle vene, le pareva di percepire quasi ogni molecola d'aria che le sfiorava il viso. Ti svegli, si disse, proprio quando stai per morire.

« Qui va bene », annunciò l'uomo.

Si trovavano in una piccola radura. Gli alberi li circondavano formando un cerchio scuro di silenziosi testimoni. Le stelle erano gelidi lustrini. Niente di tutto ciò cambierà quando me ne sarò andata, si disse Jane. Alle stelle non importa, e nemmeno agli alberi.

Lui le gettò la pala davanti ai piedi. « Inizia a scavare. »

« E la bambina? »

« Posala e inizia a scavare. »

« Il terreno è così duro. »

« Come se adesso avesse importanza. » Buttò ai suoi piedi anche la borsa dei pannolini. « Mettila lì sopra. »

Jane si inginocchiò. Il cuore le martellava tanto forte che pensò le sarebbe esploso. Hai una possibilità, si disse. Infila la mano nella borsa e afferra la pistola. Girati e spara prima che si renda conto di quel che accade. Nessuna pietà, fagli saltare le cervella e basta.

«Povera piccola», mormorò mentre si accovacciava accanto alla borsa e vi infilava silenziosamente la mano. «Ora la mamma ti sistema qui...» Sentì il portafoglio, il biberon, i pannolini. *La pistola, dov'è quella maledetta pistola?*

«Mettila lì e sbrigati.»

Non c'è. Quando espirò, le uscì un singhiozzo. *L'ha presa, naturalmente. Non è stupido. Sono una poliziotta, sa che avrei avuto un'arma.*

«Scava.»

Jane si chinò per dare un bacio e una carezza a Regina, poi la posò sulla borsa dei pannolini che le faceva da cuscino. Afferrò la pala e si alzò lentamente. Sentì le gambe prive di ogni energia, di ogni speranza. L'uomo era troppo lontano perché potesse colpirlo con la pala. Anche se gliel'avesse lanciata contro, sarebbe rimasto stordito solo per pochi secondi: non bastavano per prendere Regina e scappare.

Guardò il terreno. Alla luce della falce di luna vide uno strato di muschio cosparso qua e là di foglie. Il suo giaciglio per l'eternità. *Gabriel non ci troverà mai qui. Non lo saprà mai.*

Conficcò la vanga nel suolo e, mentre iniziava a scavare, sentì le prime lacrime scenderle sulla guancia.

36

La porta dell'appartamento era socchiusa.

Gabriel si fermò in corridoio, istintivamente in allerta. Udì alcune voci provenire dall'interno e un rumore di passi. Spinse la porta ed entrò. « Che state facendo qui? »

John Barsanti si voltò a guardarlo. La prima domanda che gli fece colse Gabriel di sorpresa. « Dov'è sua moglie, agente Dean? »

« Non c'è? » Gabriel spostò lo sguardo sul secondo visitatore che era appena spuntato dalla cameretta della bambina: Helen Glasser del dipartimento di Giustizia. Portava i capelli argentei raccolti in una stretta coda che ne metteva in risalto l'espressione preoccupata.

« La finestra della camera da letto è spalancata », annunciò.

« Come siete entrati? »

« Ci ha aperto il custode del condominio », spiegò Glasser, « non potevamo aspettare ancora. »

« Dov'è Jane? »

« È quello che vorremmo sapere. »

« Dovrebbe essere qui. »

« Quanto è stato via? Quando ha visto sua moglie per l'ultima volta? »

Gabriel fissò Glasser irritato per il tono pressante. « Mi sono assentato per circa un'ora. Ho accompagnato a casa sua madre. »

« Jane l'ha chiamata dopo che è uscito? »

« No, avevo lasciato il telefono a casa. » Gabriel guardò l'apparecchio.

« Non risponde al cellulare, agente Dean », proseguì Glasser, «abbiamo già cercato di contattarla. *Dobbiamo* contattarla.»

Lui si voltò a guardarli. «Che diavolo sta succedendo?»

«È con Mila in questo momento?» chiese pacata Glasser.

«La ragazza non si è mai fatta vedere al...» Gabriel si interruppe. «Questo lo sapete già. Anche voi stavate sorvegliando il parco.»

«Quella ragazza è la nostra ultima testimone», spiegò Glasser. «Se è con sua moglie, dobbiamo saperlo.»

«Jane e la bambina erano sole quando me ne sono andato.»

«E allora dove sono adesso?»

«Non lo so.»

«Lei capisce, agente Dean, che, se Mila è con lei, Jane si trova in una situazione molto pericolosa.»

«Mia moglie sa badare a se stessa. Non farebbe niente se non avesse la maledetta certezza di poterlo fare.» Si avvicinò al cassetto dove Jane teneva di solito la pistola e vide che non era chiuso a chiave. Lo aprì con forza e fissò la fondina vuota.

Ha preso la pistola.

«Agente Dean?»

Gabriel richiuse il cassetto sbattendolo e andò in camera da letto. Come riferito da Glasser, la finestra era spalancata. A quel punto si agitò. Tornò in soggiorno e sentì lo sguardo indagatore di Glasser esplorare il suo volto, percepire la sua paura.

«Dove può essere andata?» chiese lei.

«*Mi* avrebbe telefonato, ne sono certo.»

«Ma lei non aveva con sé il suo cellulare.»

«Allora sarebbe andata alla polizia. Si sarebbe diretta immediatamente a Schroeder Plaza.»

«Abbiamo già contattato il dipartimento di polizia di Boston. Non è lì.»

«Dobbiamo trovare la ragazza», disse Barsanti. «Dobbiamo trovarla viva.»

« Provo a chiamarla ancora sul cellulare. Forse non è niente. Forse ha fatto un salto al supermercato a comprare il latte. » *Già, e si è portata dietro la pistola.* Sollevò il ricevitore e stava per digitare il primo numero quando, guardando la tastiera, un pensiero lo folgorò. Le probabilità sono minime, ma forse...

Premette REDIAL.

Dopo tre squilli rispose un uomo. « Pronto? »

Gabriel tacque cercando di identificarne la voce, consapevole di averla già sentita. Poi si ricordò. « Lei è... Peter Lukas? »

« Sì. »

« Sono Gabriel Dean. Jane per caso è lì? »

Ci fu un lungo silenzio, uno strano silenzio. « No. Perché? »

« Ho trovato il suo numero in memoria premendo REDIAL. Deve averla chiamata. »

« Oh, sì », rispose Lukas ridendo. « Voleva tutti i miei appunti sul caso Ballentree. Le ho detto che li avrei recuperati. »

« Quando è stato? »

« Mi faccia pensare, più o meno un'ora fa. »

« E basta? Non ha detto altro? »

« No. Perché? »

« Allora continuerò a cercare, grazie. » Riagganciò e restò a fissare il telefono, a riflettere sul silenzio di Lukas che non aveva risposto subito alla domanda. *La cosa non mi torna per niente.*

« Agente Dean? » domandò Glasser.

Lui si voltò a guardarla. « Che cosa sa di Peter Lukas? »

Ora la fossa le arrivava all'altezza del ginocchio.

Jane raccolse un'altra palata di terra e la gettò nel mucchio sempre più alto. Le lacrime erano cessate, sostituite dal sudore. Scavava in silenzio. Gli unici rumori erano il grattare della pala e l'acciottolio dei sassi. Anche Regina era silenziosa, come se sapesse che non aveva più senso protestare, che il suo destino, come quello della madre, era già stato deciso.

No, non lo è. Maledizione, niente è stato deciso.

Jane conficcò la vanga nel suolo sassoso e, malgrado avesse male alla schiena e le braccia le tremassero, sentì il calore della rabbia pervaderle i muscoli come un potente carburante. Non farai del male alla mia bambina, pensò. Prima, ti staccherò la testa. Gettò altra terra nel mucchio. Ora dolore e fatica non contavano più, la sua mente era concentrata sulla prossima mossa. L'assassino era solo una sagoma in piedi ai margini del bosco. Non lo vedeva in volto, ma sapeva che la stava osservando. Jane scavava da quasi un'ora, rallentata dal terreno ghiaioso, e l'attenzione dell'uomo stava probabilmente diminuendo. Ma in fondo quale resistenza poteva opporre una donna sfinita a un uomo armato? Non aveva niente a suo favore.

Solo un gesto a sorpresa e la rabbia di una madre.

Il primo sparo sarebbe stato impreciso per la fretta. Avrebbe mirato prima di tutto al tronco, non alla testa. Comunque sia, continuerai a muoverti, si disse, a caricarlo. Un proiettile impiega tempo per uccidere e persino un corpo che cade ha un certo slancio.

Jane si chinò per raccogliere un'altra palata di terra. La vanga era completamente avvolta dall'ombra della fossa, lontana dal fascio di luce della torcia. L'uomo non poté vedere i suoi muscoli contrarsi e il piede piantarsi bene contro il bordo della buca. Non la sentì inspirare mentre afferrava saldamente il manico della pala. Jane si rannicchiò, tutti gli arti pronti a scattare come una molla.

Questo è per te, mio piccolo tesoro. Solo per te.

Sollevò la vanga e gettò la terra in faccia all'uomo, che arretrò incespicando ed emise un grido di sorpresa quando Jane saltò fuori dalla fossa e lo caricò di testa mirando dritta all'addome.

Caddero entrambi per terra spezzando diversi rami. Jane cercò di strappargli la pistola, gli prese subito il polso, ma si rese improvvisamente conto che non la stringeva più, che l'aveva persa durante la caduta.

La pistola. Trova la pistola!

Si spostò e tastò frenetica nel sottobosco cercando tentoni l'arma.

Il colpo la spinse di lato. Atterrò di schiena e l'impatto le tolse il fiato. All'inizio non sentì male, solo shock e stupore all'idea che la lotta fosse finita così presto. Poi sentì un bruciore al viso e il vero dolore si fece a poco a poco strada nel cranio. Vide l'uomo in piedi sopra di lei: con la testa oscurava le stelle. Udì Regina piangere, gli ultimi vagiti della sua breve vita. *Povera piccola, non saprai mai quanto bene ti voglio.*

« Entra nella fossa », disse. « Adesso è abbastanza profonda. »

« Non la bambina », sussurrò lei. « È così piccola... »

« Entra dentro, brutta troia. »

Il calcio la colpì alle costole e Jane rotolò sul fianco, incapace di urlare perché solo respirare le costava un dolore immenso.

« Sbrigati », ordinò.

Si mise lentamente in ginocchio e si avvicinò a Regina. Sentì qualcosa di caldo e di bagnato gocciolarle dal naso. Prese la bambina in braccio, sfiorò con un bacio i suoi riccioli morbidi e la cullò mentre il sangue le colava sulla testa. *La mamma ti tiene. La mamma non ti lascerà mai.*

« È ora », disse l'uomo.

37

Gabriel guardò nella Subaru di Jane e sentì un tuffo al cuore. Il cellulare era sul cruscotto e il seggiolino della bambina fissato al sedile posteriore. Si girò puntando la torcia direttamente in faccia a Peter Lukas.

« Lei dov'è? »

Lo sguardo del giornalista guizzò su Barsanti e Glasser, che assistevano in silenzio alla scena a pochi passi di distanza.

« Questa è la sua macchina », disse Gabriel. « Lei dov'è? »

Lukas alzò la mano per proteggersi gli occhi dalla luce intensa della torcia. « Avrà bussato alla mia porta quando ero sotto la doccia. Non avevo nemmeno notato che la sua auto fosse posteggiata qua fuori. »

« Prima la chiama e poi viene a casa sua. Perché? »

« Non lo so... »

« Perché? » ripeté Gabriel.

« È *sua* moglie o se lo è scordato? »

Gabriel lo afferrò alla gola con tale rapidità che Lukas non ebbe il tempo di reagire. Arretrò barcollando e finì contro l'auto di Barsanti sbattendo la testa sul cofano. Mentre si sforzava di respirare, il giornalista fece per afferrare le mani di Gabriel, ma non riuscì a liberarsi: poté solo agitare disperato le braccia con la schiena immobilizzata contro la macchina.

« Dean! » esclamò Barsanti. « Dean! »

Gabriel lasciò Lukas e fece un passo indietro ansimando. Cercò di non cedere al panico, ma questo era già lì e lo stava prendendo per la gola come lui aveva fatto con Lukas, che adesso era in ginocchio, scosso da colpi di tosse. Gabriel si girò verso la casa, corse su per le scale e irruppe nell'appartamento. Frenetico, passò di stanza in stanza aprendo porte e controllando armadi. Solo quando tornò in soggiorno notò quello che gli era sfuggito al primo passaggio: le chiavi dell'auto di Jane sul tappeto dietro il divano. Le fissò e il panico si trasformò in terrore. Eravate in questa casa, pensò. Tu e Regina...

Udì alcuni spari in lontananza e sollevò di scatto la testa. Si precipitò fuori dalla casa, sul portico.

« Provenivano dal bosco », disse Barsanti.

Restarono tutti immobili al rumore di un terzo sparo.

Gabriel stava già correndo, incurante dei rami e degli alberelli che lo sferzavano mentre s'inoltrava nel bosco. Il fascio della torcia si muoveva impazzito di qua e di là sul terreno coperto di foglie morte e di betulle cadute. Da che parte, da che parte? Stava andando nella direzione giusta?

Un groviglio di rampicanti gli bloccò la caviglia e cadde in avanti atterrando sulle ginocchia. Si rialzò ansimando profondamente e riprese fiato.

« Jane? » gridò, ma la sua voce si ruppe e il nome di lei si tramutò in un sussurro. « Jane... »

Aiutami a trovarti, indicami la strada.

Rimase in ascolto, con gli alberi che si stagliavano imponenti tutt'intorno come sbarre di una prigione. Oltre la luce della torcia c'era una notte tanto fitta da sembrare solida, impenetrabile.

In lontananza si udì il rumore di un ramoscello spezzato.

Gabriel si girò di scatto, ma oltre il fascio di luce non vide nulla. Spense la torcia e rimase a osservare con il cuore in gola, sforzandosi di distinguere qualsiasi cosa ci fosse nel buio. Solo allora scorse un luccichio, tanto debole da ricordare una lucciola in volo tra gli alberi. Poi si udì un altro ramoscello spezzarsi. La luce avanzava nella sua direzione.

Gabriel estrasse la pistola e la tenne puntata verso il terreno mentre osservava la luce diventare sempre più intensa. Non riusciva a vedere chi teneva l'altra torcia, ma sentiva i passi che si avvicinavano, il fruscio delle foglie, ormai a pochi metri di distanza.

Sollevò la pistola e accese la torcia.

Colpita dal fascio di luce di Gabriel, la figura indietreggiò come un animale terrorizzato socchiudendo gli occhi per il bagliore. Gabriel ne fissò il volto pallido, i capelli rossi e irti. È solo una ragazza, pensò, una ragazza spaventata e magra come un chiodo.

« Mila? » disse.

Poi notò l'altra figura emergere dall'ombra proprio alle spalle della ragazza. Ancor prima di vederla in volto, ne riconobbe la camminata, il profilo della chioma riccia e ribelle.

Lasciò cadere la torcia e corse verso sua moglie e sua figlia a braccia aperte, ansioso di stringerle a sé. Jane si appoggiò tutta tremante al petto del marito; Regina era avvolta dal suo abbraccio così come lei era avvolta da quello di Gabriel. Un abbraccio in un abbraccio: la loro famiglia al completo era racchiusa nell'universo di quella stretta.

« Ho sentito degli spari », disse Gabriel. « Ho pensato... »

« È stata Mila », mormorò Jane.

« Cosa? »

« Ha preso la mia pistola. Ci ha seguiti... » Jane si irrigidì all'improvviso e lo guardò. « Dov'è Peter Lukas? »

« Lo tiene d'occhio Barsanti. Non andrà da nessuna parte. »

Jane emise un sospiro spaventato e si girò a guardare il bosco. « Arriveranno i predatori a mangiare il corpo. Dobbiamo chiamare la Scientifica. »

« Il corpo di chi? »

« Ora ti mostro. »

Gabriel restò ai margini del bosco tenendosi alla larga dai detective e dalla Scientifica, con lo sguardo fisso sulla fossa che sarebbe dovuta essere la tomba di sua moglie e di sua figlia. Il nastro della polizia delimitava l'area e alcuni riflettori alimentati da batterie illuminavano con la loro luce violenta il corpo dell'uomo. Maura Isles, accovacciata accanto al cadavere, si alzò e si voltò verso i detective Moore e Crowe.

« Vedo tre ferite d'ingresso », disse. « Due nel torace e una nella fronte. »

« È quello che abbiamo sentito », affermò Gabriel. « Tre spari. »

Maura lo guardò. « Con quale intervallo? »

Gabriel rifletté e sentì di nuovo l'eco del panico: ricordò la corsa a precipizio nel bosco e come a ogni passo il terrore gli fosse cresciuto nel petto. « Due in rapida successione », rispose. « Il terzo cinque, dieci secondi dopo. »

Maura tacque e spostò lo sguardo sul corpo. Fissò i capelli biondi dell'uomo, le spalle possenti. Accanto alla sua mano destra c'era una SIG Sauer.

« Be' », osservò Crowe, « direi che è un caso piuttosto lampante di legittima difesa. »

Nessuno disse nulla, né a proposito delle bruciature da polvere sul volto né a proposito dell'intervallo tra il secondo e il terzo sparo, ma tutti sapevano.

Gabriel si voltò e si avviò verso la casa.

Il viale d'accesso era ingolfato di veicoli. Si fermò per un istante, accecato dalle luci blu delle auto della polizia, poi individuò Helen Glasser che stava aiutando la ragazza a salire sul sedile anteriore della sua macchina.

« Dove la porta? » le domandò Gabriel.

Glasser si voltò e i suoi capelli rifletterono le luci delle auto come stagnola azzurra. « In un posto sicuro. »

« Per lei esiste un posto del genere? »

« Ne troverò uno, mi creda. » Glasser si fermò accanto alla portiera del guidatore e guardò la casa. « Il video cambia tutto, sa. E possiamo convincere Lukas a passare dalla nostra parte. Adesso non ha altra scelta: collaborerà. Perciò, vede, non ruota tutto attorno alla ragazza: lei è importante, ma non è l'unica arma che abbiamo.»

«Ma basterà a far fuori Carleton Wynne?»

«Nessuno è al di sopra della legge, agente Dean.» Glasser lo guardò e i suoi occhi scintillarono come acciaio. «Nessuno», ripeté mettendosi al volante.

«Aspetti!» esclamò Gabriel. «Devo parlare con la ragazza.»

«E noi dobbiamo andare.»

«Ci vorrà solo un minuto.» Gabriel si avvicinò al lato del passeggero, aprì la portiera e guardò attentamente Mila. La ragazza si teneva abbracciata, rannicchiata contro il sedile come se temesse le sue intenzioni. È solo una ragazzina, pensò Gabriel, eppure ha più forza di tutti noi. Dalle mezza possibilità e lei sopravvivrà a tutto.

«Mila», disse con dolcezza.

Lei lo guardò con occhi pieni di diffidenza. Forse non si sarebbe mai più fidata di un uomo, e in fondo perché avrebbe dovuto? *Ha visto il peggio che abbiamo da offrire.*

«Voglio ringraziarti», disse. «Per aver salvato la mia famiglia.»

Allora la notò: l'ombra di un sorriso. Era più di quanto si aspettasse.

Gabriel chiuse la portiera e fece un cenno a Glasser. «Lo faccia fuori!» esclamò.

«Se mi pagano bene c'è un motivo», rispose lei ridendo, e si allontanò seguita da una scorta della polizia di Boston.

Gabriel salì i gradini ed entrò in casa. Dentro trovò Barry Frost intento a parlare con Barsanti, mentre alcuni addetti alle prove dell'FBI portavano via il computer di Lukas e delle scatole contenenti i suoi file. Era chiaramente diventato un caso federale, e la polizia di Boston avrebbe ceduto la direzione delle indagini al Bureau. Ma anche in questo caso, pensò Gabriel, fin dove potranno arrivare? Poi Barsanti lo guardò: nei suoi occhi Gabriel vide lo stesso scintillio d'acciaio che aveva scorto in quelli di Glasser e notò che stringeva il video, che lo custodiva come fosse il Santo Graal.

« Dov'è Jane? » chiese a Frost.

« In cucina. La bambina aveva fame. »

Trovò la moglie seduta dando le spalle alla porta. Jane non lo vide entrare e lui si fermò a osservarla mentre teneva Regina al seno e canticchiava stonata. Jane non sarebbe mai stata intonata, pensò sorridendo, ma a Regina non pareva importare: stava tranquilla tra le braccia nuovamente sicure della madre. L'amore è l'elemento spontaneo, si disse Gabriel. È tutto il resto che richiede tempo: quello, dobbiamo impararlo.

Posò le mani sulle spalle di Jane e si chinò per darle un bacio sui capelli. Lei lo guardò con occhi raggianti.

« Andiamo a casa », disse.

38

Mila

La donna è stata gentile con me. Mentre la macchina sobbalza sulla strada sterrata, mi prende la mano e me la stringe. Con lei mi sento al sicuro, anche se so che non sarà sempre qui a tenermi la mano. Ci sono tante altre ragazze a cui pensare, ragazze che sono ancora perdute negli angoli bui di questo Paese. Per il momento però è qui con me. È la mia protettrice e mi appoggio a lei sperando che mi abbracci, ma è assente, il suo sguardo è concentrato sul deserto che circonda la nostra auto. Uno dei suoi capelli mi è caduto sulla manica e scintilla come un filo d'argento. Lo raccolgo e me lo infilo in tasca: potrebbe essere l'unico ricordo che avrò di lei quando terminerà il periodo che dobbiamo passare insieme.

La macchina si ferma.

«Mila», dice dandomi un colpetto con il gomito. «Ci stiamo avvicinando? Ti sembra la zona giusta?»

Sollevo la testa dalla sua spalla e guardo dal finestrino. Ci siamo fermati accanto al letto di un fiume in secca, dove gli alberi crescono stentati, tormentati. Al di là ci sono colline brune costellate di massi. «Non lo so», rispondo.

«Ti sembra assomigli a quel posto?»

«Sì, ma...» Continuo a osservare sforzandomi di ricordare quello che con tanta fatica ho cercato di dimenticare.

Uno degli uomini seduti davanti si volta a guardarci. «Laggiù hanno trovato il sentiero, dall'altra parte del letto del fiume», afferma. «La scorsa settimana hanno sorpreso un gruppo di ragazze che stavano passando di qui. Forse sarebbe bene che scendesse e desse un'occhiata, per vedere se riconosce qualcosa da quelle parti.»

«Vieni, Mila.» La donna apre la portiera e scende, ma io non mi muovo. Lei si china nell'auto. «È l'unico modo», spiega con dolcezza. «Ci devi aiutare a trovare il luogo.» Mi tende la mano e io con riluttanza la prendo.

Uno degli uomini ci guida attraverso un groviglio di cespugli e di alberi bassi, stentati, lungo uno stretto sentiero che conduce nel letto del fiume in secca. Lei si ferma e mi guarda. Mi osservano tutti e due, aspettano una mia reazione. Fisso la sponda, nel punto in cui c'è una vecchia ciabatta secca e crepata dal sole. Un ricordo riemerge vago e subito dopo diventa nitido. Mi giro, guardo la sponda opposta, coperta di bottiglie di plastica, e vedo un pezzo di cerata blu che penzola da un ramo.

Un altro ricordo si riaccende.

Qui mi ha colpito. Qui si trovava Anja con il piede sanguinante nella scarpa con la punta aperta.

Senza dire una parola mi volto e risalgo la sponda del fiume. Il cuore mi batte all'impazzata e il terrore mi attanaglia la gola, ma ora non ho scelta. Vedo il suo fantasma ondeggiare proprio davanti a me, una ciocca di capelli mossa dal vento, l'occhiata triste quando si gira.

«Mila?» esclama la donna.

Continuo a muovermi, mi faccio strada tra i cespugli finché non raggiungo la strada sterrata. Qui, penso. Qui erano parcheggiati i furgoni. Qui ci aspettavano gli uomini. Adesso i ricordi affiorano più veloci, come flash terribili di un incubo. Gli uomini che ci guardano lascivi mentre ci spogliamo, la ragazza che urla quando viene sbattuta contro il furgone, e Anja. Vedo Anja stesa immobile sulla schiena mentre l'uomo che l'ha appena violentata si chiude i pantaloni.

Anja si muove, si rimette in piedi barcollando come un vitellino. È così pallida, così magra, l'ombra di una ragazza.

La seguo, seguo il fantasma di Anja. Il deserto è disseminato di pietre acuminate. Piante spinose spuntano dal terreno e Anja corre in mezzo a esse incespicando con i piedi insanguinati, singhiozzando. Corre verso quella che pensa sia la libertà.

« Mila? »

Sento il respiro affannoso, terrorizzato, di Anja, vedo i capelli biondi ondeggiarle sciolti sulle spalle. Davanti a lei ha il nulla, il deserto. Se solo potesse correre abbastanza veloce, abbastanza lontano...

Sento la deflagrazione.

La vedo piegarsi in avanti senza più fiato nei polmoni. Il suo sangue si riversa sulla sabbia calda, eppure lei si mette in ginocchio e tenta di strisciare attraverso i cespugli spinosi, sopra le pietre taglienti come schegge di vetro.

Risuona un secondo sparo.

Anja cade, pelle bianca sulla sabbia bruna. È qui che è caduta? O laggiù? Adesso giro in cerchio, alla frenetica ricerca del punto. *Dove sei, Anja, dove?*

« Parlaci, Mila. »

Mi fermo di colpo con lo sguardo fisso sul terreno. La donna mi sta dicendo qualcosa, ma io non la sento quasi. Riesco solo a fissare quello che si trova ai miei piedi.

« Vieni via, Mila, non guardare », mi dice dolcemente la donna.

Io però non riesco a muovermi. Resto in piedi, paralizzata, mentre i due uomini si accovacciano, mentre uno di loro si infila i guanti e scosta la sabbia portando alla luce alcune costole e la volta marrone di un cranio.

« Sembra femminile », afferma.

Per qualche istante nessuno parla. Un vento caldo ci getta la sabbia in faccia e sbatto le palpebre per il fastidio. Quando riapro gli occhi, vedo che un altro pezzo di Anja è emerso dalla sabbia: la curva dell'ilio, il corpo bruno del femore. Il deserto ha deciso di restituirla e ora sta riaffiorando dalla terra.

Chi scompare a volte ritorna.

«Vieni, Mila. Andiamo.»

Guardo la donna. Se ne sta così dritta, inattaccabile. I suoi capelli argentei brillano come l'elmo di un guerriero. Mi cinge con un braccio e insieme torniamo alla macchina.

«È il momento, Mila», dice pacata la donna. «Il momento di raccontarmi tutto.»

Siamo sedute a un tavolo in una stanza senza finestre. Guardo il blocco di carta che ha di fronte: è bianco, attende il primo segno di penna, le parole che ho paura di dire.

«Ti ho detto tutto.»

«Non credo.»

«Ho risposto a tutte le domande.»

«Sì, ci hai aiutato moltissimo. Ci hai detto quello che volevamo. Carleton Wynne *finirà* in prigione e *pagherà* per tutto. Adesso il mondo sa quello che ha fatto e dobbiamo ringraziare te per questo.»

«Cos'altro vuoi da me?»

«Voglio quello che è nascosto là dentro.» Si allunga sul tavolo e mi tocca il cuore. «Voglio sapere le cose che hai paura di dirmi: mi aiuteranno a capire il loro modo di agire, a combatterli e a salvare altre ragazze come te. *Devi* farlo, Mila.»

Soffoco le lacrime. «Altrimenti mi rimanderai indietro.»

«No, *no*.» Si allunga ancora di più e mi fissa con affetto. «Questa adesso è casa tua, se vorrai restare. Non verrai espulsa, ti do la mia parola.»

«Anche se...» Mi fermo. Non riesco più a guardarla negli occhi. La vergogna mi travolge e abbasso lo sguardo sul tavolo.

«Niente di quello che ti è successo è colpa tua. Qualsiasi cosa quegli uomini ti abbiano fatto, qualsiasi cosa ti abbiano costretta a fare, te l'hanno imposta con la forza. L'hanno fatta al tuo corpo: non ha niente a che vedere con la tua anima. La tua anima, Mila, è ancora pura. »

Non posso sopportare l'idea di guardarla negli occhi. Continuo a fissare in basso, a guardare le mie lacrime che gocciolano sul tavolo e mi sento come se il cuore mi sanguinasse, come se ogni lacrima fosse una parte di me che se ne va.

« Perché hai paura di guardarmi? » mi chiede gentile.

« Mi vergogno », sussurro. « Tutte le cose che vuoi che ti dica... »

« Ti aiuterebbe se non fossi qui, in questa stanza? Se non ti guardassi? »

Continuo a non alzare lo sguardo.

Lei sospira. « D'accordo, Mila, ecco che cosa farò. » Posa un registratore sul tavolo. « Accenderò questo e uscirò. Allora potrai dire tutto quello che vorrai, tutto quello che ricordi. Racconta pure tutto in russo, se ti è più facile: ogni pensiero, ogni ricordo. Ogni cosa che ti è successa. Non parlerai a una persona, ma a una macchina: non può farti male. »

Si alza, preme il tasto RECORD ed esce dalla stanza.

Fisso la luce rossa accesa dell'apparecchio. Il nastro gira lento, attende le mie prime parole, il mio dolore. Faccio un profondo respiro, chiudo gli occhi e inizio a parlare.

Mi chiamo Mila e questo è il mio viaggio.

RINGRAZIAMENTI

Il mio grazie più sentito alla mia guida e agente letteraria Meg Ruley, a Jane Berkey e Don Cleary della Jane Rotrosen Agency, a Linda Marrow e Gina Centrello della Ballantine Books e a Selina Walker della Transworld. Voi tutti lo avete reso possibile.

Finito di stampare nel mese di settembre 2009
presso il Nuovo Istituto Italiano d'Arti Grafiche - Bergamo
Printed in Italy

BEST THRILLER

Periodico mensile, anno IX, n. 135
Registrazione n. 124 del 7.03.2001 presso il Tribunale di Milano
Direttore responsabile: Stefano Mauri

Distribuzione per l'Italia: m-dis
via Cazzaniga, 1 - 20132 Milano

TESS GERRITSEN

Laureata in medicina, dopo aver esercitato come internista per diversi anni, ha abbandonato la professione medica per dedicarsi alla narrativa, specializzandosi nel medical thriller, un genere del quale è diventata in breve una delle autrici più acclamate degli Stati Uniti. Longanesi ha pubblicato *Il prezzo*, *Forza di gravità*, *Il chirurgo*, *Lezioni di morte*, *Corpi senza volto*, *Il sangue dell'altra* (disponibili anche in edizione TEA), *Sparizione* e *Il Club Mefistofele*. Il sito internet dell'autrice è www.tessgerritsen.com.

BEST THRILLER

Ultimi volumi pubblicati

Tess Gerritsen, *Il sangue dell'altra*
Jeffery Deaver, *Fiume di sangue*
Elizabeth George, *Cercando nel buio*
Henning Mankell, *Il ritorno del maestro di danza*
Franck Thilliez, *La stanza dei morti*
Scott Smith, *Rovine*
Steve Berry, *L'ultima cospirazione*
Michael Morley, *Spider*
Steve Mosby, *50/50 killer*
Jeffery Deaver, *L'ultimo copione di John Pellam*
Allan Folsom, *La Regola di Machiavelli*
Chelsea Cain, *La ragazza dei corpi*
John Connolly, *Anime morte*
James Patterson, *La tana del lupo*
Leif GW Persson, *Anatomia di un'indagine*
Lee Child, *La prova decisiva*
Douglas Preston, Lincoln Child, *La ruota del buio*
Patrick Graham, *Il Vangelo secondo Satana*
James Rollins, *Il marchio di Giuda*
Elizabeth George, *Nessun testimone*
Lincoln Child, *Abisso*
Clive Cussler, *L'oro dei lama*
Tess Gerritsen, *Sparizione*

BESTSELLER

ULTIMI VOLUMI PUBBLICATI

Michele Monina, *Vasco*
Charlotte Link, *L'uomo che amava troppo*
Bernard Cornwell, *Il cavaliere nero*
Frank McCourt, *Le ceneri di Angela*
Beppe Severgnini, *L'italiano. Lezioni semiserie*
Wilbur Smith, *I fuochi dell'ira*
Marco Buticchi, *Il vento dei demoni*
Bahiyyih Nakhjavani, *La donna che leggeva troppo*
Andy McNab, *Lo sterminatore*
Robert Ludlum, *Lazarus Vendetta*
Guillaume Musso, *Quando si ama non scende mai la notte*
Catherine Dunne, *L'amore o quasi*
Andrea Vitali, *Olive comprese*
Henning Mankell, *Scarpe italiane*
Nick Hornby, *Tutto per una ragazza*
Elif Shafak, *Il palazzo delle pulci*
Cecily von Ziegesar, *Gossip Girl*
Wilbur Smith, *Figli del Nilo*
Kyoichi Katayama, *Gridare amore dal centro del mondo*
Steven Pressfield, *Uccidete Rommel*
Noah Gordon, *Il signore delle vigne*
Charlotte Link, *La doppia vita*

Ferdinand Waldenberger

HANDBUCH FÜR HERZBESITZER

- Wie Sie Ihr Herz fördern und schützen
- Wie Ihr Herz geheilt werden kann
- Mit allen Infos, Tipps und Checklisten
- **Spezial:** Die neuen Frauenkrankheit Herzinfarkt

UEBERREUTER

Ich widme dieses Buch den Frauen in meinem Leben

Die meisten Frauen verlieren ihr Herz nur dann, wenn sie sicher sind, dass es gefunden wird.
Féllicien Marceau

Meiner Ehefrau Lisa, die mir zeigt, dass es für alles eine rationale Erklärung geben muss, bevor sie es glaubt, und die mir die schönen Seiten des Lebens abseits der Medizin schenkt.

Lieben heißt einen anderen Menschen so sehen zu können, wie Gott ihn gemeint hat.
Fjodor Michailowitsch Dostojewski

Meinen Töchtern Federica, Anna-Chiara und Maria-Laura, die mir den Sonnenschein und die Kraft im Leben schenken. Die mich mit Stolz erfüllen, weil sie jeden Tag so spannend machen und mit Spaß und Ehrgeiz ins Leben stürmen.

Nicht durch die Kraft höhlet der Tropfen den Stein, sondern durch häufiges Fallen.
Publius Ovidius Naso

Für meine Mutter, die mir Güte und Verständnis und Einsicht vorlebt.

Auch die Besten bedürfen des Kummers, dass sie nüchtern bleiben.
John Henry Newman

Ich widme dieses Buch auch den Patienten in meinem Leben,
die mit mir so viel Erfolg geteilt haben, den ich durch sie erleben durfte.

Seine Freude in der Freude des anderen finden können: das ist das Geheimnis des Glücks.
George Bernanos

Die mir aber auch manchmal gezeigt haben, dass wir alle nur Menschen sind. Manchmal geht nicht alles so, wie wir uns das gewünscht und erhofft haben.
Wir werden weiter gemeinsam um die Gesundheit und ein lebenswertes Leben kämpfen.
Auch wenn es nicht immer gleich oder manchmal scheinbar gar nicht so geht, wie wir uns das vorstellen, wir werden gemeinsam eine Lösung finden, wenn wir nur versuchen gemeinsam an dieser Lösung zu arbeiten.
Eine der entscheidendsten Erkenntnisse ist jedoch das Übernehmen von Eigenverantwortung. Nur wenn man sich selbst genügend wichtig nimmt, wird man für sich etwas Gutes tun können, wird sich aufrichten können, wird dann auch für andere da sein können. Es ist aber immer notwendig, bei aller Nächstenliebe, auch an sich zu denken.

Man hilft den Menschen nicht, wenn man das für sie tut, was sie selbst tun könnten.
Abraham Lincoln

ISBN 3-8000-3991-5

Covergestaltung: verlagsbüro wien / Kurt Hamtil unter Verwendung eines Fotos von Corbis

Printed in Austria
7 6 5 4 3 2 1

Ueberreuter im Internet: www.ueberreuter.at

Inhalt

Vorwort

Die Schulmedizin hat in den letzten Jahren und Jahrzehnten im Bereich der Herzchirurgie erstaunliche, ja unglaubliche Entwicklungen und Fortschritte gemacht. Heute können Operationen durchgeführt werden und sind zum Teil schon alltäglich geworden, die vor kurzem noch als undenkbar galten. Nichtsdestotrotz sind in den westlichen Ländern Herzkrankheiten Todesursache Nummer eins. Als das 20. Jahrhundert begann, waren die Herz-Kreislauf-Krankheiten an vierter Stelle der Todesursachen, nach Lungenentzündung, Tuberkulose und Durchfallerkrankungen. Schon 1910 hatten die Herzkrankheiten den ersten Platz »erobert«. In den nächsten Jahrzehnten vergrößerte sich der Anteil dieser Krankheit in allen Altersgruppen und bereits in den 50er Jahren waren die Herz-Kreislauf-Erkrankungen für mehr als die Hälfte der Todesfälle in der westlichen Welt verantwortlich. In den 60er Jahren wurde der Kampf gegen die damals entdeckten Risikofaktoren aufgenommen und bald schon erste Erfolge vor allem beim Kampf gegen den Herztod nach Herzinfarkt in den Krankenhäusern verzeichnet. Hierauf kam es zur Entwicklung von Herzchirurgie, von der Kardiologie mit ihren Kathetertechniken und von neuen Medikamenten wie Aspirin, Betablockern usw. Doch wir müssen heute feststellen, dass wir noch weit davon entfernt sind, den Kampf gewonnen zu haben.

Die Medizin wird zwar weiter voranschreiten und derzeit noch Undenkbares ermöglichen, doch ohne Mithilfe der Patienten oder noch besser der noch gesunden Menschen wird eine wesentliche Verbesserung der Situation nicht möglich sein.

Auf der einen Seite müssen wir neue Techniken, wie Genetik und Mikrobiologie, zum Wohle unserer Patienten einsetzen lernen, zum anderen müssen aber die Erkenntnisse von anerkannten Studien erst umgesetzt werden. Vor allem aber müssen die Kenntnisse über die Vorbeugung und Verhinderung von Herz-Kreislauf-Erkrankungen besser bekannt gemacht werden. Was nützt all das Wissen, wenn es auf nur wenige beschränkt ist.

Mittlerweile gibt es seit Jahrzehnten das Schlagwort des mündigen Patienten, der Patient soll verstehen und genau wissen, warum welche Therapie angewandt wird. Doch zum mündigen Patienten – und hier wäre es wohl besser, vom informierten Menschen zu reden – gehört nicht erst die Aufklärung im Erkrankungsfall, sondern auch das Wissen über Vorsorge, Prophylaxe und gesunde Lebensweise. Viele Zeitungsartikel, Fernsehberichte und mittlerweile auch Internetdokumente beeinflussen Menschen von heute. Eine Unzahl von Information fließt auf sie ein, meist

bruchstückhaft ohne größeren Zusammenhang und führt zu mehr Verwirrung als Aufklärung. Das hier vorliegende Buch schafft nun Abhilfe.
Der Autor, der Herzchirurg Ferdinand Rudolf Waldenberger, gibt dem Nicht-Mediziner die Chance, sich komplett zu informieren, sich darüber klar zu werden, wie es um sein persönliches Risiko bestellt ist, in einigen Jahren ein Herzpatient zu sein. Denn ein großes Problem ist, dass viele Menschen gar nicht wissen, dass sie am besten – oder besser gesagt am schlechtesten – Weg zum Herzinfarkt sind. Das »Handbuch für Herzbesitzer« liefert Ihnen eine ganze Reihe von Ausstiegsszenarien auf dem Weg zur Herzkrankheit, eine Vielzahl an Informationen für eine Lebensweise, die Ihr Herz auch im hohen Alter noch vital schlagen lässt. Viele Tipps lassen sich sofort ausprobieren und umsetzen, da sie lebensnah und praxisorientiert sind. »Wie höre ich mit dem Rauchen auf?« oder »Wie ernähre ich mich ›herzgesund‹?« sind Fragen, auf die Sie hier die besten und richtigen Antworten erhalten.
Das Buch gibt Ihnen aber auch eine Übersicht über die gängigen Diagnose- und Behandlungsmethoden sowie deren Erfolgsaussichten.
Ich möchte diesem Buch eine größtmögliche Verbreitung wünschen und Ihnen, liebe Leser und Leserinnen, dass Sie sich die Tipps aus dem ersten Hauptkapitel »HERZGESUND« so zu Herzen nehmen, dass Sie das zweite Hauptkapitel »HERZKRANK« gar nicht mehr lesen müssen. Doch auch wenn Sie durch persönliche Betroffenheit auf das »Handbuch für Herzbesitzer« stoßen, ist es wichtig, mit Mut und Zuversicht an die Situation heranzugehen. Dieses Buch wird Ihnen helfen Ihre Krankheit zu verstehen, weiters die unterschiedlichen Therapiemöglichkeiten mit Vor- und Nachteilen erklären und auch Informationen darüber geben, was Sie selbst zur Beschleunigung Ihrer Genesung tun können.
Ich wünsche Ihnen eine spannende Lektüre und ein langes, herzgesundes Leben!

Univ.-Prof. Dr. Anita Rieder
Institut für Sozialmedizin
Universität Wien

Der Weg zum Herzen ...

Wie und warum ich Herzchirurg wurde

Zunächst wollte ich Tierarzt werden. Mit 18 glaubte ich, dass ich die Behandlung von Menschen psychisch nicht aushalten würde. Doch ich ließ mich überzeugen, denn der Drang, Menschen zu helfen, war einfach zu groß. Nach Abschluss meines Studiums in Innsbruck, ich war noch nicht einmal 23 Jahre alt, war mein neues Ziel die Chirurgie – am besten Kinderchirurgie. Mit den Kleinen, die so viel Hilfe brauchen, zu arbeiten erschien mir als das spannendste Betätigungsfeld. Doch im Laufe meiner Ausbildung sah ich, dass es unumgänglich war und ist, sich weiter zu spezialisieren. Die Herzchirurgie zog mich immer mehr in ihren Bann. Noch dazu erhielt ich die Gelegenheit, an einer zum damaligen Zeitpunkt – 1984 – der renommiertesten Kliniken der Welt einen Teil meiner Ausbildung zu absolvieren. Ich durfte zu Dr. Cooley ins Texas Heart Institute nach Houston. Eine neue klinische Welt tat sich für mich auf, die zum damaligen Zeitpunkt in Europa noch nicht einmal denkbar war. Ich lernte unendlich viel und konnte mit 25 Jahren meine erste Herzoperation machen. Meine Ausbildung beendete ich unter den Professoren Gschnitzer, Margreiter und Scharfetter in Innsbruck, doch es zog mich bald wieder ins Ausland, um wissenschaftlich arbeiten zu können. Ich entschied mich für Leuven in Belgien und arbeitete dort an der Universität im Labor von Prof. Flameng, einem der profiliertesten Herzchirurgen und Wissenschafter in Europa.

Nachdem ich meinen zweiten Doktortitel in biomedizinischen Wissenschaften absolviert hatte, wurde ich nach Berlin an die Charité zu Prof. Konertz, der damals einer der innovativsten Herzchirurgen Deutschlands war, gerufen. Diese folgenden Jahre zeigten mir in der Herzchirurgie jeden Fortschritt, der nur irgend möglich war, zeigten mir aber auch meine und, was noch viel wichtiger ist, die Grenzen eines Patienten. Ich entwickelte als einer der Ersten in Europa eine neue Methode zur Operation am schlagenden Herzen, da mit dem Wegfall der sonst notwendigen Herz-Lungen-Maschine eine starke Belastung für den Organismus des Patienten reduziert wurde. Wir entwickelten neue Methoden zur Behandlung von angeborenen Herzfehlern bei Kleinkindern und Babys. Wir machten große Fortschritte bei der Behandlung von Patienten mit sehr schlechten Herzen nach Infarkten oder lang andauernden Herzproblemen vor allem auch mit verschiedenen Arten von Kunstherzen. Ich konnte schließlich in Innsbruck meine Habilitation an der Universität einreichen und erhielt die Erlaubnis zum Lehren an der Universität, die Dozentur.

Mir wurde jedoch mit zunehmender Erfahrung immer klarer, wie wichtig es ist, den Patienten in die Behandlungspläne mit einzubeziehen, ihn zum »Koproduzenten«

seiner Gesundheit zu machen. Sonst läuft man Gefahr, eine menschenverachtende, ja unmenschliche Chirurgie zu betreiben.

Schließlich kehrte ich wieder nach Österreich zurück, das erste Mal war ich in Wien tätig, an der Klinik des Doyens der österreichischen Herzchirurgie, Prof. Deutsch. Hier war es mir das erste Mal auch möglich eine eigene Ordination zu eröffnen, die mir die Möglichkeit gibt, mich eingehender mit dem Patienten und seiner Familie zu beschäftigen. Große Zufriedenheit erfüllt mich, wenn ich sehe, dass mir Menschen vertrauen und dass ich ihnen oft – leider nicht immer – helfen kann.

Ich habe gesehen, dass wir Herzchirurgen fast alles können, wir sind technisch immer besser geworden. Doch nur mit dem Patienten gemeinsam können wir erfolgreich sein. Nicht jeder sieht den Erfolg einer Operation gleich, nicht jeder erwartet sich vom Leben das Gleiche. So kann man erst nach eingehenden Gesprächen und nach Abwägung aller Möglichkeiten mit dem Patienten unter Einbeziehung der Möglichkeiten der heutigen High-Tech-Medizin die beste und menschlichste Lösung finden.

Zu denken und zu sagen, das gibt es nicht und das wird nie möglich sein, habe ich aus meinem Vokabular gestrichen. Die Entwicklung der Medizin und meine eigene haben mich oft vom Gegenteil überzeugt.

Herzchirurgen meiner Generation sind der Pioniergeneration der Cooleys und Debakeys und Kirklins und Borsts gefolgt. Neben der chirurgischen Entwicklung und dem Wohl des Patienten haben wir uns auch der Qualitätssicherung und der Evidence Based Medicine verschrieben. Das heißt, dass wir zwar immer noch versuchen neue und bessere Heilmethoden zu entwickeln, dass wir uns aber auch bemühen die derzeitigen Methoden zu standardisieren, zu beweisen, dass die Behandlung erfolgreich ist, diesen Qualitätsstandard zu festigen und zu halten. Das geht nur mit perfektem Qualitätsmanagement und mit fortlaufendem Vergleich (Bench marking) mit anderen Kliniken und mit sorgfältig geplanten Qualitäts-Verbesserungsprogrammen. Wir wollen nichts mehr dem Zufall überlassen, dazu wissen wir einfach schon zu viel, und unser höchstes Gut, mit dem wir uns in unserem Beruf beschäftigen dürfen, ist nun mal der Mensch und seine Gesundheit, sein Herz.

Anmerkung für den Leser

Die Medizin und ihre Praktiken sowie die medizinischen Wissenschaften und die Forschung ändern sich fortlaufend. Die Informationen aus der Forschung, die eigene Erfahrung sowie die Meinungen von Experten können unterschiedlich sein. Das bedeutet, dass der Leser sein Urteilsvermögen und auch andere Quellen verwenden soll, wenn er oder sie Entscheidungen trifft, die auf dem Inhalt dieses Buches basieren.

Die Herausgeber und der Autor haben jedwede Anstrengung unternommen um sicherzustellen, dass die Informationen in diesem Buch komplett, richtig und exakt

sowie mit den medizinischen Standards und Lehrmeinungen übereinstimmen, die zum Zeitpunkt der Publikation allgemein gelten.
Nichtsdestotrotz können weder der Autor noch die Herausgeber garantieren, vor allem im Hinblick auf die raschen Änderungen in der medizinischen Wissenschaft, dass das vorliegende Material vollständig und dem neuesten Stand des Wissens entspricht. Deswegen können wir auch keine Verantwortung für die Verwendung oder auch falsche Verwendung von Informationen aus diesem Buch übernehmen.
Wir weisen darauf hin, dass der Leser alle Informationen aus diesem Buch mit Ärzten seines oder ihres Vertrauens besprechen und die entsprechende Behandlung gemeinsam planen sollte.
Wir hoffen, dass durch das verbesserte Wissen der Patienten und aller Menschen, die das Buch lesen, sich das Informationsungleichgewicht zu Gunsten der Patienten verschiebt und damit das Arzt-Patienten-Verhältnis sich im Sinne einer Partnerschaft verändert. Wir glauben, dass durch das Miteinbeziehen von gut informierten Patienten in den Behandlungsplan das Ergebnis beinahe jeder Behandlung besser sein wird.

Univ.-Doz. DDr. Ferdinand Rudolf Waldenberger
Herzchirurg
www.herz.at
www.herzchirurg.com
email: frw@herzchirurg.com
Ordination: Universitätsstraße 6, 1090 Wien

MEIN HERZ

Das Problem ist heute nicht die Atomenergie,
sondern das Herz des Menschen.
Albert Einstein

Wenn das Herz schlägt ...

Wie das gesunde Herz funktioniert

Sie wissen sicher Bescheid darüber, wie man Herzen stiehlt, gewinnt oder bricht. Aber wie viel wissen Sie eigentlich über Ihr eigenes Herz und seine Funktion?

Das Herz – ein Hochleistungsmotor

Das Herz ist vergleichbar mit einem Vierzylindermotor. Die Aufgabe des menschlichen Motors ist es, den Blutkreislauf ständig in Bewegung zu halten. Frisches Blut muss bis in die letzten Winkel unseres Körpers gepumpt, verbrauchtes zurücktransportiert werden.

Um Blut durch das Herz zu pumpen, bewegen sich die Herzkammern abwechselnd, indem sie sich zusammenziehen (kontrahieren) und erschlaffen (relaxieren).

Das verbrauchte Blut aus dem Körper strömt durch den rechten Vorhof in die rechte Herzkammer und wird von dort durch die Lungenschlagader in die Lungen gepumpt. Dort wird es »runderneuert«: Es gibt die »Schlacke« Kohlendioxid ab und nimmt stattdessen eingeatmeten Sauerstoff auf. Dieses aufgefrischte Blut gelangt aus der Lunge über den linken Vorhof in die linke Herzkammer und wird in den so genannten arteriellen Kreislauf gepumpt: über die Aorta, unsere Hauptschlagader, in die Arterien, von dort in die noch kleineren Arteriolen und zum guten Schluss in die haarfeinen Kapillaren, die sich selbst in der äußersten Zehenspitze befinden. Hier liefert das Blut Sauerstoff und Nährstoffe ab, nimmt Kohlendioxid und andere »Abfälle« auf und fließt über den venösen Kreislauf – Venolen, Venen, Hohlvene – zurück ins Herz, das es erneut in die Lunge pumpt – zur nächsten »Runderneuerung«.

Das Herz – eine 580-PS-Maschine

Die Leistungen der Motorenentwicklung sind unbedeutend im Vergleich zu dem, was das Herz leistet. Die Lager der Motoren von Mittelklassewagen sind für ca. 5000 Betriebsstunden ausgelegt. Das entspricht etwa 200 Tagen in Dauerbelastung. Das hört sich zunächst wenig an. Doch bei einer durchschnittlichen Geschwindigkeit von 80 km/h entsprächen 5000 Betriebsstunden einer zurückgelegten Entfernung von 400 000 km, also etwa 10-mal um die Erde.

Nach 200 Tagen im Dauertest hat sich das menschliche Herz erst langsam ans Schlagen gewöhnt. Die durchschnittliche Lebenserwartung der Menschen in den zivilisierten Staaten liegt inzwischen bei ca. 68–75 Jahren. Das entspricht etwa 657 000 Stunden oder 27 375 Tagen. Das menschliche Herz schlägt inzwischen ohne Pause. Ohne Ölwechsel oder Boxenstopp.

Bereits vier Wochen nach der Empfängnis beginnt das menschliche Herz zu schlagen. Sekunde für Sekunde, Minuten, Stunden, Tage, Wochen, Monate, Jahre, Jahrzehnte – unermüdlich leistet das Herz ohne Ruhepausen, Urlaub und Pensionierung Schwer- und Schwerstarbeit. In Ruhe schlägt dieses nur etwa faustgroße 300-Gramm-Leichtgewicht etwa 70-mal in der Minute, wenn Sie sich körperlich anstrengen, sogar doppelt so schnell und mehr. Mit jedem Schlag pumpt es rund 70 bis 100 ml Blut durch die Adern – also ein kleines Wasserglas voll –, um alle rund 50 Billionen Körperzellen mit Sauerstoff und Nährstoffen zu versorgen, um Stoffwechselschlacken zu entsorgen. Das sind in jeder Minute rund 5 Liter, mehr als 7000 Liter am Tag, oft mehr als ein Heizöltank voll!
Bei starker körperlicher Anstrengung, wenn also die Muskelzellen viel Sauerstoff und Nährstoffe benötigen, muss das Herz seine Leistung gewaltig steigern: auf bis zu 20 Liter in der Minute oder 1200 Liter in einer Stunde!

Das Herz schlägt ca.:

- **80**-mal in der Minute
- **4800**-mal in der Stunde
- **115 200**-mal am Tag
- **806 400**-mal in der Woche
- **3 225 600**-mal im Monat
- **42 048 000**-mal im Jahr
- **3 153 600 000**-mal im Leben

Wenn Sie 80 Jahre alt werden möchten und ein relativ ruhiges Leben führen, dann wird Ihr Herz mindestens 3 Milliarden Mal schlagen und dabei über 200 Millionen Liter Blut durch die Adern befördert haben. Das ist genug um zwei bis drei Supertanker zu füllen! Und bei dieser Rechnung wird nur die Herzleistung in Ruhe berücksichtigt. Denn während körperlicher Anstrengung kann das Herz bis zu 10-mal so viel Leistung erbringen!
Eine unglaubliche Leistung. Dazu wendet Ihr Herz täglich ebenso viel Energie auf, wie Sie brauchen würden, um einen Güterwaggon einen Meter hochzuheben! Natürlich Tag für Tag – vom Baby bis zum Greisenalter. In 50 Jahren erbringt das Herz so viel Energie, wie notwendig wäre, um ein Kreuzfahrtschiff aus dem Wasser zu heben.

Kein Motor würde 70 bis 80 Jahre lang ununterbrochen problemlos arbeiten. Von unserem Herzen erwarten wir es. Dabei gehen wir mit ihm in der Regel schlechter um als mit jedem Automotor, sehr viel herzloser. Alle 10 000 Kilometer bringen wir unser Auto zum Kundendienst, um es auf Herz und Nieren prüfen zu lassen! Gehen Sie selbst genauso regelmäßig zu einer medizinischen »Inspektion«? Sollte wäh-

rend einer Autofahrt der Motor plötzlich stottern, steuern die meisten sofort die nächste Werkstatt an. Suchen Sie bei einem Herzstottern oder -stechen auch sofort einen Arzt auf?
Niemand käme auf die Idee, dem Treibstoff irgendwelche Fremdstoffe zuzusetzen. Was passiert, wenn man Zucker in den Tank füllt, weiß jeder: Der Motor streikt – eventuell für immer. Viele Menschen führen sich aber Tag für Tag mit der Nahrung nicht immer die günstigsten »Brennstoffe« zu. Und sie wundern sich dann, wenn ihr Motor, das Herz, zu stottern anfängt oder gar zu streiken droht.

Bei Problemen oder Ausfall Austauschmotor?
Auch dazu wieder ein Beispiel von unserem Auto: Längere Zeit stehen mag es ebenso wenig, wie ständig auf Hochtouren gefahren zu werden, den Motor quasi zu »überdrehen«. Mal langsamer, mal schneller, und wenn der Motor noch kalt ist, bitte keine hohen Drehzahlen! Wie wichtig regelmäßige Aktivitäten für uns Menschen sind, kennen wir von den Muskeln: Wenn sie eine Zeit lang nicht betätigt werden, etwa nach einem Beinbruch, sind sie erschlafft und teilweise sogar verschwunden. Auch unser Herz ist ein Muskel, der immer wieder kräftig gefordert werden muss um fit zu bleiben. Viele von uns bewegen sich zu wenig oder leben im – oft selbst gemachten – Dauerstress und überfordern damit auch ihr Herz!
Sollte bei einem Auto der Motor für immer ausfallen, könnten wir ihn problemlos austauschen. Bei uns selbst ist das sehr viel problematischer: Unser Lebensmotor lässt sich zwar in ganz seltenen Fällen bei schwerster Herzkrankheit ebenfalls austauschen, aber das ist nicht so einfach. Ist das Herz erst einmal stehen geblieben, dann kommt jeder Austausch zu spät.

Herzaufbau und Herzaktion

Das Herz hat ungefähr die Größe einer oder einer doppelten Faust der Person, in der es schlägt. Es ist unter dem Brustbein etwas links gelegen. Die Herzwand besteht aus Muskel, Myokardium. Dieser spezielle Muskel kommt nur im Herzen vor und ist resistent gegen Ermüdung. Aber er benötigt ununterbrochen Sauerstoff, damit er seine Leistung erbringen kann. Daher werden 9% des gesamten Körpersauerstoffs nur im Herzen verbraucht. Andere Muskel benötigen auch Sauerstoff, können aber kurze Zeit ohne ihn auskommen.
Das Herz ist umgeben von einem mit etwas Flüssigkeit gefüllten Sack, dem Herzbeutel. Dieser fungiert als Stoßdämpfer und lässt das Herz in seinem Inneren reibungsfrei schlagen. Die vier Hohlräume des Herzen teilen sich zu je zweien auf die linke und rechte Seite auf. Rechts und links liegen je ein Vorhof und eine Kammer. Die Hohlräume werden je durch eine Vorhof- und eine Kammerscheidewand getrennt. Üblicherweise strömt sauerstoffreiches Blut auf der linken

Seite und sauerstoffarmes Blut auf der rechten Seite des Herzens. Um während der Pumpaktion des Herzens dieses Blut in seinen vorgegebenen Bahnen zu halten, lenken Herzklappen es in seinem Weg. Diese können als Einweg-Ventile gesehen werden.

Die Herzkammern

Das Herz ist ein Hohlmuskel (medizinisch: Myokard), der aus vier voneinander getrennten Hohlräumen besteht: zwei »Vorhöfen« und zwei »Herzkammern«. Die beiden Vorhöfe liegen vor den Herzkammern. Je ein Vorhof (Atrium) und eine Herzkammer (Ventrikel) bilden ein Paar, das durch ventilartige »Herzklappen« voneinander getrennt ist, die sich je nach Pump-Phase öffnen und schließen. Von dem zweiten Paar sind sie durch eine feste Scheidewand (Septum) getrennt.

Phasen der Herzaktion (Herzzyklus)

Die Pumpfunktion des Herzens, mit der das Blut in den Körper- und Lungenkreislauf gepumpt wird, wird durch aufeinander folgende, regelmäßige Herzzyklen erreicht. Ein Herzzyklus umfasst zwei Phasen, eine Kontraktionsphase (Systole) und eine Erschlaffungsphase (Diastole). Da die normale Herzfrequenz in Ruhe ca. 70 Schläge/min bedeutet, beträgt die Dauer eines Herzzyklus etwa eine Sekunde.

Systole
Die Kontraktion des Herzmuskels (= Auswurf des Blutes) wird Systole genannt. Wenn sich der Muskel zusammenzieht (kontrahiert), wird Blut, das sich in den Kammern angesammelt hat, gezwungen, durch die Klappen in einer vorgegebenen Richtung die Kammer zu verlassen. Der rechte Ventrikel (= Kammer) entleert sich in die Lungenschlagader (A. pulmonalis), der linke Ventrikel in die Aorta (große Körperschlagader). Der Druck, der von der Kammer geleistet wird, um das Blut auszuwerfen, und sich dann als Pulswelle fortsetzt und gemessen werden kann, wird systolischer Blutdruck genannt (der erste Wert der Blutdruckwerte, z. B. **130**/80) .

Diastole
Das Erschlaffen (= Relaxation) der Kammermuskeln nach dem Auswurf des Blutes wird Diastole genannt. In dieser Phase kann die Kammer sich aus den Vorhöfen wieder füllen. Der Blutdruck in dieser Phase wird diastolischer Blutdruck genannt (der zweite Wert, z. B. 130/**80**).

Herzwand

Die Herzwand ist aus drei Schichten aufgebaut, dem innen liegenden Endokard, dem in der Mitte liegenden Myokard und dem außen anliegenden Epikard.
Herzinnenhaut (Endokard):

- kleidet alle Innenräume des Herzens aus
- bildet die Herzklappen
- zarte, glänzende Haut aus einschichtigem Epithelgewebe

Herzmuskel (Myokard):
- kräftig ausgebildete Muskelschicht, für Kontraktion und Pumpleistung verantwortlich
- maßgeblich für Größe und Gestalt des Herzens
- enthält das Erregungsleitsystem aus Nerven

Außenhaut (Epikard):
- überzieht das Herz als Haut
- bildet die innere Schicht des Herzbeutels
- besteht aus einschichtigem Epithelgewebe

Herzkranzgefäße

Die Herzkranzgefäße bestehen wie alle Arterien aus drei Wandschichten:
- die Innenauskleidung mit Zellen: Endothel (normalerweise ganz glatt und eben)
- die Mittelschicht aus Muskelzellen und elastischen Fasern: Media
- die Außenschicht zur Versorgung dieser Zellen: Adventitia

Es gibt verschiedene **Koronararterien**:
Die rechte Koronararterie (RCA) versorgt die rechte Kammer und die unteren Teile die linken Kammer.
Die linke Koronararterie (auch als linker Hauptstamm bezeichnet) teilt sich, noch bevor sie zum Herzen gelangt, kurz nach ihrem Austritt aus der Aorta, in zwei große Äste. Einer dieser Äste heißt der linke vordere absteigende Ast (LAD, RIVA). Der andere heißt linke Arteria circumflexa (CX), das leitet sich davon ab, dass er sich um die linke Kammer windet.
Ein korrespondierendes Netzwerk von Herzvenen begleitet die Koronararterien und befördert den Großteil des sauerstoffarmen Blutes über den Koronarsinus direkt in den rechten Vorhof.
Die Herzkranzgefäße entspringen als erste Arterien (= Blutgefäße, die sauerstoffreiches Blut befördern) aus der Aorta (= größte Körperschlagader, kommt direkt

aus dem Herzen). Sie beginnen direkt über der Aortenklappe (= Herzklappe, die die linke Herzkammer von der Aorta trennt).
Wenn das Herz Blut auswirft, werden die Öffnungen der Herzkranzgefäße von den Aortenklappen verlegt. Wenn diese vom zurückströmenden Blut nach der Auswurfphase des Herzens geschlossen werden, sind die Öffnungen frei und die Herzkranzgefäße werden durchblutet. Dadurch bekommt der Herzmuskel Sauerstoff und all die Nährstoffe, die er benötigt, um seine unermüdliche Arbeit leisten zu können. Die Durchblutung des Herzens erfolgt von der Außenschicht bis zur Innenschicht. Je mehr das Herz arbeiten muss, wenn es zum Beispiel schneller schlägt oder das Blut gegen einen hohen Blutdruck auswerfen muss, desto mehr Blut und Sauerstoff benötigt es und desto mehr Blut müssen die Herzkranzgefäße befördern.

Die Herzklappen

Die Herzklappen haben die Aufgabe, als Ventile zu agieren, die Blut nur in eine Richtung passieren lassen. So kann das Blut aus den Gefäßen in den Vorhof gelangen, dort über Klappen in die Kammer und von dort wiederum über Klappen in die nächsten großen Gefäße.

Die Trikuspidalklappe
liegt zwischen rechtem Vorhof und rechter Kammer. Sie besteht aus drei Segeln, wie schon der Name verrät, und wird durch den Blutstrom und die Kammerbewegung geöffnet und geschlossen. Die Segel hängen an Sehnenfäden, die mit speziellen Muskeln (Papillarmuskeln) in der rechten Kammer verbunden sind. Diese gesamte Konstruktion (Segel, Sehnenfäden und Papillarmuskeln) ist für das Funktionieren der Klappe sehr wichtig. Die Segel, die aus Bindegewebe bestehen und keine Blutgefäße beinhalten, sind selbst im Bindegewebe des Klappenrings befestigt.

Die Pulmonalklappe
befindet sich zwischen rechter Kammer und Lungenschlagader. Diese Klappe ist eine Taschenklappe, besteht aus drei Bindegewebstaschen, die vom Blutstrom aus dem rechten Herzen geöffnet und vom rückfließenden Blut geschlossen werden.

Die Mitralklappe
ist eine Segelklappe zwischen linkem Vorhof und linker Kammer. Sie besteht aus zwei Segeln, die im Aussehen an eine Bischofsmütze (= Mitra) erinnern. Der sonstige Aufbau und die Funktionsweise sind gleich der Trikuspidalklappe.

Die Aortenklappe
ist in der Beschaffenheit und Funktion gleich der Pulmonalklappe und befindet sich zwischen linker Kammer und Aorta.

Durch die Herzklappen ist der Blutfluss wie durch ein Einbahnsystem geregelt.

Das elektrische Reizleitungs-System

Das Herz setzt sich weitgehend aus Muskelgewebe zusammen. Ein Netzwerk aus spezialisierten Muskelfasern bildet das Reizleitungs-System, koordiniert die Kontraktion und Erschlaffung der Muskelfasern und erzeugt eine wellenartige Pumpaktion des Herzens mit sehr hoher Effizienz.
Diese speziellen Muskelfasern werden von Reizleitungszentren gesteuert und funktionieren autonom (unabhängig) vom übrigen Nervensystem des Körpers. Sie können nur vom vegetativen System (Sympathikus und Parasympatikus) beeinflusst und modifiziert werden.

Reizleitungszentren:
Sinusknoten
Der Sinusknoten ist der natürliche Schrittmacher des Herzens. Er liegt im Bereich des rechten Vorhofes, wo die obere Körpervene einmündet. Er sendet die Impulse selbstständig aus, die die Schlagfolge des Herzens steuern. Diese Impulse breiten sich entlang der Reizleitungsbahnen durch die Vorhöfe aus und führen schließlich zu einer koordinierten Kontraktion von Vorhof und Kammer. Der Sinusknoten erhöht in Reaktion auf die Bedürfnisse des Körpers automatisch die Herzfrequenz und erhält seine Informationen vom Gehirn und den Zentren, die für die Kreislaufregulierung zuständig sind.
Der Sinusknoten gibt im Ruhezustand selbstständig 60–80 Impulse/min ab und leitet diese an den AV-Knoten weiter.

Atrio-Ventrikular-Knoten (AV-Knoten)
Die Impulse, die vom Sinusknoten ausgesendet werden, wandern weiter zum AV-Knoten, der in der Region des rechten Vorhofes liegt, nahe der Trikuspidalklappe. Der AV-Knoten überträgt die Signale an die Wände der Ventrikel. Er leitet die vom Sinusknoten kommenden Impulse an das His'sche Bündel weiter. Bei Ausfall des Sinusknotens kann er noch einen Rhythmus von 40–60 Erregungen/min aufbauen.

Kammerbündel (= His'sches Bündel)
Das elektrische Netzwerk, das nun den AV-Knoten verlässt, bezeichnet man als

rechte und linke Bündeläste. Diese senden nun die Impulse *direkt* an die normalen Muskelzellen.
Diese natürliche Reizleitung ist sehr wichtig. Beide Kammern kontrahieren sich gleichzeitig und pumpen so das Blut durch den Körper. Normalerweise ziehen sich die beiden Ventrikel für den Bruchteil einer Sekunde zusammen, nachdem sie durch eine Vorhofkontraktion mit Blut gefüllt wurden. Dieser Vorgang läuft perfekt synchronisiert ab.
Das His'sche-Bündel ist ein in der Kammerscheidewand verlaufendes Faserbündel, das sich in zwei Schenkel unterteilt. Die Reize werden von hier an die Purkinje-Fasern weitergeleitet.
Bei Ausfall von Sinus- und AV-Knoten kann es noch einen Rhythmus von 20 Erregungen/min aufbauen.

Purkinje-Fasern
Die Purkinje-Fasern sind die Ausläufer des His'schen Bündels und übertragen die Erregungen an die Muskulatur der Kammern.

Das Kreislaufsystem

Durchschnittlich besitzt der Körper ungefähr fünf Liter Blut, die ununterbrochen durch das Kreislaufsystem transportiert werden. Das Herz, die Lungen und die Blutgefäße arbeiten zusammen und formen den Kreislauf. Die Herzpumpe hält alles in Bewegung.

Das System besteht aus drei abgegrenzten Teilen:
- Lungenkreislauf
- Koronarkreislauf
- Körperkreislauf

Die Aufgabe des Kreislauf-Systems
Der Kreislauf transportiert wichtige Stoffe wie Sauerstoff und Nährstoffe zwischen Gewebe und Organen. Er hilft beim Transport und der Ausscheidung von Abfallstoffen.
Die rund 1,3 Millionen Einwohner Münchens werden über rund 3000 Kilometer lange Leitungen mit Trinkwasser versorgt. Was ist das schon im Vergleich mit dem körpereigenen Leitungsnetz, dem Blutkreislauf, der den Zellen alle Nährstoffe liefert! Aneinander gereiht ergeben alle Blutgefäße eine Länge von rund 100 000 Kilometern, also dem zweieinhalbfachen Erdumfang! Durch dieses Leitungsnetz wird das Blut bis in die äußerste Zehenspitze transportiert. Dort sind die feinsten Blutadern, die Kapillaren, nur noch wenige tausendstel Millimeter »dick« – hun-

dertmal dünner als ein Haar. Sie können sich vorstellen, dass dieses lange und feinst vernetzte Leitungsnetz sehr anfällig ist.

Fließt das Blut mit normalem Druck durch die Adern, gibt es keine Probleme. Bei vielen Millionen Menschen schießt es aber mit stark erhöhtem Druck durch die Gefäße – mit fatalen Folgen! Mehr als ein Drittel aller Herz-Kreislauf-Toten litten zuvor unter Bluthochdruck (medizinisch: Hypertonie). Das Risiko, einen Schlaganfall zu erleiden, ist für einen Hochdruckpatienten etwa 10-mal größer als für einen Gesunden. Bluthochdruck gilt als einer der größten Risikofaktoren für die »Arterienverkalkung« (Arteriosklerose) und damit als der Wegbereiter vieler Herz-Kreislauf-Erkrankungen.

Wird das Blut ständig mit erhöhtem Druck durch die Adern gepresst, werden sie ihm auf Dauer nicht standhalten – die Gefäßwand wird geschädigt. Damit ist der Grundstein für Gefäßverkalkungen gelegt. Die Folgen: Durchblutungsstörungen, Herzinfarkt, Herzmuskelschwäche, Nierenschäden usw. Etwa jeder fünfte Mensch leidet unter Bluthochdruck. Viele merken – zunächst – nichts davon. Sie fühlen sich wohl und sind sogar sehr aktiv. Deshalb gilt der Bluthochdruck als ein (un)heimlicher Mörder, der ohne Vorwarnung zuschlägt.

Aufbau des Kreislaufs

Die Gefäße bilden in Verbindung mit dem Herzen das Herz-Kreislauf-System. Hierbei wird von einer Pumpe (Herz) das Transportmittel (Blut) durch ein System von elastischen Rohren (Gefäßen) bewegt.

Die Hauptaufgabe dieses Systems ist der Transport von Sauerstoff und Nährstoffen zu allen Zellen bzw. Organen des Körpers und der Abtransport der entsprechenden Stoffwechselprodukte.

Das Blut wird durch ein großes verästeltes Gefäßsystem durch den Körper gepumpt. Diese Blutgefäße werden in Arterien und Venen unterschieden.

Arterien führen das Blut vom Herzen weg zu den Organen. Sie befördern im großen Kreislauf (Körperkreislauf) sauerstoffreiches Blut, im kleinen Kreislauf (Lungenkreislauf) sauerstoffarmes Blut.

Venen führen das Blut von den Organen zum Herzen hin. Sie befördern im großen Kreislauf sauerstoffarmes Blut und im kleinen sauerstoffreiches Blut.

Ebenso kann man die Gefäße in ein Hoch- und Niederdrucksystem einteilen. Zum Hochdrucksystem gehören die Arterien des großen Körperkreislaufes, zum Niederdrucksystem Venen, Kapillaren und der gesamte Lungenkreislauf.

Körper- und Lungenkreislauf

Das Herz-Kreislauf-System besteht aus zwei hintereinander geschalteten Hauptabschnitten:

- dem »großen« Körperkreislauf mit dem linken Ventrikel als Pumpe
- dem »kleinen« Lungenkreislauf mit dem rechten Ventrikel als Pumpe

Druckverhältnisse im Gefäßsystem

Der Blutdruck wird im arteriellen System allein durch die Herzkontraktion erzeugt. Der Druck fällt von im Schnitt 120 mmHg systolisch in der linken Kammer über 120 mmHg am Arm auf Werte um 30 mmHg im Kapillarsystem ab. Im venösen System fällt der Blutdruck weiter kontinuierlich ab und beträgt in der Hohlvene bzw. dem rechten Vorhof noch ca. 2–4 mmHg. In der rechten Kammer ist der Druck kleiner als in der linken, da der Widerstand im Lungenkreislauf kleiner ist.

Pulswelle

Die Pulswelle ist die Druckwelle, die durch die systolische Kontraktion erzeugt wird. Sie ist erheblich schneller als die Blutströmung, da die Impulse hier direkt von Teilchen zu Teilchen übertragen werden. Die Pulswelle erreicht bereits 0,2 Sekunden nach der Systole die Fußarterien und legt somit ca. 4–12 m/s zurück. Sie ist an oberflächlich liegenden Arterien als Puls fühlbar.

Blutdruck

Der Blutdruck ist der Druck, den das Blut auf das Gefäßsystem ausübt. Er ist der einfachste und wichtigste Messwert für den Funktionszustand des Herz-Kreislauf-Systems. Der Blutdruck schwankt zwischen einem systolischen, höheren Wert während der Systole des Herzens und einem diastolischen, niedrigeren Wert während der Diastole des Herzens. Unter Blutdruck wird allgemein der arterielle Druck verstanden.

Normwerte

systolischer Blutdruck: 100–140 mmHg
diastolischer Blutdruck: 60–90 mmHg

Hypertonie

Werte über 160 mmHg systolisch und 95 mmHg diastolisch werden als arterielle Hypertonie bezeichnet. Während es bei besonderen Belastungen (Schmerz, Sport, Stress, Angst) zur vorübergehenden sekundären, physiologischen Hypertonie kommen kann, ist eine ständige primäre Hypertonie pathologisch. Sie führt zu Gefäßerkrankungen und in der Folge zu Herzinfarkten, Schlaganfällen und Nierenschäden.
Die Differenz zwischen dem systolischen und dem diastolischen Wert wird als Blutdruckamplitude bezeichnet.

Hypotonie

Als Hypotonie werden Werte unter 100 mmHg systolisch bezeichnet. Die primäre Hypotonie ist in der Regel harmlos und ungefährlich. Eine Hypotonie nach Blutverlusten kann aber auch Ausdruck eines Schocks sein.

Regulation des Blutkreislaufs

Regulation der Organdurchblutung

Die Regulation der Organdurchblutung erfolgt in erster Linie über die Änderung der Gefäßweite. So kann die Durchblutung der Organe an unterschiedliche Erfordernisse und Belastungsbedingungen angepasst werden und die gerade aktiven Organsysteme (Muskulatur beim Sport, Magen-Darm-Trakt bei Ruhepausen) können vermehrt mit Blut versorgt werden. Die Steuerung der Organdurchblutung erfolgt hier über mehrere Mechanismen:

- lokale Einwirkungen
- nervale Signale (Sympathikus und Parasympathikus)

Lokale Durchblutungsregulation

Eine lokale Kreislaufsteuerung erfolgt durch Gefäßerweiterung (bzw. -verengung) oder Erhöhung (bzw. Verminderung) der Gefäßwanddurchlässigkeit. Zu lokaler Gefäßerweiterung und damit Mehrdurchblutung kommt es bei:

- Sauerstoffmangel
- Kohlendioxidanstieg
- Ionenanstieg (Übersäuerung des Blutes)

Diese als Autoregulation bezeichneten Mechanismen sind außerordentlich wichtig zur Konstanthaltung der Durchblutung vieler Organe unter wechselnden Bedingungen.

Nervale Durchblutungsregulation

Die nervale Steuerung der Blutgefäße erfolgt hauptsächlich durch das vegetative Nervensystem und hier vor allem durch den Sympathikus. Durch die spezielle Verteilung von Rezeptoren führt die Erregung des Sympathikus (bei Sport, Stress, Aufregung) z. B. zur vermehrten Durchblutung der Skelettmuskulatur und verminderten Durchblutung der Eingeweidemuskulatur.

Regulation des Gesamtkreislaufs

Der arterielle Blutdruck ergibt sich aus dem zirkulierenden Blutvolumen (Herzminutenvolumen) und dem zur Verfügung stehenden Querschnitt des Gefäßsystems. Damit gibt es zwei Möglichkeiten, Blutdruck und Durchblutung zu regulieren:

- Änderung des Gefäßdurchmessers (unterschiedlich zur Verfügung stehendes Gefäßvolumen)
- Änderung des im Gefäßsystem zirkulierenden Blutvolumens

Blutdrucksenkung bei:

- Erweiterung des Gefäßdurchmessers (durch Parasympathikus)
- Verringerung des im Gefäßsystem zirkulierenden Blutvolumens

Blutdrucksteigerung bei:
- Verengung des Gefäßdurchmessers (durch Sympathikus)
- Erhöhung des im Gefäßsystem zirkulierenden Blutvolumens

Die Blutgefäße

Blutgefäße sind Hohlorgane, die Blut zwischen dem Herzen und den verschiedenen Geweben und Organen im Körper transportieren. Wenn man alle Blutgefäße eines Kindes nimmt und sie hintereinander ausbreitet, würde diese Kette ca. 100 000 km lang sein. Die Kette aus Gefäßen eines Erwachsenen würde sogar 160 000 km betragen! Folgende Blutgefäße gibt es:

Arterien und Arteriolen
Arterien transportieren Blut von den Herzkammern in den Körper. Diese großen Gefäße haben dicke, elastische Wände, die für den Transport unter hohem Druck eingerichtet sind. Bevor diese Arterien sich den Kapillaren nähern, beginnen sie sich in kleine Äste zu verzweigen, die Arteriolen genannt werden.
Arterien sind kräftig an der Außenseite und weich im Inneren. Eine Arterie hat drei Schichten:
- *Adventitia:* Die äußere Schicht besteht aus Fasernetzen. Sie führt Gefäßnerven und kleinste Blutgefäße, die zur Blutversorgung der Arterienwand bis in die mittlere Schicht eindringen.
- *Media:* Die mittlere Schicht enthält Muskulatur und elastische Fasern. Sie kann durch Veränderung ihrer Dehnbarkeit eine Verengung oder Erweiterung der Arterien bewirken und dadurch den Blutkreislauf beeinflussen. Die Mittelschicht ist sehr kräftig und elastisch. Wenn das Herz schlägt, dehnt sich die Arterie aus, indem sie sich mit Blut füllt. Wenn das Herz erschlafft, zieht sich die Arterie zusammen und bewegt so das Blut weiter.
- *Intima:* Die innere Zellschicht kleidet die Gefäße aus. Dadurch dass die Innenschicht so glatt ist, kann das Blut ohne Widerstand fließen.

Kapillaren
Kapillaren sind die kleinsten Blutgefäße. Sie verbinden Arteriolen und Venolen. Ihre dünne Wand erlaubt den Kapillaren den Gasaustausch zwischen Blut und Gewebe und den Transport von Nährstoffen durch diese Wand.
Außerdem sind die Kapillaren am Wärmeaustausch beteiligt.
Abhängig vom Sauerstoffbedarf eines Organs enthält dieses eine unterschiedliche Anzahl von Kapillaren. Gewebe wie Muskel benötigen viel Sauerstoff, deswegen sind sie mit einem enormen Kapillarnetz verbunden. Andere Gewebe mit einem niedrigen Stoffwechsel (Oberhaut, Hornhaut im Auge ...) haben keine Kapillaren. Wollte man alle Kapillaren des Körpers entwirren und aneinander reihen, würden

sie eine Strecke von 60 000 bis 100 000 Kilometer ergeben. Die Gasaustauschoberfläche der Kapillaren beträgt ca. 6500 m^2, was etwa der Fläche von zwei Fußballfeldern entspricht.

Venolen und Venen

Venolen sind dünne Gefäße, die die Kapillaren mit den Venen verbinden. Die Venen bilden Straßen, die parallel zu den Arterien verlaufen. Sie transportieren das Blut zum Herzen zurück.

Die Venen haben viel dünnere Wände als die Arterien, haben weniger Muskeln in der Wand und weniger elastische Fasern, da sie ja Blut mit einem viel niedrigeren Druck transportieren. Vergleichbar den Arterien haben auch Venen drei Schichten:

- eine äußere Gewebsschicht
- eine mittlere Muskelschicht
- eine innere Zellschicht

Für den Blutstrom ist es wichtig, dass sich das mit Abfallstoffen angereicherte Blut in die richtige Richtung bewegt. Das wird durch Venenklappen gewährleistet, die damit eine Einbahnstraße herstellen.

Das Blut

Ein durchschnittlicher Erwachsener besitzt ca. 5 Liter Blut. Blut setzt sich aus festen (rote und weiße Blutkörperchen und Blutplättchen) und flüssigen (Blutplasma) Bestandteilen zusammen.

Die Gesamtblutmenge beträgt 7 bis 8 % des Körpergewichts, oder 80 ml/kg des Körpergewichts. Bei einem 70 kg schweren Patienten sind das dann ca. 5,6 l Blut. Ein plötzlicher Blutverlust von mehr als 50 % des Blutes ohne sofortiges ärztliches Eingreifen ist tödlich. Sinkt das Blutvolumen um mehr als 30 % ab, so tritt ein Volumenmangelschock ein.

Das Blut hat im menschlichen Körper viele lebensnotwendige Funktionen:

- *Atmung:*

Das Blut nimmt in den Lungen Sauerstoff auf und transportiert ihn zu den Zellen des Körpers. Zugleich nimmt es Kohlenstoffdioxid CO_2 von den Zellen zu den Lungen.

- *Transport:*

Nährstoffe wie Kohlenhydrate, Eiweiß und Fett werden so wie Hormone und Vitamine zu den einzelnen Zellen transportiert.

- *Ausscheidung:*

Abfallstoffe werden zu den verschiedenen Ausscheidungsorganen befördert.

- *Pufferung:*

Das lebensnotwendige Säure-Basen-Gleichgewicht wird durch das Blut aufrecht erhalten (konstanter pH-Wert).

- *Wärmetransport:*

Durch das Blut wird auch Wärme durch den Körper transportiert, um einen Temperaturausgleich zu ermöglichen.

- *Abwehr:*

Außerdem hat Blut noch wichtige Aufgaben bei der Abwehr von Krankheitserregern.

Das Blut besteht zur einen Hälfte aus festen und zur anderen aus flüssigen Bestandteilen:

49,50 %	Wasser (Blutflüssigkeit oder Blutplasma)
1,09 %	Fett, Zucker, Kochsalz
4,40 %	Eiweiße (Proteine)
42,80 %	rote Blutkörperchen (Erythrozyten)
0,07 %	weiße Blutkörperchen (Leukozyten)
2,14 %	Blutplättchen (Thrombozyten)

Blutplasma

Plasma ist diejenige Flüssigkeit, die die Zellen in einer Lösung hält. Obwohl das Plasma aus 92 % Wasser besteht, enthält es doch eine komplexe Mischung aus Eiweißen, Vitaminen, Hormonen, Stoffen für die Blutgerinnung, Abwehrstoffen: Magnesium, Kalium, Calcium, Natrium, Chlorid, Bikarbonat, Phosphat, Sulfat, Albumine, Globuline, Lipide, Fibrinogen, Glukose, Aminosäuren ...

Blutgruppen

Im Blutplasma kommen Antikörper (Agglutinine) vor, die 4 unterschiedliche Antigeneigenschaften haben können, daher auch 4 Blutgruppen (A, B, 0 und AB).
Plasma von Menschen mit der Blutgruppe A enthält Agglutinin Anti-B (Antikörper gegen die Blutgruppensubstanz B). Plasma der Blutgruppe B enthält Agglutinin Anti-A. Das Plasma der Blutgruppe 0 besitzt die Antikörper Agglutinin Anti-A und Anti-B. Dagegen sind im Plasma der Blutgruppe AB keine Antikörper gegen die Blutgruppensubstanz von A und B vorhanden.

Rote Blutkörperchen

Bis zu 30 Billionen rote Blutkörperchen (Erythrozyten) besitzt der Mensch. Rote Blutkörperchen (RBK) machen 99 % der Zellen im Blut aus. In einem einzigen Tropfen Blut befinden sich fünf Millionen rote, aber nur 9000 weiße Blutkörperchen.
Das Hämoglobin (Farbstoff der roten Blutkörperchen) ermöglicht diesen RBK den Transport von Sauerstoff. Wenn Hämoglobin sich mit Sauerstoff verbindet, bildet es einen hellroten Komplex, der Oxyhämoglobin genannt wird. Wenn Sauerstoff abgegeben wird, ist die Verbindung dunkler und wird als Desoxyhämoglobin bezeichnet.

Erythrozyten leben nur etwa drei Monate lang und sterben dann, vom Knochenmark allerdings werden pro Sekunde zwei Millionen neue Erythrozyten gebildet.
Die Zahl der RBK im Blutbild gibt die Zahl der RBK in einem Kubikmillimeter (einem Milliliter) Blut an. Diese Zahl ist für einen gesunden Erwachsenen ca. 4,2 bis 6,2 Millionen Zellen pro Milliliter.

Weiße Blutkörperchen

Weiße Blutkörperchen (WBK, Leukozyten) haben die Abwehr des Körpers gegen Infektionen zur Aufgabe. Sie beschützen den Körper entweder durch Verzehren (phagozytieren) von Bakterien oder durch Produktion von Substanzen, die die infektiösen Teilchen zerstören.
Obwohl die WBK ihre Aktivität zum Großteil außerhalb der Blutgefäße erreichen, verwenden sie diese jedoch zum Transport zum Ort der Infektion. Sie sind in der Lage, körperfremde Gewebe und Zellen, also auch Krankheitserreger, zu erkennen.
Von ihnen sind drei Arten von Bedeutung:

- *Lymphozyten*, die »Klügsten«, vergessen niemals einen Feind: Generationen dieser kleinen weißen Blutkörperchen »merken« sich Krankheitserreger. Wer etwa als Kind die Masern hatte, dessen Lymphozyten haben das Masern-Virus kennen gelernt. Sie finden und erkennen es immer, wenn es in den Körper eindringt, und zerstören es – auch noch mit 80 Jahren.
- *Monozyten*, die großen weißen Blutkörperchen, gehören ebenfalls zur Krankheitsabwehr des Körpers. Sie können sich sehr rasch bewegen und Krankheitserreger umzingeln und verschlingen, bevor sie tiefer in den Körper eindringen.
- *Granulozyten* schließlich sind die ersten Angreifer unter den Leukozyten, die darangehen, in den Körper eindringende Krankheitserreger sofort unschädlich zu machen.

Als Messwert wird genauso wie bei den RBK auch bei den WBK die Menge in einem Milliliter Blut angegeben. Der durchschnittliche Wert für einen Erwachsenen beträgt ca. 5000 bis 10 000 Zellen/ml. Ärzte interessieren sich oft für diese Zahl, weil sie als Zeichen von Krankheit oder Infektion interpretiert werden kann.

Blutplättchen

Blutplättchen (Thrombozyten) sind die kleinsten sichtbaren Zellen im Blut und zugleich die »klebrigsten« Blutzellen.
Sie sind als eine Art »inneres Pflaster« wichtig für die Blutgerinnung und sammeln sich an Stellen, an denen eine Ader verletzt wurde, um die Öffnung wieder zu verschließen. Mit ihrer Hilfe gerinnt das Blut und bildet eine Kruste. Daher werden sie auch zur Transfusion bei sehr großen Blutverlusten und häufig für Patienten mit Blutkrebserkrankungen benötigt.
Der durchschnittliche Wert für einen Erwachsenen beträgt ca. 140 000–440 000/mm^3.

HERZGESUND

Der Mensch bringt sein Haar täglich in Ordnung,
warum nicht sein Herz?
Chinesisches Sprichwort

Herzgesund bleiben

Lifestyle Management

Eines der Geheimnisse für ein langes Leben und gute Gesundheit ist Vorsorge. Ihre Lebensführung (= Lifestyle-Management) entscheidet darüber, ob Sie in Zukunft gesund sein werden und ein glückliches und erfülltes Leben führen können.

Das Herz ist ebenso wie der Automotor eine Krafteinheit, die einen Körper in Bewegung hält. Bei starker körperlicher Anstrengung, wenn also die Muskelzellen viel Sauerstoff und Nährstoffe benötigen, muss das Herz seine Leistung gewaltig steigern: Bis zu 20 Liter in der Minute oder 1200 Liter in einer Stunde werden durchgepumpt! Wenn sich jedoch ein Schaden am Herzen einstellt, kann das Leben gefährdet sein. Ähnliches wie für den Automotor gilt auch für das Herz: Wie Sie Ihr Herz behandeln, wie Sie darauf schauen, wie Sie sich darum kümmern und darauf aufpassen, davon hängt es zum Großteil ab, wie lange und wie gut es weiterhin für Sie und mit Ihnen arbeiten wird.

Grundsätzlich kann man feststellen, dass ein gesundes Herz fast für jeden möglich ist. Aber auch dann, wenn schon ein Schaden aufgetreten ist, kann dieser von uns Ärzten in Zusammenarbeit mit Ihnen verringert werden. Oft, wenn ein Schaden droht, kann dieser sogar vermieden werden, wenn wir alle rechtzeitig zusammenarbeiten.

Es ist schon verhältnismäßig viel Aufwand betrieben worden, um viele Leute davon zu unterrichten, was denn die Ursachen von Herzerkrankungen sind und welche Maßnahmen zu setzen sind, diese zu verhindern, also wie Sie vorbeugen können. Trotzdem sind die Herzerkrankungen die Nummer eins bei den Todesursachen in unserer westlichen Welt. Hier gab es in den letzten hundert Jahren eine dramatische Änderung. Um 1900 waren noch Infektionskrankheiten die führenden Todesursachen, während Herzerkrankungen und Krebs geringeren Anteil hatten.

In Amerika sind diese Zahlen eindrucksvoller und besser dokumentiert als in Europa. Dort stirbt zum Beispiel jede halbe Minute ein Mensch an einer Herzerkrankung. Jeden Tag sterben somit ca. 2600 Menschen wegen Herzproblemen. Es sterben mehr Menschen an Herzkrankheiten als an Krebs, AIDS und Unfällen zusammengezählt.

Als Herzerkrankung werden alle arteriosklerotischen Erkrankungen (= Erkrankungen, die durch Verkalkungen zu Schäden an Herz und Gefäßen führen) und alle anderen Herzerkrankungen gewertet.

Neue Behandlungsmethoden haben diese Zahl schon verkleinert, aber noch immer ist der Herztod die Todesursache Nummer eins in der westlichen Industriewelt.

Doch medizinischer Fortschritt allein wird die Herzerkrankungen nicht zum Verschwinden bringen. Die Gesundheit hängt in einem bedeutenden Anteil von jedem Betroffenen selbst ab, davon ob er selbst positiven Einfluss auf sein Leben und seine Lebensführung nimmt.
Ärzte in aller Welt haben neun Risikofaktoren identifiziert, die ihr Herz negativ beeinflussen können und die, wenn sie zusammengefügt werden, einen exakten Eindruck Ihrer »Herz-Gesundheit« vermitteln.

Die wichtigsten Risikofaktoren für Herzkrankheiten sind:

- persönliche Gesundheitsgeschichte (Anamnese)
- das Ausmaß körperlicher Aktivität (Sport, Bewegung ...)
- Gewicht
- Rauchen
- Blutdruck
- Cholesterinwert
- Blutzucker
- Geschlecht
- Alter

Obwohl auch weitere Faktoren wie Alkoholmissbrauch, »schlechte« Diät, Familiengeschichte und Stress ebenfalls die »Herz-Gesundheit« beeinflussen, bedeuten die neun Faktoren, die höchste Aussagekraft auf Grund der uns vorliegenden wissenschaftlichen Daten.
Manche dieser Risikofaktoren (Alter, Geschlecht, genetische Faktoren) können nicht beeinflusst werden, doch sollten sie jedem Menschen bewusst sein, denn durch einen angepassten Lebensstil kann man positiv auf diese einwirken. Deswegen sind Kontrollen und Vorsorgeuntersuchungen umso entscheidender, damit eine Krankheit früh erkannt und deren Entwicklung verlangsamt werden kann!

Der große Herz-Test

Wie gesund ist mein Herz?

Mit diesem Herz-Test können Sie ganz einfach eine Bestandsaufnahme erhalten, die Ihnen verrät, wie es denn um Ihr eigenes Herz bestellt ist. Basierend auf den Erkenntnissen, die Sie aus dem Test ziehen, können Sie entscheiden, wie und ob Sie ihre Lebensführung ändern sollten.

Herz-Test

Ich habe eine bestätigte Herz- und/oder Gefäßkrankheit.	Ja 4	Nein 0
Ich betreibe aerobe Sportarten (z. B. Schnellgehen, Laufen, Schwimmen, Radfahren, Tanzen ...) mindestens 30 Minuten lang viermal oder öfter pro Woche.	Ja 0	Nein 4
Mein tatsächliches momentanes Gewicht (Tabelle zum gesunden Körpergewicht auf Seite 69) liegt		
10 Kilogramm oder mehr über meinem gesunden Bereich		3
5–10 Kilogramm über meinem gesunden Bereich		2
2,5–5 Kilogramm über meinem gesunden Bereich		1
Innerhalb von 2,5 Kilogramm von meinem gesunden Bereich		0
Rauchen		
Ich rauche jeden Tag.		4
Ich habe geraucht, aber ich habe vor weniger als drei Jahren aufgehört.		3
Ich rauche nicht, aber ich lebe mit Personen, die rauchen.		2
Ich habe geraucht, aber ich habe vor mehr als drei Jahren aufgehört.		1
Ich rauche nicht.		0
Mein Blutdruck beträgt		
über 160/90		4
zwischen 140/90 und 160/90		2
unter 140/90		0
Mein Cholesterin-Wert beträgt		
über 240 mg/dl		3

200 bis 240 mg/dl Ich kenne den Wert nicht. 200 mg/dl oder darunter.		2 1 0
Ich habe hohen Blutzucker oder Diabetes	Ja 4	Nein 0
Ich bin männlich **Ich bin weiblich**, bin nach der Menopause und nehme keine Hormonersatztherapie. Ich bin weiblich, bin nach der Menopause und nehme Hormonersatztherapie. Ich bin weiblich, bin vor der Menopause.		4 3 2 0
Ich bin männlich und über 60 45 bis 60 30 bis 44 unter 30		4 3 2 0
Ich bin weiblich und über 60 45 bis 60 30 bis 44 unter 30		3 2 1 0

Gesamtpunktezahl: ___________

Auswertung:

0–12: Sie haben ein niedriges Risiko. Herzlichen Glückwunsch!! Ihre gesunde Lebensweise sollte Sie für viele Jahre herzgesund halten.

13–24: Sie haben ein mittleres Risiko. Sie sollten Ihre Lebensweise verändern, um das Risiko einer Herzerkrankung zu vermindern. Wenn Sie Ihr Risiko noch nicht mit Ihrem Arzt besprochen haben, sollten Sie umgehend einen dafür zuständigen Arzt aufsuchen und eine komplette Durchuntersuchung vereinbaren.

25–34: Sie haben ein hohes Risiko. Falls Sie nicht bereits gegen die arteriosklerotische Herzerkrankung behandelt werden, suchen Sie Ihren Arzt so bald wie möglich auf. Es ist wichtig, dass Sie sofort mit der Reduktion Ihrer Risikofaktoren beginnen. Wenn Sie bereits ein Herzproblem haben, können Sie einiges unternehmen, um eine Verschlechterung Ihres Gesundheitszustandes zu verhindern.

Auch wenn Sie Kurzatmigkeit, unerklärliche Müdigkeit, Benommenheit, Bewusstseinstrübungen, oftmaliges Herzklopfen oder Herzrasen, Anschwellen der Beine, Füße oder Knöchel oder eine Blauverfärbung der Haut beobachten, sollten Sie Ihren Arzt so rasch wie möglich aufsuchen. Diese oben genannten Zeichen sind oft Symptome von Herzerkrankungen. Frühe Diagnose und Behandlung können weiteren Schaden verhindern.
Ich möchte Ihnen nochmals ans Herz legen:
Das Geheimnis von langem Leben ist VORBEUGEN. Ändern Sie Ihr Leben, dort wo es notwendig und möglich ist, um für eine gute Gesundheit in der Zukunft vorzusorgen. Nehmen Sie sich Zeit für sich selbst. Und nehmen Sie sich Zeit, meine Ausführungen zu lesen und sie für sich selbst umzusetzen!

Lifestyle-Management
Wie verändere ich meinen Lebensstil?
Wie mache ich meinen Lebensstil gesünder, herzbewusst?!

Um Ihr Herz in Form zu halten, können Sie eine ganze Menge tun, auch wenn Sie schon schlimme Erfahrungen, wie z. B. einen Herzinfarkt, machen mussten. Es ist an der Zeit, dass Sie sich Gedanken über Ihre Gesundheit machen, dass Sie beginnen herzbewusst zu denken, und dass Sie die notwendigen Veränderungen an Ihrem Lebensstil vornehmen!!! Wenn Sie einmal damit begonnen haben und es funktioniert, werden Sie sehen, dass die nächsten Schritte leichter fallen. Die erste Frage, die Sie sich stellen sollten, ist die, ob Sie herzgesund leben:

CHECKLISTE: Lebe ich herzgesund?
Füllen Sie die folgenden vier Bereiche ehrlich aus, überlegen Sie sorgfältig, ob ein »Ja« oder »Nein« für Sie zutrifft und ziehen Sie anschließend Ihre Schlüsse, vielleicht mit Ihrem Arzt, für Ihr weiteres Leben und Ihr Lebensstil-Management

Psyche	Ja	Nein
Nimmt in Ihrem Leben Erinnerung an Vergangenes breiten Raum ein?		
Möchten Sie gerne Mitmenschen ändern?		
Fühlen Sie sich öfter bedroht?		
Haben Sie Existenzängste?		
Ärgern Sie sich oft über sich selbst?		
Fühlen Sie sich oft als Versager?		
Möchte Sie »Ihre Ruhe haben«, sich abkapseln?		

Ernährung	Ja	Nein
Essen Sie gerne zwischendurch?		
Gilt für Sie: Alles muss aufgegessen werden?		
Sind Sie ein Fleischtiger?		
Lieben Sie Schlagobers/Sahne?		
Sind für Sie Ballaststoffe unnütz?		
Würzen Sie »herzhaft« mit Salz?		
Gehören Knabbereien und Bier zum Fernsehabend?		
Sport	**Ja**	**Nein**
Leben Sie nach dem Motto: Sport ist ungesund?		
Legen Sie alle Wege mit dem Auto zurück?		
Geht Ihnen schon nach einem kurzen Sprint oder einer Stiege die Puste aus?		
Macht es Ihnen etwas aus, einige Kilometer zügig durchzugehen?		
Benützen Sie immer – wenn vorhanden – einen Lift?		
Ist in Ihrem Urlaub das einzige Thema »Faulenzen«?		
Haben Sie keine Zeit für Sport?		
Stress	**Ja**	**Nein**
Wollen Sie alles gleichzeitig erledigen?		
Gehen Sie völlig in Ihrem Beruf auf?		
Gibt es am Arbeitsplatz nur böse Konkurrenten?		
Müssen Sie ständig alles kontrollieren können?		
Haben Sie nie Zeit?		
Planen Sie schon im Urlaub die Zeit danach minutiös?		
Ist Ihnen alles nicht perfekt genug?		

Auswertung:
Wenn Sie fünfmal mit »Ja« antworten, sind Sie bereits leicht gefährdet. Von da an nimmt mit zunehmender Zahl der »Ja«-Antworten das Risiko deutlich zu.

(adaptiert nach »Medizin populär« und Prim. Dr. Teubl)

Europäischer Kodex für Herzgesundheit

Auch auf europäischer Ebene hat man sich Gedanken zur Hergesundheit gemacht und im Rahmen des so genannten CLARA Projekts (**C**ommunity **L**earning **A**ction for coronary **R**isk **A**batement), einem Pilotprojekt der Europäischen Union, einen Europäischen Herzkodex erstellt. Die zehn Schritte auf dem Weg zur Herzgesundheit stehen unter dem Hauptmotto: Herzerkrankungen können verhindert werden!

Europäischer Herzkodex – Die zehn goldenen Herzregeln

1. Ein gesunder Lebensstil kann Ihr Herz und Ihre Blutgefäße schützen. Ein gesunder Lebensstil verringert Ihr Risiko eines zukünftigen Herzinfarktes oder Schlaganfalles, der häufigsten Krankheiten in Europa.
2. Ein derartiger Lebensstil muss von Kindheit an gelernt und dann während des gesamten Lebens angepasst werden. In den folgenden Punkten wird der gesunde Lebensstil kurz zusammengefasst:
3. Eine gesunde Ernährung ist fundamental: Speisen aus pflanzlichem Ursprung sollen bevorzugt werden: Gemüse, Obst, Getreideprodukte (Teigwaren, Mais, Reis und Brot, vor allem aus Vollkornprodukten). Tierisches Fett, fettes Fleisch, Würste, fetter Käse und Butter sollten nur mäßig verwendet und am besten durch Fisch, Olivenöl und andere pflanzliche Öle (außer Palm- und Kokosnussöl) ersetzt werden.
4. Übertreiben Sie nicht mit dem Alkoholgenuss. Für alle, die Alkohol trinken, gilt, dass täglich nicht mehr als zwei Getränke konsumiert werden sollen. (Ein Getränk entspricht einem Viertel Wein oder einer Flasche Bier oder 40 ml hochprozentiger Getränke.)
5. Vermeiden Sie die Einnahme von zu viel Salz. Verringern Sie den Verzehr von gesalzenen oder mit Salz konservierten Produkten.
6. Sportliche Übungen sind äußerst vorteilhaft, vor allem wenn sie im Freien betrieben werden. Gehen, Stiegensteigen, Radfahren sollte so oft wie möglich betrieben werden. Führen Sie eine regelmäßige sportliche Aktivität wie Schnellgehen, Jogging, Schwimmen, Radfahren oder Schilanglaufen 2- bis 3-mal pro Woche durch. Wenn Sie lange untätig waren, sollten Sie vor dem Start einen Arzt konsultieren.
7. Es gibt ein optimales Körpergewicht, das sie schützt und die Lebensqualität erhöht (siehe Gewichtstabelle auf Seite 69). Wenn Sie etwas übergewichtig sind, versuchen Sie Ihr Gewicht zu reduzieren, indem Sie weniger essen (ausgewogene Diät) und mehr sportliche Aktivitäten setzen. Wenn Sie deutlich übergewichtig sind, lassen Sie Ihren Blutzucker bestimmen und konsultieren Sie einen Arzt.

8. Es gibt keinen Platz fürs Rauchen in einem gesunden Lebensstil! Das Ziel für Raucher ist das Aufhören, noch dazu, wo doch Nichtraucher durch Passivrauchen gefährdet werden, vor allem Kinder.
9. Sie sollten Ihre Cholesterinwerte und Ihren Blutdruck kennen. Erwachsene mit höheren Werten als die angestrebten, (140/90 mm Hg für Blutdruck; 200 mg/dl bzw. 5,2mmol/l für Cholesterin) sollten Ihre Gepflogenheiten anpassen und ein Programm mit der Hilfe eines Arztes planen und durchführen.
10. Verringern Sie Stress und lernen Sie mit negativen Ereignissen zurechtzukommen. Nehmen Sie sich mehr Zeit für den Ausgleich Ihrer körperlichen und seelischen Balance.

Kurz-Tipps für Einsteiger in ein herzgesundes Leben

❤ *Wie höre ich mit dem Rauchen auf?*

Treffen Sie eine feste Vereinbarung mit sich selbst, indem Sie fixieren, dass Sie mit dem Rauchen aufhören.

Fragen Sie Ihren Arzt nach Informationen und Selbsthilfe-Programmen.

Bekämpfen Sie die Lust durch Besuch von Örtlichkeiten, wo Rauchen nicht erlaubt ist, und umgeben Sie sich mit Leuten, die nicht rauchen.

Belohnen Sie sich, wenn Sie mit dem Rauchen aufhören. Beschäftigen Sie sich mit Aufgaben, die das Rauchen erschweren (Sport!).

Erinnern Sie sich immer wieder, dass Rauchen krank macht, ja sogar tödlich ist. Und nicht nur für Sie selbst, sondern auch für Ihre Mitmenschen.

Ersuchen Sie Ihre Familie und Ihre Freunde um Hilfe und Unterstützung beim Aufhören.

❤ *Wie verändere ich meine Essgewohnheiten?*

Fragen Sie einen Arzt oder eine Diätassistentin.

Vermeiden Sie Speisen wie Eier, fettes Fleisch, Haut an Geflügel, Butter und Schlagobers.

Reduzieren Sie die Einnahme von gesättigten Fetten, Zucker und Salz.

Ersetzen Sie Vollmilch durch Milch mit reduziertem Fettanteil.

Essen Sie Obst, Gemüse, Getreidespeisen, getrocknete Bohnen, Teigwaren, Fisch, hautloses Geflügel und mageres Fleisch.

Reduzieren Sie Ihren Alkoholkonsum auf einen Drink pro Tag.

❤ *Wie beginne ich Sport in mein Leben zu integrieren?*

Konsultieren Sie Ihren Arzt, bevor Sie sich auf ein Trainigsprogramm stürzen.

Beginnen Sie gemächlich und bauen Sie langsam auf 30 Minuten 3- bis 4-mal pro Woche auf.

Sportliche Betätigung reduziert Ihr Risiko für Herzinfarkt und kräftigt Ihr Herz. Sie hilft Ihr Gewicht zu kontrollieren genauso wie den Blutdruck. Sport entspannt und hebt Ihre Stimmung!
Versuchen Sie körperliche Betätigungen während des Tages zu vermehren. Machen Sie kleine 10–15 Minuten Spaziergänge nach dem Essen, verzichten Sie auf Rolltreppen und Aufzüge ...

❤ *Wie gehe ich mit Stress um und erlange mehr Entspannung?*

Erhöhen Sie Ihre körperlichen Aktivitäten.
Verringern Sie Ihren Koffeinkonsum (Kaffee, Tee, Cola-Getränke).
Vermeiden Sie Dinge, die Sie aufregen, wie zum Beispiel Verkehrsstau zur Stoßzeit ...
Lernen Sie mit Ärger umzugehen.

❤ *Wie schaffe ich es, meine Medikamente regelmäßig einzunehmen?*

Nehmen Sie sie jeden Tag zur gleichen Zeit.
Verwenden Sie eine unterteilte Pillenbox.
Kleben Sie einen Plan in Ihren Medikamentenschrank.
Bitten Sie Ihre Familie um Erinnerungshilfe.

Im Folgenden werden wir auf die einzelnen Krankheitsrisiken das Herz betreffend näher eingehen. In den einzelnen Kapiteln finden Sie eine ganze Reihe weiterer Tipps und Infos, die es Ihnen erleichtern werden, ein herzgesundes Leben zu führen, und Ihnen helfen sollen, mit der Kraftquelle Ihres Körpers verantwortungsvoller umzugehen.

Der blaue Dunst ...

Was kann ich gegen das Rauchen tun?

Wie schädigt das Rauchen mein Herz?

Zigarettenrauch enthält mehrere tausend chemische Substanzen. Zwei von ihnen, nämlich Kohlenmonoxid und Nikotin, führen zu koronarer Herzerkrankung.

Kohlenmonoxid, ein giftiges Gas, das auch in den Autoabgasen auftritt, wird viel schneller vom Blut aufgenommen als Sauerstoff. Wenn also Kohlenmonoxid eingeatmet wird, verringert sich die Sauerstoffaufnahme im Blut. Die Aufnahmefähigkeit von Sauerstoff im Blut eines Zigarettenrauchers kann sich um bis zu 15 % verringern. Das bedeutet, dass das Herz um vieles mehr arbeiten muss, um alle Körperteile mit genügend Sauerstoff zu versorgen.

Sind die Blutgefäße elastisch und weit, kann das Blut ungehindert hindurchströmen und in jede Region des Körpers Sauerstoff und Nährstoffe tragen. Der Organismus hat die Möglichkeit, durch ein bestimmtes Verfahren diese Fähigkeiten der Blutgefäße zu erhalten. Ein spezielles Enzym in der Wand der Blutgefäße sorgt nämlich dafür, dass genügend Stickstoffmonoxid gebildet wird. Stickstoffmonoxid hält die Gefäße weit und elastisch und bewirkt außerdem eine gute Fließfähigkeit des Blutes. Freie Sauerstoffradikale, die aus dem Zigarettenrauch ins Blut gelangen, greifen Stickstoffmonoxid jedoch an und bauen es ab. Bei Rauchern kann der Körper allerdings nicht so schnell wieder Stickstoffmonoxid erzeugen. Die Folgen: Die Gefäße werden unelastisch, das Blut verdickt sich. Damit sind die Voraussetzungen für Gefäßverengungen geschaffen.

Nikotin stimuliert das Nervensystem, was zu einem Anstieg des Herzschlags/Puls führt und zu einer Einengung/Zusammenziehung der Blutgefäße. Dieses bedeutet eine Belastung des Herzens.

Warum sollte ich mit dem Rauchen aufhören?

Das Zigarettenrauchen führt die Liste der Risikofaktoren für die Todesursache Nummer eins in unserer westlichen Welt an: die Herz-Gefäß-Erkrankungen. Tatsächlich sind 20 % der Herztodesfälle durch Rauchen bedingt. Die lange Liste der Krankheiten, die durch das Rauchen sonst noch verursacht werden, ist beängstigend. Rauchen schädigt außerdem und nicht zuletzt Tausende von Nichtrauchern, die dem Zigarettenrauch ausgesetzt werden. Es verursacht Infektionen, Erkrankungen und Tod bei Säuglingen und Kindern.

Wenn Sie rauchen, haben Sie guten Grund, sich über Ihre Gesundheit Sorgen zu machen und über die Gesundheit Ihrer Familie oder Ihrer Umgebung. In Amerika sterben jedes Jahr 417000 Menschen auf Grund von Nikotingenuss.

Wenn Sie aufhören, verringern Sie Ihr Risiko ganz beträchtlich!
Sobald Sie aufhören, verkleinert sich das Risiko, einen Herzinfarkt zu erleiden oder einem weiteren zum Opfer zu fallen.
Ein Zigarettenraucher ist etwa mit dem doppelten Risiko belastet, einen Herzinfarkt zu erleiden, als ein Nichtraucher. Für einen Raucher, der außerdem Bluthochdruck und hohe Cholesterinwerte hat, steigt das Risiko um das Achtfache.
Raucherinnen, die die Pille nehmen, sind darüber hinaus mit einem noch höheren Risiko belastet, eine koronare Herzerkrankung zu bekommen.

Was ist mit Pfeifen- oder Zigarrenrauchen?
Personen, die Zigarren oder Pfeife rauchen, haben ebenfalls ein höheres Risiko, an einer Herzkranheit zu sterben, jedoch ist dieses nicht so hoch wie bei Zigarettenrauchern. Das kommt wahrscheinlich davon, dass sie den Rauch nicht inhalieren.

Was ist mit Passivrauchen?
Einige Studien zeigen Anhaltspunkte, dass Passivrauchen auch das Risiko erhöht. In Amerika sterben pro Jahr wahrschienlich 40 000 Menschen an den Folgen des Passivrauchens.

Ist es zu spät, aufzuhören?
Ganz unabhängig davon, wie lange Sie geraucht haben, verringert sich Ihr Herzinfarktrisiko, wenn Sie aufhören.
Wie alt man auch immer ist, es ist nie zu spät, das Rauchen aufzugeben. Die Entwöhnung ist besonders wichtig für diejenigen, die bereits einen Herzinfarkt erlitten haben.
Es gibt noch weitere Vorteile. Sie reduzieren ihr Risiko, an Lungenkrebs, Bronchitis und an einem Emphysem zu erkranken. Sie werden leichter atmen können, einen besseren Geschmacks- und Geruchssinn haben und sich ganz allgemein besser fühlen.

Welche Hilfsmittel gibt es, um mit dem Rauchen aufzuhören?
Es gibt keine Zauberformel, aber viele Menschen haben die nachfolgenden Ratschläge als hilfreich empfunden:
- Überzeugen Sie sich selbst davon, dass Sie das Rauchen aufgeben wollen und dass Sie darin erfolgreich sein werden.
- Wählen Sie eine Zeit, in der Sie nicht unter viel Stress stehen.
- Stellen Sie das Rauchen zusammen mit einem(r) Freund(in) ein.
- Werfen Sie alle Zigaretten weg.
- Legen Sie Wert darauf, den Leuten zu erzählen, dass Sie das Rauchen aufgegeben haben.

- Finden Sie heraus, wie viel Geld Sie durch das Nichtrauchen sparen, und legen Sie diesen Betrag jeden Tag oder jede Woche auf die Seite.
- Versuchen Sie in den ersten Tagen ohne die Getränke und Snacks auszukommen, die Sie normalerweise während einer Zigarette zu sich genommen haben, und bemühen Sie sich besonders, nicht nach den Mahlzeiten zu rauchen.

!!!ACHTUNG!!!

Personen, die auf nikotinarme Zigaretten umsteigen, neigen dazu, mehr Lungenzüge zu machen, um ihre Nikotinmenge aufrechtzuerhalten. Die vermehrten Lungenzüge können die aufgenommene Menge an Kohlenmonoxid erhöhen. Obwohl die Raucher nikotinarmer Zigaretten ihr Risiko, an Lungenkrebs zu erkranken, reduzieren können, kann sich ihr Risiko, einen Herzinfarkt zu erleiden, sogar erhöhen.

Vier Schritte zum Nicht-Raucher

- Erster Schritt

Schreiben Sie eine Liste der Gründe, die Sie zum Aufhören bewegen, auf. Am besten, Sie lesen diese Liste mindestens einmal täglich.
Umwickeln Sie Ihre Zigarettenpackung mit Papier und Gummibändern.
Wenn Sie sich eine Zigarette anzünden, schreiben Sie nieder, wie Sie sich fühlen und wie wichtig die Zigarette für Sie ist (Skala von 1–5).

- Zweiter Schritt

Ergänzen Sie die im ersten Schritt begonnene Liste und fügen Sie eventuell neue Gründe hinzu.
Nehmen Sie keine Zünder oder Feuerzeug mit und legen Sie die Zigaretten an einen nicht leicht zugänglichen Platz.
Jeden Tag sollten Sie versuchen ein paar Zigaretten weniger zu rauchen, vor allem jene, die Ihnen nicht so wichtig erscheinen.

- Dritter Schritt

Kaufen Sie keine weitere Packung, bis Sie nicht die angefangene beendet haben.
Wechseln Sie die Marke zweimal die Woche, jedes Mal zu einer Marke, die weniger Teer und Nikotin hat.
Versuchen Sie einmal für 48 Stunden nichts zu rauchen.

- Vierter Schritt

Hören Sie mit dem Rauchen komplett auf.
Erhöhen Sie Ihre körperlichen, sportlichen Aktivitäten.
Vermeiden Sie Situationen, die Sie mit Rauchen verbinden.
Finden Sie einen gesunden Ersatz fürs Rauchen.
Versuchen Sie Atemübungen, wenn Sie in Eile oder Stress geraten.

Welche Nebenwirkungen treten beim Rauchen-Aufhören auf?
Nikotin kann den Körper künstlich stimulieren mehr Energie einzusetzen, sodass einige Personen an Gewicht zunehmen, wenn sie das Rauchen einstellen, selbst bei gleichen Essgewohnheiten wie vorher. Andere neigen dazu, mehr zu essen, ohne es zu erkennen oder einen größeren Appetit zu haben. Machen Sie keine Schnelldiät, aber achten Sie darauf, nicht zu viel Süßigkeiten oder fetthaltige Nahrung zu sich zu nehmen. Ihre Ernährung sollte aus viel frischem Gemüse und Früchten bestehen.
Viele Menschen fühlen sich angespannter und gereizt oder haben Schwierigkeiten, sich zu konzentrieren. Für die meisten Menschen sind die ersten drei oder vier Wochen die schlimmsten, bei einigen dauert diese Zeit noch länger. Nicht aufgeben! Nach sechs bis acht Wochen treten gewöhnlich keine Schwierigkeiten mehr auf und der Nutzen hält ein Leben lang an.

Warum rauche ich?
Neben der Abhängigkeit von Nikotin gibt es auch verhaltenspsychologische Aspekte, die das Beenden der Nikotinsucht erschweren. Um bei einer Etwöhnung erfolgreich zu sein, ist es daher wichtig, zu ergründen, welche Aspekte das sind. Hierbei kann der folgende psychologische Rauchertest sehr hilfreich sein.

Raucher-Test

		Immer	Häufig	Gelegentlich	Selten	Nie	
A	Ich rauche, weil ich nicht ermüden will.	5	4	3	2	1	**A**
B	Mit einer Zigarette umzugehen, sie zu halten, ist ein Teil des Rauchvergnügens.	5	4	3	2	1	**B**
C	Zigarettenrauchen ist angenehm und entspannend.	5	4	3	2	1	**C**

Raucher-Test

		Immer	Häufig	Gelegentlich	Selten	Nie	
D	Ich zünde mir eine Zigarette an, wenn mich etwas deprimiert oder aufregt.	5	4	3	2	1	**D**
E	Wenn mir die Zigaretten ausgehen, halte ich das kaum aus.	5	4	3	2	1	**E**
F	Ich rauche automatisch, ohne es sogar zu bemerken.	5	4	3	2	1	**F**
G	Ich rauche um mich munter zu machen.	5	4	3	2	1	**G**
H	Ein Teil des Rauchvergnügens sind die Schritte, die ich unternehme, um es angenehm zu empfinden.	5	4	3	2	1	**H**
I	Ich finde Zigaretten angenehm.	5	4	3	2	1	**I**
J	Wenn ich etwas als unangenehm empfinde, rauche ich eine Zigarette.	5	4	3	2	1	**J**
K	Ich empfinde es als sehr unangenehm, wenn ich gerade nicht rauche.	5	4	3	2	1	**K**
L	Mein Gemüt hellt sich auf, ohne zu merken, dass ich noch eine Zigarette im Aschenbecher habe.	5	4	3	2	1	**L**
M	Ich rauche um mir einen Kick zu geben.	5	4	3	2	1	**M**
N	Ein Teil des Rauchvergnügens ist es, den Rauch zu beobachten, den ich ausatme.	5	4	3	2	1	**N**
O	Ich wünsche mir eine Zigarette am meisten, wenn ich entspannt bin und mich wohl fühle.	5	4	3	2	1	**O**
P	Ich rauche, wenn ich mich deprimiert fühle und meine Gedanken von den Problemen wegbekommen will.	5	4	3	2	1	**P**
Q	Ich habe ein heißes Verlangen nach einer Zigarette, wenn ich eine Weile nicht geraucht habe.	5	4	3	2	1	**Q**
R	Ich bemerke eine Zigarette in meinem Mund und kann mich nicht erinnern, sie hineingesteckt zu haben.	5	4	3	2	1	**R**

Auswertung

Wenn Sie in jeder Reihe einen Wert haben, den Sie einem Buchstaben zuordnen können, schreiben Sie diesen Wert in der folgenden Tabelle neben den Buchstaben. Zählen Sie die Werte in einer Zeile zusammen und schreiben Sie die Summe in das vorletzte Kästchen. Dieses Ergebnis zeigt die relative Wichtigkeit von jedem einzelnen verhaltenspsychologischen Aspekt des Rauchens für Sie. Ergebnisse über 11 in irgendeiner Kategorie weisen auf eine besondere Wichtigkeit für Sie hin.

A ___	+	G ___	+	M ___	=	___	Anregung
B ___	+	H ___	+	N ___	=	___	Handhabung
C ___	+	I ___	+	O ___	=	___	Vergnügen
D ___	+	J ___	+	P ___	=	___	Entspannung
E ___	+	K ___	+	Q ___	=	___	Verlangen
F ___	+	L ___	+	R ___	=	___	Gewohnheit

Welcher Rauchertyp bin ich?

Mit dem Typen-Test kommen Sie sich selbst auf die Spur. Das kann ziemlich spannend sein. Denn wenn Sie wissen, wann die Sucht Sie überkommt, hat es schon viel von seiner Macht verloren.

- *Stress-Typ*

Typisch: Rauchen bei Zeitdruck und starker Arbeitsbelastung
Alternativen: Entspannung, Bewegung, Konfliktlösung

- *Geselligkeits-Typ*

Typisch: Rauchen in Gesellschaft, z. B. bei Partys, in Gasthäusern, beim Kartenspielen
Alternativen: Unterstützung, Konfliktlösung

- *Ablenkungs-Typ*

Typisch: Rauchen um Hand und Mund zu beschäftigen, auch aus Verlegenheit oder Unsicherheit
Alternativen: Konfliktlösung, Entspannung

- *Genuss-Typ*

Typisch: Rauchen nach dem Essen, in geruhsamen Pausen, als »Belohnung«

Alternativen: Genussausgleich, Bewegung, Entspannung

- *Automatik-Typ*

Typisch: Rauchen ganz automatisch, ohne darüber nachzudenken
Alternativen: Entspannung, Bewegung

- *Anspannungs-Typ*

Typisch: Rauchen aus Ärger, Wut, Unglücklichsein, Langeweile
Alternativen: Konfliktlösung, Entspannung

- *Anregungs-Typ*

Typisch: Rauchen zur Beruhigung und Konzentration
Alternativen: Genussausgleich, Entspannung

- *Schlanke-Linie-Typ*

Typisch: Rauchen statt einer Mahlzeit, um nicht zuzunehmen, zur Verdauung
Alternativen: bewusste Ernährung, Bewegung, Entspannung, Konfliktlösung

Tipps zur Unterstützung

Wollen Sie andere Menschen ins Vertrauen ziehen, wenn Sie »rauchfrei« starten? Oder behalten Sie das lieber für sich?

Das ist eine ganz individuelle Entscheidung und natürlich gibt es dazu unterschiedliche Ansichten. Manche Menschen verschweigen ihren Entschluss lieber, weil sie Spott befürchten, wenn ihr Versuch misslingt. Oder Druck und Kontrolle in den schwierigen Phasen. Oder Versuche von Rauchern, den Entschluss zu durchkreuzen.

Manche aber suchen Verständnis und Unterstützung. Wenn die Umgebung Bescheid weiß, können Erfahrungen ausgetauscht werden. Vielleicht unternimmt man zur Ablenkung etwas Schönes zusammen oder lässt sich belohnen und verwöhnen. Auch Ungeduld und Nervosität ertragen »Eingeweihte« leichter. Weiß man doch, worauf sie zurückzuführen sind.

Wo finden Sie Unterstützung?

Am ehesten finden Sie Unterstützung sicherlich im Familien- und Freundeskreis. Sie haben dann in Ihren wichtigsten Lebensbereichen Menschen, die Ihnen beistehen. Bestimmt gibt es da Ex-RaucherInnen, die gerne ihre Erfahrungen mit Ihnen teilen. So mancher wertvolle kleine Trick, der »garantiert wirkt«, hilft vielleicht auch Ihnen über einen Tiefpunkt. Außerdem tut Mitgefühl einfach gut und der Blick auf die, die es schon geschafft haben.

Sprechen Sie also ruhig über Ihren Entschluss. Lassen Sie sich über die Schwierigkeiten aus, die Sie befürchten. Erzählen Sie, was Sie unternehmen wol-

len, um »rauchfrei« zu starten. Überlegen Sie gemeinsam, wie man Sie positiv motivieren könnte.
Zum Beispiel so:

- reizvolle gemeinsame Unternehmungen
- »Erste Hilfe« bei Tiefpunkten
- offensive Unterstützung gegen »Miesmacher« und »Verführer«
- Geduld, Humor und kleine Nettigkeiten
- rauchende Familienmitglieder oder auch Kollegen sollten bestimmte Räume rauchfrei halten. Vielleicht überzeugen Sie diese ja auch, gemeinsam mit Ihnen rauchfrei zu werden. Dann wird die gegenseitige Unterstützung noch effektiver.

Tipps zur Entspannung
In der Werbung wird viel versprochen: Der Griff zur Zigarette, so suggerieren viele Bilder, bringt von selbst Entspannung und löst Probleme. Alles kommt ins Lot mit einem tiefen Zug und blauem Dunst?
Entspannung ist immer wichtig in unserem Leben. Und für Sie ist sie jetzt besonders wichtig. Sie sind nervöser, ungeduldiger und gestresster. »Rauchfrei« wird erst später seine ganz entspannten Seiten zeigen, wenn der Körper den Entzug des Nikotins nicht mehr spürt. Bisher haben Sie in vielen Gefühlsmomenten erst mal zur Zigarette gegriffen.
Die folgenden Methoden können Ihnen helfen, mehr für Ihr Wohlbefinden zu tun und sich gegen »Verführungen« zu wappnen. Sie wirken auch über die unmittelbare Zeit der Entwöhnung hinaus, zum Beispiel bei Einschlafstörungen.

- *Spontanentspannung*

Locker stehen oder sitzen oder auf dem Rücken liegen. Möglichst viele Muskeln Ihres Körpers anspannen: Gesichtsmuskeln, Schultern hochziehen, Bauchmuskeln, Gesäßmuskeln, Oberschenkel-, Waden-, Arm- und Handmuskeln. Etwa 7–10 Sekunden angespannt lassen.
Bei den ersten Versuchen ist das zwar etwas schwierig, gelingt aber mit etwas Übung immer besser.
Danach tief und betont ausatmen, entspannen, alle Muskeln lockern, Kopf und Arme hängen lassen. Vertiefen Sie die Entspannung beim Ausatmen weiter. Atmen Sie die verbliebene Anspannung aus dem Körper hinaus. Stellen Sie sich vor, dass aus Ihren Händen und Füßen die ganze Anspannung einfach hinausfließt. 20–30 Sekunden reichen für diese Entspannungsphase.
Wiederholen Sie die Übung einige Male. Besonders in der Anfangsphase lernen Sie ja noch. Mit mehr Übung können Sie sich später in Stresssituationen sofort entspannen.

Abschalten
Sie wissen selbst am besten, wie Sie sich persönlich optimal entspannen: Aktiv, zum Beispiel bei Sport und Hobby. Passiv, zum Beispiel bei Musik, mit einem Buch oder in der Badewanne.

Entspannung lernen
Wenn Sie langfristig lernen möchten, sich besser zu entspannen und Stress ruhiger zu bewältigen, empfehlen wir Ihnen einen Kurs. Autogenes Training und andere Entspannungsmethoden, zum Beispiel progressive Muskelentspannung nach Jakobson, werden an Volkshochschulen und in anderen Einrichtungen der Erwachsenenbildung angeboten. Erkundigen Sie sich bei Ihrer Krankenkasse, ob sie Kursgebühren übernehmen kann.

Tipps für »Genießer«
»Genusszigaretten« sind die verführerischsten. Nach dem Essen, in gemütlicher Runde oder in der Pause fällt der Verzicht besonders schwer. Oder »noch eine kleine Zigarette«, wenn man sich so richtig verwöhnen und belohnen will.
Wer nicht genießt, ist ungenießbar. Wer rauchfrei lebt, ist keinesfalls zur Askese verdammt. Im Gegenteil. Jetzt geht der Genuss erst richtig los: Besser schmecken und riechen, gesünder durchs Leben – da gibt es einiges zu entdecken. Gönnen Sie sich jetzt besonders intensive Genüsse, gleichen Sie das Minus in Ihrer Genussbilanz aus, das der Verzicht auf das Nikotin mit sich bringt. Lassen Sie es sich gut gehen, seien Sie nett zu sich.
Was mögen Sie besonders gerne, was haben Sie sich lange nicht oder gar noch nie gegönnt? Hoffentlich wird Ihre Liste recht lang, dann haben Sie die Qual der Wahl.

- Mein Hochgenuss

Was tu ich gern, doch viel zu selten?
Ah – wie das duftet:
Blumen, Essen, Parfüm, Früchte, du!
Wen kann ich besonders gut riechen?
Das leiste ich mir jetzt!

- Rauchfreie Hitliste

Musik hören und machen; Krimis, Gedichte, Biografien, Romane, Zeitschriften, Zeitungen lesen; puzzeln, Kreuzworträtsel oder Denksportaufgaben lösen; Badespaß; Möbel umstellen, neu einrichten; malen, basteln, nähen; Briefe schreiben; Kurse besuchen; telefonieren; flirten; heiße Diskussionen; Sauna; spazieren gehen; Sport treiben; singen; Kino, Theater, Konzert besuchen; sammeln und tauschen; Karten spielen; tanzen; wandern, Ausflüge; Besuch machen; Gäste einladen; Friseur; Stadion; Eis laufen; Gartenarbeiten ...

Tipps zur Konfliktlösung

Sie haben in schwierigen Situationen bisher zur Zigarette gegriffen. Wenn Sie sich nun ärgern, abgespannt sind oder Langeweile haben, wollen Sie rauchfrei bleiben. Stellen Sie sich in solchen Situationen drei Fragen:

1. Was stört mich jetzt wirklich?

Sie stehen in der Schlange an der Kasse eines Supermarktes. Sie haben es eilig und bemerken, dass sich jemand vordrängt. Das ärgert Sie. Zusätzlich fühlen Sie sich angespannt, weil Sie gerade aufgehört haben zu rauchen.

2. Was möchte ich erreichen?

Sie möchten in diesem Fall erreichen, dass der Drängler sich hinten anstellt und Sie sich seinetwegen nicht mehr ärgern müssen.

3. Wie kann ich das erreichen?

Sie schlucken Ihren Ärger hinunter. Jetzt verstärkt sich die eigene Anspannung noch. Spätestens an diesem Punkt überkommt Sie der dringende Wunsch nach einer Zigarette. So geht's also nicht.

Sie reagieren aggressiv. Darauf bekommen Sie meistens eine aggressive Gegenreaktion. Das erhöht ebenfalls Ihre Anspannung. Wenn Sie dann vielleicht nicht einmal das erreichen, was Sie wollten, sind Sie hilflos. Und das macht Sie wütend.

Sie reagieren anders als bisher. Sie könnten sagen: »Bitte reihen Sie sich doch wie wir hinten ein. Wir warten alle nicht gerne und ich habe es heute auch besonders eilig.«

Sagen oder tun Sie, was Sie denken. Sagen Sie dem anderen, was Sie von ihm erwarten. Wählen Sie eine Formulierung, die nicht verletzend ist. Nur so hat der andere auch die Chance, zu tun, was sie möchten, ohne das Gesicht zu verlieren. Welche Vorteile hat diese Reaktion?

Sie haben sich korrekt verhalten und erreichen in der Regel das, was Sie erreichen wollen. Sie bauen Ihre innere Anspannung ab. Ihre Selbstachtung bleibt intakt. Sie haben sich nicht gefügt. Sie haben Ihren Ärger nicht hinuntergeschluckt.

Tipps zur Ernährung

Sicher ist Ihre Sorge um die schlanke Linie nicht ganz unberechtigt. Aber Sie können eine Menge tun, damit Sie sich in Ihrem Körper wohl fühlen.

Durch den Stoffwechsel verarbeitet der Körper die Nahrung. Als Sie angefangen haben zu rauchen, hat Ihr Stoffwechsel darauf reagiert. Er hat sich auf die ständige Nikotinzufuhr eingestellt. Jetzt normalisieren sich die Vorgänge wieder langsam. Dabei kann es schon passieren, dass Sie leicht zunehmen. Nach zwei bis vier Monaten aber pendelt sich das Gewicht wieder ein. Es sei denn, es gibt andere Ursachen für die Gewichtszunahme.

Beschäftigung für Hand und Mund

Lippen und Finger haben sich an das Spiel mit der Zigarette gewöhnt. Jetzt brauchen sie dringend Ablenkungsmanöver. Menschen, die mit dem Rauchen aufhören, essen deshalb fast automatisch mehr. Bonbons, Kaugummi, alles, was greifbar ist, ist willkommen. Besonders Süßigkeiten verschaffen Ersatzbefriedigung. Da sind sie dann, die Kalorienbomben. Sie sind für die Gewichtszunahme verantwortlich. Wenn es etwas Süßes sein soll: Weichen Sie auf zuckerfreie Bonbons und Kaugummi aus und auf zuckerfreie Getränke.

Mehr Appetit

Die Geschmacks- und Geruchsnerven haben unter dem Rauchen gelitten. Sie wurden regelrecht gedämpft und erholen sich langsam wieder. Appetit und Hunger werden jetzt nicht mehr mit einer Zigarette überspielt. Sie nehmen die Signale Ihres Körpers unverfälscht wahr. Manche Menschen essen nun mehr, oft ohne es richtig wahrzunehmen. Hunger und Appetit gehören zu den »normalen« Entwöhnungserscheinungen. Sie können sich darauf einstellen. Dann haben es die Dickmacher schwer.

Die Alternative »rauchen oder zunehmen« gilt nicht!

Wenigstens nicht langfristig. Machen Sie sich immer wieder klar, wie der Mechanismus »rauchfrei – zunehmen« wirklich funktioniert. Dann wird dieser Mechanismus bei Ihnen nicht funktionieren! Legen Sie sich »Spielzeug« für die Finger zurecht und gesunde Knabbereien für den Mund und Ihre rauchfreie Zukunft wird nicht durch überflüssige Pfunde beschwert sein.

Seien Sie jedoch realistisch und überlegen Sie auch, ob Sie nicht vorübergehend eine neue Gewichtstoleranz üben wollen. Das eine oder andere Kilo zuzunehmen ist keine Katastrophe. Auch sonst schwankt ja das »konstante« Gewicht immer um ein bis zwei Kilogramm. Setzen Sie Ihre Gewichtstoleranz deshalb nicht zu gering an.

Wiegen Sie sich einmal pro Woche. Wenn Sie das Gefühl haben, zu viel und zu schnell zuzunehmen, dann setzen Sie die folgenden Gewichtsstopper ein. Sicher bekommen Sie dann Ihr Gewicht wieder in den Griff.

Tipps und Tricks

Achten Sie darauf, nicht mehr zu essen als vorher, eher ein bisschen weniger. Trinken Sie dafür mehr. Wenn Sie ausreichend trinken, entschlacken Sie zusätzlich Ihren Körper und dämpfen das Hungergefühl.

Meiden Sie Fett in der Nahrung. Achten Sie auf versteckte Fette, die sich vor allem in Wurst, Käse und vielen Fertiggerichten befinden.

Kleine Zwischenmahlzeiten bändigen starkes Hunger- und Appetitgefühl. Obst und Gemüse, Naturjogurt, Knäckebrot und Ähnliches eignen sich dafür sehr gut. Weintrauben, Kirschen und Bananen sind allerdings sehr kalorienreich.

Vor der Hauptmahlzeit: Salat, Gemüse, klare Suppen sättigen kalorienarm und schmecken vorzüglich. Warten Sie danach eine Weile bis zur Hauptmahlzeit. Es

dauert ca. 20 Minuten, bis Ihr Magen melden kann, dass etwas Essbares angekommen ist. Erst dann reduziert sich Ihr Hungergefühl.
Lassen Sie sich Zeit beim Essen. Das Sättigungsgefühl kommt dann, bevor Sie mehr essen, als Ihrer Linie gut tut.
Weg mit den »Verführern«. Nehmen Sie alle »Verführer« aus Ihrem Blickfeld: die Schale mit den Plätzchen und der Schokolade, die Zigaretten. Der automatische Griff danach ist ja noch einprogrammiert. Aus den Augen, aus dem Sinn.
Für gemütliche Abende: Es gibt ja so viele Knabbereien, appetitlich zurechtgemacht, die auch noch kalorienarm sind: Gemüse, eventuell mit Kräuterquark zum Dippen, Früchte. Verzichten Sie auf Chips, Flips und Erdnüsse. Eine Hand voll Erdnüsse (30 g) hat etwa 190 Kalorien.
Diese Vorschläge sollen Ihnen einige Anregungen geben. Bestimmt können Sie diese Liste noch erweitern und daraus Ihr »Genussprogramm« zusammenstellen.
Fachmännische Ernährungsberatung und Kurse zur bewussten Ernährung bieten Ihnen Verbraucher- und Ernährungsberatungsstellen, Volkshochschulen, Familienbildungsstätten und teilweise auch Krankenkassen als Service an.
Vernünftige Ernährung hat noch einen zusätzlichen positiven Effekt: Sie verhindern nicht nur eine Gewichtszunahme. Sie beugen auch Herz-Kreislauf- und anderen Erkrankungen vor.

Methoden, mit dem Rauchen aufzuhören

»Brecheisen«
Von einem auf den anderen Tag aufhören wirkt bei sehr vielen Menschen und hat den Vorteil, dass es mit einem Schlag erledigt ist.

»Schrittweises Reduzieren«
Auf den ersten Blick hat es den Anschein, dass diese Methode den meisten Sinn macht. Man drosselt den Grad des Verlangens, bevor man endgültig komplett aufhört. Doch die Erfahrung hat gezeigt, dass dies die Methode ist, die in der Realitität am seltensten funktioniert.

»Weniger Rauchen«
Statt ganz aufzuhören, wird auch oft der Versuch unternommen, ganz einfach weniger zu rauchen. Was wie eine eine gute Idee klingt, verringert aber nicht wesentlich das Risiko. Außerdem kehren die meisten Leute wieder sehr bald zu ihrer ursprünglichen Zigarettenzahl zurück. Nur als erster Schritt mit einem genauen Zeitplan kann dies eine akzeptable Methode für manche Menschen sein.

Zigaretten mit niedrigem Teergehalt
Diese Methode ergibt nur eine unbedeutende Verringerung des Risikos. Die anderen Schadstoffe in diesen Zigaretten sind nach wie vor vorhanden, meist werden mehr von diesen Zigaretten geraucht und man kommt so auf den gleichen oder höheren Schadstoff- und Nikotingehalt. Es gibt sogar Berichte, die besagen, dass die damit verbundenen Erkrankungen sogar zunehmen.
Ein Argument gegen diese Methode ist auch, dass Untersuchungen gezeigt haben, dass es keinen Unterschied in der Todesrate bei Menschen gibt, die gefiltertete oder filterlose Zigaretten rauchen.

Nikotin-Ersatztherapie
kann sehr erfolgreich dazu beitragen, mit dem Rauchen aufzuhören. Es gibt verschiedene Arten der Niktotin-Ersatztherapie: Nikotinpflaster (geben dauernd eine bestimmte Nikotinmenge ab und helfen so mit, den Gipfel von Nikotin beim Rauchen abzufangen und das Entwöhnen zu erleichtern) und andere Hilfen, die Nikotin in einzelnen Dosen ersetzen (Kaugummi, Nasenspray ...).

Antidepressiva
werden ab und zu bei der Raucherentwöhnung eingesetzt und sind bei einer kleinen Zahl von Süchtigen das richtige Hilfsmittel.

Akupunktur, Hypnose
sind spezielle Methoden, die manchen Menschen helfen, das Rauchen sein zu lassen. Die Resultate dieser Art von Hilfe sind ungefähr so wirksam wie eine Nikotin-Ersatztherapie. Der Erfolg hängt offenbar von dem Therapeuten und dem Patienten ab.

Kliniken und Programme zur Entwöhnung
gibt es sowohl in öffentlicher Hand als auch privat.

Selbsthilfegruppen, Videobänder und Bücher
können die richtige Ergänzung auf dem Weg zur tabaklosen Zeit sein und immer wieder die entscheidende Gedankenstütze für gefährdete Momente sein.

Körperliche Veränderungen nach dem Aufhören

»Ich habe so lange geraucht, warum sollte ich jetzt noch aufhören?«, ist eine häufig gestellte Frage von Rauchern und die einzige Antwort die man darauf geben kann ist: »Weil die Vorteile SOFORT beginnen!!!«

Nach 20 Minuten
Blutdruck und Puls werden normal.
Temperatur von Händen und Füßen normalisiert sich.

Nach 8 Stunden
Kohlenmonoxid-Spiegel im Blut kehrt in den normalen Bereich zurück.

Nach 24 Stunden
Ihr Herzinfarkt-Risiko ist bereits verkleinert.

Nach 48 Stunden
Der Geschmacks- und Geruchssinn kehren zurück. Sie atmen freier und erklimmen leichter Treppen.

Nach 2 Wochen–3 Monaten
Die Verdauung normalisiert sich. Sie fühlen sich lebendig und voller Energie, von der Verschmutzung, dem Geruch und den Brandstellen in der Kleidung befreit. Das Gefühl, eine Zigarette zu brauchen, ist Ihnen mittlerweile unbekannt.

Nach 1–9 Monaten
Der Raucherhusten verschwindet, verstopfte Nasen und kurzer Atem werden besser, die Lungen erholen sich und werden widerstandsfähiger gegenüber Infekten.

Nach einem Jahr
Nach einem Jahr ohne Zigaretten wird das zusätzliche Risiko einer koronaren Herzkrankheit um die Hälfte reduziert. Nach 15 Jahren Abstinenz ist das Risiko gleich einer Person, die nie geraucht hat. Sie leben länger und laufen weniger Gefahr, eine Herz-, Gefäß- oder Lungenkrankheit zu erleiden.

Nach 5–15 Jahren
kehrt das Risiko für einen Schlaganfall auf den Stand eines Nichtrauchers zurück.

Männliche Raucher, die zwischen 35 und 39 aufhören, fügen ihrer Lebenserwartung durchschnittlich 5 Jahre hinzu. Weibliche »Aufhörer« gewinnen 3 Jahre. Männer und Frauen, die zwischen 65 und 69 aufhören, gewinnen ein Jahr.
Mehr als 4 von 5 Rauchern wollen aufhören. Mit guten Aufhör-Programmen können 20–40 % aufhören und mindestens ein Jahr dabeibleiben. Eine Kombination von ärztlicher Beratung, Nikotinkaugummi und Verhaltensänderungen vergrößern die Erfolgsrate weiter.

Was passiert, wenn ich nach dem Aufhören wieder rauche?
Es ist schwierig ein Nichtraucher zu bleiben, wenn Sie wieder eine Zigarette geraucht haben. Daher sollten Sie alles vermeiden, um diese »eine« zu rauchen. Der Drang, eine zu rauchen, wird langsam vergehen. Die ersten 2–5 Minuten werden die härtesten sein. Wenn Sie wieder rauchen nach dem Aufhören:
Das bedeutet nicht, dass Sie wieder ein Raucher sind – unternehmen Sie etwas, das Sie wieder zurück auf die richtige Linie bringt. Bestrafen Sie sich nicht selbst, Sie sind immer noch ein Nicht-Raucher.
Denken Sie nach, warum Sie geraucht haben, und beschließen Sie, was Sie unternehmen, wenn diese Ursache wieder auftritt.
Unterschreiben Sie einen Vertrag, dass Sie ein Nicht-Raucher bleiben.

Risiko: Rauchen

Ziel:	Vollständige Aufgabe des Rauchens
Der Weg zum Ziel:	Entscheidung gegen das Rauchen
	Selbsthilfegruppen
	Raucherentwöhnungsprogramm
	Nikotinpflaster und -kaugummi
	Akupunktur
	Sport
	eindeutige ärztliche Empfehlung, das Rauchen vollständig einzustellen
	Einbeziehung des Partners oder der Familie
	Vereinbarung eines genauen Termins, wann die letzte Zigarette geraucht wird

Viel zu fett ...

Was kann ich gegen erhöhte Blutfettwerte tun?

Was bedeutet »zu hohe Blutfette« (= Hyperlipidämie)?
Als Hyperlipidämie wird eine Erhöhung der Blutfettwerte bezeichnet. Diese Fette inkludieren Cholesterin, Cholesterin-Verbindungen, Phospholipide und Triglyceride. Diese Stoffe werden im Blutplasma mittels Lipoproteinen transportiert. Weil Cholesterin als Fett in Wasser und damit in Blut nicht löslich ist, koppelt es sich an spezielle Transportsubstanzen, die es im Blut fortbewegen: so genannte Lipoproteine. Das sind aus Fett (Lipid) und Eiweiß (Protein) zusammengesetzte Moleküle unterschiedlicher Dichte.

Das LDL-Cholesterin oder auch »das schlechte Cholesterin«
LDL-Cholesterin ist der Haupt-Cholesterinträger im Blut. Wenn davon zu viel im Blut zirkuliert, besteht die Gefahr, dass es sich langsam an den Wänden der Arterien festsetzt. Zusammen mit anderen Substanzen kann es eine Plaque – eine dicke, harte Ablagerung – bilden und die Arterien verstopfen. Dieser Zustand wird als Arteriosklerose bezeichnet. Die Bildung eines Gerinnsels in der Region diese Plaques kann den Durchfluss von Blut des Herzmuskels sperren und einen Herzinfarkt verursachen. Wenn ein Gerinnsel den Durchfluss von Blut des Gehirns sperrt, ist das Ergebnis ein Schlaganfall. Ein hoher Spiegel von LDL-Cholesterin bedeutet ein vergrößertes Risiko für Herzkrankheiten. Darum wird LDL-Cholesterin oft auch als das »schlechte« Cholesterin bezeichnet.

Das HDL-Cholesterin oder auch »das gute Cholesterin«
Ein Viertel bis ein Drittel des Blutcholesterin wird von HDL-Cholesterin gebunden. Medizinische Fachleute glauben, dass HDL-Cholesterin dazu neigt, das in den Gefäßwänden und Zellen abgelagerte LDL-Cholesterin aufzunehmen und in die Leber zu transportieren, wo es zu Gallensäure umgewandelt wird. Einige Fachleute glauben, dass HDL-Cholesterin überzähliges Cholesterin aus Plaques aufnimmt und damit ihr Wachstum verlangsamt. HDL-Cholesterin ist daher auch als »gutes« Cholesterin bekannt, bei einem hohen Anteil von HDL-Cholesterin wird das Herzinfarktrisiko geringer. Das Gegenteil ist auch bewiesen: Ein geringerer HDL-Wert erhöht die Gefahr.

Es kommt also darauf an, möglichst viel des »guten« HDL- und möglichst wenig des »bösen« LDL-Cholesterins im Blut zu haben. Deshalb unterscheidet Ihr Arzt neben dem Gesamtcholesterinwert in HDL- bzw. LDL-Cholesterin, außerdem stellt er den

Triglyzeridanteil fest. Wenn sowohl der Gesamtcholesterin- als auch der Triglyzeridwert 200 bis 220 mg pro Deziliter Blut deutlich überschreiten, ist Alarmstufe rot angesagt.
Sind bei einem Patienten noch zusätzlich andere Risikofaktoren für koronare Herzkrankheiten, wie Alter, Geschlecht, Vererbung und Essgewohnheiten, gegeben, so ist doppelte Vorsicht geboten und das primäre Ziel muss sein, den LDL-Wert auf unter 160 mg/dl zu reduzieren. Die sekundären Ziele sind ein HDL-Wert, der mehr als 35 mg/dl beträgt, und ein Senken der Triglyceride auf weniger als 200 mg/dl.

Einige Ärzte verwenden auch das Verhältnis zwischen Gesamtcholesterin und HDL an Stelle des Gesamtcholesterin-Wertes
Das Verhältnis wird errechnet, indem man den Gesamtcholesterinwert durch den HDL-Wert dividiert (z. B. 200 durch 50 ergibt ein Verhältnis von 4:1). Das Ziel ist es, ein Verhältnis unter 5:1 zu halten, das Optimum wäre 3,5:1. Dieses Verhältnis sollte aber nur zusätzlich zu den Einzelwerten eingesetzt werden.

WHO-Richtwert für Gesamt-Cholesterin

Klassifizierung	Cholesterinwerte
Idealwert	weniger als 200 mg/dl
Leicht erhöht	200 bis 239 mg/dl
Mäßig erhöht	240 bis 300 mg/dl
Stark erhöht	über 300 mg/dl

Richtwerte für LDL-Cholesterin
Auch für LDL-Cholesterin gibt es Richtwerte, herausgegeben von der Amerikanischen Herz-Gesellschaft (AHA):

Risikoprofil	LDL-Werte
Gesunde ohne Risikofaktoren für Herz-Kreislauf-Erkrankungen	bis 160 mg/dl
Mit Risikofaktoren	nicht über 130 mg/dl
Nach Herzinfarkt oder Schlaganfall	nicht über 100 mg/dl

Richtwerte für HDL-Cholesterin
Die empfohlenen HDL-Werte der American Heart Association:

Geschlecht	HDL-Werte
Männer	mindestens 40 mg/dl
Frauen	mindestens 50 mg/dl

Richtwerte für Triglyceride
Triglycerid ist die chemische Bezeichnung der Fettart, die im Körper den größten Anteil hat. Es befindet sich im Blutplasma und bildet sich aus dem Fett, das in unserer Nahrung vorkommt oder das vom Körper selbst gebildet wird. Die Kalorien, die nicht sofort verwendet werden, werden in Triglyceride umgewandelt und in Fettzellen gelagert. Hormone regulieren die Ausschüttung der Triglyceride, sodass auf diese Weise der Energieverbrauch zwischen den Mahlzeiten gesteuert wird.
Ein Übermaß an Triglyceriden wird *Hypertriglyceridämie* genannt. Diese ist verknüpft mit dem Auftreten von koronarer Herzkrankheit. Erhöhte Triglyceride können aber auch Ausdruck einer anderen Erkrankung sein wie z. B. Diabetes mellitus.

Klassifizierung	Triglycerid-Werte
Normal	weniger als 200 mg/dl
Grenzwertig	200 bis 400 mg/dl
Hoch	400 bis 1000 mg/dl
Sehr hoch	mehr als 1000 mg/dl

Richtwerte für Blutfette auf einen Blick

Gesamt-Cholesterin	LDL Cholesterin	HDL Cholesterin	Trigylceride
Weniger als 200 mg/dl	weniger als 115 mg/dl	mehr als 40 mg/dl	weniger als 200 mg/dl

Wie kann ich hohe Blutfette verringern?

- *Übergewicht abbauen*

Menschen, die viel überschüssiges Körperfett haben, entwickeln viel eher eine koronare Herzkrankheit als normalgewichtige. Dies trifft sogar auch dann zu, wenn sie keine anderen Risikofaktoren haben. Übergewicht beeinflusst den Blutdruck, die Cholesterinwerte, die Triglyceridwerte sowie den Blutzucker negativ.

- *Essen Sie weniger Fett*

Tierische Fette sollten durch pflanzliche Fette ersetzt werden. Verstärkt sollten ungesättigte Fettsäuren zu sich genommen werden (z. B. Distelöl, Olivenöl, Kaltwasserfisch). Beschränken Sie Ihre durchschnittliche tägliche Cholesterinaufnahme auf weniger als 300 Milligramm. Wenn Sie eine Herzkrankheit haben, beschränken Sie Ihre tägliche Aufnahme auf weniger als 200 Milligramm. Nehmen Sie wenig gesättigte Fette zu sich (Siehe Nahrungsmitteltabellen ab Seite 293).

- *Treiben Sie Sport bzw. bewegen Sie sich viel*

Bei vielen Menschen erhöht Sport das »gute« HDL-Cholesterin. Sport senkt außerdem Übergewicht, kontrolliert Diabetes und hohen Blutdruck. Sogar mäßig intensive Sportarten oder Tätigkeiten wie Spazierengehen, Gartenarbeit, Hausarbeit, Tanzen und Heimtraining helfen bei der Reduktion des Risikos.

- *Trinken Sie wenig Alkohol*

Mäßiger Genuss von Alkohol kann das »gute« HDL-Cholesterin erhöhen (im Durchschnitt ein bis zwei Drinks für Männer und ein Drink für Frauen pro Tag). Mit erhöhtem Alkoholkonsum sind deutliche Gesundheitsschäden verbunden!

- *Rauchen Sie nicht*

Zigaretten- und Tabakrauch ist einer der sechs großen Risikofaktoren für die Herzkrankheit, die Sie verändern, behandeln oder modifizieren können. Durch Rauchen wird das »gute« HDL-Cholesterin gesenkt.

Spezielle Richtilinien bei schlechten Cholesterinwerten (Hypercholesterinämie):
Der Schweregrad der Hypercholesterinämie wird entsprechend den Blutwerten eingeteilt:

Klasse 1
Gesamtcholesterin weniger als 200 mg/dl und HDL 35 mg/dl oder höher

- angebrachte Maßnahmen:

Haben Sie keine weiteren Risikofaktoren, so ist eine Krankheitsgefahr relativ gering. Trotzdem sollten Sie bei der Ernährung, darauf achten, niedrig gesättigtes Fett und wenig Cholesterin zu sich zu nehmen sowie körperlich aktiv zu sein
Sie sollten Ihren Cholesterinwert mindestens alle 5 Jahre messen lassen.

Klasse 2
Gesamtcholesterin weniger als 200 mg/dl und HDL weniger als 35 mg/dl höher

- angebrachte Maßnahmen:

Sie sollten das »schlechte« Cholesterin bestimmen. Kontrollieren Sie die anderen Risikofaktoren. Ändern Sie Ihre Essgewohnheiten. Erhöhen Sie Ihre sportlichen Aktivitäten.

Klasse 3
Gesamtcholesterin 200 bis 239, HDL 35 mg/dl oder höher und weniger als zwei Risikofaktoren

- angebrachte Maßnahmen:

Sie haben das doppelte Risiko wie Menschen mit Werten unter 200. Kontrollieren Sie die anderen Risikofaktoren. Ändern Sie Ihre Essgewohnheiten. Erhöhen Sie Ihre sportlichen Aktivitäten. Checken Sie die Werte alle ein bis zwei Jahre. Noch ist keine Panik angebracht, denn nicht jeder Mensch mit Cholesterin zwischen 200 und 239 hat ein erhöhtes Risiko.

Klasse 4
Gesamt-Cholesterin 200 bis 239, HDL weniger als 35 mg/dl oder 2 oder mehr Risikofaktoren

- angebrachte Maßnahmen:

Sie haben das doppelte Risiko wie Menschen mit Werten unter 200. Sie sollten das »schlechte« Cholesterin bestimmen. Kontrollieren Sie die anderen Risikofaktoren. Ändern Sie Ihre Essgewohnheiten. Erhöhen Sie Ihre sportlichen Aktivitäten. Checken Sie die Werte alle ein bis zwei Jahre.

Klasse 5
Gesamtcholesterin 240 und darüber

- angebrachte Maßnahmen

Ihr koronares Risiko dürfte sehr hoch sein. Sie sollten das »schlechte« Cholesterin bestimmen. Stellen Sie die anderen Rsikofaktoren fest. Suchen Sie ärztliche Hilfe, um Ihr Risiko zu verrinern.

Medikamente, die hohe Blutfett-Werte senken

Medikamentöse Therapie wird Menschen empfohlen, die trotz maximaler Diät, regelmäßigem Sport und trotz Gewichtreduktion weiter erhöhte Blutfette aufweisen. Die Medikamente der ersten Wahl gegen erhöhtes LDL-Cholesterin sind Gallensäureabkömmlinge – Cholestyramin und Colestipol – und Nikotinsäure (Niacin). Die positiven Effekte konnten in mehreren klinischen Studien nachgewiesen werden. Sie haben keine gefährlichen Nebenwirkungen, bedürfen aber einer genauen Patientenschulung. Niacin wird bei Personen mit Triglyceridspiegeln über 250 mg/dl vorgezogen, weil Gallensäureabkömmlinge diese Spiegel erhöhen können.
Eine andere Gattung von Medikamenten sind die HMG CoA Reductase Hemmer, z. B. Lovastatin, Pravastatin und Simvastatin. Statine sind sehr effektiv und haben kaum Nebenwirkungen. Die häufigsten Nebenwirkungen sind auf den Magen-Darm-Trakt bezogen (Verstopfung, Schmerzen, Krämpfe, ...). Diese Symptome sind jedoch meist nur von kurzer Dauer.

Weitere Medikamente sind Gemfibrozil, Probucol und Clofibrat. Gemfibrozil und Clofibrat sind sehr effektiv beim Vermindern von hohen Triglycerid-Spiegeln.
Wenn ein Patient nicht auf ein einzelnes Medikament anspricht, kann eine Kombination verabreicht werden.

Risiko: Erhöhtes Cholesterin

Ziel:	Gesamt–Cholesterin <200 mg/dl (< 5,2 mmol/l)
	LDL–Cholesterin <100 mg/dl (< 2,6 mmol/l)
	HDL–Cholesterin >40 mg/dl (> 1 mmol/l)
	LDL-Chol/HDL-Chol <2,5
	Triglyceride <200 mg/dl
Der Weg zum Ziel:	bewusste Ernährung
	Bewegung/Sport
	Medikamente
	Erreichen des Normalgewichtes

Druck, lass nach ...

Was kann ich gegen hohen Blutdruck tun?

Jeder Mensch hat – und braucht – Blutdruck. Ohne ihn kann Blut nicht im Körper zirkulieren. Und ohne Kreislauf können die Organe nicht mit Sauerstoff und Nährstoffen versorgt werden.
Wenn das Herz schlägt, pumpt es Blut in die Arterien und erzeugt so Druck. Dieser Druck bringt das Blut überall hin, wo es benötigt wird. Normaler Blutdruck bewegt sich innerhalb gewisser Grenzen; er sollte nicht höher als 140/70 sein (erster = systolischer Wert, kommt in der Auswurfphase des Herzens zu Stande / zweiter = diastolischer Wert, gilt für die Ruhephase des Herzens, während es sich mit Blut füllt). Blutdruck über diesem Wert wird als hoher Blutdruck, als Hypertonie bezeichnet.

Warum ist hoher Blutdruck schädlich?

Viele Leute haben hohen Blutdruck über viele Jahre, ohne es zu wissen und zu merken. Dieser unkontrollierte Hochdruck kann zu Herzinfarkt, Schlaganfall und Herz- und Nierenversagen führen. Bis zu 25 % aller Menschen haben einen Hochdruck, ungefähr ein Drittel weiß es gar nicht.
Hoher Blutdruck erhöht die Arbeitslast des Herzens, verursacht eine Herzvergrößerung und schwächt das Herz schließlich. Er steigert das Risiko für Herzinfarkt, Schlaganfall, Nierenversagen und Herzversagen, noch dramtischer ist dies, wenn ein Patient zusätzlich mit anderen Risikofaktoren für Herzkrankheiten belastet ist (siehe Risikobestimmung auf Seite 301).
Über 90 % der Menschen mit erhöhtem Blutdruck kennen den Grund dafür nicht. Diese Form wird essenzieller oder primärer Bluthochdruck genannt (= primäre Hypertonie).
In den übrigen Fällen ist der Hochdruck (= sekundärer Hochdruck) ein Symptom eines bekannten Problems wie einer Nierenerkrankung, einem Tumor der Nebenniere oder ein angeborener Schaden der Körperschlagader (Aortenisthmusstenose). Wenn die Ursache behoben ist, kehrt in diesem Fall der Blutdruck meistens wieder in die normalen Bereiche zurück.
Auch die Blutgefäße leiden unter der erhöhten Belastung. Nach einiger Zeit vernarben sie, werden steif und weniger elastisch. Wahrscheinlich beschleunigt Hochdruck Arteriosklerose. Wenn die Gefäßwand geschädigt wird, können sich Blutgerinnsel bilden oder anlagern und zur Verstopfung des Gefäßes und zur Unterversorgung der Organe führen.

Ein großes Problem ist, dass man hohen Blutdruck – außer in seltenen Fällen von Hochdruckkrisen – nicht spürt. Es ist daher wichtig, für jeden Menschen über die Norm als auch über seine eigenen Werte Bescheid zu wissen.

- Normwerte für Blutdruck (nach Definition bzw. Empfehlungen der Österreichischen Gesellschaft für Hypertensiologie; Österreichische Hochdruckliga):

Der Blutdruck bewegt sich im gesunden Bereich, wenn der systolische Blutdruckwert nicht über 135 mm Hg liegt, wenn der diastolische Blutdruckwert nicht über 85 mm Hg liegt und maximal 25 % der erhobenen Werte über 135/85 mm Hg liegen. Um ein aussagekräftiges Ergebnis zu bekommen, sollten mindestens 30 Messwerte – am besten Selbstmesswerte – erhoben werden.
Diese Richtwerte der Österreichischen Hochdruckliga sind sogar etwas strenger als die der Weltgesundheitsorganisation:

- WHO-Richtwert für Blutdruck

Als hohen Blutdruck definiert die Weltgesundheitsorganisation (WHO) einen systolischen (oberen) Blutdruckwert >140 mm Hg und einen diastolischen (unteren) Wert >90 mm Hg.

Klassifizierung	Systolischer Wert	Diastolischer Wert
	unter 140 mm Hg	Unter 90 mm Hg
leichte Hypertonie	140–159 mm Hg	90–99 mm Hg
mäßige Hypertonie	160–179 mm Hg	100–109 mm Hg
schwere Hypertonie	≥ 180 mm Hg	≥ 110 mm Hg

Was kann ich selbst gegen hohen Blutdruck tun?

Glücklicherweise haben Sie die Senkung Ihres Blutdrucks zu einem großen Teil selbst in der Hand, indem Sie ihren Lebensstil ändern. Folgende Dinge können Sie sofort in die Realität umsetzen:

- *Kontrollieren Sie Ihren Blutdruck*

Lassen Sie Ihren Blutdruck regelmäßig kontrollieren bzw. kontrollieren Sie ihn selbst.

- *Halten bzw. versuchen Sie Ihr Normalgewicht zu erlangen*

Menschen, die Übergewicht haben, haben einen grenzwertigen oder überhöhten Blutdruck. Eine der Hauptursachen des Bluthochdrucks ist erhöhtes Körpergewicht. Mit jedem Kilogramm Gewichtsverlust sinkt der Blutdruck zwischen 1,0 und 1,6 mm Hg (sowohl systolisch, als auch diastolisch). Somit gehört die Gewichtsreduktion zur Basistherapie des arteriellen Bluthochdrucks.

- *Trinken Sie weniger Alkohol*

Statt Alkohol könnten Sie vermehrt alkoholfreies Bier, alkoholfreie Drinks, Säfte, Tees etc. trinken.

- *Rauchen Sie nicht*

Verzichten Sie auf Zigaretten und Zigarren.

- *Essen Sie weniger Salz*

Kochsalz in der Nahrung durch Kräuter/Gewürze ersetzen und natriumarmes Mineralwasser trinken.

- *Essen Sie fettarm*

Tierische Fette durch hochwertige pflanzliche Fette ersetzen. Reduzieren Sie Kalorien aus Fett auf unter 30 % der totalen Kalorien, die Sie während eines Tages zu sich nehmen. Es gibt genügend Informationen über den Kalorien- und Fettgehalt der Nahrungsmittel. Viele Kochbücher haben herzgesunde Rezepte und einige Restaurants servieren fettarme Gerichte.

- *Kontrollieren Sie Ihre Cholesterinwerte*

Wenn Sie Ihre Werte nicht kennen, fragen Sie Ihren Arzt, ob sie überprüft werden sollten. Diät ist der Schlüssel, um hohe Cholerestinwerte zu senken. Allerdings brauchen einige Menschen dazu Medikamente, neben Diät und Training. Östrogen-Therapie kann auch dabei helfen, hohe Cholesterinwerte zu verbessern.

- *Nehmen Sie genügend Kalzium und Kalium ein*

Genügend Kalzium ist z. B. in Milchprodukten und Kalium in Gemüse sowie Früchten enthalten.

- *Entspannen Sie sich öfter und gezielt*

Obwohl Sie nicht immer kontrollieren können, was Sie stresst, können Sie kontrollieren, wie Sie auf Dinge reagieren. Wenn Sie ändern, wie Sie denken, können Sie auch ändern, wie Sie fühlen. Nehmen Sie sich Zeit!

- *Bewegen Sie sich öfter und gezielt*

Erinnern Sie sich, Ihr Herz ist ein Muskel. Es braucht regelmäßiges Training, damit es in Form bleibt. Joggen, Aerobic, ein flotter Spaziergang, Schwimmen oder Radfahren ist für Ihr Herz das beste Training. Sie sollten 30 Minuten trainieren, 4- bis 6-mal pro Woche. Reden Sie mit Ihrem Arzt, bevor Sie ein Trainingsprogramm starten.

Sollte trotz dieser Umstellungen innerhalb von 3 Monaten der Blutdruck nicht unter die Normwerte fallen, ist eine medikamentöse Therapie angebracht:

- *Nehmen Sie die verschriebenen Medikamente regelmäßig ein*

Medikamente, welche zur Einstellung ihres Blutdrucks verschrieben werden, können unterschiedlich wirken: Einige entwässern den Körper zusätzlich und scheiden dadurch vermehrt Salz aus, andere entspannen steife Blutgefäße oder können eine zu starke Verengung der Blutgefäße verhindern.

Die zehn Gebote für Menschen mit hohem Blutdruck

1. Sie müssen Ihren Blutdruck und dessen Tagesverlauf kennen. Lassen Sie ihn regelmäßig messen.
2. Sie sollten Ihr Normalgewicht kennen. Halten Sie es in diesem Bereich oder darunter.
3. Verwenden Sie nicht zu viel Salz beim Kochen, vermeiden Sie salzige Speisen aller Art.
4. Essen Sie eine Diät mit einem niedrigen Fettanteil.
5. Rauchen Sie nicht.
6. Nehmen Sie Ihre Medikamente genau wie angeordnet, vergessen Sie diese nicht einmal einen Tag.
7. Halten Sie Ihre Termine beim Arzt ein.
8. Folgen Sie dem Rat des Arztes bezüglich Ihrer sportlichen Aktivität.
9. Leben Sie sonst ein normales Leben.
10. Kümmern Sie sich darum, dass Ihre nächsten Verwandten auch regelmäßig ihren Blutdruck überprüfen.

Risiko: Bluthochdruck

Ziel:	< 140/90 mm Hg
Der Weg zum Ziel:	bewusste Ernährung
	Bewegung/Sport
	Stressbewältigung
	Medikamente
	Gewichtskontrolle
	regelmäßige Ausdaueraktivität
	Versuch der Alkoholkarenz über 6 Wochen
	Versuch der Salzreduktion

Zuckersüß ...

Was kann ich gegen Diabetes mellitus tun?

Diabetes mellitus ist die Unfähigkeit des Körpers, entsprechend den Erfordernissen Insulin herzustellen. Es gibt zwei Typen: I und II. Typ II ist der häufigere.
Da 80 % der Typ-II-Diabetiker übergewichtig sind, besteht daher der erste Behandlungsschritt in der Gewichtsreduktion durch Kalorieneinschränkung und vermehrte körperliche Aktivität. Diese Maßnahmen werden auch bei einer medikamentösen Therapie weitergeführt.
Diabetes erhöht das koronare Risiko ganz beträchtlich. Das kardiovaskuläre Risiko ist um das 5- bis 7fache höher als bei Nichtdiabetikern.
Auch wenn die Blutzuckerwerte gut kontrollierbar sind, ist das Risiko für Herzinfarkt und Schlaganfall erhöht. Diabetiker haben ein gleich hohes Risiko, an einem Herzinfarkt zu sterben, wie Nichtdiabetiker nach ihrem ersten Infarkt. Die kardiovaskuläre Mortalität beträgt bei Diabetikern nach einem Herzinfarkt in den ersten 8 Jahren 55 %.
Auf die Sterblichkeit hat die verbesserte Blutzuckereinstellung keine signifikante Auswirkung. Mehr als 80 % der Menschen mit Diabetes sterben an Herz- und Gefäßerkrankungen sowie Nierenschäden.
Das kardiovaskuläre Risiko hängt vor allem von der Höhe des LDL-Cholesterins, von der Höhe des Blutdrucks und vom Nikotinkonsum ab.

Feststellen des Blutzuckerwertes
Testen oder »screenen« wird normalerweise mit einem Nüchternblutzucker begonnen. Dieser wird in der Früh abgenommen, deshalb sollte man in der Nacht davor nichts essen.

Klassifizierung	Zucker-Werte
Normal	weniger als 110 mg/dl
Grenzwertig	110 bis 125 mg/dl
Diabetes*	mehr als 125 mg/dl

*2 Tests höher als 125 mg/dl an zwei verschiedenen Tagen sind notwendig für die Diagnose »Diabetes«

Blutfett- und HbA_{1c}-Richtwerte für Diabetiker

HbA_{1c} ist der mit Zucker verbundene (»glycolysierte«) Anteil des Hämoglobins. Er wird in Prozent angegeben, bei Gesunden findet man Werte zwischen 3,4 und 6 % (je nach Bestimmungsmethode können geringe Unterschiede bestehen). Von einer guten Diabeteseinstellung kann man bis 6,5 % sprechen, eine Einstellung mit geringem Risiko hat man bis 7,5 %, darüber steigt das Risiko von Folgeerkrankungen der Zuckerkrankheit stark an.
Das HbA_{1c} dient auch zur Verlaufskontrolle der Diabetestherapie. Dann hält sich ein Patient nur kurz vor der Kontrolluntersuchung an Diät und Medikamente, ist dies durch den HbA_{1c}-Wert leicht nachweisbar.

HbA_{1c}	LDL-Cholesterin	HDL-Cholesterin	Trigylceride
weniger als 6,5 %	weniger als 100 mg/dl	mehr als 40 mg/dl	weniger als 150 mg/dl

Was kann ich selbst gegen Diabetes mellitus tun?

- *Halten Sie Ihren Blutzuckerwert unter Kontrolle*

Indem Sie Ihren Blutzuckerwert unter Kontrolle halten, wird Ihr Risiko für Herzkrankheiten vermindert. Die meisten Leute mit Diabetes überprüfen ihren Blutzuckerwert jeden Tag.
Indem sie oft trainieren und eine gesunde Diät zu sich nehmen, können viele Leute mit Typ-II-Diabetes ihre Blutzuckerwerte beinahe im normalen Bereich halten. Einige Leute müssen Medikamente dafür nehmen, ihre Blutzuckerwerte zu kontrollieren.

- *Nehmen Sie ab und halten Sie das Gewicht*

Diabetes und Übergewicht kommen oft zusammen vor. Abzunehmen hilft bei vielen Gesundheitsproblemen. Zum Beispiel, wenn Ihr Blutdruck zu hoch ist, kann Gewichtsreduktion diesen senken. Wenn Ihr Blutzuckerwert schwierig einzustellen ist, kann Gewichtsreduktion helfen.
Gewichtsreduktion ist wichtig, wenn Sie viel Extra-Fett um Ihre Taille und Bauch haben. Der »Schwimmreifen« ist mit einem höheren Risiko für Herzkrankheit verbunden als zusätzliches Gewicht um die Hüften oder Schenkel.
Sie müssen keine riesige Menge verlieren. Es werden sogar 5 kg Ihr Risiko für Herzkrankheit verringern. Achten Sie darauf, das Gewicht, das Sie verlieren, nicht wieder zuzunehmen.

- *Senken Sie Ihren Cholesterinwert*

Wenn Ihr Arzt feststellt, dass Ihr Cholesterinwert zu hoch ist, was können Sie dann tun? Es hilft, abzunehmen und eine gesunde Diät zu essen. In Ihrer Diät sollte die Menge fetthaltiger und cholesterinreicher Produkte beschränkt sein.
Viele Kochbücher enthalten fettarme, herzgesunde Rezepte und Menüvorschläge.

Sie können sich aber auch von einer Diätassistentin helfen lassen, wie man eine gesunde Diät plant.
Wenn Diät alleine nicht Ihren Cholesterinwert senkt, können Medikamente dabei helfen. Das Medikament, das für Sie am besten ist, hängt von Ihrem besonderen Bedarf und medizinischen Zustand ab.

- *Erhöhen Sie Ihre körperliche Aktivität*

Zusammen mit einer Diät ist körperliches Training sehr wichtig für Menschen mit Diabetes. Diät und Training helfen zusammen — Ihre Diät wird schneller und besser funktionieren, wenn Sie regelmäßiges Training ausüben.
Sie und Ihr Arzt können das Training planen, das für Sie machbar, günstig und sicher ist. Sie benötigen keine Turnhalle oder teure Ausstattung, um gutes Training durchzuführen. Ein flotter Spaziergang ist ein gutes Training. Treppen zu steigen, statt einen Aufzug zu nehmen, ist ein weiteres gutes Vorhaben.
Genauso wie eine gesunde Diät zu essen, wird Training auch dabei helfen, Ihren Blutzuckerwert zu senken und Ihr Risiko für Herzkrankheit zu verkleinern

- *Halten Sie Ihren Blutdruck unter Kontrolle*

Menschen mit Diabetes haben auch oft hohen Blutdruck. Das ist ein großer Risikofaktor für Schlaganfall, Herz- und Nierenkrankheiten.
Wenn Ihr Arzt sagt, dass Ihr Blutdruck zu hoch ist, was können Sie machen? Die gleichen Lifestyle-Änderungen, die Blutzuckerwerte kontrollieren helfen und Ihr Risiko für Herzkrankheit senken, können auch Ihren Blutdruck im sicheren Bereich halten. Gewichtsreduktion, Training und wenig Alkohol sind wichtig.
Wenn Sie Ihren Blutdruck nicht mit Diät oder Training senken können, wird Ihr Arzt Ihnen Medikamente verschreiben, die helfen werden

- *Wenn Sie rauchen, hören Sie auf!*

Rauchen ist schlecht für alle, aber noch viel schlechter für Menschen mit Diabetes. Rauchen hat eine schlechte Wirkung auf Ihre Blutgefäße. Wenn Sie Diabetes haben und Sie auch noch rauchen, verdoppeln Sie Ihr Risiko für Herzkrankheit.

Risiko: Zuckerkrankheit	
Ziel:	Einstellung Blutzucker
	Blutzucker weniger als 110 mg/dl
	HbA_{1C} weniger als 6,5 %
	LDL-Cholesterin weniger als 100 mg/dl
	HDL-Cholesterin mehr als 40 mg/dl
	Trigylceride weniger als 150 mg/dl
Der Weg zum Ziel:	bewusste Ernährung
	Bewegung/Sport
	Medikamente

Das wiegt schwer …

Was kann ich gegen Fettleibigkeit und Übergewicht tun?

Übergewicht ist eine Volkskrankheit. Etwa jeder dritte erwachsene Mensch unserer westlichen Gesellschaft ist übergewichtig. Im jüngeren Lebensalter sind eher Männer betroffen, ab dem 40. Lebensjahr überwiegt der Anteil der Frauen.
Die letzten Meldungen in medizinischen Fachjournalen haben uns erneut vor Augen geführt, dass wir immer mehr an Gewicht zulegen. Die USA haben zurzeit den höchsten Anteil an Übergewichtigen in der westlichen Welt: mehr als 60 % der Erwachsenen und 13 % der Kinder sind bereits entweder als übergewichtig oder schon als adipös (stark übergewichtig) einzustufen. Doch die USA erhalten Konkurrenz; Prognosen für die nächsten 5 Jahre prophezeien z. B. Deutschland einen Gesamtanteil von 71 %, Spanien und Niederlanden von je 69 %, Schweden von 60 % und Italien von 59 %.
Im Jahresbericht der Weltgesundheitsorganisation (WHO) steht es schwarz auf weiß: Nicht nur die US-Amerikaner, auch die Westeuropäer sind zu dick, rauchen zu viel und bewegen sich zu wenig. In Westeuropa und in den USA werden pro Jahr über eine halbe Million Menschen sterben, weil sie zu dick sind.
Besonders auffällig ist, dass es in den letzten Jahren immer mehr übergewichtige Kinder gibt. Diese Entwicklung ist insofern gefährlich, als übergewichtige Kinder ein erhöhtes Risiko haben, im Erwachsenenalter ernährungsabhängige Erkrankungen wie Bluthochdruck, koronare Herzkrankheit etc. zu entwickeln. Schon liegen auch die ersten medizinischen Berichte über Jugendliche mit Typ-II-Diabetes vor, einer Krankheit, die man früher als »Alterszuckerkrankheit« bezeichnet hat.
Fettleibigkeit wird als ein Überschuss an Körperfett definiert. Ein menschlicher Körper besteht aus Wasser, Fett, Eiweiß, Kohlehydraten, Vitaminen und Spurenelementen. Wenn der Anteil des Fetts zu hoch ist, vergrößert dies Ihre Gesundheitsprobleme, z. B. Bluthochdruck, hohes Cholesterin, Diabetes, Herzkrankheiten und Schlaganfälle.
Die Ursachen für Fettleibigkeit sind vielfältig, entscheidend ist jedoch, dass nur der dick wird, der mehr Kalorien aufnimmt, als er verbrennt. Konkret bedeutet das: Je weniger man sich bewegt, umso weniger darf man essen. Stimmt das Verhältnis zwischen körperlicher Aktivität und Nahrungszufuhr nicht, so setzt der Körper Fett an.
Hunger und Sättigung werden durch viele Faktoren gesteuert und unterliegen auch psychischen Einflüssen. Vor einigen Jahren wurde ein Hormon, das Leptin, entdeckt. Es wird von Fettzellen gebildet und scheint den Appetit mitzusteuern. Das

könnte erklären, warum so viele Übergewichtige sich schwer damit tun, auf Dauer ihr Körpergewicht zu reduzieren.

Faktoren für Fettleibigkeit

- *Veranlagung*

Es ist lange bekannt, dass Übergewicht innerhalb von Familien gehäuft vorkommt. Jeder Mensch hat einen so genannten Grundumsatz, d. h. er verbrennt in völliger Ruhe eine bestimmte Anzahl von Kalorien. Die Höhe dieses Grundumsatzes scheint u. a. genetisch festgelegt zu sein. Es gibt also Menschen, die in Ruhe viel Kalorien verbrennen und dementsprechend mehr essen können ohne zuzunehmen, und Menschen, die weniger Kalorien verbrauchen. Bei letzteren ist natürlich das Risiko, übergewichtig zu werden, relativ hoch.

- *Störungen im Essverhalten*

Einige Übergewichtige essen häufiger und schneller als normalgewichtige Menschen. Bei ihnen stellt sich das Sättigungsgefühl auch bei hoher Kalorienzufuhr erst spät ein. Dies ist möglicherweise hormonell bedingt: Bei jeder Mahlzeit wird der Magen gedehnt und sendet entsprechende Signale in Form von Hormonen und Nervenreizen an das Gehirn. Das Gehirn wird also darüber informiert, wann der Magen gefüllt ist, und meldet: Ich bin satt. Wenn diese Übermittlung gestört ist, stellt sich das Sättigungsgefühl zu spät ein und man isst mehr als eigentlich nötig.

- *Psychologische Aspekte*

Die psychologische Komponente bei Übergewicht darf nicht unterschätzt werden. Kummer, Angst, Stress, Langeweile, Frustration sowie mangelndes Selbstbewusstsein sind oft Auslöser von »Heißhungerattacken«.

- *Mangelnde Bewegung*

Die meisten Menschen in den Wohlstandsländern leiden unter Bewegungsmangel. Dies hat unter anderem einen geringeren Energieverbrauch zur Folge. Die Entstehung von Übergewicht und Herz-Kreislauf-Erkrankungen wird begünstigt.

- *Medikamente*

Hormonpräparate, wie z. B. Antibabypille oder Cortisonpräparate, können den Appetit steigern und über eine vermehrte Nahrungsaufnahme und Wassereinlagerung die Entstehung von Übergewicht fördern.

Übergewicht ist schädlich für das Herz-Gefäß-System

Übergewicht an sich ist kein schwerer Risikofaktor der koronaren Herzkrankheiten. Übergewicht unterhält und fördert jedoch andere Risikofaktoren wie Bluthochdruck und hohe Blutfette, was sein Risikopotenzial stark ansteigen lässt. Übergewicht führt über den verminderten Fettabbau zu erhöhten Cholesterin- und Triglyceridwerten mit den damit verbundenen Risiken. Außerdem bleibt das HDL auch häufig durch verminderte körperliche Bewegung im niedrigen Bereich, d. h. der Gefäßschutz fällt damit weg. Menschen mit Übergewicht neigen zu hohen Blutdruckwerten und auch zu Stoffwechselproblemen, v. a. Diabetes mellitus. Damit verbunden sind natürlich auch die gefäßschädigenden Auswirkungen dieser Erkrankungen, die im Gefolge des Übergewichtes entstehen.

Das ideale Gewicht

Frauen				Männer			
	Körperbau				Körperbau		
Größe (cm)	schmal (kg)	mittel (kg)	schwer (kg)	Größe (cm)	schmal (kg)	mittel (kg)	schwer (kg)
145-146	46-50	49-54	53-59	155-156	58-60	59-63	62-68
147-149	46-51	50-55	54-60	157-158	59-61	60-64	63-69
150-151	47-52	51-57	55-62	159-160	59-62	61-65	64-70
152-154	48-53	52-58	56-63	161-163	60-63	62-67	65-72
155-156	49-54	53-59	58-64	164-166	61-64	63-68	66-74
157-158	50-56	54-61	59-66	167-168	62-65	64-69	67-76
159-160	51-57	56-62	60-68	169-171	63-67	65-71	68-77
161-163	53-59	57-63	62-70	172-173	64-68	67-72	70-79
164-166	54-60	59-65	63-72	174-176	65-69	68-73	71-81
167-168	55-61	60-66	64-73	177-178	66-71	69-75	72-83
169-171	57-63	61-68	66-75	179-181	67-72	71-77	74-85
172-173	58-64	63-69	67-77	182-183	68-74	72-78	76-86
174-176	59-65	64-70	68-78	184-186	70-76	74-80	77-89
177-178	61-67	65-72	70-79	187-188	71-77	75-82	79-91
179-181	62-68	67-73	71-81	189-191	73-79	77-84	81-93
182-183	63-69	68-74	72-82	192-194	75-81	79-86	84-95
184-186	65-71	69-76	74-83	195-196	76-82	81-88	86-98
187-188	66-72	71-77	75-85	197-199	77-84	82-90	88-100

Adaptiert von der Metropolitan Life Insurance Company, New York, 1983. Daten von der 1979 Build Study, Society of Actuaries and Associates of Life Insurance Medical Directors of America, 1980. Die Gewichte, die hier angeführt werden, sind diejenigen, die im Alter zwischen 25 und 59 mit der niedrigsten Sterblichkeit verbunden waren.

»Body-composition«-Tests

Die »Body composition« ist eine Maßzahl für die Gesamt-Fitheit eines Menschen. Andere Kennzahlen sind die kardiovaskuläre Ausdauer (Fitness von Herz und Lungen), Muskelstärke und Dehnbarkeit. Die beiden ersten sind verknüpft mit Herz-Gefäß-Krankheiten.

Der Taillen-Umfang und der Body-Mass-Index (BMI) sind indirekte Methoden, um die Körperzusammenstellung (Body composition) aus den verschiedenen Bauteilen festestellen zu können. Das Taille-zu-Hüfte-Verhältnis ist ein weiterer Index der Fettverteilung, aber um einiges weniger genau.

Die Fettverteilung

Fettansammlungen im Bereich der Hüfte oder der Oberschenkel scheinen weniger problematisch zu sein als Fettansammlungen im Bauchbereich.

Die Stammfettsucht (eher männliche Fettverteilung = dicker Bauch = **Apfeltyp**) bringt ein höheres Herz-Kreislauf-Erkrankungs- und Todesfallrisiko mit sich!

Fettzellen im Bauchbereich nehmen Zucker und Fette besonders aktiv auf und »verstoffwechseln« gespeicherte Fette schneller.

Je größer die Fettdepots am Bauch, desto höher ist der Umsatz an Fettsäuren, die in der Leber ankommen, den Insulinstoffwechsel stören und die Bildung von Triglyzeriden verstärken.

Diese Fettverteilung verursacht eine starke Erhöhung des Triglyzeridspiegels im Blut und eine stärkere Absenkung des »nützlichen« HDL-Wertes. Das erhöht das Risiko für die koronare Herzkrankheit.

Die Fettansammlung vom weiblichen Typ (dicke Oberschenkel und Po = **Birnentyp**) ist dagegen weniger risikoreich für Herz und Kreislauf.

Taillenumfang

Der Taillenumfang ist eine einfache Methode, um die natürliche Taille eines Menschen (gerade über dem Nabel) zu messen.

Das Taillen-/Hüftumfang-Verhältnis

ist eine einfache Methode, um die Fettverteilung Ihres Körpers zu bestimmen. Die Messung des Taillenumfangs erfolgt am stehenden Patienten zwischen Rippenbogen und Beckenkamm, der Hüftumfang wird in Höhe des seitlichen Knochenhügels am Oberschenkel ermittelt.

Eine Hochrisiko-Taille ist definiert als 88 cm oder mehr für Frauen oder 102 cm und mehr für Männer.

Das Verhältnis wird nun folgendermaßen bestimmt: Der Wert des Taillenumfangs wird durch den des Hüftumfangs dividiert. Bezeichnet wird diese Maß mit dem englischen Begriff Waist/Hip Ratio (WHR). Der Wert sollte bei Frauen unter 0,85 und bei Männern unter 1 liegen.

Beispiel: Taillenumfang 75 cm, Hüftumfang 100 cm
WHR = 75 cm : 100 cm = **0.75**

Body-Mass-Index (BMI)

Der Body-Mass-Index ist eine Berechnungsformel, die geeignet ist, das Verhältnis vom Gewicht eines Menschen zu seiner Größe auszudrücken. Der Index ist sehr nützlich, da er eine indirekte Angabe über die »Body composition« gibt.
Berechnet wird er folgendermaßen: Das Gewicht in Kilogramm wird durch das Quadrat der Körpergröße in Meter geteilt.
Sie können Ihren BMI-Wert auch in der folgenden Tabelle ablesen.

Body-Mass-Index-Tabelle (gilt nur für Erwachsene)

Gewicht	***Größe in m***														
in kg	**1,4**	**1,45**	**1,5**	**1,55**	**1,6**	**1,65**	**1,7**	**1,75**	**1,8**	**1,85**	**1,9**	**1,95**	**2**	**2,05**	**2,1**
50	25,5	23,8	22,2	20,8	19,5	18,4	17,3	16,3	15,4	14,6	13,9	13,1	12,5	11,9	11,3
52,5	26,8	25,0	23,3	21,9	20,5	19,3	18,2	17,1	16,2	15,3	14,5	13,8	13,1	12,5	11,9
55	28,1	26,2	24,4	22,9	21,5	20,2	19,0	18,0	17,0	16,1	15,2	14,5	13,8	13,1	12,5
57,5	29,3	27,3	25,6	23,9	22,5	21,1	19,9	18,8	17,7	16,8	15,9	15,1	14,4	13,7	13,0
60	30,6	28,5	26,7	25,0	23,4	22,0	20,8	19,6	18,5	17,5	16,6	15,8	15,0	14,3	13,6
62,5	31,9	29,7	27,8	26,0	24,4	23,0	21,6	20,4	19,3	18,3	17,3	16,4	15,6	14,9	14,2
65	33,2	30,9	28,9	27,1	25,4	23,9	22,5	21,2	20,1	19,0	18,0	17,1	16,3	15,5	14,7
67,5	34,4	32,1	30,0	28,1	26,4	24,8	23,4	22,0	20,8	19,7	18,7	17,8	16,9	16,1	15,3
70	35,7	33,3	31,1	29,1	27,3	25,7	24,2	22,9	21,6	20,5	19,4	18,4	17,5	16,7	15,9
72,5	37,0	34,5	32,2	30,2	28,3	26,6	25,1	23,7	22,4	21,2	20,1	19,1	18,1	17,3	16,4
75	38,3	35,7	33,3	31,2	29,3	27,5	26,0	24,5	23,1	21,9	20,8	19,7	18,8	17,8	17,0
77,5	39,5	36,9	34,4	32,3	30,3	28,5	26,8	25,3	23,9	22,6	21,5	20,4	19,4	18,4	17,6
80	40,8	38,0	35,6	33,3	31,3	29,4	27,7	26,1	24,7	23,4	22,2	21,0	20,0	19,0	18,1
82,5	42,1	39,2	36,7	34,3	32,2	30,3	28,5	26,9	25,5	24,1	22,9	21,7	20,6	19,6	18,7
85	43,4	40,4	37,8	35,4	33,2	31,2	29,4	27,8	26,2	24,8	23,5	22,4	21,3	20,2	19,3
87,5	44,6	41,6	38,9	36,4	34,2	32,1	30,3	28,6	27,0	25,6	24,2	23,0	21,9	20,8	19,8
90	45,9	42,8	40,0	37,5	35,2	33,1	31,1	29,4	27,8	26,3	24,9	23,7	22,5	21,4	20,4
92,5	47,2	44,0	41,1	38,5	36,1	34,0	32,0	30,2	28,5	27,0	25,6	24,3	23,1	22,0	21,0
95	48,5	45,2	42,2	39,5	37,1	34,9	32,9	31,0	29,3	27,8	26,3	25,0	23,8	22,6	21,5
97,5	49,7	46,4	43,3	40,6	38,1	35,8	33,7	31,8	30,1	28,5	27,0	25,6	24,4	23,2	22,1
100	51,0	47,6	44,4	41,6	39,1	36,7	34,6	32,7	30,9	29,2	27,7	26,3	25,0	23,8	22,7
102,5	52,3	48,8	45,6	42,7	40,0	37,6	35,5	33,5	31,6	29,9	28,4	27,0	25,6	24,4	23,2
105	53,6	49,9	46,7	43,7	41,0	38,6	36,3	34,3	32,4	30,7	29,1	27,6	26,3	25,0	23,8
107,5	54,8	51,1	47,8	44,7	42,0	39,5	37,2	35,1	33,2	31,4	29,8	28,3	26,9	25,6	24,4
110	56,1	52,3	48,9	45,8	43,0	40,4	38,1	35,9	34,0	32,1	30,5	28,9	27,5	26,2	24,9

Gewicht in kg	Größe in m 1,4	1,45	1,5	1,55	1,6	1,65	1,7	1,75	1,8	1,85	1,9	1,95	2	2,05	2,1
112,5	57,4	53,5	50,0	46,8	43,9	41,3	38,9	36,7	34,7	32,9	31,2	29,6	28,1	26,8	25,5
115	58,7	54,7	51,1	47,9	44,9	42,2	39,8	37,6	35,5	33,6	31,9	30,2	28,8	27,4	26,1
117,5	58,7	54,7	51,1	47,9	44,9	42,2	39,8	37,6	35,5	33,6	31,9	30,2	28,8	27,4	26,1
120	61,2	57,1	53,3	49,9	46,9	44,1	41,5	39,2	37,0	35,1	33,2	31,6	30,0	28,6	27,2
122,5	62,5	58,3	54,4	51,0	47,9	45,0	42,4	40,0	37,8	35,8	33,9	32,2	30,6	29,1	27,8
125	63,8	59,5	55,6	52,0	48,8	45,9	43,3	40,8	38,6	36,5	34,6	32,9	31,3	29,7	28,3
127,5	65,1	60,6	56,7	53,1	49,8	46,8	44,1	41,6	39,4	37,3	35,3	33,5	31,9	30,3	28,9
130	66,3	61,8	57,8	54,1	50,8	47,8	45,0	42,4	40,1	38,0	36,0	34,2	32,5	30,9	29,5
132,5	67,6	63,0	58,9	55,2	51,8	48,7	45,8	43,3	40,9	38,7	36,7	34,8	33,1	31,5	30,0
135	68,9	64,2	60,0	56,2	52,7	49,6	46,7	44,1	41,7	39,4	37,4	35,5	33,8	32,1	30,6
137,5	70,2	65,4	61,1	57,2	53,7	50,5	47,6	44,9	42,4	40,2	38,1	36,2	34,4	32,7	31,2
140	71,4	66,6	62,2	58,3	54,7	51,4	48,4	45,7	43,2	40,9	38,8	36,8	35,0	33,3	31,7

BMI-Werte weniger als 18,5 werden als Untergewicht bezeichnet. BMI-Werte von 18,5 bis 24,9 gelten als Normalgewicht. Übergewicht wird definiert als ein BMI von 25.0 und mehr und weniger als 30.0. Fettleibigkeit ist definiert als ein BMI von 30 oder mehr. Das entspricht ca. 15 kg Übergewicht. Extreme Fettleibigkeit ist definiert als ein BMI von 40 oder mehr.
Einige gut trainierte Menschen mit dichter Muskelmasse können einen hohen BMI haben, aber sehr wenig Körperfett. Für diese ist es angebracht, eher den Taillen-Umfang als Anhaltspunkt für Ihre Fettverteilung heranzuziehen.

Ihr BMI-Wert gibt auch Auskunft über Ihr Gesundheitsrisiko. Die niedrigste Sterblichkeitsrate bei Männern lag bei einem BMI von 23,5 bis 25 und bei Frauen von 22 bis 23,5. Diese BMI-Werte wurden daher als »Basiswerte« angenommen, auf die man sich bezog. Männer mit einem BMI von mehr als 40 sterben laut einer neuen Studie 2,7-mal so häufig wie Männer mit den BMI-Basiswerten. Bei Frauen mit dem gleichen BMI war die Sterblichkeitsrate 1,9-mal so hoch wie bei jenen mit den BMI-Basiswerten. Bei Männern, die nie geraucht haben und keine schweren Krankheiten haben, kann man auf Grund des hohen BMI vorhersagen, dass sie wahrscheinlich an einer Herz-Kreislauf-Erkrankung (z. B. Herzinfarkt, Herzversagen, Schlaganfall) sterben werden. Es gibt ein signifikant erhöhtes Risiko für BMI-Werte über 25 für Frauen und über 26,5 für Männer. Ebenso stieg die Anzahl der Krebserkrankungen mit den BMI-Werten, wobei jene Probanden mit Werten über 40 um 1,8-mal öfter betroffen waren als jene mit Basiswerten.

Was kann ich selbst gegen Fettleibigkeit oder Übergewicht tun?

Der erste Schritt auf dem Weg zu einer herzgesunden Ernährung besteht darin, dass Sie sich über Ihre bisherigen Essgewohnheiten klar werden. Dazu dient der folgende Fragenkatalog.

Ernähren Sie sich herzgesund?		
Gehört Essen zu Ihren Lieblingsaktivitäten?	Ja	Nein
Essen Sie einfach alles, was Ihnen schmeckt?	Ja	Nein
Pflegen Sie auch dann zu essen, wenn Sie keinen Hunger haben, weil aber gerade Essenszeit ist?	Ja	Nein
Machen Sie auch dann Ihren Teller leer, wenn Sie sich schon vorher satt fühlen?	Ja	Nein
Ziehen Sie Weißbrot Vollkornbrot vor?	Ja	Nein
Brauchen Sie täglich Ihr Stück Fleisch auf dem Teller?	Ja	Nein
»Wurschteln« Sie sich gerne durch den Tag – sprich: Greifen Sie täglich zu Wurst und Schinken?	Ja	Nein
Essen Sie am liebsten »mit Sahne«: Cremesuppen, Sahnesaucen, Sahnekäse, Sahnetorte, Sahneeis u. Ä.?	Ja	Nein
Mögen Sie gerne Eier in jeder Zubereitungsform, und das täglich?	Ja	Nein
Stimmen Sie dem ungarischen Sprichwort zu: Wer gut futtert, der gut buttert? Also: Schwelgen Sie gerne in reichlich Fett?	Ja	Nein
Glauben Sie, dass Ballaststoffe tatsächlich Ballast sind, den Sie nicht brauchen?	Ja	Nein
Würzen Sie Ihre Speisen gerne mit viel Salz?	Ja	Nein
Lassen Sie Kartoffeln dort, wo sie für viele »hingehören«: im Keller?	Ja	Nein
Sehen Sie auch Salat als »Kaninchenfutter« an – nichts für Sie?	Ja	Nein
Verzichten Sie eher auf Gemüse als auf Fleisch?	Ja	Nein
Halten Sie das Essen eines Apfels (oder von anderem Obst) für einen unnötigen »Sündenfall«?	Ja	Nein
Brauchen Sie zu einem gelungenen Tag nachmittäglichen Kaffee und Kuchen?	Ja	Nein
Haben Sie täglich Heißhunger auf Süßes: Bonbons, Schokolade, Pralinen u. Ä., und stillen Sie ihn?	Ja	Nein
Gehören für Sie zu einem gemütlichen Fernsehabend Erdnüsse, Chips und andere Knabbereien?	Ja	Nein
Trinken Sie täglich mehr als ein Glas Wein, Bier oder Hochprozentiges?	Ja	Nein

Auswertung
Können sie alle Fragen mit Nein beantworten, dann herzlichen Glückwunsch! Sie ernähren sich offensichtlich so, wie es Ihrem Herzen gut tut und können das Ernährungskapitel überspringen. Sollten Sie allerdings mehr als fünf der Fragen mit Ja beantworten, dann sind die nächsten Kapitel für Sie sehr aufschluss- und lehrreich!

Der erste und wichtigste Schritt, um die überzähligen Kilos zu verlieren, ist, die Kalorienzufuhr zu reduzieren: Einfach gesagt heißt das weniger Fett, mehr Gemüse, mehr Früchte.
Gleichzeitig sollte auch ein zweiter Schritt in Richtung Gewichtsreduktion erfolgen: Regelmäßig bewegen. Regelmäßige körperliche Aktivität bedeutet, dass man sich möglichst täglich, am Stück oder über den Tag verteilt, während mindestens 30 Minuten aktiv körperlich betätigen sollte. Dazu gehören Tätigkeiten wie Haus- und Gartenarbeit, Treppensteigen, zügiges Gehen, Radfahren, Schwimmen und dergleichen.
Damit diese zwei Schritte auch die gewünschte Wirkung zeigen, ist es von entscheidender Bedeutung, dass diese Veränderungen des Verhaltens in den normalen Tagesablauf integriert werden.
Viele übergewichtige Menschen versuchen mit Diäten ihr Gewicht in möglichst kurzer Zeit drastisch zu reduzieren. Aber selbst wenn eine Gewichtsabnahme auf solchem Wege erreicht wird, ist dieser Erfolg meist nur von kurzer Dauer. Nach Ende der Diät wird oft wieder genauso schnell – und häufig sogar mehr (!) – zugenommen, wie vorher abgenommen wurde. Dies ist auf Dauer nicht nur schädlich für den Körper, sondern auch äußerst frustrierend. Man bezeichnet dies als den »Jo-Jo-Effekt«.
Bei Übergewicht hat bereits eine mäßige Gewichstabnahme von 5–10 % positive Folgen, wenn das neue Gewicht beibehalten wird!

Ernährungsempfehlungen – fünf Grundregeln

Angepasste Energiezufuhr
Den täglichen Energiebedarf kann man ganz einfach mit folgender Formel berechnen: Energiebedarf = Grundumsatz + Leistungsumsatz
Beispiel: Für einen 70 kg schweren Menschen, der überwiegend sitzende Tätigkeiten ausübt, lässt sich der Energiebedarf folgendermaßen berechnen:
Grundumsatz: Normalgewicht in kg x 24 Std. (= 70 x 24) = 1680 kcal
Leistungsumsatz: 1/3 des Grundumsatzes = 560 kcal
täglicher Energiebedarf: 2240 kcal
Der Leistungsumsatz ist von der körperlichen Betätigung abhängig. Er kann je nach

Art der Aktivität, z. B. bei Schwerarbeitern oder Hochleistungssportlern, auf ein Vielfaches des Grundumsatzes ansteigen.

- Ziel beim Abnehmen

Die tägliche Energiezufuhr sollte den Kalorienverbrauch um ein Drittel unterschreiten. Je nach Alter, Größe, Ausgangsgewicht und Geschlecht bedeutet das eine tägliche Kalorienzufuhr von 800–2000 kcal pro Tag.

Beispiel: Bei einem täglichen Energiebedarf von 2240 kcal (s. oberes Beispiel) sollte man 2240 kcal x 2/3 = ca. 1500 kcal zu sich nehmen.

Erst wenn man 7000 kcal eingespart hat, verliert man ein Kilogramm Körperfett, das bedeutet bei der oben empfohlenen Energiezufuhr ca. ein Kilogramm Gewichtsabnahme pro Woche. Dies kommt Ihnen vielleicht sehr wenig vor, eine schnellere Gewichtsreduktion ist aber langfristig nicht sinnvoll, da sonst neben dem Fett auch Muskelmasse und Körperwasser verloren gehen, was wiederum den Grundumsatz senkt.

Haben Sie ihr Normalgewicht erreicht, sollten Sie darauf achten, dass die aufgenommene Energiemenge und der tägliche Energieverbrauch sich in etwa die Waage halten.

Ausgewogene Nährstoffverteilung

Wünschenswerte Nährstoffzusammensetzung der täglichen Nahrung:

Eiweiß: 10–15 %, Fett: 25–30 %, Kohlenhydrate: 55-60 %

Dies bedeutet vor allem eine *Reduktion der täglichen Fettzufuhr!*

Ausgewogene, an den Tagesablauf angepasste Verteilung auf 5–6 kleine Mahlzeiten, um Heißhunger zu vermeiden und leistungsfähig zu bleiben. Auswahl der Lebensmittel unter Berücksichtigung des Energiegehaltes:

Eiweiß**:** 1 g = 4 kcal (17 kJ), Kohlenhydrate: 1 g = 4 kcal (17 kJ); Alkohol: 1 g = 7 kcal (30 kJ), Fett: 1 g = 9 kcal (38 kJ)

Ein Gramm Fett liefert mehr als doppelt so viel Energie wie ein Gramm Kohlenhydrate. Man kann also durch eine Reduktion des täglichen Fettkonsums am besten Kalorien sparen!

Ein Gramm Alkohol hat fast doppelt so viel Kalorien wie ein Gramm Kohlenhydrate. Minimieren Sie also Ihren Alkoholkonsum!

Meiden sie »leere Kalorien« wie Süßigkeiten, Speiseeis, Weißbrot! Sie haben einen hohen Energiegehalt bei geringem Nährstoffgehalt, also eine geringe Nährstoffdichte!

Fettreduzierte Kost

Auf Grund des hohen Kaloriengehaltes von Fett ist Fetteinschränkung das A und O der Gewichtsabnahme. Pro Tag sollten statt der heute üblichen 100–140 g Fett nur etwa 70–80 g Fett verzehrt werden.

80 g Fett am Tag sollten auf ein Drittel Streichfett (ca. 1 Hotelpackung Butter), auf

ein Drittel Fett für die Speisenzubereitung (ca. 2 Esslöffel Öl) und ein Drittel verstecktes Fett verteilt werden. Während sich die sichtbaren Fette noch gut einplanen lassen, bereiten gerade die versteckten Fette Schwierigkeiten.

Auswahl der Fette

Ein zu hoher Anteil an gesättigten Fettsäuren in der Nahrung hemmt die körpereigene Fettsäureproduktion. Dies hat einen reduzierten Energieverbrauch und eine gesteigerte Einspeicherung der aufgenommenen Fette zur Folge. Das Risiko für Herz-Kreislauf-Erkrankungen kann durch eine erhöhte Zufuhr von ungesättigten Fettsäuren bei gleichzeitiger Reduktion des Gesamtnahrungsfettes deutlich gesenkt werden. Daher sollte auf Ihrer Speisekarte ein Teil der Nahrungsmittel mit gesättigten Fettsäuren durch solche mit einem hohen Anteil an einfach oder mehrfach ungesättigten Fettsäuren ersetzt werden.

Tierische Fette wie z. B. Butter, Speck, Schmalz, Talg meiden.

Pflanzliche Fette mit einem hohen Anteil an einfach oder mehrfach ungesättigten Fettsäuren z. B. Olivenöl, Margarine (mit der Zusatzbezeichnung »ohne gehärtete Fette«), Distelöl, Maiskeimöl, Sonnenblumenöl als Streich-, Brat- und Backfett bevorzugen.

Ballaststoffreiche Ernährung

Ballaststoffreiche Nahrungsmittel besitzen einen höheren Sättigungsgrad, regulieren die Verdauung und stärken die Kaumuskulatur. Sie gehören daher zu jeder ausgewogenen Ernährung unbedingt dazu.

Besonders viele Ballaststoffe sind in folgenden Nahrungsmitteln enthalten:

Alle Vollkornprodukte wie z. B. Vollkornbrot, Vollkornteigwaren, Naturreis, Getreide, Gemüse, Rohkost, Obst

Risiko: Übergewicht

Ziel:	Normales Gewicht (BMI <25)
Der Weg zum Ziel:	bewusste Ernährung kalorienreduzierte Kost Identifizierung der Ursachen des Übergewichtes Zusätzlich zu diätetischen Maßnahmen ist in aller Regel eine angemessene körperliche Aktivität (s. u.) notwendig. Dies ist besonders wichtig bei Patienten mit Hochdruck, Diabetes mellitus und erhöhten Triglyceriden.

Sich regen bringt Segen ...

Was kann ich tun, um meinen Körper fit zu halten?

Hand aufs – hoffentlich noch gesunde – Herz: Haben Sie heute schon Sport getrieben? Zwar interessieren sich nach einer Umfrage mehr als 75 % aller Mitmenschen für Sport, 53 % von ihnen geben aber zu, selbst keinen Sport zu treiben. Schlimmer noch: Rund 8 % aller Männer und 23 % aller Frauen trauen sich nach eigenen Angaben keinen einzigen Liegestütz zu! Das können die Herzpatienten und -patientinnen von morgen sein!

»No Sports« gilt heute nicht mehr, obwohl derjenige, der diesen Ausspruch kreiert hat – Winston Churchill –, das bemerkenswerte Alter von 90 Jahren erreicht hat. Heutzutage wird die gesundheitliche Wirkung eines typgerechten Ausdauertrainings für ein gesundes Altwerden jedoch von niemandem mehr bestritten.

Gerade wer in seinem Beruf eher geistigen Herausforderungen ausgesetzt ist als sich täglich physisch verausgaben zu müssen, kommt um ein auf ihn abgestimmtes Trainingsprogramm nicht herum. Denn während der durchschnittliche Tages-Energieverbrauch eines 40-jährigen Mannes seit dem 19. Jahrhundert bis heute um rund 800 kcal gesunken ist, wurde die Ernährung im Vergleich damals zu heute immer fett- und kalorienreicher.

Nach und nach büßen wir unsere gewohnte Leistungsfähigkeit ein, bauen überflüssige Fettpolster auf und werden anfälliger für Krankheiten. Doch schon wenige Stunden Ausdauertraining pro Woche können den körperlichen Verfall nicht nur aufhalten, sondern auch bereits verloren gegangene Vitalität reaktivieren.

Wichtig ist vor allem: Der menschliche Organismus muss regelmäßig fordernd belastet und bewegt werden, ohne an die maximalen physischen Grenzen zu stoßen, wenn er optimal bis ins hohe Alter hinein funktionieren soll. Allein ein durch körperliches Training ausgelöster Energie-Mehrverbrauch von rund 2000 kcal pro Woche, lässt den Organismus regelrecht aufblühen.

Wer sich selbst von Herzen mag, der mag natürlich auch seinen Körper. Wollen Sie für Ihren Körper das Beste? Dann geben Sie ihm, was er braucht: Geschmeidigkeit und Gelenkigkeit, Beweglichkeit, Ausdauer und Kraft! Wer seinen Körper verkümmern lässt, der lässt auch zu, dass sein Herz verkümmert und größeren Belastungen nicht mehr gewachsen ist. Und er verkümmert auch selbst. Denn wenn er seinem Körper nichts zutraut – nicht einmal einen einzigen Liegestütz! –, der traut sich wahrscheinlich auch sonst im Leben nicht allzu viel zu. Woher soll er auch die Kraft und die Ausdauer nehmen?

Neun von zehn Menschen beteuern, dass sie wissen, wie wichtig Sport für ihre

Gesundheit ist. Aber nur etwa jeder zweite nutzt dieses Wissen und tut etwas für seine körperliche Fitness.

Körperliche Aktivität kann im täglichen Leben eingebaut werden
Stehen ist besser als Sitzen, Gehen ist besser als Stehen. Nehmen Sie folgende Aktivitäten in Ihr tägliches Leben auf:

1. Benutzen Sie die Treppen, hinauf und hinunter, an Stelle des Aufzuges. Fangen Sie mit einer Treppe an und bauen Sie allmählich auf mehr auf.
2. Rechen Sie Blätter zusammen, mähen Sie das Gras, trimmen Sie eine Hecke oder reißen Sie Unkraut aus.
3. Kehren Sie den Fußboden, waschen Sie Fenster oder staubsaugen Sie den Teppich.
4. Gehen Sie tanzen anstelle einen Film zu sehen.
5. Bringen Sie Ihre Kinder zum Park und spielen Sie mit ihnen. Sitzen Sie nicht auf der Bank und schauen zu.
6. Machen Sie eine Aktivitätspause. Stehen Sie auf, strecken Sie sich und gehen Sie umher.
7. Stellen Sie Ihr Auto ein paar Straßen vom Büro oder Geschäft entfernt ab und gehen Sie den Rest des Weges. Oder wenn Sie öffentliche Verkehrsmittel benützen, steigen Sie ein oder zwei Haltestellen vor Ihrem Ziel aus und gehen Sie den Rest des Weges.
8. Machen Sie einen Spaziergang nach dem Abendessen anstelle fernzusehen.
9. Parken Sie am Parkplatz des Supermarkts weit hinten und tragen Sie Ihren Einkauf dorthin.
10. Verstecken Sie Ihre Fernbedienung und stehen Sie auf um die Kanäle zu wechseln.

Die Bedeutung körperlicher Betätigung

Körperliche Untätigkeit mit dem verbundenen zu niedrigen Kalorienverbrauch ist als ein Risikofaktor für die Entwicklung einer koronaren Herzkrankheit erwiesen. Dieser Faktor trägt auch noch zur Entwicklung anderer Faktoren bei wie Übergewicht, Hochdruck und hohes LDL-Cholesterin. Sogar geringe körperliche Aktivität hilft bereits!

Aktivität	verbrannte Kalorien/Stunde
Radfahren 10 km/h	240 kal/h
Radfahren 20 km/h	410 kal/h
Schilanglaufen	700 kal/h
Joggen 9 km/h	740 kal/h
Joggen 11 km/h	920 kal/h
Seilspringen	750 kal/h
auf der Stelle laufen	650 kal/h
Laufen 16 km/h	1280 kal/h
Schwimmen 25 m/min	275 kal/h
Schwimmen 50 m/min	500 kal/h
Tennis (Single)	400 kal/h
Gehen 3 km/h	240 kal/h
Gehen 5 km/h	320 kal/h
Gehen 7 km/h	440 kal/h

Diese Angaben sind für eine Person mit 70 Kilogramm gemacht und variieren in Proportion zum jeweiligen Körpergewicht. Zum Beispiel verbrennt eine 45-kg-Person ein Drittel weniger Kalorien, so müssten Sie die Anzahl von Kalorien mit 0,7 multiplizieren. Für eine 90-kg-Person multipliziert man mit 1,3. Schwerer oder schneller bei einer bestimmten Aktivität zu arbeiten wird den Anteil der verbrannten Kalorien nur ein wenig erhöhen. Eine bessere Art, um mehr Kalorien zu verbrennen, ist, die für Ihre Aktivität verwendete Zeit zu erhöhen.

Regelmäßige aerobe körperliche Betätigung vergrößert die Kapazität eines Menschen für körperliche Leistung und spielt eine wichtige Rolle in der primären und sekundären Prävention. Es besteht ein direkter Zusammenhang zwischen körperlicher Untätigkeit und Sterblichkeit an Herzerkrankungen.
Sport hilft bei der Kontrolle der erhöhten Blutfette, bei Diabetes und Übergewicht. Außerdem senkt er den hohen Blutdruck.
Es wurde gezeigt, dass Patienten, die ihren Lebensstil nach einem Herzinfarkt ändern und zusätzlich mit Sport beginnen, deutlich bessere Überlebenschancen haben.

Was kann ich tun, um meinen Körper in Form zu bringen?

Vor dem Start!
Wenn Sie lange Zeit inaktiv waren, übergewichtig sind und Risikofaktoren für die koronare Herzerkrankung haben oder irgendein anderes chronisches Gesundheitsproblem, lassen Sie sich ärztlich untersuchen.

Die Grundvoraussetzung: Vor dem ersten Lauf steht ein Gang zu Ihrem Arzt, wenn Sie nicht ganz sicher sind gesund zu sein! Diese Empfehlung gilt besonders für alle Menschen, die ihre Jugend schon hinter sich haben und bei denen sehr häufig bereits Gesundheitsschäden vorhanden sind, ohne dass sie es wissen. Lassen Sie sich von Ihrem Arzt gründlich daraufhin durchchecken, ob und inwieweit Sie Sport treiben dürfen. Zu einer solchen Vorsorgeuntersuchung gehört auch ein Belastungs-EKG. Es zeigt, inwieweit Sie Herz und Kreislauf belasten dürfen.

Schaffen Sie positive Rahmenbedingungen

- Legen Sie sich auf eine angenehme Zeit fest, die gut in Ihren Tagesplan passt, aber halten Sie nicht zu starr daran fest. Wenn Sie Ihre Sporteinheit an einem Tag versäumen, holen Sie sie irgendwie anders nach.
- Hören Sie nach Möglichkeit Musik dabei.
- Umgeben Sie sich mit Leuten, die Sie unterstützen. Entscheiden Sie für sich, welche Art von Unterstützung Sie brauchen. Wollen Sie erinnert werden? Wollen Sie über Ihre Fortschritte gefragt werden? Wollen Sie, dass diese Menschen an Ihren Übungen teilnehmen, regulär oder hie und da? Sollen Sie Ihnen Zeit geben für sich selbst? Sollen Sie animiert werden, an Sportereignissen teilzunehmen? Leute, die verständnisvoll sind, wenn Sie früh aufstehen, um Ihre Runden zu drehen. Menschen, die Ihre Kinder übernehmen, wenn Sie Übungen machen. Sollen Sie zu Änderungen in Ihrer Routine animiert werden oder nicht?
- Teilen Sie Ihre Aktivitäten mit anderen. Machen Sie sich Termine mit einem Familienmitglied oder einem Freund oder einem Arbeitskollegen aus. Werden Sie eine aktiver Teil beim Animieren Ihrer Kinder.
- Führen Sie über Ihre Aktivitäten Buch. Belohnen Sie sich bei Meilenstein-Ereignissen. Nichts motiviert mehr als Erfolg!
- Wählen Sie Aktivitäten aus, die Spaß machen und die sie nicht überfordern.
- Nehmen Sie sich lieber jeden Tag eine halbe Stunde Zeit als nur ein Mal am Wochenende zwei oder drei Stunden. Der Trainingseffekt ist ungleich wertvoller. Wenn Sie glauben diese Zeit nicht erübrigen zu können, nützen Sie Ihre Alltagsaktivitäten »sportlich« – also mal mit dem Fahrrad zum Einkaufen oder auch ins Büro fahren statt mit dem Auto.
- Gestalten Sie Ihre Aktivitäten abwechslungsreich. Konzentrieren Sie sich nicht nur auf eine Sportart, sondern legen Sie sich eine Repertoire an Freizeitaktivitäten zu, an denen Sie Spaß haben. So wird Ihnen nie langweilig.
- Tragen Sie bequeme, gut passende Schuhe und bequeme, lockere Kleidungsstücke entsprechend der Tätigkeit und dem Wetter.

Beginne gemächlich, steigere zunehmend!

- Vermeiden Sie nun von vornherein den größten Fehler der meisten Sport-Einsteiger: Muten Sie sich am Anfang nicht zu viel zu! Mäßig, aber regelmäßig heißt die Devise! Wenn Sie zu forsch rangehen, werden Sie schnell die Lust verlieren, weil Sie sich vielfältige gesundheitliche Probleme einhandeln können – statt etwas für Ihre Gesundheit zu tun! Kreislaufprobleme, Übelkeit, Erbrechen, Muskel- und Gelenkverletzungen usw. usw. Zum Start reichen fünf Minuten Gymnastik und Stretching (Muskeldehnung) und ein bis zwei Viertelstunden spazieren gehen am Tag. Langsam steigern!

- Ihr ideales Sportprogramm soll den gesamten Körper ansprechen. Empfehlenswert ist deshalb etwa die Kombination von Gymnastik mit einer Ausdauerbelastung je nach Fähigkeiten oder Neigungen, z. B. Joggen oder Schwimmen, gefolgt von einer Spielsportart.
- Übertreiben Sie nicht. Beginnen Sie nicht mit intensiven Einheiten, sondern mit leicht bis mäßigen Anstrengungen. Sie können dann langsam die Intensität steigern. Steigern Sie nach und nach auf 3- bis 4-mal in der Woche für 30 bis 40 Minuten.
- Nehmen Sie sich genügend Zeit zum Aufwärmen und zum Abkühlen. Legen Sie viel Wert auf bedächtiges Dehnen!!!

Niemand erwartet Rekorde von Ihnen, auch Sie selbst nicht?!
Auch auf Dauer brauchen Sie keine rekordverdächtigen Leistungen zu bringen. Setzen Sie sich nicht mit diesem schönen und zugleich gesunden Freizeitvergnügen unter Stress. Sport ist im Gegenteil eine der besten Stressabbaumethoden. Wo können Sie besser Dampf ablassen, als auf dem Laufkurs, auf dem Fahrrad, beim Tennis oder an einem Kraftgerät?!
Stellen Sie fest, wann Sie sich am liebsten fit machen. Sind Sie ein Morgenmuffel, der bis auf den »letzten Drücker« schläft, dann bietet sich der Abend zum Sport an. Empfehlenswert ist es allerdings, den Tag mit Bewegung zu beginnen. Das bringt Ihren Kreislauf in Schwung. Und Sie haben bereits am frühen Morgen das stolze Gefühl, etwas geleistet zu haben. Das hebt das Selbstbewusstsein für den ganzen Tag!

Ziel-Puls
Gesundheitsexperten betonen die Bedeutung des Grenzeneinhaltens, wenn Sie Sport betreiben. Das Ziel ist es, nicht zu schnell zu ermüden, während Sie nach wie vor davon profitieren. Sich Grenzen zu setzen ist vor allem dann wichtig, wenn Sie länger inaktiv waren.
Der Zielpuls ist bedeutsam beim Messen Ihres Fitheits-Grades und dabei, wenn Sie Ihren Fortschritt festhalten und verfolgen wollen. Dies erfordert das regelmäßige Messen des Pulses während der Übungen. Sie sollten innerhalb von 50 bis 75 % Ihres maximalen Pulses bleiben. Dieser Bereich wird der Ziel-Puls genannt.

Ziel-Puls-Tabelle

Alter	Ziel-Puls-Zone 50-75 %	Durchschn. Maximum Puls 100 %
20 Jahre	100-150 Schläge pro Minute	200
25 Jahre	98-146 Schläge pro Minute	195
30 Jahre	95-142 Schläge pro Minute	190
35 Jahre	93-138 Schläge pro Minute	185
40 Jahre	90-135 Schläge pro Minute	180
45 Jahre	88-131 Schläge pro Minute	175
50 Jahre	85-127 Schläge pro Minute	170
55 Jahre	83-123 Schläge pro Minute	165
60 Jahre	80-120 Schläge pro Minute	160
65 Jahre	78-116 Schläge pro Minute	155
70 Jahre	75-113 Schläge pro Minute	150
75 Jahre	73-110 Schläge pro Minute	145
80 Jahre	70-105 Schläge pro Minute	140
85 Jahre	68-100 Schläge pro Minute	135
90 Jahre	65-98 Schläge pro Minute	130

Ihr Maximum-Puls beträgt ungefähr 220 abzüglich Ihres Alters. Die obigen Zahlen sind Durchschnittswerte und sollten als allgemeine Richtlinien verwendet werden.

Alternative zur Ziel-Puls-Methode

Einige Menschen können nicht Ihren Puls (= Herzfrequenz) messen oder sie wollen es während der Übungen nicht tun. Als Alternative können Sie den »Konversations-Monitor« verwenden. Wenn Sie z. B. laufen und sich gleichzeitig unterhalten können, üben Sie nicht zu intensiv. Wenn Sie jedoch noch Singen können, könnten Sie sich etwas mehr anstrengen. Wenn Sie sehr schnell außer Atem kommen, strengen Sie sich zu sehr an, vor allem wenn Sie anhalten müssen, um Atem zu holen.

Verbesserung der körperlichen Fitness

Die Programme, die die körperliche Fitness erhöhen sollen, berücksichtigen die folgende FIT-Formel.

FIT-Formel	
Frequenz	Die wichtigste Regel hier heißt Regelmäßigkeit! Es wurde bewiesen, dass 2 oder 3 Einheiten pro Woche notwendig sind für Herzgesundheit. Aber werden Sie nicht panisch! Eine längere Einheit in der Woche ist besser als nichts und kann eine Menge Kalorien und Fett verbrennen. Wenn Sie wirklich scharf darauf sind oder es für notwendig erachten, können Sie ja auch mehr trainieren.
Intensität	Das ist der wichtigste Teil der FIT-Formel, was die Herzgesundheit betrifft. Um Ihr Herz effektiver zu machen, sollten die Übungen »aerob« sein. »Aerob« heißt mit Sauerstoff und betrifft die großen Muskeln, die sich ständig an- und entspannen, als eine rhythmische und beständige Bewegungsfolge während einer bestimmtem Zeiteinheit. Das erlaubt dem Herz genügend Sauerstoff zu den Muskeln ohne größere Probleme zu transportieren. Die Idee dahinter ist, das Herz schneller schlagen zu lassen als normal, indem man die Intensität der Übungen schrittweise erhöht. Ein einfacher Weg, um zu testen, ob die Übungen aerob sind, ist, die Intensität so weit zu erhöhen, bis Sie leicht außer Atem sind, aber immer noch mit einem Partner sprechen können (oder mit sich selbst, wenn Sie alleine sind). Übertreiben Sie nicht so weit, dass Sie außer Atem geraten. Das ist einfach nicht notwendig. Das Gegenteil von »aerob« ist »anaerob«. Diese Übungen werden ohne Sauerstoff absolviert, anaerobe Aktivitäten. Das kommt daher, dass Herz und Lungen den Bedarf des Körpers an Sauerstoff nicht so schnell decken können, wie er benötigt wird. Sprinten, Gewichtheben und Liegestütze sind derartige Aktivitäten, da sie kurze Ausbrüche von Schnellkraft brauchen. Wenn Sie einmal fit sind, können diese Übungen Ihre Kraft aufbauen, aber sie sind kein

	guter Weg, um Ihre Ausdauer und Herzgesundheit aufzubauen.
Time (Dauer)	Die Dauer? Wenn Sie eine spezielle Trainingsart gerne machen, beschränken Sie sich nicht auf 20-bis-30-Minuten Einheiten pro Woche. Es ist nur so, dass Ihr Herz sich nach dieser Übungslänge nicht mehr wesentlich verbessert. Daher dehnen Sie die Länge Ihrer Einheiten aus, wenn es Ihnen Spaß macht, aber lassen Sie sich nicht in einen Ausdauertest treiben. Wenn es Ihrem Lebensstil besser passt, machen Sie doch 10-minütige Übungen oder so mit etwas mehr Intensität an jedem Tag der Woche oder etwa 15 Minuten 4-mal die Woche. Sie sollten Ihr Leben nicht mit der Stoppuhr verbringen, um fit zu werden. Etwas Bewegung ist schon besser als keine!

F = Frequenz (Tage pro Woche)
I = Intensität (z. B. Prozent der maximalen Herzfrequenz, gemächlich, anstrengend, hart, ...)
T = Time (Zeit für jede Einheit: 30min, 45 min, ...)

Vorschläge für Übungsprogramme

- *Für die mehr oder weniger Gesunden*

F: 3–4 Tage pro Woche
I: 50–75 % der max. Herzfrequenz
T: mindestens 30 Minuten

Gemächliche Aktivitäten an jedem Tag bringen auch Vorteile. Die Aktivität muss anstrengend und intensiv sein, um Vorteile zu bringen. Sie sollte ein Teil der täglichen Routine sein oder werden.

Folgende Tätigkeiten sind besonders wertvoll, wenn sie regelmäßig durchgeführt werden:

forsches Gehen, Wandern, Stiegensteigen, Aerobic, Joggen, Laufen, Radfahren, Rudern, Schwimmen

Bei Sportarten wie Fußball oder Basketball, die mit permanentem Laufen einhergehen ist der Trainigseffekt am größten, wenn sie mit einer Intensität ausgeführt werden, die über 50 % der maximalen Herzfrequenz liegt.

- *Für Ungeübte*

Aus Studien ist bekannt, dass auch mäßiger und wenig intensver Sport, wenn er täglich erfolgt, Langzeitvorteile haben kann. Auch diese Vorteile können zur Reduktion des Risikos für eine Herzkrankheit beitragen. Beispiele solcher Aktivitäten sind:

Spazieren gehen, Gartenarbeit, Hausarbeit, Tanzen, Hausaerobics, Freizeitaktivitäten wie Tennis, Fußball, Basketball ...

Sport betreiben vermindert Risikofaktoren

Hoher Blutdruck – Regelmäßige Übungen gehen einher mit einer Senkung des Hochdrucks.
Zigaretten rauchen – Raucher, die regelmäßig Sport betreiben, reduzieren öfter ihren Zigarettenkonsum oder hören ganz auf.
Diabetes – Menschen mit Idealgewicht entwickeln viel seltener Diabetes. Sport reduziert außerdem die benötigte Menge an Insulin bei Diabetikern.
Übergewicht – Sport kann vielen Leuten helfen, überschüssiges Fett zu reduzieren und ihr Idealgewicht zu halten.
Niedriges HDL – Ein niedriger HDL-Wert geht einher mit einem erhöhten Risiko von koronarer Herzkrankheit. Regelmäßiger Sport erhöht dieses HDL signifikant und reduziert das Risiko.

Weitere Vorteile von Sport
Körperliche Betätigung festigt die Knochen, Muskeln und Gelenke und vermindert das Risiko von Dickdarmkrebs.
Sport bringt auch psychologische Vorteile. Er vermindert Depressionen und Angstzustände, verbreitet eine gute Stimmung und Wohlgefühl.

Wann sollte ich einen Arzt aufsuchen?
Manche Menschen sollten einen Arzt aufsuchen, bevor sie ein intensives Trainingsprogramm beginnen. Sie sollten das tun, wenn Folgendes auf Sie zutrifft:

- Ihr Arzt hat ein Herzproblem festgestellt und empfiehlt nur kontrollierte sportliche Betätigung.
- Während oder nach Ihren Übungen haben Sie Schmerzen oder Druck im Herzbereich, in der linken Schulter oder ausstrahlend in den linken Arm.
- Sie haben in letzter Zeit Brustschmerzen entwickelt.
- Sie neigen zu Bewusstseinsstörungen oder stürzen auf Grund von Schwindelanfällen.
- Einfache Betätigungen bringen Sie außergewöhnlich rasch außer Atem.
- Ihr Arzt hat Ihnen empfohlen, Medikamente gegen Ihren hohen Blutdruck oder wegen Herzproblemen einzunehmen.
- Ihr Arzt hat Knochen- oder Gelenksprobleme festgestellt.
- Sie haben andere medizinische Probleme, die hier nicht erwähnt wurden, die aber eventuell ein sportliches Programm beeinflussen könnten.
- Sie sind mittleren Alters und haben sich bisher noch nie sportlich betätigt.

Wenn keine dieser Bedingungen für Sie zutrifft, können Sie ein abgestimmtes, individuelles Programm beginnen. Wenn Symptome ähnlich den oben erwähnten auftreten, kontaktieren Sie Ihren Arzt.

Risiko: Bewegungsmangel	
Ziel:	regelmäßiges Audauertraining
Der Weg zum Ziel:	Mindestens 30–45 Minuten Bewegung 4–5-mal pro Woche (Gehen, Joggen, Radfahren oder eine andere Ausdauerbelastung) unterstützt durch eine aktivere Lebensweise: Spazieren gehen in Arbeitspausen, Treppen steigen statt Aufzug, Gartenarbeit ... Ärztlich überwachte Programme für Mittel- bis Hochrisikopatienten (Koronargruppe, Übungsgruppe). Die Herzfrequenz sollte bei körperlicher Aktivität stets im ausgetesteten ischämiefreien und beschwerdefreien Bereich liegen. Jedes Mehr an körperlicher Belastung über die Alltagsaktivität hinaus bringt einen günstigen Effekt.

Mit Ruhe und Gelassenheit ...

Was kann ich gegen Stress tun?

Stress ist schwierig zu definieren, deswegen ist es ärztlichen Experten auch nicht exakt möglich, über seine Rolle in Bezug auf die koronare Herzerkrankung Auskunft zu geben. Aber die meisten Experten sind sich darin einig, dass Stress nicht nur dem Herzen schadet, sondern auch zu Erkrankungen, wie Magengeschwüren, Asthma und Ekzemen, beiträgt.

Was verursacht Stress?
Jede Veränderung im routinemäßigen Leben – ob angenehme oder unangenehme – kann Stress verursachen. Scheidung, Tod eines Partners, Gefangennahme, Unfall oder eine Krankheit, Eintritt in den Ruhestand, Heirat oder Schwangerschaft, Urlaub, Arbeitsuche, alle diese Dinge können mit Stress behaftet sein.
Aber der Stress, der besonders gesundheitsschädigend ist, ist der lang anhaltende Stress, z. B. bei anhaltender Bedrohung, arbeitslos zu werden, oder ständigen familiären Problemen, Einsamkeit oder Depression oder bei einem schlechten Gesundheitszustand – entweder des eigenen oder dem einer anderen Person.
Die Umwelt kann Stress verursachen: Lärm, Umweltverschmutzung, Überbevölkerung, schlechte Arbeitsbedingungen, ungesunde Wohnverhältnisse.

Wichtig ist jedoch, dass man sich in Erinnerung ruft, dass es nicht immer die Situation ist, die den Stress hervorruft; sehr oft ist es die Art und Weise, wie man darauf reagiert. Was für eine Person Stress bedeutet, mag für eine andere stimulierend sein. Arbeitsdruck mag einer Person Sorgen bereiten, während eine andere diesen als eine Herausforderung betrachtet. Das Maß der Steuerung, das wir über Situationen, die mit Stress befrachtet sind, haben, ist bedeutend. Je mehr wir unser Leben selbst steuern können, desto weniger fühlen wir uns gestresst.

Wie beeinflusst Stress den Körper?
Der menschliche Körper reagiert auf Stresssituationen wie vor Millionen Jahren, als unsere Vorfahren noch Jäger und Sammler waren. Er bereitet sich auf Flucht oder Angriff vor. Der Organismus aktiviert kurzfristig sämtliche Reserven. Stresshormone werden freigesetzt. Sie mobilisieren Energiereserven wie Zucker und Fett, erhöhen den Blutdruck und die Pulsfrequenz und beschleunigen die Atmung. Die Muskulatur wird auf Leistung getrimmt. Andere Funktionen werden heruntergefahren wie die Immunabwehr, die Verdauung und Sexualfunktionen. Dies geht einher mit einer Drosselung der körpereigenen regenerativen Funktionen.

Einige der üblichen Anzeichen von Stress sind: Kurzatmigkeit oder Übelkeit, seelische Bedrücktheit und Reizbarkeit, Appetitlosigkeit, Magenverstimmung, Verstopfung oder Durchfall, Schlaflosigkeit, Müdigkeit, Schwitzen, unruhige Bewegungen, Fingernägel abbeißen, Kopfschmerzen oder hartnäckige Rücken- oder Nackenschmerzen.
Wenn man unter Stress steht, produziert der Körper Adrenalin, was zu einer sofortigen und heftigen Reaktion führt.
Adrenalin stimuliert das Herz, schneller zu schlagen, und leitet das Blut in das Gehirn, Herz und in die Muskeln um. Während das Blut schnell in die Körperorgane schießt, steigt der Blutdruck. Das Blut wird klebriger und die Leber setzt Zucker und Fett in den Blutstrom frei um sofort Energie abzugeben.
Der hohe Blutdruck, der durch Stress verursacht wird, kann zu einer schnelleren Abnutzung des Herzens führen. Das klebrige Blut erhöht das Risiko zur Bildung von Blutklumpen in den Arterien. Wenn die zusätzliche Versorgung von Zucker und Fetten durch die Leber nicht in Form von Energie aufgebraucht wird, können sich Fettdepots bilden, die die Arterien verkalken.
Dauerstress führt zu Ermüdung und Erschöpfung. Die Ermüdung wächst nicht einfach linear, sondern um ein Vielfaches mit der Dauer der Stressbeanspruchung. Deshalb sind häufige und frühzeitige Pausen sehr wichtig, um vorzubeugen. Je nach persönlicher Einschätzung und Motivation, Arbeitsstrategie, Abwechslung und Erholungsphasen kann der Ermüdungsprozess ohne Leistungseinbußen hinausgezögert werden.
Stress wirkt nach. Körperliche und emotionale Stresssymptome klingen nicht sofort ab, es braucht Zeit, bis der Mensch wieder sein normales Gleichgewicht gefunden hat. Nach hohen Stressphasen kann das sogar mehrere Wochen dauern. Immer mehr Beschäftigte haben einen verlängerten Arbeitstag durch lange Anfahrten, mehr Überstunden oder flexible Arbeitszeiten. Sind dadurch die Erholungsphasen nicht mehr ausreichend, geraten sogar normale Alltagsbelastungen zum Stressfaktor.

Mentaler Stress kann für Menschen mit Herzerkrankungen tödlich sein. In Studien wurden Beweise dafür gefunden, dass bei gestressten Herzpatienten die Todesrate um das Dreifache steigt. Obwohl Stress im Wesentlichen das Gehirn beeinflusst, hat er laut Forschern einen nicht zu vernachlässigenden Einfluss auf den Körper. Stress führt zur Verengung der Blutgefäße, erhöht den Blutdruck und den Herzschlag, um dadurch den Sauerstoffbedarf des Herzens zu steigern. Das Ergebnis ist, dass der Herzmuskel nicht genügend Blut erhält und eine Ischämie (Sauerstoffmangelsituation) auftritt. Studien haben bereits gezeigt, Stress in der Arbeit fördert Depressionen und ein hohes Aggressionspotenzial das Risiko, eine Herzerkrankung zu entwickeln. Es ist auch keine neue Erkenntnis, dass Stress einen ungesunden Lebensstil nach sich zieht. Dadurch liegt es nahe, dass

bei Menschen mit bestehenden Herzproblemen zusätzlicher Stress das Risiko erhöht.
Wie gefährlich Ärger und Stress für das Herz sind, zeigt eine amerikanische Langzeitstudie, bei der Menschen, die zu »Wutausbrüchen« neigten und sich schnell ärgerten, eine sieben Mal höhere Sterblichkeit aufwiesen. Damit wäre Ärger sogar gefährlicher als klassische Risikofaktoren wie Rauchen und Bluthochdruck. Für das Herz spielt es auch keine Rolle, ob man den Ärger in sich »hineinfrisst« oder beim Sich-Ärgern »aus der Haut fährt«.
Seit langem ist umstritten, ob Stress bei der Arbeit schädlich fürs Herz ist und das Risiko für Herz-Kreislauf-Krankheiten erhöht. Zwar ist in der psychosozialen Medizin schon seit langem die Rede vom »guten« so genannten Eustress im Gegensatz zum schädlichen »schlechten« so genannten Distress. Kürzlich ist nun eine neue Untersuchung finnischer Psychologen veröffentlicht worden, welche die Belegschaft einer Metall verarbeitenden Fabrik in Finnland während durchschnittlich gut 25 Jahren beobachtet haben. Von den 812 Personen, die in die Studie eingeschlossen wurden, waren 545 Männer. Die Finnen setzten zur Auswertung ihrer Daten zwei verschiedene Stressmodelle ein. Sie kommen zum Schluss, dass sowohl eine große Anspannung am Arbeitsplatz (»job strain«) wie auch ein unausgewogenes Gleichgewicht zwischen aufgewendeter Anstrengung und Ertrag (»effort-reward imbalance«) das Risiko einer Person, an einer Herz-Kreislauf-Krankheit zu sterben, verdoppelt – möglicherweise, zumindest zum Teil, über eine ungünstige Beeinflussung kardiovaskulärer Risikofaktoren wie Cholesterinspiegel oder Body-Mass-Index beziehungsweise Übergewicht.
Etwas andere Ergebnisse brachte eine schwedische Studie. Die Forscher beobachteten Frauen nach den ersten Herzbeschwerden über einen Zeitraum von fünf Jahren. Sie fanden heraus, dass Probleme in der Ehe auch dann mit einem erhöhten Risiko für Herzbeschwerden einhergingen, wenn alle anderen in Betracht kommenden Risikofaktoren, wie höheres Alter, Rauchen, Diabetes und Bluthochdruck ausgeschlossen wurden. Glücklich verheiratete Frauen bzw. weibliche Singles mit einem stressreichen Beruf haben kein erhöhtes Risiko für Herzprobleme.
In der Studie kam man zu dem Schluss, dass Frauen, mehr als Männer, von der Unterstützung ihres Ehepartners abhängig sind. Emotionale Belastung und mangelnde Unterstützung führen dazu, dass die Frauen weniger gesund leben bzw. wirken sich direkt auf ihre körperliche Gesundheit aus.
Früher galten bestimmte Krankheiten wie der Herzinfarkt als typische Managerkrankheit, die auf den beruflichen Stress zurückgeführt wurde. Inzwischen haben Arbeitsmediziner nachgewiesen, dass Herz-Kreislauf-Schäden durch Stress am Arbeitsplatz gerade bei eher einfachen Tätigkeiten eine große Rolle spielen. Die Ergebnisse einer neuen Studie zeigen, dass berufliche Tätigkeiten, die durch monotone Arbeit, ständigen Zeitdruck, geringe Qualifikationserfordernisse und eingeschränkte Handlungs- und Entscheidungsspielräume charakterisiert sind, das

Herzinfarktrisiko deutlich erhöhen. Sind die Erholungsmöglichkeiten stark eingeschränkt, steigt dieses Risiko weiter an.
Prädestiniert für »Stressjobs« sind z. B. Beschäftigte in Call-Centern oder jene, die Daten im Akkord erfassen. Ein hohes Gesundheitsrisiko tragen besonders Frauen an geringer qualifizierten Bildschirmarbeitsplätzen.
Auch anspruchsvolle Tätigkeiten gehen dann mit einer erhöhten Infarktgefahr einher, wenn sie regelmäßig unter starkem Zeitdruck erledigt werden müssen oder ständig mehrere Aufgaben gleichzeitig zu erfüllen sind. Außerdem erhöhen regelmäßige Arbeitszeiten von mehr als 48 Stunden das Risiko, einen Herzinfarkt zu erleiden.
Bei älteren Beschäftigten lösen monotone Arbeiten mit geringen Tätigkeitsspielräumen eher Stress aus als bei jüngeren. Das ergab eine neue Untersuchung des Instituts für Arbeits-, Organisations- und Sozialpsychologie der Technischen Universität Dresden.
Andererseits haben Ältere durch Berufserfahrung gelernt, mit hohen Anforderungen und Stress am Arbeitsplatz umzugehen. Dagegen haben junge, hochmotivierte und karriereorientierte Beschäftigte, die herausfordernde Arbeitsaufgaben unter Zeit- und Erfolgsdruck erledigen müssen, ein hohes Verausgabungsrisiko.

Wie reagieren Körper und Geist auf Stress?

- *Kognitive Ebene*

Gedanken, wie »Pass auf!«, »Das schaffe ich nie!«, »Auch das noch!«, »Das geht schief!«, Leere im Kopf (Black-out), Denkblockaden, Gedankenkreisel, Konzentrationsstörungen, Tagträumen, Gedächtnisstörungen, Leistungsstörungen, Scheuklappeneffekt: Rigidität, Realitätsflucht, Alpträume, Wahrnehmungsverschiebungen.

- *Emotionale Ebene*

Schreck, Panik, Ärger, Wut, Aggressionsbereitschaft, Angstgefühle, Unsicherheit, Unzufriedenheit, Unausgeglichenheit, Gefühlsschwankungen, Nervosität, Gereiztheit, Depressionen, Apathie (Teilnahmslosigkeit), Hypochondrie (eingebildete Krankheiten)

- *Vegetativ-hormonelle Ebene*

Trockener Mund, Kloß im Hals, flaues Gefühl im Magen, Tränen, weiche Knie, Adern treten hervor, Engegefühl in der Brust, Herz-Kreislauf-Beschwerden, Herzrasen, Herzstolpern, hoher (labiler) Blutdruck, Erhöhung des Infarktrisikos, Darm- und Magengeschwüre durch erhöhte Salzsäureproduktion des Magens, Verdauungsbeschwerden, Gastritis, Schlafstörungen, chronische Müdigkeit, Anfälligkeit für Infektionen, Veränderung des Cholesterinspiegels, Hautveränderungen, übermäßiges Schwitzen, Schwindelanfälle, Atembeschwerden, Migräne.

- *Muskuläre Ebene*

Starre Mimik, Fingertrommeln, Zähneknirschen, Fußwippen, Spannungskopfschmerz, Rücken-, Kopfschmerzen, Faust ballen, Stottern, verzerrtes Gesicht, nervöse Gestik, allgemeine Verspanntheit, leichte Ermüdbarkeit, Krampfneigung, Muskelzittern, Entspannungsunfähigkeit

Was kann ich selbst tun, um meinen Stress zu bewältigen?

Entspannungstechniken

Entspannung kann man lernen. Verschiedene Entspannungstechniken nutzen dabei die Erkenntnis, dass geistige und körperliche Prozesse sich gegenseitig beeinflussen ...

- *Erlernen von Entspannungstechniken*

Beim Erlernen von Entspannungstechniken sollte anfänglich ein ungestörter, abgedunkelter, temperierter Raum gewählt und ein Zeitpunkt bestimmt werden, zu dem der Organismus bereits auf Erholung ausgerichtet ist, z. B. vor dem Einschlafen, am späten Nachmittag oder nach dem Bewegungstraining. Die Kleidung sollte bequem und die Körperposition angenehm und entspannt sein. Wird die Entspannung nicht unmittelbar vor dem Einschlafen durchgeführt, sollte nach jeder Entspannungssitzung ein Aktivieren des Organismus in Form von Räkel-, Streck- und Lockerungsübungen erfolgen. Durch das Erlernen und regelmäßige Anwenden einer Entspannungstechnik kann ein Bewegungstraining in günstiger Weise ergänzt werden.
Besondere Entspannungstechniken, wie Yoga, Meditation, autogenes Training, Biofeedback und progressive Muskelrelaxation können dazu beitragen, den Stress zu reduzieren. Sie können das Nervensystem stoppen, Adrenalin zu produzieren, was dazu beiträgt, den Blutdruck niedrig zu halten.

Progressive Muskelrelaxation – Ein Übungsbeispiel

Diese Übung besteht aus einem ständigen Wechsel von Muskelanspannung und -entspannung. Probieren Sie es aus, während Sie diese Zeilen lesen.
Setzen Sie sich bequem hin. Die Übung beginnt bei den Armen. Machen Sie mit beiden Händen eine Faust und spannen Sie Arme und Fäuste sehr kräftig – fast maximal – an. Halten Sie diese Spannung etwa 10 bis 20 Sekunden. Dies soll-

te anstrengend sein! Anschließend öffnen Sie die Fäuste, die Arme in den Schoß fallen lassen und die Anspannung völlig lösen. Spüren Sie dem angenehmen Gefühl nach. Atmen Sie tief ein und lassen Sie die ganze Luft genussvoll wieder heraus. Wiederholen Sie das tiefe Einatmen noch einmal. Das war es schon!

Nun kommen die Beine dran. Spannen Sie die Muskulatur der Beine maximal an, halten Sie die Anspannung über 10 bis 20 Sekunden und lassen Sie danach erneut locker. Wieder atmen Sie zwei- bis dreimal tief ein und langsam aus. Es ist ähnlich entspannend, als ob Sie nach getaner Arbeit endlich im Sessel sitzen.

Nun wenden Sie sich dem Rücken und dem Bauch zu. Spannen Sie Bauch-, Rücken- und Gesäßmuskulatur fest an und halten die Spannung. Das ist richtige Arbeit! Lassen Sie nochmals los und freuen sich am tiefen, entspannten Ausatmen.

Diese ersten drei Schritte können Sie überall durchführen. Im Zug, im Auto, mit einiger Übung auch in einer langweiligen Sitzung. Man sieht es kaum. Den vierten Schritt machen Sie besser, wenn Sie alleine sind. Hierzu spannen Sie Ihre Gesichts- und Halsmuskeln an. Lassen Sie sich nicht davon stören, dass Sie durch das Anspannen eine Grimasse schneiden! Wahrscheinlich werden reflexartig auch Bauch und Rücken mit angespannt. Halten Sie diesen Zustand einige Sekunden und lassen Sie dann unter erleichtertem Ausatmen los.

Das war die ganze Übung. Sie dauert nicht länger als zwei oder drei Minuten. Besonders angenehm ist es, wenn Sie dabei zusätzlich die Augen schließen.

Körperliche Bewegung ist ein guter Stressmanager. Sie trägt dazu bei, Spannungen zu lösen, angestaute Aggressionen abzubauen, und erzeugt im Großen und Ganzen ein Gefühl des Wohlbefindens. Es ist am besten, sich auf körperliche Bewegung zu konzentrieren, die ein Durchhaltevermögen erfordert, wie das Walken, Schwimmen, Laufen, Fußballspielen oder Radfahren, eher als auf körperliche Anstrengungen, die Muskeln aufbauen, z. B. Gewichtheben.

- *»Medizinische Resonanz-Therapie Musik«*

Auf der Internationalen Konferenz »Gesellschaft, Stress und Gesundheit« der Weltgesundheitsorganisation (WHO), wurde mit der internationalen Anerkennung als das erfolgreichste »Anti-Stress-Mittel der Welt« viel Augemerk auf die »Medizinische Resonanz-Therapie Musik« gelenkt. Die »Medizinische Resonanz Therapie Musik« hilft bei allen Krankheiten, bei denen Stress eine Rolle spielt.

Mediziner schätzen, dass Stress bei 70–80 % aller Erkrankungen ursächlich beteiligt ist. Deshalb ist auch bei den meisten Krankheiten neben der Behandlung mit Medikamenten die ergänzende Reduzierung von Stress ein wesentlicher Faktor für eine erfolgreiche Heilung.

Bei der Auflösung von Stress hat sich die »Medizinische Resonanz-Therapie Musik« als das wirkungsvollste medizinische Präparat bewährt – vier- bis achtmal so effektiv wie ein übliches Medikament und außerdem frei von unerwünschten Nebenwirkungen.
Es gibt Hörprogramme für verschiedene Krankheiten, bei denen in den vergangenen 10 Jahren wissenschaftliche Untersuchungen durchgeführt wurden und positive Wirkungen der Musikpräparate objektiv aufgezeigt werden konnten.
Die Erfahrung zeigt, dass die regelmäßige Anwendung der »Medizinischen Resonanz-Therapie Musik« bei allen Krankheiten, deren Beschwerden unter Stress zunehmen, einen lindernden und heilenden Einfluss ausübt.

- *Ganzheitliche chinesische Medizin*

Tai Chi Chuan (Taijiquan) und Qigong (Qi Gong):
Diese ganzheitlichen Gesundheitsübungen sind Bestandteil der tradititonellen chinesischen Medizin. Diese berühmte Erfahrungswissenschaft ist in zahllosen Lehrwerken dukumentiert, die bis zu 2000 Jahre alt sind. Sie beruht auf der Philosophie des Taoismus und Konfuzianismus. Sie betont ganzheitliche Zusammenhänge bei der Erhaltung der Gesundheit und der Abwehr von Krankheit. Es wird jede Krankheit als eine Störung der Balance von Yin und Yang aufgefasst, die das Fließen der Lebensenergie beeinträchtigt.
Der gesamte Organismus wird als komplexes System aufgefasst, das von Energieleitbahnen, den Meridianen, durchzogen ist. Diese gilt es, durchlässig und flussfähig für die Lebensenergie Qi zu halten. Ihr Wechselspiel unterliegt zudem den Funktionsweisen der fünf Wandlungsphasen (fünf Elementen).
Tai Chi hat gerade bei der Entspannung und dem Stress dem westlichen Menschen viel zu geben. Posititve gesundheitliche Auswirkungen östlicher Gesundheitsübungen betreffen zu einem großen Teil den Bereich Stress-Abbau und Entspannung.
Entspannungsübungen aus dem Bereich des Tai Chi und Qigong sind für viele Chinesen ein selbstverständlicher täglicher Weg zu mehr Klarheit und Stille und damit ein wertvoller Ausgleich zu Alltags-Stress und Leistungdruck.

- *Tai Chi*

Tai Chi verbindet auf harmonische Weise Körper, Geist und Seele. Es reguliert die Atmung, stärkt Herz, Kreislauf und Nervensystem und führt rasch zu einer heitergelassenen Stimmung, mehr Wohlbefinden, Entspannung und Konzentration. Tai Chi ist ein Weg zu mehr Klarheit und Stille und ein wertvoller Ausgleich zu Alltagsstress und Leistungsdruck. Die innere Lebenskraft wird entscheidend gestärkt, verfügbar gemacht und durch den gesamten Körper geleitet.
Ziel des Tai-Chi-Betreibens ist neben der Gesundheit, Meditation und Kampfkunst ein philosophisches Ziel: Das Erkennen des Tao, der Ganzheit, die hinter dem

Wirken gegensätzlicher, sich ergänzender Prinzipien steht. Dies ergibt sich auch aus dem Namen: »Tai Chi Chuan« heißt »Kampfkunst gemäß dem höchsten Prinzip« oder »Durch Ausüben der Kampfkunst das höchste Prinzip erfahren«.

- *Qigong*

Qigong-Techniken und Qigong-Stile erlebten in den letzten Jahrzehnten einen weltweiten Aufschwung. Bei vielen Krankheiten haben sie sich bewährt. Es gibt allerdings weder »das Qigong« noch einen einheitlichen Qigong-Stil, sondern es handelt sich um eine Fülle von Übungssystemen, deren Bandbreite von reiner Stehmeditation ohne jede Bewegung bis zu jenen traditionellen Übungen reicht, die in den Bereich der Kampfkunst und den »äußeren« Weg der Muskelstärkung übergehen.
Gemeinsam ist allen Qigong-Richtungen, dass sie Atmung mit Körperhaltung und Bewusstsein verknüpfen. Uns westlichen Menschen können diese Techniken insbesondere bei der Körpererfahrung und der Entspannung helfen. Wer Qigong täglich durchführt, kann sich physisch und psychisch bestens trainieren und hat eine gute Chance, gesund zu bleiben. Man wird bei regelmäßigem Üben sehr bald eine Aufhellung der Stimmung bemerken und mehr Ruhe und Gelassenheit im Alltag gewinnen. Die allgemeine Lebensqualität verbessert sich!

- *Progressive Muskelrelaxation nach Jacobson*

Die progressive Muskelentspannung (Muskelrelaxation) schafft ein angenehmes Gefühl geistiger und körperlicher Ruhe – und ganz einfach auch Erholung. Je nach persönlicher Situation wird eher aktivitäts- und körperorientiert gearbeitet oder die Übungen sind mehr passiv, psychisch orientiert.
Die progressive Muskelrelaxation umfasst die gezielte Entspannung der Körpermuskulatur. Die Muskulatur weist nach jeder starken Anspannung die Eigentendenz zur Entspannung auf. Durch bewusste und systematische Anspannung (bis zu 10 Sekunden) und anschließende Entspannung einzelner Muskelgruppen (z. B. die Arme, Beine, Nacken ...) und Konzentration auf die daraus resultierenden Gefühle der Spannung und Entspannung, können Muskelspannungen im Körper beseitigt und ein Gefühl tiefer Entspannung, das den ganzen Organismus ergreift, erreicht werden.
Dieses Entspannungsverfahren setzt beim Muskelsystem an und vermittelt durch willentliche, bewusste und aktive An- und Entspannungsprozesse verschiedener Muskelgruppen Entspannungs- und Ruhezustände im ganzen Körper.
Zunächst konzentriert man sich auf eine Muskelgruppe. Diese wird dann angespannt. Die Spannung wird etwa 5 bis 7 Sekunden gehalten. Dann Lockerung. Die Zustandsveränderungen sollen spürbar werden, und je größer der Kontrast zwischen Anspannung und Entspannung ist, umso intensiver stellen sich eine Verbesserung der Körperwahrnehmung und des Körpergefühls ein. Die Entspannungs-

übungen sollten nach dem persönlichen Wohlbefinden aktiv, selbstständig und eigenverantwortlich im Sinne eines bewussten Gesundheitsverhaltens absolviert werden. Man merkt sehr schnell, wie sich die Anzahl der Übungen steigern lässt, wie oft die Übungen wiederholt werden können und wann man aufhören sollte, um die positive Wirkung der progressiven Muskelrelaxation nicht ins Gegenteil zu verkehren.

- *Meditation*

Die positiven Wirkungen von Meditation bei psychischen und physischen Störungen sind gut erforscht:
Verbesserung klinischer oder psychischer Symptome bei 80 % der Patienten; deutliche Reduktion des Herzinfarktrisikos; Beschleunigung von Heilungsprozessen; Verdauungsstörungen und Bluthochdruck zeigen abnehmenden Verlauf; Migräne und chronische Schmerzen nehmen ab; Entspannung durch Ausgleich des vegetativen Nervensystems; Steigerung der Kreativität durch Harmonisierung der Gehirn-Hemisphären; Stimmungsaufhellung und größere Affektstabilität.
Weise Menschen aus allen möglichen Ländern und Kulturen kennen seit Tausenden von Jahren ein wirksames Rezept, um den Geist ruhig zu bekommen: Die einen nennen es Meditation, die anderen nennen es Versenkung oder auch Gebet. Es geht im Prinzip immer um das Gleiche – nämlich darum, den Geist still zu bekommen, unsere Sorgen und Ängste aus dem Blickfeld zu rücken, um uns nur noch auf das pure Sein zu konzentrieren. Und damit ist auch schon die ganze Bandbreite beschrieben: Bei der Meditation handelt es sich nämlich viel weniger um ein Wundermittel als um eine Fähigkeit, die jeder erlernen kann. Es mag uns zwar besonders in Stresszeiten wie ein Wunder vorkommen, einfach nur ruhig mit leerem Geist dasitzen zu können, aber dahinter steckt einfach ein bisschen Übung und die eine oder andere Methode, die es uns ermöglicht, unseren Geist zu beruhigen. Meditation klingt für viele Menschen fremdartig und so, als wäre das allenfalls etwas für »esoterische Spinner«. Wenn Sie so denken, schneiden Sie sich aber selbst von einer wundervollen Methode ab, Ruhe und Gelassenheit zu finden und mit sich selbst in Kontakt zu kommen. Meditation ist ein gutes Mittel gegen Stress. Besonders in Phasen hoher geistiger und körperlicher Anspannung tut es gut, sich eine »mobile Oase der Ruhe« zu schaffen. Wenn Sie meditieren, dann ist das so, als ob Sie Ihre Batterien wieder auftankten und Kraft schöpften aus einer Quelle, die tief in Ihnen selbst ist. So können Sie Ihr körperliches, geistiges und seelisches Wohlbefinden steigern.
So wird's gemacht: täglich ca. 10 bis 20 Minuten; immer zur gleichen Zeit; vergewissern, dass Sie ungestört sind; bequeme Kleidung tragen; angenehme Atmosphäre: Ruhe, Duft, Musik ...
Sie können sich im Schneidersitz hinsetzen oder in der halben oder ganzen so genannten Lotos-Position, bei der Ihre Füße auf dem jeweils anderen Oberschenkel

ruhen (beim halben Lotossitz liegt nur ein Fuß auf dem Oberschenkel des anderen Beines, der andere Fuß ruht auf dem Boden).
Sie können sich aber auch gerade auf dem vorderen Teil eines Stuhles setzen (bitte nicht anlehnen). Stellen Sie dann die Füße flach auf den Boden – die Waden sollten in etwa einen rechten Winkel zu den Oberschenkeln aufweisen.
Ihre Wirbelsäule sollte möglichst gerade sein, nicht verkrampfen, sondern locker bleiben. Das Kinn wird idealerweise leicht zur Brust hin gezogen, damit der Nacken sanft gedehnt ist. Sie können Ihre Augen schließen oder mit einem weichen Fokus einen Punkt vor Ihnen auf dem Boden anpeilen. Achten Sie darauf, dass Ihr Mund leicht geöffnet und Ihr Kiefer entspannt ist. Ihre Zungenspitze legen Sie am besten sanft an den Gaumen gleich hinter die Schneidezähne.
Ihre Hände können mit den Handflächen nach oben auf Ihren Knien ruhen. Mit Daumen und Zeigefinger können Sie einen Kreis bilden und die anderen Finger locker gerade halten. Wenn diese Handhaltung für Sie zu unbequem ist, können Sie die Hände auch mit den Handflächen nach unten auf Ihren Knien ruhen lassen.
Konzentrieren Sie Ihre gesamte Aufmerksamkeit nur auf das Auf und Ab Ihrer Brust, auf die Luft, die Sie einsaugen und die Sie danach wieder ausatmen. Während Sie einatmen, sagen Sie sich in Gedanken das Wort »ein« und beim Ausatmen »aus«. Wenn Sie das für wenige Minuten so praktizieren, dann werden Sie schnell spüren, wie Sie innerlich immer ruhiger und zentrierter werden. Sie können auch Ihre Atemzüge zählen – langsam von 1 bis 10 und wieder von vorn beginnen.
Konzentrieren Sie sich auf Begriffe. Sie können auch einfach Worte zu Ihrem Inneren sagen, wie z. B. »Ruhe«, »Entspannung«, »Sammlung«, »Gelassenheit« u. Ä. Durch das Wiederholen der einfachen Worte bekommen Sie nicht das Gefühl, zu scheitern, sondern können einfach die Wirkung genießen, die durch Ihre Assoziationen aufkommt. Die Methode, den Geist mit Worten zu beschäftigen, ist schon eine sehr alte Technik. »Mantras« heißen solche Worte.

- *Entspannung durch Konzentration*

Bei der Entspannung durch Konzentration wird das Gefühl der muskulären Entspannung durch bewusstes konzentratives Hinwenden auf einzelne Bereiche des Körpers (Reise durch den Körper) erzeugt. Ziel ist es, die ganze Aufmerksamkeit auf Lage, Gewicht und Spannungszustand einzelner Körperbereiche, z. B. auf die Muskulatur oder die Wirbelsäule, zu richten. Durch die intensive Konzentration auf die einzelnen Körperregionen wird in diesen Bereichen die Durchblutung gefördert und muskuläre Verspannungen abgebaut.

- *Fantasiereisen*

Fantasiereisen sind Geschichten zum Entspannen. Die Entspannung wird durch das konzentrierte Zuhören bei mit langsamer und ruhiger Stimme vorgelesenen

Fantasiegeschichten und Märchen erreicht. Die poetische Sprache der Fantasie- und Märchenreisen fördert die bildhafte Vorstellung des Gehörten und kann angenehme Erinnerungen hervorrufen. Dadurch werden ein Entspannungs- und Erholungszustand erreicht, deren Wirkung auch über die Vorlesezeit hinaus anhält.

- *Entspannung mit Musik*

Musik als eigenständige Entspannungsmethode kann Empfindungen, Gefühle und die Fantasie beeinflussen und tiefe Entspannungszustände erzeugen. Voraussetzung ist, dass die Musik auf den individuellen Geschmack abgestimmt ist. Musik kann weiterhin zur Unterstützung anderer Entspannungstechniken (progressive Relaxation, Fantasiereisen ...) verwendet werden. Im Hintergrund abgespielt schirmt sie Geräusche ab und hilft, die Phasen der Ruhe besser zu überbrücken oder zu genießen.

- *Entspannung durch Partnerübungen*

Als Partnerübungen eigenen sich unterschiedliche Formen der Massage. Das sanfte Abklopfen der Muskulatur bewirkt meist eine Lockerung und ein entspannendes Wärmegefühl. Auch leichte Schüttelbewegungen führen zu einer Lockerung der Muskulatur. Eine Ganzkörpermassage mit dem Igelball oder ähnlichen Materialien kann ebenfalls tiefe Entspannung herbeiführen.

- *Autogenes Training*

Das Autogene Training wird wie folgt definiert: ein von selbst sich entwickelndes und das Selbst gestaltendes systematisches Üben. Ziel ist die Erreichung eines Zustandes tiefer Entspannung und Erholung. Diese Methode erfordert kaum Aufwand und kann von jedermann gelernt werden. Sie ist sowohl als Einzel- als auch als Gruppentraining (z. B. im Sportverein) möglich.
Das Autogene Training umfasst eine Methode, sich zu entspannen und zu erholen (konzentrative Selbstentspannung). Auf dem Weg der Eigensuggestion sprachlicher Formeln wird durch systematisches Üben ein Gefühl der Schwere und Wärme und der tiefen Ruhigstellung und eine große Entspannung und Erholung des gesamten Organismus erreicht.
Das verbesserte Allgemeinbefinden durch Autogenes Training wird wie folgt erlebt: vertiefte Erholung in kurzer Zeit, Leistungssteigerung, verringerte Schmerzwahrnehmung, Konzentrationsfähigkeit und höhere Gedächtnisleistung, Körper- und Selbstwahrnehmung sowie Selbstsicherheit, Selbstbestimmung und Selbstbeherrschung.
Grundsätzlich ist zu empfehlen, das Autogene Training mit Hilfe erfahrener Fachkräfte zu erlernen, um es dann später durchaus allein fortsetzen zu können. Man muss verstehen, wie Entspannung und Wohlgefühl durch konzentrierte Selbstbeeinflussung entstehen kann; basierend auf sechs Grundübungen:

Schwereübung, Wärmeübung, Atemübung, Herzübung, Sonnengeflechtübung, Stirnübung. Jedes Training wird durch ein aktives Zurücknehmen beendet, damit der Organismus wieder aktiviert wird. Die einzelnen Übungsstufen werden erst bei Beherrschung der vorhergegangenen eingeführt.

- *Yoga*

Yoga ist ein altüberliefertes System ostasiatischer Philosophie, Mythologie, Weisheit, Heilkunst ... Durch Yoga soll die Körperbeherrschung durch Körperhaltungen entwickelt werden. Dabei werden bestimmte Organe und Organfunktionen gezielt beeinflusst: vor allem Dehnung und Kräftigung der Muskeln, Anregung und Harmonisierung von Atmung und Kreislauf ... Auch sollen Wirbelsäule und Gelenke beweglicher werden. Insgesamt kann eine Stärkung der körperlichen Energien und Abwehrkräfte erreicht werden.
Die Übungen des so genannten Hatha-Yoga umfassen vor allem Körperstellungen (Asanas), Übungen zur Atembeherrschung (Pranayama), symbolische Gesten (Mudras) und einige körperliche Reinigungen (Kriyas), die unter einer bestimmten Grundhaltung absolviert werden.
Es ist wichtig, sich Yoga nicht aus einem »Lehrbuch« selbst beibringen zu wollen, sondern sich besser erfahrenen Fachkräften (z. B. in speziellen Kursen der Sportvereine) anzuvertrauen. Die Übungen müssen nämlich sehr genau dosiert sein, damit Schädigungen und Fehlreaktionen vermieden werden.

- *Sport*

Warum nicht Entspannung durch Sport? Dies kann nämlich immer dann ein sehr effektiver Weg sein, wenn das Finden der optimalen Spannung–Entspannung und der eigenen Mitte im Sporttreiben einen hohen Stellenwert hat.
Besonders geeignet »Entspannungs-Sportarten«, die durch wiederholende, gleichförmige Bewegungen gekennzeichnet sind.
Dazu gehören zum Beispiel das Laufen, das Radfahren, das Schwimmen oder der Skilanglauf.
Und so wird’s gemacht:
Wesentlich für die entspannende Ausführung dieser Sportarten ist, dass bei ihrer Ausübung die sinnlich-körperlichen Erlebnisse das Ziel sind und nicht das Erreichen einer bestimmten Leistung.
Entspannungsübungen wie Autogenes Training, progressive Muskelentspannung oder auch Yoga vor und/oder nach der sportlichen Aktivität vertiefen noch das Erleben von Entspannung, rechter Spannung und Konzentration.
Entspannungsübungen sind häufig auch Bestandteil der Cool-Down-Phase am Ende einer Sportstunde. Sie dienen der mentalen Beruhigung und der Normalisierung von Atemfrequenz und Blutdruck. Dabei lassen sich die Gefühle von wohliger Schwere, angenehmer Müdigkeit, Zufriedenheit und Wohlbefinden als

Gegenpole zu einer vorausgegangenen körperlichen Belastung besonders bewusst empfinden.

- *Schwimmen*

Versuchen Sie mindestens zwei Mal (besser: drei Mal) pro Woche zu schwimmen. Schwimmen Sie sich immer einige Minuten ganz ruhig ein und nach dem Training wieder aus.
Kontrollieren Sie in den Pausen den Puls. Der Belastungspuls sollte bei ca. 140 Schlägen pro Minute liegen. Verringern Sie bei deutlich höherem Wert Ihre Geschwindigkeit.
Atmen Sie gleichmäßig ins Wasser aus. Sollten Sie in Atemnot kommen, so wechseln Sie vorübergehend in Rückenlage.
In späteren Einheiten sollten Sie die 50-m-Zeit berechnen. Dies geht folgendermaßen: Bestimmen Sie die Gesamtstrecke in den 30 Minuten durch Zählen der Bahnen. Dividieren Sie die Wegstrecke durch die benötigte Zeit. Z. B.: Sie haben in den 30 Minuten 600 m zurückgelegt. Pro 100 m haben Sie also 5 Minuten gebraucht. Die 50 m-Zeit beträgt folglich 2 Minuten 30 Sekunden.

- *Rad fahren*

Versuchen Sie mindestens zwei Mal (besser: drei Mal) pro Woche Rad zu fahren. Suchen Sie sich eine möglichst ebene Strecke, die Sie für Ihr Radtraining benutzen. Und vergessen Sie nicht: Fahren Sie mit Fahrradhelm.
Kontrollieren Sie in den Pausen den Puls. Der Belastungspuls sollte bei ca. 130 Schlägen pro Minute liegen. Verändern Sie gegebenenfalls die Geschwindigkeit oder wählen Sie einen kleineren Gang.
Sie müssen Ihr Fahrrad beherrschen. Einhändig fahren, im Stehen fahren, schalten beim Fahren, nach hinten schauen usw. sollten Ihnen keine Probleme bereiten. Trainingsstunden, in denen Sie »intensiv« arbeiten wollen, bestreiten Sie mit einer Pulsfrequenz von ca. 150 Schlägen pro Minute.

- *Joggen*

Versuchen Sie mindestens zwei Mal (besser: drei Mal) pro Woche zu joggen. Kontrollieren Sie in den Pausen den Puls. Der Belastungspuls sollte bei ca. 130–140 Schlägen pro Minute liegen. Ist der Wert deutlich höher , so verringern Sie die Geschwindigkeit beim Laufen.
Laufen Sie möglichst auf natürlichen und ebenen Untergründen (z. B. Waldwege oder Rasenflächen). Dies schont Ihre Gelenke.
Zum Lauftraining gehört unbedingt ein guter Schuh. Gehen Sie am besten in ein Fachgeschäft. Nutzen Sie einige der Gehpausen für Dehnübungen.
Laufen Sie nicht die ganze Zeit in gleichem Tempo, sondern variieren Sie die Geschwindigkeit zwischen ruhig und zügig.

- *Walken*

Walken ist eine sanfte, aber dennoch äußerst effektive gesundheitswirksame Sportart, die den ganzen Körper trainiert und die jeder betreiben kann; optimal für den Einstieg von Untrainierten und Übergewichtigen, von älteren Personen. Aber auch immer mehr leistungsorientierte Sportler lassen sich unter den Walkern finden.
Um mit dem Walken zu beginnen, benötigt man außer ein Paar guter Sport-Schuhe kaum etwas.
Prinzipiell kann überall gewalkt werden. Wer die Natur genießen und sich entspannen möchte, der sollte lieber im Wald oder Park walken; besonders gelenkschonend walkt es sich auf Waldboden.
Wer nicht allein walken möchte, kann sich einer Walking-Gruppe in der Umgebung anschließen. Der Schlüssel zum Erfolg liegt in der Regelmäßigkeit. Wer regelmäßig walkt und dabei die Trainingsintensität und -dauer langsam steigert, ist auf dem richtigen Weg, seine Fitness und Gesundheit zu verbessern. Mit einmaligen Höchstleistungen erreicht man das angestrebte Ziel nicht. Um die gewünschten Wirkung auf den Körper zu erzielen, sollte mindestens 2 Mal pro Woche für 30–45 Minuten gewalkt werden; 3–4 Mal pro Woche wären optimal.
Walken ist nahe an der natürlichen Alltagsbewegung Gehen, sodass keine neuen Techniken erlernt werden müssen. Walken ist ein aufrechtes, nicht verkrampftes, bewusstes Gehen mit verstärktem Armeinsatz. Eine aufrechte Körperhaltung und ein aktiver Armeinsatz sind die wichtigsten Punkte für eine gute Walking-Technik, sodass die gesamte Rumpfmuskulatur beansprucht wird.

- *Aerobic*

Als Herz-Kreislauf-Training verbessert Aerobic die Fitness und fördert die Gesundheit. Mit rhythmischer Musik und im Team. Das Spektrum ist umfangreich, von Kardiotraining über verschiedene Formen des Tanzes bis zu Muskelworkout. Oder Stepp-Aerobic, ganz aktuell im Trend. Aerobic ist für alle Zielgruppen geeignet.
Besonders wichtig: nur unter Leitung qualifizierter Übungsfachkräfte. In Aerobic-Wettbewerben und -Meisterschaften besteht die Möglichkeit, sich in verschiedenen Qualifikationsstufen auch wettkampfmäßig zu betätigen, was den Reiz regelmäßigen Trainings erhöht.
Nur regelmäßiges Mitmachen bringt den gewünschten Erfolg – einen positiven Gesundheits- und Trainingseffekt. Das erfordert, ein bestimmtes Belastungsmaß (Trainer fragen!) einzuhalten, damit Unter- oder Überforderungen vermieden werden.
Abhängig vom Alter und des persönlichen Fitness-Niveaus kann die Pulsmessung eine wertvolle Hilfe sein um einen positiven Effekt zu erzielen. Es ist in jedem Fall sinnvoll, die angebotenen wöchentlichen Trainingsstunden voll zu nutzen.

Um die Füße zu schützen, sollten feste Sport- oder spezielle Aerobicschuhe getragen werden.

Stress im Alltag

Es ist für den Einzelnen nicht einfach, die Stressquellen zu Hause oder am Arbeitsplatz zu bewältigen. Die Sicherheitsbeauftragten, die Arbeitnehmervereinigungen und die Gewerkschaften müssen sich alle an der Stressbewältigung am Arbeitsplatz beteiligen. Sie können es vielleicht als hilfreich betrachten, mit jemand über die Probleme zu Hause zu sprechen. Um Menschen oder Gruppen in Ihrem Wohnbereich zu finden, könnten Sie ehrenamtlich tätige Stellen kontaktieren. Ihre Telefonnummern finden Sie im Telefonbuch.

Stressreduktion hilft dem Menschen ein Gefühl von Kontrolle und Ausgeglichenheit wiederzuerlangen. Einige Anti-Stress-Strategien können die unmittelbaren Auswirkungen beheben, andere laufen auf eine Verhaltensänderung hinaus.

Risiko: Stress

Ziel:	aktives und ausgeglichene Lebensweise
Der Weg zum Ziel:	Wahrnehmen von Stress
	Methode finden, mit der Stress abgebaut werden kann
	Entspannungstechnik erlernen
	Sport betreiben (kein Leistungssport)

Bier, Wein, Schnaps und Co ...

Was kann ich gegen falschen Alkoholkonsum tun?

Verschiedenste Forschungsergebnisse deuten darauf hin, dass ein geringer bis moderater Alkoholkonsum von 10 bis 25 Gramm pro Tag (entspricht 1/8 bis 1/4 Liter Wein oder 1 bis 2 Gläsern Bier von 0,3 Liter, einen günstigen Effekt auf das Herz-Kreislauf-Risiko hat. Die kardioprotektive Wirkung erfolgt offenbar durch ein komplexes Zusammenspiel verschiedenster Mechanismen, wie Erhöhung des HDL-Cholesterinspiegels oder eine verminderte Neigung zur Thrombosebildung, aber auch durch Effekte, zum Beispiel auf die Stressempfindung und -kontrolle. Die Risikoverminderung scheint grundsätzlich durch den Alkohol selbst bedingt zu sein. Trotzdem kann sie je nach Getränketyp unterschiedlich sein. Die möglicherweise ausgeprägtere Risikoreduktion bei Weinkonsumenten lässt sich durch die psychologischen Charakteristika des typischen Weintrinkers durchaus erklären, weitaus weniger jedoch durch bestimmte Inhaltsstoffe des Weines, wie zum Beispiel Polyphenole. Des Weiteren zeigt sich die kardioprotektive Wirkung durch Alkohol mehrheitlich bei älteren Menschen, vor allem wenn andere Herz-Kreislauf-Risikofaktoren vorhanden sind. Dieses Zusammentreffen verschiedener Umstände deutet darauf hin, dass es sich nicht um eine von anderen Risikofaktoren völlig unabhängige Beziehung handelt. Im Vergleich zur Risikoreduktion durch Kontrolle von anderen etablierten Herz-Kreislauf-Risikofaktoren (zum Beispiel Rauchen und Erhöhung der Blutfette), ist die durch moderaten Alkoholkonsum erzielte Risikoverminderung relativ gering. Alkoholmengen, die das koronare Risiko vermindern können, sind individuell sehr unterschiedlich und hängen von verschiedenen Faktoren ab. Empfehlungen können entsprechend nur auf individueller Basis erfolgen. Neuere Studien zeigen, dass nicht nur der moderate, sondern auch der leichte Alkoholkonsum (das heißt um 5 bis 10 Gramm Alkohol pro Tag) mit einer Verminderung des Risikos von Herz-Kreislauf-Erkrankungen verbunden ist.

Junge Konsumenten unter 50 Jahren können durch Alkoholkonsum ihr Herz-Kreislauf-Risiko kaum beeinflussen, erhöhen jedoch andere Risiken (zum Beispiel Bluthochdruck, Unfallgefahr).

Wenngleich auch bei Frauen das koronare Risiko durch moderaten Alkoholkonsum (10 bis 12 Gramm pro Tag) scheinbar günstig beeinflusst wird, ist zu beachten, dass Frauen vor dem Beginn der Wechseljahre ein geringes Koronarrisiko aufweisen, sodass mögliche Alkoholeffekte kaum eine zusätzliche Schutzwirkung verleihen. Zudem ist zu bedenken, dass bereits ein geringerer Alkoholkonsum mit einem deutlich erhöhten Brustkrebsrisiko einhergehen kann.

Wie schützt Alkohol mein Herz?

Alkohol, in jeglicher Form, verbessert die Blutfettwerte und vermindert die Thromboseneigung bzw. macht das Blut »flüssiger«. Einfach ausgedrückt: Alkohol verdünnt wie Aspirin das Blut.

Die großen Mengen an Tanninen und Farbstoffen (Phenole und Flavonoide) in Wein und Bier sind hochwirksame Antioxidantien. Antioxidantien verhindern die Oxidation des »bösen« LDL-Cholesterins zu seiner schädlichsten Form und damit vermindert moderater Alkoholkonsum die Cholesterinablagerungen bzw. das Verhärten der Arterien.

Antioxidantien schützen auch, zusammen mit Alkohol, vor der Bildung von Blutpfropfen und begünstigen die Entspannung der Blutgefäße, damit das Blut besser fließen kann.

Aber noch wichtiger ist, dass Alkohol die Leber zur Bildung des »guten« HDL-Cholesterins anregt und den Prozess des umgekehrten Cholesterintransportes unterstützt, d. h. das »schlechte« Cholesterin wird über die Galle ausgeschieden.

Man nimmt an, dass bei Frauen nach den Wechseljahren und bei Männern über 40 die Schutzwirkung des Alkohols vor Herzkrankheiten am größten ist.

Studien haben jetzt gezeigt, dass der Konsum von bis zu 2 Drinks pro Tag das Herzinfarktrisiko und das Schlaganfallrisiko halbieren kann, jedoch kann der Konsum von mehr Alkohol das Schlaganfallrisiko verdreifachen. Männer, die ein oder zwei Glas Alkohol am Tag trinken, haben ein 32 % geringeres Risiko, an Arteriosklerose zu erkranken, als abstinente Menschen.

Forscher der Harvard Universität untersuchten vor kurzem den Einfluss von Veränderungen des Alkoholkonsums auf das Risiko der Herzkrankheit bei Männern im mittleren Alter sowie bei älteren Männern über einen Zeitraum von sieben Jahren. Sie kamen zu dem Schluss, dass es ausschlaggebend ist, wie viel die Männer zu Beginn der Studie tranken.

In einer Studie, an der Männer im Alter zwischen 40 und 84 Jahren beteiligt waren, wurde überprüft, ob Alkoholkonsum und die Veränderung von Trinkgewohnheiten einen Einfluss auf Herzkrankheiten haben.

Es wurde gezeigt, dass Männer, die zu Beginn der Studie sehr wenig Alkohol tranken (ein alkoholisches Getränk pro Woche bzw. weniger) und allmählich ihren Alkoholkonsum auf 6 Getränke pro Woche steigerten, ein etwas kleineres Risiko der Herzkrankheit hatten, verglichen mit denen, die wenig tranken und ihren Konsum nicht steigerten. Männer, die zu Beginn der Studie mäßige Trinker (1–6 Getränke pro Woche) waren, zeigten keine Veränderung ihres Risikos der Herzkrankheit, ob der Konsum nun mehr oder weniger wurde. Diejenigen, die mehr als ein Getränk pro Tag zu sich nahmen, hatten das gleiche Risiko über die ganze Dauer der Studie, auch wenn sie nach sieben Jahren weniger tranken.

Jedoch erhöhte der regelmäßige Konsum von mehr als zwei Getränken pro Tag das Risiko der Herzkrankheit um 63 %.

Diese Studie bestätigt frühere Ergebnisse, die darauf hinweisen, dass leichter bis mäßiger Alkoholkonsum das Risiko der Herzkrankheiten reduziert. Der Alkohol (Wein, Bier bzw. Schnaps) beeinflusst die Gesundheit des Herzens durch Erhöhung der Blutwerte von HDL-Cholesterin, d. h. »gutem« Cholesterin. Bei Männern mit einem mäßigen Alkoholkonsum besteht ein geringeres Risiko für Herzerkrankungen. Es wurde festgestellt, dass bei den moderaten »Trinkern« mit dem Enzym, das Alkohol langsamer abbaut, die schützende Wirkung des Alkohols noch deutlicher ausfiel. Dies zeigte sich einerseits in einem noch niedrigeren Risiko für Herzerkrankungen, andererseits hatten diese Studienteilnehmer im Vergleich zu jenen Probanden mit dem Enzym, das Alkohol schneller abbaut, höhere Spiegel des »guten« Cholesterins.

Mäßigung ist das Verbindungsglied zwischen Alkohol und Herzkrankheit: nicht mehr als zwei Getränke pro Tag für Männer und nur ein Getränk pro Tag für Frauen. Ein Getränk entspricht 400 ml Bier, 140 ml Wein bzw. 40 ml Schnaps. Diese Studie zeigte, dass keine positive Wirkung durch erhöhten Alkoholkonsum gegeben ist, sondern ein gegenteiliges Resultat die Folge ist: Es gibt einen Zusammenhang zwischen dem Konsum von mehr als zwei alkoholischen Getränken pro Tag und erhöhtem Risiko der Herzkrankheit bzw. anderer Störungen, wie Übergewicht, hoher Blutdruck, bestimmte Krebsarten, Unfälle und Alkoholismus.

Menschen, die keinen Alkohol trinken, sollten nicht wegen Hoffnung auf bessere Gesundheit, damit anfangen: Der Profit ist sehr gering.

Eine Erhöhung des bereits bestehenden mäßigen Alkoholkonsums ist auf jeden Fall nicht zu rechtfertigen.

ACHTUNG!!!

Alkoholkonsum darf als eine vorbeugende Strategie gegen kardiovaskuläre Krankheit weder wahrgenommen noch empfohlen werden.

Falls Sie Alkohol trinken, sollten Sie nur mäßige Mengen davon zu sich nehmen.

Übermäßiger Alkoholkonsum schädigt Herz und Körper

Es hat sich herumgesprochen, dass ein sehr bescheidener Alkoholkonsum einen schützenden Effekt auf das Herz-Kreislauf-System hat. Wer hingegen dauerhaft zu viel trinkt, schädigt wiederum zweifellos sein Herz. Neue Studien zeigen, dass auch punktuelle Volltrunkenheit Risiken für das Herz birgt, da Alkohol die körpereigene Fähigkeit zur Auflösung von Blutgerinnseln vermindert. Damit steigt das Risiko von Thrombosen an.

Wer die empfohlenen Grenzen an Bier, Wein und Schnaps chronisch überschreitet, kann den Herz-Kreislauf-Schutzfaktor »Alkohol« schnell vergessen und lebt sogar mit einem höheren Risiko, sein Herz zu schädigen.

Alkoholkonsum jenseits der als mäßig zu betrachtenden Grenzen ist ebenfalls mit einem erhöhten Risiko verbunden, an Herz-Kreislauf-Erkrankungen zu sterben, bedingt durch das gehäufte Auftreten von Bluthochdruck, von alkoholischen Herzmuskelerkrankungen und Rhythmusstörungen. Alkohol wird als eine der bedeutendsten und häufigsten Ursachen der sekundären Hypertonie und auch der therapieresistenten Hypertonie beschrieben. Eine klinisch manifeste Hypertonie kommt bei Alkoholkonsumenten doppelt so häufig vor wie beim Nichtkonsumenten. Zwischen dem Alkoholkonsum und dem Blutdruck besteht eine mehr oder weniger lineare Beziehung ohne Schwellenkonsum. Alkoholabstinenz oder Konsumreduktion führt praktisch immer zu einer Blutdrucksenkung. Auf Grund der Blutdruckeffekte ist der Alkoholkonsum mit einem deutlich erhöhten Schlaganfallrisiko verbunden.

Der Weg aus der Abhängigkeit

Wahrnehmung der Krankheit, Leidensdruck, Kontaktaufnahme
Der Alkohol zerstört nicht nur den Betroffenen selbst, sondern auch das soziale Umfeld (Familie, Arbeitsplatz, Freundeskreis, etc.) des Erkrankten. Bei Erkennen sollte man das Problem offen ansprechen und die Bereitschaft des Abhängigen fördern, sich mit seiner Sucht auseinander zu setzen und professionelle Hilfe in Anspruch zu nehmen. Ansprechpartner können der Arzt, Suchtberatungsstellen oder Selbsthilfegruppen sein.
Auch Angehörige sollten sich unbedingt professionelle Hilfe holen!
Oftmals kommt es zwischen Angehörigen und Abhängigen zu einem zermürbenden und sinnlosen Kampf um das Suchtmittel. Angehörige – vor allem Frauen – leiden häufig unter massiven Schuld- und Schamgefühlen und tun alles, um den Schein zu wahren. So entschuldigen sie z. B. schlechtes Verhalten ihres Partners gegenüber Verwandten und Freunden oder begleichen seine Schulden. Sie möchten helfen und reiben sich auf, doch hilft ihre Unterstützung dem (der) Süchtigen eher, weiter mit der Sucht zu leben, als von ihr loszukommen. Am Ende haben sich die Angehörigen oft völlig vom Verhalten des/der Süchtigen abhängig gemacht und viele brauchen fachliche Hilfe (Selbsthilfegruppen für Angehörige), um ihr Leben wieder selbst in die Hand nehmen zu können. Diesen Zustand der Verstrickung und Hilflosigkeit bezeichnet der Begriff »Co-Abhängigkeit«.

Entgiftung
Während der Entgiftungsphase geht es um die Behandlung der Entzugssymptome. Diese können individuell unterschiedlich ausgeprägt sein. Je nach Schwere des Entzugs wird eine medikamentöse Behandlung durchgeführt, durch die Beschwerden gemildert und Komplikationen verhindert werden sollen.
Die Entgiftung sollte immer unter ärztlicher Kontrolle durchgeführt werden, da es

hier auch zu lebensbedrohlichen Situationen kommen kann, und dauert in der Regel heute je nach körperliche Verfassung mindestens 14 Tage.

Entwöhnung
Eine Entwöhnungsbehandlung kann ambulant oder stationär durchgeführt werden, auf jeden Fall sind Spezialkliniken zu empfehlen. Die Behandlung kann bis zu 16 Wochen dauern. Als Behandlungsziel wird die Abstinenz des Betroffenen sowie eventuell die Erhaltung oder Wiederherstellung der Erwerbsfähigkeit und des sozialen Umfeldes angestrebt.

Die stationäre Therapie
In jeder Spezialeinrichtung existiert ein eigenes Therapiekonzept, das aus typischen Therapieelementen besteht:
Gruppentherapie
In der Gruppentherapie können unterschiedliche psychotherapeutische Methoden eingesetzt werden, beispielsweise aus der verhaltenstherapeutisch oder psychoanalytisch orientierten Gruppentherapie.
Inhalte der Gruppen sind auch Informationen zur Abhängigkeitserkrankung, Konflikte in der Gruppe, aktuelle Schwierigkeiten außerhalb der Klinik, aber auch unbewältigte Erlebnisse in der Vergangenheit.
Einzelgespräche
Die unterstützende und begleitende Einzeltherapie verfolgt dieselben Ziele wie die Gruppentherapie. Hier können aber viele Themen angstfreier und eingehender bearbeitet werden.
Entspannungstherapie
Zielsetzung ist eine Verbesserung der körperlichen Befindlichkeit im Rahmen einer suchtmittelfreien Entspannung.
Sporttherapie
Es soll hierdurch ein besseres Körpergefühl, der Spaß an Bewegung, Sport und Spiel vermittelt werden. Außerdem können Spannungen und Aggressionen abgebaut werden.
Arbeitstherapie
Ziele der Arbeitstherapie sind das Wecken von Motivation und das Befriedigen von Bedürfnissen, persönliche Entfaltung, Training von Anpassung und Ausdauer. Andererseits werden hier auch soziale Fähigkeiten, z. B. zur Zusammenarbeit, eingeübt.
Erlebnistherapie
Ein Ziel der Erlebnistherapie ist, den Betroffenen seine eigenen Grenzen aufzuzeigen sowie das Gefühl zu vermitteln in bestimmten Lagen Hilfe von anderen anzunehmen.
Kreatives Gestalten
Hier werden Techniken, mit unterschiedlichen Materialien (z. B. Korbflechten,

Tonarbeiten, Seidenmalerei etc.) umzugehen, vermittelt. Dabei sollen Fähigkeiten und Interessen für eine sinnvolle Freizeitgestaltung erworben werden. Gleichzeitig geht es darum, sich mit Hilfe von kreativen Methoden auszudrücken.

Angehörigenarbeit

Durch die Angehörigengruppen werden die sozialen Bezugspersonen des Patienten mit in die Therapie einbezogen. Die Betroffenen lernen einen neuen, offenen Umgang miteinander, vorhandene Probleme können angesprochen und so weit wie möglich bearbeitet werden.

Sozialarbeit

Der Sozialdienst der Therapieeinrichtung bietet in der Regel Hilfen und Unterstützung bei den vielfältigen sozialen Problemen, die im Laufe der Abhängigkeitserkrankung entstanden sein können. Hier geht es beispielsweise um Besuche und Anträge bei Behörden, Lösung von Arbeitsplatzproblemen, Wiedereingliederung in den Arbeitsprozess, Ordnung finanzieller Verhältnisse, Schuldentilgung, Rechtsstreitigkeiten und Scheidungsverfahren, Vorbereitung der Nachsorge.

Zusammenfassung

Zusammenfassend lässt sich feststellen, dass Alkohol nicht zur Erhaltung der Gesundheit beiträgt. Es lässt sich auch nicht belegen, dass Wein gegenüber anderen alkoholischen Getränken das Herz-Kreislauf-Risiko stärker senkt als andere alkoholische Getränke. Es gibt deshalb überhaupt keinen Grund, abstinent lebende Personen zum Alkoholkonsum zu bewegen. Und auch für jeden anderen Menschen ist es ratsam, wenig Alkohol zu trinken, und wenn, dann möglichst zu den Mahlzeiten. Darüber hinaus sollte mindestens 1–2 Mal in der Woche ein alkoholfreier Tag eingelegt werden.

Hinsichtlich der Gesamtmortalität variiert die mit dem geringsten Mortalitätsrisiko assoziierte Alkoholmenge in der Primärliteratur sehr stark, doch findet sich die größte Übereinstimmung bei einer Zufuhr von ca. 19 g/Tag bei Männern und 10 g/Tag bei Frauen.

Für jüngere Bevölkerungsgruppen (bis etwa 40 Jahre) besteht eine deutliche Beziehung zwischen der Zufuhr von Alkohol und dem Mortalitätsrisiko, die u. a. auf den hohen Anteil an Todesfällen auf Grund von Gewalteinwirkungen und Unfällen unter Alkoholeinfluss zurückzuführen ist. Junge Erwachsene und insbesondere Jugendliche sollten deshalb ihren Alkoholkonsum stark reduzieren.

Schwangere Frauen und Frauen, die eine Schwangerschaft planen, sowie stillende Mütter sollten völlig auf Alkohol verzichten.

Mit zunehmendem Alter und ansteigendem Risiko für Gefäßerkrankungen scheinen Personen hingegen in einem stärkeren Ausmaß von den vorteilhaften Eigenschaften des Alkohols profitieren zu können.

Der positive Effekt moderaten Alkoholkonsums hängt dabei entscheidend von der

betrachteten Bevölkerungsgruppe (Alter, Geschlecht) und vom individuellen Risikoprofil ab.
Spezifische Erkrankungen und Risikofaktoren sowie verschiedene Medikamente können den günstigen Alkoholeffekt umkehren.
Ferner ist zu berücksichtigen, dass Alkohol bei prädisponierten Personen zu einer Alkoholabhängigkeit führen kann.
Es besteht kein Grund, abstinente Personen zum Alkoholkonsum zu bewegen.
Zur Senkung der Herz-Kreislauf-Morbidität bzw. -mortalität stehen alternative Möglichkeiten (regelmäßige Bewegung, Maßnahmen zur Stressbewältigung, ausgewogene Ernährung) zur Verfügung, die nicht die mit dem Alkoholkonsum verbundenen Risiken bergen.

Risiko: Alkohol

Ziel:	gemäßigter oder gar kein Alkoholgenuss
Der Weg zum Ziel:	Reduktion von zu viel und allzu regelmäßigem Konsum von Alkohol Selbstkontrolle Hilfe von außen (Beratung, Selbsthilfegruppen, Entzug)

Fruchtig, frisch und froh ...

Was kann und soll ich essen?

Es gibt eindeutige Belege dafür, dass gesunde Ernährung nicht nur Herzinfarkten vorbeugt, sondern auch zu einem guten gesundheitlichen Allgemeinzustand führt. Wir sollten weniger Fett essen (weniger gesättigte Fette), mehr Ballaststoffe, weniger Zucker und weniger Salz.
Nach derzeitigem Erkenntnisstand sollte eine gesunde Ernährung bezüglich ihres Energiegehaltes aus etwa 50–55 % Kohlenhydraten (1 g Kohlenhydrat hat 4 kcal), 25–30 % Fett (1 g Fett hat 9 kcal!) und 10–20 % Eiweiß (1 g Eiweiß hat 4 kcal) bestehen. Beachten Sie, dass ein Gramm Fett mehr als doppelt so viele Kalorien hat wie 1 Gramm Kohlenhydrat oder Eiweiß!
Gesünderes Essen bedeutet:
Mehr: Brot (im Besonderen Vollkorn), Kartoffeln, frisches Gemüse, Bohnen, Fisch
Weniger: stark fetthaltige Milchprodukte, Salz, Zucker, Kuchen, Gebäck und Süßigkeiten
Verwenden Sie: Magermilch oder halbfette Milch, fettarmen Brotaufstrich oder Margarine mit einem hohen Anteil an mehrfach ungesättigten Fetten, mageres Fleisch, Geflügel oder Fisch, ungesüßten Fruchtsaft; an Stelle von: Milch mit hohem Fettgehalt, Butter oder Hartmargarine, fetthaltigen Mahlzeiten und Fleischprodukten, kohlensäurehaltigen Getränken.

Wie kann ich meine Ernährung umstellen?

Weniger Fett
Bei allen Fetten ist der Kaloriengehalt pro Gramm gleich! Die fettlöslichen Vitamine A, D, E und K können aus dem Darm nur dann in den Blutkreislauf gelangen, wenn auch gleichzeitig Fett mit der Nahrung aufgenommen wurde. Ohne dieses würden die fettlöslichen Vitamine über den Stuhl einfach wieder ausgeschieden werden.
Der Unterschied zwischen guten und schlechten Fetten in der Nahrung ist darin zu suchen, ob sie dazu neigen, sich in den Gefäßen anzureichern und in den Gefäßwänden abzulagern oder nicht.
Schlechte Fette (arteriosklerose-fördernd) sind vor allem tierische Fette, die von unseren Nutztieren stammen, da sie nur aus gesättigten Fettsäuren bestehen. Beispiele hierfür sind: Butter, Schweine- und Gänseschmalz, Milchfett.
Aber auch in gehärteten pflanzlichen Fetten können diese ungesunden Fette enthalten sein wie beispielsweise im Kokosfett.

Aus ungesättigten Fettsäuren sind die so genannten »guten« Fette in der Nahrung zusammengesetzt, die in vielen pflanzlichen Ölen enthalten sind.
Beispiele hierfür sind: Olivenöl, Sonnenblumenöl, Maiskeimöl oder Distelöl.
Zur Gesunderhaltung Ihrer Gefäße sollten Sie darauf achten, dass der Anteil an tierischen Fetten (gesättigten Fettsäuren) in Ihren Mahlzeiten ein Drittel der aufgenommenen Gesamtfettmenge nicht überschreitet!

Fettsäuren
Fette und Öle sind Mischungen von Fettsäuren. Abhängig von der dominanten Fettsäure gibt es *gesättigte, einfach ungesättigte* und *mehrfach ungesättigte* Fettsäuren (FS).
Gesättigte FS erhöhen das Blutcholesterin (z. B. Butter). Sie sind meist von fester Form.
Einfach ungesättigte FS (Olivenöl ...) scheinen das Blutcholesterin zu reduzieren. Im Kühlschrank werden diese FS teilweise fest, sie flocken.
Mehrfach ungesättigte FS senken das Blutcholesterin. Sie bleiben auch im Kühlschrank flüssig. Sie neigen dazu, ranzig zu werden.
Mehrfach ungesättigte Fette sind wichtig für das Wachstum und die Stabilisierung des Gehirns und der Nerven. Sie reduzieren häufig den Blutcholesterin-Spiegel und bewirken auch, dass das Blut weniger verdickt/gerinnt, was sonst zu Arterienverkalkung und dann zu Herzinfarkt oder Schlaganfall führen kann.
Ungesättigte Fette sind in einigen pflanzlichen Ölen, wie Sonnenblumen-, Getreide- oder Sojaölen, in weicher Margarine mit der Bezeichnung »hohe Anteile an mehrfach ungesättigten Fetten«, in Nüssen und in fetten Fischen, wie Heringe und Makrelen, weißfleischige Fische, wie z. B. Kabeljau und Forellen.
Bei den *einfach ungesättigten Fetten* geht man üblicherweise davon aus, dass sie eine neutrale Auswirkung auf den Blutcholesterin-Spiegel haben, aber es gibt zunehmend Belege dafür, dass sie nützlich sind. Olivenöl hat einen hohen Anteil an einfach ungesättigten Fetten.
Gesättigte Fette kommen in Fleisch (Rindfleisch, Lammfleisch, Schweinefleisch, Nierenfett, Schweineschmalz, Bratenfett, Fleischpasteten) und in Milchprodukten, wie Milch, Käse und Butter vor. Sie sind auch in Kokosnussöl, Palmfett und in einigen billigeren pflanzlichen Ölen, in Kuchen, Gebäck, Süßigkeiten und Snacks zu finden. Diese Fette können bei den Zutaten als hydrogene pflanzliche Fette bzw. Öle angegeben werden.

Omega-3-Fettsäuren
Das in Meeresfischen (nicht in Süßwasserfischen!) enthaltene Fett enthält viele Omega-3-Fettsäuren. Diese sollen die Entstehung von Arteriosklerose nicht nur nicht fördern, sondern sogar einen Schutz vor Arteriosklerose bieten!
Es ist seit langem bekannt, dass Eskimos trotz einer sehr fettreichen Ernährung

extrem selten arteriosklerotische Gefäßerkrankungen entwickeln und folglich sehr selten einen Herzinfarkt bekommen. Nachdem man ursprünglich annahm, dass rassische Eigenschaften einen Schutz vor diesen Herz-Kreislauf-Erkrankungen bieten, wurde mittlerweile durch medizinische und ernährungswissenschaftliche Studien belegt, dass nicht genetische Einflüsse die Eskimos vor Gefäßerkrankungen schützen, sondern Umweltfaktoren, insbesondere die Ernährung. Es ist der hohe Gehalt an Omega-3-Fettsäuren in Fisch, denn Fisch stellt die Grundnahrung der traditionellen Eskimoernährung dar. Ähnlich verhält es sich in Japan, wo ebenfalls viel Fisch gegessen wird. Von besonderem Interesse sind die so genannten Omega-3-Fettsäuren, die vor allem in fetthaltigen Fischarten wie Lachs, Hering, Tunfisch, Sardine und Makrele enthalten sind.

trans-Fettsäuren
In der Natur sind die meisten FS chemische »cis«-Formen. »trans«-FS haben eine andere Anordnung der Moleküle. Sie entstehen in wiederkäuenden Tieren, können auch aus Gemüse oder Fisch entstehen (durch Hydrogenierung). Diese Hydrogenierung wird verwendet, um Speisen (z. B. auch Margarine!) haltbar zu machen. Diese trans-FS oder hydrogenierten Fette erhöhen Blutcholesterin. Außerdem erhöhen sie das LDL und verringern das HDL. (Margarine, Rindfleisch, Schweinefleisch, Lammfleisch, Kekse, Weißbrot ...)
Studien aus jüngster Zeit lassen annehmen, dass der Konsum von »trans«-Fetten ebenfalls mit einem erhöhten Risiko koronarer Herzerkrankungen einhergeht. Denken Sie daher daran, die Gesamtmenge an Fetten in Ihrer Ernährung zu reduzieren. Und wenn Sie Fette zu sich nehmen, dann wählen Sie solche mit einem hohen Anteil an ungesättigten Fetten.

Wie lauten die empfohlenen Mengen an Gesamtfett und gesättigten Fetten in Gramm?

Kalorienspiegel	**Gesamtfett** (Gramm)	**Gesättigte Fettsäuren** (Gramm)
1200	40 oder weniger	11-13
1500	50 oder weniger	13-17
1800	60 oder weniger	16-20
2000	67 oder weniger	18-22
2200	73 oder weniger	20-24
2500	83 oder weniger	22-28
3000	100 oder weniger	27-33

Cholesterin
Ihr Blutcholesterin-Spiegel wird weitgehend durch die Menge von gesättigten Fetten bestimmt, die Sie zu sich nehmen, jedoch kann er auch durch zu viel Cholesterin in Ihrer Ernährung beeinflusst werden. Eigelb, Schellfisch und Innereien haben einen hohen Anteil an Cholesterin, sodass man am besten große Mengen dieser Nahrungsmittel nicht zu häufig zu sich nimmt.

Weniger Zucker
Kohlenhydrate sind aus Zuckermolekülen zusammengesetzt und stellen für den Körper eine leicht verdauliche, bekömmliche Energiequelle dar. Sie belasten den Organismus nicht durch eine aufwändige Verdauungsarbeit. Hierbei sind vor allem Mehlprodukte wie Brot und Nudeln zu nennen.
Reiner Zucker (Zuckerwürfel, stark mit Zucker gesüßte Speisen) sollten nur dann gegessen werden, wenn ein stark erhöhter Energiebedarf besteht.
Kohlenhydrate aus Vollkornprodukten, wie Naturreis, Hülsenfrüchten oder Vollkornbrot gelangen langsamer ins Blut, da sie erst durch eine rege Verdauungstätigkeit im Darm in Einfachzucker gespalten werden müssen.
Der Konsum von zu viel Zucker trägt nicht dazu bei, ihr normales Gewicht zu erhalten. Zucker liefert Kalorien, aber keine anderen Nährstoffe, keine Vitamine, keine Mineralien, keine Ballaststoffe und keine Proteine. Zu viel Zucker fördert außerdem die Zahnkaries. Trinken Sie weniger zuckerhältige Getränke, sondern Wasser, essen Sie weniger Süßigkeiten, Gebäck und Kuchen. Geben Sie weniger Zucker zu Getränken und Nahrungsmitteln, oder noch besser, fügen Sie keinen Zucker hinzu. Beachten Sie die Angaben der Zutaten auf den verpackten Nahrungsmitteln in Bezug auf Saccharose, Glukose, Dextrose und Malz. Sie alle sind eine Form von Zucker.

Wenig Fleisch
Eiweiße sind sowohl in pflanzlichen als auch tierischen Nahrungsmitteln enthalten. Nur über sie kann der Körper seinen Bedarf an essenziellen Aminosäuren, die für das Funktionieren vieler Zellfunktionen unseres Körpers unverzichtbar sind, decken. Als Richtschnur kann gelten, dass man pro Tag ca. 0,8 Gramm Eiweiß je Kilo Körpergewicht (ca. 40–70 g) zu sich nehmen sollte.
Essen Sie höchstens zwei bis drei Mal pro Woche Fleisch. Und zwar ausschließlich magere Varianten oder Geflügel (Haut entfernen!). Gerichte ohne oder mit wenig Fleisch sind grundsätzlich die bessere Wahl. Sichtbare Fettränder sollten Sie in jedem Fall wegschneiden und auf dem Teller zurücklassen.
Beachten Sie jedoch beim Fleischgenuss, dass mit dem Eiweiß häufig auch viel Fett (z. B. bei Schweinefleisch) mitgegessen wird. Geeignet für den Herz- Kreislauf-Patienten sind jedoch eher magere Fleischsorten wie Puten- oder Hähnchenfleisch, Meeresfische oder aber auch mageres Kalb- oder Rindfleisch. Fettarme Jogurts

und andere fettreduzierte Milchprodukte stellen hochwertige Eiweißlieferanten dar, die häufig auch noch die gesunde Darmflora stärken. Pflanzliche Eiweißlieferanten wie Kartoffeln oder Hülsenfrüchte sind ebenfalls zu empfehlen.
Und Achtung: Auch Schinken und Wurst gelten als Fleischportion! Wurst (exkl. Schinken), fetter Käse oder Eier sollten auf Grund ihres hohen Fett- bzw. Cholesteringehalts ohnehin nur selten auf den Tisch kommen.

Viel Fisch

Fisch ist ein idealer Genuss fürs Herz. Weißer Thunfisch, Makrele, Lachs, Lachsforelle und Hering enthalten wertvolle Omega-3-Fettsäuren, die helfen können, den Cholesterinhaushalt zu regulieren.
Frauen, die zweimal pro Woche Fisch essen, reduzieren damit ihr Risiko für einen Herzinfarkt um rund ein Drittel. Falls sie dennoch einen Infarkt erleiden, haben sie eine größere Chance, ihn zu überleben. Das zeigt eine Studie, die mit über 80 000 Krankenschwestern in den USA durchgeführt wurde.
Solche Untersuchungen waren bisher fast nur bei Männern bekannt. Sie zeigen ein ähnliches Bild. Allerdings hat man dabei vor allem festgestellt, dass die hoch ungesättigten Fettsäuren, die im Fisch vorkommen, den Herzrhythmus positiv beeinflussen.
Die neue Studie an Frauen zeigt nun, dass die Fettsäuren aus Fisch auch positiv auf den Blutkreislauf wirken, was vor allem für die Herzkranzgefäße sehr wichtig ist. Man nimmt an, dass die Innenwände der Blutgefäße durch das Fett aus Fisch in besserem Zustand gehalten werden, sodass sie weniger leicht verkalken und verstopfen.
Zur Verhütung von Herzinfarkt empfehlen viele Fachleute zwei Mal pro Woche Fisch zu essen.

Mehr Ballaststoffe

Wenn Sie die gesättigten Fette in Ihrer Ernährung reduzieren, ist es ein guter Gedanke, diese durch ballaststoffreiche Nahrungsmittel zu ersetzen, die füllen, ohne zu viele Kalorien abzugeben. Ballaststoffe sind in Nahrungsmitteln, wie Getreide (Weizen, Reis und Korn), Hülsenfrüchte (konservierte, mit wenig Wasser und Fett gekochte Bohnen, Erbsen, Gartenbohnen), Gemüse, Früchte, Nüsse, Vollkornbrot und Teigwaren enthalten.
Ballaststoffreiche Ernährung beeinflusst auch den Blutcholesterin-Spiegel vorteilhaft, trägt dazu bei, Verstopfung vorzubeugen, schützt vor Magenproblemen einschließlich Magenkrebs.

Weniger Salz

In Ländern, in denen man viel Salz zu sich nimmt, ist der Bluthochdruck weit verbreitet. Die Forscher sind sich nicht sicher, ob Bluthochdruck durch zu viel Salz, zu

wenig Kalium, zu wenige wesentliche mehrfach ungesättigte Fette oder irgendeinen anderen Faktor verursacht wird. Solange keine weiteren Belege vorliegen, ist es ratsam, die Salzmenge zu reduzieren, im Besonderen dann, wenn bereits Bluthochdruck vorliegt. Salz, welches man zusätzlich nimmt, und Salz, welches man zum Kochen verwendet, macht nur etwa ein Viertel der Salzmenge aus, die konsumiert wird. Der Rest kommt aus hergestellten Nahrungsmitteln, wie Chips, gesalzenem Fleisch und Fisch und änderen weiterverarbeiteten Nahrungsmitteln. Versuchen Sie also ihren Konsum bei diesen Nahrungsmitteln zu reduzieren.
Die empfohlene Tagesmenge an Natrium beträgt 1,1–3,3 Gramm; dies entspricht einer Kochsalzmenge von 2,75–8,25 Gramm täglich.
Vor allem Patienten mit Bluthochdruck sollten darauf achten, dass sie die empfohlene Tagesmenge auf keinen Fall überschreiten. Übermäßiger Kochsalzgenuss treibt den Blutdruck weiter in die Höhe!
Kochsalz bindet Flüssigkeit im Körper. Dies führt bei Patienten mit Herzschwäche dazu, dass das Herz vermehrte Pumparbeit leisten muss und dadurch überfordert und noch weiter geschwächt wird. Deshalb sollten diese Patienten eine übermäßige Kochsalzzufuhr vermeiden.
Wenn Sie selbst kochen, sollten Sie an Stelle von Kochsalz den Geschmack Ihrer Speisen durch frische Kräuter und Gewürze verbessern. Diese haben neben ihren geschmacklichen Vorzügen auch häufig noch den Vorteil, fördernd auf die Verdauung zu wirken.

Kinder
Es ist wichtig, Kinder in jungen Jahren zu gesunden Essgewohnheiten zu ermuntern. Selbst ab einem Alter von 2 Jahren können Kinder ermuntert werden, fettarme Milchprodukte zu sich zu nehmen. (Kinder unter 2 Jahren sollten fettreiche Milch anstatt Magermilch oder halbfette Milch bekommen.) Versuchen Sie Kinder von zu viel Süßigkeiten und Gebäck, konzentrierten Fruchtsäften und kohlesäurehaltigen Getränken abzuhalten.

Wie bereite ich selbst gesundes Essen zu?

Einen gesundheitsbewussten Speiseplan zu erstellen bedeutet mehr als nur die richtige Speisenwahl. Es ist auch wichtig, wie die Speisen zubereitet werden. Denn das hat Einfluss darauf, ob Sie sich gesund ernähren oder nicht, Cholesterin, andere Fette und Kalorien vermindern oder nicht.
Sie müssen nicht auf Geschmack verzichten oder auf all Ihre Lieblingsspeisen, es ist nur notwendig, auf gesundheitsbewusste Zubereitung zu achten:

- Verwenden Sie ein Sieb, um Fett abtropfen zu lassen, wenn Sie backen, braten oder rösten.

- Dünsten und garen Sie an Stelle von Backen in Öl.
- Schneiden Sie alles sichtbare Fett weg. Entfernen Sie die Haut von Huhn, Truthahn oder Ente.
- Verwenden Sie einen Ölspray, um Speisen zu bräunen.
- Verwenden Sie größere Portionen von Speisen, die kein Fett enthalten (Spagetti, Reis, Bohnen, Gemüse ...) und kleinere Portionen von fetthaltigen Speisen.
- Verwenden Sie nur Eiweiß und nicht Eidotter.
- Verwenden Sie keinen normalen Käse, usw. sondern Niedrigfett-Milchprodukte.
- Verwenden Sie Margarine als Ersatz für Butter. Verwenden Sie anstatt von harter Margarine weichere Arten (Inhalt von Margarine sollte nicht mehr als 2 Gramm Fett pro Esslöffel sein und vor allem vegetarische Öle enthalten).

Welche Kocharten sind empfehlenswert?
Braten – verwenden Sie ein Gitter, sodass das Fleisch oder das Geflügel nicht in seinem eigenen Bratensaft liegt. Stellen Sie den Herd auf 250 Grad ein um ein Verbrennen zu vermeiden. Übergießen Sie das Fleisch mit fettfreien Flüssigkeiten wie Wein, Gemüse- oder Fruchtsaft oder Marinaden an Stelle von Bratensaft.
Backen – in bedeckten Töpfen mit etwas zusätzlicher Flüssigkeit.
Schmoren oder Dämpfen – mit mehr Flüssigkeit als beim Backen, auf dem Herd oder im Ofen. Kühlen Sie die gekochte Speise im Kühlschrank ab und entfernen Sie das geronnene Fett, bevor Sie es wieder erhitzen.
Pochieren – eintauchen von Fisch oder Geflügel in köchelndem Sud.
Grillen, Rösten – auf einem Gestell (Gitter), sodass das Fett abtropfen kann.
Sautieren – in einem offenen Gefäß über hoher Hitze. Verwenden Sie Gemüseölspray, etwas Brühe, Wein oder ein kleines bisschen Rapsöl, das auf den Boden des Gefäßes (Pfanne) gerieben wird.
Rühr-Braten – aus China. Rühr-Braten ist eine gesunde und köstliche Variante des normalen Bratens. Es kommt aus der fernöstlichen Küche. Die hohe Temperatur und das stetige Rühren des Essens bewahren es vor dem Ankleben und Verbrennen. Für Gemüse, Geflügel oder Meerestiere können Sie ein bisschen Erdnussöl verwenden.
Mikrowelle – Sie benötigen kein extra Fett, ja Sie können sogar noch Fett in den Speisen loswerden, wenn Sie diese zwischen zwei Papiertücher legen, sodass das Fett aufgesaugt wird.
Dünsten – in einem Körbchen über köchelndem Wasser.

Wie kann ich Fett vermeiden, ohne Geschmack zu verlieren?

- Nach dem Anbräunen geben Sie das Fleisch in ein Sieb, das mit Papierrollen ausgelegt ist.
- Um eine Soße ohne Fett herzustellen, mischen Sie einen Esslöffel Maisstärke

mit einer Tasse abgekühlten Fonds und schütteln Sie die Mischung in einer Dose. Erhitzen Sie den Rest des Fonds und fügen Sie die Mischung hinzu. Lassen Sie es köcheln, bis es eindickt.

- Bereiten Sie Rühreier oder Omletten nur mit einem Eidotter zu und fügen Sie einfach ein paar Eiweiß hinzu. Oder verwenden Sie einen Ei-Ersatz.
- Entfernen Sie Öl aus Dosen (Tunfisch, oder Lachs oder Sardinen u. ä.) und spülen Sie diese mit Wasser.
- Kochen Sie Gemüse nicht zu lange. Dünsten oder backen Sie an Stelle von Sieden, sodass die Speisen ihren natürlichen Geschmack behalten.
- Mischen Sie fette Salatdressings mit Niedrigfett-Jogurt.
- Verwenden Sie fein geschnittenes Gemüse um Fleischspeisen zu strecken.
- Verwenden Sie Gewürze und Kräuter an Stelle von Salz.

Fleisch, Geflügel, Fisch

Fleisch ist eine ausgezeichnete Nahrungsquelle. Eiweiß ist ein wichtiger Bestandteil unserer Nahrung. Aber, das Fett im Fleisch ist unnötig und schlecht.
Essen Sie mageres Fleisch, Geflügel oder Fisch in mäßigem Ausmaß. Die meisten Fisch- oder Geflügelarten haben weniger Kalorien als fettdurchzogenes rotes Fleisch. Sie enthalten allerdings Cholesterin, deswegen sollten die Portionen genauso klein sein wie bei rotem Fleisch. Es gibt mageres rotes Fleisch, man muss nur danach fragen oder suchen!
Lesen Sie ein paar Beispiele, wie viel Fett sich in einer 180 g Portion befindet:

Fleisch	Fett in g	Cholesterin, mg
Rind		
Gebratenes Filet	16	150
Schmorbraten	18	180
Schwein		
Gebratenes Lendenstück	8	160
Gebratenes Kotelett	18	160
Geflügel		
Bruststück ohne Haut	6	140
Bruststück mit Haut	14	150
Fisch		
Gebackener Dorsch	2	100
Gekochte Shrimps	4	320
Tunfischdose mit Wasser	4	60
Gebratener Heilbutt	4	60
Gegrillter Lachs	14	100

Tipps zur Auswahl und Zubereitung von Fleisch, Geflügel oder Fisch:
Suchen Sie das Fleisch mit dem geringsten Anteil an sichtbarem Fett aus. Bevor sie das Fleisch essen, sollten sie alles sichtbare Fett entfernen. Wenn Sie das Fleisch zubereitet haben, gießen sie das Fett ab.
Bereiten Sie das Fleisch mit Methoden zu, die wenig Fett benötigen (Kochen oder Backen anstatt Braten).
Verdünnen Sie den Bratensaft oder schöpfen Sie das Fett ab, bevor Sie ihn zu Suppen, Saucen oder Ähnlichem hinzufügen.
Vermeiden Sie Fleischprodukte mit einem hohen Fettanteil wie Frankfurter, Salami, Speck und Mortadella. Verwenden Sie stattdessen Huhn, Truthahn oder Fisch für Sandwichs oder Brötchen.
Leber, Zunge, Nieren, Thymus, Herz und Hirn enthalten sehr viel Cholesterin, essen Sie davon also so selten wie möglich. Leber hat allerdings einen hohen Eisengehalt, in kleinen Portionen genossen hat sie daher auch Vorteile.
Bei Geflügel befindet sich das Fett meist unter der Haut. Sie sollten daher die Haut vor oder nach dem Kochen entfernen, außer wenn Sie ein Huhn im Ganzen braten.
Shrimps und Garnelen haben mehr Cholesterin-Gehalt als die restlichen Meeresfrüchte. Daher sollten Sie diese selten und in geringen Mengen essen.
Limitieren Sie den Genuss von Eiern auf drei pro Woche, in dieser Zahl sind auch jene inkludiert, die Sie fürs Kochen verwenden. Essen Sie sie nur gekocht und nie roh.

Gemüse und Früchte

Gemüse und Früchte sind wichtige Bestandteile einer Gewichtsreduktions-Diät, weil sie einen hohen Nährstoffanteil und wenig Kalorien haben.
Bei der Auswahl der Gemüse- und Fruchtarten, die Sie jeden Tag verzehren wollen, sollten Sie zumindest eine gute Vitamin-A- und eine gute Vitamin-C-Quelle aussuchen.
Eine Mahlzeit besteht aus einer halben Tasse gekochtem oder einer ganzen Tasse rohem Gemüse. Diese Mahlzeiten enthalten ungefähr 20 Kalorien. In der folgenden Tabelle finden Sie einige Gemüsearten, die Sie verwenden sollten.

Gemüse	
Bohnensprossen	Pilze
Grüne Bohnen/Fisolen	Senfblätter***
Zwiebel	Okra
Runkelrüben	Pastinaken
Grüne Runkelrüben*	Bohnen*

Brokkoli***	Paprika (grün)**
Rosenkohl/Kohlsprossen***	Paprika (rot, scharf)*
Kohl/Kraut	Rettich
Karotten*	Sauerkraut**
Blumenkohl/Karfiol**	Spinat*
Sellerie	Zucchini*
Gurken	Tomaten***
Löwenzahn-Blätter*	Tomatensaft***
Aubergine	Steckrüben/Kohlrabi**
Endivie*	Steckrübenblätter***
Grünkohl***	Gemüsesaft-Cocktail***
Kopfsalat	

*gute Vitamin-A-Quelle
** gute Vitamin-C-Quelle
*** gute Vitamin-A- und C-Quelle

Früchte

Früchte und Fruchtsäfte sollten ungezuckert konsumiert werden. Die folgenden Portionen enthalten im Durchschnitt 60 Kalorien.

Apfel (1 Stück)	Nektarine (1)
Ungekochte, getrocknete	Orange** (1)
Apfelscheiben (4 Ringe)	
Apfelmus, ungezuckert (1/2 Tasse)	Orangensaft** (1/2 Glas)
Apfelsaft oder Cider (1/2 Glas)	Papaya*** (Würfel, 1 Tasse)
Marillen* (4)	Pfirsich* (1)
Marillen, getrocknet (7 Hälften)	Pfirsich, in Dosen, wasser-abgefüllt (2 Hälften)
Banane (1/2)	Ananas (Würfel, 3/4 Tasse)
Brombeeren (3/4 Tasse)	Ananas, in Dosen, saft-abgefüllt (1/3 Glas)
Honigmelone*** (Würfel, 1 Tasse)	Ananassaft (1/2 Glas)
Kirschen* (12)	Pflaumen (2)
Datteln (2 1/2)	Granatapfel (1/2)
Feigen, roh (2)	Pflaumensaft (1/3 Glas)
Feigen, getrocknet (1 1/2)	Himbeeren (1 Glas)
Fruchtcocktail, in Dosen, saft-abgefüllt, (1/2 Glas)	Rosinen (2 Teelöffel)
Grapefruit** (1/2)	Erdbeeren** (1 1/4 Tassen)

Trauben (15 Beeren)	Mandarine** (2)
Zuckermelone** (Würfel, 1 Tasse)	Wassermelone (Würfel, 1 1/2 Tassen)
Kiwi (1 1/2)	Mango*** (1/2)
*gute Vitamin-A-Quelle ** gute Vitamin-C-Quelle *** gute Vitamin-A- und C-Quelle	

Brot, Cerealien, Pasta, stärkehaltiges Gemüse, Suppen

Um die maximalen Ernährungsvorteile zu erhalten, sollten Sie Vollkorn oder vollkorn-angereicherte Produkte verwenden. Jede der folgenden Produkte gilt als eine Mahlzeit und hat ca. 80 Kalorien.

Brotarten	
Semmel (1 Stück)	Hamburger oder Hot-Dog-Brot (1/2)
Brot, weiß, Vollkorn, Roggen, Hafermehl, Pumpernickel (1 Scheibe)	Pita (1/2)
Croutons, Semmelbrösel (1 Tasse)	Tortilla (1)
Muffin (1/2)	
Cerealien, Pasta und Reis	
Kleie-Cerealien (1/3 Tasse)	Pasta (1/2 Tasse)
Cornflake Cerealien, ungesüßt (1 Tasse)	Reis (1/3 Tasse)
Cracker, Party-Snacks	
Vollkorncracker (3)	Popcorn, ohne Fett (20 g)
Party-Brezel (20 g)	
Stärkehaltige Gemüsearten	
gebackene Bohnen (1/ 4 Tasse)	Grüne Erbsen (1/2 Tasse)
Mais (1/2 Tasse)	Folienkartoffel (1)
Mais am Stiel (1)	Kartoffelpüree (1/2 Tasse)
Getrocknete Bohnen, Erbsen, Linsen (1/3 Tasse)	
Fertigsuppen,* mit Wasser zubereitet	
Bouillon, Fleischbrühe, Consommé (1 Tasse)	Fleisch-Nudel-, Geflügel-Reis-, Truthahn-Nudel-, Muschel-, Bohnensuppe (3/4 Tasse)

Hühner-Nudel-, Zwiebel-, Tomaten-, Gemüsesuppe, Gazpacho, Minestrone (1 Tasse)	
* Hausgemachte Suppen, die mit wenig Fett zubereitet werden, können einem Fertigprodukt gleichgestellt werden.	

Milchprodukte

Verwenden Sie Magermilch oder Milch mit 0,5 % oder 1 % Fettanteil angereichert mit Vitamin A und D. Jedes der folgenden Produkte gilt als eine Mahlzeit und hat ungefähr 100 Kalorien.

Magermilch oder Milch mit 0,5 % oder 1 % Fettanteil (1 Glas)	Eiscreme ohne Fett oder Niedrigfett (3 g Fett oder weniger) (1/2 Tasse)
Cottage-Topfen, 1 % Fett oder trocken (1/2 Tasse)	Jogurt ohne Fett oder Niedrigfett (1 Tasse)
Mozzarella, Teil-Magermilch (30g)	Niedrigfett-Käse, 10 g Fett oder weniger per 100 g. (1/4 Tasse gewürfelt) (30 g)
Vollmilch-Ricotta-Käse (30g)	
Jogurt ohne Fett oder Niedrigfett (1/2 Tasse)	Trockener, geriebener Käse, z.B. Parmesan (1 Teelöffel)
	Sorbet (1/3 Tasse)

Öle

(vielfach- und einfachgesättigte Öle und Margarine, Nüsse, Samen, Salat-Dressing, etc.)

Die folgenden Portionen haben im Durchschnitt 45 Kalorien.

Pflanzliche Öle (1 Teelöffel)	**Salat-Dressing**
Distelöl	französisch (1 Teelöffel)
Maisöl	italienisch (1 Teelöffel)
Sonnenblumenöl	»Thousand Islands« (1 Teelöffel)
Sojaöl	Majonäse-Dressing (1 Teelöffel)
Olivenöl	Majonäse (1 Teelöffel)
Rapsöl	**Fetthaltige Nahrung, Nüsse, Samen**
Erdnussöl	Oliven (10 kleine oder 5 große)
Margarine	Erdnussbutter (2 Teelöffel)
Margarine mit nicht mehr 2 Gramm an	Avocado (1/8 mittlere)

gesättigten Fettsäuren pro Teelöffel (1 Teelöffel)	
Diätmargarine (2 Teelöffel)	Gehackte Nüsse, außer Kokosnuss (1 Teelöffel)
Backfett Sojabohnen (1 Teelöffel)	Samen jeglicher Art (1 Teelöffel)

Nachspeisen, Desserts, Getränke

Die meisten Nachspeisen wurden von diesen Empfehlungen ausgeschlossen, weil sie einen sehr hohen Kalorienanteil und einen niedrigen Nährwert haben. Zum Beispiel enthält ein Stück Apfeltorte ca. 400 Kalorien.
Jedes der folgenden Desserts oder Getränke enthält ca. 75 Kalorien und 0 bis 1 g Fett und zählt als eine Portion.

Kohlensäurehaltige Getränke (Cola, Fanta, ...) (gesüßt) (1 Dose)	Fruchteis (1/3 Tasse)
Limonade (gesüßt) (1 Dose)	Sorbet (1/3 Tasse)
Süßigkeiten, v. a. aus Zucker gemacht (20 g)	Gelatine mit Fruchtgeschmack, Gummibärchen (1/2 Tasse)
Zucker, Sirup, Honig, Konfitüre, Marmelade (1 1/2 Teelöffel)	

Wenn Sie bei der Gewichtsabnahme erfolgreich sein wollen, hilft es sehr, die tägliche Nahrungsaufnahme in geplante Mahlzeiten aufzuteilen. Das Essen zu fixen Zeiten hilft gegen impulsive Nahrungsaufnahme.

Wenn Sie Zwischenmahlzeiten wollen, müssen Sie bei Ihren geplanten regulären Mahlzeiten einsparen!
Das Auslassen von Mahlzeiten während des Tages ist nicht ratsam, da dies meist zu Heißhunger und Abendgelagen führt!

Die folgenden Speisen und Getränke enthalten weniger als 20 Kalorien und kein Fett.

Getränke	Früchte
Bouillon oder Brühe ohne Fett	Ungesüßte Preiselbeeren (1/2 Tasse)
Kohlensäurehaltige Getränke (Cola,	Ungesüßter Rhabarber (1/2 Tasse)
Fanta ...) (ungesüßt) (1 Dose)	
Mineralwasser	**Gewürze**
Clubsoda	Ketchup (1 Teelöffel)
Kakaopulver, ungesüßt (1 Teelöffel)	Kren
Kaffee oder Tee	Senf
Tonic, zuckerfrei	Mixed Pickles
Zuckerersatz	Salatdressing ohne Öl
Zuckerfreie Süßigkeiten	Tacosauce
Gelatine, Jam	Essig
Kaugummi, zuckerfrei	
Marmelade, Jam (2 Teelöffel)	
Sirup, zuckerfrei	
Saccharin oder Aspartam	

Die »Neue Nahrungspyramide« der American Heart Association

Die AHA-Nahrungspyramide bietet Ihnen Richtlinien für eine optimale Ernährung mit einer Vielzahl an Wahlmöglichkeiten für jeden Tag. Gegenüber der früheren Version unterscheidet diese Pyramide zwischen gesunden und ungesunden Fetten bzw. Kohlenhydraten. Obst und Gemüse werden nach wie vor empfohlen, aber der Verzehr von Milchprodukten sollte eingeschränkt werden.

Und bedenken Sie: Nicht eine einzige Art von Speisen kann Sie gesund machen, sondern eine breite Auswahl von Nahrungsmitteln aus jeder Stufe der Nahrungspyramide.

Speisen, die an der Spitze der Pyramide stehen, sollten Sie selten einnehmen. Entsprechend können Nahrungsmittel von der Basis häufig gegessen werden.

Die Basis sollte tägliche körperliche Betätigung oder Sport und tägliche Gewichtskontrolle bilden!

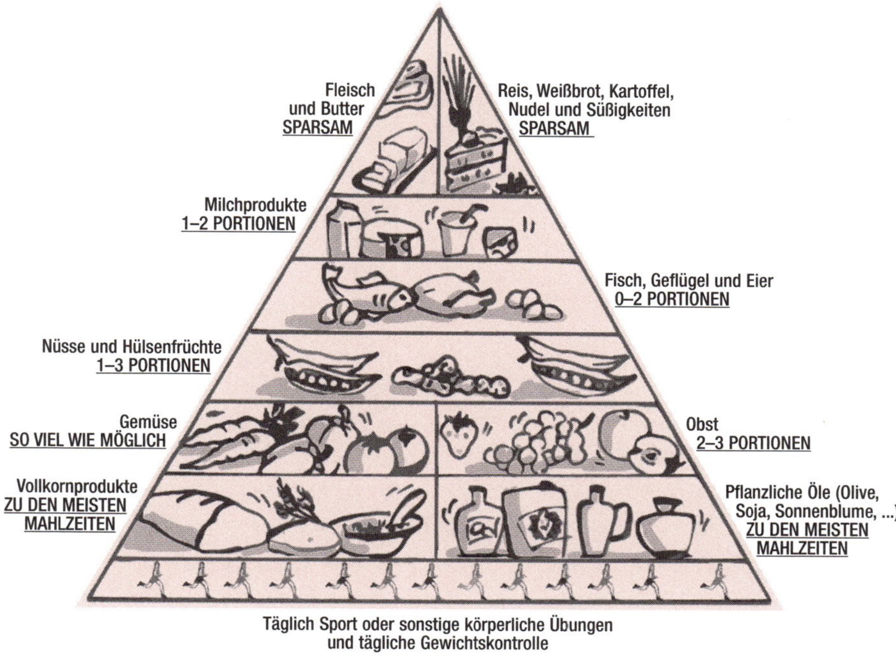

Beispiele für die Größe von Portionen

Körner, Bohnen und stärkehaltiges Gemüse

- 1 Schnitte Brot
- 1/2 Tasse von gekochtem Reis, Bohnen oder Pasta (von der Größe Ihrer Faust oder eines Tennisballs)
- 1/2 Tasse gekochte Getreideflocken
- 30 g oder 3/4 Tasse von fertigen Cerealien
- 1 kleine Kartoffel

Obst

- 1 kleines Stück Obst (von der Größe Ihrer Faust oder eines Tennisballs) oder eine Melonenspalte
- 1/2 Tasse Dosenobst
- 1/4 Tasse getrocknete Früchte

Fleisch, Geflügel, Fisch, Eier & Nüsse

- 70 bis 85 g gekochtes mageres Fleisch, Geflügel oder Fisch (von der Größe

einer Handfläche oder eines Stapels von Spielkarten oder einer Musikkassette)
- 1/2–3/4 Tassen von Tunfisch oder Cottagekäse
- 1 Ei oder 1 Scheibe Käse mit reduziertem Fettgehalt oder 2 Teelöffel Erdnussbutter oder 30 g Käse (z. B. die Länge Ihres Daumens) oder 115 g Tofu, was ungefähr gleichwertig zu 30 g magerem Fleisch ist (1/3 Portion).

Milch und Jogurt
- 1 Tasse Milch oder Jogurt

Gemüse
- 1/2 Tasse geschnittenes rohes oder gekochtes Gemüses
- 1 Tasse rohes Blattgemüse

Was sollte ich auf jeden Fall reduzieren?
- Vollmilch, Schlagobers und Eiscreme
- Butter, Eidotter und Käse und Speisen, die daraus hergestellt werden
- innere Organe wie Leber, Thymus, Niere und Hirn
- Gebäck, das mit Eidotter und gesättigten Fetten hergestellt wurde
- Gesättigte Fette wie Kokosnuss-, Palm- oder Palmkernöl
- Verarbeitetes Fleisch mit hohem Fettanteil wie Wurst, Salami, Frankfurter ...
- fettes rotes Fleisch
- Enten- und Gänsefleisch
- gebratenes Essen, auch Pommes frites
- Alkohol

Noch einige Tipps über die speziellen Nahrungsgruppen

Verwenden Sie die folgenden Tipps um die optimale Diät auszuwählen:

Körner		
Gut	**Okay**	**Vermeiden**
Vollkornbrot	Normale Muffins	Cremetorte
Cerealien, Müsli ...	Maisbrot	Topfentorte
Englische Muffins	Chips ohne Salz	Kuchen
Reis		Croissant
Spagetti		Popcorn mit Butter Große Muffins mit Nüssen, etc.
Niedrigfett-Cracker		
Popcorn ohne Salz und Fett		Fett-Cracker
Brezel		
Vanillewaffel		
Feigenriegel		

Milchprodukte		
Gut	**Okay**	**Vermeiden**
Magermilch	2 % Milch	Vollmilch
1–2% Cottagetopfen	Niedrigfett-Jogurt oder Eiscreme	Obers
1–2% Käse	Magerkäse (Mozzarella, Ricotta)	
Magerjogurt	fettreduzierter Sauerrahm	
	fettreduzierter Streichkäse	

Fleisch und Fisch		
Gut	**Okay**	**Vermeiden**
Fisch	In Öl gelagerter Tunfisch	Normales Fleisch
Geflügel ohne Haut	Austern	Spareribs
In Wasser gelagerter Tunfisch	Shrimps	Wurst
Fleisch mit wenig Fett	Hummer	Speck
	Muscheln	gebratenes Fleisch
	Krabben	Innereien
		Dosenfleisch

Fette und Öle		
Gut	**Okay**	**Vermeiden**
Olivenöl	Majonäse	Butter
Sesamöl	Sahnige Salatdressings	Schmalz
Rapsöl		Backfett
Distelöl		Kokosnussöl
Sonnenblumenöl		Palmöl
Maiskeimöl		Kakaobutter,
Erdnussöl		Schokolade
Salatdressing aus Öl mit ungesättigten Fettsäuren		

Wie kann ich mich auch im Restaurant oder im Betrieb gesund ernähren?
Auswärts essen wird häufig mit ungesundem Essen gleichgesetzt. Viele, die oft in einer Kantine oder in einem Restaurant essen, sind davon überzeugt, dass sie dabei nicht auf ihren Cholesterinspiegel und ihr Gewicht achten können. Doch cholesterinbewusste Ernährung und auswärts schlemmen schließen sich nicht aus. Ganz im Gegeteil. Jedes Restaurant, und inzwischen auch fast jede Kantine, bietet eine freie Auswahl an gesunden und weniger gesunden Gerichten. Es ist also durchaus möglich, sich auch dort kalorien- und fettarm zu ernähren. Als Faustregel gilt: Gebratenes und vor allem Frittiertes meiden. Hier ein paar Vorschläg von gesundem Essen in diversen Restaurants:

Deutsche Küche
Fleisch- und Wurstprodukte besser meiden und kleine Portionen wählen.
Empfehlenswert: fleischlose Suppen oder Gemüseeintöpfe, Grünkern- oder Hirsebratlinge, Gemüseaufläufe (ohne Käse!), Salate mit fettarmen Dressings, Vollkornnudelgerichte oder Vollwertgerichte.

Italienische Küche
Sie kann sehr gesund sein, wenn die Gerichte fettarm oder mit wenig Olivenöl zubereitet sind und wenn Sie auf Speisen mit hohem Fleischanteil, viel Käse oder Sahnesoßen verzichten. Empfehlenswert: Nudelgerichte, Spagetti mit Tomatensoße, Gemüsepizza (wenig Käse!), Ravioli, Tortellini, Kartoffelgnocchi, Minestrone.

Französische Küche
Die klassische französische Küche verwendet viel Fett oder Butter. Vor allem Soßen und Nachspeisen können es »in sich haben«. Deshalb: Soßen immer extra servieren lassen.
Empfehlenswert: Gemüsesuppen, gegartes Huhn mit Tomaten oder in Weinsoße, pochierte, gedünstete oder gekochte Vorspeisen, Fischfilets (gegart, nicht frittiert!), Ratatouille, pochierte Pfirsiche oder frische Früchte als Dessert.

Asiatische Küche
Sie gilt als die gesündeste überhaupt. Die Gerichte werden schonend zubereitet und reichlich Gemüse steht auf dem Speiseplan.
Empfehlenswert: gegarte vegetarische Rollen (Dumplings), gegarte Reisgerichte oder Vorspeisen, Nudelgerichte (nicht frittiert!), Sushi-Gerichte, Tofugerichte (nicht gebraten!), Huhn oder Fisch: gekocht, gegart oder gedünstet, Suppen.

Orientalische Küche
Im Nahen oder Mittleren Osten werden die Gerichte in der Regel mit gesunden

Zutaten wie Reis oder Jogurt zubereitet und schonend gegart.
Empfehlenswert: gefüllte Weinblätter, Tandoori-Huhn (indisch), gegrilltes Lammfleisch, Currygerichte, Gemüseplatten, Chutneys

Tex-Mex-Küche
Diese Küchenrichtung aus dem amerikanisch-mexikanischen Grenzgebiet kann sehr gesund sein, wenn Sie von gebackenen oder gebratenen Gerichten sowie von Speisen mit hohem Sahne- oder Käseanteil absehen.
Empfehlenswert: gegartes Huhn, Enchiladas, Borritos (ohne Käse!), gegarte Bohnen und Reis, Salsa als Beilage.

Fastfood
Besonders kritisch wird es, wenn man in ein »Fastfood«-Restaurant geht. Allgemein wird Fastfood als sehr ungesund angesehen. 70 % von in einer Studie Befragte assoziieren mit Fastfood fettes Essen und sind sich darüber im Klaren, dass Fastfood zum Großteil ungesund und kalorienreich ist. Doch trotzdem gaben von den Befragten gleichzeitig zwei Drittel an, dass sie Fastfood schon lange und häufiger konsumieren würden.
Der wichtigste Faktor von Fastfood bleibt wohl das schnelle Essen, denn auch Fastfood-Lokale und Imbissbetriebe verschiedener Art, wie Dönerbuden oder Hotdog-Stände mit weniger ausgefeilten Vermarktungsstrategien, sind ein fester Bestandteil unserer Kultur und machen ausreichenden Umsatz. Das Konsumieren von Fastfood ist – gerade unter Jugendlichen – weit verbreitet. Doch von was ernähren wir uns da eigentlich? Wie gesund ist Fastfood?
Dem Fastfood wird pauschal nachgesagt, dass es ungesund sei. Und wenn man einmal einen einfachen Hamburger als typisches Beispiel für Fastfood heranzieht, so sind 273 kcal und ein Fettanteil von 31 % durchaus beachtlich, da es sich beim Hamburger für gewöhnlich auch nur um eine Zwischenmahlzeit handelt. Noch drastischer ist der Fettanteil bei einem Hotdog mit 60 %. Und zu viel Fett ist bekanntlich ungesund und Fett ist wohl tatsächlich bei den meisten Fastfood-Speisen einer der Hauptbestandteile. Des Weiteren werden auch einige stark zuckerhaltige Waren wie Limonaden, Cola, Donuts oder Eis angeboten. So ist der Vorwurf, dass Fastfood ungesund sei, nicht ganz unberechtigt.
Doch ein weiterer Faktor, der das Fastfood ungesund machen kann, ist die Tatsache dass man sich den Begriff »Fastfood« häufig allzu sehr zu Herzen nimmt, und das Essen geradezu hinunterschlingt. Nimmt man sich hingegen mehr Zeit beim Verzehr eines Hamburgers oder Pommes frites, erhöht es den Genuss, fördert das Sättigungsgefühl und ist zudem besser für die Verdauung. Doch scheinen sich viele über die Tatsache, dass Fastfood auch gesund sein kann, nicht im Klaren zu sein oder sie wählen vielleicht auch bewusst die ungesunde Seite des Fastfoods.

Gesundes Beispiel für McDonalds:

- 1 Gartensalat, 1 Cheeseburger, 1 kleine Portion Pommes, 1 Coca Cola (0,3 l)
- 1 Mixed Salat, 1 Big Mac, 1 Portion Chicken McNuggets, 1 Orangensaft (0,3 l)
- 1 Chefsalat, 1 Hamburger, 1 kleine Portion Pommes frites, 1 Milch-Shake (0,3 l)

Risiko: Falsche Ernährung

Ziel:	Fettarme, antiatherogene Kost
Wege zum Ziel:	Kaloriengerechte, ballaststoffreiche (> 20 g/Tag) fettarme Kost mit nur geringem Anteil an gesättigten Fetten (<10 % der Kalorien) und Cholesterin (< 300 mg/Tag). Der Verzehr von Fleisch und tierischen Fetten sollte eingeschränkt werden. Die Kost sollte reich an Vollkornprodukten, frischen Gemüsen und Früchten sein, mit einem hohen Anteil an Omega-3-Fettsäuren (Seefisch, Walnüsse), wie sie z. B. in der mediterranen oder asiatischen Kost enthalten sind. Moderater Alkoholkonsum (ca. 15 g/Tag) hat keine ungünstige Wirkung auf das kardiovaskuläre und das Gesamtrisiko. Bei höherem Alkoholkonsum (> 30 g/Tag) nimmt das Gesamtrisiko zu. Bei Frauen liegen die Grenzwerte niedriger.

Frei und radikal ...

Was kann ich gegen freie Radikale, Homocystein und CRP tun?

Freie Radikale

Freie Radikale haben eine schädliche Wirkung. Bei der Entwicklung der arteriosklerotischen Plaques spielen nach neueren Erkenntnissen oxidative Prozesse, verursacht durch freie Radikale, eine wesentliche Rolle. Ein freies Radikal ist ein chemisch stark reaktionsfähiges, sehr unstabiles Molekül, das danach strebt, mit anderen Molekülen zu reagieren. Dadurch können besonders Zellmembranen durch »Oxidation« zerstört und so das Gewebe geschädigt werden. Es gibt aber Stoffe, die freie Radikale »fangen« und unschädlich machen können, die so genannten »Antioxidantien«. Die wichtigsten sind u. a. Vitamin A, ß-Karotin, Vitamin C und Vitamin E. Sie stabilisieren bzw. neutralisieren freie Radikale im Körper, bevor diese größeren Schaden anrichten können. Sie bieten sich auch zur positiven Beeinflussung von arteriosklerotischen Plaques in einer relativ frühen Phase der Arterioskleroseentstehung an.
Oxidative Prozesse, verursacht durch freie Radikale, fördern die Bildung von oxidiertem LDL. Oxidiertes LDL (= low denisty lipoproteins) beschleunigt die Bildung von arteriosklerotischen Plaques und fördert dadurch klinische Ereignisse wie Herzinfarkt oder Schlaganfall. Antioxidantien wie die antioxidativen Vitamine A, C und E haben somit theoretisch das Potenzial, den Verlauf der Arteriosklerose günstig zu beeinflussen.
Es besteht ein Zusammenhang zwischen Vitamingehalt des Blutes und Sterblichkeit an Herzkrankheiten. Ergebnisse von ländervergleichenden Studien zeigen, dass bei hohen Vitamin-C- und Vitamin-E-Werten ein umgekehrter Zusammenhang zwischen Sterblichkeit und Herzkrankheiten besteht. Allerdings unterscheiden sich außer den Vitaminspiegeln noch z. B. Lebensstil und diätetische Gewohnheiten der untersuchten Personen, sodass die Unterschiede in der Sterberate nicht eindeutig den Vitaminen zugeordnet werden können.
In klinischen Studien wurde die Wirkung von Vitaminen auf arteriosklerotische Plaques untersucht. Unter Gabe von Vitamin E (100 mg/d oder mehr), nicht jedoch von Vitamin C, konnte eine Verlangsamung der Ausbildung der Areriosklerose sowohl im Herzen als auch an der Halsschlagader nachgewiesen werden.
Für Vitamin E wurde in mehreren Studien einheitlich eine umgekehrte Beziehung zwischen der Höhe der Vitaminzufuhr und der Häufigkeit von koronaren Ereignissen nachgewiesen, und zwar bei Männern, Frauen und Älteren.

Auffällig ist, dass das Ausmaß der Senkung der Herzereignisse (Infarkt, Schlaganfall, Operation ...) in all diesen großen Studien relativ einheitlich um 30–40 % liegt.
Die Ergebnisse für Vitamin C sind widersprüchlich. Insgesamt ergeben sich keine oder allenfalls vage Hinweise, dass Vitamin C die koronare Herzkrankheit günstig beeinflussen kann. Auch für Vitamin A fanden sich keine einheitlichen Ergebnisse. Zusammenfassend kann festgehalten werden, dass Vitamin E nach Ergebnissen aus Beobachtungsstudien bei Männern, Frauen und Älteren dosisabhängig kardiovaskuläre Ereignisse senkt. Die Ergebnisse für Vitamin A und C sind widersprüchlich und belegen keinen eindeutigen Effekt auf kardiovaskuläre Ereignisse.

Empfehlung für Vitamine

Auf Grund der bisherigen Daten können weder Vitamin A noch Vitamin C zur Prophylaxe der koronaren Herzkrankheit empfohlen werden. Viel versprechend sind dagegen die Ergebnisse, die mit Vitamin E erzielt wurden, es kann jedoch noch keine allgemeine Empfehlung zur Vitamin-E-Zufuhr als Medikament derzeit gegeben werden.
Primär müssen zur Prävention der Arteriosklerose nach wie vor zunächst die klassischen Risikofaktoren angegangen werden, von deren Elimination ein größerer Effekt zu erwarten ist als von den Vitaminen. Sinnvoll erscheint jedoch die Empfehlung einer Vitamin-E-reichen Diät (Obst, Gemüse, pflanzliche Öle mit hohem Vitamingehalt).
Die Deutsche Gesellschaft für Ernährung rät mit ihrer Kampagne »5-a-day« fünfmal täglich Obst und Gemüse zu sich zu nehmen. Im Winter empfiehlt es sich sogar, Tiefkühlgemüse dem frisch gekauften vorzuziehen. Wer keine Möglichkeit hat, erntefrisches Gemüse zu beziehen, ist mit Tiefkühlware oft besser bedient, da wertvolle Vitamine durch Lagerung und Transport zerstört werden.
Obst und Gemüse sollte am besten in Verbindung mit etwas Fetthaltigem verzehrt werden, denn die meisten der sekundären Pflanzenstoffe sind fettlöslich und können so besser aufgenommen werden. Als eine Portion Obst oder Gemüse kann schon ein Apfel oder ein Salat zum Essen gelten. Auch die Tomatensoße zu den Nudeln oder der Ketchup auf den Pommes bringt Nachschub an bioaktiven Stoffen.

Risiko: Vitaminmangel	
Ziel:	Erreichen des Tagesbedarfs Vitamin A: laut WHO 2667 I. E., laut FDA 5000 I. E. ß-Karotin: 2–4 mg Viatmin C: 100 mg Vitamin E: 15–30 I.E.
Der Weg zum Ziel:	v. a. Vitamin-E-reiche Diät (Obst, Gemüse, pflanzliche Öle mit hohem Vitamingehalt)

Homocystein

In den letzten Jahren sind erhöhte Blutspiegel von Homocystein (einer Aminosäure) mit einem erhöhtem Risiko vorzeitiger koronarer Herzerkrankungen und Schlaganfällen in Verbindung gebracht worden, sogar bei Personen mit normalen Cholesterinspiegeln.

Wie schädigt Homocystein die Gefäße?

Abnorme Homocysteinspiegel scheinen auf mindestens drei Wege zu einer Verkalkung der Arterien beizutragen:

- über eine direkte toxische Wirkung, die diejenigen Zellen schädigt, die die Innenseite der Arterien auskleiden,
- eine Wechselwirkung mit Blutgerinnungsfaktoren,
- über die Oxidation von Lipoproteinen niedriger Dichte (LDL).

Forscher fanden einen linearen Zusammenhang zwischen den Homocysteinspiegeln im But und der Schwere der Verstopfung der Herkranzgefäße: Bei jeder Erhöhung des Homocysteins um 10 % stieg das Risiko, eine schwere Erkrankung der Herzkranzgefäße zu entwickeln, in beinahe demselbem Maß.

In einer Analyse einiger großer Studien hatte sich nicht nur das Risiko für kardiovaskuläre Erkrankungen bei Menschen mit einem Homocystein-Wert von 15 µmol/l verdoppelt – verglichen mit solchen Werten unter 10 µmol/l – sondern auch das Risiko für Arterioskleroseerkrankungen der Gefäße und Hirninfarkt war um mehr als das Zweifache gestiegen. Diabetiker sind besonders gefährdet. Sie haben oft Homocystein-Werte zwischen 20 und 25 µmol/l.

Der Zusammenhang zwischen Homocystein und Herzerkankungen wurde etwa vor 25 Jahren vermutet, als beobachtet wurde, dass Personen mit einer seltenen Krankheit namens Homocystinurie anfällig dafür sind, im Alter von 10–30 Jahren schwere Herzerkrankungen zu entwickeln. Bei der Homocystinurie verursacht ein Enzymmangel die Anhäufung von Homocystein im Blut und dessen Ausscheidung über den Urin. Neuere Studien legen den Schluss nahe, dass erhöhte Homocysteinspiegel im Blut genauso gefährlich sind wie hohe Cholesterinspiegel und unabhängig voneinander wirken können. Etwa 10–20 % aller Herzerkrankungen sind mit erhöhten Homocysteinspiegeln in Verbindung gebracht worden. Wahrscheinlich sind sowohl erbliche als auch Ernährungsfaktoren daran beteiligt.

Wie kann ein erhöhter Homocysteinspiegel behandelt werden?

Homocystein entsteht beim Abbau von Eiweißbausteinen. Den drei Vitaminen Folsäure, Vitamin B_6 und B_{12} kommt dabei eine Schlüsselrolle zu.

Die mangelnde Versorgung mit Folsäure wohl ist eines der wichtigsten Ernährungsprobleme der westlichen Industriestaaten. Das B-Vitamin ist äußerst licht- und hitzeempfindlich. Es kommt jedoch reichlich in Weizenkeimen, Bierhefe und allen dunkelgrünen Blattgemüsen vor. Auch Vitamin B_6 ist reichlich in allen grünen

Pflanzen vorhanden, zudem im vollen Korn, Hülsenfrüchten und Nüssen. Der Vitalstoff arbeitet als typischer »Teamworker« eng zusammen mit Folsäure und B_{12}. Letzteres findet sich vor allem in tierischen Lebensmitteln. Vegetarier müssen ihren B_{12}-Bedarf über Getreidekeime, Bierhefe und fermentierte Produkte wie Miso oder Sauerkraut decken.

Patienten mit nicht-familiärer Homocysteinämie sind sehr leicht behandelbar: mit Folsäure und den Vitaminen B_6 und B_{12}, die beim Abbau von Homocystein beteiligt sind. Eine Meta-Analyse habe ergeben, dass sich mit einer Supplementierung von Folsäure und B-Vitaminen der Homocystein-Spiegel etwa um ein Drittel senken lässt.

Die üblicherweise verwendete Dosis beträgt 1 mg/Tag. Wenn das nicht hilft, können dieser Dosis die Vitamine B_6 und/oder B_{12} zugefügt werden; die Therapie sollte ohne Unterbrechung durchgeführt werden.

Zusamenfassung

Eine neuere Studie, die 80 000 Frauen über 14 Jahre hinweg umfasste, zeigte, dass die Häufigkeit von Herzinfarkten bei denen am niedrigsten war, die Multivitaminpräparate einnahmen oder mit der Nahrung die größte Menge an Folsäure und Vitamin B_6 aufnahmen.

Diese Ergebnisse stimmen mit der Tatsache überein, dass erhöhte Homocysteinspiegel mit einer erhöhten Rate an Herz-Kreislauf-Erkrankungen einhergehen. Bei den 20 % der Frauen mit dem höchsten Folsäure- und Vitamin-B-Konsum war die Herzinfarktrate halbiert verglichen mit den übrigen 80 %.

Studien haben noch nicht klären können, ob die Senkung mäßig erhöhter Bluthomocysteinspiegel die Zahl der Herzinfarkte oder Schlaganfälle senkt.

Die Untersuchung auf einen erhöhten Homocysteinspiegel ist bei Personen mit einer bestehenden Erkrankung der Herzkranzgefäße anzuraten, wenn diese im Vergleich zu ihren üblichen Risikofaktoren übermäßig ausgeprägt ist oder wenn es in der Familie schon oft zu Fällen vorzeitiger arteriosklerotischer Erkrankungen gekommen ist (einige Ärzte empfehlen die Untersuchung aller Arteriosklerosepatienten). Bei Werten über 10 µmol/l ist eine Behandlung notwendig. Die Wirkung einer Supplementierung zeigt sich normalerweise innerhalb eines Monats.

Risiko: Homocystein	
Ziel:	Homocystein < 10µmol/l
Der Weg zum Ziel:	Präparat mit Vitamin-B-Komplex
	B_{12}: 100 mg
	B_6: 10 mg
	Folsäure: 600-1000 µg
	Viel Gemüse und Obst
	Optimal wären etwa 400 Gramm Gemüse und 250 bis 300 Gramm Obst pro Tag. Folsäurereich sind vor allem Kohl- und Blattgemüse.
	B_{12} steckt reichlich in Leber, Hering, Eiern, Camembert und Rindfleisch; Vitamin B_6 vor allem in Lachs, Sardinen, Leber, Nüssen und Weizenvollkornbrot.

Risiko Herzinfektion und CRP

Der genaue Mechanismus, der zu den Veränderungen der Arterienwände führt, ist nach wie vor unklar. Seit einigen Jahren besteht nun die Hypothese, dass Herzinfarkt und Schlaganfall häufig auch das Ergebnis chronisch-entzündlicher Vorgänge in den Blutgefäßen sein könnten, die Folge von Infektionen mit bestimmten Bakterien und bakterienähnlichen Erregern sind. Daten aus neuen Studien weisen darauf hin, dass eine bakterielle Infektion mit dem Bakterium namens Chlamydia pneumoniae dabei eine wichtige Rolle spielt.

Dieses Bakterium verursacht manchmal Lungenentzündung (= Pneumonie – daher sein Name). Jedoch hat fast die ganze Bevölkerung mit dem Erreger Kontakt gehabt ohne jegliche erkennbare Symptome. Studien haben bestätigt, dass eine manifeste Infektion mit diesem Bakterium das Risiko der Herzkrankheit um das Zweifache erhöht. Trotz dieser Berichte ist es möglich, dass die Anwesenheit des Bakteriums zufällig ist. Auch andere infektiöse Kandidaten wurden als Verursacher vorgeschlagen. Ungeachtet der eigentlichen Identität des Erregers ist die Idee einer Infektion als Verursacher des Krankheitsprozesses jetzt sehr populär geworden.

Eine kürzlich vorgestellte Studie ergab, dass gesund erscheinende Männer, die eine Chlamydien- oder Heliopacter pylori-Infektion durchgemacht hatten und an einer solchen »systemischen« Entzündung leiden, gefährdet sind, nach Jahren einen Herzinfarkt oder einen Schlaganfall zu erleiden.

Gemessen wird die systemische Entzündung an der Serum-Konzentration des C-reaktiven Proteins (CRP). Dieser Parameter ist demnach nicht nur ein Maß für die

Höhe einer akuten Entzündung, sondern auch ein Risiko-Indikator für spätere Herz- und Hirninfarkte: je höher der CRP-Wert, desto größer das Infarkt-Risiko.

Ferner zeigte die Studie, dass Menschen mit hohen CRP-Werten bei einer Behandlung mit einem antientzündlichen Wirkstoff, speziell Acetylsalicylsäure (ASS) günstig beeinflusst werden. Dies umso mehr, je höher der anfängliche CRP-Wert im Serum ist.

Bei Männern mit höchsten CRP-Werten senkte die ASS-Behandlung das Risiko von Herzinfarkten um mehr als die Hälfte. Jedoch hatte die ASS-Behandlung bei Personen, die keine Zeichen systemischer Entzündung hatten (niedrige CRP-Werte), keinen Einfluss auf das Entstehen von Infarkten.

Auch eine andere Studie unterstützt diese Hypothese. Da Übergewicht und Fettleibigkeit bekannte Risikofaktoren für Herzinfarkt und Schlaganfall sind, untersuchte die Studie, ob betroffene Menschen auch erhöhte CRP-Werte haben, welche ihr höheres Risiko des Herzinfarkts und des Schlaganfalls erklären könnten.

Mehr als 16 000 in den USA lebende Männer und Frauen nahmen an der Studie teil. Verglichen mit nicht übergewichtigen Teilnehmern war die Wahrscheinlichkeit eines erhöhten CRP-Werts bei fettleibigen Männern zweimal so hoch und bei fettleibigen Frauen sechsmal so hoch. Diese Ergebnisse waren unabhängig vom Rauchen, Alter, von anderen chronischen Krankheiten usw.

An einer anderen Studie waren Frauen nach den Wechseljahren mit Fettsucht (mittlerer BMI: 35,6) beteiligt.

Ein Teil der Frauen absolviert ein Programm zur Gewichtsreduktion. Im Schnitt wurden dabei knapp 15 kg (Abnahme: 15,6 %) von den Frauen abgenommen. Erwartungsgemäß verbesserten sich auch der HDL- und Triglyzerid-Spiegel und die Blutzuckerwerte. Der CRP-Spiegel fiel gar um 32 %.

Weitere Ergebnisse dieser Studie waren, dass nach Berücksichtigung von Risikofaktoren wie Rauchen, Gewicht, BMI, Hypertonie, Anamnese (kardiovaskuläre Erkrankungen bei den Eltern), Diabetes, Vitamin-E- oder Aspirin-Medikation, allein C-reaktives Protein sowie das Verhältnis von Cholesterin zu HDL-Cholesterin unabhängig ein erhöhtes Risiko für kardiovaskuläre Ereignisse anzeigen.

Es zeigte sich, dass Frauen mit »normalem« Gesamt-Cholesterin aber hohem C-reaktiven Protein ein signifikant höheres Risiko für kardiovaskuläre Ereignisse haben und dass Frauen mit Werten von C-reaktivem Protein und Cholesterin zu HDL-Cholesterin im obersten Viertel ein siebenfach höheres Risiko für ein kardiovaskuläres Ereignis haben.

Es wurde daraus geschlossen, dass bei vielen übergewichtigen und fettleibigen Menschen eine unterschwellige Infektion besteht, die die CRP-Produktion durch die Leber stimuliert.

Wie schon bei C. pneumoniae könnten erhöhte CRP-Werte auch hier wiederum nichts mit Arteriosklerose zu tun haben; ein konkreter Zusammenhang wurde noch nicht bewiesen.

Zusammenfassung

Zahlreiche Arbeiten haben die Bedeutung der Entzündung bei der Entstehung der Arteriosklerose nachgewiesen. Die beste Risikoeinschätzung erlaubt die Bestimmung von C-reaktivem Protein sowie die Messung von Cholesterin und HDL-Cholesterin. Zusätzliche Messungen anderer Parameter erhöhen den Vorhersagewert nicht.

Die Bestimmung beider Parameter erlaubt das Risiko für Frauen jenseits der Menopause etwa dreifach besser als bisher zu differenzieren.

Mit 66 Jahren fängt das Leben an ...

Was kann ich gegen Herzprobleme im Alter tun?

Die Vorsorge beim älteren Menschen wird bisher noch sehr vernachlässigt. Die Wirksamkeit der körperlichen Bewegung, des Ernährungsverhaltens und des Nikotinverzichts dürfen auch im Alter heute als gesichert gelten. Zu Unrecht wird die medikamentöse Behandlung der Hypertonie und der Fettstoffwechselstörungen im Alter immer noch in Frage gestellt und nicht konsequent umgesetzt.
Untersuchungen von Hundertjährigen haben gezeigt, dass diese um einiges gesünder leben als der Durchschnitt von uns, gesünder essen, sich mehr bewegen, nicht rauchen und normales Körpergewicht haben. Es wurde auch offensichtlich, dass psychische und psychosoziale Faktoren eine wichtige Rolle spielen: Viele Studien zeigen, dass Hundertjährige auch weniger von Ängsten und Depression geplagt sind und anscheinend auch mit Stress besser umgehen können.
Die Frage »Macht es nun Sinn, wenn man als Senior noch seinen Lebensstil ändert?« muss ganz klar mit ja beantwortet werden.
Die koronare Herzerkrankung ist die häufigste Todesursache in den westlichen Industrienationen. Die größte Häufigkeit des Auftretens ist nach dem fünften Lebensjahrzehnt, und etwa 4/5 aller schwer wiegenden Myokardinfarkte treten nach dem 65. Lebensjahr auf. Die KHK ist somit vornehmlich eine Erkrankung, die ältere Menschen betrifft. Im Zuge der Entwicklung in den Industrienationen mit Umkehrung der Bevölkerungspyramide wird die Diagnostik und Therapie der KHK bei älteren Patienten zunehmend an Bedeutung gewinnen. Mit steigendem Alter ändern sich sowohl Symptome als auch Behandlungsstrategien wegen häufig vorhandener Begleiterkrankungen.

Symptome im Alter

Die typischen Erscheinungsformen der KHK sind bei älteren Menschen etwas anders ausgeprägt als bei jüngeren, meist aktiveren Menschen:
Untypische Beschwerden wie Atemnot/Kurzatmigkeit bei Anstrengung, Leistungsknick, »Unwohlsein« und Übelkeit sind häufig.
Typische Symptome wie »Engegefühl in der Brust« bei körperlicher Belastung sind auf Grund fehlender oder reduzierter körperlicher Aktivität im Alter oft gar nicht vorhanden.
Wegen Begleiterkrankungen im Alter (z. B. Wirbelsäule) werden herzbedingte Beschwerden oft fehlgedeutet.
Die Beschwerden werden oft bagatellisiert, da im Alter häufig eine höhere Schmerzschwelle vorliegt. Nicht selten sind daher »stumme« Herzinfarkte.

Risikofaktoren im Alter

Die Risikofaktoren für die koronare Herzkrankheit bleiben natürlich die gleichen, die Verteilung ist im Alter jedoch etwas unterschiedlich.

Fettstoffwechselstörung

50 % der Personen über 65 Jahre leiden an einer Fettstoffwechselstörung. Alte Patienten mit Arteriosklerose haben häufiger ein niedriges »gutes« HDL-Cholesterin. Hohe Cholesterin-Werte (insbesondere »böses« LDL-Cholesterin) allein erhöhen bei über 65-Jährigen bereits das Herzinfarktrisiko.
Auf der Grundlage neuer Erkenntnisse ist in höherem Lebensalter (> 65 Jahre) zur Vermeidung erneuter koronarer Ereignisse eine konsequente Behandlung der Fettstoffwechselstörungen (Lebensstiländerung, medikamentöse Therapie) mit dem Zielwert LDL-Cholesterin unter 100 mg/dl unverzichtbar. Die älteren Patienten profitieren von der Behandlung, insbesondere der medikamentösen Therapie, mindestens genauso wie die jüngeren Patienten.
Im Rahmen der Primärprävention wird das Therapieziel bei gesunden älteren Patienten, d. h. ohne Hinweis auf eine manifestierte koronare Herzerkrankung bzw. Atherosklerose, anhand der Anzahl vorhandener Risikofaktoren für Herz-Kreislauf-Erkrankungen definiert. Wird durch Lebensstiländerung ein LDL-Cholesterin-Wert weniger als 160 mg/dl nicht erreicht, sollte eine medikamentöse Therapie in Erwägung gezogen werden. Bei zwei oder mehr zusätzlichen Risikofaktoren sollte der LDL-Cholesterin-Wert geringer als 130 mg/dl angestrebt werden.

Hoher Blutdruck

Mehr als 50 % der Bewohner industrialisierter Länder im Alter über 60 Jahren haben »Hypertonie« bzw. »hohen Blutdruck«. Früher haben Ärzte es für normal gehalten, dass sich mit zunehmendem Alter der systolische Druck erhöht. Jetzt aber wissen wir, dass hoher Blutdruck immer riskant ist!
Die neuen Leitlinien in der WHO und der Hypertonie-Gesellschaften empfehlen eine strenge und konsequente Behandlung der arteriellen Hypertonie im Alter. Eine so genannte Altershypertonie wird nicht mehr anerkannt. Die Grenze zwischen Normotonie und Hypertonie liegt bei 140/90 und gilt gleichzeitig auch als Therapieziel einer zu behandelnden arteriellen Hypertonie. Es können alle Medikamente wie beim jüngeren Patienten zum Einsatz kommen. Schlechte Verträglichkeit oder Probleme mit zu niedrigem Druck können vermieden werden, wenn die Blutdrucksenkung beim älteren Patienten langsam über mehrere Wochen erfolgt. Da das absolute Herz-Kreislauf-Risiko durch die Hypertonie beim alten Patienten deutlich erhöht ist, ist auch die Behandlung von besonderem Erfolg geprägt. Das Kosten-Nutzen-Verhältnis einer hypertensiven Therapie im Alter ist beachtlich.

Diabetes mellitus
50 % aller Typ-II-Diabetiker sind über 65 Jahre alt. Diabetes erhöht das Risiko für koronare Herzkrankheit bei über 60-Jährigen deutlich. Für die Behandlung von Diabetes gelten dieselben Richtlinien für alle Altersklassen.

Wenig Bewegung
Auch für das höhere Lebensalter unterstreichen Daten aus vielen Studien heute die positive Wirkung des Lebensstils und vermehrter körperlicher Aktivität auf den Verlauf und die Sterberate der Herz-Kreislauf-Erkrankungen.
Über Übungen zur Verbesserung von Ausdauer und Kraft kann der mit dem Altern einhergehende Verlust an Muskelmasse und die Zunahme des Körperfettanteils begrenzt werden; dabei führt die Verbesserung von Muskelkraft und Mobilität nachweislich auch zu einem Gewinn an Lebensqualität. Zur optimalen Wirkung ihrer präventiven Effekte sollte die Mehraktivität mit der Beachtung der Ernährungsempfehlungen koordiniert werden. Ein Aktivitätsumsatz von mehr als 2000 kcal, der zur Reduzierung der KHK-Inzidenz und Verbesserung der Lebenserwartung durch körperliche Aktivität angestrebt wird, kann bei entsprechender Motivation und Anbindung an eine betreute Interventionsgruppe (z. B. Herzsportgruppe) problemlos erreicht werden.
Dabei kann das unter verringerter Zufuhr gesättigter Fette und Erhöhung des Kohlenhydratanteils in der Nahrung oftmals zu beobachtende Absinken des HDL-Cholesterinspiegels durch die regelmäßige körperliche Mehraktivität verhindert oder zumindest reduziert werden.

Verlauf der KHK im Alter
Wenn sich eine KHK auch bei älteren Menschen etabliert hat, sterben sie häufiger an den Folgen eines Herzinfarktes als jüngere. Alte Menschen erleiden häufiger Langzeitbehinderungen/-folgen nach Herzinfarkten. Häufige Begleiterkrankungen erschweren die Behandlungsmöglichkeiten.
Drei Viertel der über 75-Jährigen werden nach einem Herzinfarkt wegen des Alters *keiner* Herzkatheteruntersuchung oder einem Belastungs-Test zugeführt, ein Aspekt der höheren Sterblichkeit. Doch wir wissen, dass auch 80-Jährige von einer Ballonaufdehnung/Stentimplantation insgesamt mehr als von einer optimalen medikamentösen Therapie profitieren und dass das Risiko eines Kathetereingriffs oder einer Bypassoperation bei älteren Patienten auf Grund verbesserter Technik gesunken ist.
Bei Patienten ohne nachgewiesene Arteriosklerose im Alter von 60–70 Jahren erscheint bei hohem LDL-Wert und Gesamtcholesterin eine medikamentöse Therapie sinnvoll.
Bei einem Alter von 75 und höher ist eine etwaige medikamentöse Behandlung in Abhängigkeit von anderen Risikofaktoren und Begleiterkrankungen zu betrachten.

Auch im Alter ist eine konsequente Therapie vorhandener Risikofaktoren für Arteriosklerose wie Bluthochdruck, Diabetes mellitus und Übergewicht sowie eine Einstellen des Rauchens notwendig.
Weiters ist bekannt, dass zu wenig alte Patienten eine optimale medikamentöse Therapie mit z. B. ß-Blockern, ACE-Inhibitoren, ASS und Cholesterinsenkern bekommen.
Demgegenüber steht die Erkenntnis, dass alle Patienten, egal welchen Alters, insbesondere bei erhöhtem Gesamt- und LDL-Cholesterin eine cholesterinsenkende Therapie erhalten sollten.
Jetzt wissen wir, dass zu wenig alte Patienten eine Herzkatheteruntersuchung nach einem Herzinfarkt bekommen und Ihnen wird dadurch die oft lebensverlängernde und schmerzlindernde Ballonaufdehnung/Stentimplantation oder Bypassoperation vorenthalten.

Was können Sie selbst gegen die Probleme des Alterns tun?
Häufig wird der Eindruck erweckt, dass ab einem gewissen Alter Lebensstiländerungen nichts mehr bringen, dass man in Ruhe alt werden soll, keine Umstellungen mehr zumutbar sind. Viele entgegnen auf die Forderung nach Änderung, das habe ich doch schon mein ganzes Leben so gemacht, das bringt doch nichts mehr. Zum Beispiel glauben viele Menschen, dass es für die Gesundheit im Alter keinen großen Unterschied mehr macht, ob man mit 60 noch zu rauchen aufhört, oder beginnt, sich gesünder zu ernähren, oder sich sportlich mehr bewegt.
Gerade in Gebieten mit einem hohen Anteil an Hundertjährigen gehen wir davon aus, dass hier genetische Faktoren die entscheidende Rolle spielen, warum diese Menschen so alt werden. Sehr häufig ist jedoch mit dem hohen erreichten Alter auch ein gesunder Lebensstil verbunden, der regelmäßige Bewegung und vernünftige Ernährung beinhaltet. Untersuchungen haben ergeben, dass hundertjährige Männer und Frauen nicht rauchten, immer körperlich aktiv, nicht übergewichtig und nicht zuckerkrank waren. Nur 16 % litten an einer Herz-Kreislauf-Erkrankung, ein extrem niedriger Prozentsatz. Die häufigsten Risikofaktoren, die man feststellen konnte, waren zwar auch Bluthochdruck und zu hohe Cholesterinwerte, aber zu einem geringeren Prozentsatz als bei anderen Menschen, vor allem bei älteren Menschen. Ihre Ernährung war meist »mediterran«.

Senioren und Herzdiät
Besonders die so genannte »Kreta-« oder die Mittelmeer-Diät zeichnen sich durch einen hohen Anteil an pflanzlichen Nahrungsmitteln aus.
Patienten, die einen Herzinfarkt erlitten haben, können das Risiko eines weiteren solchen Anfalls senken, wenn sie eine fettarme Diät einhalten, wie sie den Ernährungsgewohnheiten in den Mittelmeerländern entspricht. Diese »mediterrane

Kost« beinhaltet viel Obst und Gemüse, Vollkornprodukte sowie Fisch, und verwendet Fett hauptsächlich in Form von Oliven- oder Rapsöl. In einer französischen Studie, an der sich 600 Patienten beteiligten, sollte geklärt werden, ob eine solche Ernährungsweise tatsächlich die Häufigkeit erneuter Herzinfarkte absenken kann (Lyoner Studie über Ernährung und Infarktrisiko). Ursprünglich war für die Studie eine fünfjährige Laufzeit vorgesehen, die Zwischenergebnisse waren aber so eindrucksvoll, dass sie schon nach 27 Monaten abgebrochen wurde.

Die Patienten wurden durch Los einer von zwei Gruppen zugeordnet. Patienten aus der Kontrollgruppe erhielten von ihrem Arzt keine Diätvorschriften, sondern nur die Empfehlung, sich ausgewogen und vernünftig zu ernähren. Ihre Kost bezog 34 % der Gesamtkalorienmenge aus Fett, davon 12 % aus gesättigten Fettsäuren. Die Gruppe mit der mediterranen Kost erhielt spezielle Diätanweisungen: Die Teilnehmer sollten 30 % ihrer Kalorienzufuhr in Form von Fett (mit 8 % gesättigten Fettsäuren) zu sich nehmen. Allgemeine Richtlinien für die Diät waren ferner: mehr Brotsorten, mehr Wurzel- und grünes Gemüse, mehr Fisch und weniger Fleisch (Ersetzen von Rind-, Lamm-, und Schweinefleisch durch Geflügel), täglich Obst, Butter und Sahne sollten durch eine auf Rapsöl basierende Margarine ersetzt werden. Rapsöl ähnelt in der Zusammensetzung dem Olivenöl.

Die Studie erbrachte das Ergebnis, dass es in der Gruppe mit der mediterranen Kost zu einer 50–70-prozentigen Verminderung des Risikos für einen zweiten Herzanfall bzw. für Komplikationen im Zusammenhang mit einer koronaren Herzkrankheit kam.

Die Häufigkeit von Todesfällen nach Herzleiden sowie jene der Myokardinfarkte mit nicht-tödlichem Ausgang lag in der Versuchsgruppe deutlich unter den Werten der Kontrollgruppe (das Verhältnis betrug 14 zu 44).

Die Verminderung der Zahl der Herzinfarkte mit mehr oder weniger schwer wiegenden Komplikationen war signifikant (Schlaganfälle, Angina Pectoris).

Diese Ergebnisse wurde erreicht, ohne dass die Diät einen Einfluss auf die Cholesterinwerte der Teilnehmer hatte. Daher führen die Autoren die Schutzwirkung der mediterranen Kost auf die darin enthaltenen Omega-3-Fettsäuren zurück.

Eine weitere Schlüsselrolle für die Ergebnisse der Studie scheint die a-Linolensäure (ALA) zu spielen. Die erhöhte Zufuhr von a-Linolensäure dürfte somit massgeblich zu den beobachteten Veränderungen in der Studie beigetragen haben.

Während die kretische Bevölkerung a-Linolensäure vorwiegend aus Gemüse und Walnüssen aufnimmt, könnte hier zu Lande, ähnlich wie in der Lyoner Studie aufgezeigt, eher eine breit angelegte Verwendung von Rapsöl in der kalten Küche einen wichtigen Beitrag zur Prävention von Herz-Kreislauf-Erkrankungen leisten.

Die wichtigste Erkenntnis aus dieser Studie ist, dass die fettarme mediterrane Kost eine bedeutende Rolle bei der Vorbeugung eines weiteren Herzinfarkts und

seiner Komplikationen spielen kann. Unabhängig von einer allfälligen medikamentösen Therapie erwiesen sich jedenfalls derartige diätetische Maßnahmen für die Studienteilnehmer als vorteilhaft.
Noch wichtiger war, dass sie ihre Ernährungsgewohnheiten änderten und die neuen Verhaltensweisen auch über den Zeitraum von vier Jahren, in denen sie individuell betreut wurden, aufrechterhielten.
Günstig bei dieser »mediterranen Diät« ist, dass sie keine größeren Einschränkungen verlangt und vergleichsweise einfach befolgt werden kann. Dass die Diätempfehlung einigen Spielraum für geschmackliche Vorlieben lässt, bringt sie dafür näher an die mitteleuropäische Realität.

Senioren und die sportliche Betätigung
Männer und – wie neuerdings auch bewiesen wurde – Frauen über 65 Jahre können ihr Risiko wesentlich verringern, wenn sie körperlich aktiv sind. Andernfalls haben sie ein höheres Risiko als die Aktiven, die nächsten fünf Jahre nicht zu überleben. Körperliche Aktivität, wie zum Beispiel die immer wieder erwähnte »berühmte halbe Stunde« flotteres Spazierengehen täglich, ist ein Muss!
Im Allgemeinen werden Menschen immer weniger sportlich aktiv, je älter sie werden. Beinahe 40 % der Menschen über 55 geben an, keine sportliche Aktivität in der Freizeit zu haben.
Legen Sie, sofern Sie bereits älter sind, die Ansicht zu den Akten, für Sie »lohne sich das alles nicht mehr«. Selbst wenn Sie bereits 70 Jahre alt sind, haben Sie als Mann noch eine Lebenserwartung von über zehn, als Frau von über vierzehn Jahren. Wollen Sie diese gesund und leistungsfähig oder krank und siechend verbringen? Auch in diesem Alter ist Sport noch in erheblichem Maße gesundheitsfördernd. Natürlich: Je früher Sie damit beginnen, desto besser!

Tipps für Senioren-Sport

- Wenn Sie in Ihrer Familie Verwandte mit Herzkrankheiten oder Schlaganfällen haben oder hatten, sollten Sie Ihre Pläne mit Ihrem Arzt besprechen. Eine körperliche Untersuchung und ein Belastungstest sollten dem Start sportlicher Aktivitäten vorangehen.
- Suchen Sie rhythmische, sich wiederholenden Aktivitäten aus, die den Kreislauf herausfordern und die Sie in einer geeigneten Intensität betreiben können.
- Suchen Sie Sportarten aus, die Ihnen Spaß machen, die Ihre Bedürfnisse erfüllen und die Sie das ganze Jahr über ausführen können.
- Tragen Sie bequeme, gut passende Schuhe und bequeme, lockere Kleidungsstücke, entsprechend der Tätigkeit und dem Wetter.
- Wenn Sie sich für Gehen entschieden haben, suchen Sie sich einen Ort mit

weichem, ebenem Boden aus, ohne Störung durch Verkehr, mit genügend Licht.

- Wenn Sie jemanden finden, der die Übungen mit Ihnen macht, hilft das einerseits regelmäßig zu trainieren und andererseits haben Sie durch die Begleitung mehr Spaß.
- Weil die Anpassungsfähigkeit der Muskeln im Alter verlangsamt ist, nehmen Sie sich mehr Zeit zum Aufwärmen und zum Abkühlen. Legen Sie viel Wert auf bedächtiges Stretching!!!
- Beginnen Sie mit niedriger Intensität, vor allem wenn Sie bisher untätig waren, und steigern Sie sich langsam.
- Wenn Sie vorhaben, länger als 30 Minuten zu trainieren, sollten Sie alle 15 Minuten etwas trinken, vor allem wenn es heiß und trocken ist. Mit dem Alter sinkt das Durstgefühl, auf das Sie sich nicht mehr komplett verlassen können.

Senioren und auch Menschen mit Behinderungen können deutlich gesundheitliche Vorteile erwerben, wenn sie täglich mit mäßiger Intensität körperlich aktiv sind.

- Körperliche Bewegung muss nicht anstrengend sein, um Gesundheitsvorteile zu bringen.
- Wichtig ist es, die Übungen in Ihre tägliche Routine einzuschließen.
- Für Senioren kann das Ausmaß an körperlicher Ertüchtigung von längeren Einheiten von mäßig intensiven Aktivitäten wie Gehen oder Schwimmen kommen oder von kürzeren Einheiten intensiveren Trainings wie Schnellgehen oder Stufensteigen.

Menschen mit Behinderungen können ebenfalls körperliche Aktivitäten zur sportlichen Ertüchtigung schaffen, z. B.:

- mäßig intensive Übungen (30–40 Minuten Rollstuhlfahren)
- kürzere, aber intensivere Einheiten (wie z.B.: 20 Minuten Rollstuhl-Basketball oder -Tennis)
- für Senioren sind Gehen, Gartenarbeiten, Garagenarbeiten und Hausarbeit die bevorzugten körperlichen Aktivitäten. Golf, Federball, Croquet, Bowling oder Tischtennis werden ebenfalls für Senioren empfohlen.

Die Grundvoraussetzung: Vor dem ersten Lauf steht ein Gang zu Ihrem Arzt, wenn Sie nicht ganz sicher sind gesund zu sein! Diese Empfehlung gilt besonders für alle Menschen, die ihre Jugend schon hinter sich haben und bei denen sehr häufig bereits Gesundheitsschäden vorhanden sind, ohne dass sie es wissen. Lassen Sie sich vom Arzt gründlich daraufhin durchchecken, ob und inwieweit Sie Sport treiben dürfen. Zu einer solchen Vorsorgeuntersuchung gehört das Belastungs-EKG. Es zeigt, inwieweit Sie Herz und Kreislauf belasten dürfen. Hoffen wir, dass er Ihnen grünes Licht gibt!

Vermeiden Sie nun von vornherein den größten Fehler der meisten Sport-Einsteiger: Muten Sie sich am Anfang nicht zu viel zu! Mäßig, aber regelmäßig heißt die Devise! Wenn Sie zu forsch rangehen, werden Sie schnell die Lust verlieren, weil Sie sich vielfältige gesundheitliche Probleme einhandeln können – statt etwas für Ihre Gesundheit zu tun! Kreislaufprobleme, Übelkeit, Erbrechen, Muskel- und Gelenksverletzungen usw. Zum Start reichen fünf Minuten Gymnastik und Stretching (Muskeldehnübungen) und ein bis zwei Viertelstunden-Sparziergänge am Tag. Langsam steigern!
Auch auf Dauer brauchen Sie keine rekordverdächtigen Leistungen zu erbringen. Setzen Sie sich nicht mit diesem schönen und zugleich gesunden Freizeitvergnügen unter Stress. Sport ist im Gegenteil eine der besten Stressabbaumethoden. Wo können Sie besser Dampf ablassen als auf dem Laufkurs, auf dem Fahrrad, beim Tennis oder an einem Kraftgerät?! Stellen Sie fest, wann Sie sich am liebsten fit machen. Sind Sie ein Morgenmuffel, der bis auf den »letzten Drücker« schläft, dann bietet sich der Abend zum Sport an. Empfehlenswert ist es allerdings, den Tag mit Bewegung zu beginnen. Das bringt Ihren Kreislauf in Schwung. Und Sie haben bereits am frühen Morgen das stolze Gefühl, etwas geleistet zu haben. Das hebt das Selbstbewusstsein für den ganzen Tag!
Nehmen Sie sich lieber jeden Tag eine halbe Stunde Zeit als nur ein Mal am Wochenende zwei oder drei Stunden. Der Trainingseffekt ist ungleich wertvoller. Wenn Sie glauben, diese Zeit nicht erübrigen zu können, nützen Sie Ihre Alltagsaktivitäten »sportlich« – also mal mit dem Fahrrad zum Einkaufen. Ihr ideales Sportprogramm soll den gesamten Körper ansprechen. Empfehlenswert ist deshalb z. B. die Kombination von Gymnastik mit einer Ausdauerbelastung je nach Fähigkeiten oder Neigungen, z. B. Joggen oder Schwimmen, gefolgt von einer Spielsportart.
Ob Laufen, Schwimmen oder Bergsteigen – bei jeder körperlichen Anstrengung reagiert das Herz sofort: Es schlägt schneller, weil der Körper mehr Sauerstoff benötigt. Je größer die Belastung ist, desto höher steigt die Herzfrequenz. Damit das Herz beim Sport nicht überfordert wird, ist es wichtig, den Bereich zu ermitteln, in dem der ideale Trainingspuls liegt.
Die American Heart Association empfiehlt für den gesunden Menschen eine Herzfrequenz, die zwischen 50 und 75 % des Maximalpulses liegt. Als Durchschnittswert für den Maximalpuls wird dabei von 220 Schlägen pro Minute ausgegangen. Davon wird das Alter abgezogen. Die ideale Herzfrequenz liegt also in einem Zielzonenbereich, der durch einen oberen und unteren Wert begrenzt wird. Die entsprechenden Werte können Sie nach den folgenden beiden Formeln ermitteln:

Unterer Wert: 220 minus Alter x 50 %
Oberer Wert: 220 minus Alter x 75 %

Wichtiger als ein reines sportliches Ausdauertraining ist es, durch körperliche Belastung im Durchschnitt täglich 200 bis 300 Kalorien zu »verbrauchen« – das kann auch durch ihre Alltagsaktivitäten in Beruf und Freizeit geschehen.

Je älter man wird, desto mehr wird eine regelmäßige körperliche Betätigung benötigt. Das hilft mit, Knochenabbau zu verhindern, und verringert weiters viele Krankheiten, die mit dem Altern verbunden sind. Es baut weiters die Muskelkraft auf und kann das Gleichgewichtsgefühl und die Koordination verbessern, welche die Wahrscheinlichkeit von Stützen beeinflussen. Sport hilft mit, die Kleinigkeiten des täglichen Lebens besser zu bewältigen. Dazu gehört auch: Einkaufstaschen tragen, aus einem Sessel aufstehen und den Haushalt in Schuss halten. Sport hilft mit, die Lebensqualität zu halten oder zu verbessern.
Einige Studien haben gezeigt, dass eine erhöhte sportliche Aktivität mit einer verringerten Zahl von Herzproblemen, ja Herzinfarkten einhergeht. Weiters wird das Auftreten von Diabetes, von Dickdarmkrebs, von Hochdruck, von Depression und Angstzuständen vermindert.
Aktive Menschen mit hohem Blutdruck, hohen Blutfetten, Diabetes oder chronischen Krankheiten sterben weniger oft zu früh an diesen Krankheiten
Untätige Menschen verlieren Muskelfasern im Ausmaß von 3 bis 5 % in jedem Jahrzehnt nach dem 30er. Das sind 30 % Muskelfaserschwund mit 60 Jahren.
Gesundheitsexperten warnen, dass eine Konsequenz der reduzierten oder eingestellten körperlichen Aktivitäten viele ältere Personen unter oder gerade noch über der Grenze körperlicher Behinderung leben. Unter diesen Umständen kann sie eine kleine, sonst unbedeutenden Krankheit vollständig von der Hilfe anderer abhängig machen.
Sie können langsam anfangen, aber machen Sie einen Anfang!!! Zum Beispiel mit Gehen.

Geh-Programm

	Aufwärmen	Zielbereich-Training *	Abkühlphase	Gesamt
Woche 1				
Raster A	Normales Gehen 5 min.	Rasches Gehen 5 min.	Normales Gehen 5 min.	15 min.
Raster B		Wiederholung des obigen Rasters		
Raster C		Wiederholung des obigen Rasters		
Setzen Sie mit mindestens drei Einheiten während jeder Woche des Programms fort. Wenn Sie dieser Raster ermüdet, wiederholen Sie das Raster, bevor Sie zum nächsten Raster weiter gehen. Sie müssen dieses Programm nicht in 12 Wochen durchziehen!				
Woche 2	Gehen 5 min.	Rasches Gehen 7 min.	Gehen 5 min.	17 min.
Woche 3	Gehen 5 min.	Rasches Gehen 9 min.	Gehen 5 min.	19 min.

Woche 4	Gehen 5 min.	Rasches Gehen 11 min.	Gehen 5 min.	21 min.
Woche 5	Gehen 5 min.	Rasches Gehen 13 min.	Gehen 5 min.	23 min.
Woche 6	Gehen 5 min.	Rasches Gehen 15 min.	Gehen 5 min.	25 min.
Woche 7	Gehen 5 min.	Rasches Gehen 18 min.	Gehen 5 min.	28 min.
Woche 8	Gehen 5 min.	Rasches Gehen 20 min.	Gehen 5 min.	30 min.
Woche 9	Gehen 5 min.	Rasches Gehen 23 min.	Gehen 5 min.	33 min.
Woche 10	Gehen 5 min.	Rasches Gehen 26 min.	Gehen 5 min.	36 min.
Woche 11	Gehen 5 min.	Rasches Gehen 28 min.	Gehen 5 min.	38 min.
Woche 12	Gehen 5 min.	Rasches Gehen 30 min.	Gehen 5 min.	40 min.

Woche 13 und danach:

Überprüfen Sie Ihren Puls regelmäßig oder verwenden Sie eine Pulsuhr um zu sehen, ob Sie in Ihrer Ziel-Puls-Zone sind. Sobald Sie besser im Training sind, versuchen Sie sich mit dem Puls im oberen Zielbereich zu bewegen. Steigern Sie schrittweise ihre Rasch-Gehzeit auf 30 bis 60 Minuten, drei bis vier Mal pro Woche! Erinnern Sie sich daran, dass Ihr Ziel die Vorteile für sich selbst und die Gesundheit sind, und Sie genießen Ihre Aktivität!

* Hier finden Sie Tipps, wie Sie überprüfen, ob Sie sich innerhalb Ihrer Ziel-Puls-Zone bewegen.

1) Sofort nach dem Ende der Übung überprüfen Sie Ihren Puls: Drücken Sie leicht mit zwei Fingerspitzen auf eines der Halsblutgefäße, gerade seitlich des Adamsapfels. Oder Sie drücken mit den zwei Fingerspitzen auf den Pulspunkt am Handgelenk unterhalb des Daumengrundgelenks.

2) Zählen Sie Ihren Puls für 15 Sekunden und multiplizieren Sie den Wert mal 4.

3) Vergleichen Sie die errechnete Zahl mit der für Sie gültigen Gruppierung unterhalb: Suchen Sie nach Ihrem Altersbereich, folgen Sie der Zeile nach rechts und finden Sie dort den Zielbereich. Zum Beispiel: Sie sind 43, der nächste Altersbereich ist 45; Ihre Ziel-Puls-Zone ist dementsprechend 88–131 Herzschläge pro Minute.

Alter	**Herz-Ziel-Puls-Zone**
20 Jahre	100-150 Schläge pro Minute
25 Jahre	98-146 Schläge pro Minute
30 Jahre	95-142 Schläge pro Minute
35 Jahre	93-138 Schläge pro Minute
40 Jahre	90-135 Schläge pro Minute
45 Jahre	88-131 Schläge pro Minute
50 Jahre	85-127 Schläge pro Minute
55 Jahre	83-123 Schläge pro Minute
60 Jahre	80-120 Schläge pro Minute
65 Jahre	78-116 Schläge pro Minute
70 Jahre	75-113 Schläge pro Minute
75 Jahre	73-110 Schläge pro Minute
80 Jahre	70-105 Schläge pro Minute
85 Jahre	68-100 Schläge pro Minute
90 Jahre	65-98 Schläge pro Minute

SPEZIAL: Risiko Frau

Was Frauen für ihr Herz tun können

Noch immer herrscht die Meinung, die koronare Herzkrankheit sei vorwiegend eine Krankheit der Männer. Tatsache aber ist, dass Frauen wie Männer gleich häufig an der koronaren Herzkrankheit sterben und diese bei Frauen über 75 Jahre sogar die führende Todesursache ist. Nur das altersabhängige Auftreten ist unterschiedlich: Frauen entwickeln eine koronare Herzkrankheit im Durchschnitt 10 Jahre später als Männer und einen Myokardinfarkt 20 Jahre später als der Mann.
Diese Zeitunterschiede werden zeitlich korrelierend mit dem natürlichen Abfall des Östrogenserumspiegels mit Beginn der Menopause in Zusammenhang gebracht. Nach den Wechseljahren steigt das Risiko eines Herzinfarktes auf das Vierfache an. Die Wahrscheinlichkeit, an einem Herzinfarkt zu sterben, ist etwa sechzehn Mal höher als an Brustkrebs.
Frauen haben Angst vor Brustkrebs, doch nur eine von acht erkrankt daran, aber eine von zwei Frauen stirbt an Herz-Kreislauf-Erkrankungen.
Mit weiter steigender Lebenserwartung der Frau wird die koronare Herzkrankheit an Bedeutung zunehmen, da nicht wenige Frauen heute bis zu 40 Jahre nach der Menopause leben!

Besondere Risikofaktoren für die Frau

Seit den 80er-Jahren zeichnen sich dabei geschlechtsspezifisch unterschiedliche Trends ab: Während bei Männern die koronare Sterberate abnimmt, findet sich gegenläufig dazu bei Frauen ein kontinuierlicher Anstieg der Sterbefälle durch koronare Herzkrankheiten.
Bei Frauen wirken sich die Risikofaktoren für die Entstehung einer Herzkrankheit, die prinzipiell die gleichen wie beim Mann sind, anders aus bzw. sind in ihrer Wertigkeit anders.

Noch schädlicher als bei Männern sind:

- Rauchen
- die »Pille« nehmen
- Bluthochdruck
- Zuckerkrankheit
- das Aufhören der Regelblutung

Ein besonderer Risikofaktor ist das Aufhören der Regelblutung, auch die chirurgische Entfernung der Eierstöcke oder der Gebärmutter (2–3facher Anstieg des Risikos).

Frauen, die rauchen, haben ein 4faches Risiko.
Frauen, die die »Pille« nehmen, haben 3faches Risiko
Frauen, die die »Pille« nehmen und rauchen haben, ein 40faches Risiko.

Achtung !!!

Frauen, die unter 40 Jahre alt sind und einen Herzinfarkt hatten, nehmen zu 86 % die Pille und sind zu 67 % Rauerinnen.

Frauen, die zuckerkrank sind, haben ein 7faches Risiko
Bei Frauen jenseits der Menopause haben erhöhte Plasmaspiegel an C-reaktivem Protein (hochsensitive Bestimmungsmethode) ein viel bessere Aussagekraft für die Entstehung einer koronaren Herzkrankheit als Blutfettwerte. (Nach Berücksichtigung von Risikofaktoren wie Rauchen, Gewicht, Bodymass-Index, Hypertonie, Anamnese (kardiovaskuläre Erkrankungen bei den Eltern), Diabetes, Vitamin E oder Aspirin-Medikation zeigen allein C-reaktives Protein sowie das Verhältnis von Cholesterin zu HDL-Cholesterin unabhängig ein erhöhtes Risiko für kardiovaskuläre Ereignisse an).
Frauen mit »normalem« Gesamt-Cholesterin aber hohem C-reaktiven Protein haben ein signifikant höheres Risiko für kardiovaskuläre Ereignisse.
Frauen mit hohen Werten von C-reaktivem Protein und Cholesterin zu HDL-Cholesterin im obersten Viertel haben ein siebenfach höheres Risiko für ein kardiovaskuläres Ereignis.
Das klinische Erscheinungsbild von Frauen mit Herzproblemen ist offensichtlich anders als das von Männern:
Bei Frauen treten erste Anzeichen von Herz-Kreislauf-Erkrankungen meist im höheren Lebensalter auf.
Typische Symptome, wie »Engegefühl in der Brust« bei körperlicher Belastung, gehen weniger häufig mit einer koronaren Herzkrankheit einher als bei Männern.
Symptome der koronaren Herzkrankheit (KHK) bei Frauen äußern sich häufiger als Schulterschmerz, Rückenschmerz, Luftnot, Kurzatmigkeit und Übelkeit.
In der Diagnosestellung der KHK bei der Frau ergeben sich zweierlei Schwierigkeiten: Zum einen liegt bei verschiedenen weiterführenden Untersuchungen, wie Belastungs-EKG, Stressechokardiografie oder Myokardszintigrafie, die Aussagegenauigkeit deutlich unter den für Männer ermittelten Werten. Erst in Zusammenschau von Untersuchungen unter Belastung und anamnestischen Daten ist die Aussagekraft deutlich verbessert.
Zum anderen wird die Wahrscheinlichkeit des Auftretens einer KHK bei Frauen sicherlich zumeist unterschätzt, sodass entsprechende Beschwerden (z. B. Schmerzen im Brustkorb oder Oberbauch) sowohl von den Patientinnen selbst als auch von ihren behandelnden Ärzten eher durch andere Ursachen gedeutet (z. B. Wirbelsäulenschmerz) oder als weniger bedrohlich wahrgenommen werden.

Besondere Probleme von Frauen mit koronaren Herzkrankheiten

Frauen mit Herzinfarkt gehen später zum Arzt als Männer.

Frauen mit Herzinfarkt kommen später ins Krankenhaus als Männer.

Frauen haben hinsichtlich der Komplikationen der KHK offensichtlich eine schlechtere Prognose, so ist z. B. die Infarkt-Sterblichkeit höher. Ein geschlechtsspezifischer Unterschied zu Lasten der Frauen findet sich auch bei den schlechteren Ergebnissen der thrombolytischen Therapie bei Herzinfarkt und nach Interventionen wie koronarer Angioplastie oder Bypass-Chirurgie.

Vor Einlieferung in die Klinik ist das Risiko des plötzlichen Herztodes bei Männern höher. In der Klinik jedoch haben Frauen eine höhere Infarktsterblichkeit. Diese wird durch eine höhere Komplikationsrate bei der Lysetherapie und eine geringere Anzahl durchgeführter Herzkatheteruntersuchungen erklärt.

Frauen bekommen im Krankenhaus seltener die richtige Therapie.

Frauen haben bei Bypassoperationen ein deutlich höheres Risiko (1,5–4,4fach).

Hinsichtlich einer Bypass-OP gilt, dass Begleiterkrankungen das allgemeine OP- und Narkoserisiko erhöhen. Hierzu zählen das Patientenalter, arterielle Hypertonie, Diabetes mellitus, eingeschränkte Nierenfunktion, Lungenerkrankungen, arterielle Verschlusskrankheit, Varikosis und Anämie. Für alle diese Risikofaktoren ließ sich in den betreffenden Untersuchungen ein häufigeres Vorkommen bei Frauen zum Zeitpunkt der Bypass-OP nachweisen.

Beeinflusst werden diese Entscheidungen möglicherweise durch Ergebnisse älterer Studien, wonach Akut-Interventionen bei der Frau schlechtere Resultate und eine höhere Komplikationsrate zeigen. So zeigt sich ohne Ausnahme, dass Frauen im Schnitt bei Durchführung einer Katheterintervention älter sind und häufiger an Bluthochdruck und Zuckerkrankheit leiden. Hieraus kann sich eine höhere Rate von Komplikationen an der Einstichstelle, Infektionen und Blutungen erklären. Der geringere Koronararteriendurchmesser wird für technische Schwierigkeiten (z. B. bei der Atherektomie) verantwortlich gemacht. Insgesamt scheint sich aber weder bei schwerwiegenderen Komplikationen (Infarkt während der Untersuchung, Notfall-OP) noch bei den Langzeiterfolgen ein signifikanter Unterschied zu zeigen.

Strategien gegen die symptomatische Frauenproblematik

Die höhere Problematik bei Frauen fordert somit die Notwendigkeit einer frühzeitigen Diagnose und aggressiveren primär-und sekundärpräventiven Strategien.

Neue Studien haben wieder gezeigt, dass Frauen unter 50 Jahren, also zumeist vor der Menopause, weniger häufig als Männer eine koronare Herzkrankheit bekommen, aber wenn sie sie erleiden, trifft es sie meist schwerer bzw. die Todesrate ist bei Frauen unter 50 bei Herzinfarkt doppelt so hoch. Obwohl diese Erkenntnisse noch nicht voll erklärt werden können, gibt es Ansätze von Verständnis:

Frauen haben häufiger geschwächte Herzmuskeln, niedrigen Blutdruck und EKGs, die es schwierig machen, einen Herzinfarkt zu erkennen.

Frauen haben eher Herzinfarkte wegen Blutgerinnsel, während Männer häufiger verstopfte Gefäße aufweisen.
Frauen haben häufiger spastische Probleme mit Arterien wie z. B: Migräne oder Morbus Raynaud.
Die meisten Symptome für Herzprobleme wurden von Männer beschrieben. Daher haben Frauen Probleme, Anzeichen für Herzprobleme oder einen Herzinfarkt zu erkennen, nachdem diese Symptome anders als bei Männern sein können.

Östrogene und koronare Herzkrankheiten

Östrogen ist ein Hormon, das von der Frau produziert wird, vor allem in den Eierstöcken. Unter anderem befähigt es zum Kinderkriegen und festigt Knochen. Als ursächlich für das auffallend seltenere Vorkommen der KHK und anderer atherosklerotisch bedingter Erkrankungen bei prämenopausalen Frauen wird allgemein der so genannte »Östrogenschutz« angesehen.
Ursprünglich wurden Unterschiede im Risikoprofil (geringerer Nikotinkonsum, weniger »Stress«) dafür verantwortlich gemacht. Doch fiel auf, dass sich bei Frauen, die z. B. durch eine operative Entfernung der Eierstöcke eine frühere Menopause haben, das Risiko für eine KHK rasch dem der Männer angleicht. Hieraus wurde die Vermutung abgeleitet, dass weibliche Geschlechtshormone, insbesondere Östrogene, hinsichtlich der Atherosklerose-Entstehung einen schützenden Effekt haben. Der Mechanismus dieser Wirkung ist noch nicht vollständig erklärt.

Wie schützt Östrogen vor Herzinfarkt?

Bezüglich möglicher Einflüsse auf die Atherosklerose finden sich dreierlei Erklärungsmöglichkeiten:

- Verbesserung des koronaren Blutflusses und Verlängerung der ischämiefreien Zeit unter Belastung
- günstiger Einfluss auf das Blutgerinnungssystem
- Verbesserung des Lipidprofils: Senkung des Gesamt-Cholesterins mit Abnahme des LDL-Anteils um mehr als 20 % und relativer wie auch absoluter Erhöhung des als protektiv geltenden HDL. Zusätzlich kommt es zu einer Absenkung des Lp(a), das sich als weiterer Risikofaktor herausgestellt hat.

Wie wirkt sich der Verlust von Östrogen auf das Herz und die Blutgefäße aus?

Wenn sich eine Frau der Menopause nähert, steigt Ihr Risiko für eine KHK genauso wie für einen Schlaganfall. Wenn die Menopause durch eine chirurgische Entfernung von Gebärmutter und Eierstöcken verursacht wird, erhöht sich das Risiko dramatisch. Wenn die Menopause natürlich eintritt, steigt das Risiko langsam.
Verschiedene Studien haben gezeigt, dass es eine Verbindung zwischen dem Sinken des Östrogen-Spiegels und dem Ansteigen von KHK und Schlaganfall gibt.

Was sind Östrogen-Ersatz-Therapie (ÖET) und Hormon-Ersatz-Therapie (HET)?
Über Jahrzehnte haben Millionen von Frauen eine ÖET verwendet, um die Unannehmlichkeiten der Menopause zu vermeiden, um Osteoporose zu verhindern und um Herz- und Gefäßkrankheiten zu reduzieren.
ÖET ist entweder eine natürliche oder eine synthetische Form von Östrogen in einer Tablette. HET ist eine Östrogentherapie kombiniert mit einer Gestagentherapie für Frauen mit einer intakten Gebärmutter. Frauen, deren Gebärmuter entfernt wurde, brauchen nur ÖET. Wenn Sie bereits eine natürliche oder chirurgische Menopause haben, sollten Sie sich den Beginn einer ÖET oder HET überlegen. Besprechen Sie dies mit Ihrem Arzt.

Was sind die Vorteile der Östrogen-Ersatz-Therapie oder Hormon-Ersatz-Therapie?
Einige Studien sagen, dass Frauen, die eine ÖET nach der Menopause nehmen, ein 50 % niedrigeres Risiko einer KHK haben als Frauen, die dies nicht tun. Der Erfolg könnte aber auch mit besserer Erziehung, besserem sozialen Status und weniger natürlichen Risikofaktoren verbunden sein.
ÖET und HET erhöhen das HDL, das »gute« Cholesterin. Man fand auch heraus, dass HET das LDL (»schlechte« Cholesterin) senkt.
ÖET und EHT vermindern das Todesrisiko für Herzkrankheiten und Schlaganfälle. Ja, sie reduzieren alle wichtigen Todesarten ausgenommen Brustkrebs.
ÖET und HET lindern die Symptome der Menopause und schützen vor Osteoporose.

Was sind die Risiken einer ÖET oder HET?
ÖET erhöht das Gebärmutterkrebsrisiko. HET verringert dieses Risiko.
ÖET kann den Triglycerid-Spiegel erhöhen.
ÖET und HET ergeben ein höheres Risiko an Blutgerinnseln.
Ob ÖET und HET ein höheres Risiko an Brustkrebs ergeben, ist nicht bewiesen.
Aus diesen Gründen dürfte eine ÖET oder HET bei folgenden Frauen nicht gegeben werden:
Gebärmutter- oder Brustkrebs, Bluthochdruck, Lungenembolie oder Venenthrombose, Diabetes, Schlaganfall

Hormonersatztherapie ja oder nein?
Auf Grund der derzeitigen Datenlage kann eine generelle Hormonersatztherapie bei allen Frauen in der Menopause zur primären und sekundären Prophylaxe der koronaren Herzkrankheit nicht empfohlen werden.
Obwohl eine generelle Empfehlung zur Hormonsubstutition bei postmenopausalen Frauen zum heutigen Zeitpunkt nicht ausgesprochen werden kann, ist wegen der beeindruckenden nahezu Halbierung der kardiovaskulären Sterblichkeit bei jeder Patientin an dieses zusätzliche Therapieprinzip zu denken. Im Einzelfall – wenn auf Grund der individuellen Risikoabschätzung ein sehr hohes Risiko für eine korona-

re Herzkrankheit und gleichzeitig ein niedriges Brustkrebsrisiko vorliegt – kann jedoch eine kombinierte Östrogen-Gestagen-Therapie erwogen werden. Am stärksten sollten hier Frauen mit mehr als einem koronaren Risikofaktor profitieren.
Neue Studie haben jedoch gezeigt, dass eine Hormonersatztherapie mit Östrogen/Progesteron bei Patientinnen mit koronarer Herzkrankheit zu keiner Reduktion der koronaren Ereignisse führt. Vielmehr steigt die Zahl der Thrombosen und Lungenembolien an. Die vereinzelt propagierte unkritische Anwendung von Östrogenen in »Antiaging Cocktails« als »Lifestyle Drugs« ist strikt abzulehnen. Zur Sekundärprävention bei bereits vorhandener koronarer Herzkrankheit taugt die postmenopausale Hormonsubstitution offenbar wenig.
Koronargesunden Frauen scheint die Hormonsubstitution dagegen einen gewissen Schutz vor der Entwicklung einer koronaren Herzkrankheit zu bieten.

Wie können Frauen das Risiko einer koronaren Herzkrankheit sonst verringern?
Verringern Sie gesättigte Fette und Cholesterin in Ihrem Essen.
Verringern Sie Ihr Gewicht, wenn Sie übergewichtig sind.
Betreiben Sie Sport.
Rauchen Sie nicht.
Wenn Sie die Risikofaktoren früher im Leben kontrollieren konnten, können Sie das Risiko einer Herz- oder Gefäßerkrankung nach der Menopause verringern!

Frauen und Sport
Aus Studien wissen wir, dass die körperliche Aktivität, Sport, eine schützende Wirkung hat. Allerdings wurden vorwiegend Männer diesbezüglich untersucht. Die Frage ist nun, wie viel Fitnesstraining, Kraftübungen, Joggen, Turnen oder andere Übungen wie Gehen braucht es um eine prophylaktische Wirkung zu erzielen? Über Frauen wissen wir diesbezüglich recht wenig.
Es gibt nun Erkenntnisse aus neuen Studien über sportliche Aktivitäten bei Frauen »Womens Health Initiative Observational Study«:
Frauen mit einem Programm von mindestens 2,5 Stunden pro Woche können mit einer Risikoreduktion für eine KHK von rund 25 % rechnen. Diese Risikoreduktion findet sich für alle Altersgruppen, also für die 50–59 sowie die 70–79-Jährigen und sogar für die Übergewichtigen, nicht nur für die schlanken Teilnehmerinnen.
Die Teilnehmerinnen, die sehr intensiv trainierten (eine kleinere Gruppe) erreichte Risikominderungen von über 50 %!
Allerdings zeigte sich, dass gemütliches Spazieren, (weniger als 3 km/Stunde) keine Schutzwirkung zur Folge hat! Zudem wurde herausgefunden, dass Frauen, die viel saßen oder schliefen, ein deutlich höheres Risiko hatten (+70 %), als diejenigen, die weniger als 4 Stunden täglich sitzend zubrachten.
Die Ergebnisse beweisen eindrücklich, dass regelmäßige sportliche Betätigung das Risiko für Herz-Kreislauf-Krankheiten senkt.

Von großer Bedeutung ist das Resultat, dass forsches Gehen den gleichen Effekt hat wie der regelmäßige Besuch eines Fitnessstudios. Wichtig ist die regelmäßige, den Körper beanspruchende Bewegung. Es lohnt sich, mindestens fünf Mal pro Woche mindestens 30 Minuten energisch zu gehen oder entsprechende Sportarten zu betreiben.

HERZKRANK

Wer keine Zeit für seine Gesundheit hat,
wird Zeit für seine Krankheit haben müssen.
Volksweisheit aus England

Wenn das Herz schmerzt ...

Anzeichen und Symptome von Herzkrankheiten

Herzerkrankungen haben so wie jede andere Krankheit Symptome, die mithelfen sollen bei der Entscheidung, ob ein Arzt aufgesucht werden soll, und sind für den Arzt wertvoll für die richtige Diagnostik.

Anamnese und körperliche Untersuchung

Wenn Sie einen Arzt oder eine Notaufnahme aufsuchen, wird die erste Frage sein: »Warum sind Sie hier?«

Sie werden gebeten zu beschreiben, was Ihre Probleme sind, wie Sie sich fühlen, ob und welche Schmerzen Sie haben.

Antworten können sein: »Ich habe Schmerzen in der Brust« oder »Ich habe Atemnot« oder »Meine Knöchel sind geschwollen.«

Als Nächstes werden Sie darüber Auskunft geben müssen, seit wann die Beschwerden akut sind und ob Sie Medikamente einnehmen. Sofern dazu Zeit ist, wird Ihr gesamter Körper durchbesprochen, damit sich der Arzt einen Überblick über Ihren Gesamtzustand machen kann.

Entscheidend ist, dass Sie Ihre Symptome und Zeichen richtig und vollständig beschreiben.

Brustschmerz – Angina Pectoris

Das erste Symptom, an das Menschen in Bezug auf Herzerkrankungen denken, ist der Brustschmerz. Dieser kann jedoch durch eine Vielzahl von Erkrankungen hervorgerufen werden, von denen nur einige durch Herzprobleme ausgelöst werden:

- Gallenblasenprobleme
- Herzbeutelentzündung
- Rücken- und Bandscheibenprobleme
- Riss in der Aorta
- Erkrankungen der Speiseröhre und des Magens
- Lungenentzündung
- Lungenfellentzündung

Die häufigste Form von Brustschmerz, der mit dem Herz verbunden ist, wird als Angina Pectoris (= Enge der Brust) bezeichnet. Dieser Zustand, auch salopp Angina genannt, wird durch eine Durchblutungsstörung des Herzmuskels hervorgerufen, der Muskel bekommt nicht genügend Sauerstoff durch die Herzkranzgefäße geliefert. Dies muss nicht unbedingt mit Schmerzen einhergehen, sondern

kann auch als pures Unbehagen empfunden werden. Angina kann auf Grund von Belastung auftreten und dann wieder verschwinden, aber auch in Ruhe spürbar werden und bleiben. Weitere Auslöser können Stress oder kaltes Wetter sein.
Wie auch immer, Angina ist ein ernst zu nehmendes Warnzeichen! Aus Angina kann sich ein bedrohlicher Herzinfarkt entwickeln!

Klassische Zeichen, die mit einer Angina Pectoris verbunden werden:

- Engegefühl, Schwere, Druck in der Brust
- Brennen, Zerquetschungs- oder Vernichtungsgefühl
- ein Gefühl, als ob der Brustkorb in einem Schraubstock eingeklemmt wäre
- ein Gefühl, als ob ein Riesengewicht auf den Brustkorb geladen wäre
- ein stumpfer Schmerz, oft über dem Brustbein, der sich bis in die linke Schulter oder in den linken Arm fortsetzt
- der Schmerz kann auch bis in die Kieferregion spürbar sein
- Ausbreitung des Schmerzes in den oberen Bauchbereich und als Folge kann es zu Beschwerden bei Magen, Gallenblase oder Speiseröhre kommen
- Kurzatmigkeit

Bei manchen Patienten verläuft eine Angina vollkommen ohne Symptome und Anzeichen, selbst wenn sich ein Herzinfarkt entwickelt. Häufig ist das bei Diabetikern der Fall. Hier spricht man von Ruhe-Angina. Dieser Zustand gilt als sehr bedrohlich, da er eine besonders fortgeschrittene Form der Erkrankung signalisiert.

Herzanfall – Herzinfarkt

Obwohl Angina Pectoris nicht unbedingt bedeutet, dass Sie im Begriff sind, einen Herzinfarkt zu erleiden, muss doch die Situation, in der Sie sich befinden, schnellstens geändert und abgeklärt werden. Wenn Angina Pectoris länger als ein paar Minuten anhält, ist die Wahrscheinlichkeit eines Herzinfarktes sehr hoch.
Die Brustschmerzen, die mit einem Herzinfarkt einhergehen, können mehrere Stunden dauern und werden mit Nitroglycerin-Kapseln oder sogar Nitroglycerin-Infusionen im Krankenhaus behandelt. Oft sind diese Mittel aber nicht ausreichend. Die Opfer eines Herzinfarktes benötigen zur Schmerzbekämpfung Morphium und ähnliche Medikamente.
Manchmal verlaufen Herzinfarkte stumm und werden erst später anhand von Untersuchungen wie z. B. EKG entdeckt.

Atemnot

Der medizinische Ausdruck für Atemnot ist Dyspnoe, auch oft als Hunger nach Luft

beschrieben. Auslöser für diesen Zustand gibt es unterschiedlichste: Lungenerkrankung, Blutarmut oder auch Erschöpfung nach hartem Training ...
Bei Atemnot, die in der Nacht auftreten und häufig mit Herzversagen verbunden sind, gibt es unterschiedliche Arten:

- Einige Menschen wachen in der Nacht plötzlich auf und leiden unter Atemnot, sie müssen sich aufsetzen. Viele Leute brauchen sogar frische Luft. Nachdem die Person einige Zeit aufrecht sitzend verbracht hat, gelingt es häufig, wieder normal zu atmen. Dieser Zustand wird als »paroxysmale« nächtliche Dyspnoe bezeichnet.
- Manche Menschen müssen Kopf und Brust erhöht lagern, um beim Liegen eine Atemnot zu vermeiden. Manche können sogar nur sitzend in einem Sessel schlafen. Dieser Zustand wird als Orthopnoe bezeichnet.

Dyspnoe – Atemnot kann durch verschiedene Ursachen hervorgerufen werden.

- Bei Patienten mit geschädigten Herzklappen »leckt« das Blut rückwärts in die Lunge. Diese überschüssige Flüssigkeit führt zu einer Schwellung des Lungengewebes und dadurch zur Atemnot.
- Andere Patienten haben Probleme mit dem Herzmuskel, genannt Kardiomyopathie. Auch in diesem Fall kann sich Blut in die Lunge zurückstauen und Atemnot verursachen.
- Bei Durchblutungsstörungen des Herzmuskels kann es ebenfalls zu einem Rückstau von Blut in die Lungen kommen und damit zu Atemnot.

Atemnot verursacht durch Herzprobleme kann auch zu Husten und Keuchen führen. Husten und Keuchen sind allerdings häufig verbunden mit anderen Krankheiten wie Lungenproblemen, weswegen auch Raucher häufig an Lungen- und Herzkrankheiten leiden.

Lungenödem

Einer der schlimmsten Formen von Herzversagen, die mit einer akuten und bedrohlichen Atemnot einhergeht, wird als Lungenödem bezeichnet. Dabei füllen sich die Lungen buchstäblich mit Flüssigkeit. Als Behandlungsmethode müssen starke Entwässerungsmittel eingesetzt werden, welche zur Ausscheidung von überschüssiger Flüssigkeit durch die Nieren führen. Oft benötigen die Betroffenen auch Medikamente, die das Herz kräftiger schlagen lassen. Meistens können Lungenödeme medikamentös behandelt werden, doch in manchen Fällen ist eine künstliche Beatmung notwendig. Meist ist es möglich, die Beatmung nach zwei bis drei Tagen wieder einzustellen. Andernfalls muss man sich weitere Interventionen einfallen lassen, um diesen Menschen zu helfen.
Patienten, die kurzatmig sind, atmen häufig schneller. Dieser Zustand wird als Tachypnoe bezeichnet. Das kann mit Herzproblemen einhergehen, muss aber

nicht. Ein Arzt muss den Grund dafür herausfinden, die Ursache kann auch psychischer Natur sein.

Bluthusten (Hämoptysis)
Das Heraufhusten von Blut ist gelegentlich mit Herzproblemen verbunden, häufiger jedoch mit Lungen- oder Atemwegserkrankungen. Wenn es durch Herzkrankheiten verursacht ist, kann es während eines Lungenödems auftreten oder während einer Lungenstauung. Einer der klassischen Gründe von Lungenödem und Bluthusten ist die Verengung der Mitralklappe (= Mitralstenose), oft als Spätfolge von rheumatischem Fieber.

Erschöpfung
Erschöpfung oder Mattheit oder Müdigkeitsgefühl können verschiedene Ursachen haben.

- Herzschwäche
- Blutarmut
- Depression
- Unterfunktion der Schilddrüse
- Medikamente (ß-Blocker, Kalziumblocker ...)

usw.
Erschöpfung als Folge von Herzschwäche kann dadurch ausgelöst werden, dass das Herz nicht genügend Sauerstoff in die Organe pumpt.

Schwellung (Ödem)
Der medizinische Ausdruck für das Anschwellen von Gewebe überfüllt mit exzessiver Flüssigkeit ist Ödem. Es kann zahlreiche Ursachen haben und neigt dazu, in Körperteilen aufzutreten, die am meisten der Schwerkraft unterliegen. Daher beginnt die Schwellung meist in Knöcheln und Füßen, und je gravierender der Zustand ist, breitet sie sich auf die gesamten Beine aus. In gewissen Fällen kann sogar der Bauchraum betroffen sein.
Ein Ödem kann in den Beinen als Ausdruck eines Leber- oder Nierenversagens auftreten, bei Verschluss von Venen durch Blutgerinnsel (Thrombose) oder bei Infektionen der Beine. Manchmal ist jedoch eine leichtes Anschwellen der Knöchel nur ein Ausdruck von längerem Sitzen mit abgewinkelten Beinen, z. B. in einem Flugzug.
Wenn das Ödem die Lungen befällt, führt es zu Atemnot, die Ursache ist meistens Herzversagen. Als erstes Zeichen von Herzschwäche zeigen sich häufig geschwollenen Füße oder Knöchel. Die übliche Behandlung besteht in der Gabe von Entwäserungsmitteln (= Diuretika). Auch können Medikamente zur Behandlung von Herzschwäche eingesetzt werden.
Eine schwere Form von Weichteilschwellung wird Anasarka genannt. Diese Form

betrifft den ganzen Köroper, ist aber am stärksten im Bereich von Beinen und Bauchraum ausgeprägt. Bei ganz schweren Verläufen kann sich die Flüssigkeit sogar im Bauchraum ansammeln, dies wird als Aszites bezeichnet.

Pleuraerguss (Flüssigkeit im Brustraum)
Pleura wird die dünne Membran genannt, die sowohl den Lungen- als auch den Brustraum innen überzieht. Ein Erguss entsteht, wenn Flüssigkeit aus den Blut- oder Lymphgefäßen in den offenen Brustraum leckt. Dieser kann in weiterer Folge die Lunge verdrängen und so die Lungenfunktion beeinträchtigen, sprich Atemnot verursachen. Manchmal können sich ein bis zwei Liter an Flüssigkeit ansammeln. Häufig ist diese Flüssigkeit klar oder durchsichtig gelblich.
Als Ursachen für einen Pleuraerguss kommen Herz-, Nieren- und Leberversagen oder auch ein Tumor im Brustbereich in Betracht. Auch eine Infektion kann Auslöser sein, in diesem Fall ist die Flüssigkeit meist eitrig.
Die Behandlung richtet sich nach der Ursache und nach der Menge der angestauten Substanz. Die Möglichkeiten reichen von Diuretikagabe bis Punktion der Flüssigkeit oder einer Dränage in Lokalbetäubung.

Bewusstseinsverlust, Ohnmacht, Black-out (Synkope) und Benommenheit (Prä-Synkope)
Der Verlust des Bewusstseins, Ohnmacht und kurze Gedächtnis- und Bewusstseinsstörungen werden als Synkope bezeichnet. Üblicherweise ist eine Durchblutungsstörung des Gehirns aus verschiedenen Gründen die Ursache:

- Verengung der hirnversorgenden Arterien
- Embolie der Hirnarterien (Verstopfung durch Gerinnsel oder Kalk)
- verengte Aortenklappe
- irregulärer Herzrhythmus (Arrhythmie von zu langsam bis zu schnell)

Vasovagale Reaktion mit Ohnmacht oder Schwindelanfall
Vasovagale Ohnmacht ist wahrscheinlich die häufigste Form der Synkope. Wahrscheinlich ist dies die Ursache für 3 % der Aufnahmen in Notfallambulanzen. Vasovagal bezeichnet den Effekt des Vagus-Nerv auf die Blutgefäße und das Herz. Während der Sympathikus zur Erhöhung der Schlagfolge des Herzens und zu höherem Blutdruck führt, senkt der Parasympathikus (= Vagus) den Blutdruck und verlangsamt den Herzschlag. Wenn der Effekt zu stark ist, kann das Gehirn für kurze Zeit unterversorgt werden, das augenscheinliche Resultat ist eine Ohnmacht.
Die Behandlung kann durch Medikamente, aber auch durch Schrittmacher erfolgen.
Ein Test mit einem Kipptisch und gleichzeitigem EKG kann diese Problematik abklären helfen.

Starkes Herzklopfen

Starkes Herzklopfen wird dann konstatiert, wenn man tatsächlich sein eigenes Herz schlagen spürt. Das kann nur ein einzelner Schlag sein oder aber eine Serie, meist verbunden mit einem unangenehmen Gefühl. Dieses Gefühl tritt vor allem dann auf, wenn der Herzrhythmus sich ändert, Extraschläge (= Extrasystolen) vorkommen, einzelne Herzschläge ausfallen.

Treten die Symptome in der Nacht auf, wenn man im Bett flach liegt, dann werden sie im Hals, in der Brust oder im Ohr wahrgenommen. Solche Symptome müssen kein Hinweis auf eine schwere Erkrankung sein, können aber durchaus ein Zeichen von einem ungesunden Herzen sein.

Patienten erfahren dieses Gefühl häufig nach Herzoperationen, die Bedeutung ist aber selten groß. Der Arzt kann meistens schnell die Ursache abklären, hie und da sind auch aufwändigere Untersuchungen notwendig.

Veränderung der Hautfarbe

Ein Symptom bei Herzkrankheiten kann auch die Veränderung der Hautfarbe sein. Das bekannteste Beispiel sind die »blauen Babys«. Dieses Phänomen ist dadurch erklärbar, dass sauerstoffarmes (= bläuliches) Blut durch den Körperkreislauf gepumpt wird. Wenn neben Haut auch Finger und Lippen bläulich sind, wird dies als Zyanose bezeichnet. Neben dem Herz als Ursache können die Probleme auch in der Lunge liegen.

Blasse Hautfarbe ist eher durch eine Blutarmut als durch ein Herzproblem verursacht. Patienten im Schock sind allerdings auch sehr blass.

Schock

Schock kann verschiedene Ursachen haben, wird aber immer von niedrigem Blutdruck begleitet. Wenn das Herz die Ursache ist, sprechen wir vom kardiogenen Schock:

- Herzinfarkt
- Klappenriss
- Einriss der Kammerscheidewand
- Herzbeuteltamponade (exzessive Flüssigkeit oder Blut im Herzbeutel)

Während des Schocks wird nicht genügend Blut in den Körper gepumpt. Der Körper versucht zunächst durch Regulationsmechanismen die Blutversorgung der wichtigsten Organe wie Herz und Gehirn aufrechtzuerhalten, doch mit Fortdauer des Schockzustandes genügt auch diese Versorgung nicht mehr.

Der Blutdruck ist kaum tastbar, die Person nicht mehr ansprechbar oder bereits bewusstlos, die Atmung ist flach oder setzt aus und es wird kaum oder kein Urin ausgeschieden. Die Lungen können mit Flüssigkeit überladen sein und der Atem zu brodeln beginnen.

Dieser Zustand ist absolut lebensbedrohlich und kann nur durch rasche und effiziente Hilfe auf einer Intensivstation behandelt werden, da sonst irreversible Schäden und der Tod rasch folgen.

Plötzliche Änderungen des Sehvermögens, der Kraft, der Koordination, der Sprache oder der Empfindungswahrnehmung

Wenn plötzliche Änderungen des Sehvermögens, der Kraft, der Koordiantion, der Sprache oder der Empfindungswahrnehmung auftreten, können dies Anzeichen eines Schlaganfalles sein. Wenn diese Probleme nur einige Minuten anhalten und dann wieder vollständig verschwinden, spricht man von einer transitorisch ischämischen Attacke (TIA), einer vorübergehenden Durchblutungsstörung des Gehirns. Wenn die Symptome jedoch länger als 24 Stunden bestehen, spricht man vom Vollbild eines Schlaganfalls.

Ein Schlaganfall kann verschiedene Ursachen haben:

- Verstopfung eines hirnversorgenden Blutgefäßes durch ein Blutgerinnsel oder Kalk aus einer Arterienwand
- Verschluss eines Blutgefäßes durch Arteriosklerose
- Blutung aus einem Hirnaneurysma
- andere Blutungen

Die Symptome können von Bewegungs- über Wahrnehmungs- und Schluckstörungen bis hin zum Koma und Tod reichen.

Beinschmerzen (Claudicatio)

Beinschmerzen können durch einen Mangel an Sauerstoff in den Beinmuskeln hervorgerufen werden. Meistens ist die Ursache dafür eine arteriosklerotische Veränderung der Beinarterien, die zu einer Verengung oder Verschluss führt. Nach einer bestimmten Wegstrecke kommt es in bestimmten Regionen des Beines zu Schmerzen und Müdigkeit. Nach einer Pause ist dann häufig ein Weitergehen möglich. Mit fortschreitender Erkrankung werden diese Pausen immer kürzer und oft ist nur ein Zurücklegen von sehr kurzen Distanzen möglich. Man spricht dann von der Schaufenster-Krankheit.

Andere Uraschen für Beinschmerzen können auch Bandscheibenprobleme sein.

Wenn das Herz untersucht wird ...

Diagnose von Herzkrankheiten

Weil das Herz so gut abgeschirmt ist, kann die Herzuntersuchung eine Herausforderung sein. Ärzte kennen mehrere Wege, das Herz zu »sehen«, ohne den Brustkorb gleich zu öffnen. Natürlich ist die Herzchirurgie die letzte Möglichkeit, um ein Herz zu untersuchen.

Es gibt eine Vielzahl von Untersuchungen zur Diagnose einer Herzerkrankung. Die Auswahl eines Tests oder die Anzahl der notwendigen Untersuchungen hängt vom Patienten ab, von seinem Zustand bzw. seiner Gefährdung und von der Beurteilung durch den Arzt.

Üblicherweise beginnt eine Untersuchungsreihe mit dem einfachsten Test und wird dann je nach Notwendigkeit mit aufwändigeren Untersuchungen fortgesetzt. Meist beginnt der Arzt damit, den Patienten zu beobachten, er versucht in den Patienten hineinzuhorchen und tastet den Brustkorb ab. Hierauf klopft er den Brustkorb ab und bekommt so eine Ahnung über die Größe des Herzens. Das Stethoskop ist die nächste Hilfe, Informationen über das Herz zu bekommen. So kann man Geräusche und Unregelmäßigkeiten im Herzschlag hören.

Mit bereits mehr technischem Aufwand wird ein Röntgenbild des Brustkorbs angefertigt, das über Größe und Lage des Herzens Auskunft geben kann. Ein EKG gibt genauere Informationen und ein Echokardiogramm, der Ultraschall, lässt uns wirklich das Herz betrachten, oder zumindest sein »Echo«.

Einige dieser Untersuchungen sind nicht-invasiv, d. h. es werden keine Nadeln, Flüssigkeiten oder Instrumente in den Körper eingeführt, andere wiederum sind invasiv, d. h. die vorhin genannten Maßnahmen sind erforderlich.

Je aufwändiger die folgenden Untersuchungen werden, desto genauer wird das Bild, das wir uns vom Herzen und von seiner Erkrankung machen können. Unser gesamtes technologisches Wissen ist hierbei gefordert.

Beispiele für nicht-invasive Untersuchungen

Ruhe-Elektrokardiogramm (EKG)
Lungenröntgen
Holter-EKG
Echokardiogramm
Belastungs-EKG
Computer-Tomografie (CT)
Magnet-Resonanz-Untersuchung (MR) oder Nuklear-Magnet-Resonanz-Untersuchung (NMR)

Beispiele für invasive Untersuchungen
Bluttests
nuklearmedizinische Untersuchungen
MUGA-Untersuchung
Thallium-Stress Test
Single-Photonen-Emissions-Computer-Tomografie (SPECT)
Positronen-Emissions-Tomografie PET
Magnet-Resonanz-Angiografie (MR-Angio)
Transösophageales Echokardiogramm (TEE)
Herzkatheter-Untersuchung, auch Koronarangiografie genannt

Klinische Untersuchung

Untersuchung besteht aus mehreren Schritten:
Schritt 1: Anamnese, Risikofaktoren
Schritt 2: klinische Untersuchung
Schritt 3: Elektrokardiogramm
Schritt 4: Blutuntersuchungen

Die *Anamnese* konzentriert sich auf die Risikofaktoren, auslösende Ursachen und die Schmerzcharakteristik.
Die *klinische Untersuchung* sucht nach Angina-Pectoris-Schmerzzeichen, Schweißausbruch, Blutdruckabfall und sehr schnellem Herzschlag. Sie ist andernfalls negativ und dient dem Ausschluss bzw. Nachweis anderer Erkrankungen.

Elektrokardiogramm (EKG)
Ein EKG ist eine Routineuntersuchung, die die elektrische Aktivität des Herzens grafisch darstellt. Aus der Untersuchung können Aussagen über die Schlagfolge des Herzens, über die Herzgröße und über die Herzleistung gemacht werden.
Wenn ein EKG durchgeführt wird, werden zahlreiche »Drähte« an Arme, Beine und die Brust gelegt. Jeder Draht leitet den gleichen elektrischen Impuls von einer unterschiedlichen Lokalisation ab.
Um ein normales Herz zum Schlagen zu bringen, wird ein elektrischer Impuls vom »Sinusknoten«, der im Herzen liegt, ausgesandt. Das EKG verfolgt nun den Weg dieses Impulses vom Sinusknoten durch das Herz bis zum Beginn des nächsten Schlages usw. Die Anzahl und die Form der Wellen, die aufgezeichnet werden, geben Auskunft über die Herzfunktion.

Welche Arten von EKG gibt es?

- Ruhe-EKG

Das Ruhe-EKG ist im Intervall zwischen Angina-Pectoris-Anfällen normal oder uncharakteristisch verändert. Die Aussagekraft von Ruhe-EKGs ist nicht ausreichend.

- 24-Stunden-(= Holter-)EKG

Ein Holter-EKG oder 24-Stunden-EKG wird aufgezeichnet und auf einen portablen Monitor übertragen.
Das Ziel ist es, abnorme elektrische Erregungen des Herzens zu erfassen und zu dokumentieren, während sich der Patient seiner normalen Tätigkeit widmet. Diese können zufällig auftreten, schlaf-, emotions- oder stressabhängig sein. Diese Ereignisse sind meist selten und können lebensbedrohlich sein.

- Ergometrie – Belastungs-EKG

Eine Belastungsuntersuchung (Fahrrad-Test, Laufband-Test, Belastungs-EKG) gibt Auskunft über die Fähigkeit des Herzens, unter Belastung zu funktionieren. Wenn der Körper belastet wird (Laufband, Fahrrad), verbraucht er mehr Sauerstoff und das Herz muss so mehr Blut pumpen.
Diese Untersuchung kann zeigen, ob die Blutversorgung des Herzens ausreichend ist.
So werden vor, während und nach der Belastung das EKG, Blutdruck und Sauerstoff im Gewebe gemessen. Eine ausreichende Belastbarkeit ist Voraussetzung zum Erzielen einer verlässlichen Aussage. Ein Belastungs-EKG mit Blutdruck- und Herzfrequenzmessung ist bei stabiler Angina Pectoris indiziert. Ziele sind:

- der Nachweis einer Myokardischämie mit und ohne Arrhythmien
- Analyse des Blutdruck- und Herzfrequenzverhaltens
- die Beurteilung der Leistungsgrenze.

Insgesamt ist die Ergometrie eine sehr unbefriedigende Untersuchungsmethode zur Abklärung der Angina-Pectoris, vor allem bei Frauen, sie ist jedoch preisgünstig und weit verfügbar. Sie kann nur gemeinsam mit anderen Untersuchungen zum Erstellen einer Diagnose verwendet werden.

Blutuntersuchungen

In den letzten Jahren wurden vermehrt Anstrengungen unternommen, Blut-Tests zu entwickeln, die so früh wie möglich einen drohenden oder einen stattgefundenen Infarkt erkennen. Diese werden als Myokard-Marker oder auch Herzenzyme bezeichnet.

Welche Arten von Blutuntersuchungen werden am häufigsten verwendet?

- CK oder Creatin-Kinase, CK-MB, eine Untereinheit der CK.

CK-MB zeigt eine Erhöhung ca. 6 Stunden nach dem Beginn des Herzinfarkts. Es erreicht seinen Höchstwert in ca. 18 Stunden und kehrt zu Normalwerten innerhalb von 24 bis 36 Stunden zurück. Mit großen Infarkten oder aggressiver Behandlung kann dieser Verlauf verzögert oder verändert sein.

- Troponine sind weitere herzmuskelspezifische Stoffe (Enzyme), die die Herzarbeit regulieren. Normalerweise ist ihr Anteil im Blut sehr niedrig und sind innerhalb weniger Stunden nach einem Herzmuskelschaden (zwischen 4 bis 6 Stunden) deutlich erhöht. Sie erreichen den Höchstwert nach 10 bis 24 Stunden und können bis zu einer Woche nach einem Infarkt erkannt werden.

Herzecho (= Herz-Ultraschall = Echokardiografie)

Mit der Echokardiografie können Wandbewegungsstörungen, Auswurffraktion und Funktionsstörungen erkannt werden. Andere Herzerkrankungen können abgegrenzt werden, weshalb die Echokardiografie von großer diagnostischer Bedeutung ist.
Ein Echokardiogramm funktioniert wie ein Sonar beim U-Boot. Hochfrequente Schallwellen (= Ultraschall) werden in die Brust gesendet und von den verschiedenen Organen reflektiert. Diese Reflexionen werden von Computern ausgewertet und erscheinen als Bild.

Welche Arten von Herz-Ultraschall gibt es?

- Echokardiografie

Eine Routine-Echokardiografie-Untersuchung hat üblicherweise drei Bestandteile:
Die fundamentale Technik heißt M-mode-Echo. Bei dieser eindimensionalen Darstellung wird ein Ultraschall-Strahl zum Herzen gesendet.
Zweidimensionales (2-D-)Echo zeigt die tatsächliche Gestalt und Struktur sowie die Bewegung des Herzens in Schnitten.
Doppler-Echo ist die dritte Technik, die den Blutfluss durch das Herz darstellt. Dieser wird entweder schwarz-weiß oder mit Farbe dargestellt. Mit dieser Untersuchung können Blutgefäße und Herzklappen genau beurteilt werden.

- Stress-Echokardiografie (= Stress-Echo, Herz-Ultraschall mit Belastung)

Die Stress-Echokardiografie erlaubt die Beurteilung der Herzleistung unter dosierter Belastung. Stress-Echokardiografie oder »Stress-Echo« ist eine spezielle Ultraschalluntersuchung, die während einer Form von körperlicher Belastung durchgeführt wird (zum Beispiel Fahrrad oder Laufband = Ergometrie, medikamentös durch Dobutamin- oder Dipyridamolgabe, seltener durch Vorhofstimulation).
Gebiete mit schlechter Durchblutung werden bei zunehmender Belastung durch

abnehmende Pumpleistung erkannt. Häufig ist die Zuordnung eines gefährdeten Bezirkes zu einem Herzkranzgefäß möglich.
Die Belastung erfolgt bei gleichzeitiger EKG-Schreibung.
Diese Technik hat in den letzten Jahren zunehmende Bedeutung erlangt und führt zu besseren Ergebnissen als die herkömmliche Ergometrie.

- Transösophageale Echokardiografie

Transösophageale Echokardiografie (TEE) ist eine spezielle Ultraschalluntersuchung. Ein »Schlauch«, der den Ultraschallkopf enthält, wird ähnlich wie bei einer Magenspiegelung (Gastroskopie) durch den Mund in die Speiseröhre (Ösophagus) eingeführt. Die Speiseröhre liegt direkt hinter dem Herzen und so erreicht man mit dieser Ultraschallsonde sehr scharfe Bilder der Herzstrukturen.
Die Untersuchung wird entweder in Narkose oder unter lokaler Betäubung durchgeführt.

- Intravaskulärer Ultraschall (IVUS)

IVUS funktioniert vom Prinzip wie jede andere Ultraschalluntersuchung. Der Schallkopf ist hier an der Spitze eines Katheters montiert, der in ein Gefäß eingebracht wird. So können die Wandabschnitte eines Blutgefäßes beurteilt, etwaige Fett- oder Kalkablagerungen entdeckt und Verengungen oder Verschlüsse des Gefäßes erkannt werden.
IVUS wird selten als alleinige Untersuchung durchgeführt, sondern meist in Verbindung mit einer Herzkatheteruntersuchung oder mit einer Ballondilatation.

Nuklearmedizin

Bei einer nuklearmedizinischen Untersuchung werden nach Verabreichung des radioaktiven Stoffes mit einer Spezialkamera Aufnahmen des Körpers gemacht. Die Kamera (genannt Szintillations- oder PET-Kamera) verfügt über Spezialdetektoren, mit deren Hilfe der radioaktive Stoff in bestimmten Körperbereichen erkannt und bildlich festgehalten werden kann. Das Bild wird dann auf Film ausgedruckt oder auf einem Computer gespeichert und anschließend von einem Arzt ausgewertet.
Diese Art von Untersuchungen sind sicher und schmerzlos. Eine geringe Menge eines radioaktiven Stoffes wird dem Patienten durch Injektion, oral oder durch Inhalation verabreicht. Diese radioaktiven Stoffe sind mit einem speziellen Medikament gekoppelt, das auf spezielle Organe, Knochen oder Gewebe im Körper abzielt. Die Menge des verabreichten radioaktiven Stoffes wird genau gemessen, damit die Untersuchungsergebnisse so präzis wie möglich ausfallen und gleichzeitig die Strahlenexposition auf ein Minimum beschränkt bleibt.

Nach der Verabreichung spezieller Radionuklide reichern sich diese im zu untersuchenden Organ oder Gewebe an. Die kurzlebigen Radionuklide senden Gamma-Strahlung aus, wenn sie in ihren stabilen Grundzustand übergehen. Die Aktivitätsverteilung, also die räumliche Verteilungsdichte der aus dem Körper austretenden Gamma-Strahlung, kann als Bild im Szintigramm dargestellt werden. Die Registrierung der Gamma-Strahlung erfolgt entweder durch einen Scanner oder mit einer Gammakamera.
Ein Szintigramm ist in der Regel ein Strichrasterbild. Dabei entspricht die Dichte der Striche der Aktivitätsverteilung der Gamma-Strahlung. Bei einem Farbbild werden verschiedenen Aktivitäten unterschiedliche Farben zugeordnet, z. B. steht Rot für viel Aktivität.

Computertomografie (CT)

CT ist eine Aufnahmetechnik, die Schnittbilder, z. B. des Brustkorbs inklusive des Herzens, erzeugt. Die Untersuchung hat eine hohe Auflösung, kann 3-D-rekonstruiert werden und leidet kaum unter Verzerrung durch Bewegung (Atmung, Herzaktion ...). Vor allem wird diese Untersuchung zur Darstellung von Aortenerkrankungen, von Herztumoren und Perikardflüssigkeit eingesetzt. Neuerdings können auch die Herzkranzgefäße dargestellt werden.
Mittels einer Röntgenröhre und Blenden wird ein schmaler Röntgenstrahl (Fächerstrahl) erzeugt. Dieser durchdringt die gewünschte Körperstelle und wird innerhalb des Körpers durch die verschiedenen Gewebe (z. B. Haut, Fett, Muskel, Organe, Knochen) unterschiedlich stark abgeschwächt.
Genau gegenüber der Röntgenröhre befindet sich eine Vielzahl von Sensoren, die das abgeschwächte Signal empfangen und einem Computer zur Auswertung weiterleiten. Im Anschluss daran dreht sich die Röntgenröhre samt gegenüberliegende Detektoren geringfügig um den Patienten weiter. Der beschriebene Vorgang wiederholt sich. Auf diese Weise werden verschiedene Ansichten (Projektionen) derselben Schicht erzeugt und im Computer zu einem Graustufen-Bild umgerechnet. Dieses Bild kann auf einem Bildschirm oder Röntgenfilm betrachtet und ausgewertet werden.
Im Vergleich zum üblichen Röntgenbild ist das CT-Bild übersichtlicher, da der Arzt dank der besseren Kontrastabstufung zwischen den verschiedenen Gewebearten wie Knochen, Muskel oder Fett unterscheiden kann. Dieser Umstand kann durch Kontrastmittel noch verbessert werden.
Eine spezielle Vorbereitung des Patienten auf eine CT ist nicht erforderlich. Da man bei der Untersuchung ruhig liegen muss, wird in seltenen Fällen (insbesondere bei Kleinkindern) die Verabreichung eines Beruhigungsmittels notwendig. Zur Durchführung der CT wird der Patient auf einen speziellen Untersuchungstisch gelegt,

der eine millimetergenaue Verschiebung des Körpers ermöglicht. Der Computertomograf sieht aus wie eine überdimensionale (im Vergleich zum Magnetresonanztomograf sehr kurze) »Röhre«, in die der Patient geschoben wird.
Im Inneren des Computertomografen dreht sich eine Röntgenröhre quer zur Längsachse um den Patienten, dessen Körper während der Aufnahme vorgeschoben wird. Der Patient muss dabei ruhig liegen und bekommt bei der Untersuchung – insbesondere der Organe im Brust- oder im Bauchraum – Anweisungen zum Ein- oder Ausatmen, manchmal muss der Atem für ca. eine halbe Minute angehalten werden.
Die CT dauert wenige Minuten. Die Dauer einer Rotationsphase der Röntgenquelle beträgt 0,5 bis 3 Sekunden, das dabei erzeugte Schnittbild hat eine Dicke von 1 bis 10 Millimetern. So kann beispielsweise das gesamte Gehirn innerhalb einer Untersuchung von 2 bis 3 Minuten dargestellt werden.

Magnet-Resonanz-Tomografie (MRT)

Magnet-Resonanz-Tomografie wird auch Nuklear-Magnet-Resonanz (NMR) oder Kernspin-Tomografie genannt. Dies ist ein Verfahren, das im Gegensatz zu einer Röntgenuntersuchung nicht mit Röntgenstrahlen, sondern mit Magnetfeldern und Radiowellen arbeitet.
Im Zentrum eines jeden MRT-Systems befindet sich ein röhren- oder zylinderförmiger Magnet (obwohl mittlerweile auch MRT-Systeme erhältlich sind, die eine offene Bauweise haben, z. B. mit einem c-förmigen Magneten), der ein Magnetfeld erzeugt. Um ins Innere des Körpers zu schauen, sind sehr kräftige Magnetfelder notwendig. Es werden Elektronenströme verändert und die dabei abgegebene Energie wird von Computern verwendet, um Schnittbilder zu erzeugen. Ein MRT-System erzeugt magnetische Energie und Radiowellen, die dann in Querschnittsaufnahmen oder in eine »scheibenweise« Darstellung des menschlichen Körpers umgewandelt werden.
Der menschliche Körper besteht wie unsere Umwelt aus Atomen. Im Körper sind dies vor allem Wasserstoffatome, die man sich wie sehr viele kleine Kompassnadeln vorstellen kann. Die Wasserstoffatome sind normalerweise ungeordnet. Im Kernspin-Tomografen befindet sich ein sehr starkes Magnetfeld, das die Atomkerne in eine bestimmte Richtung zwingt. Dies ist vergleichbar mit einem Magneten, der die Kompassnadel ausrichtet. Die Atome, in unserer Beschreibung sind das die Kompassnadeln, stehen nun unter einer gewissen Spannung. Mit Hilfe von Radiowellen können sie aus ihrer aufgezwungenen Position ausgelenkt werden. Schaltet man die Radiowellen wieder aus, so springen die Atome wieder in die Richtung zurück, die ihnen von dem starken Magnetfeld vorgegeben wird. Dabei senden die Atome Signale aus, die durch hoch empfindliche Antennen

gemessen werden können. Ein Computer berechnet aus diesen Signalen ein Schnittbild.
Die MRT dauert länger als eine Computertomografie, je nach Untersuchung 20 bis 45 Minuten. Der Patient befindet sich in der engen Röhre und muss bewegungslos liegen. Für die Aufzeichnung erfolgen durch so genannte Gradientenspulen lokale Änderungen des Magnetfeldes. Die dazu notwendigen Schaltvorgänge erzeugen ein lautes Geräusch. Auf Grund dieses anhaltenden Geräuschs und der Länge der Untersuchung wird die MRT oft als unangenehm empfunden. Es kann sein, dass ältere und nervöse Patienten vor der MRT-Untersuchung ein Beruhigungsmittel verabreicht bekommen.
Die Verwendung von Kontrastmitteln bei einer MRT erhöht die Aussagekraft der Darstellung von Organen. Im Normalfall werden 10 bis 15 Milliliter (0,2 ml/kg Körpergewicht) Kontrastmittel intravenös injiziert. Das dabei verwendete Kontrastmittel auf der Grundlage von Schwermetall (Gadolinium) ruft im Gegensatz zu anderen Röntgenkontrastmitteln nur in extrem seltenen Fällen eine Überempfindlichkeits-Reaktion hervor, auch Nierenfunktionsstörungen sind praktisch ausgeschlossen.

MRT ist eine anerkannt Technik für die Untersuchung von
- Erkrankungen der Aorta
- Erkrankungen des Herzbeutels
- angeborenen Herzfehlern
- Herzmuskelerkrankungen
- Herztumoren

Andere, noch nicht so anerkannte Anwendungen sind
- Herzkammerbeschaffenheit und Muskelmasse
- Funktion der einzelnen Herzabschnitte
- Klappenfunktion
- Funktionalität des Herzmuskels

Zukünftige Anwendungen sind
- Anatomie der Herzkranzgefäße und der Blutfluss
- Herzstoffwechsel

MRT bringt relevante Informationen, wenn die Kontraindikationen (Schrittmacherträger) und mögliche Gefahrenquellen (Metallobjekte) beachtet werden

Koronarangiografie (= Herzkatheter)

Die Koronarangiografie ist derzeit der Goldstandard und damit die wichtigste Untersuchung. Es handelt sich dabei um eine Röntgentechnik, bei der Kontrastmittel in die Koronargefäße und die linke Herzkammer injiziert wird. Das Ziel der Untersuchung ist, herauszufinden, ob Herzkranzgefäße normal, verengt oder verschlossen sind, ob die Herzkammer normal pumpt und ob die Herzklappen normal funktionieren.
Zur Durchführung einer Koronarangiografie wird ein dünner Plastikkatheter in Lokalbetäubung über eine Arterie in der Leistengegend oder der Armbeuge bis ins Herz oder die Herzkranzgefäße vorgeschoben.
Zunächst werden Blutdruck und Sauerstoffgehalt des Blutes gemessen. Weiters kann über diesen Katheter Kontrastmittel in das Herz und die Herzkranzgefäße gespritzt werden. Mit einem Röntgenbildschirm werden Aufnahmen in verschiedenen Ebenen gemacht, um ein Bild von möglichst allen Seiten zu erhalten.
Manchmal kann in weiterer Folge bei Bedarf eine Ballondehnung (perkutane transluminale Catheter-Angioplastie = PTCA) eines oder mehrerer Herzkranzgefäße angeschlossen werden und zusätzlich zur Stabilisierung der Dehnung ein Drahtgerüst (= Stent) implantiert werden.

Indikationen zur Herzkatheteruntersuchung sind:
bei Verdacht auf koronare Herzkrankheit:

- typische Angina Pectoris, besonders bei geringer Belastung
- instabile Angina Pectoris
- pathologische Belastungsuntersuchung
- nachgewiesene stumme Ischämie
- höhergradige Herzrhythmusstörungen
- Herzversagen unklarer Ursache
- unklare, immer wiederkehrende Brustschmerzen

bei bekannter koronarer Herzkrankheit:

- zunehmende Angina Pectoris trotz Medikation
- Postinfarktangina
- Angina Pectoris nach Bypassoperation
- Angina Pectoris nach Ballondehnung

Eine Herzkatheteruntersuchung ist nicht indiziert, wenn therapeutische Konsequenzen fehlen, und in Endstadien schwerer Grunderkrankungen.

Wenn das Herz ins Stocken gerät ...

Koronare Herzkrankheiten und ihre Behandlungen

Wenn Ihre Adern zu verstopfen drohen, heißt es Alarmstufe rot! Sind strategisch wichtige Stellen im Leitungsnetz betroffen, beispielsweise die Herzkranzgefäße (Koronararterien), die unser Herz mit Sauerstoff versorgen, dann besteht sogar Lebensgefahr. Geht unserem Herzen der Sauerstoff auch nur für kurze Zeit aus, wird es möglicherweise ganz stillstehen: tödlicher Herzinfarkt. Die Arteriosklerose (Atherosklerose) führt zum Verstopfen Ihrer Arterien. Dies ist die häufigste Ursache aller Herz- und Kreislauf-Erkrankungen, insbesondere von Herzinfarkt und Schlaganfall. Auch das gefürchtete »Raucherbein« ist eine Folge davon.

Arteriosklerose
Koronare Herzkrankheit

Arteriosklerose schreitet über Jahre und Jahrzehnte hinweg fort, ohne dass Sie etwas merken müssen. Sie beginnt dort, wo die Innenwand eines Gefäßes geschädigt wurde, z. B. durch Bluthochdruck. Normalerweise lässt die innerste Gefäßschicht nur Nährstoffe aus dem Blut durch, um die darunter liegenden Gewebe- und Muskelschichten zu versorgen. Ist sie geschädigt, entsteht ein Entzündungsherd, weil jetzt auch Substanzen passieren können, die hier nichts zu suchen haben. Sie werden sofort vom Abwehrsystem angegriffen und es treten alle möglichen Reparaturmechanismen auf, um den Schaden zu beheben. Dabei kommen auch Bestandteile aus dem Blut ins Spiel, die den Schaden nur noch vergrößern. Vor allem sind dies verschiedene Fette bzw. Cholesterine (z. B. LDL-Cholesterin). Wenn es vermehrt auftritt, lagert es sich an der beschädigten Stelle ab und bringt noch weitere (unerwünschte) Blutbestandteile dazu, sich ebenfalls dort anzusiedeln: z. B. Kalk. Daher die Bezeichnung Arterienverkalkung. In der Gefäßwand beginnen durch die vielfältigen Entzündungs-, Abwehr- und Reparaturaktivitäten Wucherungen zu entstehen, die immer weiter zunehmen. Und so verengt sich die Schlagader immer mehr – ein gefährlicher Engpass.
Es kommt noch ein weiterer Vorgang hinzu, den die Natur eigentlich gut gemeint hat: Wo immer ein Gefäß verletzt wird, treten die Blutplättchen auf den Plan. Sie bilden einen Pfropf, um das »Leck« so schnell wie möglich abzudichten, sonst würden Sie »auslaufen«. Wenn ein fortgeschrittener arteriosklerotischer »Engpass« geschädigt wird, ballen sich Blutplättchen zusammen, zerfallen und setzen zusätzlich blutgerinnungsfördernde Stoffe frei. Diese bilden dann ein Netz, in dem sich

danach die roten Blutkörperchen verfangen. So entsteht ein Blutgerinnsel (Blutpfropf, Thrombus), das zum völligen Verschluss der Schlagader führen kann.

Risikofaktoren koronare Herzkrankheit

Einer der wichtigsten Risikofaktoren für die Entstehung der Arteriosklerose ist der Bluthochdruck. Alle seine Auslöser oder Verstärker treffen auch für die Arteriosklerose zu, schließlich ist der Hochdruck ihr Wegbereiter. Mittlerweile kennt man eine Anzahl von Risikofaktoren, die die Entstehung von Arteriosklerose begünstigen:

- Stoffwechselstörungen und ihre Folgen (Metabolisches Syndrom), insbesondere erhöhte Blutfettwerte wie Cholesterin und Triglyzeride
- Zuckerkrankheit (Diabetes mellitus)
- Übergewicht
- Rauchen
- Bewegungsmangel
- Stress
- übermäßiger Alkoholgenuss

Wenn für Sie mehr als einer dieser Faktoren zutrifft, sollten Sie nachdenklich werden. Sind Sie mit den meisten oder gar mit allen vertraut, dann wird es allerhöchste Zeit, sich von ihnen zu trennen.

Einige zusätzliche Risikofaktoren sind allerdings nicht beeinflussbar:

- Erbanlagen
- Geschlecht
- Alter

Die Gefahr, an Arteriosklerose zu erkranken, mit der Folge weiterer Herz-Kreislauf-Krankheiten, wächst, wenn es in Ihrer Familie häufig zu solchen Erkrankungen kommt. Das Risiko steigt mit zunehmendem Alter.

»Dann ist es bei mir schon zu spät!?«

Falls Sie auf Grund des eben Gelesenen zu obigem Schluss kommen, ist dies nicht richtig, denn die gute Botschaft lautet: Wenn Sie Ihren Lebensstil ändern, können Sie das Fortschreiten der Arteriosklerose aufhalten. Sogar Rückbildungen sind möglich. Schalten Sie Ihre persönlichen Risikofaktoren so weit wie möglich aus! Trotzdem gilt die allgemeine Lebensweisheit: Nicht auf die lange Bank schieben, je früher Sie beginnen, umso größer sind Ihre Chancen.

Ischämie (Sauerstoffmangel des Herzmuskels)

Wenn es zur Mangeldurchblutung des Herzmuskels kommt, hat der Körper verschiedene Möglichkeiten, darauf zu reagieren.

Abhängig davon, ob es sich um eine akut auftretende Mangeldurchblutung, um mehrere Episoden von Mangeldurchblutung oder um eine chronische (= lang anhaltende) Mangeldurchblutung handelt, kommt es zu unterschiedlichen Reaktionen des Herzmuskels:

Akute Ischämie
Im Stadium der akuten Ischämie stehen dem Herzen im Wesentlichen vier Schutzmechanismen zur Verfügung, die das Myokard vom ischämischen in den nicht-ischämischen Zustand zurückführen:

- Der Angina-Pectoris-Schmerz

Der typische Angina-Pectoris-Schmerz kann in seiner Intensität sehr verschieden sein. Er stellt den wichtigsten Schutzmechanismus dar. Durch ihn kommt es zum plötzlichen Stoppen jeglicher körperlicher Anstrengung. Dadurch kann das Herz eventuell aus der Mangeldurchblutung wieder entkommen.

- Verringerung der Pumpleistung im schlecht durchbluteten Muskelbezirk

Innerhalb weniger Sekunden kommt es im schlecht durchbluteten Herzmuskelbezirk zu einer Verringerung der Muskelkraft. Das passiert durch schnelle Anpassung der Elektrolytströme in und aus der Herzmuskelzelle (= Elektrolyte regulieren die Pumpaktion: Kalium, Kalzium, Magnesium, Phosphat ...). Das führt zu einer auf dieses Areal beschränkten Leistungseinbuße, die eine Ruhigstellung und Sauerstoff-Einsparung bewirkt.

- Weitstellung der Herzkranzgefäße

Im schlecht durchbluteten Areal kommt es zu einer reflexartigen Weitstellung der Koronargefäße, dadurch bedingt zu einer Verbesserung der Muskeldurchblutung (= Effekt wie der Nitrospray).

- Verringerung der Herzbelastung durch Hormone

Die plötzlich freigesetzten Hormone bewirken eine vermehrte Harnausscheidung und eine gleichzeitige Erweiterung der Herzkranzgefäße (= ähnlicher Effekt, den auch ein Nitrospray erzielt).

Wiederholte Episoden von Mangeldurchblutung
Bei wiederholten kurzen Anfällen von Ischämie kommt es zum »Preconditioning«, einer Art Anpassung an die Mangeldurchblutung. Der Körper reagiert darauf mit mehr Toleranz, d. h. es kommt nicht sogleich zu einer Reaktion auf den Ischämie-Anfall.

Chronische Mangeldurchblutung
Bei lang andauernder Mangeldurchblutung gibt es zwei Möglichkeiten der Antwort des Herzmuskels:

- den Winterschlaf (= Hibernation)
- Gefäßneubildung

Es werden nach der Ruhigstellung durch eine Art Winterschlaf neue Gefäße gebildet (= Kollaterale), die zur besseren Blutversorgung des Herzmuskels beitragen. Im Verlauf der Hibernation durchläuft der Herzmuskel verschiedene Stadien von der Zelle, die auf Sparflamme läuft (»down regulation«), bis zur völligen Umbildung in Narbengewebe (»point of no return«). Dazwischen liegen die Übergangsstadien, die sich noch bei rechtzeitiger Behandlung in eine normale Herzmuskelzelle rückbilden können. Die Behandlung (PTCA, Bypass-OP) muss allerdings rechtzeitig erfolgen.

Angina Pectoris – Wenn die Brust zu eng wird

Für seine unermüdliche Pumparbeit muss Ihr Herz enorme Kraft aufwenden. Dazu braucht es besonders viel »Treibstoff« = Sauerstoff. Über die Herzkranzgefäße, die Koronararterien, wird es mit sehr viel Blut und Sauerstoff versorgt. Sind sie verengt, wird die Blutzufuhr zum Herzen gedrosselt. Ist die Verengung noch nicht allzu weit fortgeschritten, reicht die Durchblutung zumindest im Ruhezustand aus, um Ihr Herz ausreichend mit Sauerstoff zu beliefern.

Wird daraus ein richtiger Engpass, kommt es zum chronischen Sauerstoffmangel (Ischämie) und vor allem bei körperlicher Belastung zu ersten Beschwerden. Weil viele Betroffene bei diesen Schmerzen das Gefühl haben, ihnen würde die Brust zugepresst, werden sie Angina Pectoris genannt (»Enge der Brust«). Sie gilt als die Vorbotin des Herzinfarkts.

Wenn Sie diese Beschwerden im Brustbereich spüren, sollten Sie – vor allem wenn diese schmerzhaften Erfahrungen neu für Sie sind – unverzüglich Ihren Arzt aufsuchen oder den (Not-)Arzt rufen (lassen). Oft strahlen die Schmerzen etwa in die Schulter, den Oberarm, bis in den Unterkiefer aus. Sie dauern in der Regel nur wenige Sekunden oder Minuten und klingen dann wieder ab. Trotzdem sollten Sie vorsichtig sein: Es könnten die Vorboten eines nahenden Infarkts sein, schlimmstenfalls der Herzinfarkt selbst, vor allem dann, wenn die Schmerzen länger andauern. Besonders häufig treten die Beschwerden während körperlicher Anstrengung, beim Gehen in kalter Luft oder beim Schwimmen in kaltem Wasser auf, aber auch nach besonders üppigem Essen.

Nicht selten rufen seelische Belastungen und Stress ähnliche, aber harmlose Beschwerden im Brustbereich hervor. Hilft dann sofort tiefes Ein- und Ausatmen, ist es mit großer Wahrscheinlichkeit kein Angina Pectoris-Anfall. Sicher ist sicher: Im Zweifelsfall besser den Arzt fragen.

Komplikationen bei Angina Pectoris

- Herzrhythmusstörungen
- instabile Angina Pectoris

- Zunahme der Intensität und der Frequenz der Anfälle
- Medikamentös nicht beeinflussbare Angina Pectoris
- Herzinfarkt
- plötzlicher Herztod

Der Tod, der unmittelbar nach dem Beginn eines Herzanfalles oder Herzinfarktes auftritt, wird häufig durch instabile Herzrhythmusstörungen ausgelöst (Kammerflimmern, viele Extraschläge). Dadurch kann das Herz keine ausreichende Leistung bringen und die Sauerstoffversorgung des Herzens und des Körpers wird unzureichend. Dieser Zustand kann rechtzeitig durch einen Elektroschock und Wiederbelebung verhindert werden.

Herzinfarkt – Es kommt auf jede Minute an!

Was geschieht beim Infarkt?

Ein gewisser Grad von Arterienverkalkung ist bereits bei jungen Erwachsenen vorhanden (Arteriosklerose). Dieser Prozess ist nicht auf die Herzkranzgefäße beschränkt. Die Verkalkung steigt mit zunehmendem Alter und je nach Anzahl von Risikofaktoren an.

In verkalkten Gefäßwänden können sich kleine Risse bilden. Geschieht das, entsteht ein kleines Gerinnsel aus Blutplättchen und Eiweißstoffen. Der Riss wird geschlossen. Das Gerinnsel kann das ohnehin verengte Gefäß verstopfen.

Auch ohne eine vollständige Verstopfung kann es zu Beschwerden kommen, die nach kurzfristiger Behandlung mit Nitroglyzerinpräparaten jedoch wieder verschwinden (Angina Pectoris). Anfangs treten diese Herzbeschwerden bei Anstrengung auf. Bei fortgeschrittener Entwicklung kommen sie auch im Ruhezustand vor. Nitroglycerin-Präparate können diesen Beschwerden entgegenwirken.

Durch den völligen Verschluss einer Koronararterie wird dieser Teil des Herzmuskels von der Versorgung abgeschnitten. Er erhält nicht mehr ausreichend Sauerstoff und stirbt ab. Die Lebensbedrohlichkeit des Infarkts hängt davon ab, wie groß der abgestorbene Teil des Herzens ist. Manches Mal merkt der Betroffene nicht einmal etwas davon; erst bei einer späteren Untersuchung stellt sich heraus, dass ein »stummer« Infarkt vorlag.

Wie bemerkt man einen Herzinfarkt?

Wer Angina-Pectoris-Schmerzen kennt, hat einen Vorgeschmack von einem Herzinfarkt. Vielfach kommt der Herzinfarkt wie ein Blitz aus heiterem Himmel, ohne jede Vorankündigung. Hier Anzeichen, die auf einen Infarkt deuten:

- anhaltende Schmerzen im Brustkorb, bis in Nacken, Schultern, die Arme (meist links) ausstrahlend, selbst bis in die Zähne und in den Bauch (ähnlich wie bei Angina Pectoris, jedoch länger anhaltend)

- starkes Engegefühl im Brustkorb
- plötzlich auftretende starke, drückende oder brennende Schmerzen im vorderen oder linken Brustbereich, mit Ausstrahlung bis in den linken Arm
- Beklemmungs- oder Engegefühl (»wie wenn ein Stahlreif die Brust zusammenschnürt«)
- Vernichtungsgefühl und Todesangst
- Atemnot, schnelle, flache Atemzüge
- blasse Gesichtsfarbe
- Schweißausbruch (kalter Schweiß im Gesicht)
- plötzliche Übelkeit bis zum Erbrechen
- Kreislaufzusammenbruch bis zur Bewusstlosigkeit

Manche Menschen werden plötzlich bewusstlos oder haben schwere Schwindelgefühle. Verstopft das Gerinnsel eines der großen Herzkranzgefäße, führt dies meist unmittelbar über schwere Herzrhythmusstörungen (Kammerflimmern) zum Tod (plötzlicher Herztod).

Leidet ein Patient an Angina Pectoris und werden die auftretenden Schmerzen nicht mehr von Nitroglycerin-Präparaten wie sonst üblich gelindert, sollte umgehend der Notarzt verständigt werden.

Wenn Sie diese Anzeichen spüren oder bei jemand anderem bemerken, sollte sofort gehandelt werden: Arzt bzw. Notarzt rufen; es kommt auf jede Minute an.

Manche Patienten gefährden sich durch Verharmlosen oder durch Nicht-Beachten der Beschwerden!

Manche Patienten haben keine Warnzeichen. So ist dies sehr häufig bei Menschen mit Zuckerkrankheit der Fall. Zur Erkennung einer trotzdem bestehenden Mangeldurchblutung oder zum Erkennen eines drohenden Infarktes hilft eine regelmäßige Untersuchung beim Kardiologen mit Belastungstests!

Mindestens jeder Dritte stirbt

»Ich hatte das Gefühl, vernichtet zu werden, regelrechte Todesangst!« Solche Empfindungen schildern viele, die einen Herzinfarkt hatten. Wird der Betroffene sofort ins Krankenhaus eingeliefert, bestehen große Überlebenschancen, denn dort stirbt nur etwa jeder 15. Infarktpatient. Je eher ins Krankenhaus, desto größere Überlebenschancen!

Nach wie vor gehen aber viele Infarkte tödlich aus. Der Grund dafür ist oft, dass im entscheidenden Augenblick der Betroffene alleine oder niemand zur Stelle ist, der richtig reagiert. Meist sind es die Angehörigen, in vielen Fällen der Ehepartner, auf den es bei einem Herzinfarkt ankommt. Denn: Rettung ist möglich. Wichtig ist nur, dass der Herzinfarkt schnell erkannt wird und der Patient rechtzeitig in die Klinik kommt. Je früher, desto besser.

Für die Behandlung sind die ersten sechs Stunden entscheidend. Niemals in der Nacht auf den Morgen, niemals am Wochenende auf den Montag warten.

Wenn die Symptome eines Herzinfarktes auftreten, ist das kein Anlass, in Panik zu geraten.
Das oberste Gebot ist: Ruhe bewahren. Wer hektisch wird, macht Fehler.

Verhaltensregeln beim Herzinfarkt

- Nicht abwarten, sofort den örtlichen Notruf rufen.
- Patient bequem lagern, so »wie er es will« (Sessel, Liege, Bett), Oberkörper leicht erhöht.
- Herzgefäßerweiternde Medikamente geben (Nitrospray, Nitrokapseln ...). Oft haben die Patienten diese Medikamente bei sich.

Im Notfall müssen bei Bewusstlosigkeit und Puls- bzw. Atemlosigkeit unverzüglich Wiederbelebungsmaßnahmen eingeleitet werden.

Behandlung eines Herzinfarktes

Zögern Sie bei den oben angeführten Symptomen nicht, den Notarzt anzurufen. Selbst Minuten können entscheidend sein. Es ist sicher kein Arzt auf Sie böse, wenn sich nach der Untersuchung herausstellt, dass es sich doch nicht um einen Herzinfarkt gehandelt hat.
Ein Herzinfarkt ist ein medizinischer Notfall. Die Hälfte der Todesfälle ereignen sich in den ersten 3–4 Stunden nach Beginn der Symptome.
Ein Patient mit Verdacht auf Herzinfarkt wird üblicherweise in ein Krankenhaus mit einer Herzüberwachung eingeliefert. Dort wird die Diagnose gestellt und sofort die erste Behandlung gestartet. Günstigerweise sollte dieses Krankenhaus auch die Möglichkeit zur Herzkatheteruntersuchung und zur Ballondehnung haben.
Nach statistischen Untersuchungen dauert die wichtige Phase, vom Auftreten der ersten typischen Infarktsymptome bis zur Verständigung des Arztes, im Durchschnitt drei bis sieben Stunden. Durch den Einsatz technischer Hilfsmittel und dank der Fortentwicklung der medikamentösen Therapie ist die Sterblichkeit am akuten Herzinfarkt in der Klinik in den letzten Jahren drastisch gesenkt worden. Wesentlich ist, wie oben erwähnt, dass der Patient schnell in ärztliche Behandlung gelangt, denn zum einen können in der Frühphase des Herzinfarkts jederzeit schwer wiegende Komplikationen auftreten, die den ganzen technischen Einsatz, den apparativen Aufwand und alle personellen Möglichkeiten einer Klinik erfordern. Gefährliche Herzrhythmusstörungen, Schockzustände und Herzversagen können mit den Möglichkeiten außerhalb der Klinik nicht optimal behandelt werden. Ein weiterer Grund für die sofortige Klinikbehandlung liegt in der guten Therapiemöglichkeit des Infarkts in der Klinik. Der Herzinfarkt wird in der Regel

durch ein Gerinnsel im Herzkranzgefäß, das zu einem vollständigen Stopp der Durchblutung führt, hervorgerufen. In den ersten vier bis maximal sechs Stunden nach Infarktbeginn besteht in der Klinik die Möglichkeit, dieses Gerinnsel entweder medikamentös aufzulösen (Lysetherapie, Erfolg bei etwa 70 bis 80 % der Fälle) oder mittels Ballondilatation des Infarktgefäßes sofort wieder den Blutdurchfluss zu ermöglichen (Akut-PTCA, Erfolg bei etwa 95 % der Fälle). Beide hochwirksamen Therapieverfahren, die eine sichere Senkung der Sterblichkeit gewährleisten, können aber nur sinnvoll eingesetzt werden, wenn der Patient frühzeitig, spätestens vier Stunden nach Symptombeginn, zur Behandlung kommt.

Medikamente bei einem Herzinfarkt

Wichtig ist eine rasche *schmerzstillende Therapie.*

Aspirin (Acetylsalicylsäure) ist wegen seiner blutverdünnenden Wirkung ein Standardmedikament auch in der Akutphase.

Neben der gefäßerweiternden Wirkung verbessert *Nitroglyzerin* die Sauerstoffaufnahme an der Herzmuskelzelle und schafft so Abhilfe bei Herzschmerzen und Erleichterung beim drohenden Herzinfarkt.

Betablocker wirken auf den Adrenalinhaushalt. Das Herz wird entlastet und schlägt etwas langsamer. Dies reduziert den Sauerstoffverbrauch der Herzmuskelzellen und verringert Herzrhythmusstörungen.

Kalzium-Kanalblocker senken die Spannung in den Gefäßwänden der Koronararterien. Dadurch fällt der Blutdruck und das Herz muss weniger leisten. Sie wirken entspannend auf die Herzmuskelzellen, was den Sauerstoffbedarf des Herzens senkt.

Harntreibende Medikamente *(Diuretika)* befreien den Körper von überschüssiger Flüssigkeit und Salzen. Dadurch wird das Blutvolumen verringert und der Gefäßwiderstand sinkt.

Medikamente, die ein Blutgerinnsel auflösen können, können die Sterblichkeit bei einem Herzinfarkt deutlich senken. Wenn Sie rechtzeitig gegeben werden, kann gefährdetes Herzmuskelgewebe gerettet werden. Sie wirken am besten in den ersten 2–4 Stunden nach Beginn der Symptome, sind aber auch noch zwei weitere Stunden gut wirksam. Selbst wenn sie in den ersten 24 Stunden gegeben werden, zeigen diese Medikamente eine positive Wirkung.

Weil diese thrombolytische Therapie die mit hohem Blutdruck und bei einem kurz zurückliegenden Schlaganfall oder chirurgischen Eingriff die Blutungsneigung erhöht, wird sie bei Patienten mit Magen-Darm-Blutungen nicht gegeben.

Ballondehnung oder Bypassoperation bei einem Herzinfarkt

An einigen Zentren wird eine Ballondehnung oder eine Bypassoperation sofort nach dem Infarkt oder sogar während des Infarkts statt einer thrombolytischen Therapie durchgeführt.

Nicht bei jedem Herzinfarkt sind die invasiven Behandlungsmethoden der richtige Weg, bei folgenden Symptomen ist er sinnvoll:

- immer wiederkehrende Angina-Pectoris-Anfälle nach dem abgeschlossenen Herzinfarkt
- Herzmuskelgewebe, das durch ein verändertes Gefäß immer noch vom Infarkt bedroht ist
- mäßiger, jedoch nicht großer oder auch minimaler Herzmuskelschaden
- großes Gefäß, das den Infarkt verursacht hat, das jedoch nicht komplett verschlossen ist

Folgende Umstände führen eher zu einem konservativen Vorgehen (nur mit Medikamenten):

- ein komplett verschlossenes Gefäß
- eine Einengung von weniger als 50–70 %
- hauptsächlich Narbengewebe im Bereich des Infarktgefäßes

Komplikationen nach Herzinfarkt, die chirurgischer Intervention bedürfen:

- *linksventrikuläres Aneurysma*

Wenn der Herzmuskel nach einem Infarkt abstirbt und durch Narbengewebe ersetzt wird, kann sich dieses Gewebe sehr ausdünnen und ein sackartiges Gebilde in der Kammerwand bilden. Die Probleme, die von diesem »Aneurysma« ausgehen, sind mannigfaltig:

- Totraum, der zur Entstehung einer Herzinsuffizienz beiträgt
- Entstehnungsort für Herzrhythmusstörungen
- dünne Stelle, die platzen kann
- Entstehungsort für großes Blutgerinnsel, das als Embolus ein Gefäß verstopfen kann

Bei einer Operation, die häufig mit einer Bypassoperation verbunden wird, wird das überflüssige Gewebe entfernt, und mittels eines Kunststoffflickens wird versucht die Kammerform wieder zu normalisieren.

- *Ventrikel-Septum-Defekt*

Eine weitere Infarktfolge kann durch das Zugrundegehen von viel Muskelgewebe in der Kammerscheidewand entstehen. Das kann zur Entwicklung eines Loches zwischen beiden Kammern führen, wie es sonst nur bei angeborenen Missbildungen vorkommt. Die Belastung des rechten Herzens und des Lungenkreislaufs wird dadurch teilweise unerträglich hoch. Eine sehr riskante Operation ist oft die letzte Rettung. Dabei wird in dem sehr brüchigen Gewebe versucht, dieses Loch mit einem Kunststoffflicken zu verschließen.

Je früher diese Operation nach einem Infarkt durchgeführt werden muss und je schlechter der Zustand des Patienten ist, desto höher liegt das Risiko.

- *Mitralklappeninsuffizienz durch Abreißen eines Papillarmuskels*

Wenn die akute Durchblutungsstörung einen Papillarmuskel betrifft, der ja ein wichtiger Teil der Mitralklappenarchitektur ist, kann die Klappe undicht werden. Wenn dieser Muskel noch dazu aus der Kammerwand ausreißt, ist diese Mitralklappeninsuffizienz definitiv und von akuter Bedeutung. Auch hier kann häufig nicht mit der Operation zugewartet werden.
Der Patient könnte sehr schnell in einen Schockzustand geraten. Bei der Operation, die häufig mit einer Bypassoperation kombiniert wird, wird entweder die Klappe rekonstruiert oder häufiger eine neue Klappenprothese eingesetzt. Die Sterblichkeit bei diesem Eingriff liegt bei 30 %.

Verhindern eines weiteren Herzinfarktes

Ein einfacher Zehn-Punkte-Plan

- Nicht Rauchen!
- Ein Aspirin (50 mg) pro Tag nehmen (außer es bestehen Gegenanzeigen).
- Den Blutdruck in normale Bereiche (eventuell mit Medikamenten) bringen.
- Die Zuckerkrankheit unter Kontrolle bringen. Eine fettarme Diät einhalten.
- Den Cholesterinspiegel kontrollieren lassen und wenn nötig Medikamente zum Senken einnehmen.
- Einem regelmäßigen Ausdauersportprogramm nachgehen (Laufen, Gehen, Schwimmen, Radfahren ...).
- Normalgewicht durch Diät und Sport anstreben.
- Regelmäßige Untersuchungen bei Ihrem Arzt durchführen lassen.
- Dem Arzt sofort mitteilen, wenn sich etwas auffällig verändert.

Prognose

Die meisten Patienten, die die ersten Tage nach einem Herzinfarkt überleben, können eine völlige Erholung erwarten. 10 % sterben jedoch im Verlauf des ersten Jahres. Die meisten Todesfälle passieren in den ersten 3–4 Monaten, v. a. bei Patienten, die weitere Angina oder Rhythmusstörungen haben oder die eine deutliche Herzschwäche entwickeln.
Um das Risiko abschätzen zu können, müssen zusätzlich Untersuchungen durchgeführt werden.

Diagnose der koronaren Herzkrankheit

Liegt durch die Anamnese der Verdacht auf eine koronare Herzkrankheit vor, wird der Arzt weiterführende Diagnoseverfahren einleiten. Je nach Erkrankungszustand können dazu gehören:

- eine Blutuntersuchung, Röntgenaufnahmen des Brustkorbs
- Ruhe-EKG
- Belastungs-EKG

Wenn das Belastungs-EKG kein sicheres Ergebnis zeigt, dann kann zusätzlich eine Ultraschalluntersuchung des Herzens bei Belastung (Stress-Echokardiographie) durchgeführt werden. Sie gibt weitere Hinweise zur Muskelarbeit des schnell schlagenden Herzens.

Eine invasive Diagnostik durch eine zusätzliche

- Koronar-Angiographie ist vor allem dann erforderlich, wenn die Beschwerden und Voruntersuchungen den Verdacht auf eine Gefäßverengung verstärken.

Behandlung der koronaren Herzkrankheit (Koronarsklerose)

Wenn Diätmaßnahmen und Kreislauftraining keinen Effekt bei der Behandlung der koronaren Herzkrankheit zeigen werden üblicherweise Medikamente verschrieben. Falls auch dies keinen Erfolg zeitigt, wird eine invasive Abklärung mittels Herzkatheter durchgeführt und das weitere Vorgehen geplant. Es gibt mittlerweile ein breites Angebot an invasiven Maßnahmen, um die Herzdurchblutung zu verbessern.

Die Ballondehnung und die Bypassoperation sind die derzeit häufigsten Eingriffe, sind jedoch genau genommen eine mechanische Beeinflussung eines biologischen Problems. Beide Verfahren verbessern die Durchblutung, die durch eine Verstopfung oder eine Engstelle eines Herzkranzgefäßes herbeigeführt wurde. Die zu Grunde liegenden Arteriosklerose und deren Verlauf werden jedoch nicht beeinflusst.

Das Behandlungsziel bei Koronarsklerose ist, neben einer Verminderung der Angina-Pectoris-Beschwerden und einer Verbesserung der Leistung und der Lebensqualität, eine Verminderung der Sterbewahrscheinlichkeit und eine Verhinderung eines Herzinfarktes.

Nicht-invasive Therapie

Medikamentöse Behandlung

Die medikamentösen Präparate lassen sich in mehrere Kategorien einteilen:

In Medikamente, welche die Herzarbeit und den Sauerstoffverbrauch senken, in

solche, welche die Sauerstoffzufuhr verbessern und in jene, die die Blutgerinnung beeinflussen. Weiters gibt es selbstverständlich noch diejenigen Präparate, die vorbeugend wirken, und zum Beispiel das Senken der Blutfette oder des Blutdrucks bewirken ...
Nitro-Präparate, Betablocker und Kalziumantagonisten stellen die drei Säulen der Therapie der stabilen Angina Pectoris dar. Das neue Medikament Nicorandil ist durchaus eine Bereicherung und könnte als vierte Säule bezeichnet werden. Für keines dieser Medikamente wurde bislang ein positiver Effekt hinsichtlich Sterblichkeit und Verringerung der Häufigkeit von Herzinfarkten nachgewiesen. Der einzige positive Effekt liegt bei der Einnahme von Aspirin.
Der Umgang mit pharmakologischen Substanzen in der Behandlung der koronaren Herzerkrankung bedarf nicht nur großer klinischer Erfahrung, sondern auch der Kenntnis des einzelnen Patienten, insbesondere seiner Begleiterkrankungen sowie der exakten Abklärung der zu Grunde liegenden Herzerkrankung. Immer wieder mag es vorkommen, dass eine individuelle Einstellung notwendig ist und mehrere Substanzklassen ausprobiert werden müssen, bis die ideale Therapie für den Patienten gefunden ist.

- *Nitro-Präparate*

Durch eine Verminderung des venösen Rückstroms zum Herzen, eine Verminderung des Herzkammerdrucks und eine Verminderung der Muskelwandspannung, kommt es zur Verringerung des Sauerstoffverbrauchs und über eine Verbesserung der Durchblutung zu einem besseren Angebot. Klinisch kommen sowohl kurz als auch lange wirksame Präparate zum Einsatz. Zur Behandlung von Angina-Pectoris-Episoden wird Nitroglyzerin in Form von Zerbeißkapseln, Sprays oder Infusionen angewendet. Die Langzeittherapie erfolgt üblicherweise mit Isomonat u.Ä. Darüber hinaus kommt z.B. Molsidolat für die Langzeittherapie zum Einsatz. Wichtigste Nebenwirkung der Nitro-Präparate sind Kopfschmerzen, welche aber bei längerer Anwendung seltener und milder werden.

- *Kalziumantagonisten*

Kalziumantagonisten stellen hinsichtlich ihrer Wirkung ein Mittelding zwischen Nitro-Präparaten und ß-Blockern dar. Sie beeinflussen den Transport von Kalzium in und aus der Zelle.
Verapamil (= Isoptin) verlangsamt den Herzschlag und verringert die Herzkraft. Außerdem stellt es die Gefäße weiter. Dies führt zu einer Reduktion der Herzlast sowie zu einer besseren Durchblutung und gleichzeitig, wie bei ß-Blockern, zu einer Verringerung des Sauerstoffverbrauches.
Auf der anderen Seite steht z. B. Nifedepin (= Adalat), das nicht verlangsamend, aber ausgesprochen gefäßweitstellend und blutdrucksenkend wirkt.
Diltiazem (= Dilzem) ist zwischen den vorigen Beispielen einzuordnen.

- *Betablocker*

ß-Blocker verlangsamen den Herzschlag, verringern die Muskeltätigkeit, senken den Blutdruck und damit die geforderte Herzleistung. Insgesamt führen die genannten Faktoren zu einer Verringerung des Sauerstoffverbrauches.
Wesentliche Nebenwirkungen von ß-Blockern sind: zu langsamer Herzschlag, zu niedriger Blutdruck, Lungenprobleme und Herzschwäche.

- *Kaliumkanalöffner*

Mit Nicorandil steht eine Substanz mit einem neuen Wirkprinzip zur Verfügung. Durch die Öffnung der Kaliumkanäle kommt es einerseits zu einer Verkürzung des Herzschlages, Verminderung der Herzkraft und Herzlast sowie Weiterstellung der Kranzgefäße.

- *Thrombozyten-Aggregations-Hemmer*

Acetylsalicylsäure vermindert die Wirkung von Botenstoffen. Diese Stoffe sind für das Zusammenklumpen der Blutplättchen (Thrombozyten) verantwortlich. Auf diese Weise kann das Risiko für die Entstehung von Thrombosen verringert werden. Es gibt jedoch mittlerweile eine ganze Reihe weiterer Medikamente, die die Blutgerinnung beeinflussen und somit einer Verstopfung eines Herzkranzgefäßes vorbeugen.

- *Antihypertensiva*

Medikamente, die den Bluthochdruck behandeln

- *Digitalis*

Verlangsamt den Herzschlag und kräftigt den Herzmuskel

- *Blutverdünnende Medikamente (Antikoagulantien)*

Verlangsamen die Blutgerinnung, sind aber nur bei Rhythmusstörungen (Vorhofflimmern) und bei sehr schlechter Pumpleistung angezeigt.

- *Antiarrhythmische Medikamente*

Kontrollieren irreguläre Herzschläge

- *Blutfettsenker*

Vermindern den Blutspiegel von Cholesterin und Triglyceriden, erhöhen die Lebenserwartung

- *Inotrope Medikamente*

Werden intravenös in Intensivstationen gegeben, um die Herzkraft zu stärken.

- *Thrombolytische Therapie*

Medikamente, die intravenös Blutgerinnsel in Blutgefäßen auflösen. Bei Herzinfarkten müssen diese rechtzeitig (= innerhalb der ersten 4–6 Stunden) gegeben werden, um einen positiven Effekt zu erzielen. Es gibt verschiedene Arten von Medikamenten: Streptokinase, Urokinase, Tissue plasminogen activator (TPA) und Anistreplase (EMINASE). Das Herzkranzgefäß wird, wenn erfolgreich, innerhalb von 60 bis 90 Minuten eröffnet.

Invasive Behandlung

Im Akutstadium entscheidet der EKG-Befund über das weitere Vorgehen. Wenn ein positiver EKG-Befund vorliegt, ist ein Koronargefäß bereits verschlossen und muss reaktiviert werden, im anderen Fall steht die Verhinderung des drohenden Gefäßverschlusses im Vordergrund.
Wenn keine EKG-Veränderungen vorliegen, kann der Patient medikamentös stabilisiert werden. Falls ein Patient der Hochrisikogruppe angehört, sollte er, auch wenn er mit medikamentösen Maßnahmen stabilisiert werden kann, einer invasiven Strategie zugeführt werden.
Eine invasive Abklärung muss auf jeden Fall erfolgen, wenn ein Patient medikamentös nicht zu stabilisieren ist.

Interventionelle kardiologische Therapie

Die interventionelle Therapie der koronaren Herzerkrankung wurde durch die Einführung der Ballondilatation von Andreas Grüntzig 1977 begonnen. Seit dieser Zeit hat sich dieses Verfahren immer stärker durchgesetzt und gehört seit dem Ende der 80er-Jahre zu den Standardverfahren in der Behandlung der koronaren Herzerkrankung.
Die technischen Fortschritte betreffen die Konstruktion und die Materialien der Führungskatheter, der Führungsdrähte und der Ballons, aber auch die Röntgentechnologie mit Einführung der digitalen Bildverarbeitungen und die filmlose Archivierung. Ergänzende Methoden – Rotablation, Atherektomie, Laser, Ultraschall und insbesondere die Stentimplantation – sind entwickelt und z. T. in die therapeutische Praxis eingeführt worden.
Die Zahl der Patienten, die interventionell behandelt werden, nimmt ständig zu und hat die Zahl der Bypassoperation überholt.

Ballondehnung – Ballondilatation – PTCA

Unter einer Ballondilatation, auch als perkutane transluminale Coronarangioplastie (PTCA) bezeichnet, versteht man eine durch die Haut (**P**erkutan) vom Inneren des Blutgefäßes (**T**ransluminal) durchgeführte Aufdehnung (Dilatation) von Herzkranzgefäßen (**C**oronar), die mit Hilfe eines Ballons eine Verformung der Gefäßwand bewirkt (**A**ngioplastie).

Auf der Grundlage der Ergebnisse der ärztlichen Diagnostik kann eine Ballondilatation durchgeführt werden:

- bei erstmalig aufgetretenen Verengungen (Stenosen) der Herzkranzgefäße
- bei instabiler und stabiler Angina Pectoris
- bei Wiederverengungen (Re-Stenosen) von Gefäßen nach einer Ballondilatation oder nach einer Bypassoperation
- bei chronischen Gefäßverschlüssen
- bei akutem Herzinfarkt

Ziel der Ballondilatation ist es, die Gewebszellen und Ablagerungen, die das Gefäß teilweise oder auch ganz verschließen, zu verformen und wegzudrücken. Die Gefäßverengung soll so verringert und der Blutdurchfluss wieder hergestellt werden.

Bei der PTCA wird eine Verengung in einem Herzkranzgefäß mit einem Ballonkatheter dilatiert (erweitert).

Indikationen für eine PTCA

Eine PTCA wird durchgeführt, wenn bedeutende Engstellen in einem oder auch mehreren wichtigen Herzkranzgefäßen, die ein wesentliches Areal von Herzmuskel versorgen, bei einem Patienten vorhanden sind, der

- immer wiederkehrende Angina-Pectoris-Anfälle nach einem Infarkt oder starke Rhythmusstörungen hat,
- Angina Pectoris hat, die nicht auf Medikamente anspricht,
- eine klar nachgewiesene Ischämie im Belastungs-EKG hat.

Eine Ballondehnung wird unter sterilen Bedingungen im Herzkatheterlabor mit Röntgenüberwachung durchgeführt.

Der Kardiologe führt nach Lokalbetäubung einen Katheter von einem Leistengefäß in das betroffene Herzkranzgefäß ein. Über diesen wird ein zweiter Katheter mit einer Ballonspitze aufgefädelt. Da hier, wie bei der Angiografie, röntgendichte Katheter verwendet werden, kann das Vorgehen auf dem Bildschirm verfolgt werden. Mit dem Ballonkatheter wird ein winziger schlaffer Ballon bis zu dieser Verengung vorgeschoben. Der Ballon ist gefaltet meist 20–25 mm lang und mit einer Kontrastmittel-Kochsalz-Mischung gefüllt. An der Engstelle wird er aufgeblasen. Die Ballonhülse ist dabei so fest, dass sie einem Druck von 4 bis 18 bar standhält. (Zum Vergleich: ein Autoreifen hat einen Innendruck von 2,2 bis 2,5 bar.) Bei diesem Druck bleibt der Ballon etwa 12 bis 20 Sekunden aufgeblasen. Hierdurch werden die Gewebszellen und Ablagerungen, die das Gefäß verschlossen haben, verformt und weggedrückt. Dabei wird der Blutfluss kurz unterbrochen. Dies kann zu akuten Angina-Pectoris-Schmerzen führen. Diese lassen nach, wenn der Ballon entleert und zurückgezogen wird. Manchmal sind mehrere Versuche notwendig, bis die ausreichende Aufweitung des Herzkranzgefäßes gelingt.

Wenn die Behandlung beendet ist, werden die Katheter entfernt und die Punktionsstelle in der Leiste (manchmal auch am Arm) wird verbunden und unter Druck gehalten, bis kein Blut mehr aus dem Gefäß austritt. Üblicherweise kann der Patient nach ein bis zwei Tagen nach Hause.
Die Ballondilatation gilt als gelungen, wenn ohne das Auftreten von Komplikationen eine mehr als 20 prozentige Aufweitung des Gefäßinnendurchmessers erzielt werden konnte und die Restverengung des Gefäßes weniger als 50 % beträgt.
Ein gutes Resultat einer Ballondilatation liegt vor, wenn die Restverengung das Gefäß weniger als 30 % einengt.
Im Idealfall ist der Patient nach der Ballondilatation in Ruhe und bei Belastung beschwerdefrei und die Gefäßverengung ist beseitigt. Die mangeldurchbluteten Gebiete des Herzens können so wieder hinreichend versorgt werden. Die ursprüngliche Einengung ist bei einer Nachangiografie, die in manchen Fällen nach 3 oder 6 Monaten durchgeführt wird, häufig nicht mehr erkennbar.
Die Schwachstelle dieses Verfahrens ist jedoch, dass bei einem Teil der Patienten (35–40 %), die erfolgreich behandelt wurden, Wiederverengungen (Re-Stenosen) auftreten – meist innerhalb der ersten Monate nach der Ballondilatation. Ein günstiges Langzeitergebnis kann dann angenommen werden, wenn sich 3 bis 6 Monate nach dem Eingriff keine Wiederverengung zeigt.

Komplikationen bei PTCA

Komplikationen bei einer PTCA gibt es in vereinzelten Fällen. Folgende können auftreten:

- Dissektionen (Einreißen der Gefäßwand in zwei Schichten)

Untersuchungen ergaben, dass die Ballon-Dilatation fast immer von einer Dissektion begleitet ist. Die Gefährdung durch einen Gefäßverschluss ist in Abhängigkeit von der Form der Dissektion zu sehen. Das Vorkommen von Dissektionen wird angiografisch unterschätzt, wie pathologisch-anatomische und intravaskuläre Ultraschalluntersuchungen nachgewiesen haben.

- Perforationen (Komplettes Einreißen der Gefäßwand)

Komplette Einrisse der Gefäßwand nach PTCA treten in einem von tausend Fällen auf. Perforationen kommen häufiger bei Verwendung von steifen Drähten, großen Ballondurchmessern und neuen interventionellen Methoden wie der Laserangioplastie, Atherektomie und der Thrombektomie vor. Auch die Verwendung größerer Ballons bei der Stentimplantation hat zu einer erhöhten Rate von Perforationen geführt. Mit Perfusionsballons, Stentimplantation oder akuter Bypass-OP können die Komplikationen meist beherrscht werden.

- Gefäßwand-Hämatome

Diese werden vermehrt bei thrombolytischer Therapie (medikamentöses Auflösen eines Blutgerinnsels) beobachtet und sind möglicherweise eine Ursache der erhöhten Komplikationsrate bei kombinierter thrombolytischer Therapie und mechanischen Eingriffen bei akutem Infarkt. Die Stentimplantation hält das Gefäß offen und verhindert die Gefäßkompression durch ein derartiges Hämatom.

- Koronarspasmen (krampfartige Verengung)

Koronarspasmen können im Rahmen der Herzkatheteruntersuchung spontan oder mechanisch induziert auftreten. Bei Patienten mit instabiler Angina Pectoris sind Koronarspasmen besonders häufig. Spontan werden sie in 1 bis 3 % der Patienten im Katheterlabor festgestellt. Bei der PTCA können schon durch die Katheter-Sondierung und die Verwendung größerer Führungskatheter Koronarspasmen auftreten.

- Koronarembolien (Verschluss des Kranzgefäßes durch Blutgerinnsel)

Koronarembolien während der Koronarografie werden insbesondere bei akutem Infarkt beobachtet. Bei PTCA ist eine relevante Embolie in peripheren Koronargefäßen selten. Sowohl nach hochfrequenter Rotationsangioplastie als auch nach Laserbehandlung und Atherektomie sind Embolien vermehrt nachgewiesen worden. Eine häufige Emboliequelle sind alte, degenerierte Bypassgefäße. Embolien aus Bypassgefäßen können schon durch Führungsdrähte und das Vorschieben von Ballons ausgelöst werden. Sie stellen ein hohes Risiko für den Patienten dar.

- Herzinfarkt

Akute Herzinfarkte sind eine gefürchtete Komplikation bei Interventionen. Derzeit kann von einer Inzidenz transmuraler Infarkte von etwa 1 % und nicht transmuraler Infarkte von bis zu 4 % ausgegangen werden. Durch die Verwendung von Stents kann eine symptomatische Dissektion mit eventueller Infarktfolge leichter beherrscht werden. Die Zahl der notwendigen Bypassoperationen ist aber, da heute zunehmend kompliziertere Fälle behandelt werden, nicht wesentlich zurück gegangen und liegt zwischen 1 und 2 %. Trotz notfallmäßiger Bypassoperation sind Infarkte bei 25 bis 40 % dieser Patienten nicht zu verhindern.

- Todesfälle

Todesfälle bei akuten Interventionen sind vor allen Dingen bei Behandlungen des akuten Infarktes und kardiogenem Schocks zu erwarten. Bei der elektiven PTCA werden Todesfälle in ca. 0,4 % beschrieben. Bei Schockpatienten erreicht die Sterblichkeit auch heute noch 50 %. Bei Wiedereröffnung eines Gefäßes in der Schockphase ist die Überlebensrate dabei höher (69 %) als bei fehlender Öffnung

(20 %). Ob die akute Stentimplantation bei kardiogenem Schock eine Verbesserung bringen kann, ist bisher nicht bekannt.

- Gefäß-Komplikationen

Über 95 % der Koronarangiografien werden über die Leistengefäße durchgeführt. Zunehmend wird auch die Oberarm- oder Unterarm-Arterie verwendet. Um die Zahl der Gefäßkomplikationen zu vermindern, werden immer dünnere Führungskatheter und Einführungsbestecke benutzt.
Bei Verwendung der Leistengefäße finden sich Komplikationen – Hämatome, arterielle Fisteln, arterielle Thrombosen, Aneurysmata spuria – bei bis zu 9 % der Fälle. Bei allen Patienten muss vor Entlassung die Punktionsstelle klinisch untersucht werden. Apparative Zusatzuntersuchungen (z. B. Duplex-Sonografie) sind nur bei einem Verdacht auf eine Gefäßkomplikation indiziert. Mit zunehmendem Lebensalter, chronischer Niereninsuffizienz, Diabetes mellitus und peripheren Gefäßerkrankungen ist besonders bei Frauen die Komplikationsrate deutlich erhöht.

Begleit-Medikation

Neben der Rezidivstenose stellt der akute oder subakute Verschluss des dilatierten Gefäßes eine wesentliche Limitierung der PTCA dar. Er tritt in etwa 3,5–5 % der Fälle auf und ist mit einem erheblichen Anteil von Herzinfarkten, dringlichen Bypassoperationen und Todesfällen verbunden. Neben mechanischen Prozessen wie der Dissektion spielt die Thrombusbildung am verletzten Gefäß die wichtigste Rolle beim akuten Gefäßverschluss nach PTCA.

- Thrombozytenaggregationshemmer

Der Einsatz von Acetylsalicylsäure (ASS) hat in einer Studie zu einer signifikanten Verringerung der klinischen Ereignisse nach PTCA geführt . Bei ASS-Allergie oder Unverträglichkeit kann alternativ Ticlopidin eingesetzt werden.

- Thrombinhemmer

Obwohl es bisher keine randomisierten Studien zur Prävention des akuten Verschlusses nach PTCA mit Heparin gibt, sprechen sowohl experimentelle Ergebnisse als auch Resultate aus nicht kontrollierten klinischen Untersuchungen für den Einsatz von Heparin bei der PTCA.

- Fibrinolytika

Der Einsatz von Thrombolytika als Begleitmaßnahme zur PTCA hat weder bei Patienten mit instabiler noch mit stabiler Angina Pectoris zu einer Reduktion der Verschlussrate oder einer Verbesserung des angiografischen Ergebnisses geführt. Der Einsatz von Fibrinolytika erscheint daher allenfalls bei Patienten mit angiografischem Nachweis eines Thrombus als Hauptursache der Flussbehinderung gerechtfertigt.

Stentimplantation

Die Entwicklung von Stents (Drahtgerüsten) geht auf die Untersuchungen von Charles Dotter in den 60er Jahren zurück.

Ein Stent ist eine kleine Gefäßstütze, die mit Hilfe eines Katheters in die Herzkranzarterie (Koronararterie) eingeführt wird. Im Gegensatz zu dem Ballon, der nach der Aufdehnung des Gefäßes wieder entfernt wird, verbleibt ein Stent im Körper.

Stents bestehen aus unterschiedlichen Materialien (chirurgischer Edelstahl, Tantalum, Nitinol). Zum Teil sind sie mit verschiedenen Materialien (Heparin, Collagen, Fibrin etc.) beschichtet. Hierdurch soll die Gefahr von akuten Stentthrombosen und von einer Wiederverengung (Re-Stenose) des Gefäßes zusätzlich verringert werden. Inwiefern Material, Form und Beschichtung von Stents einen Einfluss auf die Wiederverengung und die damit verbundene Zahl an Wiederholungseingriffen (Re-Intervention) hat, kann derzeit nicht beantwortet werden. Wegen der Vielzahl der verwendeten Stents und der ständigen Neuentwicklung liegen hierzu nur lückenhafte Untersuchungsergebnisse vor.

Ziel eines Stents ist es, die Gefäßwand abzustützen und damit den Erfolg der Aufdehnung oder Aufweitung zu sichern. Damit werden drohende Verschlüsse verhindert und vorgegebene Aufdehnungen gehalten.

Bei der Stentimplantation wird ein Rohr aus einem Drahtgeflecht in eine zuvor erweiterte Engstelle eingebracht, um diese offen zu halten. Der Stent wird zusammengelegt auf einem Ballon platziert und zur Engstelle geführt. Wenn der Ballon aufgeblasen wird, wird der Stent erweitert und an der Stelle angebracht, wodurch eine Fixation des Dilatationsergebnisses erreicht wird. Die Selbstaufdehnung (Expansion) der Gefäßstütze erfolgt – wie das Aufspringen einer zusammengedrückten Feder – durch das Zurückziehen und Entfernen der Hülle vor Ort. Der Stent bleibt für immer an dieser Stelle.

Mit der Zeit wachsen Zellen der Gefäßwand um den Stent herum, sodass er eine Stütze innerhalb der Arterie ist. Die Arterie kann nun nicht mehr zusammenklaffen, der Durchfluss bleibt offen. Das Risiko, dass sich an dieser Stelle ein Engpass bildet, hat sich verringert.

Es ist danach über mindestens 3 Wochen eine intensive medikamentöse Therapie mit Aspirin und einem anderen Medikament, das Blutblättchen hemmt, notwendig, damit es nicht zu einem plötzlichen Verschluss des Herzkranzgefäßes kommt. Durch diese Methode ist es mittlerweile möglich, in 80–85 % eine dauerhafte Öffnung des Herzkranzgefäßes zu erreichen.

Der Nutzen einer Implantation von Gefäßstützen konnte bislang dann nachgewiesen werden, wenn bestimmte Voraussetzungen erfüllt waren. Diese sind jedoch unterschiedlich und davon abhängig, ob die Implantation bei einer Erstbehandlung, bei einer wiederholten Aufdehnung von schon behandelten Gefäßen, bei vorhandenen Bypässen, bei chronischen totalen Gefäßverschlüssen oder bei einem aku-

ten Herzinfarkt erfolgen soll.
Die neu entwickelten »drug-eluting« (medikamentabgebende) Stents sind mit einem Abgabe-System für das Antibiotikum Sirolimus versehen, das über die besondere Eigenschaft verfügt, die fatale Gewebewucherung im Stent zu unterbinden. Umfangreiche Studien belegen die Wirksamkeit und Sicherheit des neuen mit Polymer beschichteten Stents. Nach Dilatation von Herzkranzgefäßen werden in 75–80 % der Fälle Stents implantiert. Das häufig auftretende Problem der Re-Stenose war bisher ungelöst, verschiedene pharmakologische Ansätze blieben erfolglos. Dieser neue beschichtete Stent könnte eine deutliche Verbesserung der Ergebnisse bringen. Mit Hilfe der neuen Technologie könnte es sogar gelingen, Bypassoperationen zu reduzieren.

Indikationen für eine Stentimplatation:

- bei erstmalig aufgetretenen Verengungen
- bei guten Ventrikeln mit großen Gefäßen und relativ kurzen Engstellen
- bei Wiederverengungen (Re-Stenosen), die nach einer oder mehreren zunächst erfolgreichen Ballondilatationen aufgetreten sind
- bei neu aufgetretenen Stenosen in venösen Bypässen
- bei Patienten mit stabiler oder instabiler Angina Pectoris
- bei chronischen totalen Gefäßverschlüssen

Komplikationen der Stentimplantation

Die unmittelbare Erfolgsrate bei Stentimplantationen erreicht heute 95–97 %. Limitationen ergeben sich dort, wo durch z. B. starke Knickbildung oder verkalkte Gefäßabschnitte ein Stent nicht vorgebracht werden kann oder die Gefäße zu klein sind.

- Stentverlust

Wird ein Stent abgestreift, kann versucht werden, den Stent wieder mit einem Ballon aufzufangen oder mit Hilfe von Fangsystemen oder einer Zange zu bergen. Bei intrakoronarem Verlust kann der verloren gegangene Stent mit einem zweiten Stent an die Wand gedrückt werden.

- Perforation

Seit der Verwendung der Hochdrucktechnik und der Tendenz, große Ballons zu benutzen, sind vermehrt Perforationen von Gefäßen aufgetreten. Dies ist meistens mit einem akuten Schmerz für den Patienten, der bei der Aufdehnung entsteht, verbunden. Außerdem werden die Patienten tachykard (Puls steigt) und zeigen einen Blutdruckabfall. Zum Verschluss der Perforationsstelle können weitere Stents implantiert, Perfusionsballons eingesetzt oder sogar Gefäßabschnitte verschlossen werden.

- akuter Stentverschluss

Besonders bei akutem Infarkt und instabiler Angina Pectoris kann eine starke Aktivierung der Gerinnung vorliegen und eine akute Stent-Thrombose auftreten.

- Stent-Re-Stenose

Mit Hilfe der Stentimplantation kann die Re-Stenose-Rate (= Rate der Wiederverengung) zwar gesenkt, aber nicht aufgehoben werden. Mit Re-Stenosen ist besonders bei kleinen Gefäßen und bei langen Gefäßläsionen zu rechnen. Die Re-Stenose-Rate liegt nach Stentimplantation bei 20–30 %. Neben einer erneuten Ballondilatation werden die Excimer-Laserbehandlungen, die Rotablation und die Atherektomie verwandt. Eine Stent-in-Stent-Implantation kann notwendig werden.

- Brachytherapie

Die Verwendung von Stents hat das Auftreten von Re-Stenosen verringert. Außerdem helfen neue Geräte, die Medikamente abgeben, die Blutgerinnsel auflösen oder die eine geringe radioaktive Strahlung abgeben.
Es sind derzeit einige Studien im Gange, die herausfinden sollen, welches die optimale Strahlenmenge ist, welche Art von Strahlung (Gamma- oder Beta-Strahlung) geeignet ist und wie die Strahlung abgegeben wird.

Neue Stents

Nach einer Stent-Setzung reagieren die Zellen in der Gefäßwand mit Zellteilung, um die verletzte Schicht zu heilen. Dadurch kommt es zu einer unerwünschten Gewebewucherung innerhalb des Stents, die in zirka 20–30 % zu einem Wiederverschluss des Gefäßes (In-Stent-Re-Stenose) führt. Diese meist nach 3 bis 6 Monaten auftretende Komplikation nach einer Stent-Implantation war bisher in vielen Fällen unvermeidbar, die betroffenen Patienten mussten sich einer weiteren Behandlung unterziehen. Die neuen Stents zeigen in den ersten Studien viel versprechende Ergebnisse: Bei lediglich 0–3,2 % bei Hochrisikopatienten kam es zu einer Wiederverengung des Gefäßes.
Mit der Einführung der neuen medikamentabgebenden Stents werden Operationen und andere erneut erforderliche Behandlungen wahrscheinlich auf ein Minimum reduziert. Damit kann die bisher begründete Sorge des Patienten und die physische und psychische Belastung durch eine neuerliche Operation weitgehend aus der Welt geschafft werden.

Rotablation – Direktionale Atherektomie (DCA)

Das Konzept, atheromatöses Gewebe aus den Koronararterien zu entfernen, wurde 1985 von Simpson eingeführt.
Atherektomie verwendet einen rotierenden »Rasierer« mit einer kleinen Scheibe am Ende eines Katheters. An der Spitze befindet sich ein rotierender Teil, der die

Engstelle in kleinste Partikel zerkleinert. Einer dieser besonderen Apparate heißt Rotablator. Er rotiert mit einer Geschwindigkeit von ca. 200 000 Rotationen/Minute.
Die Atherektomie basiert im Gegensatz zum Ballonkatheter nicht auf dem Prinzip der Verdrängung und Verlagerung, sondern entfernt atherosklerotisches Material, um einen ausreichenden Gefäßquerschnitt zu schaffen. Atherektomietechniken benutzen diverse Schneidemethoden, um gezielt Einengungen zu entfernen, wobei das Material eingesammelt werden kann.
Angewandt wird diese Methode bei stark fibrotischen, verkalkten, geschlängelten Stenosen und bei Ostiumstenosen (Verengungen des linken Hauptstamms). Der Katheter wird wie ein Ballon an den Ort der Engstelle gebracht. Längere Verschlüsse sowie harte Hindernisse (Verkalkungen) können oftmals nicht mit einem Führungsdraht passiert werden. Die Sondierung kann dann durch Rotablation (rotierender Miniatur-Fräskopf, Rotationsangioplastie) erzielt werden, hat dann aber ein erhöhtes Risiko der Gefäßverletzung. Die Plaque wird gleichsam pulverisiert und diese Staubpartikel werden vom Blut weggewaschen.
Das arteriosklerotische Material wird bei einer Atherektomie mit einem ganz speziellen Ballonkatheter, in dem ein Schneidesystem eingebaut ist, abgefräst und in den Ballonkatheter aufgefangen. Andere wiederum schneiden die weiche Plaque und bringen diesen in eine Kapsel, die dann aus dem Gefäß gezogen wird. Ein weiteres Modell zerschneidet den Plaque und saugt die Reste ab.
An die Rotablation oder Atherektomie schließt sich eine konventionelle Dilatation und meist eine Stentimplantation an.

LASER-Angioplastie

Obwohl nach Laserangioplastie mehr als 90 % aller Patienten zusätzlich noch dilatiert werden, wird davon ausgegangen, dass eine Reduktion von atherosklerotischem Gewebe durch Laserablation mit oder ohne zusätzliche PTCA effektiver ist als die PTCA allein. In einer Studie zum Vergleich von Laser und PTCA bei Patienten mit Stenosen über 10 mm Länge, lag die akute angiografische Erfolgsrate bei Patienten mit Laserangioplastie (98 % wurden zusätzlich mit PTCA behandelt) bei 80 % verglichen zu 79 % bei Patienten mit alleiniger PTCA.
Komplette Gefäßverschlüsse und möglicherweise subtotale Stenosierungen, die mit einem Draht passiert werden können, werden als mögliche Indikationen für die Excimer-Laserangioplastie diskutiert. Da die Rekanalisation verschlossener Gefäße auch mit neueren Kathetertechniken nur bei 50–60 % der Patienten gelingt, ist die Laserdraht-Rekanalisation entwickelt worden. Häufig können auch lange bestehende Verschlüsse damit wieder eröffnet werden. An die Laserdraht-Rekanalisation schließt sich eine konventionelle Dilatation und meist eine Stentimplantation an.
Bei entsprechender Erfahrung stellen Ostiumstenosen, vollständige Verschlüsse, und nicht dilatierbare, nicht oder wenig kalzifizierte Stenosen eine mögliche

Indikation für die Excimer-Laserangioplastie dar. Darüber hinaus zeigen jüngste Untersuchungen, dass die Excimer-Laserangioplastie für Stent-Re-Stenosen eine Erfolg versprechende Behandlungsmethode sein könnte. Eine generelle Anwendung der Lasertechnik kann derzeit noch nicht empfohlen werden.

Angiogenese

Eine neue Art von Laserkatheter wird in einer neuen Behandlungsart verwendet, die PTMR genannt wird (Perkutane transmyokardiale Revaskularisation). Damit werden Patienten behandelt, die keine Kandidaten für Chirurgie oder PTCA/Stent sind. Der LASER wird in die linke Kammer gebracht und schießt dort winzige Kanäle in den Herzmuskel, von denen aus sich neue Gefäße entwickeln sollen (= Angiogenese).

Eine andere Methode der Angiogenese ist die Gentherapie. Hier wird über einen Katheter Genmaterial direkt in die Arterienwand eingebracht. So wird die Gefäßneubildung angeregt und »man kann seinen eigenen Bypass züchten«. Derzeit gibt es die ersten klinischen Studien, die sehr viel versprechend sind.

Die Bypassoperation

Die Bypassoperation ist die häufigste Herzoperation und eine der am häufigsten durchgeführten Operationen überhaupt.

Es werden Blutgefäße des eigenen Körpers verwendet, um verengte oder verstopfte Herzkranzgefäße zu umgehen, zu bypassen. Dann kann das Blut durch den Bypass in die gefährdeten oder schlecht durchbluteten Muskelgebiete fließen.

Die Indikation für eine Bypassoperation wurden durch die Ergebnisse mehrerer Untersuchungen festgestellt. Diese wurden durch Herzchirurgen und Kardiologen durchgeführt. Sie zeigten, dass Patienten vor allem dann einen Vorteil durch eine Bypassoperation haben:

- wenn der Hauptstamm der linken Kranzarterie verengt ist,
- wenn alle drei Hauptäste der Kranzgefäße verengt oder verschlossen sind,
- wenn die Leistung der linken Herzkammer bereits eingeschränkt ist,
- wenn klinische Umstände vorliegen, wie zum Beispiel Angina Pectoris, die durch Medikamente oder Ballondehnung nicht behandelbar sind,
- wenn der Patient zusätzlich zuckerkrank ist.

Bei einer Bypassoperation wird der Patient im Operationssaal zunächst vom Narkosearzt in einen künstlichen Tiefschlaf versetzt, sodass er keinerlei Schmerzen verspürt. Zur Beatmung wird ein Plastikschlauch in der Luftröhre platziert, über den Sauerstoff und Narkosegase in die Lunge und den Körper gelangen. Außerdem werden verschiedene Katheter in Venen zur Verabreichung von Medikamenten und Flüssigkeit und in eine Armarterie zur Messung des arteriellen Blutdrucks gelegt.

Ein Harnkatheter wird in die Blase über die Harnröhre eingeführt, um die Harnausscheidung kontrollieren zu können.
Der Hautschnitt wird durch den Chirurgen und sein Team am Brustkorb, und wenn eine Vene am Bein entnommen wird, an beiden Stellen gleichzeitig durchgeführt.
Ein Stück Vene aus dem Bein wird entnommen. Diese Vene liegt unter der Haut und wird nicht unbedingt benötigt. Das Blut fließt durch andere Venen ab.
Wenn eine Arterie aus dem Unterarm (= Arteria radialis) entnommen wird, wird der Arm ausgelagert und dieses Blutgefäß entnommen. Vorher muss ein Test durchgeführt werden, ob diese Arterie entbehrlich ist.
Sobald der Brustkorb eröffnet ist, werden eine oder beide Brustwandarterien (= Arteriae mammariae) vom Rand des Brustbeins präpariert. Es wird hierauf ein Medikament gegeben, das das Blut ungerinnbar macht (= Heparin). Diese Maßnahme ist notwendig, da es sonst zur Bildung von massiven Blutgerinnseln in der Herz-Lungen-Maschine kommen würde.
Um den Patienten an eben diese Herz-Lungen-Maschine anschließen zu können, wird nun der Herzbeutel eröffnet und damit liegt das Herz gut zugänglich bereit. Es werden Kanülen (Plastikschläuche) in die Aorta und den rechten Vorhof gesteckt. Damit wird es möglich, Blut aus dem Körper in die HLM zu bringen und dieses, nachdem es mit Sauerstoff angereichert und das Kohlendioxid entfernt wurde, wieder in den Körper zu pumpen.
Hierauf werden zwei kleinere Kanülen in das venöse Herzsystem und in die Aorta gelegt, um über diese die kardioplegische Lösung ins Herz infundieren zu können. Bei den meisten Operationen am Herzen muss diese stillgelegt werden. Dazu wird die Aorta geklemmt, sodass über die HLM Blut nur mehr in den Körperkreislauf gelangt, nicht mehr aber in das Herz. Um den Sauerstoffmangel des Herzens zu vermeiden, wird diese Kardioplegie infundiert, die mit dem hohen Kaliumanteil und durch die niedrige Temperatur das Herz stilllegt und gleichzeitig schützt.
Nun, nach all diesen Vorbereitungen beginnt der Kardiotechniker, der für die HLM verantwortlich ist, mit der extrakorporalen Zirkulation. Das Blut wird also am Herzen vorbei in die HLM und wieder zurück in den Körper gepumpt. Nachdem ein stabiler Zustand erreicht wurde, wird vom Chirurgen die Aorta geklemmt und die Kardioplegie gestartet.
Wenn das Herz steht, kann man nun beginnen, die verschiedenen Bypassgefäße (Arterien und Venen) an die Herzkranzgefäße zu nähen. Von der Angografie weiß man, welche Gefäße wo anzuschließen sind. Diese werden nun mit der Hilfe von vergrößernden Operationslupen, die der Chirurg während der gesamten Operation trägt, aufgesucht und eröffnet. Auf diese Öffnung des ca. 1 bis 2 mm starken Gefäßes wird nun der Bypass mit hauchdünnen Polypropylenfäden genäht. Die Gefäßnähte sind üblicherweise komplett blutdicht, Blutungen sind nahezu ausgeschlossen.
Nachdem alle Bypassgefäße (im Durchschnitt drei bis vier) an die Herzkranzgefäße

genäht wurden, wird die Klemme von der Aorta genommen. Damit wird das Herz wieder durchblutet und durch diesen Reiz beginnt es überlicherweise bald wieder zu schlagen. Falls es zu flimmern beginnt, kann durch einen kurzen Elektroschock wieder eine normale Schlagfolge hergestellt werden.

Um nun das andere Ende der Venenbypässe in die Aorta zu nähen, wird diese teilweise ausgeklemmt, in die Aorta wird die entsprechende Anzahl von ca. 5 mm großen Löchern gestanzt und die Enden der Venen dorthin verbunden.

Wenn die Arterien der Brustwand verwendet wurden, haben diese ihren Ursprung an der Armarterie und müssen nicht mehr in die Aorta genäht werden. Man erspart sich so also eine oder zwei Nähte.

Die Lungen sind während dieser Zeit nicht beatmet und zusammengefallen. Nun wird die Beatmung wieder gestartet. An das Herz werden Schrittmacherelektroden genäht, die der Sicherheit dienen und nur im Notfall verwendet werden. Ca. eine Woche nach der Operation können diese einfach durch die Haut gezogen werden. Wenn das Herz wieder normal und kräftig schlägt, wird wieder Blut in das Herz geleitet und die Leistung der HLM graduell zurückgenommen. Wenn das Herz wieder die Kreislaufversorgung komplett übernimmt, wird die HLM ausgeschaltet und die Kanülen werden aus dem Herzen entfernt. Um die Blutgerinnung wieder zu Gewähr leisten, wird nun ein Medikament gegeben, das den Effekt von Heparin aufhebt (= Protamin). Es werden einige Dränageschläuche, die ca. 1 cm Durchmesser haben, durch die Haut nach außen geleitet, um Blut und Wundflüssigkeit abzuleiten. Diese verursachen zeitweise nach der Operation Schmerzen, werden aber, sobald kaum mehr Flüssigkeit kommt, nach wenigen Tagen entfernt.

Nachdem nun Blutstillung vorgenommen wurde und die Situation sicher ist, wird das Brustbein mit Drahtnähten fixiert und der Rest der Wunde verschlossen. Die Haut wird entweder mit Klammern oder löslichen Nähten vernäht.

Nachdem der Patient verbunden und stabil ist, wird er auf die Intensivstation (IST) gebracht. Der Anästhesist überwacht mit einem mobilen Monitorsystem den Transport. Nach der Ankunft auf der IST wird der Patient an die Monitore und die Beatmungsmaschine angeschlossen. Es werden EKG, Blutdrucke an verschiedenen Regionen des Körpers und die Beatmung überwacht. Während der nächsten Stunden wacht der Patient aus seinem Narkose auf. Sobald er wieder eigenständig und ruhig atmen kann, wird der Schlauch in der Luftröhre entfernt und die Beatmung abgestellt. Dies passiert üblicherweise in den ersten sechs bis acht Stunden. Wenn die Stabilisierung länger dauert, wenn Komplikationen auftreten oder die Aufwachphase sich verzögert, kann die Zeit bis zum eigenständigen Atmen deutlich länger sein (in seltenen Fällen Tage bis Wochen).

Die meisten Patienten werden jedoch nach einem Aufenthalt über Nacht am nächsten Vormittag auf eine Intermediate-Station verlegt, was voraussetzt, dass keine Beatmungspflicht mehr besteht und der Zustand als stabil bewertet wird. Auf der Intermediate wird das EKG und der Blutdruck überwacht und der Patient wird

zunehmend mobilisiert. Die Verlegung auf die Normalstation kann dann erfolgen, wenn keine Überwachungspflicht, d.h. EKG muss nicht mehr dauernd am Monitor gesehen werden und der Blutdruck wird seltener gemessen, mehr vonnöten ist. Die Dränageschläuche sind ganz oder teilweise entfernt.
Nach wenigen Tage kann der Patient schon wieder am Gang spazieren und üblicherweise wird die Entlassung in häusliche Pflege am 8.–10. Tag nach der Operation vorgenommen.

Bypassoperation mit Herz-Lungen-Maschine
Wie erwähnt sind zahlreiche Operationen innerhalb der Herzräume und an den großen Gefäßen teilweise oder ausschließlich bei nicht schlagendem Herzen durchführbar. Für diese Eingriffe werden das Herz und die Lungen aus dem normalen Kreislauf ausgeschaltet und stillgelegt. Ihre Funktion übernimmt eine Herz-Lungen-Maschine. Dieser Vorgang wird als extrakorporale Zirkulation (EKZ) oder kardiopulmonaler Bypass bezeichnet. Anwendungsgebiete:
- Herzklappenersatz/-rekonstruktionen
- Korrektur angeborener Herzfehler
- Koronararterien-Bypass
- Eingriffe an der aufsteigenden Hauptschlagader (Aorta)

Bei der extrakorporalen Zirkulation fließt das gesamte Venenblut über Kanülen und Schläuche aus den beiden Hohlvenen in ein Reservoir der Herz-Lungen-Maschine. Von dort wird es, nach Anreicherung mit Sauerstoff und Entfernung von Kohlendioxid, in den arteriellen Kreislauf des Patienten über die Aorta oder eine der großen Beinarterien zurückgepumpt.
Der Vorteil dieser Technik ist die Tatsache, dass die Verbindungen zwischen den Gefäßen am stillgelegten, blutleeren Herzen durchgeführt werden können.
Nachteile der Herz-Lungen-Maschine: Die Auswirkungen der HLM mit ihrer großen Fremdoberfläche (ca 4–6 m^2) führen bei manchen Patienten durch die Anregung der Immunabwehr des Körpers zu Organproblemen. Außerdem wird die Organdurchblutung während der EKZ vermindert, das kann ebenso zu Problemen führen. Bekannte Komplikationen:
- Schlaganfall
- Störungen der Hirnfunktion
- Leberstörungen
- Nierenstörungen
- Infektionen
- Lungenprobleme
- Blutgerinnungsprobleme

Bypasschirurgie ohne Herz-Lungen-Maschine

- Off-Pump-Bypass-Chirurgie OPCAB
- Bypasschirurgie am schlagenden Herzen
- minimalinvasive Bypasschirurgie MIDCAB

Die letzten Jahre haben auch in der Herzchirurgie einen deutlichen Trend zur Verminderung des Operationstraumas gezeigt. Die so genannte minimalinvasive Herzchirurgie erregte großes Echo in wissenschaftlichen Medien und vor allem bei der Laienpresse. Durch die Verringerung des Operationstraumas werden eine Verkürzung des Krankenhausaufenthaltes und eine frühere Reintegration und Rehabilitation bei gleich guten Resultaten wie bisher angestrebt.

Beim üblichen Verfahren mit Spaltung des Brustbeins (Länge des Schnittes ca. 20–25 cm) werden nach Herz-Lungen-Maschinen-Anschluss des Herzens die Gefäßverbindungen im Herzstillstand angefertigt. Es entwickelten sich grundsätzlich zwei verschiedene Richtungen, die Invasivität zu reduzieren (Verkleinerung des chirurgischen Zugangs) und direkt am schlagenden Herzen zu operieren – MIDCAB. Es muss klar festgestellt werden, dass derzeit diese Techniken der »minimalinvasiven« Herzchirurgie mit verkleinertem Zugangsweg aus kosmetischen Gründen nur bei sehr genau ausgesuchten Patienten zur Anwendung kommen. Es dürfen allerdings nicht kosmetisch-ästhetische Überlegungen im Vordergrund stehen. Die Frequenz der Eingriffe lässt sich derzeit mit 1–2 % der Koronareingriffe schätzen. Gerade am Anfang dieser Entwicklung wurde dieser neue Trend vor allem von der Laienpresse und von medizinisch-technischen Konzernen enthusiastisch überbewertet.

Mit Veränderungen der HLM-Technik ist es gelungen, manchmal in Kombination mit glasfiberoptischen Geräten (wie bei der Magenspiegelung), sich in Richtung der »key hole«, also der »Schlüsselloch«-Chirurgie zu bewegen und so am stillgelegten Herzen zu operieren. Derzeit ist die Belastung durch die HLM noch größer als bei der Standardtechnik. Mit dieser Technik wird auch versucht, roboterunterstützt zu operieren. Wir sind derzeit noch weit davon entfernt, diese Techniken routinemäßig einzusetzen.

Operationen am schlagenden Herzen mit dem Zugangsweg durch das Brustbein unter Vermeiden der HLM (OPCAB = Off-Pump-Bypass) nehmen deutlich zu. Manche Zentren operieren schon über 90 % der Patienten ohne HLM am schlagenden Herzen. Mit verschiedenen Stabilisations-Hilfen wird das Herz in dem Bereich, in dem man operieren will, stillgehalten.

Das Herzkranzgefäß muss für die Zeit der Gefäßnaht verschlossen werden, sodass kein Blutverlust auftritt. So werden Verhältnisse geschaffen, die im Bereich der Gefäßnaht dem Operieren am stillgelegten Herzen sehr nahe kommen.

Operationen am schlagenden Herzen bringen für einzelne Patientengruppen deutliche positive Unterschiede zu den Operationen mit HLM. Gerade die Hirnfunktion wird mit den neuen Verfahren weniger oder gar nicht negativ beeinträchtigt, wäh-

rend mit herkömmlichen Verfahren oft langwierige Probleme mit der Gehirn-Leistung nach der Operation auftreten.
All diese neuen Verfahren haben uns klar gemacht, dass wir mit teilweise großem technischen Aufwand mit immer kleineren Zugängen am schlagenden oder stillgelegten Herzen mit guten Ergebnissen operieren können.
In einigen Jahren werden wir Chirurgen vielleicht an Schaltpulten sitzen und ferngesteuerte Roboter über Bildschirme – auch über Internet – Operationen durchführen lassen.

Totale arterielle Revaskularisation
Die ausschließliche Verwendung von arteriellen Bypass-Gefäßen findet bei speziellen Patientengruppen vermehrt Verwendung. Man strebt eine komplette arterielle Revaskularisierung bei Patienten unter 50 Jahren an, weiterhin ist die ausschließliche Anwendung von arteriellen Grafts notwendig bei fehlendem Venenmaterial, bedingt durch Voroperationen oder Venenerkrankungen (Varikosis, Thrombose), aber auch bei Patienten mit einer stark verkalkten Aorta, bei denen auf Grund des hohen Schlaganfall-Risikos Manipulationen an der Aorta vermieden werden sollten. Primär wird die beidseitige Brustwandarterie (arteria mammaria) verwendet. Sind weitere Grafts notwendig, verwenden wir nach klinischer Überprüfung einer ausreichenden Blutversorgung der Hand die Armarterie (arteria radialis) der weniger benutzten Seite. Es lässt sich festhalten, dass das Konzept der kompletten arteriellen Revaskularisierung ansprechende klinische Ergebnisse zeigt, auf Grund der gegenwärtigen Datenlage jedoch noch kein definitives Indikationsspektrum angegeben werden kann und der Eingriff einem entsprechend technisch erfahrenen und versierten Chirurgen vorbehalten sein soll.

Bypass-Endothelialisierung
Eine Zellbeschichtung eines Kunststoffgefäßes mit Zellen des eigenen Körpers wird Endothelialisierung genannt. Man kann diese Alternative bei Patienten mit einer stabilen Angina Pectoris anwenden. Falls keine geeigneten Bypass-Gefäße im Körper zur Verwendung kommen können, werden dem Patienten meist Teile der Armvene entnommen und in einer Zellkultur zur Vervielfältigung gebracht. Hierauf werden mit diesen Zellen Kunststoffprothesen beschichtet und dem Patienten drei bis vier Wochen später eingepflanzt.

Hybrid-Verfahren
Die minimal-invasive koronare Bypassoperation (minimally invasive direct coronary artery bypass: »MIDCAB«) ohne Verwendung der Herz-Lungen-Maschine (HLM) über einen seitlichen Mini-Brustkorbschnitt ist insbesondere für multimorbide und ältere Patienten, jedoch auch bei Zweitoperationen zu einer viel versprechenden Alternative bei Vorliegen einer koronaren Eingefäßerkrankung geworden. Allerdings

erlaubt dieser Zugang bei koronarer Mehrgefäßerkrankung keine komplette myokardiale Revaskularisation am schlagenden Herzen, da durch die linksseitige Mini-Thorakotomie der chirurgische Zugang auf die Vorderwandgefäße limitiert ist. Um die Vorteile des MIDCAB-Konzeptes – Verzicht auf Sternotomie und HLM – auch Patienten mit koronarer Mehrgefäßerkrankung anbieten zu können, wurde abhängig vom Koronarstatus eine neue Vorgehensweise verfolgt. Nach primärer MIDCAB-Operation, mit Anastomosierung der linken Arteria mammaria interna auf den Ramus interventricularis anterior, erfolgte etwas später eine perkutane transluminale Angioplastie (PTCA) weiterer stenosierter Koronargefäße (=Hybridverfahren, man mischt zwei verschiedene Therapiekonzepte).

Molekularbiologische und gentechnologische Methoden

- Angioneogenese

Die Gentherapie der koronaren Herzkrankheit, insbesondere die Gentherapie mit Verwendung so genannter angiogenetisch wirksamer Wachstumsfaktoren, hat sich in jüngster Zeit zu einer neuen potenziellen Behandlungsmethode bei kardiovaskulären Erkrankungen entwickelt. Nach umfangreichen experimentellen Untersuchungen zur Wirksamkeit angiogener Wachstumsfaktoren wurden in jüngster Zeit die ersten klinischen Studien durchgeführt, die diese neue Behandlungsmethode bei peripherer arterieller Verschlusskrankheit und bei koronarer Herzkrankheit anwandten.
Die Induktion der Angiogenese durch humane angiogenetische Wachstumsfaktoren stellt – neben medikamentöser Therapie, PTCA und Bypasschirurgie – eine neue Therapieform für die koronare Herzkrankheit dar, insbesondere bei solchen pathologischen Befunden, bei denen herkömmliche Therapieverfahren nicht oder nicht ausreichend wirksam sind.
Auch wenn diese Verfahren erfolgreich sind, können sie nicht den gleichen Erfolg wie eine komplette chirurgische Revaskularisation erbringen. Weiters dauert es einige Wochen, bis zum Beispiel neue Gefäße gewachsen sind.

- Zelltransplantation

Das Konzept der Zelltransplantation verspricht eine neue Möglichkeit der Behandlung von Folgeschäden von Herzmuskeluntergang durch mangelnde Durchblutung. Dabei werden gezüchtete Zellen in Muskelbezirke eingebracht, die entweder abgestorben sind oder in denen Narbengewebe vorherrscht.
Zusammen mit der Gentherapie könnte dieses Konzept viel versprechende Möglichkeiten bieten.
Derzeit ist noch nicht geklärt, aus welchen Zellen diese Transplantate gezüchtet werden sollen. Erprobt wurden vor allem in experimentellen Studien verschiedene Arten von Zellkulturen: körpereigene oder fremde Zellen, Herzmuskelzellen, Skelettmuskelzellen, Stammzellen oder Knochenmarkszellen ...

Bevor dieses Konzept in die klinische Routine einziehen kann, müssen noch einige offene Fragen geklärt werden.

Ergebnisse und Komplikationen bei Bypassoperationen

Das Risiko der Operation leitet sich von dem Zustand des Patienten ab, in dem sich dieser vor der Operation befindet. Diese Risikofaktoren beeinflussen den Ausgang der Operation zum Teil wesentlich. Einige sind im Folgenden aufgelistet:

- instabile Angina Pectoris
- instabiler Kreislauf nach einem Herzinfarkt
- Operation innerhalb einer Woche nach Herzinfarkt
- Schock zurzeit der Operation
- Alter
- eingeschränkte Herzleistung
- Zuckerkrankheit
- eingeschränkte Nierenleistung
- eingeschränkte Lungenleistung
- Geschlecht

Mögliche Komplikationen bei Bypassoperationen

- Tod, Überlebenswahrscheinlichkeit

Im Vergleich zu einer rein medikamentösen Behandlung hat die Bypassoperation eine deutlich größere lebensverlängernde Wirkung, insbesondere bei Patienten mit schweren Ausprägungen der koronaren Herzkrankheit und eingeschränkter Funktion der linken Herzkammer.

In einer großen amerikanischen Studie konnte nachgewiesen werden, dass:

ca. 90 % der operierten Patienten fünf Jahre nach der Operation noch am Leben sind;

ca. 86 % der Patienten auch fünf Jahre nach der Operation noch frei von Angina-Pectoris-Beschwerden sind;

ca. 80 % der Patienten in einem Zeitraum von fünf Jahren nach der Operation von einem (erneuten) Herzinfarkt verschont bleiben und

nach fünf Jahren lediglich bei 8 % der Patienten ein erneuter Eingriff zur Revaskularisation vorgenommen werden muss.

Bei den arteriellen Bypässen werden im Vergleich zu den venösen Bypässen bessere Langzeitresultate erzielt und in einigen Untersuchungen wurde festgestellt, dass nach 10 Jahren etwa 50 % der Venen-Bypässe wieder verstopft sein können. Es gibt jedoch auch Studien, die zeigen, dass auch nach 13 Jahren 75 % der Vena-Saphena-Bypässe und 96 % der Mammaria-Bypässe noch offen sein können, wobei die Durchgängigkeit z. B. durch die Gabe von ASS (Acetylsalicylsäure) positiv beeinflusst werden kann.

Gegenwärtig liegt die Wahrscheinlichkeit, nach einer Bypassoperation im Kranken-

haus zu sterben, bei ca. 3 %, die häufigste Todesursache ist akutes Herzversagen nach der Operation.
Ca. 25 % der Todesfälle nach der Bypassoperation stehen in keinem Zusammenhang mit der Herzerkrankung.

- erneute Angina Pectoris

Ca. 60 % der Patienten haben nach 10 Jahren keine Angina Pectoris. Das späte Auftreten von Symptomen folgt entweder Verschlüssen der Bypässe oder kommt vom Fortschreiten der Koronarsklerose.

- Herzinfarkt

Ein Herzinfarkt tritt im Zeitraum um eine Bypassoperation in 2–5 % der Fälle auf. Nur ca. 5 % der Patienten haben in den ersten 5 Jahren nach der Operation einen Infarkt.

- plötzlicher Herztod zu Hause

Nur 3 % der Patienten erleiden einen »plötzlichen« Herztod nach einer Bypassoperation. Meist tritt dieser bei stark eingeschränkter Leistung des Herzens auf. Oft ist der plötzliche Herztod eine Folge von Herzrhythmusstörungen. Diese Störungen der Schlagfolge des Herzens werden nicht durch eine erfolgreiche Bypassoperation beeinflusst, da sie meist durch Narben nach Infarkten hervorgerufen werden.

- neurologische Probleme

Bis zu 75 % der Patienten können kleine neurologische Probleme in der unmittelbaren Zeit nach der Operation haben (Merkschwächen, Muskelschwäche, mangelnde Orientierung ...)
Grobe neurologische Probleme (Schlaganfall ...) passieren in weniger als 1 % bei jüngeren Patienten aber in bis zu 5 % bei Patienten über 70 Jahre.

- Bypassverschluss

Das zentrale Problem der koronaren Bypasschirurgie ist der vorzeitige Bypassverschluss. Nach zehn Jahren sind etwa die Hälfte der Venenbypassbrücken verschlossen und die restlichen Überbrückungen atherosklerotisch verändert.
Der Verschlussprozess lässt sich in drei verschiedene Zeitphasen einteilen: Der Frühverschluss ist primär durch thrombotisches Material, ein schlechtes Abflussverhalten der Bypässe und schlechte Technik bedingt. In einer Zwischenphase führen Intimaverdickungen an den Bypassendigungen zu intermittierenden Ischämien, in der Spätphase tritt das Bypassversagen durch eine progressive Atherosklerose auf.

- Venen-Bypässe

Eine Verdickung der Venen-Innenauskleidung ist bereits nach einem Monat zu sehen, verstärkt sich jedoch dann nicht mehr. Nach einem Jahr nähert sich der Durchmesser der Venen an den viel kleineren Durchmesser der versorgten Kranzarterie an.
10 % der Bypässe verschließen nach einigen Wochen, wenn nicht Aspirin verwendet wird. Nach 10 Jahren sind noch ca. 50–60 % der Bypässe offen.
Die meisten Bypässe zeigen arteriosklerotische Veränderungen nach 10 Jahren.
Faktoren, welche die Offenheitsrate beeinflussen, sind das angeschlossene Koronargefäß (häufigste Verschlüsse treten bei Bypässen zur RCA auf), die Größe des Koronargefäßes, die chirurgische Technik bei Venenentnahme und Anastomose, das Geschlecht sowie die frühzeitige postoperative Einnahme von Thrombozytenaggregationshemmern (zum Beispiel Aspirin®, Tyclopidin oder Clopidogrel). Die langfristige Offenheitsrate wird entscheidend von der Ausprägung von Risikofaktoren wie Diabetes mellitus, Hyperlipidämie und Nikotinabusus beeinflusst. Neue Ansätze zur Verbesserung der Langzeitergebnisse ergeben sich durch molekularbiologische Modifikationen und Manipulationen am Venenbypassendothel.

- Mammaria-Bypässe

Auch hier entwickeln sich Verdickungen, jedoch sind diese Bypässe sehr resistent gegen Arteriosklerose.
Nach 10 Jahren sind ca. 90–95 % der Mammaria-Bypässe offen.
5–10 % entwickeln eine späte Verengung, aber die meisten dieser Verengungen schreiten nicht bis zu einem Verschluss fort.

- Andere arterielle Gefäße

Die Anwendung der Arteria mammaria interna in der Bypasschirurgie als arterieller Graft zur LAD hat die klinischen Ergebnisse deutlich verbessert. Dies erklärt sich durch die ausgezeichneten Langzeitergebnisse mit Offenheitsraten von über 90 % nach fünf und zehn Jahren. Die guten klinischen Ergebnisse führten zu einer Ausbreitung der arteriellen Revaskularisation unter Verwendung weiterer Konduits bis hin zur kompletten Bypass-Versorgung mittels arterieller Grafts. Dies umfasst den beidseitigen Gebrauch der Arteria mammaria interna, wobei die Offenheitsrate für die rechte Arteria mammaria nach fünf Jahren mit 89,5 % mit der der linken Arteria mammaria vergleichbar ist. Als weitere arterielle Konduits kommen die Arteria radialis, die Arteria gastroepiploica und die Arteria epigastrica inferior zur Anwendung. Insbesondere die Verwendung der Arteria radialis hat in den letzten Jahren eine Renaissance erlebt. Nach Modifizierung der chirurgischen Präparation des Gefäßes zeigten sich signifikant verbesserte Langzeitergebnisse mit Offenheitsraten bis zu 90 % nach fünf Jahren, sodass die Arteria radialis in einigen Kliniken neben der Arteria mammaria das arterielle Transplantat der Wahl ist. Die Langzeitergebnisse für die Arteria gastroepiploica (Magen-Arterie), die Arteria mesenterica inferior (Darm-Arterie) und für die Arteria epigastrica (Bauchwand-Arterie) sind noch nicht aufschlussreich genug, um Schlüsse ziehen zu können.

Neuerlicher Eingriff nach Bypassoperation (Operation oder Ballondilatation)
Die meisten Neueingriffe sind Operationen, obwohl in 25 % der Fälle eine PTCA durchgeführt wird.
Nach 10 Jahren sind 90 % der Patienten ohne Neueingriff.
Die häufigste Ursache für einen Neueingriff ist eine Verengung der Venen-Bypässe
Ein Mammaria-Bypass verringert das Risiko, eine neue Operation zu benötigen, und zögert die Zeit bis zu einer Neuoperation hinaus.
Das Risiko bei einer Zweitoperation ist doppelt so hoch wie bei einer Erstoperation.
Die Überlebensrate nach einer Neuoperation nach 10 Jahren ist 65 %.

Wenn die Ventile undicht werden ...

Erkrankungen der Herzklappen und deren Behandlung

Herzklappen erfüllen im Kreislauf die Funktion von Ventilen, die den Blutstrom in eine Richtung leiten und die verhindern sollen, dass das Blut in die falsche Richtung fließt, was zwangsläufig zu einer Mehrbelastung des Herzens und des Kreislaufs führt. Die sensible Konstruktion einer Herzklappe kann gestört und unwiderruflich geschädigt werden.

Angeborene Klappenfehler
Jemand kann mit einer abnormen Klappe geboren werden, dies ist bekannt als angeborener Fehler.
Erworbene Klappenfehler
Viel häufiger ist es jedoch der Fall, dass eine Klappe im Laufe des Lebens geschädigt wird:

- Infektionen wie Endokarditis (= Infektion der Herzinnenwand) und rheumatisches Fieber
- degenerative Veränderungen, die sich im Alter entwickeln oder auf angeborenen Bindegewebserkrankungen beruhen.

Eine kranke Klappe ist dadurch gekennzeichnet, dass sie nicht mehr ausreichend schließt (Insuffizienz) oder sich nicht mehr ausreichend öffnet (Stenose). Es gibt auch Kombinationen von beiden Störungen.

Klappenstenose (zu enge Klappe)
Eine stenotische Klappe, die nicht mehr genügend öffnet, bietet mehr Widerstand und erfordert so mehr Kraft von den Muskeln der Herzkammer, die Blut durch sie hindurch pumpen sollen. So wird zunächst das Herz mit einer Vergrößerung der Muskelzellen reagieren, jedoch kommt der Zeitpunkt, wo die Sauerstoffversorgung des Muskels nicht mehr ausreichend ist und die Leistung des Herzens abnimmt.
Wenn zum Beispiel die Mitralklappe zu eng ist, fließt zu wenig Blut in die linke Kammer und damit in den Körperkreislauf. Und noch dazu staut sich Blut immer mehr in den Lungenkreislauf zurück.
Wenn die Aortenklappe zu eng ist, muss das Herz immer mehr Arbeit leisten, um genügend Blut in den Körper zu pumpen, bis es schließlich zu Infarkten oder zu bösartigen Herzrhythmusstörungen kommt.

Klappeninsuffizienz (undichte Klappe)
Eine insuffiziente Klappe, die nicht mehr ausreichend schließt, führt zu einem Rückstrom des Blutes durch die Klappe, wenn der Ventilschlussmechanismus einsetzen sollte.
Wenn zum Beispiel die Mitralklappe undicht ist, fließt Blut aus der linken Kammer zurück in den linken Vorhof und damit staut es zurück in den Lungenkreislauf. Das führt auf die Dauer zu einer schlechteren Lungenleistung und zu einem erhöhten Widerstand im Lungenkreislauf, der in weiterer Folge auch das rechte Herz schädigen kann.
Wenn die Aortenklappe nicht schließt, gelangt zu wenig Blut in den Körperkreislauf, das Herz muss immer mehr Arbeit leisten, um genügend Blut in den Körper zu pumpen, das Blut staut sich immer weiter zurück.
Erkrankungen der Klappen im rechten Herzteil sind nicht so häufig, selten kommt es durch eine allgemeine Ausweitung des Herzens auch zu einer Überdehnung des Klappenringes und zu einer damit verbundenen Trikuspidalklappeninsuffizienz.

Aortenklappenerkrankungen

Senile Aortenverkalkung
Die häufigste Ursache für eine Aortenklappenerkrankung wird »senile Aortenverkalkung« genannt. Das bedeutet, dass die natürliche Klappe sich abgenützt hat. Wenn solche Veränderungen auftreten, lagert der Körper aus ungeklärter Ursache Kalzium (Kalk) in dem Klappengewebe ab. Dieser Kalk behindert die Klappe in ihrer Beweglichkeit und bewirkt eine Insuffizienz oder Stenose.
Die Aortenklappe kann auch durch rheumatisches Fieber geschädigt werden sowie durch eine bakterielle Endokarditis. Eine weniger häufige Ursache für eine Aortenklappenerkrankung betrifft auch die anschließenden Teile des Gefäßsystems, unter anderem die Aorta, oft als Marfan-Syndrom beschrieben.

Marfan-Syndrom
Das Marfan-Syndrom ist eine Bindegewebserkrankung. Viele Strukturen, die Bindegewebe enthalten – Sehnen, Bänder, Gefäße, Herzklappen, usw. –, sind nicht so fest und steif wie sie sein sollten. Das Marfan-Syndrom ist vererbbar und nach wie vor gibt es keinen Test, der 100-prozentige Sicherheit in der Diagnose gibt. Es gibt jedoch Äußerlichkeiten, die vielen dieser Patienten gemeinsam sind:
- Herzprobleme
- dünnes Erscheinungsbild mit oft überlangen Armen und Beinen, Ohren
- leicht überdehnbare Finger

- übernormale Körpergröße
- Augenprobleme

Probleme mit den Blutgefäßen
Beim Marfan-Syndrom ist die Wand der Blutgefäße geschwächt. Die Aorta, die Körperschlagader und damit größte Arterie, entspringt direkt aus dem Herzen und ist oft betroffen. In diesem Falle erweitert sie sich und unter starken Belastungen kann sie einreißen. Das kann sofortigen Blutaustritt mit Verbluten bedeuten, aber auch ein teilweises Einreißen der Gefäßwand kann die Folge sein, woraufhin sich Blut zwischen die Wandschichten einwühlt und diese voneinander abtrennt: ein Prozess, den man Aortendissektion nennt. Ein chronischer Prozess, der nicht so unmittelbare Auswirkungen wie eine Dissektion hat, ist die Ausweitung der Wand, die Ausbildung eines Aneurysmas. Hier besteht bei Vergrößerungstendenz auch die Gefahr des Einreißens.

Probleme mit dem Herzen
Das Marfan-Syndrom kann alle Herzklappen betreffen. Die bedeutendsten zwei – Aorten- und Mitralklappe – sind am häufigsten betroffen. Oft entwickelt sich in weiterer Folge eine Klappeninsuffizienz, die eine Klappenoperation notwendig macht. Bei weniger starkem Befall der Mitralklappe kann sich ein Mitralklappen-Prolaps entwickeln (siehe Seite 206).
Nach der Diagnose eines Marfan-Syndroms sind regelmäßige Untersuchungen bei einem Kardiologen notwendig (v. a. Echokardiografie). Anzuraten ist auch, die Kinder des Patienten zu untersuchen, da diese Krankheit vererbbar ist.

Aorteninsuffizienz – Aortenstenose
Eine geringfügige Aortenklappenerkrankung bleibt für den Betroffenen oft lebenslang unbedeutend. Häufiger aber nimmt die Erkrankung im Laufe der Zeit zu und kann unbehandelt zu einer erheblichen Einschränkung der Lebensqualität führen. Als Folge der Erkrankung kann wegen der ständig erhöhten Belastung eine Schwächung des Herzmuskels (Herzinsuffizienz) entstehen, die sich nicht rückgängig machen lässt. Es ist daher wichtig, die Erkrankung frühzeitig zu erkennen und zu behandeln.

Mitralklappenerkrankungen

Mitralklappenprobleme werden selten durch angeborene Fehler verursacht. Meistens ist die Ursache für eine kaputte Klappe eine altersbedingte Abnützung und ein Einreißen von Klappenelementen. Selten treten solche Probleme in jüngerem Alter auf.

Rheumatisches Fieber kann die Mitralklappe schädigen und zur Stenose oder Insuffizienz führen. Selten wird die Mitralklappe durch eine Infektion oder eine bakterielle Endokarditis zerstört. Auch die koronare Herzerkrankung kann wegen Durchblutungsstörungen oder Infarkten zu einer Insuffizienz führen, da entweder der Klappenring durch eine allgemeine Herzvergrößerung erweitert wird oder die Papillarmuskeln, die ja fester Bestandteil der Klappe sind, geschädigt wurden.

- Mitralklappen-Prolaps

Mitralklappen-Prolaps ist ein häufiges (5–7 % der Bevölkerung), aber normalerweise nicht so relevantes Klappenproblem. Menschen mit und ohne Marfan-Syndrom können diesen Prolaps haben. Frauen sind häufiger betroffen als Männer. Wenn die Klappe schließt, wölben sich die Segel in den linken Vorhof vor (= prolabieren). Dies kann abnorme Herzgeräusche verursachen, die der Arzt mit dem Stethoskop hört. Bei Marfan-Patienten kann auch der Klappenring erweitert sein. In weiterer Folge kann sich eine Klappeninsuffizienz entwickeln, die dann operationsbedürftig sein kann.

- Mitralinsuffizienz – Mitralstenose

Eine geringfügige Mitralstenose oder -insuffizienz bleibt für den Betroffenen oft lebenslang unbedeutend. Häufiger aber nimmt die Erkrankung im Laufe der Zeit zu, und kann unbehandelt zu einer erheblichen Einschränkung der Lebensqualität führen. Als Komplikation kann es zur Entstehung von Thromben (Blutgerinnseln) an der Klappe oder im Vorhof kommen, die mit dem Blut in den Körper gespült werden können. Dies kann einen Verschluss des betroffenen Blutgefäßes zur Folge haben (Embolie), was wiederum die Durchblutung des betroffenen Organs (z. B. Gehirn, Arm oder Bein) gefährdet. Auch Bakterien können sich an der Klappe festsetzen und zu Endokarditis (Entzündung der Herzinnenschicht) führen.

Trikuspidalklappenerkrankungen

Obwohl eine Trikuspidalinsuffizienz auch angeboren sein kann, ist die Ursache doch zumeist eine Herzvergrößerung wegen zunehmenden Herzversagens. Sie kann begleitend zu einer Mitralklappenerkrankung auftreten. Weiters kann ein Herzinfarkt die Ursache sein. Bei drogenabhängigen Patienten tritt die Trikuspidalinsuffizienz nach dem Gebrauch von verunreinigten Nadeln und nachfolgender Endokarditis auf.

Symptome von Klappenerkrankungen

Eine defekte Aortenklappe oder eine defekte Mitralklappe können eine Vielzahl von Symptomen verursachen einschließlich:

- Atemnot, zunächst nur bei starker Anstrengung, später bei leichten Belastungen oder dann sogar in Ruhe
- einige Patienten können nicht mehr flach schlafen oder wachen wegen Atemnot auf
- ein anderes Zeichen des beginnenden Herzversagens ist ein Anschwellen der Beine, besonders der Knöchel.
- Brustschmerzen (Angina Pectoris)
- Benommenheit oder kurzzeitiger Verlust des Bewusstseins (Synkope)
- Herzstolpern, Herzjagen, Aussetzen des Herzschlages

Eine Trikuspidalinsuffizienz wirkt sich oft durch Folgendes aus:
- Kurzatmigkeit
- Leberschwellung
- Aszites (Flüssigkeit im Bauchraum)
- Beinschwellung
- Venenstauung
- Hautblutungen

Diagnose der Klappenerkrankung

Einige Patienten verspüren trotz Erkrankung lange keine Symptome. So wird oft die erste Diagnose durch den Arzt gestellt. Beim Abhören des Herzens (Auskultation) kann dieser bereits den Hinweis auf einen Herzklappenfehler erhalten. Durch weitere Untersuchungen, wie
- Röntgen,
- Elektrokardiogramm und
- Ultraschalluntersuchungen (Transthorakaler oder Transösophagealer Ultraschall),

wird in aller Regel die vorläufige Diagnose bestätigt.
Zur Einschätzung des Schweregrades eines Herzklappenfehlers und einer möglichen Operationsbedürftigkeit ist noch eine Herzkatheteruntersuchung angezeigt, auch um Koronarerkrankungen (Herzkranzgefäße) entweder ausschließen oder bestätigen zu können.

Behandlung der Klappenerkrankung

Die Klappenoperation

Bei einer Klappenoperation wird die Funktion der Klappe als Ventil wiederhergestellt. Bei unwiderruflich geschädigter Klappe wird diese entfernt und durch eine Prothese ersetzt. Bei geringfügigeren Veränderungen kann die Klappe erhalten und repariert werden.

Die Indikation für eine Aortenklappen-Operation

Menschen, deren Klappenerkrankung keine oder nur minimale Symptome verursacht und nur zufällig diagnostiziert wurde, brauchen manchmal keine oder nur medikamentöse Behandlung für bestimmte Symptome.
Bei schweren Klappenveränderungen oder bei eindeutigem Befund mit mäßigen Veränderungen bzw. bei starker Symptomatik oder Verschlechterung der Symptomatik wird die klinische Situation belastend und nicht mehr kontrollierbar oder voraussagbar. Dann ist der Zeitpunkt für ein chirurgisches Eingreifen gekommen. Die Entscheidung wird meist in einem Team aus Kardiologen und Herzchirurgen getroffen.

Die Indikation für eine Mitralklappen-Operation

Ebenso wie bei den Aortenklappenerkrankungen gibt es Fälle bei geringer Schädigung, bei denen man von einer Behandlung gänzlich Abstand nimmt oder die in geringem Ausmaß auftretenden Symptome medikamentös behandelt. Operationen sind bei denselben Vorraussetzungen notwendig, wie dies bei den geschädigten Aortenklappen ausgeführt wurde.
Die Indikation für eine Rekonstruktion der Mitralklappe unterliegt derzeit laufenden Veränderungen. Jüngste Erkenntnisse zeigen, dass, je früher operiert wird, vor allem wenn eine Rekonstruktion möglich ist, unwiderruflicher Schaden am Herzen verhindert werden kann. Die Entscheidung, wann schließlich operiert werden soll, sollte in einem Team aus Kardiologen und Herzchirurgen fallen.
Eine schwere Mitralinsuffizienz mit Zeichen des beginnenden Herzversagens ist üblicherweise eine Indikation zur Operation. Eine schwere Insuffizienz ohne Symptome sollte, wie gesagt, eventuell einer Rekonstruktion zugeführt werden. Eine Vergrößerung des linken Vorhofes, besonders wenn es bereits zum Vorhofflimmern gekommen ist, wird von vielen Kardiologen als Indikation zur Operation gesehen.

Die Auswahl des Klappenersatzes (= Klappenprothese)

Der Chirurg hat mehrere Möglichkeiten, eine Klappenerkrankung zu behandeln.

Grundsätzlich stehen die Reparatur (= Rekonstruktion der Klappe, vor allem bei Mitralklappen) oder der Ersatz der Klappe (= in den meisten Fällen eine Klappenprothese) zur Auswahl. Es gibt zwei Arten von Klappenersatz zur Verfügung, die biologische und die mechanische Prothese. Beide Arten von Prothesen werden vom Körper jedes Menschen vollständig akzeptiert, eine Abstoßungsreaktion ist ausgeschlossen.
Die Wahl der Prothese und die chirurgische Technik hängen von mehreren Faktoren ab:

- Alter des Patienten
- Lebenserwartung des Patienten
- Lebensdauer der Prothese
- Mitarbeit (= Compliance) des Patienten, z. B. in Bezug auf Blutverdünnung (= Antikoagulation)
- Erkrankungsart
- Aortenklappen- und Aortenwurzelanatomie
- Herzchirurg (Erfahrung)
- Kardiologe (Erfahrung, Zusammenarbeit mit Chirurgen, Nachbehandlung)
- Dringlichkeit
- Herzrhythmus

Mechanische Herzklappenprothesen

Mechanische Herzklappenprothesen sind Herzklappen, die aus extrem beständigen Materialien wie Metall und Kunststoff bestehen. Im Klappenring sitzen entweder eine Kippscheibe oder zwei »Metallsegel« (Doppelflügel), die sich öffnen und schließen wie eine natürliche Klappe, um den Blutfluss wie ein Ventil zu kontrollieren. Der Klappenring ist mit Kunstgewebe umgeben, das zur Befestigung mit Nähten im Gewebe des Patienten dient.
Die mechanischen Herzklappen besitzen durch diese beständigen Materialien eine praktisch unbegrenzte Haltbarkeit.
Wie bei allen wichtigen Behandlungsformen gibt es beabsichtige und gewünschte Wirkungen, aber auch kalkulierbare Nebenwirkungen. Im Fall der mechanischen Herzklappenprothesen kann es zu Blutgerinnselbildungen (Thrombosen) durch das körperfremde Material in der Blutbahn kommen. Um dies zu verhindern, müssen die Patienten lebenslang blutgerinnungshemmende Medikamente (Antikoagulantien) einnehmen.

Biologische Herzklappenprothesen

Biologische Herzklappenprothesen sind überwiegend natürliche Herzklappen vom Schwein, die durch spezielle chemische und physikalische Verfahren präpariert werden und sich somit zum Herzklappenersatz eignen, weil sie der Funktion der menschlichen Herzklappe sehr ähnlich sind.

Viele Gewebe-Herzklappen sind auf ein Klappengerüst (englisch: »stent«) aus Kunststoff aufgenäht, das eine einfachere Implantation ermöglicht.
Gerüstmontierte Klappen bestehen aus Kälbergewebe, aus dem Klappen geformt werden, oder aus Schweineklappen und kontrollieren wie die natürlichen Klappen den Blutstrom. Ein Kunstgewebe-Ring, der am Gerüst befestigt ist, ermöglicht es dem Chirurgen, die Klappe einzunähen.
Gerüstlose Klappen sind meist natürliche Klappen, die von einem Spender (Mensch = Homograft oder Schwein = Bioprothese) gewonnen werden. Auch hier ermöglicht Kunststoffgewebe das Einnähen.
Nach der Implantation von biologischen Herzklappenprothesen müssen im Allgemeinen keine blutgerinnungshemmenden Medikamente eingenommen werden. Die Haltbarkeit dieser Gewebeklappen ist jedoch derzeit noch eingeschränkt. Der aktivere Kalkstoffwechsel bei jüngeren Patienten führt zu einer verstärkten Kalkablagerung in den Klappenprothesen, die in ihrer Funktion dadurch eingeschränkt werden. Die Verkalkungsgefahr ist beim älteren Patienten dagegen vermindert.
Bei jüngeren Patienten wird deshalb zumeist zu einer mechanischen Klappenprothese gegriffen, während bei älteren Patienten häufiger biologische Klappenprothesen zum Einsatz kommen. Es gibt jedoch keine klare Übereinkunft der Ärzteschaft, bis zu welchem Alter mechanische Klappen Vorteile bringen und ab welchem Alter biologische Klappenprothesen die bessere Therapie darstellen.

Durchführung der Klappenoperation
Viele Aspekte einer Klappenoperation sind denen von anderen Herzoperationen ähnlich. Die Operation wird in tiefer Allgemeinanästhesie durchgeführt. Zum Herzen gelangt man wie bei der Bypassoperation durch Teilen des Brustbeins und Öffnen des Herzbeutels, was einen Anschluss an die Herz-Lunge-Maschine nötig macht.

Die Aortenklappen-Operation

- Standardtechnik

Bevor die Aorta geöffnet wird, muss die Blutzufuhr zum Herzen gestoppt und dieses mit einer eiskalten Lösung stillgelegt werden. Danach wird die erkrankte Klappe entnommen und durch eine neue ersetzt, welche mit ewig haltbaren Fäden eingenäht wird.
Die Aorta wird wieder verschlossen, das Herz entlüftet. Nachdem die Herzkranzgefäße wieder durchblutet werden, beginnt das Herz wieder zu schlagen. Nach Erreichen seiner vollständigen Funktionstüchtigkeit wird es wieder von der Herz-Lungen-Maschine entwöhnt und schließlich der Brustkorb wieder mit Drahtnähten verschlossen. Die Operation dauert 3–4 Stunden.

- Neue Verfahren der Aortenklappenchirurgie

In der Aortenklappenchirurge ist es in den letzten Jahren zu einem generellen Umdenken in Bezug auf die Bewertung der Bedeutung der Aortenwurzelpathologie gekommen. Wir sind zunehmend bestrebt, die chirurgische Lösung dieser krankhaften Situation anzupassen, als vielmehr der Aortenwurzel eine Klappenprothese »aufzuzwingen«. Bessere Kenntnisse über die Physiologie des linksventrikulären Ausflusstraktes und die Morphologie der Aortenklappe haben diesen Weg gezeigt.

- Gerüstlose Klappen

Die Möglichkeiten der Verwendung von gerüstmontierten oder gerüstlosen biologischen Aortenklappen wurden schon weiter oben erwähnt. Es werden neuerdings auch Weiterentwicklungen von mechanischen Prothesen mit einem größeren Innendurchmesser und besseren Flusseigenschaften angeboten. Die Grundidee dahinter ist die Verringerung eines durch den Einbau einer Prothese erzeugten Druckgradienten zwischen linker Kammer und Aorta. Je höher dieser Drucksprung ist, desto schlechter wird sich das Herz nach der Operation erholen.

- Homograft

Statt Klappenprothesen von Tieren – meistens Schweinen – zu implantieren, gibt es auch die Möglichkeit, menschliche Klappen zu verwenden = Homografts. Das sind klappentragende Aortenteile oder Teile der Lungenschlagader von Leichen oder entfernte Herzen eines Herz-Transplantat-Empfängers, die entweder bei normaler Temperatur gelagert oder kryopreserviert (z. B. flüssiger Stickstoff) und mit verschiedenen Methoden sterilisiert werden. (Antibiotika, Nährlösung).

- Autograft (= Ross-Operation)

Die patienteneigene Pulmonalklappe wird mitsamt einem Teil der Lungenarterie entnommen und statt der Aortenklappe eingesetzt. Die Pulmonalklappe wird durch einen Homograft ersetzt.

- Aortenklappenrekonstruktion

In den letzten Jahren hat die Zahl der Versuche, die Aortenklappe zu reparieren, zugenommen. Vor allem bei Aortaaszendens, -aneurysmen oder -erweiterungen kann die Aorta bei belassener Aortenklappe entfernt und durch eine Gefäßprothese ersetzt werden.
Bei sehr alten Patienten kann bei geeigneten Verhältnissen auch die Klappe entkalkt werden, d. h. dass die Verkalkungen ausgeschält werden.

Die Mitralklappen-Operation

- Standardtechnik

Nachdem das Herz durch eine eiskalte Lösung stillgelegt wird, kann der linke

Vorhof eröffnet werden. Nach Inspektion der Mitralklappe muss zwischen zwei Möglichkeiten entschieden werden:

- Die Klappe wird repariert. Nachdem dies erfolgt ist, wird ein Klappenring eingebaut, um das Ergebnis zu fixieren.
- Die erkrankte Klappe wird entfernt oder aber – besser – erhalten. Danach wird mit speziellen Fäden die neue Klappe eingenäht.

Hierauf wird der Vorhof erneut verschlossen, das Herz entlüftet und wieder durchblutet. Bald beginnt es wieder zu schlagen und kann nach einiger Zeit von der Herz-Lungen-Maschine entwöhnt werden, sodass es seine Aufgabe vollständig übernimmt.
Die Operation dauert 3–4 Stunden.

- Mitralklappenrekonstruktion

In den letzten Jahren gehen Herzchirurgen immer öfter dazu über, eine defekte Mitralklappe zu reparieren, da körpereigenes Gewebe körperfremdem immer vorzuziehen ist. Wenn die Klappe nicht zu sehr geschädigt und nur wenig oder gar nicht verkalkt ist, kann durch verschiedene Techniken die eigene Klappe repariert und damit erhalten werden. Eine Rekonstruktion kommt vor allem dann zur Anwendung, wenn es sich um eine undichte Mitralklappe handelt.
Um die Reparatur zu unterstützen und das Resultat zu festigen, wird zusätzlich oft ein Klappenring eingebaut.
Für die Reparatur von Klappen, die durch eine erworbene Endokarditis, Degeneration oder durch Durchblutungsstörungen insuffizient sind, gibt es verschiedene Techniken, z. B.:

- Sehnenfädenverkürzung oder -verlängerung
- Sehnenfädenverlagerung
- Segelverkleinerung
- Papillarmuskelverkürzung

Nicht alle Mitralklappen können rekonstruiert werden. Eine Ultraschalluntersuchung vor der Operation kann oft schon die Wahrscheinlichkeit der Rekonstruktion oder des Klappenersatzes voraussagen. Mitralklappenveränderungen nach rheumatischem Fieber haben oft stenotische und insuffiziente Komponenten, sodass sie nicht repariert werden können.

- Kommissurotomie

Eine Art von Rekonstruktion wird Kommissurotomie genannt. Diese Operation wird bei Klappen durchgeführt, die verengt sind. Meistens werden jedoch heutzutage diese Verengungen durch

- Ballon-Valvuloplastie

behandelt. Dabei wird die stenosierte Klappe durch einen Ballon gesprengt, dies wird von Kardiologen im Katheterlabor durchgeführt.

- Mitralklappenersatz

Beim Mitralklappenersatz gelten die gleichen Kriterien bezüglich der Wahl der Prothese wie bei dem Aortenklappenersatz.
Die Mitralklappe besteht aus Segeln, Sehnenfäden und Papillarmuskeln. Diese drei Bestandteile bilden mit der linken Kammer eine Einheit, die früher oft beim Klappenersatz durch komplettes Entfernen der drei Klappenkomponenten gestört und auch zerstört wurde. Heute legt man auch beim Einbau einer Klappenprothese, wenn eine Reparatur nicht möglich ist, größten Wert auf die Erhaltung des subvalvulären Apparates (= Sehnenfäden und Muskeln), sodass oft die Prothese in die zum Teil verbleibende eigene Klappe implantiert wird. Die Erholung des Herzens und der Erhalt der Herzleistung in den folgenden Jahren hängen wesentlich von dieser Tatsache ab.

- Minimalinvasive Klappenchirurgie

Im Unterschied zur Koronarbypasschirurgie ist es derzeit nicht möglich, eine Klappenoperation am schlagenden Herzen durchzuführen. Für die Operation sind die extrakorporale Zirkulation mit der Herz-Lungen-Maschine und der Herzstillstand notwendig. Die Verkleinerung des Eingriffs kann nur durch eine Verkleinerung des chirurgischen Zugangs erfolgen. Die Verkleinerung des Hautschnittes um mehr als die Hälfte ist möglich, die Länge der Inzision beträgt somit nur mehr 8–10 cm.
Es gibt hierauf verschiedene Arten, den Thorax (Brustbein) zu eröffnen:

- verringerte Spaltung des Brustbeines
- seitlicher Brustkorbschnitt
- quer gesetzter Brustbeinschnitt

Die damit erzielten Vorteile sind:

- bessere Festigkeit des Brustkorbes
- weniger Mobilisierung von Gewebe und verringerte Blutverluste
- geringere Beatmungszeit
- ausgezeichnetes kosmetisches Ergebnis

Man kann sich in ausgewählten Fällen bei Patienten mit normaler oder mäßig reduzierter Linksventrikelfunktion für die teilweise Eröffnung des Brustbeins entscheiden.

Die Trikuspidalklappen-Operation
Wenn die Trikuspidalklappe nicht zu stark zerstört ist, kann durch verschiedene Techniken die eigene Klappe repariert und damit erhalten werden. Meist wird eine Rekonstruktion wie bei einer undichten Mitralklappe durchgeführt. Um die Reparatur zu unterstützen und das Resultat zu festigen, wird auch hier zusätzlich oft ein Klappenring eingebaut.
Nicht alle Trikuspidalklappen können rekonstruiert werden. Bei dem Trikuspidalklappenersatz gelten die gleichen Kriterien bezüglich der Wahl der Prothese wie beim Aortenklappenersatz, eine Bioprothese ist aber wenn möglich vorzuziehen.
Oft ist die Trikuspidalklappe bei anderen Klappenerkrankungen zusätzlich betroffen, und eine Undichtigkeit kommt selten isoliert vor.

Medikamente
Medikamente werden zusätzlich zur operativen Behandlung oder zur Unterstützung dieser verordnet. Sie sollen die unangenehmen Symptome lindern, die Arbeit des Herzens reduzieren, den Herzschlag regulieren und die Blutgerinnung beeinflussen.
- Digitalis

reduziert die Arbeitslast des Herzens.
- Diuretica (wassertreibende Mittel)

senken den Salz- und Wassergehalt des Körpers. Vermindern die Beinschwellung und Flüssigkeit in der Lunge. Vermindern die Herzarbeit.
- Antikoagulantien (blutverdünnende Mittel)

verhindern weitestgehend die Bildung von Blutgerinnseln, vor allem bei Patienten mit künstlichen Klappen aus synthetischen Materialien.
- Betablocker

kontrollieren den Herzschlag und senken den Blutdruck.
- Kalzium-Kanal-Blocker

reduzieren die Kraft der Muskel im Herzen, senken den Blutdruck.

Ergebnisse und Komplikationen
Wie mit jeder anderen Operation sind mit der Klappenoperation Risiken verbunden, die der Patient und seine Familie vor dem Eingriff bedenken sollte. Das Risiko leitet sich von dem Zustand des Patienten ab, in dem er sich vor der Operation befindet.

- Aortenklappen-Operation

Das Überleben einer Aortenklappen-Operation hängt von verschiedenen Faktoren ab, die das Ergebnis wesentlich beeinflussen können:
- hohes Alter
- Stadium des Herzversagens

- eingeschränkte Funktion des linken Herzens
- koronare Herzkrankheit
- aktive Endokarditis
- Erweiterung (Aneurysma) der Aorta
- schlechtes Verhältnis zwischen Klappe und Körperoberfläche

Nach einer Aortenklappen-Operation sterben 3–6 % der Patienten. Die Überlebenswahrscheinlichkeit nach 5 Jahren beträgt 75 %, 10 Jahren – 60 %, 15 Jahren – 40 %. Die häufigsten Todesursachen sind Herzversagen, Blutungen, Infektionen und Schlaganfälle. Plötzlicher Herztod tritt in 20 % der Todesfälle auf. In 20 % der Todesfälle ist der Tod mit der Klappe direkt in Verbindung zu bringen.

- Mitralklappen-Operation

Rekonstruktion

Das Erste, das bedacht werden muss, ist, dass der Chirurg die Wahrscheinlichkeit der Rekonstruktion vor der Operation angeben kann, er kann dies jedoch nie garantieren. Wenn die Rekonstruktion gelingt, ist die Wahrscheinlichkeit eines Langzeiterfolges sehr gut, besonders bei degenerativen Veränderungen. Abhängig von der Grunderkrankung der Mitralklappe ist die Chance, dass in den nächsten zehn Jahren nach der Operation kein weiterer Eingriff mehr nötig ist, ca. 85–95 %. Wenn die Reparatur sehr komplex war, sind die Chancen geringer. Falls die Klappe durch rheumatisches Fieber geschädigt wurde, sind die Langzeitergebnisse einer Rekonstruktion weniger gut. Die Ergebnisse der Rekonstruktion einer durch Mangeldurchblutung geschädigten Mitralklappe sind am schlechtesten vorauszusagen.
Die Wahrscheinlichkeit, bei einer Mitralklappen-Rekonstruktion im Krankenhaus zu sterben, beträgt ca. 3,4 %. Nach 15 Jahren sind ca. 75 % der Patienten noch am Leben.

Mitralklappenersatz

Das Risiko, bei einer Mitralklappen-Operation zu sterben, beträgt derzeit ca. 5–9 %. Die Wahrscheinlichkeit ist abhängig von

- Herzleistung vor der Operation,
- Alter,
- gleichzeitiger koronarer Herzkrankheit.

Die Ursache des Todes ist meist Herz- oder Organversagen, Blutungen, Lungenversagen, Infektionen und Schlaganfälle. Die Resultate haben sich in den letzten Jahren wahrscheinlich vor allem wegen des Erhaltes des subvalvulären Apparates verbessert.
Bei über 90 % der Patienten kommt es zu einer deutlichen Verbesserung nach der Operation. Für den Tod in den Jahren nach der Operation sind folgenden Gründe anzuführen:

- chronisch verminderte Herzfunktion
- Blutgerinnsel

- Schlaganfall
- Endokarditis
- Blutungen wegen Blutverdünnung
- koronare Herzkrankheit

Die Wahrscheinlichkeit nach 10 Jahren nach einem Mitralklappenersatz noch zu leben beträgt ca. 50–60 %.

Mechanische Klappe:
Die Risiken des Einbaus einer mechanischen Klappenprothese bestehen in folgenden möglichen Problemen:

- Verstopfung der Klappe durch ein Blutgerinnsel (1,1 % pro Jahr)
- Verstopfung eines Gefäßes durch ein Blutgerinnsel, das durch die Klappe erzeugt wurde (7,7 % pro Jahr)
- unerwünschte Blutungen auf Grund der medikamentösen Behandlung (4,3 % pro Jahr)
- Entzündung des Herzmuskels auf Grund des Klappeneinbaus (2,2 % pro Jahr)
- Notwendigkeit einer neuerlichen Operation (2,1 % pro Jahr)

Demgegenüber steht der große Nutzen der mechanischen Klappe, dass sie praktisch unverwüstlich ist und ein Leben lang nicht mehr ausgetauscht werden muss.

Biologische Klappe:
Die Risiken des Einbaus einer biologische Klappenprothese liegen daher in folgenden möglicherweise auftretenden Problemen:

- Notwendigkeit einer neuerlichen Operation (9,2 % pro Jahr)
- Zerstörung der Klappenfunktion (8,5 % pro Jahr)

Demgegenüber steht der große Nutzen der biologischen Klappenprothesen, dass sie keine medikamentöse Behandlung nach sich zieht und daher Komplikationen und Nebenwirkungen, wie unerwünschte Blutungen oder Verstopfungen von Gefäßen durch Blutgerinnsel, ausschließt.

Die folgende Tabelle zeigt eine Gegenüberstellung der Risiken/Nutzen der beiden Klappentypen:

Auftreten von Problemen mit der Klappenprothese (in Prozent von Problemen pro Jahr)	mech. Klappe	biol. Klappe
Verstopfung der Klappe durch ein Blutgerinnsel	1,1 %	0,5 %
Verstopfung eines Gefäßes durch ein Blutgerinnsel	7,7 %	1,7 %
Unerwünschte Blutungen auf Grund der Blutverdünnung	4,3 %	1,5 %
Entzündung des Herzmuskels auf Grund des Klappeneinbaus	2,2 %	1,0 %
Notwendigkeit einer neuerlichen Operation	2,1 %	9,2 %
Zerstörung der Klappenfunktion	2,7 %	8,5 %

Zukunftsperspektiven

Stentklappen

Es wird derzeit daran gearbeitet, biologische Herzklappen auf Metallgerüste (Stents) zu montieren. Diese müssen kollabierbar sein (ca. 5 mm), um über ein Leistengefäß wie bei einer PTCA eingeführt zu werden. Der Stent wird die Arterienwand um die Aortenklappe z. B. unterstützen und festigen. Darin befindet sich ein Klappe, die auf einem Nitinol-Rahmen montiert ist und, sobald sie am Ort ihrer Bestimmung ist, ausgedehnt wird.

Tissue Engineering

Herzklappen, die mit Hilfe von TE entwickelt werden, stehen heute weltweit kurz vor der Testung in der Klinik. Hierbei dienen z. B. Herzklappen vom Schwein als Gerüst für die Konstruktion einer neuen Herzklappe. Die tierischen Zellen werden enzymatisch vom Kollagengerüst der tierischen Klappe entfernt und anschließend in speziellen Reaktorgefäßen mit menschlichen Zellen besiedelt. Da die patienteneigenen Zellen nicht als körperfremd vom Immunsystem erkannt werden, wird eine Abstoßungsreaktion im Körper verhindert. Außerdem können diese Klappen zu einem gewissen Grad mitwachsen, d. h. auch bei Kindern muss die transplantierte Herzklappe nicht regelmäßig erneuert werden.

Xenotransplantation

Auf Grund der begrenzten Zahl an menschlichen Spenderorganen sehen einige Forscher aber auch in der Xenotransplantation (Transfer von Zellen, Geweben oder Organen von einer Spezies in eine andere) eine attraktive Möglichkeit, dem fehlenden Bedarf an Spendermaterialien zukünftig zu begegnen.
Hier erscheinen auf den ersten Blick Primaten (Affen) als geeignete Spender in Frage zu kommen, wobei die hohen Kosten für Tierzucht und -haltung und die Gefahr einer Übertragung human-pathogener Krankheitserreger eher gegen den Einsatz solcher Organe in der Praxis sprechen. Organe vom Schwein bieten hier

eine Alternative, vor allem da diese Spezies über eine ähnliche Physiologie wie der Mensch verfügt und es inzwischen auch genetisch modifizierte Schweine gibt, deren Zellen keine Abstoßung mehr hervorrufen, weil die Oberflächenstrukturen der Zellen modifiziert wurden. Auf diese Weise werden Immunreaktionen des Körpers gegen das tierische Organ weitgehend unterbunden. Abgesehen von ethischen Aspekten besteht auch hier ein Restrisiko, tierische endogene Viren (Retroviren) mit dem Spenderorgan zu übertragen.

Wenn das Herz schwächer wird ...

Herzinsuffizienz und ihre Behandlung

Die Herzinsuffizienz ist eine der häufigsten Erkrankungen weltweit. In Europa und den Vereinigten Staaten leiden rund 8,5 Millionen Menschen an Herzinsuffizienz, auf der gesamten Erde sind es sogar 22 Millionen. Somit stellt die Herzinsuffizienz für die westliche Welt eines der größten Gesundheitsprobleme dar, das ca. 2,5 % der über 45-Jährigen betrifft. Mit steigender Lebenserwartung ist mit einer weiteren Zunahme zu rechnen. Weltweit gibt es jährlich 1 Million neuer Fälle. Mittlerweile ist die Herzinsuffizienz die häufigste Ursache für eine Krankenhauseinweisung bei Patienten über 65 Jahre.
Die Prognose ist selbstverständlich von der Grunderkrankung sowie seiner Behandlungsmöglichkeit abhängig. Trotzdem ist nach der Erreichung eines bestimmten Schweregrades die Herzinsuffizienz als eigenständige Erkrankung mit einem vorgezeichneten Schicksal anzusehen. Die Hälfte der Patienten mit bekannter Herzinsuffizienz versterben innerhalb der ersten fünf Jahre. Diese Prognose ist bis vor wenigen Jahren unverändert geblieben. Erst durch die Einführung neuer medikamentöser Therapiestrategien konnte die Sterblichkeit auf unter 5 % pro Jahr gesenkt werden.

Was ist Herzinsuffizienz?
Die linke Herzhälfte pumpt sauerstoffreiches Blut von den Lungen in den Körper (der große Kreislauf, Körperkreislauf). Die rechte Herzhälfte pumpt das sauerstoffarme Blut, das von den Organen, Muskeln und anderen Geweben zurückfließt, in die Lungen, wo es wieder mit Sauerstoff angereichert wird (der kleine Kreislauf, Lungenkreislauf).
Von Herzinsuffizienz beziehungsweise Myokard-Insuffizienz oder Herzmuskelschwäche spricht man, wenn das Herz nicht mehr in der Lage ist, die Gewebe mit genügend Blut und somit Sauerstoff zu versorgen. Die Leistung des Herzens ist unzureichend im Verhältnis zum Körperbedarf.
Der Ausdruck Herzversagen, der auch verwendet wird, lässt annehmen, dass das Herz plötzlich und komplett ausfällt. Doch das ist nicht der Fall. Vielmehr entwickelt sich die Herzinsuffizienz langsam, oft über Jahre. Viele Menschen bemerken ihre Krankheit erst, wenn die ersten Symptome auftreten.

Arten von Herzinsuffizienz

Linksherz-Insuffizienz
Bei linksseitigem Herzversagen arbeitet die linke Herzhälfte unzureichend, und das Blut staut sich in der Lunge (Stauungslunge). Es kommt zu einer Wasseransammlung in der Lunge.

Rechtsherz-Insuffizienz
Bei rechtsseitigem Herzversagen staut sich das Blut in den Geweben des Körpers. Es kommt zu Wasseransammlungen (zum Beispiel in beiden Beinen, in der Bauchhöhle, in der Leber usw.).

Systolisches Herzversagen
kommt vor, wenn die Fähigkeit des Herzens zum Pumpen des Blutes abnimmt. Das Blut staut sich zurück.

Diastolisches Herzversagen
kommt vor, wenn das Herz Probleme mit der Relaxation hat (Erschlaffungs = Füllungsphase). Damit staut sich auch hier Blut in den jeweiligen Kreislauf zurück.

Entstehung von Herzinsuffizienz
In einer gewissen Weise spiegelt die Herzinsuffizienz die sich ändernde Altersverteilung der Bevölkerung wider. Immer mehr Leute leben länger. Menschen über 65 Jahre haben den am schnellsten wachsenden Anteil und das Risiko der Herzinsuffizienz steigt mit dem Alter. Diese Erkrankung befällt 1 % der Menschen mit 50 Jahren und 5 % der Menschen mit 70 Jahren.
Die häufigsten Ursachen sind folgende:

- Herzkranzgefäß-Verkalkung (Arteriosklerose, koronare Herzkrankheiten)
- Folge eines Herzinfarkts
- erhöhter Blutdruck (Hypertonie)
- Herzrhythmusstörungen
- Herzklappenfehler
- Kardiomyopathie (KMP)

Kardiomyopathie ist eine Schwächung des Herzmuskels, die zu Herzversagen führt. Die Ursache kann Alkohol- oder Drogensucht, eine Einnahme eines Medikaments oder eine Virusentzündung sein (primäre KMP). Doch gibt es auch Fälle, bei denen die Urasche nicht geklärt werden kann (sekundäre KMP). Vor allem jüngere Patienten sind von dieser Erkrankung betroffen, die in folgenden Arten auftreten kann:

- hypertrophe KMP: Die Muskelmasse der linken Kammer ist zu groß. Die Kammerscheidewand kann den Blutstrom aus dem linken Herzen behindern,

die Funktion der Mitralklappe stören oder die Pumpfunktion des Herzens beeinträchtigen
- dilatative KMP: Die häufigste Form. Die Herzkammer ist vergrößert und die Wand ausgedünnt
- restriktive KMP: Die Muskulatur wird steif und die Füllung des Herzens wird behindert
- Herzmuskel-Entzündungen
- Herzbeutel-Erguss oder eine Einengung des Herzbeutels
- Lungenerkrankungen
- erhöhter Stoffwechsel (Hyperthyreose)
- schwerer Blutmangel (Anämie)
- Schwangerschaft

Die häufigsten Ursachen einer Herzinsuffizienz sind koronare Herzkrankheit und erhöhter Blutdruck (Hypertonie).

Symptome bei Herzinsuffizienz

Das Herz passt sich der verminderten Auswurfleistung mit drei Reaktionsmustern an und versucht damit die Effekte der Herzinsuffizienz zu verbergen:
- Vergrößerung (Dilatation)
- Verdickung der Muskelfasern (Hypertrophie)
- Erhöhen der Schlagfolge (Tachykardie)

Mit diesen Anpassungen kann das Herz oft Jahre die verminderte Leistung kompensieren, jedoch irgendwann werden die Zeichen der Herzinsuffizienz sichtbar.

Linksherz-Insuffizienz

Bei linksseitigem Herzversagen mit Stauungslunge ist hauptsächlich Atemnot zu beobachten. Eine Herzinsuffizienz leichteren Grades äußert sich bei Anstrengung. In chronischen Fällen ist die Atemnot ein Dauerzustand (chronisch, trockener Husten). In akuten schweren Fällen leidet der Patient unter sehr starker Atemnot. Ein schaumig-blasiger Schleim kommt aus dem Mund.

Rechtsherz-Insuffizienz

Rechtsseitiges Herzversagen zeigt sich unter anderem durch geschwollene Beine (Ödeme), vor allem im Knöchelbereich. Die Schwellung kann zum Austrocknen der Haut führen, weil der Druck im Gewebe zu groß wird. Dies kann Ekzeme hervorrufen (Stauungsekzem), die sich zu regelrechten Wunden (Schienbeingeschwür) weiterentwickeln können. Die Heilung derartiger Wunden ist schlecht. Durch die ungenügende Blutversorgung kommt es häufig zu Entzündungen.

Blutstauung in den Organen, eine weitere Folge rechtsseitigen Herzversagens, führt zu Wasseransammlungen in den Organen, vor allem in der Leber. Die Bauchorgane schwellen an und der Bauchumfang vergrößert sich. Die Stauung beeinträchtigt die Organfunktionen. Es kann zudem zu Wasseransammlung in der Bauchhöhle kommen (Aszites).

Globalinsuffizienz
Darunter versteht man ein beidseitiges Herzversagen, was zu bösartigen Herzrhythmus-Störungen (Kammer-Arrhythmien) führen kann.

Klassifikation der Herzinsuffizienz
1928 veröffentlichte die New York Heart Association (NYHA) eine Klassifikation der Patienten mit Herzkrankheiten. Die letzte gültige Version von 1994 wird verwendet, um das Zustandsbild eines Patienten zu beschreiben:

NYHA-Klasse	Beschreibung
NYHA I	Patienten mit einer Herzerkrankung, aber ohne Einschränkung der Aktivität. Normale körperliche Tätigkeit verursacht keine abnorme Müdigkeit, Herzstolpern, Atemnot oder Brustschmerzen.
NYHA II	Patienten mit einer Herzerkrankung mit einer leichten Einschränkung der körperlichen Leistungsfähigkeit. In Ruhe fühlen sich diese Patienten wohl. Normale körperliche Tätigkeit verursacht abnorme Müdigkeit, Herzstolpern, Atemnot oder Brustschmerzen.
NYHA III	Patienten mit einer Herzerkrankung mit einer deutlichen Einschränkung der körperlichen Leistungsfähigkeit. In Ruhe fühlen sich diese Patienten wohl. Schon geringere als normale körperliche Tätigkeit verursacht abnorme Müdigkeit, Herzstolpern, Atemnot oder Brustschmerzen.
NYHA IV	Patienten mit einer Herzerkrankung, die dazu führt, dass sie keine körperliche Aktivität mehr ausführen können. Symptome und Angina Pectoris können bereits in Ruhe vorhanden sein. Wenn körperliche Belastung dazukommt, wird das Unbehagen vergrößert.

Diagnose der Herzinsuffizienz
Wichtig ist die Krankengeschichte (Anamnese). Es folgen die Untersuchung der Lungen, der Beine und des Bauchraums auf Wasseransammlungen. Besteht Verdacht auf Herzinsuffizienz, folgen weitere Untersuchungen:

- Röntgenaufnahmen des Brustkorbes
- EKG
- Herzultraschall (Echokardiographie)

- Ultraschall-Untersuchung der Bauchhöhle
- Blutuntersuchung

Ungefähr zwei Drittel der Patienten mit Herzinsuffizienz sterben innerhalb von fünf Jahren nach der Diagnose. Nichtsdestotrotz leben einige länger als fünf Jahre, ja sogar bis ins hohe Alter. Die individuellen Aussichten hängen von mehreren Faktoren ab:

- Alter
- Schwere der Krankheit
- Gesamtzustand des Patienten

Behandlung der Herzinsuffizienz

Generell ist Herzversagen eine fortschreitende Krankheit, dessen Verlauf nur verlangsamt, nicht aber rückgängig gemacht werden kann. Eine Heilung gelingt lediglich, wenn die auslösende Ursache beseitigt wird. Ohne Behandlung führt Herzinsuffizienz zum Tod.

Lebensführung

Wenn bei Ihnen Herzversagen diagnostiziert worden ist, gibt es viele Dinge, die Sie machen können, um sich selbst zu helfen:

- Beschränken Sie die Einnahme von Salz
- Flüssigkeitszufuhr kontrollieren
- Tabak- und Alkoholentwöhnung
- Tägliche Gewichtskontrolle, bei groben Veränderungen Arzt kontaktieren
- Erstellen eines regelmäßigen körperlichen Trainingsprogrammes in Absprache mit Ihrem Arzt
- plötzliche körperliche Anstrengungen meiden
- regelmäßige Einnahme der verschriebenen Medikamente
- regelmäßige Arztbesuche
- sofortige Benachrichtigung, falls sich Ihre Symptome verändern (Kurzatmigkeit, geschwollene Beine ...)

Es ist wesentlich, dass sowohl Sie als auch Ihre Familie verstehen, was Herzversagen ist, was die Symptome sind, was Sie machen sollten, wenn sich Ihre Symptome ändern und wie Ihr Arzt diese Krankheit behandelt.
Wer sich nicht an diese Vorgaben hält, leistet der dauernden Verschlechterung seines Zustandes Vorschub. Andererseits kann man seine Herzinsuffizienz gemeinsam mit dem Arzt in den Griff bekommen und eine ausreichende oder sogar gute Lebensqualität erreichen.

Medikamente

- Diuretika

Harntreibende Medikamente befreien den Körper von eingelagerter überschüssiger Flüssigkeit und reduzieren so die Belastung des Herzens und der Gefäße.

- Digitalis

Digitalis erhöht die Pumpkraft des Herzens.

- Beta-Blocker

Medikamente, die der Wirkung der Stresshormone (Katecholamine), die bei Herzinsuffizienz erhöht sind, entgegenwirken.

- Kalzium-Kanal-Blocker, Nitrate

Medikamente gegen Herzkrämpfe bewirken eine Erweiterung der Gefäße (Angina Pectoris).

- ACE-Hemmer

ACE-Hemmer hemmen unter anderem Aldosteron, ein Hormon, das die Gefäßwände spannt und somit den Blutdruck erhöht. Muss das Herz gegen einen geringeren Widerstand arbeiten, wird es entlastet.

- Antikoagulation

Je nach Ausmaß oder Ursache der Herzinsuffizienz werden blutverdünnende Medikamente eingesetzt.

Die Patientengruppe mit Vorhofflimmern trägt ein hohes Risiko für thromboembolische Ereignisse (Bildung und Ausschwemmen von Blutgerinnseln). Bei fehlenden Kontraindikationen ist die Indikation zur Dauerantikoagulation (Blutverdünnung) (Thrombotest 5–10, INR: 2,5–4,5) gegeben. Eine Antikoagulation empfiehlt sich auch bei stark herabgesetzter Pumpfunktion und bei Vorhandensein von Aneurysmen des Ventrikels.

Chirurgische Behandlung der Herzinsuffizienz

Wenn eine chronische Durchblutungsstörung die Ursache des fortschreitenden Herzversagens ist, werden zunächst alle Möglichkeiten der Revaskularisation ausgeschöpft, wie PTCA, Bypassoperation und Laseroperation. Wenn nötig müssen eventuell die Herzklappenfehler korrigiert werden.

Herztransplantation

Von einer Transplantation spricht man dann, wenn das kranke Herz oder das Herz-Lungen-Paket durch ein gesundes Spenderorgan ersetzt wird.

Indikation für eine Herztransplantation

Ist das Herz so schwer krank oder geschädigt, dass es seine Aufgabe nicht mehr wahrnehmen kann und auch Medikamente oder Operationen nicht mehr helfen,

bleibt als letzter Ausweg nur noch die Herztransplantation, um das Leben dieses Menschen zu retten.
Generell kann eine Herztransplantation in jedem Alter erfolgen. Bereits kurz nach der Geburt werden schon erfolgreich Transplantationen durchgeführt. Jenseits des 70. Lebensjahres sind Herztransplantationen allerdings sehr selten, da in diesem Alter meist andere organische Erkrankungen eine Transplantation unmöglich machen.
Es gibt jedoch Gegenanzeigen für eine Durchführung einer Transplantation, die jedoch in den letzten Jahren merklich gelockert wurden. Jede Ablehnung, einen Patienten auf die Liste zu setzen, muss klar begründet sein.
Eine Verweigerung kann vorübergehend sein: Im Falle einer klinischen Verschlechterung kann die Wiederaufnahme auf die Liste diskutiert werden. Gleichermaßen können bestimmte Bedingungen zur Wiederaufnahme auf die Transplantationsliste führen, zum Beispiel der Beweis einer sechsmonatigen Abstinenz bei chronischem Alkoholabusus.
Einige Ausschlusskriterien (Kontraindikationen) bestimmen das Operationsrisiko und sind nur vorübergehend von Bedeutung (akute und behandelbare Infektionskrankheiten sowie Lungeninfarkte). Andere sind mehr oder weniger definitiv, wenn eine Änderung nicht möglich ist.

Absolute Kontraindikationen:
- aktive Infektion
- unbehandelte Krebserkrankung
- zusätzliche Erkrankung, die die Lebenserwartung massiv einschränkt
- zusätzlicher Organschaden
- erhöhter Lungengefäßwiderstand

Relative Kontraindikationen:
- fortgeschrittenes Alter
- frische Lungeninfektion
- Magengeschwür
- Durchblutungsstörungen

Organspender
Organspender sind hirntote Patienten, bei denen mittels moderner Medizintechnik die Funktion der Organe (aber nicht des Gehirns) am Leben erhalten wird. Eine Organentnahme erfolgt z. B. in Österreich nur dann nicht, wenn in einem zentralen Register eine Verfügung des Patienten vorliegt, dass er sich zu Lebzeiten gegen eine Organentnahme ausgesprochen hat. In anderen Ländern wie Deutschland kann man nur dann Organe entnehmen, wenn eine Zustimmung des Patienten (Spenderausweis) oder der nahen Verwandten vorliegt.

Um sicherzustellen, dass für ein Spenderorgan in kürzester Zeit ein passender Empfänger gefunden wird, wurde 1967 die Stiftung Eurotransplant ins Leben gerufen. Eurotransplant sitzt in Leiden in den Niederlanden und koordiniert den internationalen Austausch von Spenderorganen in den Ländern Belgien, Deutschland, Luxemburg, den Niederlanden, Österreich und Slowenien – einem Einzugsgebiet mit 118 Millionen Menschen.
Wird irgendwo in diesen Ländern durch den Tod eines Patienten ein Spenderorgan verfügbar, egal ob es nun ein Herz oder eine Niere oder ein anderes Organ ist, so gibt der regionale Transplantationskoordinator die Einzelheiten sofort an Eurotransplant weiter. Dort wird nun ein passender Empfänger gesucht und der schnellstmögliche Transport des Organs per Flugzeug oder Hubschrauber organisiert.
Die Transplantation von Organen darf nur in dafür zugelassenen Transplantationszentren vorgenommen werden. Die Organzuteilung erfolgt durch die Vermittlungsstelle nach Regeln, die dem Stand der Erkenntnisse der medizinischen Wissenschaft entsprechen, insbesondere nach Erfolgsaussicht und Dringlichkeit für geeignete Patienten.
Der Erfolg einer Transplantation wird als Überleben des Empfängers, die längerfristig gesicherte Transplantatfunktion sowie die verbesserte Lebensqualität definiert. Die Erfolgsaussichten sind für die Organe, aber auch innerhalb definierter Patientengruppen grundsätzlich verschieden. Neben diesen empfängerbezogenen Kriterien hängt der Erfolg der Transplantation auch von der Qualität des jeweiligen Spenderorgans und der Qualität der medizinischen Betreuung ab.

Kriterien für die Zuteilung von Spendeorganen (Herz)

- Blutgruppenkompatibilität (A-B-0-System)

Voraussetzung für die Organtransplantation ist die Blutgruppenkompatibilität zwischen Spender und Empfänger. Um aber eine gleichmäßige Verteilung zu gewährleisten, erfolgt die Auswahl zu transplantierender Empfänger nach den folgenden Regeln:

Spender Blutgruppe	Empfänger Blutgruppe
0	—> 0
A	—> A, AB
B	—> B, AB
AB	—> AB

- Hohe Dringlichkeit (high urgency – HU)

Bei Patienten auf der Warteliste in akut lebensbedrohlicher Situation besteht eine besondere Dringlichkeit zur Transplantation. Sie werden daher vorrangig vor allen

anderen Patienten transplantiert. Die Zuordnung eines Patienten in diese Dringlichkeitsstufe muss besonders begründet werden. Empfänger, die diese Kriterien erfüllen, sind in der Regel bereits auf der Warteliste geführte Patienten, deren Zustand sich verschlechtert.
Patienten, bei denen ein ventrikuläres Unterstützungssystem (VAD) implantiert wurde, werden grundsätzlich auf der einheitlichen Warteliste mit normaler Dringlichkeit geführt. VAD-Patienten werden nur dann in die HU-Gruppe eingestuft, wenn sie sich zunächst erholen und erst später methodenbedingte Komplikationen erleiden.

- Sonstige Dringlichkeitsstufen:

transplantierbar (T): normale Stufe, hier sind beinahe alle Patienten eingestuft
nicht transplantierbar (NT): Patienten, die transplantiert werden müssen, aber vorübergehend Gegenanzeigen aufweisen (z. B. Infektion ...)

Wartezeit

Die Wartezeit ist ein bedeutsamer Faktor für die Prognose nach Aufnahme in die Warteliste zur thorakalen Organtransplantation. Auf Grund der Sterblichkeit, insbesondere während des ersten Jahres der Wartezeit, stellt sie somit einen Dringlichkeitsfaktor dar.

Konservierungszeit

Eine sofortige und adäquate Funktionsaufnahme des Transplantates ist bei Herzübertragungen entscheidend für den kurz- und langfristigen Transplantationserfolg.
Beeinflussbare Faktoren:

- spenderseitige Faktoren (z. B. Alter des Spenders, Funktionszustand der Spenderorgane zum Zeitpunkt der Organentnahme)
- warme Ischämiezeit (Implantationszeit = Dauer zum Einnähen des Herzens)
- »kalte Ischämiezeit« (= Zeit von der Entnahme beim Spender bis zum Beginn des Einnähens beim Empfänger, also größtenteils Transportzeit)

Eine möglichst kurze Konservierungs- und Transportzeit ist daher anzustreben und bei der Organallokation zu berücksichtigen. Dies bedeutet für die isolierte Herztransplantation eine prospektive Gesamtischämiezeit (kalt und warm) von unter 3 Stunden.

- Übereinstimmung der HLA-Merkmale

Im Hinblick auf den langfristigen Transplantationserfolg ist auch für Herzen eine möglichst weitgehende Übereinstimmung der HLA-Merkmale zwischen Organspender und -empfänger anzustreben.

Transplantations-Immunologie

Von besonderem Interesse und am häufigsten ist die allogene Transplantation. Es handelt sich um eine Transplantation zwischen genetisch verschiedenen Individuen, die aber derselben Spezies angehören. Ganz einfach gesagt geht es um Organtransplantationen von Mensch zu Mensch.
Bei dieser Art von Transplantation besteht immer eine Gewebeunverträglichkeit (so genannte Histoinkompatibilität). Folglich wird das transplantierte Organ vom Empfängerorganismus nicht erkannt und abgestoßen. Die Gewebeverträglichkeit wird von Antigenen bestimmt.

Was sind Antigene?
Antigene sind Substanzen, die sich an der Oberfläche der Zellen befinden und von anderen Organismen (Lebewesen) als fremd erkannt werden. Als Folge dieser Erkennung werden verschiedene Antwortreaktionen (Immunantworten) ausgelöst, die zu einer Abstoßungsreaktion der fremden Zelle führen. Verständlicherweise werden fremde Organe, die über eigene, für den Empfängerorganismus unbekannte Antigene verfügen, erkannt und abgestoßen. Es gibt aber auch die Möglichkeit, dass einige von diesen an der Zelloberfläche befindlichen Antigenen mit denen, die sich an der Zelloberfläche des Empfängerorganismus befinden, übereinstimmen. Je mehr Antigene übereinstimmen, desto größer ist die Empfangsbereitschaft für das fremde Organ und desto besser wird die Prognose für den transplantierten Menschen.

Gewebeverträglichkeit
Vor der Transplantation ist also die Gewebeverträglichkeit (Histokompatibilität) zwischen dem Empfängerorganismus und dem zu transplantierenden Organ abzuklären. Dieser Vorgang wird HLA-Typisierung genannt. Eine vollständige Gewebeverträglichkeit gibt es nur bei eineiigen Zwillingen. Sonst besteht auch bei weitgehender Übereinstimmung eine Abstoßungstendenz, die nach der Transplantation durch Einnahme von Medikamenten unterdrückt werden muss. Diese Medikamente, die die Immunität (Abwehrmechanismus) des Körpers unterdrücken, werden Immunsuppressiva genannt.

HLA-Typisierung
Bei jedem Patienten, der zu einer Organtransplantation vorgesehen ist, werden die Daten der HLA-Typisierung und Blutgruppe der Eurotransplant in Leiden (Holland) gemeldet. Eurotransplant registriert zentral Patienten, die ein neues Organ benötigen, und erhält Meldungen über die Organspenden.

Die Zeit vor der Herztransplantation

Eine kurze Spitalsaufnahme ist notwendig, an deren Ende entschieden werden kann, ob eine Herztransplantation indiziert ist oder ob eine andere Therapieform angestrebt werden sollte. Diese Entscheidung wird unter Einbeziehung der verschiedenen Beteiligten gefällt (Kardiologen, Herzchirurgen, Anästhesisten, Intensivmediziner, Psychologen) und ist natürlich von der Entscheidung des Patienten abhängig, ob er die Transplantation akzeptiert oder nicht. Wenn der Patient für eine Transplantation akzeptiert wird, wird sein Name auf eine Warteliste gesetzt und seine Daten sowie der Dringlichkeitsgrad werden an die Organisation Eurotransplant übermittelt. Es folgt die Wartezeit auf das Organ, die mehr oder weniger lang sein kann, je nach Blutgruppe, nach Körpergewicht des Patienten und nach Anzahl der Patienten auf der Warteliste. Vom Patienten wird gefordert, sich in einem Radius von maximal zwei Stunden Anreisezeit zur Klinik aufzuhalten und dauernd ein Gerät bei sich zu tragen, mit Hilfe dessen er erreicht werden kann, wenn dies notwendig wird. Es ist nicht selten, dass die klinische Situation des Patienten sich so weit stabilisiert, dass ein Zurückziehen von der Liste möglich wird.

Im Rahmen einer Transplantationsambulanz wird die klinische Entwicklung des Patienten verfolgt, um den geeigneten Zeitpunkt zu bestimmen, wann der Patient auf die Liste der Notfalltransplantation gesetzt werden sollte beziehungsweise die medikamentöse Therapie anzupassen ist. Diese medizinische Betreuung im Rahmen eines Ambulanzbesuches erlaubt es dem Transplant-Team ebenfalls, den Patienten besser kennen zu lernen, seine psychische Anpassung an die Situation des zukünftigen Transplantierten zu verfolgen und eine Zusammenarbeit zu erhalten, die der Grundstein für eine gute Mitarbeit nach der Intervention sein wird.

Im Falle einer Verschlechterung des klinischen Zustandes unter dieser ambulanten Therapie kann eine intravenöse Behandlung im Spital notwendig werden. Für einen Patienten, der trotz der intensiven medikamentösen Behandlung in einen Schockzustand gerät, wird schließlich manchmal eine mechanische Kreislaufunterstützung (Kunstherz ...) als Überbrückung bis zur Transplantation notwendig.

Es ist unbedingt erforderlich, dass die Patienten, die auf die Transplantation warten, im besten physischen Zustand bleiben. Diese Betreuung benötigt von Seiten des Patienten eine starke Disziplin. Es muss eine salzarme Ernährung eingehalten werden, um eine Wasser- und Salzüberladung zu vermeiden, sowie eine cholesterinarme Nahrung. Eine tägliche Kontrolle des Körpergewichtes ist absolut notwendig, die es in einer einfachen Art und Weise ermöglicht, das Anfangsstadium einer herzbedingten Abmagerung (Kachexie) oder einer Verschlechterung der Herzinsuffizienz zu ermitteln. Wenn es der körperliche Zustand zulässt, wird zu einem täglichen Spaziergang geraten. Infektionsrisiken müssen ebenfalls so weit als möglich verringert werden, da eine Infektion den Patienten vorübergehend von

der Liste ausschließt. Fieber von mehr als 48 Stunden Dauer muss medizinisch evaluiert und klinisch untersucht werden.
Das Ziel der Vorbereitung ist eine Verminderung des postoperativen Risikos. In dieser Hinsicht ist es absolut notwendig, das Rauchen aufzugeben und an einer Atemphysiotherapie teilzunehmen, um die Lungenfunktion zu optimieren.

Durchführung einer Herztransplantation
Bei einer Herztransplantation muss alles sehr schnell gehen, denn ein einmal entnommenes Herz kann nur wenige Stunden konserviert werden. Schon während des Transportes des Spenderherzens wird mit der Operation beim Empfänger begonnen. Vorbereitung und Durchführung einer Transplantation müssen also sehr genau geplant und koordiniert werden. Für den Zeitraum des Transportes wird das Herz in einer 4° kalten speziellen Lösung steril konserviert und in einer mit Eiswürfeln gefüllten Kühlbox gelagert und gegebenenfalls transportiert. Eine perfekte Organisation, der Einsatz von Rettungswagen, Hubschrauber und eventuell Lear-Jets sind sehr zeitsparend und erlauben in Ausnahmefällen Fernexplantationen in einem Radius von 1500 km Luftlinie. Im Idealfall jedoch werden gespendete Organe im regionalen Bereich transplantiert.

Die drei Herztransplantations-Techniken

Orthotope Herztransplantation
Das Herz des Empfängers wird an die Herz-Lungen-Maschine genommen und in dem Moment entnommen, wenn das Spenderorgan auf dem OP-Tisch liegt und akzeptiert wird.
Es werden vom kranken Herzen nur Teile der Vorhöfe belassen. Diese werden mit den Vorhöfen des Spenders verbunden. Die Aorta und die Lungenarterie werden separat zusammengenäht.
Sobald das Blut durch das Herz und die Herzkranzgefäße strömt, beginnt es wieder zu schlagen. Kann es nach einer Erholungsphase wieder von der Herz-Lungen-Maschine entwöhnt werden, wird der Brustkorb verschlossen und der Patient kommt auf die Intensivstation.

Heterotope Herztransplantation (Huckepack-Herz, Rucksack-Herz)
Das Spenderherz wird zusätzlich zum kranken Herzen eingepflanzt. Es gibt die Möglichkeit, entweder nur den linken Herzteil zu unterstützen oder das gesamte Herz.
Die Vorteile liegen darin, dass, während der Erholung oder auch während einer Abstoßung das eigene Herz noch pumpt, sich das kranke Herz dann eventuell während der Unterstützung etwas erholen kann und dass diese Art der Transplantation

auch bei hohem Lungengefäßwiderstand durchgeführt werden kann. Nachteilig können sich Blutgerinnsel im kranken Herzen entwickeln, die ausgeworfen werden können.

Herz-Lungen-Transplantation
Wenn die Lunge stark geschädigt ist oder bei einer notwendigen Herztransplantation ein zu hoher Lungengefäßwiderstand herrscht, muss das gesamte Herz-Lungen-Paket verpflanzt werden. Zunächst wird die Luftröhre zusammengefügt, hierauf folgen Aorta und der rechte Vorhof.

Die immunosuppressive Therapie

Fremdes Gewebe wird normalerweise vom Körper abgestoßen. Das Immunsystem erkennt auch bei einer Herztransplantation sofort, dass das implantierte Herz nicht das eigene ist. Es reagiert so, als müsste es Krankheitskeime oder Fremdkörper bekämpfen.
Mit Medikamenten wird diese Abstoßungsreaktion des Körpers unterdrückt. Das Immunsystem wird sich nie an das fremde Gewebe gewöhnen, daher muss der Patient diese Medikamente (Immunosuppressiva) ein Leben lang einnehmen. Direkt nach der Organtransplantation ist die Dosierung erhöht, weil das Immunsystem zu Beginn besonders aktiv ist. Mit der Zeit kann im Allgemeinen die Dosierung reduziert werden. Es gilt das Prinzip: So viel wie nötig und so wenig wie möglich. Ziel ist es, ein Gleichgewicht zu finden, zwischen effektiver Prophylaxe oder Therapie gegen eine Organabstoßung und Erhaltung eines intakten Immunsystems zur Bekämpfung von körperfremden Substanzen und Mikroorganismen, also vornehmlich Infektion und bösartige Tumore.
Wie alle Medikamente haben auch Immunosuppressiva unerwünschte Wirkungen. Zu den nichtpräparatspezifischen Nebenwirkungen gehören:

- *Malignome:* Krebsartige Veränderungen von Körperzellen wie z. B. Hauttumore, Kaposi-Sarkome (Haut- und Unterhautgewebstumore), Portiokarzinome (Gebärmutterhalskrebs), Kolon-Karzinome (Darmkrebs) oder Lymphome (Lymphknotenkrebs).
- *virale Infekte*
- *Pilzinfekte*
- *bakterielle Infekte*

Die immunosuppressive Behandlung des Empfängers beginnt schon in der präoperativen Phase. Der Empfänger erhält während der Operation bereits 1000 mg eines Kortisonpräparates.
Im Laufe der ersten vier Tage wird der Patient – und hier variieren die Gepflogen-

heiten zwischen den einzelnen Kliniken ein wenig – mit antilymphozytären Globulinen oder Daclizumab behandelt.
Das Cyclosporin wird im Allgemeinen ab dem ersten postoperativen Tag kontinuierlich intravenös verabreicht. Nach Extubation und Wiederaufnahme der Darmtätigkeit besteht die orale Standardtherapie anfänglich aus einer Dreifachkombination aus Cyclosporin, Azathioprin oder Mycophenolsäure und, soweit sich im Blutbild kein Abfall des weißen Blutbildes (Leukopenie) ergibt, aus Kortisonpräparaten. Eine langfristige Kortisontherapie erhöht die Gefahr von Infektionen, von Hypertonie, von Diabetes, von Migräne und von Stoffwechselstörungen.
Am Ende des zweiten Jahres wird oft die immunosuppressive Behandlung weiter vereinfacht und der Großteil der Patienten wird mit Cyclosporin allein behandelt.
Die Behandlung sowie die Dosierung ist abhängig vom Erfolg und von den Nebenwirkungen. Sie wird nicht selten geändert und mit anderen Medikamenten kombiniert.

Die wichtigsten Medikamente

- Azathioprin

Substanzname:
Imurek
Wirkprinzip:
Stört das Wachstum und die Neubildung von weißen Blutkörperchen (Leukozyten)
Nebenwirkungen:
Zerstörung aller Leukozyten, Störungen der Leberfunktion, Übelkeit und Erbrechen, Durchfall, erhöhte Infektionsbereitschaft

- Cyclosporin A

Substanzname:
Sandimmun
Wirkprinzip:
Hemmt den Informationsaustausch der Leukozyten, die dadurch nicht auf das fremde Organ reagieren und eine Abstoßung herbeiführen können.
Nebenwirkungen:
Hypertonie, Störung der Nieren- und Leberfunktion, Wucherungen der Mundschleimhaut, verstärkter Haarwuchs, erhöhte Infektionsbereitschaft

- Prednison

Substanzname:
Decortin

Wirkprinzip:
Hemmt auf breiter Basis das Immunsystem.
Nebenwirkungen:
Gewichtszunahme, gestörter Knochenbau, gestörter Zuckerstoffwechsel, erhöhte Infektionsbereitschaft

- Mycophenolsäure

Substanzname:
CellCept
Wirkprinzip:
Hemmt die Vermehrung der Lymphozyten.
Nebenwirkungen:
Störung der Nierenfunktion, Haut- und Schleimhautblutungen, Übelkeit und Erbrechen, Fieber, Hautausschlag, erhöhte Infektionsbereitschaft

- Tacrolimus (FK 506)

Substanzname:
Prograf
Wirkprinzip:
Ähnlich wie Cyclosporin A
Nebenwirkungen:
Störung der Nierenfunktion, gestörter Zuckerstoffwechsel, erhöhte Infektionsbereitschaft, Übelkeit und Erbrechen

- anti-lymphozytäre Globuline

Substanznamen:
ATGAM, ATG
Wirkprinzip:
Hemmung der T-Lymphozyten
Nebenwirkungen:
Übelkeit, Fieber, Schwindel, Zittern, lokale Schmerzen, erhöhte Rate an Neubildung von bösartigen Tumoren

- Daclizumab

Substanzname:
Zenapax
Basiliximab
Simulect
Wirkprinzip:
Beide Substanzen sind monoklonale Antikörper. Sie sind gegen einen Rezeptor für das immunstimulierende Interleukin-2 auf den Oberflächen von Immunzellen

gerichtet. So wird daher die stimulierende Wirkung von IL-2 auf Lymphozyten verringert und damit das Risiko einer Organabstoßung gesenkt. Diese Antikörper binden sich nur an die aktivierten T-Lymphozyten. Ruhende Abwehrzellen werden dagegen nicht behindert.
Nebenwirkungen:
Unverträglichkeit

Abstoßungsreaktionen

Die Herztransplantation hat sich in den letzten Jahren als erfolgreiche Therapie etabliert. Eines der großen Risiken nach der Operation birgt die akute Abstoßung durch das Immunsystem.
Die Abstoßung beruht auf der Erkennung der fremden Antigene des Transplantates durch die Zellen des Empfängerimmunsystems. Die Auslösung einer komplexen Immunreaktion führt ohne Behandlung zur Zerstörung des Transplantats durch Lymphozyten (zelluläre Immunreaktion) und/oder Antikörper (humorale Immunreaktion).

Hyperakute Abstoßung:
Die Transplantatdestruktion erfolgt innerhalb der ersten 3 Tage nach einer Transplantation. Ursache ist immer eine bestehende Vorsensibilisierung des Empfängers. Eine solche therapieresistente Abstoßung kann heute durch präoperative Bestimmung der zytotoxischen Antikörper und ein negatives Crossmatch vermieden werden.

Akute Abstoßung:
Die häufigste Form der Abstoßungsreaktion. Klinisch stellt sie sich als Krise mit rascher Funktionseinschränkung des Organs in den ersten 8–100 Tagen nach Transplantation dar. Sie ist fast ausschließlich T-Zell-vermittelt und spricht auf eine Intensivierung der Immunosuppression meist gut an.

Chronische Abstoßung:
Langsam progrediente Form einer Funktionseinschränkung nach Wochen, Monaten bis Jahren. Sie ist am ehesten zurückzuführen auf die Formation von Antigen-Antikörper-Komplexen im Transplantat als Folge der Formation von Anti-HLA-Antikörpern. Die chronische Abstoßung spricht auf immunosuppressive Therapie schlecht an und stellt ein wichtiges Langzeitproblem dar.

Die Diagnose der Abstoßung

Akute Abstoßungskrisen sind für den Transplantationspatienten beinahe unvermeidbar; nur etwa 10 % aller Organempfänger bleiben während der ersten postoperativen drei Monate von dieser Komplikation verschont. Die rechtzeitige Erkennung der Abstoßung, d. h. bevor irreversible Schäden am Transplantat auftreten, ist einer der wesentlichen Schlüssel zum Langzeiterfolg.

Nach der Statistik ist mit einer Häufigkeit von einer Episode je 22 Patiententage zu rechnen. Ab dem vierten postoperativen Monat bis zum Ende des ersten postoperativen Jahres verringert sich diese Gefahr zunehmend mit einer Abstoßungskrise je 200 Patiententage. Danach sinkt die Zahl weiter auf eine Krise alle 325 Tage.

- Myokardbiopsie

Das sicherste Verfahren zur Diagnose einer akuten Abstoßungskrise ist nach wie vor die perkutane transvenöse Endomyokardbiopsie. Mit einer Biopsiezange, die über die rechte Vene an der vorderen Halsseite eingeführt wird, werden 3–7 winzige Herzmuskelproben möglichst aus der Herzspitze, der Scheidewand und dem Ausflusstrakt des rechten Ventrikels entnommen.

Die Proben werden noch am selben Tag vom Pathologen bearbeitet und das histologische Ergebnis entsprechend der Graduierung von Billingham in keine, leichte, mittlere oder schwere Abstoßung eingeteilt. Bei leichten Transplantatreaktionen werden Ödeme an der Herzinnenhaut und am Herzmuskel und Einlagerung von Entzündungszellen im Herzmuskel beobachtet.

Ein Nachteil der Biopsiemethode ist eine Sterberate von fünf bis sechs Prozent im ersten Jahr nach der Operation wegen Abstoßung. Dies liegt unter anderem daran, dass die Gewebeproben nur punktuell entnommen werden können. Ist das Gewebe ungleichmäßig infiltriert, kann es passieren, dass die Proben gar keine Zeichen der Abstoßung tragen und diese nicht erkannt wird.

- Intramyokardiales Elektrogramm (IMEG)

Bei der Kontrolle durch das intramyokardiale Elektrogramm müssen die Patienten weder operativ noch stationär nachbehandelt werden. Das Herz wird fortlaufend überwacht. Schon während der Transplantation pflanzen die Ärzte einen Schrittmacher in das neue Herz ein. Je eine Elektrode in der rechten und in der linken Herzkammer messen dort die elektrische Erregung. An ihnen wird die elektrische Erregung der Herzkammern untersucht. Fällt diese in einem bestimmten Wert um mehr als acht Prozent unterhalb der Schwankungsbreite ab, wird dies als Abstoßungsreaktion gewertet.

Später registriert ein Computer zu Hause die Daten, um sie dann per Modem an die Klinik weiterzuleiten.

Die elektrophysiologische nicht-invasive Überwachung der Abstoßung zeigte sich der Biopsie überlegen. Kaum eine Abstoßung wird nicht erkannt.

Ein Vorteil der IMEG ist auch, dass nach der Transplantation keine weiteren belastenden operativen Eingriffe stattfinden. Für die Patienten ist es besonders angenehm, in ihrem gewohnten Umfeld leben zu können und sich dabei medizinisch abgesichert zu fühlen.

Die psychische Belastung einer Herztransplantation

Für viele Menschen ist das Herz ein Organ mit einer ganz besonderen Bedeutung. Es wird als Sitz von Gefühlen, wenn nicht gar als Sitz der Seele empfunden. Der Gedanke, mit einem fremden Herzen zu leben, löst bei den allermeisten Menschen Unbehagen und Angst aus. Angst davor, dass sich die eigene Persönlichkeit verändern könnte. Auch das Gefühl der Bedrohung durch das Fremde im eigenen Körper können starke Depressionen auslösen.

Vielen Menschen kann nach einer Herztransplantation das Gespräch mit besonders geschulten Therapeuten oder die Beteiligung an einer Selbsthilfegruppe für Organtransplantierte helfen

Nachsorge und Verhalten nach einer Herztransplantation

Durch die notwendigen Medikamente wird der Körper für Infektionen anfällig. Auch Krankheitserreger, denen wir im täglichen Leben begegnen und die unter normalen Umständen ungefährlich sind, können gerade in der Anfangszeit nach der Transplantation eine Bedrohung darstellen. Einige wichtige Vorsorgemaßnahmen sind deswegen in der ersten Zeit zu treffen:

Mundschutz: bei großen Menschenansammlungen bei Fremden, nicht in der Familie, außer bei Infektionen der Familienmitglieder

Pflanzen: keine erdhaltigen Topfpflanzen

Tiere: Vermeiden von engem Kontakt mit Tieren

Ergebnisse und Komplikationen

Nach Schätzungen sterben bis zu 50 % der Patienten während der Wartezeit auf ein Spenderherz. Im Gegensatz zu einer Nieren-Transplantation, für die als Ausweichmöglichkeit die Dialyse besteht, gibt es zur Herztransplantation bisher nur zeitlich begrenzte Alternativen, z. B. die implantierte Blutpumpe.

Mittlerweile ist durch neue Medikamente, die die Abstoßungsreaktion des Körpers unterdrücken, die Überlebensrate nach Herztransplantationen deutlich gestiegen. Mehr als 90 % der Operierten überstehen die Transplantation, und nach einem Jahr leben bei insgesamt guter Lebensqualität noch etwa 80 % der Betroffenen, annähernd 75 % nach fünf Jahren. Nach 10 Jahren leben immerhin noch 40 %. Allerdings ist das Sterberisiko im Kindes- und Seniorenalter erhöht.

Fast alle jüngeren Betroffenen und auch über 80 % der über 55-Jährigen gehen etwa drei Monate nach der Transplantation wieder ihrer normalen beruflichen Tätigkeit nach.

Die Lebensqualität nach einem derartigen Eingriff wird grundsätzlich als gut bezeichnet, obwohl die Immunabwehr lebenslang medikamentös reduziert werden muss, um eine Abstoßung des Spenderorgans zu verhindern.

Frühe Komplikationen:
- schlechte Leistung des Spenderorgans
- akute Abstoßung
- Nierenversagen
- Rhythmusstörungen
- Blutungen
- Infektionen

Späte Komplikationen:
- Infektionen
- zunehmende Koronarsklerose
- chronische Abstoßung
- Bluthochdruck
- Krebserkrankung

Abstoßung
Die Abstoßung des Spendeorgans ist ein komplexer Vorgang und wird durch Zellen und Antikörper getragen.
Akute und chronische Abstoßungsreaktionen sind erst in zweiter Linie für das Ableben der Patienten verantwortlich. Als chronische Abstoßung werden wuchernde und arteriosklerotische Veränderungen am Koronarsystem des transplantierten Herzens bezeichnet. Die Ursache dieser Erkrankung ist unbekannt, wahrscheinlich aber immunologisch bedingt. Diese Form der koronaren Herzerkrankung ist vehement und verursacht keine Angina Pectoris, da das transplantierte Herz denerviert ist.

Infektion
Infektionen sind meist im Zusammenhang mit der immunosuppressiven Medikation zu sehen, die die Abstoßung verhindern soll. Zum größten Teil sterben Transplantationspatienten an Infektionen, verursacht durch Bakterien, Viren oder Pilze.
Um die 30 % der Patienten erleben eine Infektion meist innerhalb der ersten drei Monate. Am häufigsten ist die Lunge betroffen.

Herzkranzgefäß-Verengung
Eine beschleunigte Arteriosklerose der Herzkranzgefäße ist der dritthäufigste Todesgrund. Etwa 35 % der transplantierten Patienten haben 5 Jahre nach der Operation Anzeichen von Verengungen der Koronararterien. Diät und eine Dauermedikation mit Thrombozytenaggregationshemmern (Lipidsenkern) senken das

Risiko dieser Erkrankung, der vor allem Operierte mit ursprünglicher koronarer Herzerkrankung im Endstadium zum Opfer fallen.

Bronchiolitis obliterans
30 bis 50 % der Empfänger einer Herz-Lungen-Transplantation entwickeln eine Bronchiolitis obliterans, wobei es zu verengenden Veränderungen in den Bronchien kommt.

Alternativen zur Herztransplantation

Neue Schrittmacher-Systeme – biventrikuläres Pacing
Neue Schrittmacher-Systeme befinden sich an vorderster Front zur Bekämpfung der Herzinsuffizienz. Mit einem neuen System, das auch Elektroden an der linken Herzseite vorsieht, sollen linke und rechte Herzseite sowie auch Kammern und Vorhöfe synchronisiert werden und wieder effektiver pumpen.

Implantierbare Defibrillatoren
Die Implantation eines automatischen Cardioverter Defibrillators (ICD) verringert die Sterblichkeit auf der Warteliste für Patienten mit Rhythmusstörungen.

Kardiomyoplastie
Kardiomyoplastie benützt einen Rückenmuskel des Patienten, der um das schlechte Herz geschlungen wird. Mit Hilfe eines speziellen Schrittmachers wird dieser Muskel nach der Operation trainiert und unermüdbar gemacht. Man will damit erreichen, dass dieser Muskel das Herz unterstützt. Bis zuletzt konnte nur ein positiver Effekt durch die Einengung des Herzens und die damit verbundene Verkleinerung nachgewiesen werden.

Ventrikelverkleinerung
Das Remodelling des linken Ventrikels während der Entwicklung der Herzinsuffizienz führt zur Ausweitung der Kammer und zu einer verringerten Effektivität der Pumpleistung. Verfahren zur Verkleinerung des linken Ventrikels wollen eine Verringerung der Wandspannung erreichen. Dadurch wird die Pumpleistung besser und in weiterer Folge auch die Durchblutung des Herzens.
Es gibt zwei Möglichkeiten:

- Mechanische Hilfen

Die kugelige Form der linken Kammer wird zu einer doppelkammerigen Form verändert. So wird der Radius verändert. Die Operation wird am schlagenden Herzen durchgeführt. Dabei werden Fäden durch das Herz gestochen und durch Ziehen der Fäden wird die Kammer verkleinert (Myosplint).

Eine weitere mechanische Hilfe hat sich aus Erkenntnissen der Kardiomyoplastie entwickelt. Man hat erkannt, dass das Herz durch die Behinderung seiner enormen Ausdehnung bei der Herzinsuffizienz in einen Bereich der größeren Effektivität kommt. Diese Behinderung der Ausdehnung wird durch das Ummanteln des Herzens mit einem Kunststoffnetz erreicht (Acorn).

- Ventrikel-Reduktions-Operation (Batista OP)

Diese Operation beinhaltet die Entfernung eines Teils des vergrößerten linken Ventrikels. Nachdem dieser oft dreieckige Teil herausgeschnitten wurde, wird die Muskulatur wieder zusammengenäht.
Diese Verkleinerung soll eine Erhöhung der Effektivität der Herzarbeit bringen.

»Kunstherz«
Ist das eigene Herz zu schwach, um die Wartezeit durchzuhalten oder um weiterleben zu können, und besteht keine Möglichkeit einer Transplantation, bekommen die Patienten ein Herzunterstützungssystem, ein so genanntes »Kunstherz«, welches das eigene Herz entlastet, indem es teilweise seine Arbeit übernimmt, zum Beispiel die Pumpleistung der linken Herzkammer (Linksherzunterstützungssystem). Ein solches Herzunterstützungssystem kann Leben retten, denn die Wartezeit auf ein passendes Spenderorgan kann lang sein – Zeit, die ein schwer herzkranker Mensch nicht hat. Patienten, die mit einem kreislaufunterstützenden System leben, haben den Eindruck, es lebe sich mit dem Kunstherzen ganz gut. Derzeit ist allerdings noch nicht klar, wie lange sich dieses Verfahren zur Überbrückung eignet. Bei einigen Patienten konnten bis zur Transplantation fast vier Jahre überbrückt werden. Patienten warten durchschnittlich 400 Tage auf ein Spenderherz. Bei anderen Patienten hat es sich sogar gezeigt, dass mit zusätzlicher medikamentöser Behandlung eine gewisse Erholung des Herzens möglich war und das Assist-System wieder entfernt werden konnte.
Assist-Systeme haben seit den 90er-Jahren gezeigt, dass sie die Aufgaben des Herzens auch komplett übernehmen können. Dann spricht man von chronischer oder permanenter Kreislaufassistenz.
Es gibt mehrere Möglichkeiten, das Kreislauf-Unterstützungs-System zu implantieren:

- extrakorporal: der Antrieb und die Pumpkammer liegen außerhalb des Körpers
- intrakorporal: das gesamte System wird vollständig implantiert

Es gibt weiters verschiedenen Arten des Pumpantriebs:

- elektromechanisch
- elektrohydraulisch
- elektromagnetisch

Die Pumpaktion kann entweder durch Pumpmembranen, Pumpplatten oder durch einen Zentrifugal- oder Axialantrieb erfolgen.
Erstere erzeugen einen pulsatilen Fluss (mit Pulswellen), letztere einen kontinuierlichen pulslosen Blutfluss.

Zukunftsaussichten

Kombination Kunstherz-Wachstumsfaktoren

Bei einem versagenden Herzen wird zunächst für die Überbrückung der unmittelbaren Gefahrenzeit ein Kunstherz implantiert und gleichzeitig wird ins Herz ein Wachstumsfaktor injiziert. Bei der therapeutischen Angiogenese durch Wachstumsfaktoren wird ein natürlich vorkommendes Eiweiß injiziert, um die Gefäßneubildung zu stimulieren.

Während dieser Faktor das Wachstum von neuen Blutgefäßen beschleunigt, unterstützt das Pumpsystem den Kreislauf (= Tandem-Therapie).

Kombination Kunstherz-Ventrikelreduktion

Wenn bei einem versagenden Herzen eine Ventrikel-Reduktions-Operation durchgeführt wird, besteht die Möglichkeit, dass dieses Herz die Operation nicht übersteht. Um diesem Herzen die Ruhe und Entlastung für eine optimale Erholung zu geben, wird während der Operation auch ein Assist-System implantiert. Wenn das Herz sich erholt hat, kann diese Pumpe entfernt werden.

Xenotransplantationen

Es gibt in naher Zukunft keine Alternative zur Verpflanzung menschlicher Herzen. Es wird noch viele Jahre dauern, bis mit Kunstherzen oder Xenotransplantaten (Organe oder Zellen von Tieren) das Spenderproblem bei Herzverpflanzungen gelöst werden kann. Bis dahin bleibt es wichtig, die Bereitschaft für Organspenden in der Bevölkerung zu erhöhen.

»Tissue Engineering«

Wird es in Zukunft nicht mehr an Spenderorganen mangeln?

Das Ziel ist es, komplexe Gewebe wie Herzklappen, Gefäße oder eines Tages auch Nieren, Lebern oder Herzmuskel zu züchten, um sie eines Tages implantieren zu können. Es ist damit zu rechnen, dass in etwa zehn Jahren ein Organersatz mit diesem Material bei Menschen realisiert sein wird. Besonderer Vorteil: Niemand muss mehr befürchten, dass Spenderorgane knapp werden. Man muss dann sein gewebeverträgliches Organ nur früh genug bestellen.

Gentherapie

In der Zukunft werden gentechnologisch erzeugte Medikamente oder Gentherapie einen immer wichtigeren Stellenwert einnehmen. Es werden bereits Gene identifiziert, die zum Beispiel die Entwicklung von Arteriosklerose fördern, z. B. CHD1. Dieses Gen, welches einen Eiweißstoff produziert, könnte in der Therapie der Fettstoffwechselstörungen und der Verhinderung von Herzversagen eine große Rolle spielen.

Neben Wachstumsfaktoren wird bei der Gentherapie z. B. ein Gen direkt in das

Zielgewebe transferiert, wo die spezifische DNA für die Produktion von neuen Blutgefäßen gestartet wird. Der Transfer könnte durch Viren erfolgen, was natürlich das Potenzial für Risiken birgt. An dieser Problematik wird derzeit gearbeitet. Es wird versucht, die aktive Phase der Viren so kurz wie möglich zu gestalten, auch um z. B. eine Überproduktion von Gefäßen zu vermeiden.
Es werden aber ebenso Versuche mit »nackter« DNA ohne Virustransport durchgeführt.
Ob diese Form der Induktion von Proteinproduktion oder die Verwendung der Proteine direkt die besseren Ergebnisse bringen wird, ist noch unklar.

Zelltransplantation
Eine viel versprechende Alternative für Patienten mit Herzinsuffizienz ist die Zelltransplantation. Es wurden Techniken entwickelt, die es erlauben, Zellen zu züchten, die ihre Muskelcharakteristika behalten.
Berichte gibt es über erfolgreiche Versuche mit Ratten. Dabei zeigte sich, dass Herzen mit Narbengewebe nach Infarkt, die Zelltransplantate erhielten, die Herzleistung deutlich erhöhen konnten. Wenn die Zellen von anderen Ratten kamen, entwickelten sich jedoch Abstoßungsmechanismen. Daher wurden Zellen von demselben Tier genommen, kultiviert und wieder zurückimplantiert.
Es wird hoffentlich diese Therapie auch beim Menschen geben. Es könnte bei der Herzkatheteruntersuchung ein wenig Muskelgewebe aus dem Herzen entnommen werden, kultiviert und wieder zurückinjiziert werden. Oder es könnten Muskelzellen aus der Skelettmuskulatur umgewandelt werden, sodass sie den Herzmuskelzellen ähnlich sind. Oder es könnten Stammzellen eingesetzt werden.
Am sinnvollsten erscheint eine Kombination von Muskelzellen- und Gefäßzellentransplantation.

Wenn das Herz außer Takt gerät ...

Herzrhythmusstörungen und ihre Behandlung

Bei Herzrhythmusstörungen handelt es sich um Schädigungen des Erregungsleitungssystems. Man teilt sie in Reizbildungsstörungen und Erregungsleitungsstörungen ein.
Ausgelöst werden sie meist durch Grunderkrankungen des Herzens selbst wie

- koronare Herzkrankheit
- Herzinfarkt
- Entzündungen sowie nichtkardiale Erkrankungen wie Elektrolytstörungen oder hormonelle Erkrankungen
- Stress
- Koffein
- Rauchen
- Alkohol
- Medikamente zur Gewichtsreduktion
- Medikamente gegen Erkältung und Husten

Arten von Herzrhythmusstörungen

Der normale Herzschlag beginnt im rechten Vorhof in einer spezialisierten Gruppe von Herzmuskelzellen, genannt Sinusknoten. Das elektrische Signal breitet sich über den Vorhof zum AV-Knoten aus, von dem es weiter bis in die Kammermuskeln gelangt. Dieser Weg muss exakt eingehalten werden, genauso wie die zeitliche Abfolge, damit gewährleistet ist, dass das Herz effizient schlägt und pumpt.
Normalerweise schlägt das Herz 60–100-mal pro Minute. Der normale Rhythmus ist der Sinusrhythmus.
Herzrhythmusstörungen können danach unterschieden werden, ob sie auf einer Frequenzbeschleunigung (= Tachykardie) oder einer Frequenzverlangsamung (= Bradykardie) basieren.
Zusätzlich lassen sich ventrikuläre (Ursprung im Bereich der Ventrikel) und supraventrikuläre (Ursprung im Bereich der Vorhöfe oder dem AV-Knoten) Extrasystolen (»Extraschläge«) beschreiben.

Extrasystolen

Extrasystolen können Ausdruck einer Herzerkrankung sein, treten aber auch bei Herzgesunden auf. Während die supraventrikulären Extrasystolen (SVES) in der Regel keine wesentliche prognostische Bedeutung haben, können gehäufte ventrikuläre Extrasystolen (VES) Hinweis auf eine Gefährdung des Patienten durch tachy-

karde ventrikuläre Herzrhythmusstörungen sein. Die VES werden nach LOWN klassifiziert. Es wird zwischen monotopen (nur ein Ursprung) und polytopen (mehrere Ursprünge) VES unterschieden.
Eine Folge von mehr als drei VES bezeichnet man als Salve, hierbei handelt es sich um einen Befund, der einer weiteren kardiologischen Abklärung bedarf, da es sich um potenziell lebensbedrohliche Herzrhythmusstörungen handelt.

Klassifikation der VES nach LOWN (Grad)	
0	Keine VES
I	Monotope VES (<30/h)
II	Monotope VES(>30/h)
IIIa	Polytope VES
IIIb	Ventrikulärer Bigeminus
IVa	Couplets
IVb	Triplets oder Salven, früh einfallende R/T-VES (R-auf-T-Phänomen)

Sinusarrhythmie
Atemabhängige periodische Veränderungen in der Schlagfolge. Kommt vor allem bei Kindern und jungen Erwachsenen vor.

Sinustachykardie
Der Sinusknoten sendet schneller als üblich elektrische Signale aus, die eine schnelle Schlagfolge des Herzens bewirken.

Sick-Sinus-Syndrom
Der Sinusknoten sendet nicht konstant und regelmäßig wie üblich, sondern manchmal sehr schnell (Tachykardie) und dann wieder sehr langsam (Bradykardie).

Vorhof-Extrasystolen
Ein zu frühes Einsetzen des elektrischen Signals im Vorhof bewirkt einen irregulären, zu frühen Herzschlag.

Supraventrikuläre Tachykardie (SVT), paroxysmale atriale Tachykardie (PAT)
Eine ganze Serie von zu frühen Schlägen aus dem Vorhof bewirkt einen sehr schnellen Herzschlag, der plötzlich einsetzt und genauso plötzlich wieder endet.

Vorhofflattern
Extrem schnelle Signale im Vorhof bewirken einen sehr schnellen Vorhofschlag, der regelmäßig und schnell auf die Kammer übergeleitet wird.

Vorhofflimmern

Vorhofflimmern stellt eine völlig unkoordinierte Vorhoftätigkeit dar, während beim Vorhofflattern noch eine regelmäßige Reizbildung und Kontraktion besteht. Somit ist der Herzschlag unregelmäßig von langsam bis schnell.

Das Blut wird oft nicht vollständig ausgeworfen, sodass sich Blutgerinnsel bilden können. Diese können z. B. Schlaganfälle verursachen. Ca. 15 % der Schlaganfälle passieren bei Patienten mit Vorhofflimmern.

Wolff-Parkinson-White-Syndrom (WPW)

Abnorme Leitungen zwischen Vorhof und Kammer bewirken ein zu frühes Eintreffen des elektrischen Signals in der Kammer, von wo es wieder zurückgeleitet wird. Indem dieses Signal hin und her wandert, können sehr schnelle Schlagfolgen resultieren.

Atrioventrikulärer Block

Der atrioventrikuläre Block (AV-Block) blockiert die Erregungsleitung zwischen Herzvorhof und Herzkammer. Beim totalen AV-Block übernimmt, meist nach kurzem Herzstillstand, an Stelle des Sinusknotens das Erregungsleitungssystem der Kammer die Erregungsleitung (Kammerautomatismus). Der partielle AV-Block hat eine gleichmäßige Leitungsverzögerung zwischen Vorhof und Kammer oder zunehmende Leitungsverzögerungen mit periodischen Ausfällen der Kammererregung zur Folge.

AV-Block 1. Grades: Verlängerung der Überleitung, aber kein vollständiger Block

AV-Block 2. Grades: immer wieder auftretende blockierte Überleitung

AV-Block 3. Grades: Vollständiger Block und unkoordinierte Aktionen von Vorhof und Kammer

Schenkelblock

Als Schenkelblock (oder auch intraventrikulärer Block) wird eine Reizleitungsstörung unterhalb des HIS-Bündels bezeichnet. Normalerweise bewegt sich der elektrische Impuls im linken und rechten Bündel der Kammer mit gleicher Geschwindigkeit. So kontrahieren beide Kammern gleichzeitig. Manchmal kann einer der beiden Schenkel blockiert sein. Das bedeutet nicht, dass die Kammern gar nicht kontrahieren, sondern dass sie mit einer Verzögerung von bis zu einer Sekunde hintereinander kontrahieren. Wichtig zur EKG-Beurteilung ist die Unterscheidung zwischen Rechts- und Linksschenkelblockbild. Diese Blocks treten in kompletter und inkompletter Form auf und sind oft Ausdruck einer organischen Herzerkrankung.

- Rechtsschenkelblock

Der Rechtsschenkelblock entsteht durch Blockierung der Reizweiterleitung im rechten Tawaraschenkel.

- Linksschenkelblock

Der Linksschenkelblock entsteht durch Blockierung der Reizweiterleitung im linken Tawaraschenkel.

Langes Q-T-Syndrom

Das »lange Q-T-Syndrom« ist eine seltene Störung der Reizleitung bei sonst gesunden Personen. Das Q-T-Intervall im EKG misst die Zeit der elektrischen Aktivität in der Kammer. Wenn diese Q-T-Zeit verlängert ist, spricht man von einem »langen Q-T-Syndrom«, das mit Bewusstseinsstörungen oder unregelmäßigem Herzschlag einhergehen kann. Manchmal können diese Rhythmusstörungen zum Tode führen.

Ventrikuläre (Kammer-)Tachykardie

Das Herz schlägt sehr schnell wegen elektrischer Signale, die aus der Kammer stammen statt aus den Vorhöfen.

Kammerflimmern

Kammerflimmern (Herzflimmern) ist eine unregelmäßige Tätigkeit der Herzkammern mit völligem Ausfall der Pumpleistung des Herzens. Das Kammerflattern (Herzflattern) (180–250 Kontraktionen pro Minute) geht häufig in Kammerflimmern über.

Kammerflimmern kann selten ohne Fremdeinwirkung aufhören, oft ist aber eine Wiederbelebung notwendig.

Funktionelle Herzstörungen

Unter dem Begriff der funktionellen Herzstörungen werden einerseits krankhafte Auswirkungen des vegetativen Nervensystems auf das organisch gesunde Herz (z. B. nervöses Herz), andererseits das anfallsweise auftretende Herzjagen auf Grund neurotischer Erlebnisreaktionen (Herzneurose) zusammengefasst.

Symptome von Herzrhythmusstörungen

Die meisten Menschen haben ihr Herz schon einmal sehr rasch schlagen gespürt, ab und zu einen Extraschlag oder einen »Aussetzer« gemerkt, sich schon einmal benommen oder außer Atem gefühlt oder Bruststechen gehabt.

Eine der häufigsten Rhythmusstörungen ist die Sinusarrhythmie, die dann auftritt, wenn wir einen tiefen Atem holen. Das kann verunsichern, ist aber harmlos.

Man sollte auch nicht in Panik geraten, wenn das Herz ab und zu rast. Falls die oben beschriebenen Symptome mit schnellem oder unregelmäßigem Herzschlag einhergehen, sollten Sie Ihren Arzt aufsuchen.

Bei Kammerflimmern kann es zur Bewusstlosigkeit und bei ausbleibender Wiederbelebung zum Tod kommen. Mit einem Elektroschock und Wiederbelebung kann Kammerflimmern wieder in einen regulären Herzschlag verändert werden.

AED (automatische externe Defibrillatoren)

Prinzipiell ist jede Defibrillation nur sinnvoll, wenn sie in einer sehr frühen Phase des Kammerflimmerns erfolgt, da die Chancen einer erfolgreichen Umwandlung in einen regulären Herzrhythmus pro Minute der Dauer des Kammerflimmerns um 10 % sinken. Selbst bei regulärer Wiederbelebung ist durch die mangelnde Herzdurchblutung die Chance auf eine Erholung des Herzens stark vermindert. Der »plötzliche Herztod« fordert jährlich zehn Mal so viele Opfer wie der Straßenverkehr. Deshalb werden die in Österreich und Deutschland derzeit viel diskutierten Geräte – die *halbautomatischen externen Defibrillatoren* – in internationalen Übereinkünften bereits als notwendiger Zusatz zur Basisausrüstung der Lebensrettung empfohlen.
AED (**a**utomatische **e**xterne **D**efibrillatoren) sind kleine, leicht transportable High-Tech-Geräte, die so einfach zu bedienen sind, dass zur sicheren Anwendung im Prinzip nur das Auffinden der Einschalttaste erforderlich ist. Sobald diese gedrückt wird, führt der »Halbautomat« den Benutzer mittels klarer Sprachansagen sicher durch den – im Übrigen äußerst simplen – Anwendungsvorgang. Es ist unmöglich, mit einem Halbautomaten einen Elektroschock abzugeben, wenn der Patient nicht eindeutig genau diese Therapie benötigt. Das kann der Halbautomat verlässlich feststellen und reagiert entsprechend.
Automatische externe Defibrillatoren »lesen« über die aufgeklebten Elektroden den Herzrhythmus des Patienten. Erkennen sie ein Kammerflimmern, wird die Defibrillation vorbereitet und der Anwender auf den Impuls hingewiesen. Das Gerät führt den Ersthelfer mit Sprachansagen durch die weiteren Maßnahmen, bis Hilfe eintrifft.

Diagnose von Herzrhythmusstörungen
Ein Elektrokardiogramm (EKG) misst die elektrische Aktivität und leitet diese über Elektroden auf einen Messstreifen, wo diese Impulse aufgezeichnet werden.

Elektrophysiologische Untersuchung
ist eine Untersuchung auf Rhythmusstörungen während einer Herzkatheteruntersuchung. So können die Ursprungsorte und Wege von Rhythmusstörungen und somit die mögliche Behandlung bestimmt werden.

Behandlung von Herzrhythmusstörungen

Viele Rhythmusstörungen benötigen keinerlei Behandlung. Bedeutsame Rhythmusstörungen bedürfen jedoch einer der jeweiligen Situation angepassten Therapie.

Medikamente

Herzrhythmusstörungen werden häufig mit Medikamenten behandelt, die Antiarrhythmika heißen. Der wirkungsvolle Bereich, den diese Medikamente haben, ist relativ schmal. Richtig verordnet können sie das Leben der Patienten verlängern, während eine Fehlverordnung die Arrhythmie sogar verstärken kann.
Antiarrhythmika wirken auf bestimmte Ionenkanäle und Zellmembranrezeptoren. (Ionen sind geladene Atome oder Moleküle, z. B. Calcium, Kalium, Natrium, die bei der Erregungsleitung eine Rolle spielen. Sie wandern über so genannte Kanäle in der Zellmembran.)
Antiarrhythmika wirken nicht nur rhythmusstabilisierend, sie können auch die Herzschlagfrequenz verändern, die Schlagstärke des Herzens beeinflussen und toxische (giftige) Wirkungen haben.

Die Medikamente werden in verschiedene Klassen eingeteilt:
Klasse-I-Medikamente verlangsamen den Einstrom von Natrium-Ionen und bremsen dadurch die Stärke des Aktionspotenzials ab.
Klasse-II-Medikamente sind ß-adrenerge Antagonisten, die den Sinusrhythmus und die Reizleitung des AV-Knotens verlangsamen, ohne die Q-T- und QRS-Intervalle zu verändern.
Klasse-III-Substanzen verlängern die Repolarisation und die Refraktärzeit, indem sie den Kaliumausstrom blockieren.
Die Medikamente der Klasse IV wirken vorwiegend als Kalziumantagonisten.

Kardioversion

Um schnell das Herz wieder in seine normale Schlagfolge zu bringen, kann ein kurzer Elektroschock in Narkose (Kardioversion) angewendet werden. Diese elektrische Kardioversion erfolgt entweder konventionell extern oder intern. Die Erfolgsaussichten einer externen elektrischen Kardioversion liegen bei 90 %. Der Erfolg ist abhängig von der thorakalen Impedanz, dem Strompfad, der kardialen Grunderkrankung und einer eventuellen medikamentösen Therapie.

Katheterablation

Mit Hilfe der Katheterablation können Herzrhythmusstörungen beseitigt werden. Dazu werden bestimmte Katheter benötigt, die im Herzen dort eingreifen, wo die Rhythmusstörungen ausgelöst werden. Die Katheter können auf unterschiedlicher Basis (Kälte, elektrischer Strom, chemische Substanzen, Laser) arbeiten.
Bei der Katheterablation durchtrennt der Arzt mittels eines Katheters die Muskelfasern im Herzen, von denen die Herzrhythmusstörung ausgeht. Dieser Ort wird mit Hilfe der elektrophysiologischen Untersuchung ermittelt.
Mit den konventionellen Methoden der Elektrophysiologie ist eine genaue Lokalisierung von pathologischen Impulswegen schwierig und zeitaufwändig.

Derzeit wird vor allem die mit elektrischem Strom arbeitende Katheterablation angewandt. Dabei wird entweder Gleich- oder Hochfrequenzstrom verwendet. Die Methoden bezeichnet man daher auch entweder als Gleichstrom- oder als Hochfrequenzablation.
Die Methode wird in Vollnarkose durchgeführt, da das Verfahren Schmerzen verursacht.

Indikationen zur Katheterablation
Die Katheterablation kann nicht bei allen Rhythmusstörungen eingesetzt werden. Sie wird bei Tachykardien angewandt, die die Betroffenen stark belasten oder mit Medikamenten nicht zu behandeln sind. Dazu zählen beispielsweise Tachykardien bei Vorhofflimmern, WPW-Syndrom und Tachykardien, die im AV-Knoten liegen, oder Kammertachykardien.

Ergebnisse der Katheterablation
Mit der heute üblichen Energiequelle, dem hochfrequenten Wechselstrom, können meistens keine ausreichend großen Läsionen gesetzt werden. Die Rezidivrate bei primärem Erfolg ist hoch, weswegen häufig zum Schutz des Patienten vor dem plötzlichen Herztod die zusätzliche Implantation eines Defibrillators erforderlich ist.
Die Erfolgsrate liegt je nach behandelter Herzrhythmusstörung zwischen 70 und 99 %.

Chirurgie der Herzrhythmusstörungen
Wenn eine Rhythmusstörung nicht medikamentös beherrscht werden kann, muss die chirurgische Therapie angewandt werden. Es gibt die Möglichkeit der chirurgischen Durchtrennung von Leitungsbahnen oder die Implantation von Schrittmachern oder Defibrillatoren.

Implantierbarer Kardioverter-Defibrillator (ICD)
Mittels ICD konnte die jährliche Sterblichkeitsrate bei Kammerflimmern von 15–25 % auf 1–2 % gesenkt werden. ICDs werden seit Anfang der 90er-Jahre transvenös wie Schrittmacher implantiert, wodurch das operative Risiko minimiert wurde.
Ein ICD ist ein kleines batteriebetriebenes Gerät, das einen Elektroschock über eine dazugehörige Elektrode ans Herz abgeben kann, um Kammerflimmern oder Kammertachykardien zu beenden und wieder normalen Herzschlag zu gewährleisten.
Mittels der Elektrode werden zunächst gefährliche Rhythmusstörungen erkannt und durch Schock beendet. Der ICD überwacht permanent den Herzschlag. Wenn er eine gefährliche Tachykardie erkennt, handelt er so, wie es vom Arzt programmiert wurde. Der ICD hat mehrere Funktionen:

Schnelle Aktivierung (= Pacing): Wenn eine Kammertachykardie vorliegt, kann der ICD einige Signale hintereinander abgeben, das Herz sollte wieder normal schlagen
Kardioversion: Wenn dieses »overpacen« nicht funktioniert, kann die Kardioversion verwendet werden. Ein niedriger Schock wird abgegeben, um den schnellen Herzschlag zu stoppen.
Defibrillation: Wenn ein Kammerflimmern erkannt wird, muss ein starker Schock gesendet werden. Dieser kann das Kammerflimmern beenden.
Schrittmacher: Der ICD ist auch in der Lag zu erkennen, ob das Herz zu langsam schlägt und kann es wieder wie ein normaler Schrittmacher auf eine ausreichende Schlagfolge hochfahren.

Indikation für einen ICD

- plötzlicher »Herztod« bei Kammerflimmern oder ventrikulärer Tachykardie
- ventrikuläre Tachykardie
- Synkope ohne dokumentierte ventrikuläre Tachyarrhythmie
- Induktion einer ventrikulären Tachyarrhythmie mittels elektrophysiologischer Untersuchung
- ineffektive medikamentöse Therapie oder die medikamentöse Therapie wird wegen Nebenwirkungen nicht toleriert
- nicht anhaltende ventrikuläre Tachykardie bei koronarer Herzkrankheit, Myokardinfarkt und eingeschränkter linksventrikulärer Funktion, Auslösung von Kammerflimmern oder ventrikulärer Tachykardie, die medikamentös nicht unterdrückt werden kann

Automatische interne Kardioversion

Ein in seiner Funktionsweise einem implantierbaren Kardioverter-Defibrillator vergleichbares System erkennt automatisch Vorhofflimmern und führt eine interne elektrische Kardioversion durch. Die dazu erforderliche Energie beträgt derzeit mindestens 2 Joule. Stromstöße ab 1,5–2 Joule werden von den Patienten als sehr schmerzhaft empfunden, weswegen auf Grund der zur Kardioversion erforderlichen Analogsedierung bislang noch keine automatische Funktion möglich ist.

Künstlicher Schrittmacher (SM)

Der Ausdruck künstlicher Schrittmacher wird für ein Gerät verwendet, das aus einem batteriebetriebenen Generator und einer Elektrode besteht. Das Gerät wird dazu verwendet, das Herz in einen regelmäßigen Schlag zu bringen.
Ein SM besteht aus zwei Komponenten: einem Pulsgenerator und einer Elektrode (Elektroden). Der Generator enthält eine Lithium-Batterie (die ungefähr zehn Jahre hält) und eine elektronische Steuereinheit. Die Größe der SM hat über die letzten Jahre deutlich abgenommen und ist derzeit bei 3–5 cm.

Die heutigen Schrittmacher können an jede spezielle Funktionsstörung des Herzens individuell angepasst werden. Unter dem Begriff Herzschrittmacher ist eigentlich ein Schrittmachersystem zu verstehen, das aus dem Herzschrittmacher und den mit ihm verbundenen Elektroden besteht. Der Herzschrittmacher selbst ist ein Gerät, mit dem elektrische Impulse erzeugt werden; es besteht aus einem miniaturisierten elektronischen Schaltkreis und einer Kompaktbatterie. Der Generator wird mit Elektroden verbunden, die im Herz verankert werden. Sie können dort passiv verankert werden, indem an der Spitze kleine Widerhaken angebracht werden, oder sie werden ins Muskelgewebe geschraubt.

Die zwei Hauptmerkmale eines SMs sind einerseits die Fähigkeit, das Herz zum Schlagen zu bringen, und andererseits die Fähigkeit, die Schlagfolge des Herzens zu erfassen. Wenn die Schlagfolge des Herzens zu nieder wird, gibt der SM Impulse ab, falls die Schlagfolge des Herzens wieder oberhalb einer eingestellten Grenze liegt, stellt er seine Impulsgabe wieder ein.

Herzschrittmacher werden nur dann aktiv, wenn beim Patienten kein eigener Herzrhythmus vorliegt. Um dies zu gewährleisten, muss das System herzeigene Aktivitäten erkennen können. Die Verbindung zwischen Herzschrittmacher und Herz wird durch eine bzw. zwei Elektroden hergestellt. Eine Elektrode ist ein sehr dünner – elektrisch isolierter – Draht, der im rechten Vorhof oder in der rechten Kammer verankert wird. Durch den Draht wird der elektrische Impuls zum Herzen übertragen. Neben dieser Funktion hat die Elektrode die zusätzliche Aufgabe, Herzaktivität festzustellen und diese Information an den Herzschrittmacher zu leiten.

Abhängig von den Anforderungen können Ein- oder Zweikammerschrittmacher implantiert werden. Die Begriffe beziehen sich auf die Eigenschaft des Herzschrittmachers, in einer oder beiden Kammern zu stimulieren und herzeigene Aktivitäten wahrzunehmen.

Bei einem Zweikammersystem wird gewöhnlich eine Elektrode im Vorhof und eine weitere in der Kammer gelegt. Somit können Signale aus beiden Kammern erkannt und eine oder beide Kammern können stimuliert werden, um eine optimale Kontraktion des Herzmuskels sicherzustellen. Dies wird häufig als die Synchronisation beider Kammern bezeichnet.

Viele Schrittmacher können ihre Frequenz, mit der sie elektrische Impulse senden, automatisch an sich verändernde Lebensvorgänge des Organismus anpassen. Solche so genannten frequenzadaptiven Funktionen des Herzschrittmachers sind möglich auf Grund eines besonderen Sensors im Herzschrittmacher, der auf veränderte physikalische Umstände im Körper reagiert. Veränderte physiologische Bedürfnisse, die beispielsweise beim Laufen, Schwimmen oder bei der Gartenarbeit entstehen, werden vom Herzschrittmacher mit einer ansteigenden Herzfrequenz ausgeglichen.

Schrittmacher-Terminologie
Die Beschreibung der Arbeitsweise eines SMs erfolgt in einer normierten Weise. Dazu werden Buchstaben verwendet, die auch durch ihre Position eine bestimmte Bedeutung haben:

- Erster Buchstabe = stimulierte Kammer
  0 = keine, A = Atrium (Vorhof), V = Ventrikel (Kammer), D = dual (A+V)
- Zweiter Buchstabe – Erkennung in der jeweiligen Kammer
  0 = keine, A = Atrium (Vorhof), V = Ventrikel (Kammer), D = dual (A+V)
- Dritter Buchstabe – Effekt des Erkennens
  0 = keiner, T = getriggert, I = inhibiert, D = dual (T+I)
- Vierter Buchstabe – Programmierbarkeit, Frequenzmodulation
  0 = keine, P = einfach programmierbar, M = multiprogrammierbar, C = kommunizierend, R = Frequenzmodulation
- Fünfter Buchstabe – Anti-Tachykardie-Funktion
  0 = keine, P = durch Pacen (Schrittmacherfunktion), S = Schock (durch Elektroschock), D = dual (P+S)

Indikationen für eine Schrittmacher-Implantation
Indikationen, die allgemein anerkannt sind:

- totaler AV-Block
- AV-Block II mit Symptomen
- symptomatische Sinusbradykardie

Indikationen, die häufig zu SM-Implantationen führen, die aber nicht allgemein anerkannt sind:

- asymptomatischer AV-Block III mit >40 Schlägen/min
- asymptomatischer AV-Block II
- Sinusbradykardie (< 40 Schlägen/min)

Bedingungen, wo Übereinstimmung herrscht, dass ein SM nicht indiziert ist:

- AV-Block I
- asymptomatischer AV-Block II Mobitz

Schrittmacher- oder Defibrillator-Operation
Diese Operationen werden unter sterilen Bedingungen in einem Operationssaal durchgeführt.

Schrittmacher-Implantation
Unter lokaler Betäubung eines Gebietes (meist unter dem rechten Schlüsselbein) wird der Hautschnitt durchgeführt und eine Tasche für den Generator präpariert. Der Zugang zum venösen System und dann zum Herzen erfolgt meist durch Prä-

paration einer kleinen Vene vor der Schulter oder durch Punktion der großen Vene unter dem Schlüsselbein. Über diese Venen wird die Elektrode ins rechte Herz vorgeschoben. Der Weg und die Platzierung werden durch Röntgen permanent kontrolliert.
Nachdem bei der SM-Implantation die Reizschwelle und der Widerstand der Elektroden gemessen wurden, werden diese an den Generator angeschlossen. Dieser wird dann unter der Haut platziert und mit einigen Nähten verschlossen.
Der Eingriff dauert im Normalfall zwischen 15 und 30 Minuten. Nach dem Eingriff wird mit einem Röntgenbild auf die korrekte Lage und auf eventuelle Komplikationen geachtet.

ICD-Implantation
Der Eingriff verläuft ähnlich, jedoch in Allgemeinnarkose. Nach Platzierung der Elektrode in der rechten Kammer, wird Kammerflimmern ausgelöst und mit dem neuen Generator beendet. Falls dies zufriedenstellend verläuft, wird die Operation ähnlich wie beim SM beendet.

Vorsichtsmaßnahmen für SM- und ICD-Träger
Als SM- oder ICD-Träger sollten Sie immer einen SM-Ausweis mit sich tragen!
Herzschrittmacher sind weitestgehend gegen den Einfluss von elektrischen Geräten und den von ihnen ausgehenden Strahlungen geschützt. Sollten Sie dennoch in der Nähe von elektrischen Geräten Symptome wie erhöhten Herzschlag, unregelmäßigen Puls oder Schwindel verspüren, entfernen Sie sich sofort von diesem Gerät und/oder schalten es aus. Im Zweifelsfall informieren Sie Ihren Arzt über dieses Vorkommnis.
Folgende Geräte können Sie bedenkenlos benutzen:

- Fernseher, Radios, Stereoanlagen oder ähnliche audiovisuelle Anlagen
- Haartrockner, Föhn, Elektrorasierer oder andere elektrische Geräte im Badezimmer
- Waschmaschinen, Staubsauger, Mikrowelle, Geschirrspüler und ähnliche Haushaltsgeräte
- Computer, Telefax, Kopierer, Drucker ...
- alle Küchenmaschinen

Sie können ohne Bedenken telefonieren. Bezüglich des Gebrauchs eines Mobiltelefons (Handy) sollten Sie Ihren Arzt konsultieren. Um möglichen Störungen vorzubeugen, sollten Sie das Mobiltelefon stets auf der Seite halten, die dem implantierten Herzschrittmacher gegenüberliegt. Sie sollten es auch nach Gebrauch nicht in der Nähe des Herzschrittmachers aufbewahren und stets abschalten.
Es ist sehr wichtig, dass Sie Rücksprache mit Ihrem Arzt halten, wenn Sie die folgenden Geräte/Anlagen benutzen oder sich in ihrem Einflussbereich befinden:

- Arbeit mit Maschinen, die starke Vibrationen erzeugen (Bohrmaschinen etc.)
- Feuerwaffen
- elektrische Geräte mit starken elektrischen Feldern, Hochspannungsleitungen, Sendeanlagen für Radio, Fernseher und Radar sowie elektrische nicht abgeschirmte Zündsysteme
- Elektroschweißgeräte

Im Allgemeinen sind Reisen – ob mit dem Flugzeug, Schiff, Zug oder Auto – für Herzschrittmacher-Patienten kein Problem. Im Falle einer bevorstehenden Reise konsultieren Sie bitte Ihren Arzt, der Sie über Kliniken an Ihrem Aufenthaltsort informieren wird.
Sollten Sie mit dem Flugzeug reisen, informieren Sie am Flughafen das Sicherheits- oder Bodenpersonal und zeigen Sie gegebenenfalls Ihren Schrittmacherausweis. Man wird sie genau über die Verhaltensmaßnahmen bei der Sicherheitskontrolle informieren.
Reisen mit dem Auto sind unkompliziert. Zu Ihrer eigenen Sicherheit sollten Sie stets einen Sicherheitsgurt tragen – der Herzschrittmacher wird dadurch nicht beschädigt.

Wenn Sie einen ICD oder einen SM tragen, sollten Sie bei folgenden medizinischen Geräten aufpassen:

- Magnet-Resonanz-Tomograf (NMR)
- Schockwellen-Lithotripsie (Nierensteinzertrümmerer)
- Nervenstimulation bei chronischem Schmerz
- Bestrahlung bei Tumoren
- Zahnarztgeräte
- Diathermie (wird zum Schneiden bei Operationen verwendet)

Rhythmuschirurgie

Maze- oder Elektro-Maze-Operation

Durchtrennung aberranter Leitungsbahnen

Bei diesem chirurgische Verfahren werden zusätzlich vorliegende Impulswege durchtrennt. Auf Grund der erforderlichen Thorakotomie ist es ein belastendes Verfahren, das daher meistens nur sinnvoll ist, wenn andere Indikationen, wie z. B. aortokoronare Bypassoperation, Klappenoperation oder Operation eines Herzwandaneurysmas, ohnehin eine Thorakotomie erforderlich machen.
Die Durchtrennung der Leitungsbahnen erfolgt mit Kälte oder elektrischem Strom. Die Mortalität beträgt 3 % bei einer Erfolgsrate von ca. 90 %. Nur eine Minderheit benötigt im Anschluss eine zusätzliche medikamentöse Rezidivprophylaxe.

Wenn die Adern sich ausweiten ...

Thorakale Aortenaneurysmen und ihre Behandlung

Ein Aneurysma ist eine ballonförmige Erweiterung eines Blutgefäßes, die jedes Gefäß im Körper betreffen kann. Ein Aneurysma entwickelt sich, wenn der Blutdruck, der auf der Gefäßwand lastet, diese ausdehnt und eine Art dünnwandige Blase bildet. Nicht alle Aneurysmen sind lebensbedrohlich, aber viele bedürfen einer Behandlung.
Aneurysmen bedeuten eine Verbreiterung des Aortendurchmessers auf mehr als 5–6 cm. Veränderungen im Sinne eines Aneurysmas können in allen Bereichen der Hauptschlagader vorkommen. Nicht selten sind mehrere Bereiche gleichzeitig erfasst.

Bis auf weiteres soll jetzt vom Aortenaneurysma die Rede sein. Man kann das Aortenaneurysma auf verschiedene Arten klassifizieren, und zwar nach Lokalisation, nach Form und nach Ursache.
Die einfachste Klassifizierung ist die nach der Form. Die häufigere Variante ist das fusiforme Aneurysma, eine zylindrische Erweiterung, die verschiedene Aortensegmente betreffen kann. Seltener ist das sacculäre Aneurysma: es hat eine höhere Tendenz zur Spontanruptur und mit der Diagnose ist unabhängig von der Größe die Operationsindikation gegeben.

- Aneurysma verum (echtes Aneurysma)

betrifft alle drei Wandschichten: Intima, Media, Adventitia

- Aneurysma spurium (»falsches« Aneurysma)

Nach Gefäßverletzung tritt Blut aus, es bildet sich ein Hämatom um das Gefäß. Dieses wird dann narbig umbaut und bildet die Aneurysmawand

- Dissezierendes Aneurysma

Durch einen Riss in der Intima strömt Blut zwischen Intima und Media.

Die Ursache ist ein wichtiges Klassifizierungskriterium. In der Häufigkeit an erster Stelle stehen die so genannten *atherosklerotischen Aneurysmen*. Sie machen mehr als 50 % in den chirurgischen Serien aus. Weitere Ursachen sind *degenerative Erkrankungen* der Gefäßwand. Die Mediadegeneration besteht im Verlust und der Ruptur elastischer Fasern. Der exakte Grund dafür ist in den meisten Fällen unklar. Meist besteht aber ein Zusammenhang mit chronischer Hypertonie und dem Alter des Patienten.
Eine ererbte strukturierte Schwäche der Aortenwand ist bei den *Binde-*

gewebserkrankungen Ursache der Aneurysmabildung. Man schätzt neuerdings, dass diese erblichen Aneurysmen fast 70 % aller Aneurysmen ausmachen. Es gibt verschiedene Gendefekte, die mit Aneurysmen verbunden sind. Einer dieser Defekte verursacht das Marfan-Syndrom, dieses wird dominant vererbt. (Siehe auch Seite 204)
Eine weitere Ursache von Aortenaneurysmen ist die *Entzündung der Aortenwand* (= Aortitis). In dieser Gruppe unterscheidet man die nichtinfektiöse und die infektiöse Form. Die bekannteste bakterielle Aortitis ist die syphilitische. Das Aneurysma kommt durch die Zerstörung der Media zu Stande.
Mykotische (Pilz-)Aneurysmen sind im Aortenbereich sehr selten, sie liegen anteilsmäßig unter 1 %. Erreger sind praktisch nie Pilze, sondern Bakterien.
Bei den so genannten angeborenen Aneurysmen ist nicht das Aneurysma primär vorhanden, sondern es entwickelt sich flussauf und -abwärts eines Hindernisses.

Dissezierende Aneurysmen
Das Ereignis einer akuten Aortendissektion kommt in den westlichen Industrienationen in einer Häufigkeit von 5200 Fällen pro 1000 000 Einwohner vor. Während in früheren Jahrzehnten angeborene Defekte der Aortenwand (Marfan-Syndrom, idiopathische Media-Nekrose Erdheim-Gsell) hauptsächlich für die akute und chronische Aortendissektion verantwortlich waren, steht heute die Aortenatheromatose, als Folge langjähriger arterieller Hypertonie, ganz im Vordergrund.

Einteilung der dissezierenden Aneurysmen
Man unterscheidet zwei Formen von Aortendissektionen (Stanford-Klassifikation, 1970): Im Typ A ist die Aorta ascendens beteiligt und kann bis zum Aortenbogen, darüber hinaus auch den Aortenbogen selbst und die gesamte Aorta descendens bis in die Becken-Beinarterien befallen. Typ B ist beschränkt auf die Aorta descendens.
Die Stanford-Einteilung in Typ A und B hat sich durchgesetzt, weil sie eine therapeutisch sinnvolle Unterscheidung trifft. Trotzdem gibt es Aortendissektionen, die sich weder dem Typ A noch dem Typ B einwandfrei zuteilen lassen. Solche Formen sind allerdings selten (unter 5 %). Typ A ist mit über 60 % der häufigste Typ der Aorta, Typ B kommt mit etwas über 30 % aller Aortendissektionen seltener vor.

Symptome der thorakalen Aortenaneurysmen
Jedes Aortenaneurysma ist eine ernst zu nehmende Erkrankung; unbehandelt drohen Komplikationen, die nicht selten tödlich enden.
Die Patienten sind in der Regel 55–65 Jahre alt. Jüngere Kranke können das Marfan-Syndrom aufweisen, wobei zusätzlich Augensymptome (Linsenschlottern) und Skelettdefekte (z. B. lange spindelige Finger, Trichterbrust) zu sehen sind.

Symptome (Atemnot durch Kompression von Hauptbronchien, Schluckbeschwerden durch Kompression der Speiseröhre) entstehen, wenn Aneurysmen auf Grund ihres großen Durchmessers raumfordernd werden, nicht selten bestehen dann Thoraxschmerzen. Eine Perforation des Aneurysmas verursacht messerstichartige Brustschmerzen.

Symptome eines dissezierenden Aneurysmas

Charakteristisch für eine akute Aortendissektion ist der Vernichtungsschmerz, der meist stärker ausgeprägt ist als der Angina-Pectoris-Schmerz bei Vorliegen eines akuten Herzinfarkts. Dieser Schmerz ist in 80–90 % aller Fälle vorhanden und konzentriert sich weniger auf die Herzspitze als auf die Herzbasis. Bei fortschreitender Aortendissektion kommt es im Rücken zum schrittweisen Absteigen des Schmerzes. Mit dieser Schmerzsymptomatik kombiniert sind in der Regel Blutdruck-Krisen. Kommt es zur Dissektion knapp oberhalb der Aortenklappen, kann es relativ schnell innerhalb von Stunden zur Insuffizienz der Aortenklappe (30–40 %) und/oder auch zur Stenose oder zum akuten Verschluss der beiden abgehenden Koronararterien kommen. Dissektionen des Abgangs der Aortenbogenäste können Halbseitenlähmungen, die in der Regel partiell und flüchtig sind, zur Folge haben (10–30 %), desgleichen zu flüchtigen diskreten oder stärkeren Paraplegien (Lähmungen) führen (10 %). Sind die Baucharterien betroffen, kommt es dort zu Stenosen oder Verschlüssen, die Symptome eines Baucharterieninfarktes hervorrufen – oder die Blutdruck-Krise verstärken, wenn Nierenarterien betroffen sind (beides rund 10%). Häufig (10 bis 25%) kommt es zu akuten Ischämien der unteren Extremitäten, wobei überraschenderweise Leistenpulse tastbar bleiben, die Extremität jedoch kritisch ischämisch wird.

Diagnose der thorakalen Aortenaneurysmen

Schon aus der Schilderung der Beschwerden und der Tatsache eines langjährig bestehenden Hypertonus kann die Verdachtsdiagnose gestellt und entsprechende diagnostische Maßnahmen ergriffen werden. Weitere Diagnoseverfahren:

- transösophageale Echokardiografie (TEE)
- thorakale und abdominale Computertomografie (CT)
- Angiografie der gesamten thorako-abdominalen Aorta und ihrer Äste
- Kernspintomografie (NMR)

Die akute Aortendissektion ist ein Notfall, der schnelle Diagnose und absolut dringliche Behandlung erfordert. Selten werden klinisch völlig stumm verlaufene Aortendissektionen im chronischen Stadium entdeckt.

Behandlung der thorakalen Aortenaneurysmen

Eine Aussackung (Aneurysma) der absteigenden großen Körperschlagader neigt zu

einem ständigen Wachstum mit der Gefahr eines plötzlichen Einrisses. Auf Grund des hohen Blutverlustes kann dieser innerhalb weniger Minuten zum Tode führen. Üblicherweise wird ein nicht operationsbedürftiges Aneurysma vor allem mit Medikamenten zur Blutdrucksenkung behandelt.
Die einzige bisherige Therapiemöglichkeit war die offene Operation mit der Herz-Lungen- Maschine und die Versetzung des Körpers in einen künstlichen Kreislaufstillstand bei unter 20 C°. Hierbei erfolgte der Ersatz des kranken Gefäßabschnittes durch ein Kunststoffrohr. Diese oft sehr schwierige Operation ist mit einer hohen Komplikationsrate verbunden. Es werden Sterblichkeitsraten bei Notfalleingriffen, älteren Patienten und Patienten mit schweren Begleiterkrankungen von bis zu 50 % angegeben.

Indikationsstellung chronisches Aortenaneurysma

Das Platzen des Aneurysmasacks tritt bei Aneurysmen, die größer als 6 cm im Durchmesser sind, innerhalb von 5 Jahren in 66 % auf und bei einem Durchmesser kleiner als 5 cm immerhin innerhalb von 5 Jahren in 14 %. Bei einem Durchmesser kleiner als 4 cm ist mit einer Spontanruptur lediglich in 2 % zu rechnen.
Aus diesen statistischen Betrachtungen ergibt sich die Operationsindikation.
Patienten mit thorakalem Aortenaneurysma sollten bei Symptomenfreiheit operiert werden, wenn der Durchmesser der Aorta das Doppelte des Normalwertes erreicht hat oder wenn ein Aneurysma, das größer als 6 cm im Durchmesser ist, vorliegt.
Ein symptomatisches fusiformes Aneurysma sollte bei jeder Größe operiert werden.
Beim sacculären Aneurysma bedeutet schon die Diagnose die Operationsindikation, ebenso wie beim mykotischen Aneurysma.

Indikationsstellung bei Marfan-Syndrom und chronischem Aortenaneurysma

Das Marfan-Syndrom betrifft vor allem die thorakale Aorta (Aneurysmen und Dissektion) und die Aorten- und die Mitralklappe. Die Indikationen zur chirurgischen Behandlung der Klappenvitien entsprechen denen der Nicht-Marfan-Patienten.
Hingegen wird der Ersatz der erweiterten Aortenwurzel und der Aorta ascendens oder descendens bereits bei einem Durchmesser von 50–55 mm empfohlen.
Bei Patienten mit Aneurysmaruptur oder Aortendissektion in der Familienanmnese sollte bereits bei einem Durchmesser von 4,5 cm eine Operation erfolgen.
Wenn beim Marfan-Patienten eine jährliche Wachstumsrate eines erweiterten Aortenabschnittes von 5–7 mm festgestellt wird, ist dies eine Operationsindikation unabhängig von der Absolutgröße des Aortensegmentes.
Bei Kindern und Adoleszenten wird der Aortenwurzel-Ersatz beim doppelten Durchmesser des altersentsprechenden normalweiten Aortenbogens empfohlen. In dieser Gruppe spielt die Dynamik des Prozesses (z. B. beschleunigte Erweiterung während dem pubertären Wachstumsschubs) eine wichtige Rolle.

Indikationsstellung bei dissezierendem Aneurysma

- Typ A

Die akute Dissektion der aszendierenden Aorta stellt eine absolut dringliche Operationsindikation dar.
Ungefähr die Hälfte der Patienten mit unbehandelter akuter Aortendissektion sterben in den ersten 48 Stunden. Es besteht ein Mortalitätsrisiko von ca. 1 %/Stunde. 90 % der Patienten sind nach ca. 2 Wochen tot. Nach zwei Monaten leben nur mehr 2 % der nicht operierten Patienten, wobei die Haupttodesursache eine Ruptur darstellt.

- Typ B

Die akute Aortendissektion des Typs B wird, wenn irgend möglich, nicht primär chirurgisch behandelt. Letalität und Morbidität der konservativ intensivmedizinischen Behandlung liegen niedriger als bei chirurgischer Therapie.

Die operative Behandlung

Das Ziel der chirurgischen Behandlung ist das Verhindern der Ausweitung, das Beheben von Komplikationen und der Ersatz der kranken Aorta mit einer Gefäßprothese.

- *Aorta ascendens*

Der operative Zugang zur Aorta ascendens erfolgt über eine Durchtrennung des Brustbeins. Die Herz-Lungen-Maschine wird im Aortenbogenbereich oder aber in der Leiste angeschlossen. Die Aorta ascendens wird geklemmt.
Danach werden die Aorta ascendens und die Aortenklappe mit einer klappentragenden Gefäßprothese ersetzt.
Wenn die Taschen der Aortenklappe morphologisch normal sind und nur funktionell eine Aorteninsuffizienz besteht, kann die Aortenwurzel rekonstruiert werden. Die Aorta wird durch eine Dacron-Gefäßprothese ersetzt, die Koronargefäße werden wieder in die Gefäßprothese implantiert.

- *Aortenbogen*

Im Bereich des Aortenbogens müssen die Gefäße im Bogen, die auch das Gehirn versorgen, wieder in die Prothese genäht werden. Dabei wird das Gehirn nicht mit Blut versorgt und außerdem würde, da man nicht ausreichend klemmen kann, der Blutfluss jede Sicht verhindern. Um so einerseits das Gehirn zu kühlen und andererseits ein blutleeres Operationsfeld zu haben, kühlt man den Patienten mit Hilfe der Herz-Lungen-Maschine auf ca. 15 °C ab. Während des folgenden Kreislaufstillstandes, der nur ca. 30 Minuten dauern sollte, aber bis zu 60 Minuten dauern kann, erfolgt der Bogenersatz mittels Dacron-Gefäßprothese. Die Gefäße des

Aortenbogens, die zu Gehirn und Armen führen, werden wieder in die Prothese eingenäht.

- *Aorta descendens*

Bei Aneurysmen im Aorta-descendens-Bereich wird primär die medikamentöse Behandlung eingesetzt. Ziel ist eine Blutdrucksenkung und eine Verringerung des Risikos der Ruptur.
Eine Operationsindikation ist nur bei Komplikationen gegeben:

- Blut im Brustkorb
- andauernder oder zunehmender Schmerz
- Durchblutungsstörung der Beine
- Nierenversagen
- Lähmungserscheinungen

Bei der Operation wird das befallene Stück ausgeklemmt und der Aneurysmasack aufgeschnitten. Daraufhin wird eine Prothese angepasst und eingenäht. Da aus dem ausgeklemmten Stück Arterien zum Rückenmark abgehen können, muss dieses geschützt werden, da sonst Querschnittslähmungen drohen.
Zur besseren Blutversorgung der unteren Körperhälfte kann ein künstlicher Kreislauf mit einer Kreiselpumpe oder der Herz-Lungen-Maschine zwischen Herz und Leistengefäßen eingerichtet werden. Einige der abgehenden Gefäße können als »Inseln« in die Prothese genäht werden.

Thorako-abdominale Aorta

Bei der Ausdehnung des Aneurysmas in den Bauchraum muss auch der Eingriff in diesen ausgedehnt werden. Die operative Strategie ist ähnlich der bei den Descendens-Aneurysmen. Auch hier werden die wichtigen Gefäße als »Inseln« wieder in die Prothese eingenäht. Ebenfalls werden die Vorteile der extrakorporalen Zirkulation mit HLM oder Pumpen dabein genutzt.

Die interventionelle Behandlung – Die Stentimplantation

Die Operation der Aortenaneurysmen stellt eine aufwändige Operation mit hohem Risiko und teilweise hohen Komplikationsraten dar. Aus diesem Grunde wurden in der Vergangenheit weniger belastende Verfahren gesucht, um diese Patienten zu behandeln. Seit kurzer Zeit werden an wenigen spezialisierten Zentren selbstentfaltende innere Gefäßprothesen (Stents) über einen kleinen Hautschnitt in der Leiste von innen in die Aussackung eingebracht.
Über die Leiste wird mittels eines Katheters eine wenige Zentimeter lange kunststoffbeschichtete Metallgitterprothese, ein so genannter Stent, bis in Höhe der Gefäßaussackung vorgeschoben. Diese wird durch den Stent quasi wie ein Altarm eines Flusses vom Blutstrom abgetrennt. Das dünne Metallgeflecht drückt sich von innen an das Gewebe der Aorta an und wird auf diese Weise fest verankert.

Hier ist absolute Millimeterarbeit und größte Sorgfalt gefragt, denn schon ein geringfügiges Verrutschen der Prothese kann die »stillgelegte« Aussackung wieder in den Blutkreislauf einbeziehen und die Gefahr einer Ruptur ist erneut gegeben. Erforderlich für diese Behandlung, bei der Radiologen und Chirurgen Hand in Hand arbeiten, sind daher auf jeden Fall gute Röntgengeräte.
Eine große und schwierige Operation mit längerer Intensivbehandlung und Anwendung von Organersatzverfahren bleibt diesen Patienten zwar somit in aller Regel erspart. Dennoch kann dieses schonende Verfahren zurzeit nur bei ausgewählten Patienten angewendet werden. Ausschlaggebend hierfür ist zum einen die Größe und Ausdehnung des Aneurysmas sowie der Gefäßdurchmesser vor und hinter dieser Gefäßaussackung. Weiterhin bestehen Ausschlusskriterien bei einigen entzündeten Aneurysmen und Ganzkörperinfektionen. Außerdem darf der Zugangsweg in den Leisten- oder Beckenschlagadern nicht stark geschlängelt oder durch Gefäßkalk verschlossen sein. Insgesamt stellt dieses neue Verfahren eine kostengünstigere und für den Patienten schonendere Behandlungsform dar, die auf Grund der hohen Anforderungen an das Implantationsteam zurzeit nur an wenigen Zentren durchgeführt wird.

Ergebnisse und Komplikationen

- *Chronische Aneurysmen*

Die Gefahr eines Todes im Krankenhaus ist relativ hoch, wenn mit anderen Herzoperationen verglichen wird. Die Ursachen sind meist Blutungen, Komplikationen, die das Gehirn oder Rückenmark betreffen oder Herzinfarkte.

Aortenabschnitt	Todesfälle
Ascendens	4–10 %
Bogen	5–50 %
Descendens	5–15 %
Thorako-abdominal	Bis zu 50 %

Das Überleben in der Folgezeit hängt davon ab, ob ein neues Aneurysma entsteht ob sich zunehmendes Herzversagen entwickelt oder Nierenversagen. Nach fünf Jahren leben noch ca. 60 %, nach 10 Jahren ca. 40 % der Patienten.

- *Dissezierende Aneurysmen*

Die Ergebnisse nach Dissektionen sind schlechter, da das Ereignis sehr häufig akut und als Notfall eintritt.

Aortenabschnitt	Todesfälle
Ascendens	5–10 % (bis zu 30 %)
Bogen	10–25 % (bis zu 50 %)
Descendens	10 % (bis zu 25–60 %)

Nach 10 Jahren leben noch ca. 46 % der Patienten, die Todesfälle in dieser Zeit sind v. a. (ca. 30 %) auf den offenen falschen Kanal oder eine Neu-Dissektion zurückzuführen.
Dies tritt bei unkontrolliertem Bluthochdruck in 50 % auf, bei gut eingestelltem Blutdruck noch bei 10–20 %.

Nachsorge der thorakalen Aortenaneurysmen
Kontrolluntersuchungen sollen zunächst in halbjährlichen Abständen mittels thorako-abdominalem Computertomogramm oder zur Vermeidung der Strahlenbelastung eher durch NMR-Tomografien vorgenommen werden.
Wesentlich ist eine dauerhafte Einstellung des vorliegenden Bluthochdrucks sowie die Kontrolle der arteriosklerotischen Risikofaktoren.

Wenn das Herz anders ist ...

Angeborene Herzfehler und ihre Behandlung

Kongenitaler Herzfehler bedeutet eine Fehlbildung am Herzen oder den herznahen Blutgefäßen, die seit der Geburt – und damit natürlich auch schon davor – besteht. In den 40er-Jahren wurden die ersten großen Operationen von angeborenen Herzfehlern begonnen, bekannt wurden die Operationen von »blauen Babys«. Dabei wird ein Zustand des Herzens behandelt, wo sauerstoffarmes Blut aus dem Körper durch ein Loch einer Herzscheidewand kurzgeschlossen (»shunted«) und somit vom linken Herzen wieder in den Körper gepumpt wird, ohne in der Lunge mit Sauerstoff angereichert zu werden. Dadurch hatten diese Kinder einen bläuliche Hautfarbe.
Damals wurde von dem Team um die Kardiologin Helen Taussig und den Chirurgen Blalock eine Operationsmethode entwickelt, bei der eine Armarterie auf die Lungenarterie genäht wird und so mehr Blut durch die Lungen gelangt. Das war selbstverständlich keine Heilung, verbesserte aber die Symptome.
In de 50er-Jahren wurden dann die ersten Operationen mit der Herz-Lungen-Maschine durchgeführt und so kam es zu einer enormen Entwicklung in der Behandlung der angeborenen Herzfehler.

Entstehung von angeborenen Herzfehlern

Das menschliche Herz beginnt sich am Ende des ersten intrauterinen Monats zu entwickeln und braucht weitere acht Wochen, um einem erwachsenen Herz zu ähneln. Während dieser Periode entwickeln 8 von 1000 Kindern irgendeine Form von Missbildung, die von leicht bis schwer reichen kann. Der genaue Grund ist unbekannt, aber es werden genetische Faktoren als Auslöser vermutet.
In einigen Fällen können diese Defekte mit Krankheiten oder anderen Auslösern verbunden werden, wie z. B. eine Röteln-Infektion der Mutter während der Schwangerschaft.
Nach der herrschenden Lehrmeinung werden diese Defekte nicht vererbt, doch Kinder von Eltern mit angeborenen Herzfehlern bekommen leichter auch selbst einen solchen.

Diagnose eines angeborenen Herzfehlers

Einige Herzfehler werden kurz nach der Geburt oder sogar schon im Mutterleib erkannt. Dabei leistet der Herzultraschall die endgültige Diagnose.
Herzfehler können aber auch erst später erkannt werden, wenn das Kind ins Schulalter kommt, oder in seltenen Fällen erst im Erwachsenenalter.

Viele Kinder fallen durch eine bläuliche Hautfarbe auf. Manche Kinder wachsen langsam oder nehmen kaum zu. Manche haben Wasser in den Lungen und damit schon Zeichen von Herzversagen. Bei einigen Kindern führen Herzgeräusche zur Diagnose.
Wenn ein angeborener Fehler vermutet wird, werden zunächst ein EKG und ein Herzschall durchgeführt. Damit kann man in den meisten Fällen schon zu einer Diagnose kommen.
Zusätzliche Untersuchungen, die eine weiterführende Diagnostik bedeuten, inkludieren Herzkatheter und Magnet-Resonanz-Tomografie.
Nach der exakten Diagnose kann der Behandlungsplan erstellt werden, der von medikamentöser Therapie über eine Ballondilatation oder Implantation eines Schirmchens bis zur Chirurgie reichen kann.

Herzfehler und ihre Behandlung

Defekt	Häufigkeit in %	Sterblichkeit ohne Operation im 1. Lebensjahr
Ventrikel-Septum-Defekt, Loch in der Kammerscheidewand (VSD)	30,5 %	0
Atrialer-Septum-Defekt, Loch in der Vorhofscheidewand (VSD)	9,8 %	0
offener Ductus arteriosus Botalli	9,7 %	20 %
Pulmonalstenose	6,9 %	10 %
Koarktation der Aorta, Aortenisthmusstenose	6,8 %	60–90 %
Aortenstenose	6,1 %	10 %
Fallot-Tetralogie	5,8 %	30 %
komplette Transposition der großen Arterien	4,2 %	90 %
Truncus arteriosus	2,2 %	–
Trikuspidalklappenatresie	1,3 %	66 %
Alle anderen	16,5 %	–

Ventrikel-Septum-Defekt

Bei diesem am häufigsten angeborenen Herzfehler befindet sich ein Loch in der Scheidewand, die beide Herzkammern (= Ventrikel) voneinander trennt. Dadurch kommt es zu einem Kurzschluss des Blutes (= Shunt) zurück in den Lungenkreislauf, der damit einschließlich des rechten Herzens überlastet wird. Ca. 30–50 % dieser Löcher – vor allem die kleinen – verschließen sich im Laufe der ersten Lebensjahre. Bei Patienten mit größeren Defekten, die sich nicht spontan verschließen, wird manchmal eine operative Korrektur benötigt. Große Defekte

müssen manchmal im ersten Lebensjahr verschlossen werden, da sie Atemprobleme, häufige Infekte und Wachstumsprobleme verursachen können. Wenn der Defekt nicht verschlossen wird, können die Lungengefäße schweren Schaden erleiden, der unter Umständen fatal enden kann.
Bei einer Operation wird der Patient an die Herz-Lungen-Maschine angeschlossen und nach Eröffnung des Herzens der Defekt mit einem Kunststoff-Gewebe (= Patch) verschlossen. Die Lebensaussichten nach Korrektur sind ausgezeichnet und die Wahrscheinlichkeit eines normalen Lebens sehr hoch.

Offener Ductus arteriosus Botalli

Während sich das fötale Herz in der Gebärmutter entwickelt, besteht eine Verbindung zwischen Aorta und Pulmonalarterie. Diese wird Ductus ateriosus Botalli genannt. Sie ist verantwortlich dafür, dass das Blut den Lungenkreislauf umgeht, indem es direkt von der Pulmonalarterie in die Aorta kurzgeschlossen wird (= shunted). Das sauerstoffreiche Blut erhält der Embryo von der Mutter über die Nabelschnur von der Plazenta, daher benötigt er die Lungen nicht. Sobald das Kind geboren ist, wird dieser Shunt nicht mehr benötigt. Die Lungen nehmen ihre Tätigkeit auf und der Ductus arteriosus verschließt sich innerhalb von wenigen Stunden nach der Geburt.
Wenn er nun offen bleibt und durchgängig ist, bedeutet dies einen »angeborenen« Herzfehler und dieser benötigt eine Behandlung.
In einigen Fällen ist der Ductus so groß, dass durch den Kurzschluss die Lungen mit Blut überflutet werden, was Herzversagen auslöst. Manchmal können Infektionen der Lungen durch die »Überwässerung« verursacht werden. Oder durch die zu hohe Dauerbelastung der Lungengefäße resultiert eine Verhärtung der Gefäßwand und es entwickelt sich Hochdruck in der Lungenstrombahn (»Pulmonale Hypertension«). Das kann so weit führen, dass es zu einer Umkehr des Blutstromes von der Lungenstrombahn in den Körperkreislauf kommt (= Shuntumkehr). Dadurch entsteht auch eine massive bläuliche Verfärbung der Haut durch den hohen Anteil von sauerstoffarmem Blut in den Arterien (= Zyanose).
Normalerweise wird diese Fehlbildung jedoch rechtzeitig erkannt und auch behandelt. Es gibt drei Möglichkeiten der Behandlung:
Bei neugeborenen Babys wird ein Medikament verabreicht, das den Ductus verschließen soll (= Indomethacin). Diese Therapie ist auch meist erfolgreich, wenn nicht, ist eine chirurgische Intervention notwendig. Dabei wird der Brustkorb auf der linken Seite zwischen den Rippen eröffnet und der Ductus mit Metallclips verschlossen oder mit einer Naht ligiert (umschlungen und verschlossen) bzw. er wird durchtrennt und die Enden übernäht.
Es gibt auch Katheter mit einem Schirmchen an der Spitze, die über ein Leistengefäß bis an diese Stelle vom Kardiologen gebracht werden, um so den Ductus zu verschließen. Damit kann eine chirurgische Eröffnung des Brustraumes vermieden werden.

Mit all diesen Methoden, wenn sie rechtzeitig eingesetzt werden, sind die Chancen, die Operation zu überleben, höher als 99 % und meistens ist der Patient damit geheilt.

Vorhof-Septum-Defekt

Bei einem Vorhof-Septum-Defekt (ASD) handelt es sich um ein Loch in der Scheidewand zwischen den beiden Vorhöfen. Es gibt verschiedene Arten von ASDs. In den meisten Fällen werden diese Kinder mit solchen Fehlbildungen nicht dadurch belastet und die Defekte werden häufig spät – im Schulalter – entdeckt. Es gibt sogar Fälle, wo diese Missbildung erst im Erwachsenenalter bekannt wird. Trotzdem sollte ein ASD, wenn er erkannt wird, verschlossen werden. Die chirurgische Behandlung reicht vom einfachen Vernähen bis zum Verschluss mittels eines Kunststoffgewebes oder eines Teils des Herzbeutels.

Wenn das Loch nicht geschlossen wird, kann sich durch die Überlastung des Herzens nach einigen Jahren eine massive Herzschwäche entwickeln mit eventuell begleitendem Lungenhochdruck, beides verunmöglicht den Defekt noch zu reparieren.

Ein weiteres Problem kann dadurch entstehen, dass Blutgerinnsel aus dem Venensystem, z. B. aus den Beinen in den rechten Vorhof gelangen und durch das Loch ins linke (= arterielle) System transportiert werden. Dort können sie Embolien (Verschlüsse von Blutgefäßen) verursachen, woraus je nach Lokalisation ein Schlaganfall oder Niereninfarkt entstehen kann.

Üblicherweise ist das Risiko eines chirurgischen ASD-Verschlusses niedrig, die Wahrscheinlichkeit, den Eingriff gut zu überleben, ist über 99 %.

Es gibt mittlerweile auch Schirmchen zum ASD-Verschluss, die ohne Operation mittels Katheter vom Kardiologen ins Herz gebracht werden.

Ein komplexerer Defekt, der mit einem VSD gemeinsam vorkommt, ist der »Atrio-Ventrikulär-Kanal«. Die chirurgische Behandlung dieses Problems ist etwas komplexer und erfordert mehr Erfahrung.

Nach einer Operation mit einer Herz-Lungen-Maschine, die rechtzeitig erfolgt ist, können die erfolgreich operierten Patienten auf eine normale Lebenserwartung hoffen.

Aortenisthmusstenose – Koarktation der Aorta

Bei der Aortenisthmusstenose (= Koarktation der Aorta) kommt es zu einer abnormalen Verengung der Aorta im Brustkorbbereich nach Abgabe der Arterie, die den linken Arm versorgt, üblicherweise in dem Bereich, in dem im Embryo der Ductus arteriosus Botalli gelegen war. Dieser Bereich ist je nach Lebensalter meist gerade 1 bis 2 cm lang. Die Verengung kann bis zu 90 % des normalen Durchmessers betragen. Selbst ein kompletter Verschluss ist möglich. Das Blut, das für den unteren Teil des Körpers benötigt wird, gelangt über Umgehungskreisläufe, »Kollateralen«, dorthin.

Dieser Defekt wird meist unmittelbar nach der Geburt oder in den darauf folgenden Monaten erkannt. Ein unverkennbarer Hinweis ist die deutliche Differenz zwischen dem gemessenen Blutdruck am Arm und am Bein.
Dadurch dass sich manchmal sogar schweres Herzversagen durch diese Missbildung entwickeln kann, ist oft eine Notfalloperation nötig, sonst kann die Operation ins Kindes- oder Jugendlichenalter verschoben werden. Meistens wird dennoch in den ersten Lebensjahren operiert.
Die Lebenserwartung von Personen mit einer Aortenisthmusstenose ist wegen des hohen Blutdrucks, der sich entwickelt, häufig reduziert, daher ist die Operation unbedingt notwendig. Bei der Operation wird der verengte Teil meist entfernt und entweder durch direkte Naht der Aortenenden oder durch Einfügen einer Kunststoff-Prothese ersetzt.
Bei größeren Kindern oder Erwachsenen wird die Engstelle durch Kunststoffgewebe aufgeweitet oder mit einer Kunststoff-Prothese umgangen. Die Überlebenschancen der Operation betragen über 99 %. Es gibt jedoch die Möglichkeit von neuen Engstellen, die nochmals operiert oder wieder aufgedehnt werden müssen.

Transposition der großen Arterien

Bei der kompletten Transposition sind die beiden großen Arterien, die aus dem Herz kommen – Aorta und Pulmonalarterie – vertauscht, d. h. die Aorta entspringt aus der rechten Kammer und die Pulmonalarterie aus der linken. Das sauerstoffarme Blut aus dem Körper wird so direkt über die falsch entspringende Aorta zurück in den Körper gepumpt. Damit eine Basisversorgung mit Sauerstoff gewährleistet ist, haben diese Kinder noch meist eine Verbindung zwischen den Kammern – einen Ventrikelseptumdefekt.
Kinder mit dieser Missbildung weisen eine deutliche Zyanose auf und überleben selten ohne Operation das erste Lebensjahr.
In einer Notfallsituation kann zunächst im Katheterlabor das Loch zwischen den Vorhöfen vergrößert werden, damit mehr Blut in die Lungen gelangt. Damit kann man ein wenig Zeit bis zur chirurgischen Korrektur gewinnen. Bei der »Switch«-Operation wird die Aorta mit dem linken Ventrikel und die Pulmonalarterie mit der rechten Kammer verbunden, nachdem sie zunächst abgetrennt wurden.
Mit diesen neuen Techniken beträgt die Überlebenswahrscheinlichkeit der Operation ca. 90–95 %. Die Langzeitergebnisse, soweit bekannt, sind gut.

Fallot-Tetralogie

Diese komplexe Missbildung zeigt vier verschiedene Defekte, wie der Name bereits sagt.
Neben einem Ventrikel-Septum-Defekt (VSD) ist der Blutstrom vom rechten Ventrikel in die Pulmonalarterie behindert durch eine Verengung an der Klappe, an der

Pulmonalarterie oder im rechten Ausflusstrakt. Die Aortenklappe reitet förmlich über dem VSD und der rechte Ventrikel ist abnorm muskelstark.
Durch diese Defekte tritt vermehrt sauerstoffarmes Blut in den linken Ventrikel über und damit ist eine deutlich bläuliche Hautfarbe bedingt (= Zyanose).
Manche Babys müssen bei schwerer Zyanose einer dringlichen Operation unterzogen werden. Meistens wird jedoch danach getrachtet, dass diese Missbildung innerhalb des erstens Lebensjahres korrigiert wird. Bei der Operation wird der VSD verschlossen, die Strombahn in die Pulmonalarterie wird von Engstellen befreit, was oft nur durch Vergrößern mit einem Kunststoffgewebe gelingt.
Die Wahrscheinlichkeit des Überlebens ist ca. 90 %. Wenn keine Korrektur erfolgt, entwickelt sich eine zunehmende Zyanose, es kommt zu Schlaganfällen und schweren Infekten, Blutungen und Bewusstseinstrübungen.
Die meisten der unbehandelten Patienten überleben das 20. Lebensjahr nicht.

Pulmonalklappenstenose
Eine Pulmonalklappenstenose bedeutet eine verengte Pulmonalklappe (liegt zwischen rechter Kammer und Pulmonalarterie). Wenn diese Klappe verengt ist, wird der Patient schon im Kindesalter deutliche Symptome haben, einschließlich einer bläulichen Hautfarbe.
Dieser Defekt kann lebensbedrohlich sein. Bei älteren Kindern sind die Hauptsymptome Müdigkeit und eingeschränkte Leistungsfähigkeit.
Bei einer einfachen Pulmonalklappenstenose kann ein Ballonkatheter eingesetzt werden, um die Klappe zu sprengen oder aufzuweiten.
Manchmal ist es jedoch nötig, den Defekt chirurgisch zu behandeln. Vor allem wenn auch eine Engstelle im rechten Ventrikel besteht, muss diese zusätzlich ausgeräumt werden. Die Resultate nach jedweder Therapie sind üblicherweise sehr gut, die Überlebenswahrscheinlichkeit beträgt über 99 %.

Aortenstenose
Bei der einfachsten Form der Aortenstenose ist die Klappe verengt. Andere Arten präsentieren eine verengte Aorta nach der Klappenebene oder eine Membran unter der Klappenebene. Auch kann eine Muskelabnormalität unter der Klappenebene eine Verengung verursachen.
Kinder mit Aortenstenose haben Zeichen des Herzversagens und Kurzatmigkeit.
Bei den schwersten Formen muss die Klappe akut operativ erweitert oder diese Erweiterung durch eine Ballondehnung erreicht werden.
Die Entscheidung, ob eine Operation notwendig ist und wann, hängt von der Schwere der Verengung ab. Die Chirurgie wird in über 98 % überlebt.
Bei komplexeren Formen der Erkrankung ist die Überlebensrate etwas niedriger. Diese Langzeitergebnisse sind ausgezeichnet, manchmal ist jedoch eine zweite Operation notwendig.

Hypoplastisches Linksherz-Syndrom

Das hypoplastische Linksherz-Syndrom (HLHS) ist eine der komplexesten und lebensbedrohlichsten Missbildungen des menschlichen Herzens. Hypoplastisch bedeutet unterentwickelt, Linksherz kennzeichnet die vornehmliche Lokalisation der Missbildung.

Das hypoplastische Linksherz-Syndrom inkludiert eine Vielzahl von Defekten. Allen gemeinsam ist die Tatsache, dass das linke Herz seine Funktion nicht ausreichend erfüllt.

Auf 100 000 Geburten kommen ungefähr 16 Babys mit HLHS. Ohne Chirurgie sterben 99 % der Babys kurz nach der Geburt.

Heutzutage wird diese Missbildung mit Hilfe einer Operation, die sich über drei Phasen in den ersten Lebensjahren erstreckt, behandelt. Das Ziel dieser Operationen ist, das kleine linke Herz zu umgehen und das rechte Herz zum linken zu machen. Da damit die rechte Kammer in ihrer Funktion ausfällt, das sauerstoffarme Blut in die Lungen zu pumpen, werden die obere und untere Hohlvene direkt mit den Lungenarterien verbunden. Der Blutfluss in die Lunge erfolgt somit passiv. Dieser Operationsteil wird als Fontan-Operation, eine Modifikation als Glenn-Operation bezeichnet.

Der Vorteil dieser Drei-Phasen-Operation (»Norwood-Operation«) ist, dass man sie fast überall durchführen kann. Der Nachteil sind drei Eingriffe und die Tatsache, dass nur ein Herz mit einer einzigen Kammer entsteht.

Deswegen wurde auch versucht, diese Missbildung mit einer Transplantation im Baby-Alter zu behandeln. Unglücklicherweise sterben aber 25 % der kleinen Patienten, während sie auf ein Spenderherz warten.

Es ist momentan nicht klar, welcher Zugang langfristig der beste sein wird, derzeit sind in den führenden Zentren ca. 60 % der Patienten mit einer der beiden Methoden nach zehn Jahren noch am Leben.

Wenn das Herz Hilfe braucht ...

Erste-Hilfe-Maßnahmen im Notfall

»An einer ausbleibenden Wiederbelebung sterben weitaus mehr Menschen als durch eine falsche Wiederbelebung!«
Nicht nur Angehörige von Herzpatienten können in eine Situation kommen, einen Menschen nach Herz-Kreislauf-Stillstand wieder beleben zu müssen. Diese Notfallsituation kann jederzeit und überall eintreten, sodass zufällig Anwesende erste Maßnahmen ergreifen müssen. Sie sind die ersten Helfer und der entscheidende Teil einer Rettungskette, die nach Herz-Kreislauf-Stillstand geschlossen werden muss, um Leben zu retten.
Nach der übereinstimmenden Beurteilung medizinischer Experten könnten durch sachgemäße und gezielte sofortige Einleitung von Wiederbelebungsmaßnahmen und der notwendigen Folgebehandlung 10 bis 20 % der akut Erkrankten des Herz-Kreislauf-Systems vor dem Tode gerettet werden. In den USA wissen 40 % der Menschen, was bei akutem Herzstillstand zu tun ist, in Deutschland und Österreich nur 5 %.
Um in Notfallsituationen angemessen und richtig reagieren zu können, sollten Sie gut vorbereitet sein. Besonders wichtig ist, die Maßnahmen der Ersten-Hilfe-Leistung praktisch zu üben. Machen Sie deshalb einen Erste-Hilfe-Kurs und wiederholen und überprüfen Sie Ihre theoretischen sowie praktischen Kenntnisse regelmäßig.
Die folgenden Ratschläge sind die wesentlichen Erste-Hilfe-Maßnahmen. Diese sollen Ihr Wissen auffrischen. Diese Ratschläge sind aber nicht als Nachschlagehilfe im Notfall gedacht.
Wenn Sie im Notfall erst nachlesen müssten, was zu tun ist, könnte es für den Verunglückten schon zu spät sein.

Wenn Eile geboten ist ...

Die wichtigen ersten vier bis fünf Minuten

Alle Erkrankungen des Herzens können plötzlich und unvorhergesehen zu einem Versagen der Herz-Kreislauf-Funktion führen. Ein solches Versagen stellt für den Patienten eine akute Lebensgefahr dar, weil alle Organe und Gewebe des Körpers nicht mehr ausreichend mit sauerstoffreichem Blut durchströmt werden. Der gesamte Organismus erleidet akut einen hochgradigen Sauerstoffmangel.
Die Zeitspanne, vom Beginn eines Kreislaufstillstandes an gerechnet, während der

das Gehirn durch den damit verbundenen Sauerstoffmangel bleibend und unheilbar geschädigt wird, beträgt bei normaler Körpertemperatur maximal vier Minuten. Diese Zeitspanne von vier Minuten entscheidet über den Sinn, das Ziel und die Erfolgschancen jeder Wiederbelebung.
Das Gehirn reagiert wie die anderen Organe auf den Sauerstoffmangel mit einem Ausfall seiner Funktion. Die Folgen: Der Patient wird bewusstlos, die Steuerung der Atmung durch das Atemzentrum im Gehirn fällt aus. Zu dem Stillstand der Kreislauffunktion kommt ein Stillstand der Atemfunktion. Der Patient ist klinisch tot.
Mit jeder Minute nach dem Eintreten des »klinischen Todes« nimmt die Wiederbelebungschance bis zur vierten Minute um ca. 15 bis 20 % pro Minute ab. Nach fünf Minuten ist die Wiederbelebung wegen der Hirnschädigung in der Regel nicht mehr erfolgreich möglich.

Jeder kann erste Hilfe leisten. Der Ersthelfer ist der wichtigste Vorarbeiter des Notarztes und des Krankenhausarztes zur Rettung des Patienten. Der Ersthelfer und nicht der Arzt entscheidet in vielen Fällen über das Überleben des Patienten. Wichtig ist: Der Ersthelfer muss sofort die akute Lebensgefahr erkennen. Seine Hilfe steht immer an erster Stelle. Erst später wird der Arzt die Diagnose der Herzkrankheit stellen und die Ursache des Kreislaufstillstandes klären und behandeln.
Herz-Lungen-Wiederbelebung kann man lernen. Wenige Stunden Einweisung und praktischer Übungen unter Anleitung anerkannter Ausbilder reichen aus, sich Wissen und praktisches Können für ein fachgerechtes Handeln anzueignen. Am besten wäre es, alle drei Jahre einen kurzen »Auffrischungskurs« zu besuchen.

Rettungskette

Die optimale Versorgung eines Notfallpatienten erfordert ein koordiniertes Handeln der verschiedenen an der Rettung beteiligten Personen bzw. Institutionen. Hierfür wird der Begriff Rettungskette verwendet.
Am Anfang der Rettungskette steht eine korrekte Notfallmeldung und die Erste-Hilfe-Leistung, am Ende die medizinische Versorgung und Behandlung in einer Klinik. Im Notfall kommt es also darauf an, dass alle Beteiligten die ihnen zugedachte Aufgabe erfüllen, denn eine Kette ist nur so stark wie ihr schwächstes Glied.

Erstes Glied
Rasches Einsetzen von Behandlung und Hilfe. Das bedeutet Erkennen der Symptome und Benachrichtigen von Rettungsunternehmen.

Zweites Glied
Fachgemäße und rasche Anwendung von Wiederbelebungsmaßnahmen, bis ein Notarzt eingetroffen ist.
Drittes Glied
Frühe Defibrillation, das heißt: das frühe Einsetzen von Elektroschocks bei Herzflimmern.
Viertes Glied
Frühe Verabreichung von Medikamenten und Sauerstoff durch Rettung und Notarzt.

Wichtige Punkte bei der Wiederbelebung
Der Herztod ist in den Zivilisationsländern die häufigste Todesursache. Aber. Bis zu 40 % könnten den »Herztod« überleben.
Allein in Österreich sterben jährlich mehr als 40 000 Menschen an Krankheiten des Herz-Kreislauf-Systems. Statistiken weisen aus, dass 67 % der Anfälle zu Hause und 14 % in der Öffentlichkeit eintreten.
In mehr als zwei Drittel der Fälle ist mindestens eine zweite Person anwesend. Studien in Deutschland und den USA haben gezeigt, dass bis zu 40 % der Herztoten durch eine rasche Akuthilfe eines geschulten Mitmenschen eine reale Überlebenschance gehabt hätten.
Neue Untersuchungen haben ergeben, dass 90 % aller Kreislaufstillstände (nicht tastbarer Puls) mit Kammerflimmern (unkontrolliertes Zusammenziehen des Herzmuskels) einhergehen. Elektroschocks (Defibrillation) heben diesen Zustand unter Umständen auf. In den ersten zehn Minuten sind die Erfolgschancen am größten. Aus diesem Grund muss bei Bewusstlosigkeit umgehend ärztliche – mit einem Elektroschock-Gerät ausgestattete – Versorgung angefordert werden.

Schemata der ersten Hilfe
Da es in den vielfältigen Situationen der ersten Hilfe und des Rettungsdienstes neben den allgemeinen, erlernbaren Fertigkeiten, keine Möglichkeit gibt Patentrezepte zu schaffen, wurden Hilfsmittel erdacht.
Die Schemata der ersten Hilfe sollen helfen, nach der Beurteilung der Lage die in dieser Situation wichtigsten Schritte einzuleiten.

- *Schema Zuerst-Danach-Zuletzt*

Zuerst
Bewusstsein
Atmung
Herztätigkeit
Ausnahmen: Lebensbedrohliche Blutungen, Verbrennungen, Verätzungen

Danach
Ganzkörper-Check
Kreislaufüberwachung
Schockbekämpfung

Zuletzt
Wundversorgung
Knochenbrüche behandeln
andere Verletzungen versorgen

- *ABC–Regel*

A = Airway (Luftwege frei machen)
Stellen Sie die Bewusstlosigkeit fest (der Patient reagiert nicht oder ist nicht ansprechbar). Wenn das der Fall ist, rufen Sie die Rettung an. Drehen Sie den Patienten auf den Rücken und öffnen Sie die Luftwege, indem Sie den »Kopf-neigen-Kinn-heben-Griff« anwenden.
Kontrollieren Sie die Atmung (Schauen, Hören, Fühlen).
Wenn das Opfer nicht reagiert, aber atmet und keine Anzeichen einer Verletzung zeigt, lagern Sie es in einer angenehmen Lage.
B = Breathing (Atmung wiederherstellen)
Wenn der Patient nicht atmet, beginnen Sie mit der Wiederbelebungsbeatmung. 2 langsame Atemzüge in den Mund des Wiederbelebenden (Nase zuhalten).
Falls die Atemwege verlegt sind, positionieren Sie den Kopf neu und versuchen Sie abermals zu beatmen.
Wenn die Atemwege noch immer blockiert sind, machen Sie das »Heimlich-Manöver«: Das Opfer wird von hinten mit beiden Händen unter dem Brustbein im Oberbauch gefasst. Hierauf wird ruckartig mit den Händen der Bauch nach innen gedrückt.
C = Circulation (Kreislauf wiederherstellen)
Prüfen Sie den Puls an der Halsschlagader. Wenn das Opfer keinen Puls hat, beginnen Sie mit der Herzmassage. Pressen Sie das Brustbein im unteren Bereich fest nach innen. Führen Sie 15 Massagen durch (ca. 80–100 pro Minute Frequenz), lassen Sie dann wieder zwei Atemzüge folgen.
Nach 4 Zyklen prüfen Sie wieder den Puls. Falls nach wie vor kein Puls vorhanden ist, fahren Sie mit den Massagen fort.
Fahren Sie so lange fort, bis der Patient wieder atmet und ein Puls zu fühlen ist oder bis die Rettung oder der Notarztwagen eintreffen und das Rettungsteam die weitere Wiederbelebung übernimmt.

- *BAP–Regel*

Überprüfen von
Bewusstsein
Atmung
Puls

Ablauf der Wiederbelebung

- *Rettungsruf*

Beim Rettungsruf bereiten Sie sich geistig auf folgende Fragen vor und haben Sie die Antworten bereit:
»Was ist passiert, welcher Notfall liegt vor?«
»Was passiert im Moment?«
»Welche Symptome/Verletzungen weist der Patient auf?«
»Wo befindet sich der Patient? Wo befindet sich der Notfallort?«
»Wer meldet den Notfall?«
»Wie viel Patienten/Verletzte gibt es?«
»Von welchem Apparat, mit welcher Nummer rufen Sie an?«
»Wie sind Sie erreichbar?«
Ihre exakte Notfallmeldung ist besonders wichtig, da die Rettungsleitstelle nach deren Inhalt das geeignete Rettungsmittel (Rettungswagen, Notarzt, Hubschrauber, Feuerwehr) auswählt und einsetzt. Je genauer die Angaben zum Unfallort sind, desto schneller kann reagiert werden.

Beim Basischeck müssen die so genannten Vitalfunktionen Bewusstsein, Atmung und Kreislauf überprüft werden. In einer Notfallsituation sollten Sie sich rasch einen Überblick über das Ausmaß der Gefährdungen und Verletzungen des Betroffenen verschaffen.

- *Kontrolle des Bewusstsein*

Sprechen Sie die Person laut an!
Reagiert die Person nicht auf direktes Ansprechen, so rütteln oder kneifen Sie den Patienten. Bleiben jegliche Reaktionen aus, ist der Betroffene bewusstlos!
Fahren Sie mit der Kontrolle der Atmung fort.

- *Kontrolle der Atmung*

Knien Sie sich neben den Kopf des Patienten, fassen Sie mit einer Hand sein Kinn und heben es nach oben. Die andere Hand liegt auf der Stirn. *Überstrecken* Sie nun den Kopf des Opfers.
Ihren eigenen Kopf halten Sie mit Ohr und Wange nahe über den Mund des

Betroffenen und blicken auf seinen Brustkorb.
Sehen Sie, ob sich der Brustkorb hebt und senkt?
Hören Sie ein Atemgeräusch?
Spüren Sie mit Ihrer Wange einen Lufthauch aus dem Mund bzw. der Nase des Patienten?
Stellen Sie keine Anzeichen einer Atemtätigkeit fest, inspizieren Sie die Mundhöhle und entfernen Sie eventuell Erbrochenes, Zahnprothesen oder andere Fremdkörper. Geben Sie dann zwei Atemspenden!
Bleibt die Atmung dennoch aus, dann muss der Patient weiterhin regelmäßig beatmet werden. Kontrollieren Sie zudem sofort den Puls an der Halsschlagader, denn häufig liegt bei einem Atem- auch ein Herz-Kreislauf-Stillstand vor.

- *Kontrolle des Kreislaufs*

Sie können den Puls prinzipiell am Handgelenk oder an der Halsschlagader prüfen. Nachdem das Gehirn auf Grund seiner wichtigen Funktionen vorrangig durchblutet wird, ist an der Halsschlagader auch dann noch ein Puls zu spüren, wenn am Handgelenk schon keine Kreislauftätigkeit mehr nachweisbar ist.
Die Halsschlagader ertasten Sie seitlich mit zwei Fingern am Kehlkopf. Lassen Sie die Finger leicht nach außen und oben rutschen, bis diese sich in der seitlichen Halsgrube befinden. Ist dort kein Puls zu spüren, kontrollieren Sie auf der Gegenseite! Bitte drücken Sie nicht gleichzeitig auf beide Halsschlagadern, da es dabei zu Kreislaufstörungen kommen kann.
Stellen Sie keinen Puls fest, beginnen Sie sofort mit der Herz-Lungen-Wiederbelebung!

Haben Sie sich anhand des Basischecks einen ersten Überblick verschafft, müssen weitere Maßnahmen ergriffen werden.

Liegt Bewusstlosigkeit vor?
Wenn *Ja* :
Überprüfen Sie die Atmung!
Wenn *Nein*:
Untersuchen Sie den Patienten auf Verletzungen, versorgen Sie gegebenenfalls Wunden, Blutungen und Knochenbrüche.
Veranlassen Sie einen Notruf.
Wiederholen Sie den Basischeck regelmäßig, wenn der Patient bewusstlos wird!
Sorgen Sie für die richtige Lagerung des Patienten, z. B. Schocklage: Hierzu legen Sie den Oberkörper flach auf den Boden. Die Beine werden schräg nach oben gelagert, indem ein Gegenstand (Stuhl, viele Kissen o. Ä.) unter die Beine geschoben wird.
Vermeiden Sie das Auskühlen des Betroffenen, indem Sie ihn zudecken.

Beachten Sie grundsätzlich:
Die Schocklage darf bei Bewusstlosen und Wirbelsäulenverletzten nicht angewendet werden.
Bewusstlose mit ausreichender Eigenatmung in die stabile Seitenlage versetzen und die Beine hoch lagern. Bei fehlender Atmung beatmen in Rückenlage.

Liegt ein Atem-Kreislauf-Stillstand vor?
Wenn *Ja*:
Beginnen Sie mit der Herz-Lungen-Wiederbelebung!
Wenn *Nein*:
Untersuchen Sie den Patienten auf Verletzungen, versorgen Sie gegebenenfalls Wunden, Blutungen und Knochenbrüche.
Bringen Sie den Patienten in die stabile Seitenlage!
Veranlassen Sie einen Notruf.
Wiederholen Sie den Basischeck regelmäßig!
Belassen Sie den Patienten dabei in der stabilen Seitenlage.
Schützen Sie den Patienten vor Auskühlung.

Erstickungsgefahr – Wenn der Puls noch vorhanden ist, aber der Atem zu verschwinden droht
Ersticken im weitesten Sinne ist der Tod durch Sauerstoffmangel. Hier soll es um das Ersticken durch Einatmung von Fremdkörpern oder körpereigenem Material (Blut, Erbrochenes) gehen.
Besonders gefährdet für das Einatmen (Aspiration) von Fremdkörpern sind Kleinkinder zwischen dem ersten und dritten Lebensjahr, die beim Spielen kleinere Spielzeuggegenstände oder Nahrungsmittel, wie z. B. Erdnüsse, in die Luftröhre einsaugen können. Das Einatmen von Erbrochenem oder Blut kommt bei Bewusstseinsgetrübten vor.
Woran können Sie die Erstickungsgefahr durch eingeatmete Gegenstände erkennen?
Plötzlich einsetzende Luftnot in einer entsprechenden Situation (z. B. spielende Kinder); blauviolette Gesichtsfärbung, eventuell pfeifendes Atemgeräusch oder Husten.
Da sich in den oberen Atemwegen ein Fremdkörper festgesetzt haben kann, untersuchen Sie deshalb die Mundhöhle und den Rachen auf lose Fremdkörper oder Erbrochenes. Entleeren sie gegebenenfalls die oberen Atemwege durch Wenden des Oberkörpers auf die Seite und Ausräumen der Mundhöhle mit den Fingern.
Bei Kindern können Sie zwischen die Schulterblätter schlagen. Durch den auf diese Weise ausgelösten Hustenreiz sollte es zum Aushusten des Fremdkörpers kommen!
Bei Erfolglosigkeit der Maßnahmen wenden Sie den Heimlich-Handgriff an!

Der Heimlich-Handgriff

Beim stehenden Patienten: Umfassen Sie den Patienten von hinten in Höhe des Oberbauches und drücken Sie mit beiden zur Faust geballten Händen ruckartig kräftig zu. Die Unterarme schließen sich unterhalb des Rippenbogens, die Hände drücken in die Magengrube.
Beim liegenden Patienten: Drücken Sie mit einem Handballen ruckartig auf den Oberbauch des Patienten.
Durch die bei diesem Manöver beabsichtigte plötzliche Druckerhöhung im Brustkorb soll der Fremdkörper herausgedrückt werden.
Holen Sie bzw. lassen Sie spätestens jetzt Hilfe holen. Sorgen Sie jedoch für die weitere Beatmung, bis die Person wieder selbstständig atmet oder der Notarzt den Patienten übernimmt.

Atem-Kreislauf-Stillstand – Wenn weder Atem noch Puls vorhanden sind

- Atemspende

Beatmen Sie sofort zweimalig mit dem Mund zur Nase.

- Herzdruckmassage

Suchen Sie den Druckpunkt zwischen den Brustwarzen zentral auf dem Brustbein und drücken sie dieses etwa drei bis fünf Zentimeter nach unten.
Setzen Sie die Maßnahmen so lange fort, bis der Notarzt übernimmt oder bis der Patient wieder einen Puls und eine selbstständige Atmung hat.

- Lagerung

Wenn die bewusstlose Person wieder einen Puls und Atem zeigt, legt man sie vorsichtig in die stabile Seitenlage, sodass sie nicht an eigenem Schleim oder Erbrochenem ersticken kann bzw. die Atmung durch den nach hinten fallenden Zungengrund behindert werden kann.

- Überwachung

Überwachen Sie nach der erfolgreichen Wiederbelebung des Patienten den Puls und den Atem, bis der Notarzt übernimmt.
Wichtig: Wenn der Patient wieder belebt worden ist und sein Bewusstsein wiedererlangt hat, kann er unter einem Schock stehen. Beruhigen Sie ihn durch Zureden und erzählen Sie ihm, was geschehen ist, bis der Notarzt übernimmt.

Mund-zu-Nase-Beatmung

Als Helfer knien Sie seitlich vom Kopf des Notfallpatienten, Beatmungsfolie oder eventuell Taschentuch über Mund oder Nase des Patienten legen. Mit der einen Hand überstrecken Sie den Kopf, d. h. beugen Sie den Kopf des Patienten vorsichtig in den Nacken, mit der anderen verschließen Sie dessen Mund und halten Sie den Unterkiefer, sodass keine Luft entweichen kann. Umfassen Sie nun mit Ihren Lippen dessen Nase und beatmen ihn. Erwachsene werden ca. 12-mal in der Minute beatmet, Kinder je nach Körpergewicht bis zu 40-mal.

Mund-zu-Mund-Beatmung

Als Helfer knien Sie seitlich vom Kopf des Notfallpatienten, mit der einen Hand überstrecken Sie den Kopf, d. h. Sie beugen den Kopf des Patienten vorsichtig in den Nacken, mit der anderen Hand verschließen Sie mit Daumen und Zeigefinger die Nase. Umfassen Sie nun mit Ihren Lippen dessen Lippen und beatmen ihn bei dessen leicht geöffnetem Mund.

Erwachsene werden ca. 12-mal in der Minute beatmet, Kinder je nach Körpergewicht bis zu 40-mal.

Der Helfer hebt nach der Beatmung seinen Kopf ab und beobachtet das Ausströmen der Luft aus der Lunge des Notfallpatienten durch dessen Bewegungen von Brustkorb und Bauch.

Herzdruckmassage

Legen Sie den Patienten auf eine harte, unnachgiebige Unterlage.

Als Helfer knien Sie seitlich vom Notfallpatienten. Platzieren Sie Ihren Handballen etwa zwei Finger breit oberhalb des unteren Endes des Brustbeines (Schwertfortsatz), ohne mit den Fingern den Brustkorb zu berühren. Legen Sie Ihren anderen Handballen darüber und drücken Sie das Brustbein in rhythmischen Bewegungen (Be- und Entlastung des Brustkorbes sollen gleich lang sein) gleichmäßig drei bis fünf Zentimeter Richtung Wirbelsäule. Die Handballen dürfen dabei nicht abgehoben werden.

Bei Erwachsenen massiert man ca. 100-mal in der Minute. Bei Kindern ist dieser Rhythmus schneller (ca. 140-mal/min).

Herz-Lungen-Wiederbelebung

- Zweihelfer-Methode

Sorgen Sie wenn möglich dafür, dass Ihnen jemand hilft.

Starten Sie mit fünfmal Drücken auf das Brustbein, dann lassen Sie von Ihrem Helfer eine Atemspende geben, danach drücken Sie wieder fünfmal usw. Daraus ergibt sich ein Rhythmus von fünf Kompressionen des Brustkorbes und einer Atemspende.

- Einhelfer-Methode

Wenn Sie alleine sind, soll dieser Rhythmus 15 Kompressionen des Brustkorbes und zwei Atemspenden betragen. Dabei übernehmen sie die Herzdruckmassage und die Atemspende hintereinander.

Transport

Die Rettung eines Verletzten ist manchmal äußerst schwierig und gefährlich. Achten Sie darauf, sich nicht selbst zu gefährden. Unter Umständen muss die Rettung den professionellen Helfern überlassen werden. Ist das Risiko zur Rettung des Verunglückten vertretbar, kann der Rautek-Griff angewendet werden, um den Verletzten aus dem Gefahrenbereich zu bringen.

Rautek-Griff
Bringen Sie den Patienten in Rückenlage. Treten Sie hinter den Kopf des Patienten und umgreifen Sie seinen Nacken. Stützen Sie mit Ihren Unterarmen den Kopf ab. Gehen Sie dabei so schonend wie möglich vor und vermeiden Sie unnötige Bewegungen der Halswirbelsäule.
Richten Sie den Oberkörper des Verunglückten auf und stützen Sie ihn mit Ihren Knien ab.
Legen Sie einen Unterarm des Verletzten vor seinen Bauch, gehen Sie dann in die Knie und fassen Sie von hinten den angewinkelten Arm.
Verlagern Sie nun Ihr Gewicht nach hinten und richten sich auf. Ziehen Sie dabei den Verletzten auf Ihre Oberschenkel. Jetzt können Sie ihn vorsichtig aus dem Gefahrenbereich bringen.

Achtung!
Bei Verdacht auf eine Wirbelsäulenverletzung sollte der Verletzte nur bewegt werden, wenn er sich in unmittelbarer Lebensgefahr befindet und keine weiteren Helfer zur Verfügung stehen. Ist der Verletzte bei Bewusstsein, warten Sie das Eintreffen des Rettungsdienstes ab.

Lagerung
Bei Bewusstlosigkeit besteht auf Grund der erschlafften Muskulatur und fehlenden Schutzreflexe (Husten- und Würgereflex) die Gefahr einer Verlegung der Atemwege. Verursacht werden kann dies durch eingeatmete Fremdkörper (Essensreste, Erbrochenes, Zahnprothese o. Ä.) bzw. durch die zurückfallende Zunge. Um ein mögliches Verlegen der Atemwege zu verhindern, muss der Bewusstlose deshalb in die stabile Seitenlage gebracht werden, indem Sie neben dem liegenden Patienten knien oder stehen und dessen eine Hüfte etwas anheben.
Dann schieben Sie den Arm des Patienten so weit wie möglich unter die angehobene Hüfte, das Bein der gleichen Seite winkeln Sie an.
Fassen Sie den Bewusstlosen an Schulter und Hüfte der Gegenseite und ziehen Sie ihn zu sich herum, indem Sie das angewinkelte Bein gegen sich kippen.
Legen Sie den unteren Arm etwas zurück, sodass er den Patienten zusätzlich stabilisiert. Den Kopf des Patienten beugen Sie nackenwärts, die Hand des oben liegenden Armes schieben Sie unter das Gesicht.

Achtung!

Bewusstlose ohne ausreichende eigene Atmung oder Wirbelsäulenverletzte dürfen nicht in stabiler Seitenlage gelagert werden!
Beim Bewusstlosen in stabiler Seitenlage müssen Sie ständig Atmung und Puls kontrollieren (Basischeck).
Kommt es zu Atem- und Herzstillstand, müssen Sie ihn auf den Rücken lagern und die Herz-Lungen-Wiederbelebung beginnen!

Wichtig: All diese Maßnahmen können nur dann erfolgreich angewandt werden, wenn sie vorher regelmäßig geübt worden sind.

Wenn sich das Herz erholt ...

Rehabilitation nach einer Herzoperation

Nach einer PTCA oder Stentimplantation Nach der Untersuchung bzw. Dilatation im Krankenhaus

Die gesetzten Katheter werden unmittelbar nach der Untersuchung in einem Nebenraum entfernt. Um eine Blutung aus den Punktionslöchern der Gefäße zu verhindern, wird die Einstichstelle zunächst 10–20 Minuten per Hand komprimiert. Es gibt zwar auch Geräte, die man dafür einsetzt, aber für gewöhnlich wird mit der Hand zugedrückt. Dieses Abdrücken ist nur in Extremfällen mitunter zeitintensiv (3–4 Stunden). Bei dieser Gelegenheit kann oft mit dem Patienten schon der Befund der Katheteruntersuchung erläutert und die weitere Behandlung besprochen werden. Dann wird die Punktionsstelle (in der Leiste oder in der Ellenbeuge) mit einem festen Druckverband oder Sandsack versorgt, der (je nach Katheterdurchmesser und Blutungsrisiko) 8–24 Stunden angelegt bleiben muss. In diesem Zeitraum soll die entsprechende Körperregion ruhig und gestreckt gehalten werden. Nach Untersuchungen von der Leiste ist also eine entsprechend lange Bettruhe in flacher Rückenlage erforderlich, während der Sie bei Bedarf die Bettflasche oder -pfanne benutzen müssen.
Nach Entfernung des Druckverbandes sollten Sie bis zum vollständigen Verschluss der Einstichstelle (etwa weitere drei Tage) extreme Belastungen und besonders Beugung der betroffenen Körperregion vermeiden und die Punktionsstelle zum Duschen mit einem wasserfesten Pflaster abdecken. Ansonsten können Sie in der Regel wieder Ihren gewohnten Beschäftigungen nachgehen.
Alternativ dazu gibt es zwei Methoden, die Blutung zu stillen. Beide Verfahren erfolgen gleich auf dem OP-Tisch. Erstens kann die Stelle genäht werden, und zwar in der Tiefe der Punktionsstelle. Zweitens kann eine Art »Gewebestöpsel« auf das Gefäß aufgeschoben werden. Dieser Pfropfen wird sofort hart und wandelt sich allmählich in Bindegewebe um, bis er gänzlich verschwindet. Diese Methode wird bereits in etwa 50 % der Fälle praktiziert. Der Patient kann bei jeder dieser Alternativmethoden noch am selben Tag wieder aufstehen.

Nach der Entlassung aus dem Krankenhaus

Beim Stentimplantat kann sich die betroffene Stelle innerhalb von 4 Wochen akut wieder verschließen. Um dieses Risiko zu minimieren, werden gerinnungshem-

mende Medikamente eingenommen. Damit wird das Akutverschlussrisiko auf unter ein Prozent, also in den Promillebereich gesenkt. Der Patient sollte in den ersten vier Wochen nicht verreisen, um bei einem Notfall rasch zum behandelnden Arzt zu gelangen.
Nach dieser Zeit besteht das Risiko einer chronischen Wiederverengung (Re-Stenose). Dieselben Beschwerden wie vorher beginnen sich etappenweise bemerkbar zu machen. In diesem Fall kann eine erneute Operation notwendig werden.
In den ersten Wochen sollte der Patient sich normal bewegen und Belastungen wie Extremsport und Ähnliches vermeiden. Nach diesem Zeitraum kann und soll er auch wieder Sportarten mit Schwerpunkt Ausdauer wie Radfahren, Schwimmen, Wandern etc. ausüben.

Nach einer Herzoperation

Sie werden auf der Intensivstation aufwachen und eventuell durcheinander sein. Auf der Intensivstation herrscht meist reges Treiben, Geräusche, Piepsen, Alarme, Geräte, viele Pflegepersonen und Ärzte. Die Lichter sind immer an, was dazu führen kann, dass man die zeitliche Orientierung leicht verliert. Zunächst haben Sie noch den Beatmungsschlauch in Mund und Luftröhre. Wenn Sie wieder selbstständig atmen können, wird dieser Schlauch entfernt, doch werden Sie noch Schmerzen im Rachen verspüren.
Um Ihre Körperfunktionen ständig kontrollieren zu können, werden Sie noch an andere Maschinen mit Schläuchen und Kabeln, die Schmerzen verursachen können, angeschlossen sein.
Nach ungefähr ein bis zwei Tagen auf der Intensivüberwachungsstation erfolgt die Überstellung in eine chirurgische Überwachungsstation, in der eine ruhigere Atmosphäre herrscht, und auch die Schläuche und Instrumente werden weniger.
Gegen Schmerzen können Sie jederzeit Medikamente haben. Langsam dürfen Sie auch wieder selbstständig Nahrung und Flüssigkeit zu sich nehmen. Sie müssen regelmäßig Atem- und Muskelgymnastik machen, um Flüssigkeit aus Ihren Lungen zu bekommen, um die Lungen vollständig auszudehnen und um Ihre Arme und Beine besser zu durchbluten.
Wenn Sie auf dem Wege der Besserung sind, werden Sie in ein »Intermediate-Care«-Zimmer verlegt. Dort wird im Wesentlichen nur noch Ihr Herzschlag kontrolliert.
Ab dem Zeitpunkt, an dem keine spezielle Kontrolle mehr notwendig ist, steht die Verlegung in die normale Pflegestation an. Hier finden Sie wieder den gewohnten Tages- und Nacht-Rhythmus vor. Eine grundsätzliche Änderung besteht auch darin, dass nicht mehr während des ganzen Tages ein Pfleger oder eine Schwester bei

Ihnen ist. Sie können wieder normal essen, erhalten Ihre eigene Diät und müssen aufstehen, auch dann wenn Sie sich müde fühlen. Für Ihre Genesung ist es wichtig, dass Sie sich nun wieder bewegen.
Sie sollten allerdings nicht zu sehr ermüden. Ersuchen Sie deshalb Ihren Partner, eventuell Ihre Kinder darauf zu achten, dass nicht mehr als zwei Besucher zur gleichen Zeit um Ihr Bett stehen.
Ein Chirurg wird Sie jeden Tag besuchen. Wenn Sie Fragen zur medizinischen Versorgung haben, können Sie sich an ihn wenden.
Bereits am ersten Tag nach der Operation kommt ein Physiotherapeut zu Ihnen auf die Intensivstation. Das erste vordringliche Ziel dieser Behandlung ist, die Atmung wieder so gut wie möglich in Gang zu bekommen. Wenn Sie nicht mehr beatmet werden, müssen Sie selbst den Schleim abhusten. Ihre Lungen werden auch durch ein richtiges und vor allem tiefes Ein- und Ausatmen wieder trainiert. Das Funktionieren Ihrer Lungen ist ausschlaggebendes Kriterium dafür, ob Sie wieder auf die Pflegestation verlegt werden können.
Auf der Pflegestation wird das Übungsprogramm umfangreicher. Nach den ersten bereits erwähnten Atmungsübungen kommen ständig weitere Körperbewegungen hinzu: Sie beginnen wieder erste Schritte im Zimmer zu machen, danach werden Sie Ihre Ausflüge auf die komplette Station ausweiten und später das Treppensteigen üben. Sobald Sie dazu in der Lage sind, wird die Physiotherapie in einem Übungsraum, eventuell zusammen mit anderen Patienten, fortgesetzt. Der Physiotherapeut widmet seine Aufmerksamkeit insbesondere der Atmung und Haltung, der Beweglichkeit der Gelenke und Ihrer Ausdauer.
Durch die Physiotherapie entdecken Sie, was Sie selbst können, und steigern dadurch Ihr Selbstvertrauen.
Bei der Entlassung von der herzchirurgischen Abteilung gibt es zwei Möglichkeiten:

- Vom Krankenhaus werden Sie an den überweisenden Arzt oder das überweisende Spital zurücküberwiesen. Dort wird Ihre Behandlung fortgesetzt.
- Sie werden nach Hause entlassen und werden dort von Ihrer Familie, Bekannten oder Freunden betreut.

Wenn Sie aus dem Krankenhaus nach Hause oder direkt in eine Rehabilitations-Einrichtung entlassen werden, können Sie sich noch ziemlich schwach fühlen. Ein gesunder junger Erwachsener, der eine Woche lang im Bett liegt, verliert hierbei 15 % seiner Muskelkraft. Der Einstieg in den normalen Tagesablauf wird Ihnen klarerweise schwer fallen, vielleicht oft schwerer als erhofft. Auch der Heilungsprozess verzehrt zusätzlich Kräfte und Energien. 3–4 Wochen nach der Operation wird sich langsam das Gefühl breit machen, dass sich alles wieder normalisiert.
Körperliche Belastungen und leichter Ausdauersport können viel dazu beitragen, dass Sie wieder kräftiger werden. Speziell einfache Spaziergänge tun Patienten gut, die eine Herzklappen-Operation hinter sich haben. Sie sollten dabei zunächst

mit kurzen Spaziergängen beginnen und langsam und gemütlich gehen. Dauer und Geschwindigkeit können Sie dann nach eigenem Ermessen immer weiter steigern. Übertreiben Sie jedoch nicht, falscher Ehrgeiz ist hier fehl am Platz.

Falls Depressionen Sie bedrücken, Sie Ängste oder Sorgen haben, sprechen Sie mit Ihrem Ehepartner, mit Ihren Kindern und Freunden, mit Ihrem Hausarzt oder Kardiologen darüber. Körperliche Tätigkeiten z. B. im Garten arbeiten, Spaziergänge usw. können hier übrigens viel dazu beitragen, negative Gedanken zu vertreiben und Ihnen wieder ein positives Lebensgefühl zu vermitteln. Vergraben Sie sich nicht in Ihren vier Wänden!

Viele Patienten werden ängstlich, ungeduldig, wütend, fühlen ihre Stimmungslage verändert, fühlen, dass alles zu langsam geht, fühlen sich einfach anders, gehen mit ihren Angehörigen anders um als gewohnt. Beunruhigen Sie sich nicht, dies vergeht nach einigen Wochen, wenn Sie erst wieder ein normales Leben führen.

Es ist wichtig, die täglichen Aktivitäten regelmäßig zu erledigen. Am Anfang ist das möglicherweise ein wenig schwierig. Sie sind schnell müde und Sie schlafen schlecht.

Die Rehabilitation zielt darauf ab, Sie wieder genauso stark zu machen wie vor der Krankheit. Das ist nicht immer einfach. Es kommt auch schon mal vor, dass Sie die gut gemeinte Aufmerksamkeit Ihrer Umgebung als zu große Einschränkung empfinden. Andererseits können Ihnen andere das Gefühl vermitteln, zu wenig Verständnis für Sie zu haben, wenn sie Sie zum Beispiel anspornen, tapfer zu sein und Ihre alte Arbeit wieder aufzunehmen.

Fragen und Probleme, die immer wieder auftauchen

Wundschmerz oder Angina Pectoris?

Nach erfolgreicher Bypassoperation sollten die Angina-Pectoris-Schmerzen verschwinden. Trotzdem wird durch die Wundfläche ein unangenehmes Druck- oder Schmerzgefühl im Brustbereich zu spüren sein, jedoch nicht länger als 48 bis 72 Stunden. Manche Patienten sind sehr bald nach der Operation wieder voller Energien, andere sind längere Zeit ausgelaugt und müde.

Unangenehmes Stolpern in Ihrer Brust in der ersten Zeit nach der Operation ist normal, es sollte jedoch in den ersten Wochen nach der Operation wieder verschwunden sein.

Appetitlosigkeit

Es dauert oft einige Wochen, bis der übliche Appetit wiederkehrt. Bei vielen Patienten kommt es zu Störungen beim Geschmackssinn. Diese sind jedoch nur von kurzer Dauer. Einige Patienten klagen auch über Übelkeit beim Geruch von Essen.

Schwellungen
Schwellungen im Bereich der Beine, vor allem wenn Ihnen hier eine Vene entnommen wurde, sind sehr häufig und können einige Wochen anhalten.
Oft steigt das Körpergewicht beträchtlich (bis zu 10 Kilogramm). Es wird während der Operation Wasser im Gewebe eingelagert, das in den ersten Tagen nach der Operation ausgeschieden wird. Dazu werden sie vermehrt entwässernde Medikamente erhalten.

Schlafprobleme
Schlafprobleme sind übliche Reaktionen auf die Operation, es kann zu Schwierigkeiten beim Einschlafen kommen, aber auch Phasen des Wachseins mitten in der Nacht geben. Diese Probleme werden wieder verschwinden, falls Sie diese nicht schon vor der Operation hatten. Manchmal hilft es, wenn Sie für einige Zeit eine Schmerztablette vor dem Einschlafen einnehmen.

Verdauungsprobleme
Probleme mit der Verdauung zu haben ist normal. Abhilfe können für einen kurzen Zeitraum leichte Abführmittel sein. Oder Sie fügen mehr Früchte, ballaststoffreiches Nahrungsmittel und Fruchtsäfte Ihrem Speiseplan hinzu.

Depressionen, Verwirrtheit
Stimmungsschwankungen oder Depressionen zu haben ist häufig. Es können auch Verwirrtheitszustände auftreten, die Sie oder Ihre Familie stören oder beunruhigen. Unter Umständen verlieren Sie die zeitliche, personelle und örtliche Orientierung. Es wird gute und weniger gute Tage geben. Sie sollten sich nicht entmutigen lassen, denn auch hier wird bald wieder Normalität einkehren. Für viele Patienten dauert es einige Zeit, bis sie mit Ihrer Erkrankung und Ihrer Operation umgehen lernen. Die Familie, Freunde oder Ihr Arzt können Ihnen dabei helfen.

Muskelschmerzen
Muskelschmerzen oder Verspannungen in Schulter- und Rückenbereich sind oft genannte Folgeerscheinungen. Doch meist lösen sich diese innerhalb weniger Wochen auf. Einerseits wird Ihnen regelmäßige Schmerztherapie helfen, andererseits können physikalische Maßnahmen (Massage, Bestrahlung ...) helfen.

Taubheitsgefühl in der Brust
Wenn eine Arterie von Ihrem Brustbein (die Arteria mammaria) für die Bypassoperation verwendet wurde, kann es passieren, dass Sie für einige Zeit eine Art Taubheitsgefühl in Ihrem linken Brustbereich fühlen. Das ist normal. Ähnliches kann auch im Bein an der Stelle der Venenentnahme auftreten.

Wunde

Die Klammern oder Nähte werden zwischen dem 8. und 12. Tag entfernt. Fallweise kommt es vor, dass auch auflösbare Nähte verwendet werden, die von selbst verschwinden. Die Wunden sollten nicht zu lange der prallen Sonne ausgesetzt und nicht zu fest gewaschen werden. Am besten zunächst nur kurz duschen.
Eine kleine Schwellung oder ein Knoten am oberen Rand der Wunde kommen häufig vor. Diese werden nach einigen Wochen verschwinden.

Beine

Vermeiden Sie Beine übereinander zu schlagen. Vermeiden Sie Sitzen mit abgewinkelten Beinen
Lagern Sie beim Sitzen die Beine hoch.
Solange die Beine anschwellen, sollten sie bandagiert oder Stützstrümpfe getragen werden. Vor jedem Zu-Bett-Gehen entfernen Sie die Bandagen oder Strümpfe.

Rehabilitation

Nach der Entlassung schließt oft nahtlos oder nach einigen Tagen zu Hause der Rehabilitationsaufenthalt, das Anschlussheilverfahren, an, das von der Klinik schon organisiert wird. Dort werden dem Patienten der Wiedereinstieg in sein normales Leben und Verhaltensmaßregeln mitgegeben. Weiters werden die Ernährung eingestellt und die körperliche Belastung wieder aufgebaut.

Körperliche Belastung

Schwere körperliche Belastungen sollte man in den ersten 2 bis 3 Monaten vermeiden, insbesondere das Heben von schweren Lasten. Das Brustbein wurde ja mit Stahldrähten wieder zusammengenäht, doch zusammengewachsen ist es erst nach ca. 6 bis 8 Wochen.

Geschlechtsverkehr

Geschlechtsverkehr ist in den ersten zwei Monaten nach der Operation nicht ratsam, da es hierbei zu einer Belastung des Brustkorbes und auch des Herz-Kreislauf-Systems kommt. Danach sollten Sie allen Ihren gewohnten Aktivitäten (auch Sex) wieder nachgehen.

Gehen

Gehen ist nach der Operation die beste Form der Bewegung. Gehen verbessert die Durchblutung des Körpers und auch des Herzmuskels. Steigern Sie Ihr Tempo und die Streckenlänge langsam. Die Physiotherapeuten werden mit Ihnen Ihren persönlichen Plan ausarbeiten.

Stiegen steigen
Außer Ihr Arzt sagt etwas anderes, so können Sie Stiegen steigen. Fangen Sie zunächst langsam an. Nehmen Sie sich Zeit. Ziehen Sie sich nicht mit Ihren Armen hoch.

Auto fahren
Sie können als Beifahrer jederzeit mitfahren. Selbst Auto, Motorrad oder Rad fahren sollten Sie in den ersten 6 Wochen nach der Operation vermeiden. Diese Zeit braucht Ihr Brustbein zum Heilen. Außerdem können in dieser Zeit noch unregelmäßige Herzschläge oder Herz-Extra-Schläge auftreten, die auch zu Bewusstseinstörungen führen können.

Darüber und über alle weiteren Fragen, die Sie haben, sollten sie vor der Entlassung mit Ihrem Chirurgen sprechen oder Ihn nach der Entlassung in der Praxis aufsuchen. Am besten schreiben sie sich etwaige Fragen auf, damit Sie eine Erinnerungsstütze haben.

Vorbeugung, Medikamente
Sie bekommen bei der Entlassung einen Arztbrief, in dem die einzunehmenden Medikamente aufgelistet sind. Folgen Sie den Anweisungen genau und ändern Sie nichts, ohne dies mit Ihrem Arzt vorher zu besprechen. Nach ein bis zwei Monaten erfolgt eine Adaptierung der Medikamentengabe auf Ihren jeweiligen Zustand.
Selbstverständlich stellen Diät-Maßnahmen und die Veränderung des Lebensstils einen wichtigen Bestandteil der Behandlung der koronaren Herzkrankheit dar. Meist wird zu einer Diät mit niedrigem Fettanteil und wenig Salz empfohlen. Das Ziel sollte sein, weniger als 30 % Ihrer Kalorien in Form von Fetten zu sich zu nehmen. Kontrollieren Sie Ihr Gewicht und essen Sie weniger gesättigte Fette und Cholesterin. Die Amerikanische Heart Association empfiehlt, dass die tägliche Aufnahme von gesättigten Fetten nur 8 bis 10 % der Kalorien betragen soll. Einfach ungesättigte Fettsäuren machen den Rest des Fettanteils der Nahrung aus, das sind ungefähr 10 bis 15 % der Gesamtkalorien. Die Cholesterinaufnahme sollte weniger als 300 Milligramm pro Tag betragen und Natrium nicht mehr als 2,4 Gramm pro Tag. Vermeiden Sie das Hinzufügen von Salz beim Kochen oder zu den fertigen Speisen, wann immer es möglich ist.

Nach einer Bypassoperation
Die Rückkehr zur Normalität nach einer unkomplizierten Bypassoperation geht relativ rasch innerhalb von zwei bis drei Wochen. Nach dieser Zeit – oft gefolgt von einem Reha-Aufenthalt – kann mit zunehmendem körperlichen Training begonnen werden. Bei erfolgreicher Operation, und damit keiner vorliegenden Angina Pectoris, lässt sich eine starke Belastung des Kreislaufs zunehmend gut vertagen, die Durchblutung stimmt ja wieder.

Rücksicht sollte nur auf das Zusammenwachsen des Brustbeins genommen werden, was in der Regel 1,5 bis 2 Monate dauert. In dieser Zeit soll das Heben von schweren Gewichten über 5 Kilogramm vermieden werden.

Nach einer Klappenoperation

Die Erholung nach einer Klappenoperation ist in vieler Hinsicht ähnlich. Auch hier muss Rücksicht auf das Brustbein genommen werden. Nach Klappenoperationen müssen die meisten Patienten blutverdünnende Medikamente (Antikoagulation) einnehmen, dies bedeutet, dass auf gefährliche Sportarten mit einem hohen Verletzungsrisiko verzichtet werden sollte.

Zu beachten ist im Unterschied zur Bypasschirurgie, dass nach einer Klappenoperation der Herzmuskel, der häufig verdickt und vergrößert ist, drei bis sechs Monate benötigt, um sich zu erholen. In dieser Zeit sollten übermäßige Anstrengungen vermieden werden, da die Blutversorgung noch nicht ausreichend ist und nach Abschluss der Erholung erst wieder genügt. Außerdem erhalten alle Patienten Anweisungen über die Antibiotika-Prophylaxe.

Blutverdünnung – Antikoagulation

Manche Patienten müssen Präparate zur Blutverdünnung (= Antikoagulation) ein Leben lang einnehmen. Dies verhindert die Bildung von Blutgerinnseln, Schlaganfall oder andere schwer wiegenden Komplikationen durch Blutgerinnsel. Blutverdünnende Medikamente haben den Nachteil, dass sie die Lebensqualität durch Laborkontrollen und das Risiko von Blutungen bzw. Blutgerinnseln beeinträchtigen.

Patienten mit mechanischen Klappen müssen lebenslang blutverdünnende Medikamente einnehmen. Das Risiko von Embolien oder Blutgerinnseln ist bei biologischen Klappen viel niedriger. Die meisten Komplikationen treten in den ersten drei Monaten nach der Operation auf.

Die Gerinnungskontrolle (INR-Wertbesimmung) kann der Patient selbst durchführen oder muss von einem Labor regelmäßig erhoben werden. Erfahrungen und Auswertungen haben gezeigt, dass Patienten, die selbst Ihren INR-Wert kontrollieren, komplikationsfreier leben. Seit Jahresmitte 1993 sind Messgeräte für den Patienten auf den Markt gekommen.

Antibiotika-Prophlaxe

Die Antibiotika-Prophylaxe dient dazu, Entzündungen zu unterbinden. Einerseits ist dies vor der Operation (Herdsanierung) angebracht, aber auch nach jedem chirurgischen Eingriff (inkl. Untersuchungen wie Coloskopie, Gastroskopie ...) zu empfehlen.

ACHTUNG!!

Folgende Ausweise sollten Sie nach Ihrer Entlassung ständig bei sich tragen:
Blutverdünnungsausweis
Klappenausweis

Nach der Entlassung aus dem Krankenhaus

- Täglich wiegen

– Wiegen Sie sich jeden Morgen zur selben Zeit nach dem Wasserlassen bevor Sie frühstücken. Verwenden Sie immer dieselbe Waage.
– Führen Sie Buch über Ihr tägliches Gewicht.
– Verständigen Sie umgehend Ihren Arzt, wenn Sie über Nacht 1–2 kg zugenommen haben.

- Erlaubte Aktivitäten

1. bis 6. Woche nach der Operation:
leichte Hausarbeit, Staub wischen, Tisch decken, Geschirr waschen, Kleider zusammenlegen, leichte Gartenarbeit, Pflanzen setzen, Blumen schneiden, nähen, lesen, kochen, Stiegen steigen, einkaufen, kleine Reparaturen, Essen gehen, ins Kino gehen, in die Kirche gehen, Sportveranstaltungen besuchen, im Auto mitfahren, gehen, Haare waschen, Unterhaltungsspiele, Heimtrainerfahrrad

Nach sechs Wochen

Die vorhin genannten Aktivitäten fortsetzen und zusätzlich ist folgendes möglich: Teilzeitarbeit, wenn Ihre Arbeiten nicht das Heben schwerer Lasten beinhalten, schwere Hausarbeit, Staub saugen, aufwischen, Wäsche waschen, schwere Gartenarbeit, Rasen mähen, Blätter rechen, bügeln, reisen, fischen, Aerobics, mit dem Hund an der Leine gehen, Auto fahren, Boot fahren

Nach drei Monaten

Die vorhin genannten Aktivitäten fortsetzen und zusätzlich ist Folgendes möglich: Schnee schaufeln, graben, Fußball spielen, Tennis spielen, kegeln, jagen, Jogging, Rad fahren, golfen, Gewicht heben, Motorrad fahren, schwimmen

Richtlinien für Aktivitäten

- Beenden Sie jede Tätigkeit, wenn Sie Atemnot oder Übelkeit, Benommenheit, Beinkrämpfe, Angina Pectoris oder außergewöhnliche Müdigkeit verspüren. Benachrichtigen Sie umgehend Ihren Arzt, wenn die angeführten Symptome länger anhalten.
- Wenn Ihr Puls nach Tätigkeiten um über 30 Schläge schneller ist als der Ruhepuls, dann haben Sie sich zu viel zugemutet. Sie sollten es dann langsamer angehen.

Wann den Arzt informieren?

- Angina-Pectoris-Schmerzen
- Gewichtszunahme von 1 bis 2 Kilogramm innerhalb ein bis zwei Tagen
- Herzschlag schneller als 150/Minute und kurzer Atem
- unregelmäßiger Herzschlag
- Knöchelschwellung, Beinschmerzen
- Atemnot, die sich durch Rasten nicht bessert
- Schüttelfrost oder Fieber
- scharfer Schmerz beim tiefen Einatmen
- nässende oder gerötete Wunden
- Aushusten von frischem Blut
- plötzliches Taubheitsgefühl in Armen oder Beinen

Herz-Kreislauf-Rehabilitation

Die Rehabilitation beginnt sofort nach der Herzoperation oder nach der interventionellen Herzbehandlung. Die Anschlussheilbehandlung (AHB) oder Anschlussrehabilitation ist eine Weiterführung der stationären Krankenhausbehandlung. Sie findet auch unter stationären Bedingungen statt, meistens im Anschluss an einen Klinikaufenthalt.

Ziel der Rehabilitation ist es, dass der Patient mit seiner chronischen Erkrankung leben lernt. Er soll letztlich Spezialist in eigener Sache werden (= Koproduzent der eigenen Gesundheit)!

Chronische Krankheiten sind eine besondere Herausforderung für Patienten, Ärzte und Kostenträger. Die großen Volkskrankheiten, wie Herz-Kreislauf-Erkrankungen, Diabetes und Asthma, bedrohen im Laufe des Lebens jeden Dritten. Disease-Management-Programme haben sich besonders bei chronischen Erkrankungen bewährt. Durch individuelle Informations- und Beratungsangebote übernehmen die Patienten Verantwortung für die eigene Gesundheit.

Voraussetzung für die Aufnahme eines Patienten zur Anschlussheilbehandlung in eine Herz-Kreislauf-Rehabilitations-Klinik ist eine erfolgreiche Frühmobilisation im Akutkrankenhaus. Hohes Alter ist keine Gegenanzeige, wohl aber Gebrechlichkeit, sehr schlechter Allgemeinzustand und/oder andere schwere, sehr beeinträchtigende Erkrankungen. Für 90 % aller Herz-Gefäß-Patienten kommt eine Anschlussheilbehandlung in einer Rehabilitationsklinik in Frage.

Die Anschlussheilbehandlung stellt einen klinisch-stationären Aufenthalt dar, das heißt, sie unterscheidet sich wesentlich von dem, was man sich üblicherweise unter einer Kur vorstellt.

Herz-Rehabilitation hat zum Ziel, dass Patienten, die eine Herzoperation oder einen Infarkt hatten, wieder ins normale Leben zurückkehren können bzw. ihr Leben auf die geänderten Umstände besser einstellen können. Ein Team aus Ärzten, Pflegepersonal, Physiotherapeuten und Diätberatern hilft, dass sich der

Patient wieder wohl fühlt und durch ein Reha-Programm begleitet wird, das genau auf seine Bedürfnisse und Umstände abgestimmt ist.

Die Aufgaben und Ziele der Anschlussheilbehandlung in einer Herz-Kreislauf-Rehabilitationsklinik sind vielfältig und umfangreich:

- Verlaufsbeobachtungen und Funktionsdiagnostik

Hierdurch soll der Gesundheitszustand sowie das Leistungsvermögen des Patienten auch im Hinblick auf seine weitere berufliche Zukunft, aber auch bezüglich sportlicher Aktivitäten beurteilt werden.

- Medikamentöse Langzeittherapie

Der wichtigste Punkt ist die ausführliche Aufklärung und Beratung des Patienten über seine Medikamente. Ziel ist, den Patienten zu einer zuverlässigen Einnahme anzuregen.

- Bewegungstherapie

Hiermit soll die körperliche Leistungsfähigkeit verbessert werden, um den Patienten so weit wie möglich in sein früheres Alltagsleben einzugliedern. Außerdem lassen sich über die Bewegungstherapie kardiovaskuläre Risikofaktoren günstig beeinflussen. Die Therapie besteht aus einem gymnastischen Programm, verschiedenen Schwimmprogrammen, einem Muskelaufbautraining, fahrradergometrischem Training, Geh- und Lauftraining und Terraintraining in Form von therapeutisch begleiteten Spaziergängen unterschiedlicher Länge. Außerdem stehen Entspannungsübungen auf dem Programm.

- Diät und Gewichtsreduktion

Neben Beratungen gehören dazu auch Gespräche zum Bewusstmachen von Verhaltensweisen, die für viele Diätfehler verantwortlich sind, ebenso wie die Fertigkeit, selbst diätetisch zu kochen.

- Gesundheitsbildung

Die Vermittlung von Informationen über Vorsorgemaßnahmen ist Bestandteil dieser Gesundheitsbildung. Besonders die Einbeziehung des Lebensstils soll Patienten Chancen aufzeigen, selbst durch entsprechendes Verhalten und Veränderungen das Fortschreiten seines Gefäßleidens zu verhindern. Dies hat nichts mit Aufzählen von Verboten oder Schuldzuweisung zu tun. Der Patient soll vielmehr lernen mit seiner Krankheit umzugehen. Er soll verstehen, dass er als Patient viel mehr für sich und für seine Gesundheit tun kann als der Arzt.

- Psychologische Beratung

Krankheitsbewältigung im weitesten Sinne und das Erlernen eines neuen Lebensstils mit veränderten Verhaltensmustern machen die Mitwirkung des Psychologen in vielfältiger Weise erforderlich. Dies geschieht in Einzel- oder Gruppengesprächen und reicht von der Behandlung von psychoreaktiven Beschwerden (Ängste, Depressionen) über Veränderungen im Lebensstil (einschließlich Nichtrauchertraining) bis hin zu Selbsthilfemethoden zur körperlichen und seelischen Entspannung.

- Sozialmedizinische Betreuung

Fragen und Probleme zu beruflichen Tätigkeiten, aber auch Unklarheiten zur sonstigen sozialen Absicherung können hier erörtert werden.

Für den Pensionsversicherungsträger ist dabei von Bedeutung, dass Patienten, die an einer AHB teilgenommen haben, zu einem höheren Prozentsatz ihre frühere berufliche Tätigkeit wieder aufnehmen als Patienten ohne eine solche Maßnahme. Hier gilt der Slogan »Rehabilitation vor Rente«. Für die Krankenkassen, die die Kosten solcher Maßnahmen für meist ältere, nicht mehr im Berufsleben stehende Patienten tragen, gilt der Grundsatz »Rehabilitation vor Pflege«.

Phasen der Rehabilitation

- **Phase I** beginnt noch während der Patient im Krankenhaus liegt. Diese Phase beinhaltet üblicherweise überwachte leichte Übungen sowie Gehen auf den Gängen und Stiegen steigen. Zusätzliche Beratung wird von den Physiotherapeuten und dem Pflegepersonal geleistet. Sie sollten das Krankenhauspersonal nach Risikofaktoren, nach Diätplänen, Medikamenten, sexueller Aktivität, Übungen und Bewegung sowie bezüglich der Normalisierung Ihres Lebens fragen.

- **Phase II** ist die frühe Zeit nach der Entlassung aus stationärer Pflege. Sie wird entweder als ambulante Rehabilitation durchgeführt oder in einem Reha-Zentrum absolviert. Üblicherweise erfolgt sie auf Überweisung eines Arztes und wird mit Telemetrie (Fern-EKG-Überwachung) durchgeführt. Der Beginn ist meistens in den ersten 2 bis 6 Wochen nach Entlassung aus dem Krankenhaus.
  Phase II zielt darauf hin, den Patienten wieder ins normale Leben zurückzuführen und ihn dazu in die Lage zu versetzen, Dinge wieder selbst in die Hand zu nehmen:

- Verbessern der körperlichen Möglichkeiten und Ausdauer
- Aufklärung über Änderungen des Lebensstiles
- Reduktion der Furcht und Ängstlichkeit gegenüber vermehrter körperlicher Aktivität
- Hilfestellung für die optimalen Veränderungen und Einstellungen in Ihrem sozialen Umfeld

Gesundheitserziehung ist ein wichtiger Bestandteil des Programms dieser Phase und wird durch individuellen oder auch Gruppenunterricht näher gebracht. Die Unterrichtsthemen sind:

- Besprechen der Medikamente
- Änderung des Lebensstils und Setzen von Zielen

- Ernährungsberatung
- Stress-Management
- Besprechen und Beratung von körperlichen Aktivitäten
  Auch der Partner und die Familie können und sollen an der Beratung teilnehmen.

- **Phase III** ist eine Fortsetzung der Phase II. Üblicherweise inkludiert diese Phase Teilnehmer, die aus dem Krankenhaus vor 6 bis 14 Wochen entlassen wurden. Ein Arzt kann den Patienten direkt in diese Phase einweisen, ohne dass er Phase II durchlaufen hat.
  Die Ziele der Phase III sind:
- die Versorgung mit einem fortlaufenden Übungsprogramm
- die Unterstützung bei den notwendigen Änderungen des Lebensstiles
- das Erreichen des angestrebten Zieles (z. B. unabhängiger Lebensstil oder Rückkehr zur Arbeit ...)
- Verhindern oder Stoppen des Fortschreitens der Erkrankung
  Das Programm sieht das Überwachen des Herzschlages und des Blutdruckes, während und nach den Übungen vor. Der Patient soll Aufzeichnungen über seinen Fortschritt und sein Verhalten während der Übungen führen. Diese finden meist alle zwei Tage statt.

- **Phase IV** ist ein »Wellness«-Programm für jene, die die anderen Phasen abgeschlossen haben. Diese Phase ist eine Hilfe dabei, wie die bereits begonnene Arbeit an sich selbst weitergeführt werden kann und wie die Änderungen des Lebensstiles beibehalten oder verbessert werden können.

Ambulante Herz-Gefäß-Gruppen
Nach dem Aufenthalt in einer Rehabilitationsklinik für Herz- und Gefäßerkrankungen sollte sich der Patient möglichst an seinem Wohnort einer ambulanten Herz- beziehungsweise Gefäßgruppe anschließen. Hier hat er die Möglichkeit, unter Anleitung eines Therapeuten und unter Aufsicht eines Arztes an einem Bewegungsprogramm mit Entspannungstechniken und gesundheitlichen Informationen lebenslang teilzunehmen.
Dabei kommt den ambulanten Herz- und Gefäßgruppen eine besondere Bedeutung zu. Untersuchungsergebnisse der Bundesversicherungsanstalt für Angestellte haben ergeben, dass Patienten, die nach einer stationären Reha-Maßnahme drei bis vier Jahre regelmäßig an ambulanten Rehabilitationsgruppen teilnahmen, eine bessere Lebensprognose hatten als Patienten, die dies unterlassen haben.

Anhang

Nahrungsmitteltabellen:
Auszug aus der Liste von der Deutschen Liga zur Bekämpfung des hohen Blutdruckes e.V. Deutsche Hypertonie-Gesellschaft
Die Angaben zum Energiegehalt (auch Kaloriengehalt genannt, gemessen in kcal), zum Fettgehalt, zu den Anteilen an mehrfach ungesättigten (MUF) und einfach ungesättigten (EUF) Fettsäuren sowie zum Cholesterin (Gesamtcholesterin) beziehen sich jeweils auf 100 Gramm (g) Rohgewicht der Ware. Der Salzgehalt ist ebenfalls in g je 100 g Ware angegeben. Bei Zubereitungen gelten die Angaben zum Energiegehalt ohne Fett- und Sahnezusätze.

Fleisch und Innereien, Wild (naturbelassen)

Lebensmittel	Energiegehalt kcal/100g	Fettgehalt g/100 g	MUF g/100 g	EUF g/100 g	Cholesterin mg/100 g	Salzgehalt g/100g
Hase, Durchschnitt	113	1,0	0,3	0,2	65	–
Hammelfleisch, Filet	112	3,4	0,08	1,5	70	–
Hirsch, Durchschnitt	112	3,3	0,2	1,6	60	–
Kalbfleisch:						
reines Muskelfleisch	92	0,8	0,1	0,3	70	–
Kotelett	112	3,1	0,2	2,6	70	–
Kalbsbries	99	3,4	–	–	250	–
Kalbshirn	109	7,6	1,0	1,6	2000	–
Kalbsleber	114	4,1	1,4	0,9	360	–
Kalbslunge	90	2,2	0,5	0,5	150	–
Reh	132	1,4	0,1	0,6	60	–
Rindfleisch:						
reines Muskelfleisch	106	1,7	0,07	0,6	60	–
Filet	116	4,4	0,2	2,3	60	–
Roastbeef	188	15,2	0,5	6,7	60	–
Rinderherz, gegart	121	6,0	0,16	1,6	150	–
Rinderhirn	128	9,6	1,1	1,9	2000	–
Rinderleber	113	3,1	0,9	0,7	265	–
Rindermilz	100	2,9	0,2	1,3	265	–
Rinderniere	113	5,1	0,08	1,2	375	–
Schweinefleisch:						
Reines Muskelfleisch	111	3,0	0,21	1,4	65	–
Kotelett	193	13,0	1,5	6,4	70	–
Bug, Blatt, Schulter						
Vorderschinken	282	23,9	3,6	5,5	65	–
Schweinehirn	123	9,0	1,1	1,8	2000	–
Schweineleber	134	5,7	0,5	1,2	340	–
Schweinelunge	114	6,7	1,4	1,4	320	–
Schweineniere	113	5,2	0,68	1,4	365	–

Geflügel (naturbelassen)

Lebensmittel	Energiegehalt kcal/100g	Fettgehalt g/100 g	MUF g/100 g	EUF g/100 g	Cholesterin mg/100 g	Salzgehalt g/100g
Ente	227	17,2	1,9	8,5	80	–
Gans	364	31,0	3,3	16,0	110	–
Huhn: Brathuhn	133	5,6	1,2	1,6	80	–
Suppenhuhn	257	20,3	3,1	9,1	63	–
Brust	99	0,9	0,2	0,3	60	–
Schlegel	110	3,1	0,6	2,3	75	–
Leber	131	4,7	1,0	1,1	555	–
Truthahn:	216	15,0	4,4	4,1	75	–

Wurstwaren

Lebensmittel	Energiegehalt kcal/100g	Fettgehalt g/100 g	MUF g/100 g	EUF g/100 g	Cholesterin mg/100 g	Salzgehalt g/100g
Bierschinken	235	19,2	10,0	4,4	67	1,9
Blutwurst	400	38,5	3,1	12,7	96	1,7
Bockwurst	277	25,3	2,4	10,5	65	1,8
Bündner Fleisch	262	9,5	–	–	–	5,4
Frankfurter Würstchen	269	24,4	2,1	8,9	65	2,0
Göttinger (Blasenwurst)	373	35,0	3,1	14,1	59	2,6
Jagdwurst	266	15,7	1,5	6,6	82	2,1
Knackwurst	351	33,7	2,7	11,6	72	3,0
Leberpastete, Brühw.	314	28,6	3,7	14,1	135	1,9
Leberkäse	320	30,4	2,4	10,7	66	1,9
Leberwurst	420	41,2	1,5	13,7	227	2,1
Mortadella	345	32,8	2,4	10,7	63	1,7
Salami, deutsche	447	32,9	3,1	13,7	112	3,0
Schweineschinken, gek.	201	12,8	1,1	5,5	85	2,4
Gesalzen, geräuchert	372	33,3	2,6	13,5	80	3,6
Speck, durchwachsen, Wammerl	621	65,0	6,3	27,1	90	4,5
Weißwurst, Münchner Weißwurst	287	27,0	2,1	9,9	73	1,6
Wiener Würstchen	279	24,4	2,4	10,5	65	2,4

Eier

Lebensmittel	Energiegehalt kcal/100g	Fettgehalt g/100 g	MUF g/100 g	EUF g/100 g	Cholesterin mg/100 g	Salzgehalt g/100g
Hühnerei, Gesamtinhalt	155	11,2	1,4	4,7	400	–
Eigelb	720	31,9	4,4	13,2	1260	–

Fische – Meerwasserfische (ungeräuchert)

Lebensmittel	Energiegehalt kcal/100g	Fettgehalt g/100 g	MUF g/100 g	EUF g/100 g	Cholesterin mg/100 g	Salzgehalt g/100g
Bismarckhering, Hering mariniert	168	10,4	1,9	5,0	56	2,6
Brathering	204	15,2	2,7	5,3	85	1,5
Kabeljau, Dorsch	74	0,4	0,3	0,1	50	–
Makrele	182	11,9	3,0	4,7	70	–
Ölsardine, abgetropft	222	13,9	8,0	5,0	140	1,3
Rotbarsch, Goldbarsch	105	2,5	0,7	0,9	70	–
Sardine	124	5,2	2,5	1,5	15	–
Schellfisch	73	0,7	0,2	0,2	60	–
Scholle	76	1,5	0,4	0,5	55	–
Schwertfisch	130	2,1	0,2	0,8	70	–
Seehecht, Hechtdorsch	77	0,9	0,3	0,3	60	–
Steinbutt	82	1,7	0,2	0,2	60	–
Tunfisch (Albacore)	226	10,0	3,2	2,4	60	–

Fische – Süßwasserfische

Lebensmittel	Energiegehalt kcal/100g	Fettgehalt g/100 g	MUF g/100 g	EUF g/100 g	Cholesterin mg/100 g	Salzgehalt g/100g
Aal	281	24,5	1,9	14,2	140	–
Aal, geräuchert	329	28,6	2,2	17,5	195	1,3
Barsch, Flussbarsch	117	3,6	1,5	0,8	70	–
Brasse	116	5,5	1,2	2,6	70	–
Forelle	102	2,7	0,3	0,4	55	–
Hecht	82	0,9	0,3	0,2	60	–
Karpfen	115	4,8	0,7	2,3	70	–
Lachs	202	13,6	2,1	4,5	35	–
Zander	83	0,3	0,1	0,1	36	–

Krustentiere, Weichtiere

Lebensmittel	Energiegehalt kcal/100g	Fettgehalt g/100 g	MUF g/100 g	EUF g/100 g	Cholesterin mg/100 g	Salzgehalt g/100g
Garnele	87	1,4	0,3	0,3	140	–
Hummer	81	1,9	0,2	0,2	180	–
Krebs, Flusskrebs	65	0,8	0,4	0,3	150	–
Languste	79	1,1	0,3	0,2	200	–
Miesmuschel	51	1,3	0,3	0,4	110	–

Fette und Öle

Lebensmittel	Energiegehalt kcal/100g	Fettgehalt g/100 g	MUF g/100 g	EUF g/100 g	Cholesterin mg/100 g	Salzgehalt g/100g
Butter, Süß- und Sauerrahmbutter	752	83,2	3,0 2	23,1	240	–
Diätmargarine	722	80,0	46,7	10,9	–	–
Kokosfett	894	99,0	1,4	6,7	–	–
Kürbiskernöl	896	99,5	51,5	23,5	–	–
Maiskeimöl	900	100,0	50,9	31,6	–	–
Margarine (Standard)	722	80,0	17,8	32,5	30	–
Majonäse	540	54,8	6,5	18,4	57	1,2
Olivenöl	896	99,6	8,9	73,2	–	–
Pflanzenmargarine	722	80,0	25,5	29,0	7	–
Schweineschmalz	898	99,7	9,6	45,4	85	–
Sesamöl	896	99,5	42,5	40,1	–	–
Sojaöl	887	98,6	61,0	20,6	2	–
Sonnenblumenöl	898	99,8	60,7	22,4	–	–
Weizenkeimöl	896	99,5	64,7	15,6	–	–

Milch

Lebensmittel	Energiegehalt kcal/100g	Fettgehalt g/100 g	MUF g/100 g	EUF g/100 g	Cholesterin mg/100 g	Salzgehalt g/100g
Buttermilch	35	0,5	0,02	0,2	4	–
Magermilch	35	0,1	0,01	0,02	3	–
Milch, fettarm 1,5–1,8%	47	1,6	0,09	0,03	5	–
Molke, süß	24	0,2	–	–	2	–
Molkenpulver	343	1,2	0,05	0,38	4	–
Vollmilch 3,5% Fett	66	3,8	0,15	0,08	12	–
Schafmilch	97	6,3	0,28	1,5	21	–
Ziegenmilch	67	3,9	0,11	0,04	11	–

Milchprodukte, Käse

Lebensmittel	Energiegehalt kcal/100g	Fettgehalt g/100 g	MUF g/100 g	EUF g/100 g	Cholesterin mg/100 g	Salzgehalt g/100g
Bel Paese, Rahmst.	374	30,2	0,57	8,6	100	3,0
Brie 50% F.i.Tr.	342	27,9	10,0	8,1	90	3,2
Butterkäse, 50% F.i.Tr.	344	28,8	0,9	7,5	68	2,2
Camembert, 30% F.i.Tr.	216	13,5	0,39	3,6	40	2,4
Chester, 50% Fett i.Tr.	397	32,2	0,94	8,6	100	1,7
Edamer, 40% Fett i.Tr.	315	23,4	0,57	6,6	70	2,0
Edelpilzkäse, 50% F.i.Tr.	355	29,8	0,83	7,7	90	3,7
Emmentaler, 45% F.i.Tr.	383	29,7	1,02	6,9	90	1,6
Frischkäse, 50% F.i.Tr.	270	23,6	0,75	6,4	75	–
Gouda, 45% Fett i.Tr.	365	29,2	0,7	7,7	90	1,9
Gorgonzola	358	31,2	1,0	8,5	102	3,0
Gruyere	410	32,3	1,7	9,3	74	2,7
Hüttenkäse, Cottage	102	3,0	0,2	1,4	14	1,0
Jogurt, 3,5% Fett	69	3,8	0,15	1,0	12	–
Jogurt, 1,5 %–1,8 %	49	1,6	0,05	0,4	5	–

Jogurt, mager, 0,3% Fett	36	0,1	0	0,03	–	–
Limburger, 20% F.i.Tr.	183	8,6	0,16	2,5	21	3,3
Mozzarella	225	16,1	0,5	4,5	46	1,3
Romadur, 30% Fett i.Tr.	218	13,7	0,3	4,1	–	3,0
Roquefort	361	30,6	1,32	8,2	90	4,6
Sahne: Kaffees. 10 %	123	10,5	0,43	3,1	35	–
Schlagsahne 30%	308	31,7	1,02	9,2	110	–
Sauerrahm	189	18,0	0,7	5,0	60	–
Schmelzkäse, 45% F.i.Tr.	270	23,6	0,6	5,3	45	3,2
Speisequark, 20% F.i.Tr.	106	5,1	0,16	1,3	17	–
Tilsiter, 45 % Fett i.Tr.	355	27,7	0,77	7,2	52	2,0

Gemüse, Kartoffel, Hülsenfrüchte, Champignons

Lebensmittel	Energiegehalt kcal/100g	Fettgehalt g/100 g	MUF g/100 g	EUF g/100 g	Cholesterin mg/100 g	Salzgehalt g/100g
Artischocke	48	0,1	0,1	–	–	–
Aubergine/Melanzani	20	0,2	0,1	–	–	–
Blumenkohl/Karfiol	24	0,3	0,15	–	–	–
Bohnen, grün/Fisolen Schnittbo.	36	0,2	0,12	–	–	–
Bohnen, weiß, Samen, trocken	291	1,6	0,8	0,1	–	–
Brokkoli	23	0,2	0,1	–	–	–
Brunnenkresse	23	0,3	0,13	–	–	–
Champignon, frisch	14	0,2	0,1	–	–	–
Endivie	13	0,2	0,08	–	–	–
Erbsen, frisch, grün	81	0,5	0,1	0,2	–	–
Erbsen, Samen, trocken	332	1,4	0,8	0,1	–	–
Feldsalat, Rapunzel	14	0,4	0,2	–	–	–
Fenchelkraut	57	0,3	0,2	–	–	–
Gartenkresse	51	1,4	0,6	0,1	–	–
Grünkohl	30	0,9	0,5	0,08	–	–
Gurke	13	0,2	0,1	–	–	–
Kartoffel/Erdäpfel	70	0,1	0,05	–	–	–
Kichererbsen, Samen	304	6,4	4,1	0,3	–	–
Kohlrabi	25	0,1	0,05	–	–	–
Kohlrübe, Steckrübe	41	0,2	0,1	–	–	–
Kopfsalat	11	0,2	0,14	–	–	–
Kürbis	18	0,1	0,06	–	–	–
Linsen, Samen trocken	310	1,4	0,6	0,25	–	–
Mangold	26	0,3	0,17	–	–	–
Meerrettich/Kren	60	0,3	0,2	–	–	–
Möhren, Karotten	26	0,2	0,1	–	–	–
Oliven, grün, mariniert	147	13,9	1,3	10,2	–	5,7
Paprikafrüchte	20	0,3	0,2	–	–	–
Petersilienblatt	50	0,4	0,25	0,05	–	–
Porree, Lauch	25	0,3	0,2	–	–	–
Radieschen	14	0,1	0,05	–	–	–
Rettich	10	0,2	0,08	–	–	–
Rhabarber	9	0,1	0,07	–	–	–

Lebensmittel	Energiegehalt kcal/100g	Fettgehalt g/100 g	MUF g/100 g	EUF g/100 g	Cholesterin mg/100 g	Salzgehalt g/100g
Rosenkohl/Kohlsprossen	36	0,3	0,24	–	–	–
Rote Rübe	42	0,1	0,05	–	–	–
Rotkohl, Blaukraut	21	0,2	0,12	–	–	–
Sauerkraut, abgetropft	14	0,3	0,17	–	–	–
Salzgurken, Dillgurken	21	0,1	0,06	–	–	–
Schnittlauch	64	0,7	0,4	–	–	–
Schwarzwurzel	14	0,4	0,22	–	–	–
Sesam, Samen trocken	562	50,4	19,8	17,0	–	–
Sojabohnen, Samen tr.	335	18,1	10,7	4,0	–	–
Sojakeimlinge	56	1,2	0,9	0,2	–	–
Sonnenblumensamen, tr.	580	49,0	27,9	13,4	–	–
Spargel	14	0,1	0,1	–	–	–
Spinat	15	0,3	0,2	–	–	–
Tomate/Paradeiser	17	0,2	0,1	–	–	–
Weißkraut	22	0,2	0,1	–	–	–
Wirsing	32	0,4	0,24	–	–	–
Zucchini	16	0,3	0,1	–	–	–
Zuckermais/Kukuruz	90	1,2	0,5	0,3	–	–
Zwiebel	32	0,2	0,1	–	–	–

Obst, Trockenobst

Lebensmittel	Energiegehalt kcal/100g	Fettgehalt g/100 g	MUF g/100 g	EUF g/100 g	Cholesterin mg/100 g	Salzgehalt g/100g
Ananas	56	0,2	0,1	0,05	–	–
Apfel	50	0,4	0,1	0,05	–	–
Apfelsine/Orange	43	0,2	0,07	0,06	–	–
Aprikose/Marille	43	0,1	0,02	0,05	–	–
Avocado	227	23,5	2,0	16,5	–	–
Banane	90	0,2	0,06	0,03	–	–
Birne	44	0,3	0,1	0,1	–	–
Brombeeren	44	1,0	0,6	0,1	–	–
Erdbeeren	31	0,4	0,25	0,1	–	–
Grapefruit	38	0,1	0,04	0,02	–	–
Himbeeren	29	0,3	0,2	–	–	–
Johannisbeeren, schw.	45	0,2	0,1	0,04	–	–
Kirsche, sauer/Weichsel	48	0,5	0,1	0,1	–	–
Kirsche, süß	57	0,4	0,1	0,1	–	–
Kiwi	46	0,6	0,24	0,1	–	–
Mandarine	46	0,3	0,13	0,06	–	–
Pfirsich	39	0,1	0,04	0,03	–	–
Pflaume/Zwetschke	51	0,2	0,1	–	–	–
Rosinen	278	0,4	0,1	–	–	–
Preisel-, Stachelbeeren	45	0,2	0,1	–	–	–
Wassermelone	35	0,2	0,07	0,03	–	–
Weintrauben	67	0,3	0,1	–	–	–
Zitrone	36	0,6	0,3	0,04	–	–
Zuckermelone	54	0,1	0,04	–	–	–

Mehl, Körner und Flocken, Getreideprodukte und Reis

Lebensmittel	Energiegehalt kcal/100g	Fettgehalt g/100 g	MUF g/100 g	EUF g/100 g	Cholesterin mg/100 g	Salzgehalt g/100g
Eierteigwaren: Nudeln, Makkaroni, Spagetti	345	2,8	0,9	0,3	95	–
Gerste, entspelzt, ganzes Korn	290	2,1	1,2	0,2	–	–
Grünkern, Dinkel, Spelz	320	2,7	1,3	0,3	–	–
Hafer, ganzes Korn	359	7,1	2,8	2,5	–	–
Haferflocken	364	7,0	2,7	2,6	–	–
Hirse, geschältes Korn	316	3,9	1,9	0,9	–	–
Mais, ganzes Korn	333	3,8	1,7	1,1	–	–
Mais-Frühstückstücks-flocken, Cornflakes	348	0,6	0,2	0,2	–	2,7
Reis, unpoliert	348	2,2	0,8	0,5	–	–
Reis, poliert	347	0,6	0,2	0,2	–	–
Reis Krispies	348	0,6	0,2	0,2	–	2,3
Roggen, ganzes Korn	266	1,7	0,8	0,1	–	–
Roggenmehl, Type 815	319	1,0	0,6	0,1	–	–
Roggenmehl, Type 1800	300	1,5	0,7	0,2	–	–
Weizen, ganzes Korn	302	2,0	1,2	0,3	–	–
Weizengrieß	312	0,8	0,5	0,1	–	–
Weizenmehl, Type 405	331	1,0	0,5	0,1	–	–
Weizenmehl, Type 1600	327	2,1	1,2	0,3	–	–
Weizenkleie	195	4,7	2,4	0,7	–	–

Brot

Lebensmittel	Energiegehalt kcal/100g	Fettgehalt g/100 g	MUF g/100 g	EUF g/100 g	Cholesterin mg/100 g	Salzgehalt g/100g
Brötchen/Semmel	263	1,8	0,6	0,2	–	1,1
Grahambrot	197	1,0	0,6	0,2	–	1,1
Kekse (Butterkekse)	443	11,0	0,9	4,2	45	1,0
Knäckebrot	312	2,1	1,2	0,3	–	1,2
Roggenbrot	212	0,9	0,4	0,1	–	1,3
Roggenvollkornbrot	209	1,2	0,7	0,2	–	1,3
Salzstangen, Salzbrezeln	345	0,5	0,3	0,1	–	4,6
Weißbrot, Weizenbrot	244	1,2	0,4	0,1	–	1,0
Weizenvollkornbrot	240	2,4	1,0	0,5	–	1,1
Weizenbrot	244	1,2	0,4	0,1	–	1,0
Weizentoastbrot	266	4,4	1,6	0,4	–	1,0
Zwieback, eifrei	369	4,3	2,3	0,6	–	0,7

Kuchen, Gebäck, Süßigkeiten

Lebensmittel	Energiegehalt kcal/100g	Fettgehalt g/100 g	MUF g/100 g	EUF g/100 g	Cholesterin mg/100 g	Salzgehalt g/100g
Apfelstrudel	178	5,9	0,6	1,5	24	–
Apfelstrudel (Mürbteig)	216	7,5	1,9	2,5	22	–
Blätterteig	450	33,1	1,2	8,9	95	–
Blätterteiggebäck	392	25,7	2,0	6,0	76	–
Biskuit	288	5,0	0,8	2,0	248	–
Bonbons/Zuckerln	370	–	–	–	–	–
Fruchtspeiseeis	138	1,8	0,12	0,3	4	–
Hefeteig (süß)	284	6,0	0,5	1,7	50	–
Hefegebäck	316	9,0	0,6	2,6	106	–
Honig	303	–	–	–	–	–
Käsekuchen	296	16,4	0,8	4,7	139	–
Käsegebäck, ges.	435	32,0	1,2	8,7	86	4,5
Kakaopulver	343	11,7	0,4	3,4	–	–
Krapfen	334	11,8	0,8	3,4	126	–
Mandelgebäck, ges.	506	28,0	1,5	8,8	87	4,5
Marzipan	464	25,0	3,0	10,7	–	–
Milchspeiseeis	153	4,2	0,14	1,2	15	–
Mohnkuchen	379	18,1	7,2	3,2	38	–
Nussgebäck	506	28,0	9,2	11,0	17	–
Obstkuchen	202	8,4	2,0	2,8	50	–
Rührkuchen	293	12,3	0,9	5,0	86	–
Sahneeis	326	26,7	0,9	7,2	94	–
Sahnetorte	328	21,0	1,0	7,4	116	–
Sachertorte	343	11,6	0,7	3,6	181	–
Schokolade	527	31,5	0,8	8,0	–	–
Waffelmischung	417	29,2	1,2	8,2	206	–
Weihnachtsstollen	412	20,4	1,0	5,9	54	–
Zwiebelkuchen	207	9,7	0,8	3,2	46	1,0

Getränke: Fruchtsäfte, Bier, Wein

Lebensmittel	Energiegehalt kcal/100g	Fettgehalt g/100 g	MUF g/100 g	EUF g/100 g	Cholesterin mg/100 g	Salzgehalt g/100g
Apfelsaft, Handelsware	47	–	–	–	–	–
Grapefruitsaft, ungesüßt, Handelsware	47	0,1	0,03	–	–	–
Orangensaft, ungesüßt, Handelsware	44	0,1	0,04	0,03	–	–
Vollbier, hell	44	–	–	–	–	–
Weißbier	45	–	–	–	–	–
Rotwein, leichte Qualität	65	–	–	–	–	–
Weißwein, trocken	69	–	–	–	–	–

MUF = mehrfach ungesättigte Fettsäuren
EUF = einfach ungesättigte Fettsäuren
Angabe » – » bedeutet: allenfalls in geringsten Mengen nachweisbar
Angabe »i.Tr.« bedeutet (Fett-)Anteil im Trockengewicht (Trockenmasse)

Tabelle zur Vorhersage des Risikos einer koronaren Herzkrankheit laut der Framinghamstudie

1. Bestimmen Sie die Punkte für jeden Ihrer Risikofaktoren

Alter und Punkte (Frauen)		Alter und Punkte (Männer)		HDL-Cholesterin (mg/dl) und Punkte		Gesamt-Cholesterin (mg/dl) und Punkte		Systolischer Blutdruck (mm Hg) und Punkte		andere Punkte
30	-12	30	-2	25 bis 26	7	139 bis 151	-3	98 bis 104	-2	Rauchen 4
31	-11	31	-1	27 bis 29	6	152 bis 166	-2	105 bis 112	-1	Diabetes(Frau) 3
32	-9	32 bis 33	0	30 bis 32	5	167 bis 182	-1	113 bis 120	0	Diabetes(Mann) 6
33	-8	34	1	33 bis 35	4	183 bis 199	0	121 bis 129	1	EKG-LVH 9
34	-6	35 bis 36	2	36 bis 38	3	200 bis 219	1	130 bis 139	2	
35	-5	37 bis 38	3	39 bis 42	2	220 bis 239	2	140 bis 149	3	
36	-4	39	4	43 bis 46	1	240 bis 262	3	150 bis 160	4	
37	-3	40 bis 41	5	47 bis 50	0	263 bis 288	4	161 bis 172	5	
38	-2	42 bis 43	6	51 bis 55	-1	289 bis 315	5	173 bis 185	6	
39	-1	44 bis 45	7	56 bis 60	-2	316 bis 330	6			
40	0	46 bis 47	8	61 bis 66	-3					
41	1	48 bis 49	9	67 bis 73	-4					
42 bis 43	2	50 bis 51	10	74 bis 80	-5					
44	3	52 bis 54	11	81 bis 87	-6					
45 bis 46	4	55 bis 56	12	88 bis 96	-7					
47 bis 48	5	57 bis 59	13							
49 bis 50	6	60 bis 61	14							
51 bis 52	7	62 bis 64	15							
53 bis 55	8	65 bis 67	16							
56 bis 60	9	68 bis 70	17							
61 bis 67	10	71 bis 73	18							
68 bis 74	11	74	19							

(EKG-LVH= Links-Ventrikuläre Hypertrophie im EKG)

2. Rechnen Sie die Punkte für Alter, HDL-Cholesterin, Gesamtcholesterin, systolischen Blutdruck, Rauchen, Diabetes und linksventikuläre Vergrößerung im EKG (EKG-LVH) zusammen.

3. Bestimmen Sie die 5-Jahres-Wahrscheinlichkeit in Prozent für das Auftreten einer koronaren Herzkrankheit, indem Sie durch die Anzahl der Gesamtpunkte den Prozentpunkt der Wahrscheinlichkeit erhalten.

Punkte und Wahrscheinlichkeit (%)											
Punkte		%	Punkte		%	Punkte		%	Punkte		%
0 bis 1	=	<1	9	=	2	17	=	6	25	=	14
2	=	1	10	=	2	18	=	7	26	=	16
3	=	1	11	=	3	19	=	8	27	=	17
4	=	1	12	=	3	20	=	8	28	=	19
5	=	1	13	=	3	21	=	9	29	=	20
6	=	1	14	=	4	22	=	11	30	=	22
7	=	1	15	=	5	23	=	12	31	=	24
8	=	2	16	=	5	24	=	13	32	=	25

DER BLICK AUFS HERZ

Herzaufbau, -operationen und Diagnoseverfahren im Bild

BILDNACHWEIS

Wir möchten uns sehr herzlich dafür bedanken, dass uns die folgenden Bilder zur Verfügung gestellt wurden von:

Medtronic, Inc 2003. All rights reserved: S. 305, 308, 310, 312, 313 unten, 316, 317 unten links, 318 unten

St. Jude Medical, Inc. 2003. All rights reserved: S. 306, 307, 311, 314, 317 oben und unten rechts, 318 oben

Edwards Lifesciences Corporation, Inc. 2003. All rights reserved: 309, 315

Stöckert Instrumente GmbH, ein Teil der SNIA Gruppe. All rights reserved: 313 oben

Dr. Rainer Spinka, Oberarzt, 1. Medizinische Abteilung, SMZ Ost, Donauspital, Wiener Krankenanstaltenverbund. All rights reserved: 319 oben

Cardio-Vascular and Interventional Magnetic Resonance Vorstand: Prim. Univ. Prof. Dr. Erich Salomonowitz, St. Pölten. All rights reserved: 319 unten

Dr. Georg Norman, Oberarzt, 1. Medizinische Abteilung, SMZ Ost, Donauspital, Wiener Krankenanstaltenverbund. All rights reserved: 320 oben

Prim. Univ.-Doz. Dr. Peter Lind, Vorstand der Abteilung für Nuklearmedizin und spezielle Endokrinologie, LKH Klagenfurt. All rights reserved: 320 unten

Das HERZ

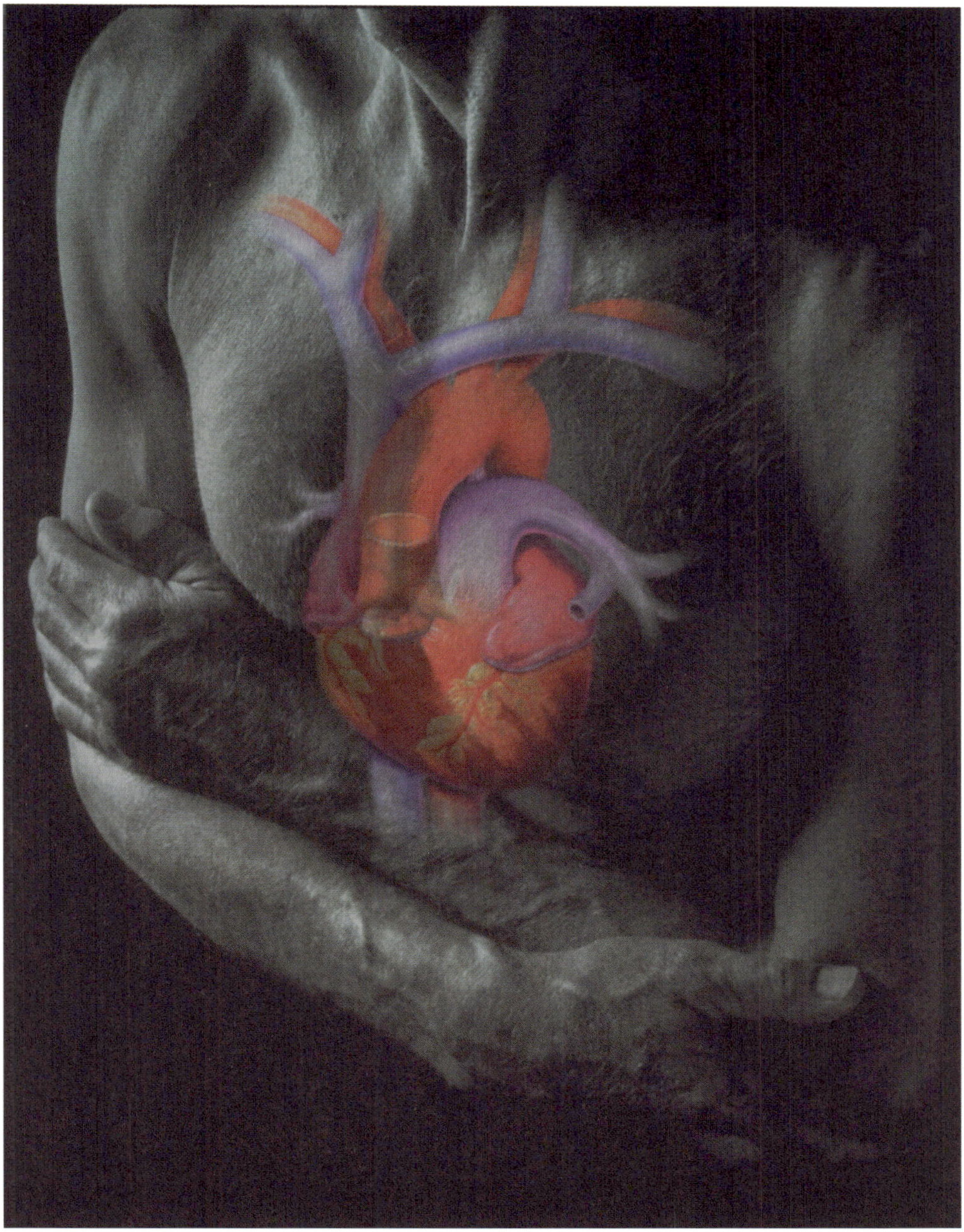

Herzaufbau

Reizleitungssystem

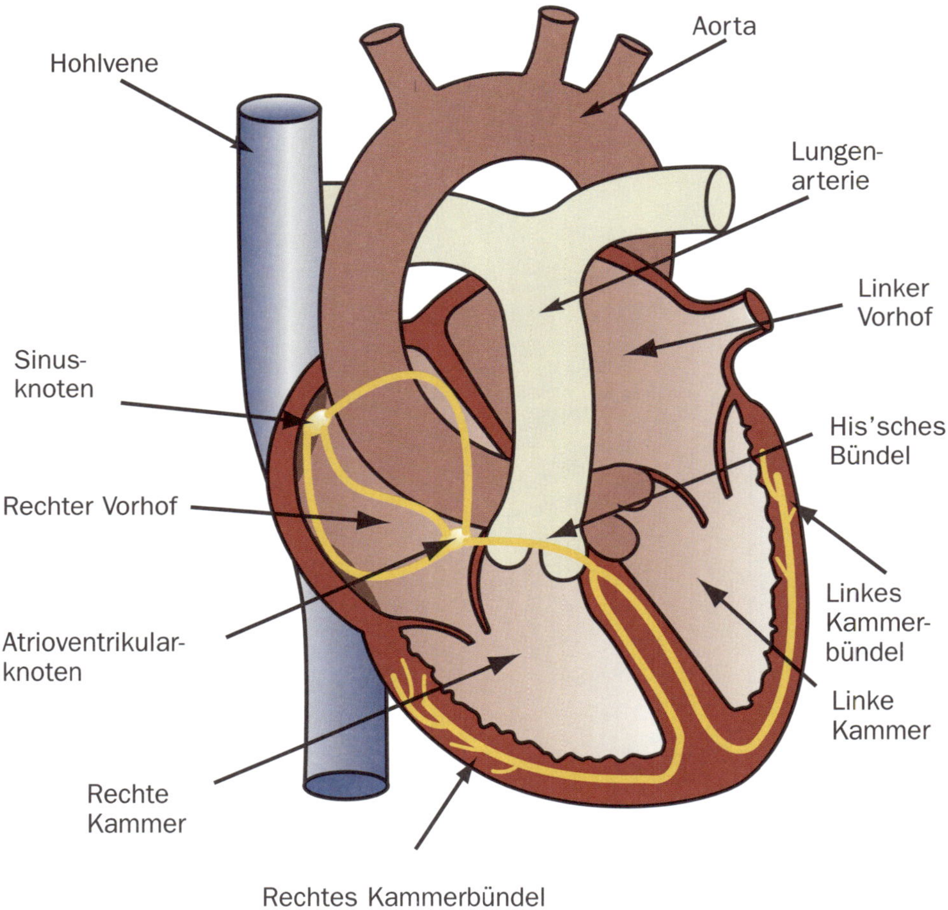

Herzaufbau

Diastole

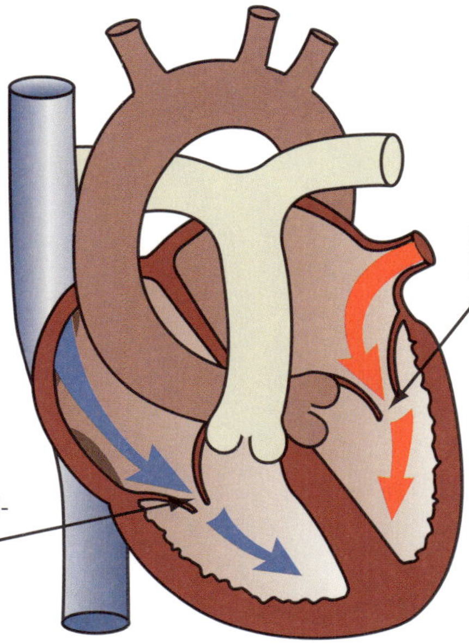

Systole

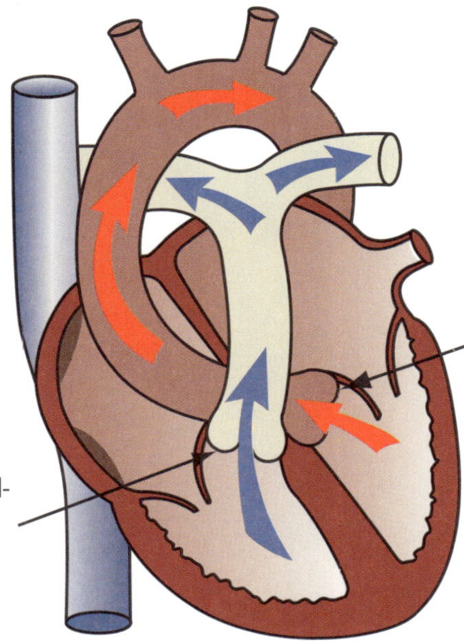

Herzaufbau

Herzkranzgefäße

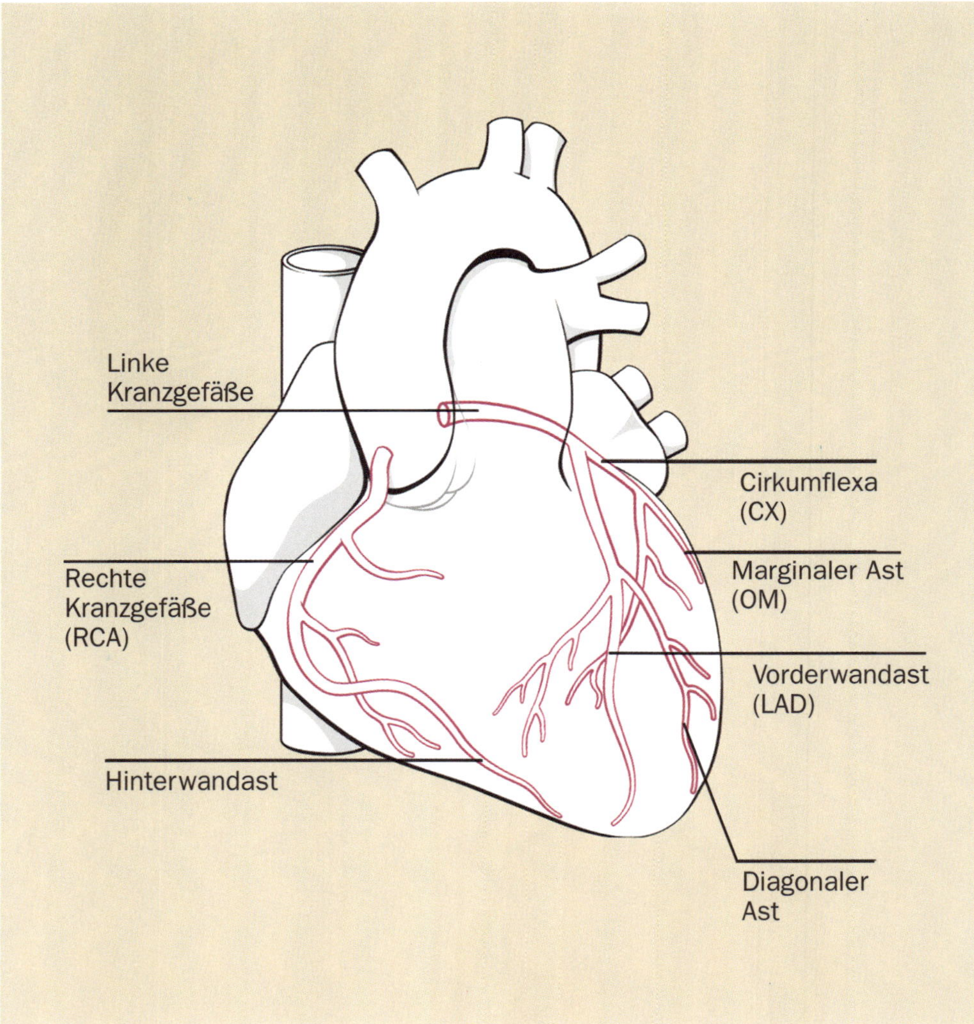

Herzaufbau

Herzklappen

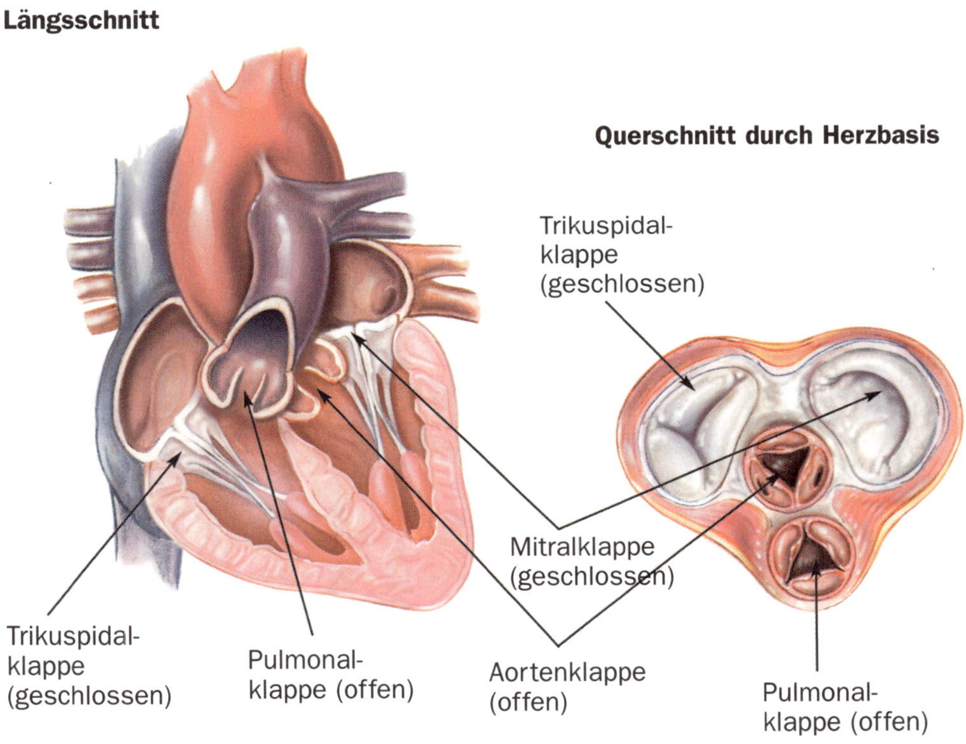

Arteriosklerose

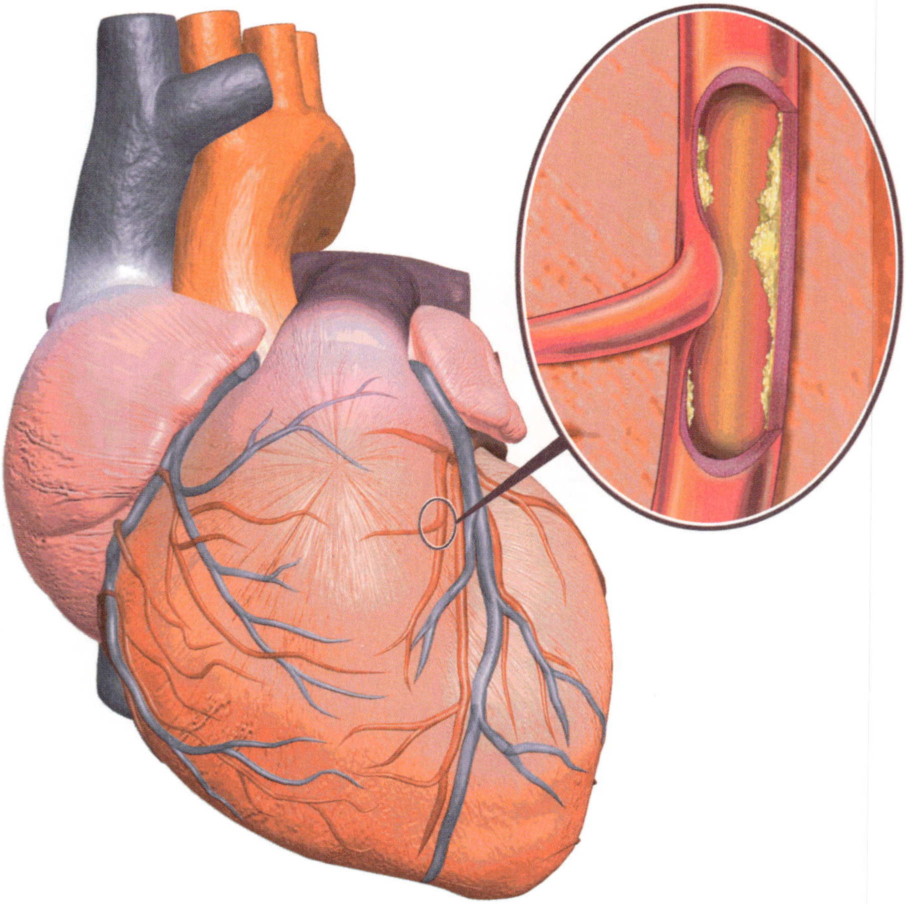

Ateriosklerose an den Herzkranzgefäßen mit Verengung

Herzinfarkt

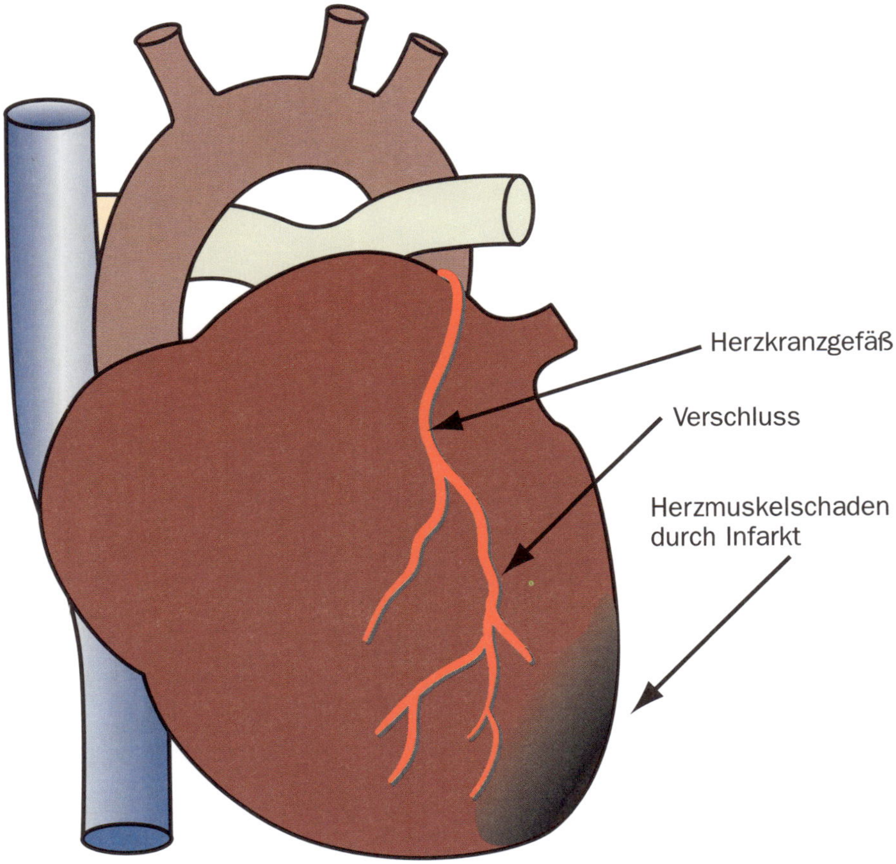

Ballondehnung
Schema

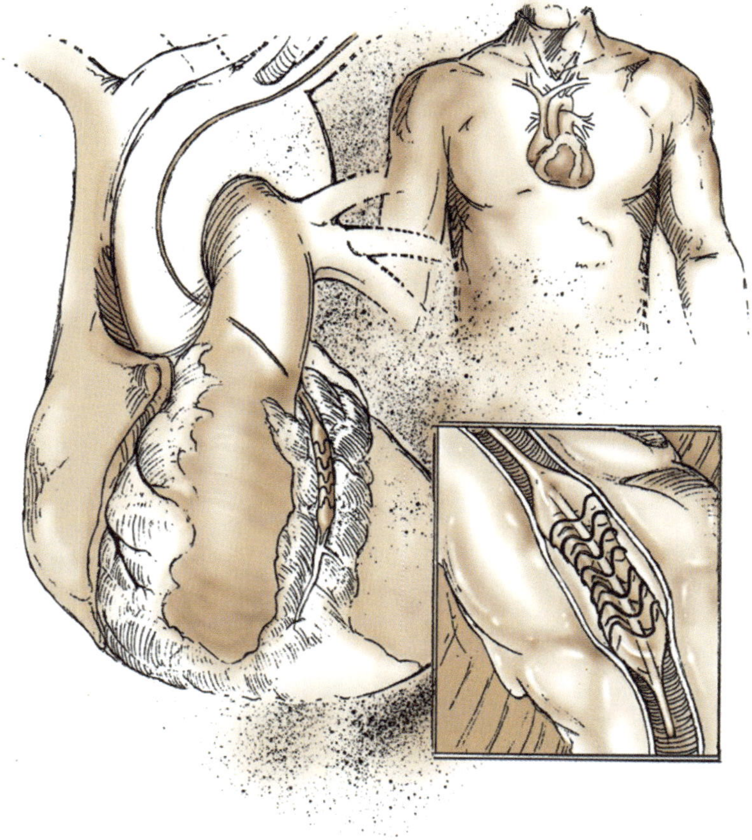

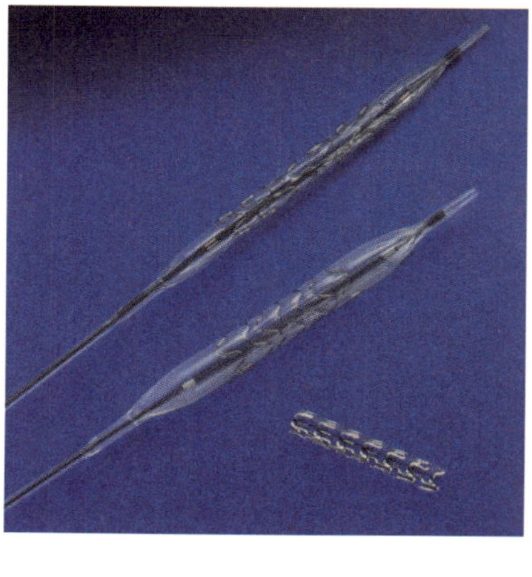

Ballonkatheter und Stent

Herz-Lungen-Maschine Stöckert SIII

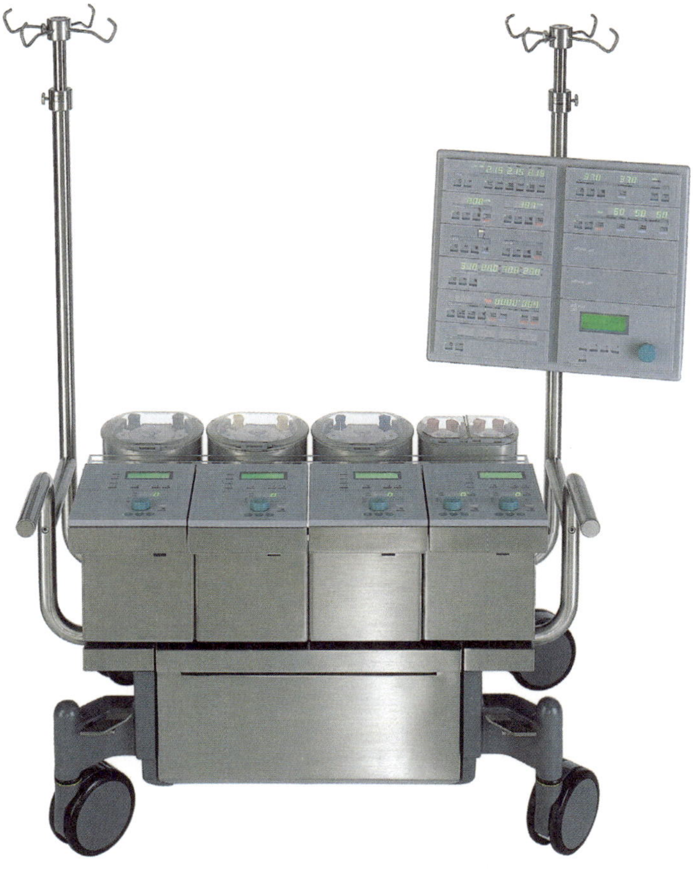

Oxygenator

Bypassoperation Schema

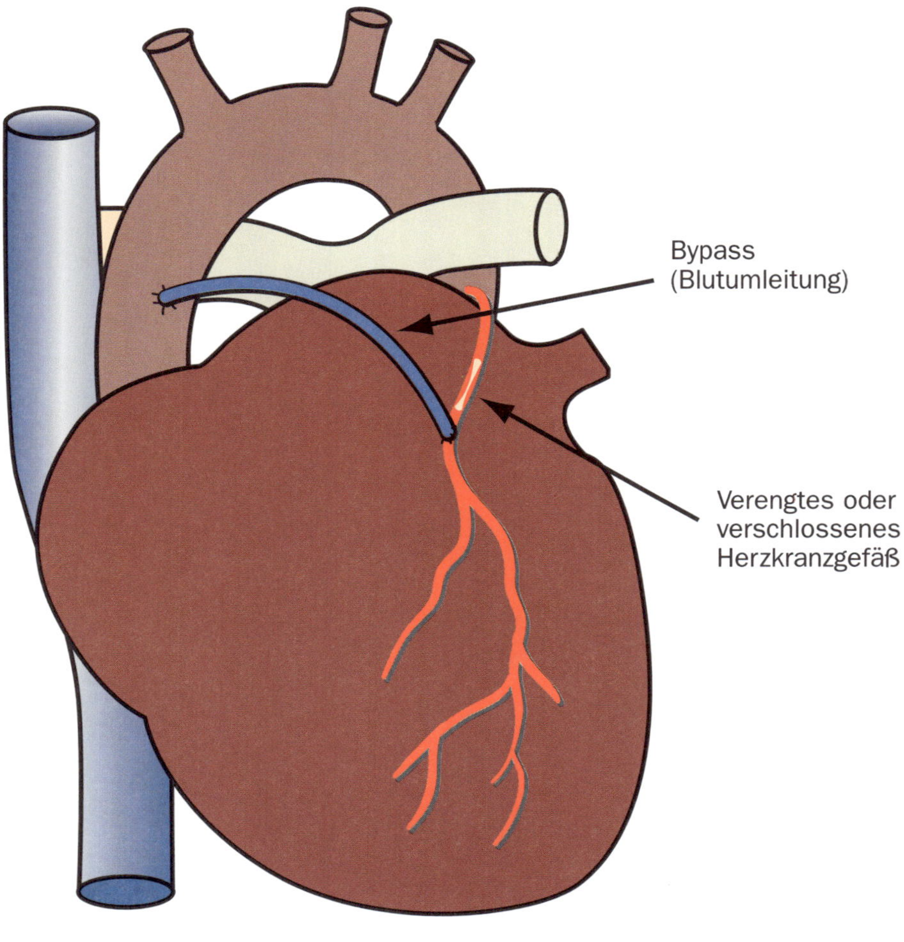

Pathologische Klappen

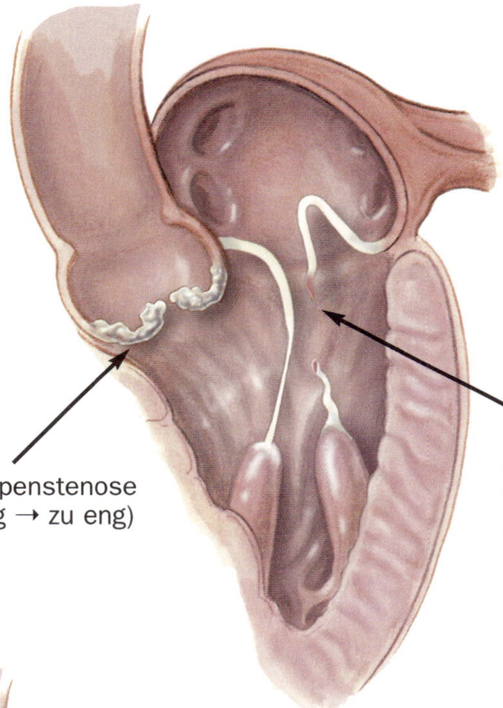

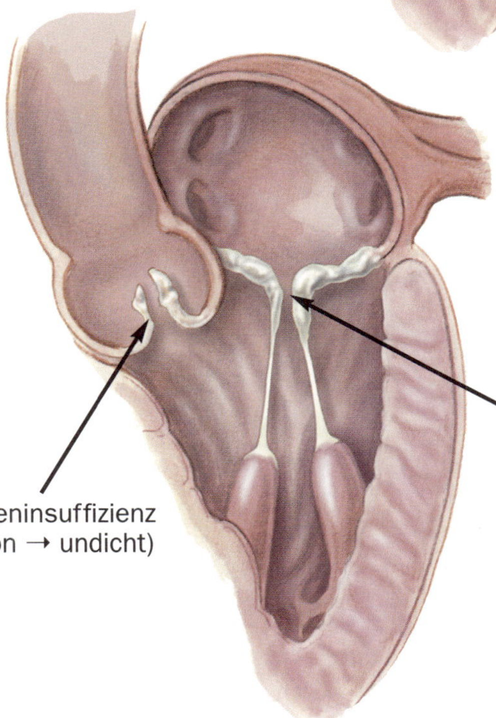

Aortenklappenersatz Schema

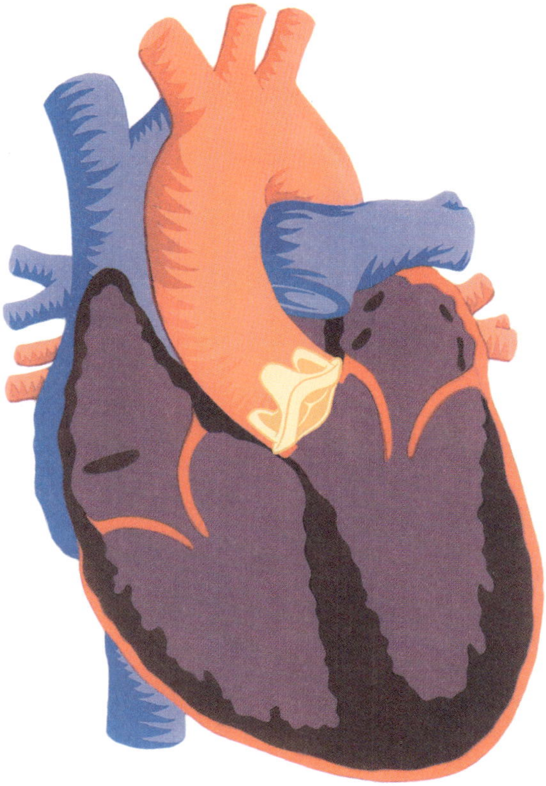

Biologische Klappen

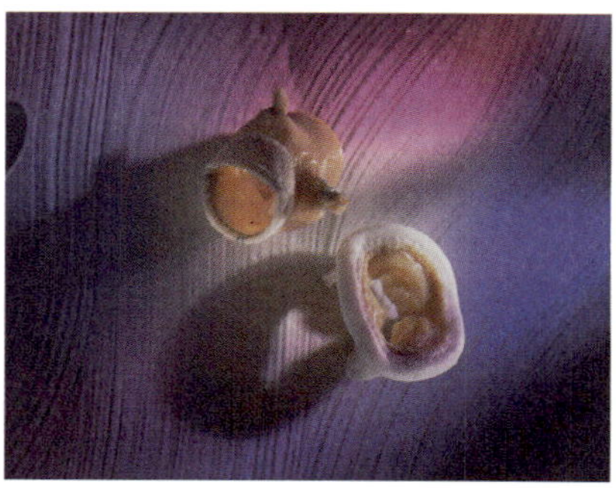

Mosaic® Aortic and Mitral Bioprostheses
Freestyle® Aortic Root Bioprosthesis
Mosaic® and Freestyle® are registered trademarks of Medtronic, Inc.

Mitralklappenersatz
Schema

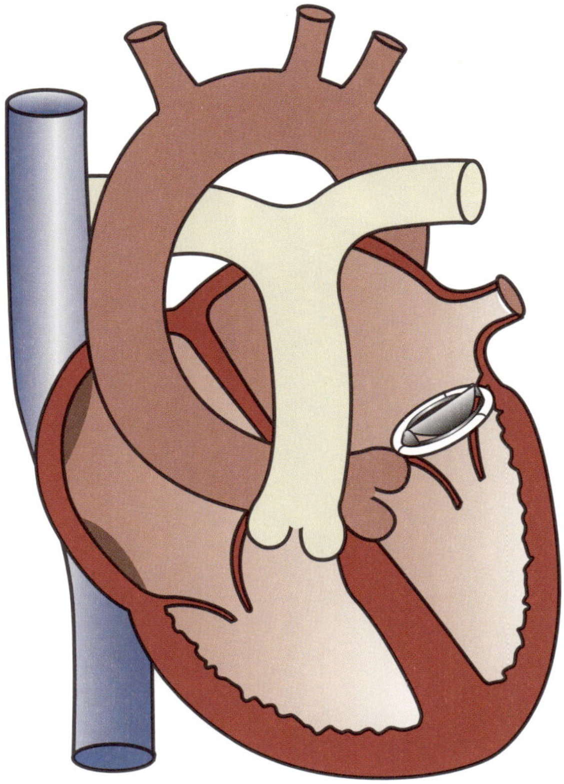

Mechanische Kippscheibenklappe

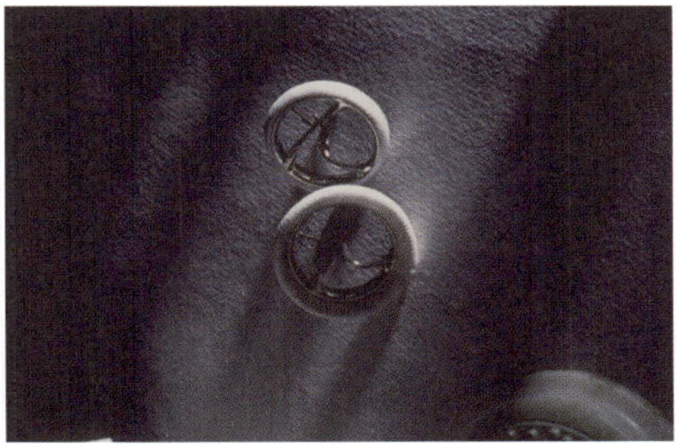

Medtronic Hall™ Mechanical Heart Valve
Hall™ is a registered trademark of Medtronic, Inc.

Mechanische Doppelflügelklappe

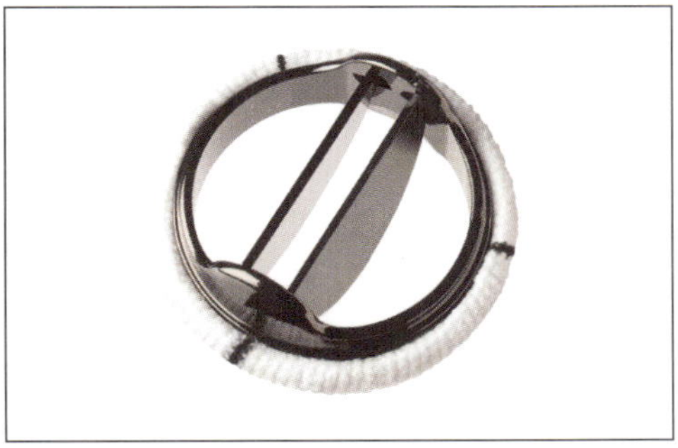

SJM® Masters Series
SJM is a registered trademark of St. Jude Medical, Inc.

Herzschrittmacher/Defibrillator Schema

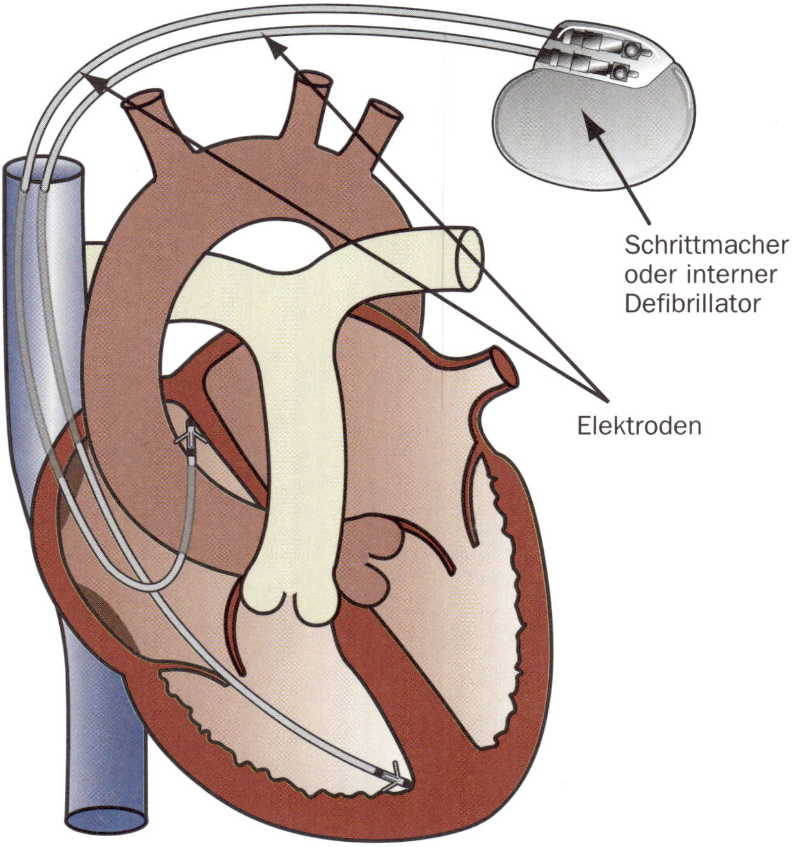

Interner Defibrillator

Medtronic ICDs, GEM Family of ICDs
GEM is a registered trademark of Medtronic, Inc.

Schrittmacher

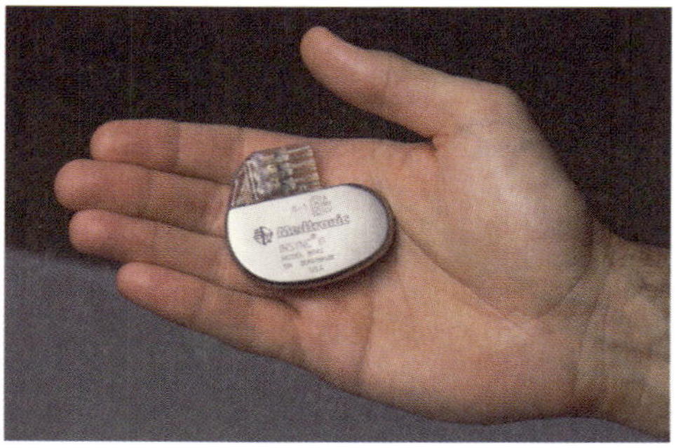

Medtronic Kappa® Series
Kappa® is a registered trademark of Medtronic, Inc.